KB123904

비정규직
temporary positioned queen
황후

한민트 장편소설

III

Queen's
Selection

비정규직 황후 3 완결

2017년 4월 25일 초판 1쇄 인쇄
2017년 4월 28일 초판 1쇄 발행

지은이 한민트
발행인 이종주

기획 편집 정시연 주종숙 주수지
경영 지원 배진경 이미현
마 케 팅 김정수 김슬기

발행처 (주)로크미디어
출판 등록 2003년 3월 24일
주소 서울특별시 마포구 성암로 330(상암동) DMC첨단산업센터 3층 14호
Tel (02)3273-5135 Fax (02)3273-5134
홈페이지 rokmedia.blog.me
E-mail queens@rokmedia.com

ⓒ 한민트, 2017

값 13,000원

ISBN 979-11-6130-608-7 04810(3권)
ISBN 979-11-6130-605-6 04810(세트)

비정규직

temporary positioned queen

황후

한민트 장편소설

III

Queen's
Selection

CONTENTS

13.
대관식

만났던 무렵에는 아직 봄이었는데, 어느 틈에 날이 초가을에 가까워져 있었다.

대혼례와 대관식은 같은 날에 치러질 예정이었다. 대혼례는 신전에서 치러지고, 그것이 끝나고 나면 마차를 타고 클레오르와 함께 황궁으로 옮겨 가 본궁의 그레이트 홀에서 대관식을 한 후에 그 자리에서 피로연을 겸하여 축하연을 벌일 예정이다.

그 전에 엘첸의 시민들 앞에 얼굴을 내미는 절차가 있었다. 이것은 관습에 원래부터 있는 절차는 아니었다. 그러나 클레오르는 얼굴을 한 번 내밀 때마다 지지율을 일정 확률로 끌어 올릴 수 있으므로 국민 앞에 자주 얼굴을 보여서 손해날 게 없었다.

6년도 넘게 대관하지 못한 황제였다. 구설수가 많을 테니 이 기회에 모습을 제대로 각인시키고 황실의 권위를 보이는 게 좋겠다는 의견이 많았다. 에스텔라가 한 달 내내 우아한 웃음과 청아한 손 흔들기를 연습해야 했던 것도 이것 때문이었다.

웨딩드레스가 새벽같이 에스텔라의 투왈렛 룸으로 보내졌다.

리디아는 웨딩드레스보다는 약혼식 드레스 쪽이 핵심이라고 했으면서, 웨딩드레스를 만드는 동안에도 미쳐 날뛰었다. 하루에 열 장 넘게 새 슈미즈 가운의 디자인을 그려 내고 만들면서 웨딩드레스에도 그 정도 시간을 투자하고 있으니 대체 잠은 언제 자는지 모를 일이다. 조수들만 나날이 말라 갔다.

그렇게 만들어진 드레스는 눈이 돌아갈 만큼 아름다웠다.

"와, 진짜……. 와……."

라라가 환호성을 터뜨렸다. 가봉일에도 조각조각만 맞춰 입어 보고 전체 모습을 보여 주지 않았기 때문에 에스텔라도 완성된 모습을 본 것은 처음이었다.

둥실둥실 퍼지는 치맛자락은 뒤집힌 연꽃 같았고, 섬세한 자수는 연분홍색 꽃잎 위에 내린 눈처럼 반짝거렸다. 에스텔라는 한 번도 이렇게 생긴 실루엣의 드레스를 본 일이 없었다.

파니에는 아주 작았는데도 재단만으로도 리디아는 풍성한 치맛자락을 만들어 냈다. 얇은 원단을 수없이 겹쳐 만든 스커트 자락은 실제로는 매우 두꺼웠으나 마치 바람에 날아가기라도 할 듯이 가벼워 보였다.

보디스는 상대적으로 수수했다. 처음에는 목만 감싸고 어깨를 드러내는 디자인이었지만, 가봉일 이전에 한 번 상반신만 가져와 입혀 보고는 리디아는 고개를 절레절레 내젓고 도로 들고 갔다. 결국은 어깨도 감싸는 모양새가 되었다.

처음 입었을 때에는 보디스가 몸에 딱 맞지 않는 게 아닐까 하고 생각했었다. 그러나 리디아는 그 안에 부드러운 솜으로 만든 보형물을 넣었다. 리디아는 그 자연스러운 뽕이야말로 자기의 역작 중의 역작이며 진정한 장식이라고 주장했다.

작은 다이아몬드가 수없이 달린 베일은 허리까지 내려왔다. 베일을 위해 클레오르가 상자 하나 가득 다이아몬드를 보냈을 때에 에스텔라는 오버 좀 하지 말라고 그의 팔뚝을 철썩철썩 때렸지만, 그거 한 상자보다 스윗 다이아몬드 세트가 더 비싸다는 말에 깨갱하고 입을 다물었다. 자선 파티에 내놓은 것이 슬그머니 아까운 생각이 들었더랬다.

"신발은 편하세요?"

"응. 그럭저럭 괜찮아. 어차피 대혼례에서만 잠깐 신을 거잖아."

웨딩 슈즈는 흰 꽃과 연푸른색 아쿠아마린 구슬로 장식되어 있었다. 신발 바닥은 얇고 굽도 높아 불편했지만, 버진 로드를 걸을 때에만 신을 것이니 크게 상관없었다. 대신에 피로연에서 신을 신발에 대해서는 리디아에게 까다롭게 주문했다. 피로연은 아주 길 테고, 그 안에 무슨 일이 벌어질지도 모른다고 생각했기 때문이었다.

에스텔라가 하녀들의 환호성을 들으며 거울 앞에서 한 바퀴 돌고, 여러 복잡한 일에도 불구하고 역시 설레는 마음을 다 누르지 못하고 있을 때, 문 두드리는 소리가 들렸다.

"티소엔입니다."

"들어와."

하녀가 투왈렛 룸의 문을 열었다.

티소엔이 눈을 내리깐 채로 안으로 들어왔다. 그는 에스텔라가 여자인 것을 알게 되고 나서는 투왈렛 룸에 들어오기는커녕 안으로 시선을 던지려는 시도조차 하지 않았다. 지금은 확고한 용건이 있는데도 그는 문간에서 잠깐 움찔했다.

자기 자신을 위해서, 또 에스텔라를 위해서 온당한 결정을 했다고 확신하고 있지만, 그래도 가끔 한 번씩 견디지 못하는 충동이 올라왔다. 제아무리 마음을 다잡고 주군이라고 생각하려고 해도 소용이 없었다.

하물며 웨딩드레스라니. 그 손을 잡을 사람이 자기가 아니라는 것을 알아도 정신을 차릴 수가 없었다.

티소엔은 흰 드레스 자락 밑단만 간신히 쳐다보았다. 마음속 깊은 곳에서부터 솟구치는 쓰고 괴로운 감정을 모두 이길 수가 없었다.

에스텔라가 클레오르를 선택했다면, 그가 할 수 있는 일이라고는 부디 행복하기를 비는 것뿐이었다. 곁에 남는 것을 우선시하기로 했으니 질투도 품지 않고 오롯하게 기사이자 친구로만 남아야 하련만, 목구멍에서 올라오는 애달픈 신음을 누르는 것만으로도 쉽지 않은 일이다.

그의 복잡하고 아린 심정을 짐작지도 못하는 에스텔라는 평범하게 물었다.

"무슨 일이야?"

"프리스든 남작이 도착했습니다."

결혼식장에서 누군가가 에스텔라의 아버지 노릇을 해야 했다. 보통이라면 아버지가 없으면 오빠가, 오빠도 없으면 남동생이, 그도 없으면 숙부나 친척 아저씨, 후견인이라도 있어야 했다.

에스텔라에게는 그런 사람이 곁에 한 명도 없었다. 프리스든 남작을 선택한 것은 그가 그나마 그녀에게 웃어른처럼 느껴지는 상사였기 때문이다. 바르톨로뮤 백작부인을 샤프롱으로 삼은 것을 생각하면 바르톨로뮤 백작을 택해도 나쁘지 않았겠지만, 역시 에스텔라에게 개인적인 관계가 있는 것으로 느껴지는 것은 프리스든 남작 쪽이다. 부친이 프리스든 남작과 면식이 있기도 했기에 그에게 부탁했다.

푸른색 정장을 입은 프리스든 남작이 잔뜩 긴장한 태도로 투왈렛 룸으로 안내되어 왔다. 그리고 에스텔라를 보고 눈을 휘둥그레 떴다.

"허."

"어서 오세요, 남작님. 오늘은 신세를 지겠습니다."

"허, 참. 허."

그간 여러 차례 보았지만, 역시 다시 봐도 믿어지지 않았다. 루신다와 리디아가 경력을 걸고 만들어 낸 인생작은 아름다웠다. 에스텔라조차도 거울을 보면서 스스로 눈을 의심할 정도였으니까.

프리스든 남작은 망설였다. 이게 진짜 신부라면 아름답다고 칭찬에 칭찬을 거듭했겠지만, 그녀를 남자로 알고 있다 보니 할 말이 없었다. 남자에게 웨딩드레스 차림을 아름답다고 말할 수는 없는 노릇이 아닌가.

그가 망설이는 이유를 알아챈 에스텔라가 미소를 지었다.

"칭찬하셔도 됩니다. 저 아닌 것 같죠?"

"내가 이렇게 말하면 좀 그럴지도 모르겠지만, 조금 애석해질 정도라네."

"더 칭찬하셔도 된다니까요. 이렇게 되기까지 저의 힘겨운 노력을 칭찬해 주셔야지요."

에스텔라가 말한 것은 오늘까지 그녀의 위장보다 더 고급스러운 것을 퍼먹은 피부와 가늘어진 허리에 관한 것이었으나 프리스든은 여장을 견뎌 낸 마음가짐이라고 생각했다.

그는 정색하고 목소리를 낮춰서 말했다.

"자네의 충정은 만고에 남을걸세. 잉여라고 생각해서 미안했네."

"하하."

"아가씨! 그렇게 웃으시면 안 돼욧!"

입가의 화장이 무너질 수 있다며 앤이 소리를 질렀다.

라라가 부케를 가져왔다. 복숭아색과 흰색의 작약을 섞어 만든 커다란 부케는 놀랄 만큼 아름다웠다.

곧이어 신부 들러리들도 도착했다. 짙은 살구색에 아무런 장식 없는 드레스를 똑같이 맞춰 입은 네 명의 영애들이 투왈렛 룸으로 몰려 들어오다가 에스텔라를 보고 환호성을 올렸다.

"언니!"

"진짜 예쁘다!"

"여신인 줄 알았어요!"

"역시 언니는 키가 크니까 뭘 입어도 스타일이 좋아요!"

에스텔라는 얼굴을 붉혔다.

"내 얼굴이 아니라 화장의 힘이지."

"본바탕이 없으면 이렇게 되겠어요!"

그러면서도 내년 봄에 결혼을 앞둔 플뢰르가 에스텔라에게 소곤거렸다.

"언니의 화장 시녀를 나중에 저한테도 꼭 좀."

"걱정 마. 페이만 맞으면 어디든 갈 사람이니."

그녀는 키들거리면서 대답했다.

영애들의 소란이 조금 가라앉기를 기다려 프리스든 남작이 말했다.

"이제 가야겠군. 괜찮겠나?"

"네."

긴장을 억누르고 에스텔라는 프리스든 남작이 내미는 손에 자기 손을 얹었다.

티소엔이 앞장서며 문을 열고 하녀들이 긴 드레스 자락을 챙겼다. 들러리인 영애들이 방울 같은 웃음소리를 흘리며 뒤따랐다. 저택 앞에 준비된 것은 백색의 커다란 마차였다.

에스텔라는 그 앞에 선 채로 잠시 아무 말도 하지 못했다.

여자와 남자가 어떻게 다른지를 배우던 어린 나이에는 이런 마차를 타는 것을 꿈으로 가졌던 때도 있었다. 보석처럼 빛나는 드레스를 입고 호박마차를 타고 왕자님과 결혼하기 위해 성으로 가는 꿈 말이다.

그게 이런 식으로 이루어지리라고는 생각해 본 적도 없다.

에스텔라는 크게 숨을 들이켰다. 아마도 평생에 한 번일 이 행사에 부디 아무 일도 없길. 그녀는 여태 제대로 믿어 본 적도 없는 세베르이나의 축복을 빌어 보았다.

"아가씨, 저어."

그때 낯이 익지만, 직접적으로 말을 걸어 본 적이 없는 하녀 하나가 멀찍이에서 말을 걸었다.

에스텔라는 고개를 갸웃했다.

"무슨 할 이야기가 있니?"

"제가, 제가 다음 달에 결혼을 하는데, 아가씨의 축복을 나눠 주실 수 없을까요?"

아하, 그런 거라면 좋다. 얼핏 날카롭게 대응하려던 직속하녀들의 태도도, 그 무례함에 놀란 영애들의 태도도 부드럽게 풀어졌다. 결혼은 모든 여자들을 공감하게 하는 힘을 가지고 있었다. 그것만이 그녀들의 인생에서 전부였으므로 그 불안감도, 무게도 서로 잘 알고 있었기 때문이다.

에스텔라는 알리시아에게 말했다.

"리샤, 네 꽃을 한 송이 받을 수 있을까?"

"네, 언니."

알리시아가 들고 있던 작은 흰 장미 다발에서 꽃 한 송이를 뽑아 에스텔라에게 건네주었다. 그녀는 하녀에게 꽃을 내밀었다.

"부케는 주기로 약속한 사람이 있어서 안 되니까 이걸로 만족해 줘."

하녀가 공손하게 두 손을 내밀었다.

에스텔라는 그 손이 떨리는 것을 먼저 보았다. 다음 순간 하녀의 소맷자락에서 짧은 칼이 튀어나왔다.

티소엔과 에스텔라는 거의 동시에 움직였다. 에스텔라가 몸을 빼면서 하녀의 손목을 틀어잡고 티소엔의 검집이 그녀의 턱을 가로막아 뒤로 끌어냈다.

"헉!"

"꺄아악!"

"아가씨!"

"피! 피가! 세상에!"

비명이 메아리쳤다. 에스텔라는 손을 내저어 괜찮다고 신호했다. 다친 곳은 없었다. 그러나 순백색 웨딩드레스의 옆구리가 싯붉게 물들어 있었다.

"내 상처는 아니야. 다친 데 없어."

"세상에. 이거 옷을 어쩌죠?"

"에스텔라 영애!"

그녀가 진정시키려고 애써도 영애들은 어찌할 바를 몰랐다. 지나치게 기합을 주어 허리를 졸라맨 플뢰르 영애가 현기증을 일으켰다. 하녀들은 우왕좌왕했다.

"모두 조용!"

에스텔라가 큰 소리로 고함을 쳤다. 그리고 울먹거리기 시작하는 알리시아의 등을 토닥여 바르톨로뮤 백작부인에게 맡겼다.

"울어 버리면 화장을 다시 해야 돼. 내 결혼식에 시커먼 얼굴로 들러리 할 건 아니지? 레프 경은 플뢰르 영애를 잠깐 안으로 모시고."

"찢어진 부분을 보여 주십시오."

예르켈이 나섰다. 그는 신중하게 피가 번져 붉게 물든 부분을 살펴보았다. 칼이 닿기는 했지만, 살짝 걸린 것뿐이다. 드레스 원단이 워낙 얇아서 그것만으로도 찢어졌다. 핏자국은 아마도 하녀가 칼을 다루는 것에 서툴러 제풀에 손을 베이는 바람에 생긴 모양이었다.

"부상은 없으십니다."

그가 말하고 나서야 바르톨로뮤 백작부인을 비롯하여 사람들이 안도의 한숨을 내쉬었다.

"하지만 웨딩드레스에 피가 튀다니, 아가씨, 이거 뭘 덧댄다고 해도 원단이 얇아서 커버하기 어렵겠어요."

"이건, 이건 너무 불길해요."

웅성웅성 고용인들 사이에서 여러 개의 시선이 오갔다. 에스텔

15

라는 침착하게 사방을 한 번 둘러보았다.

오늘을 위해서 반년 가까운 시간 동안 준비를 했다. 대관식은 더 늦출 수 없다. 이미 시작된 예식을 중단할 수도 없을뿐더러 하루가 늦어질 때마다 리스크가 얼마나 늘어날지 상상도 할 수 없었다.

그녀는 배웅을 하러 나와 있던 리디아에게 손짓했다. 그녀가 한숨을 내쉬고 고개를 절레절레 저었다. 이미 심부름을 간 리디아의 도제 중 하나가 헐레벌떡 흰 레이스와 코르사주를 잔뜩 안고 달려왔다.

"혼신의 힘을 기울인 아가씨의 드레스가 멀쩡하게 돌아올 리가 없으니 이미 준비를 해 뒀어요."

"어, 응. 고마워."

유능함에 감사를 느끼기는 했으나 민망한 구석이 더 컸다.

리디아가 그녀의 앞에 무릎을 꿇고 앉아 비단실로 찢어진 부분을 척척 꿰매더니 능숙하게 코르사주를 달았다. 루신다도 차림새를 가다듬는 것에 손을 보탰다. 여태 에스텔라가 멸망시킨 드레스가 몇 개였던가. 그녀들은 어떤 사태에도 대처할 수 있도록 완벽하게 준비되어 있었다.

"부케를 조금 바꾸는 게 좋겠어요. 시선이 모이도록요. 루신다, 가능할까요?"

"뭔가 문제가 생기지 않을까 해서 준비는 이것저것 해 뒀으니까 문제는 없어요. 붉은색 작약을 넣을까요? 시선을 확 잡아끌 수 있도록?"

"그게 좋겠네요. 여기에 이렇게 꽃을 많이 달면 시야가 이쪽으로 올 수도 있으니까. 피 묻은 게 눈에 띄지 않으려면 그렇게 해

16

서 시선을 다른 쪽으로 옮기는 게 낫겠군요. 어깨에도."

리디아는 작은 단을 놓고 올라가 에스텔라의 반대쪽 어깨에도 코르사주를 달았다. 그러는 사이에 루신다는 부케를 가지고 가서 사이사이에 붉은 작약을 몇 송이 끼워 넣었다.

"와! 괜찮아요, 아가씨! 하나도 안 보여요!"

"허리에 너무 시선 집중되는 거 아니에요?"

"어깨도 좀 부해 보이는 거 같아요."

"아니다, 부케 봐요, 부케! 저거 들면 다 가려질 거예요!"

루신다의 손재주는 좋았다. 그녀는 붉은 작약을 꽂기 위해 뽑아낸 복숭아색과 흰색 작약들을 솜씨 좋게 꿰고 리본과 다이아몬드를 달아 부케를 길게 늘어지는 형태로 만들었다. 자연히 시선이 그것을 따라 흘러내렸다.

에스텔라는 그녀들이 매무새를 다듬는 동안에 레프 경에게 하녀를 데려오라고 시켰다.

하녀는 벌벌 떨며 울고 있었다. 에스텔라는 허리를 똑바로 세우고 고개를 돌리지 못한 채 눈만 돌려 그녀를 바라보았다.

"왜 그랬니?"

해칠 의도가 없다는 건 알고 있었다. 마지막까지 살기도, 투기도 없었기에 반응이 늦었다. 찌르려는 손끝에는 망설임이 가득했다.

게다가 그런 작은 칼로는 제대로 드레스를 입은 여자를 찌를 수없다. 코르셋을 뚫지 못하리라는 것을 귀족가에서 일하는 하녀가몰랐을 리 없다. 기껏해야 드레스를 찢는 게 목적이었을 것이다.

"오늘, 오늘 식장에 가시면 안 돼요."

"왜 그렇게 생각하는지 말해 봐."

"아가씨를 여신에 대한 배역 행위로 델린이, 델린이……."

"델린?"

에스텔라는 오랜만에 듣는 이름에 놀랐다. 하녀가 바닥에 주저앉았다.

"델린이, 도저히, 말, 끅."

말하다 말고 하녀가 목을 틀어쥐었다.

"꺄아악!"

"헉!"

레프 경이 놀라서 뒤로 물러섰다. 하녀의 발밑에서 푸른 불길이 일어나더니 순식간에 거기에 휩싸였다. 티소엔이 에스텔라와 그녀의 사이에 끼어들어 몸으로 가로막았다. 놀란 리디아와 루신다도 손을 멈추고 몸을 움츠렸다. 하녀들이 모두 겁에 질려 뒤로 물러났다.

불길이 가신 자리에는 그을음만 조금 남아 있었다.

"말을 할 수가 없어서 이런 행동으로 나온 건가."

에스텔라는 씁쓸하게 중얼거렸다. 프리스든이 조심스럽게 물었다.

"어떻게 할 건가?"

"어떻게 하겠어요. 가야죠. 리디아, 드레스 마저 고쳐 줘."

"하, 하지만 아가씨……."

"대관식은 이 이상 늦출 수 없어요. 이 일은 개인적인 돌출 행위인 것 같고."

"하지만 여신에 대한 배역이라면 역시……."

그녀의 정체를 알고 있는 프리스든이 염려스럽게 중얼거렸다. 에스텔라는 그에게 고개를 저어 보였다.

"염려하실 것 없습니다. 일단은 대관식을 치르는 게 우선이에요. 다른 어느 것보다도 무조건 대관식이요."

에스텔라가 그렇게 말하자 프리스든이 결의에 찬 얼굴로 고개를 끄덕였다.

다소 시간이 걸렸지만, 리디아는 옷을 감쪽같이 수선해 냈다. 저택에서 물도 마시고 마음을 충분히 진정시킨 영애들도 창백한 얼굴로 밖으로 나왔다.

"언니, 정말로 이대로 결혼식장으로 갈 거예요?"

"내 목숨이 왔다 갔다 하는 자리라는 걸 모르고 온 거 아니잖니?"

불안하게 묻는 알리시아에게 에스텔라는 딱 잘라 말했다. 그리고 먼저 마차로 오르는 발판을 밟았다.

두려움과 걱정 때문에 전송하는 사람들의 분위기는 기쁨과 흥겨움에 찬 것이 아니라 비장했다. 말 한 마디 꺼내지 못한 채로 침묵이 돌았다. 에스텔라는 사람들을 향해 미소를 던졌다.

"나 결혼하러 가는데 이러면 안 되지."

"하지만 아가씨……."

"죽으러 가는 거 아니야. 결혼하러 가는 거지. 마르텐, 내일부터는 또 이사 준비 때문에 바쁠 텐데, 오늘은 놀아. 이따 대혼례 끝났다는 소식 들리면 피로연 열어."

"아가씨……."

"결혼식 피로연이 허술하면 복 달아나. 내 말 알아들었지?"

"알겠습니다."

집사보 마르텐이 엄숙하게 고개를 숙였다.

프리스든과 에스텔라가 마차에 오르자 뒤따라 영애들이 우르르 올라탔다. 티소엔이 문을 닫았다. 아무도 말을 하지 못하고 조용했다. 다들 충분히 설명을 들었음에도 이게 결혼이 아니라 싸움의 일부라는 걸 이제야 이해한 것이다.

에스텔라는 등을 꼿꼿하게 펴고 숨을 들이쉬었다. 우울감 같은 것으로 갈등할 여유가 없었다.

신부를 태운 마차가 도착할 시간이 되었는데도 오지 않았다. 식장에 혼자 선 채로 클레오르는 신경질적으로 장갑 끝을 만지작거렸다.

결혼식장은 신전의 본당에 준비되어 있었다. 버진 로드는 길고 높은 계단을 지나 저 아래의 정문까지 이어졌다. 하객들은 신분에 따라 본당의 식장 안에 자리를 잡을 수 있기도 했지만, 그렇지 못한 사람도 많았다.

초대되지 못한 하객들이 앞마당과 정문 밖을 가득 메웠다. 귀족들만이 아니라 평민들 중에도 대혼례를 구경하러 나온 사람의 수가 적지 않아 그야말로 구름과 같은 인파를 이루었다.

클레오르는 약속된 시간에 나와 30분째 기다리고 있었다. 도중에 웨딩드레스에 사소한 사고가 일어나서 조금 늦을 거라는 소식은 들었지만, 생각보다 더 늦다. 신랑 들러리로 나선 발데마르 경이나 불쌍하게 여기에서도 시중을 들고 있는 에버니저 보좌관이 점점 기분이 가라앉아 가는 그의 옆에서 식은땀을 닦았다.

조금씩 수런거림이 퍼졌다. 사고가 웨딩드레스에 일어난 것이라 해도, 결혼식장까지 오는 신부에게 무언가 문제가 생겼다는 것만으로도 나쁜 소문이 나기에는 충분했다.

"전령을 다시 보내 볼까요?"

"더 기다려. 무슨 큰일이 생겼을 리는 없으니까."

에스텔라 옆에는 티소엔도 있고 근위대도 보냈다. 설령 문제가 있다고 하더라도 위험한 일이 있다는 전갈 정도는 제때 올 것이다. 괜히 자기가 서둘러 초조해하는 것을 드러내는 쪽이 좋지 않다.

그 참을성에도 한계가 오고, 수런거림이 마침내 표가 날 정도로 웅성거리는 소리로 변했을 즈음에야 길 저편에서 신부를 태운 백색 마차가 나타났다.

저 멀리에서 외치는 와아아, 하는 함성이 본당 안까지 들려왔다. 클레오르는 바깥까지 나가고 싶은 것을 애써 참았다. 에스텔라를 상대로 기 싸움을 할 생각은 없다. 그러나 지켜보고 있는 사람들을 생각해서 어떤 종류의 초조감도 드러내지 않아야 했다. 입가에 여유 있는 척하는 미소를 걸었지만, 마음은 떨렸다.

함성이 신전의 정문을 통과했을 즈음에 발데마르 경이 말했다.

"마중하러 가시죠."

클레오르는 긴장한 나머지 미소하는 것도 잊고 입가를 굳혔다.

그는 신전의 입구까지 천천히 걸어갔다. 에스텔라는 프리스든 남작의 손을 잡고 계단을 오르고 있었다. 네 명의 들러리들이 그 뒤를 따랐다.

베일에 가린 얼굴은 보이지 않았다. 그러나 아름다웠다. 새하얀 코르사주가 달린 어깨로부터 부드럽게 흘러내린 레이스가 부케에 섞인 붉은 꽃으로 시선을 잡아 모으고, 허리에 달린 꽃 장식까지 합쳐져 마치 온몸이 꽃에 파묻힌 듯했다.

클레오르는 깊게 숨을 들이쉬었다. 그럴 때가 아니라는 것을 알고 있다. 이 자리는 결혼하여 한 여자와 인생을 함께하자는 서약으로서가 아니라 신분과 지위를 확정하고 황제의 관을 정당하게 쓰기 위한 절차로서 인생에서 가장 중요한 자리였다.

그러나 지금 이 순간에 그의 가슴은 그런 모든 것을 잊고 그저 뛰었다. 무심결에 온 얼굴로 환한 미소를 짓는다.

그가 미소하며 두 팔을 벌리는 것을 본 계단 아래의 하객들이 환호성을 질러 댔다.

원래 신부의 아버지는 제단 앞까지 신부를 인도하여 신랑의 손에 인계하지만, 프리스든 남작은 신전 앞에서 에스텔라의 손을 건네줄 수밖에 없었다.

에스텔라는 긴장하여 어깨가 좀 아픈 것을 느꼈다. 클레오르가 그녀의 손을 살짝 받쳐 들었다.

"웨딩드레스에 사고가 있었다더니? 이렇게 예쁜데."

"사고가 난 상태예요. 드레스에 피가 묻었어요."

"다쳤어?"

클레오르가 안색을 굳혔다. 베일 안에서 에스텔라는 나직하게 소곤거렸다.

"아뇨. 제 피는 아니에요. 경고가 있었어요. 오늘 무슨 일이 생길 것 같아요."

악단이 연주하는 음악 대신 사제들이 부르는 찬송가가 신전 안에 온통 메아리쳤다. 클레오르는 몸을 긴장시켰다. 설렘이 썰물처럼 빠져나가고 긴장이 퍼졌다.

"괜찮아. 예상하고 있던 일이잖아."

"네."

잠시나마 마음을 두근거리게 만들었던 감정들이 곧 밑바닥으로 가라앉았다. 손을 잡고 걷는 일은 사무가 되었다. 둘은 복도에 깔린 버진 로드를 천천히 밟아 제단까지 향했다. 박수 소리가 가득 찼다. 제단에는 황금과 보석으로 장식된 성서가 놓여 있고, 그 앞에는 긴 예복을 걸친 늙은 사제가 서 있었다.

예식의 절차를 수백 번도 넘게 연습하고 암기했다. 에스텔라와 클레오르는 여신의 신상 앞에 나란히 무릎을 꿇었다. 사제가 제단의 성서를 열어 세베르이나가 부부에게 준 의무를 읽고 새로 부부가 되는 이들을 위해서 만들어진 축복의 잠언들을 읊었다. 오랜 세월 동안 다듬어진 기도문은 노래하는 것과 비슷했다.

사제의 기도문이 끝났다. 마치 그것에 이어지듯이 성가대의 송가가 시작되었다. 그 안에서 에스텔라는 훗날 오래도록 두 사람의 혼인을 증명하게 될 성서에 입을 맞추고, 그 제일 앞에 끼워진 결혼 서약서에 서명했다.

혼인이 성립되었음이 사제의 입으로 선언되었다. 두 사람은 천천히 일어섰다. 에스텔라는 신기하게 생각했다. 지금 이것으로 부부가 되었다. 이렇게 쉬운 일인가.

웨딩드레스를 장만하고 피로연과 청첩장을 준비하고 수많은 사람에게 인사하고 반년 가까운 시간 동안 성소에서 재계하는 등의 길고 막대한 절차가 고작해야 서명을 한 번 하는 일로 마무리되었다.

그리고 그 반년간의 모든 일을 전부 합쳐도 그것이 그녀를 아버지의 딸도, 에스텔라라는 이름의 여자도 아니라 어떤 남자의 아내로 만들고 그 인생 전부를 바꾸기에 충분한 절차라는 생각이 들지 않았다.

물리적으로도 변한 것은 아무것도 없었다. 대혼례가 대관식과 연관되어 성검과 성창의 계승에도 관련되는 것이라면 뭔가 좀 더…… 어떤 신비한 것이 있어야 하지 않는가, 하는 의문이 들었다.

클레오르가 그녀의 왼손 약지에 반지를 끼워 주었다. 그때,

"이 결혼은 부정합니다. 신부에게 자격이 없으니까요."

누군가가 앞으로 나서며 높다랗게 외쳤다.

낯익은 목소리였다. 어느 정도는 예상하고 있었지만, 에스텔라는 아니기를 바랐었다고 조금 가슴 아프게 생각했다.

돌아보자 검고 깔끔한 드레스를 조촐하게 차려입은 델린이 당당하게 서 있었다.

에스텔라는 그녀를 가만히 바라보았다. 혹시 그저 닮았을 뿐인 사람이 아닌가 생각해서. 그녀가 아는 델린은 이런 장소에서 저렇게 남의 눈을 조금도 신경 쓰지 않고 말할 수 있는 소녀가 아니었으니까. 그러나 모습도, 목소리도, 델린 그 자체였다.

시종들이 황급하게 본당의 문을 닫았다. 클레오르가 느릿하게 말했다.

"이게 무슨 무례인가? 그대는 여기에 어떻게 들어왔는가?"

"이야기 정도는 들어 봐도 좋지 않겠습니까, 형님?"

이시도르가 끼어들었다. 클레오르는 천천히 시선을 돌려 좌중을 둘러보았다. 그러고 보니 오늘의 하객 속에 알비나와 콘스탄체는 없다. 아르데나도 없고, 미리엄 황자비도 없다. 오히려 이시도르가 참석을 통보했을 때에 의아하게 생각했었다.

"형님의 인생 같은 시시한 것이 문제가 아니라 제국의 황후를 모시는 일입니다. 당연히 의문 같은 건 하나도 끼어들지 못하도록 해야지요."

"네가 그 여자를 들여보냈나?"

에스텔라가 나서려는 것을 가로막고 클레오르가 말했다. 그는 델린이 누구인지 기억하고 있었다. 그렇기에 더욱더 에스텔라를 막았다. 사건이 정확해질수록, 규모가 커질수록 이시도르가 감당해야 할 대가는 커질 테니까.

이시도르가 씩 비웃음을 지었다.

"그렇습니다. 돌아가신 아버님을 위해서도 감히 황실이 여신의 앞에 거짓을 행하는 일은 있어서는 안 되지 않겠습니까?"

"하면, 너는 여신의 제단 앞에서 내가 행하는 일과 내 신부의 정직보다도 그 아가씨의 말을 믿는다고 주장하는 것이로구나."

클레오르가 냉정하게 말했다. 이시도르는 신성한 제단을 걸고 하는 말에 움찔했으나 이번 일에 확신을 가지고 있었으므로 고개를 끄덕였다. 나그랑 백작이 이시도르의 말을 거들었다.

"보통 사람에게도 결혼은 중대사입니다. 하물며 대혼례라면 말할 것도 없습니다. 이시도르 저하의 말씀에 틀린 부분이 없습니다, 전하. 이야기를 들어 보는 것뿐인데 무엇이 어렵습니까? 신부는 정결해야 합니다. 사실, 아르투르 영애의 과거사에는 불확실한 부분이 너무 많지 않습니까?"

바르톨로뮤 백작이 그 말에 발끈하여 나서려는데, 클레오르가 "좋아."라고 말했다.

에스텔라에게만이 아니라 클레오르에게도 결혼식은 아마 평생의 한 번이다. 그녀를 붙잡아야 하기 때문에 어쩌면 그에게 더 신경 쓰이는 일일지도 몰랐다. 그것을 이렇게 방해받자 예상 안의 일이라 할지라도 짜증스러웠다.

"말해 봐."

"황공합니다, 황태자 전하. 그리고 하객으로 오신 귀인들이시여. 저기 서 있는 신부는 남자입니다."

델린이 두 손을 모으며 무릎을 구부리고 말했다. 그리고 에스텔라에게 인사했다.

"오랜만이에요, 에스틴 경. 이렇게 감쪽같이 모든 사람을 속이다니 천벌이 두렵지 않은가 봐요."

"델린."

에스텔라는 미안함과 서글픔을 느꼈다.

저기에 있는 것은 델린이지만, 델린이 아니다. 에스텔라는 알수 있었다. 저기 있는 서늘하고 아름다운 여자는 마녀다. 조금 덜렁대고, 잘 웃고, 다소 눈치가 없고, 게으른 에스틴을 염려하여늘 잔소리를 하던 그 델린이 아니다.

에스텔라에게는 거기 있는 여자가 콘스탄체처럼 보였다. 그런 생각을 하며 바라본 순간, 델린이 방긋 미소를 지었다.

그 순간에 그녀는 깨달아 버렸다. 진짜로 콘스탄체다. 어떻게 했는지는 모르지만, 저 안에 있는 것은 틀림없이 그녀였다.

설령 델린이 마녀의 씨앗이었다 하더라도, 에스텔라와 관련이 없었더라면 이렇게 이용당하는 일은 없었을 것이다.

에스텔라는 미안해지고, 동시에 화가 치솟았다. 콘스탄체에게 몸을 빼앗겼다면 그녀의 영혼은 어디로 갔을까. 그녀의 몸이 살아 있고 설령 델린으로서의 기억을 모두 갖고 있더라도 그 마음을 잃어버렸다면, 그녀의 어머니, 아버지, 언니, 여동생은, 그리고 이제까지 델린이라는 이름으로 살아온 그녀 자신은, 대체 어디에 갔단 말인가.

하객들이 수군거렸다. 시선이 아프도록 꽂혀 왔다. 에스텔라는 태연을 가장하고 등을 쭉 폈다. 한편에 서 있는 신부 들러리들이 충격받은 얼굴을 하는 것이 가슴 아프다.

어쩐지, 라고 속삭이는 의혹의 대부분은 그녀의 검술과 체형을 꼬집는 말이었다. 전자도, 후자도 자존심이 상하는 일이었으나 그녀를 진짜로 아프게 하지는 못했다. 사실 거의 모든 일이 그랬다. 전자는 긍지였고 후자는 긍지를 뒷받침해 주는 요소 중의 하나였으니까.

이시도르가 손을 들었다. 그의 수하 중 한 명이 갈색 머리의 청년을 끌어다가 버진 로드에 팽개쳤다. 나딩구는 그 청년의 얼굴이 낯설었다.

에스텔라가 아무 생각도 없이 쳐다보자 이시도르가 입가를 비틀었다.

"황태자비께서는 친동생도 못 알아보시는 모양이시오."

그러고 보니 본 듯도 싶었다. 클레오르가 미소를 지었다. 그는 물론 청년이 누구인지 정확히 알고 있었다. 완벽하게 통제할 수 있는 사람을 골라 뽑거나 도중에 살해해서 입을 막지 않고 방치하고 있었던 것은 지금 이런 상황을 기대했기 때문이다. 당시에만 해도 에스텔라가 공격받는 것 자체가 이렇게 화나는 일이 되리라고는 생각하지 않았다.

이시도르가 말했다.

"네가 누구인지 말해 봐라."

"저는, 저는……."

클레오르의 미소를 본 청년이 벌벌 떨었다. 그러나 고문의 기억이 그를 완전히 굴복시켰다. 청년은 바닥에 납죽 엎드렸다.

"저는, 핀 앨븐이라 하고, 에스틴 아르투르로 위장하고 백작의 작위를 받은 후에 데즈 남작령까지 갔던 사람입니다."

"호오. 내가 자네에게 작위를 주었다, 그 말이로군."

"그럴 수밖에 없지요. 에스틴 경은 거기 웨딩드레스를 입고 서 계시니, 대신 흉내 내서 작위를 받고 멀리 떠나는 척할 사람이 필요하지 않겠어요?"

델린이 말했다.

"제가 에스틴 경의 집에서 일한 게 몇 년이라고 생각하세요? 알아보지 못하리라고 생각하세요? 당당한 남자가 그런 몰골로 부끄럽지도 않으세요? 게다가 감히 여신의 앞에서, 두려운 줄도 모르고 거짓 맹세를 하다니!"

당당한 남자가 그런 몰골이라니. 여자로서 인생의 전환점을 장식하는 가장 아름다운 순간의 모습도 남자에게는 몰골밖에 되지 않는다.

에스텔라는 소리 내서 웃어 버리고 말았다. 불쌍한 델린, 넌 날 못 알아봤잖니. 그 말이 목구멍을 간질였다.

그리고 콘스탄체, 나에 대해서 이미 나 자신보다 더 잘 알고 있다는 그녀가 대체 뭘 노리고 이러는 건가.

그녀가 웃자 이시도르의 얼굴이 팍삭 일그러졌다. 티소엔이 성큼성큼 앞으로 나섰다.

"델린 양은 그 말에 책임질 수 있습니까? 황자 저하께서는 고작해야 두 사람의 불확실한 증언만 가지고 신성한 대혼례식장에서 감히 황태자비의 부정함을 주장하시는 겁니까?"

"나보다도 크렐리디안 경이 더 잘 알고 계시지 않은가? 친구를 위해서 약속된 출세를 버리고 황후궁의 기사가 되기로 했을 정도이니 어지간히 친하지 않고서야."

"모시는 분을 이 이상 모욕한다면 기사로서 가만히 있지 않겠습니다.”

“티소엔, 나서지 마.”

에스텔라가 작게 말했지만 티소엔이 들을 리 없었다. 이시도르가 콧방귀를 뀌었다.

“본인이 당당하다면 증명하면 될 일 아닌가?”

“무슨 증명이요? 숙녀가 자신의 명예를 증명하기 위해 사실을 말하는 것 이상의 무엇이 필요합니까? 이게 지금 온당한 태도입니까? 행여나 여인에게 다소간의 흠이 있다 하더라도, 부정하다고 주장하는 사람이 있다는 것을 알게 된다면 살짝 귀띔하여 작은 일을 크게 만들려는 사람들에게 대처할 수 있도록 도움을 주고, 흠이 없다면 그 결백의 증명을 돕기 위해 애쓰는 것이 올바른 남자의 도리가 아닙니까? 축복해야 할 날에 결혼식장에 들어와 서약서에 서명하기를 기다렸다가 이런 식으로 신부의 명예를 망치려 하다니, 제가 에스텔라 님의 기사가 아니라 단순히 하객으로 이 자리에 와 있더라도 저하의 얼굴에 장갑을 던졌을 겁니다.”

그가 성난 태도로 으르렁거리며 칼자루에 손을 얹었다. 카이덴 후작과 자작이 삽시간에 늙어 버린 얼굴로 그를 잡으러 달려 나왔다.

클레오르가 그 사이에 부드럽게 끼어들어 섰다.

“물러나게.”

“전하!”

“이렇게까지 했으니 이시도르도 뒷감당할 자신이 있는 거겠지. 몇 시간 안에 황후가 될 내 신부를 이렇게 심하게 모욕했으니, 죽어 마땅한 죄다.”

그가 이를 드러내며 사납게 웃었다.

에스텔라는 자기 손으로 베일을 벗으며 앞으로 나섰다. 그리고 두 남자에게 손을 내저어 물러나게 했다.

티소엔은 클레오르에게 앞을 가로막힌 것에 분기탱천했지만, 에스텔라의 손짓에는 고분고분하게 고개를 숙이고 뒤로 물러났다. 클레오르도 알았다는 듯이 어깨를 으쓱하고 두 손을 들어 보였다.

그녀는 천천히 제일 앞으로 나섰다.

"저하께서는 지금 제가 남자라서 이 자리에 설 자격이 없다고 말씀하고 싶으신 것 같은데……."

에스텔라는 흘끗 델린을 바라보고, 무표정을 고수했다. 감정을 드러내면 클레오르처럼 여유 있는 미소나 상처받고 분노한 표정이 아니라 슬픈 얼굴밖에 하지 못할 것 같았기 때문이다.

"제가 부정한 신부가 아니라 여신의 앞에 서기에 부끄럼 하나 없이 정결한 처녀의 몸이라는 것을 어떻게 확인시켜 드리면 될까요?"

"뭐……?"

"확인시켜 드리고 싶은 마음은 굴뚝같지만, 여기에서 옷을 벗을 수도 없는 노릇 아닙니까?"

술렁거림이 다시 한 번 퍼져 나갔다. 이시도르의 말이 틀린 것이 아니냐는 의혹이 퍼졌다.

이시도르는 얼굴을 한 번 쓸어내렸다. 에스텔라가 워낙 당당하게 나오니 식은땀이 바짝 났다.

「네 맘대로 하렴. 언제는 네가 내 말을 들었니? 애도 아닌데 일일이 뭘 해도 되는지, 하면 안 되는지 알려 줘야 하니? 네 맘대로 하고, 책임도 네가 지면 그만이지.」

　하시프 후작부인으로부터 이 일에 관해 들었다면서 콘스탄체는 시큰둥하게 그렇게 대꾸했었다.
　그것이 그냥 하는 말일 줄 알았다. 그는 알비나로부터 이후 알펜슈타인의 제국을 맡도록 결정된 사람이 아닌가. 성검과 성창 역시 그가 관리하게 될 것이다. 콘스탄체는 결코 진짜로 그를 무시할 수 없을 터였다.
　사건은 이미 돌이킬 수 없는 상황까지 와 있었다. 사람들의 시선이 이시도르의 입술에 꽂혔다. 시야 끝에서 나그랑 백작이 창백해진 채로 '그만'이라고 입 모양을 해 보이는 게 보였다.
　그러나 그는 책임지는 것에 익숙하지 않았으므로 상황을 이내 제게 유리한 쪽으로 일방적으로 판단했다. 에스텔라의 여유 있는 태도가 가장이리라고 생각한 것이다.
　"뻔뻔스럽긴."
　실제로는 숙녀의 명예를 핑계 삼아 증명하지 않으려 들 것이라고 생각하고 그는 내뱉었다.
　에스텔라가 찬찬히 좌중을 둘러보았다.
　"이렇게까지 저를 모욕하시니, 온갖 수치심을 감수하고서라도 결백을 증명하지 않을 도리가 없네요. 몇 분이 저의 결백을 증명할 수 있도록 도와주시겠어요?"
　몇 사람의 노부인이 벌겋게 변한 얼굴로 일어섰다. 대부분 중립이라고 말해야 좋을 가문의 사람들이었고, 모두 이제는 더 이상 사교계 활동을 하지 않더라도 과거의 명성으로 지금도 여러 사람의 존경을 받고 있는 사람들이었다. 에스텔라는 거기에 더하여 나그랑 백작부인과 슬라드 백작부인을 지명했다. 그 두 사람은 명백히 이시도르를 따르는 사람이다.

여인들이 사제를 따라 신전 안쪽에 마련되었다는 방으로 들어가자 긴장된 분위기가 본당에 흘렀다. 클레오르는 팔짱을 끼고 이시도르를 바라보았다.

침묵이 가득했지만, 시끄럽게 느껴질 만큼 본당 안의 분위기가 어수선했다. 티소엔이 풍기는 살기가 같은 기사들만이 아니라 평범한 사람들조차도 피부로 느낄 만큼 뾰족하게 날을 세워 넘실댄다. 클레오르도 태연한 얼굴을 하고 있지만, 폭발 직전이라는 것은 명백했다.

이시도르가 불안하게 서성거렸다. 그럴 리가 없다. 그럴 리가 없다고 생각하려고 애썼지만, 생각이 빙글빙글 돌아 부정적인 방향으로 움직였다. 그는 휙 델린을 돌아보았다. 델린은 미소를 짓고 있었다.

클레오르가 저벅저벅 가짜 에스틴의 앞까지 다가갔다.

"황태자비모독죄가 곧 황후모독죄가 되겠군."

낮은 목소리가 싸늘하게 울렸다.

오래지 않아 노부인들이 몰려나왔다. 나이 여든이 넘은 글렌 후작대부인이 지팡이를 짚고 앞으로 나서서 엄숙하게 말했다.

"이 노파가 처음으로 구두를 신고 사교계에 나선 게 70여 년 전입니다만, 일찍이 어떤 숙녀도 일생에서 가장 중요한 순간에 이런 터무니없는 모욕을 받는 것을 본 적이 없습니다."

이시도르는 당황하여 두 백작부인을 쳐다보았다. 슬라드 백작부인은 그를 외면했고, 나그랑 백작부인은 눈웃음을 치며 말했다.

"황태자비께서 정말로 남자이셨다면, 신전에서 먼저 알지 않았을까요? 성소에서 재계를 몇 달을 하셨는데요.”

그 순간에 이시도르는 자신이 완전히 버려졌다는 것을 알았다.

드러나게 목소리로 나그랑 백작부인에게 동의하는 사람은 없었지만 분위기는 완전히 클레오르 쪽으로 돌아섰다.

오필드 공작과 아말리네 공작이 제일 먼저 일어서서 클레오르의 앞에 한쪽 무릎을 꿇었다. 나서서 이시도르의 말을 부정하지 않은 것만으로도 그가 겪어야 했던 치욕에 한 손을 거든 셈이다. 그것을 사죄하는 것이다.

두 공작에 뒤이어 대부인을 모시고 나온 글렌 후작과 카이덴 후작이 무릎을 꿇었다. 그것을 시작으로 모든 귀족이 일어섰다. 본당에까지 들어온 귀족이라면 모두 신분이 높은 고위 귀족이었으나 어느 누구 하나 예외는 없었다. 감히 책임의 경중을 논할 수조차 없는 일이었다. 심지어 이시도르의 말을 거들었던 나그랑 백작은 두 무릎을 다 꿇었다.

갑옷을 입고 사위를 지키던 기사들이 절그럭거리며 다가와 이시도르의 팔을 꺾어 잡았다. 그리고 강제로 무릎을 꿇렸다.

“이게, 이게 무슨 무례냐!”

퍽!

기사 하나가 주먹으로 그의 뺨을 쳐서 입을 다물렸다. 클레오르는 팔짱을 끼고 비스듬히 그들을 내려다보았다.

“나는 널 용서하려고 꽤 오래 애썼다, 이시도르. 너도 알고 있겠지만.”

“……퉷.”

“결국 누구에게도 쓸모없는 사람이 되었구나. 이래서야 선황께서 널 믿지 못해 아무것도 모르는 내게 대뜸 황태자의 홀부터 쥐여 주려 하신 게 무리가 아니었지."

"네가, 먼저 태어났다는 것 말고 나보다 나은 게 뭐였는데?"

이시도르가 이를 악물고 내뱉었다.

"너도, 저 사내나 다름없는 계집도, 핏줄 말고는 가진 것도 없는 주제에 귀인인 척하는 게 똑같이 천박한 암캐수캐지. 제대로 교육받은 적도 없고, 품위 있는, 킥!"

또다시 기사가 그의 뺨을 후렸다.

클레오르는 몸을 쭉 펴고 좌중을 둘러보았다. 그것참, 이렇게 화낼 일이 아닌데 말이다. 멍청이가 멍청하게도 신성한 대혼례 중에 신부를 배역죄로 모함한다는 거대한 일을 저질러 주었다. 그는 날뛰어도 누구도 책망하지 못할 큰 명분을 얻었다. 일이 잘되었음을 기뻐해야 마땅했다. 일찍이 대관식 날부터 이런 식으로 귀족에게 굴복을 받아 낸 황제는 없었다.

이 모욕에 그 이상의 중대한 의미는 없다. 에스텔라가 에스틴이라는 것은 사실이다. 그녀는 남자로 오해를 받았다고 해서 상처받고 그럴 사람은 아니다. 그는 에스텔라가 여자임을 처음부터 알고 있었으므로, 이런 식으로 일이 풀린다면 훌륭한 명분이 되어 주리라고 생각하고 핀 앨범을 풀어 놓기까지 했다.

결국은 자기가 깔아 놓은 판이 아닌가. 그런데도 속이 끓었다. 에스텔라가 의연하게 대처하는 것을 보면서도 울화가 치솟았다. 티소엔처럼 노골적으로 분노를 드러낼 만큼 직정적인 성품이 아니라서 냉정한 얼굴을 유지하고 있으나 목구멍까지 뜨끈뜨끈했다.

그가 그 정도로 화내는 것을 본 적이 없는 사람들이 더 깊이 고개를 숙였다. 참으려고 애쓰는데도 다 누르지 못한 노기가 명분을 더 그럴듯하게 만들었다.

클레오르는 한 마디도 하지 않고, 침묵한 채로 에스텔라를 기다렸다. 심지어는 델린을 붙잡으라는 말조차 하지 않았다.

에스텔라가 몸차림을 다시 다듬는 데에는 긴 시간이 걸렸다. 수선하는 데에 쓰인 코르사주와 레이스가 떨어져 버렸으므로 드레스를 이전처럼 다시 차려입는 것은 불가능했다. 에스텔라는 부케를 내려놓고, 코르사주 대신에 핏자국이 묻은 웨딩드레스 위에 글렌 후작대부인의 보라색 숄을 걸치고 나왔다.

본당의 모든 사람이 무릎을 꿇었으므로 서 있는 사람은 오로지 클레오르밖에 없었다. 그게 오롯하게 우뚝 선 자처럼 보여서 에스텔라는 잠시 쪽문 앞에 서 있다가 천천히 걸음을 옮겼다. 티소엔이 살기를 죽이고 그녀의 곁으로 다가와 공손하게 수행원의 자리에 섰다.

"어떻게 할까?"

클레오르가 빙긋 웃으며 물었다. 그 눈동자 안에서 노기가 이글거렸다.

에스텔라는 의아하게 생각했다. 그가 일부러 허술하게 하여 정보를 노출시켰음은 그녀도 짐작했다. 그녀가 실제로는 여자라는 것을 알고 있다면 당연히 쓸 만한 전략이었다. 동의 없이 그랬으니 기분이 상해야 하는 것은 에스텔라 쪽이다. 클레오르가 화를 낼 일이 아니었다.

"그대의 명예와 인생을 흙발로 짓밟으려는 시도를 한 자들이야. 그대가 원하는 대로 해 줄게."

새삼 왜 이러느냐고 묻고 싶을 지경이었다. 그녀의 체면을 살려 주려는 건 알겠다. 하지만 어차피 사람들이 '황후'에게 기대하는 미덕은 다시 태어나기 전에는 얻지 못할 미모와 건강한 아들 낳는 것을 제외하면 한 가지뿐이지 않은가.

에스텔라는 작은 한숨을 내쉬고 바짝 얼어 있는 사방을 한 바퀴 돌아보았다. 내 입으로 용서하라는 말을 꼭 해야 해?

"좋은 날인데, 이런 광경을 보고 싶진 않네요."

"에스텔라."

"지금 막 충격적인 일을 당한 제게 결정하라고 말씀하지 마세요. 제가 이들을 용서했다가 여자의 감정으로 중대한 일을 망쳤다는 말을 듣고 싶진 않으니까요. 제게 혹여 결점이 있더라도 대혼례까지 기다려 이런 식으로 식전을 망가뜨린 것은 여신과 황실에 대한 모독이니, 마땅히 시간을 두고 전하께서 중신들과 의논하여 벌하셔야 할 겁니다."

"좋아."

클레오르가 차가운 목소리로 말했다.

"끌고 가라."

"고문은 하지 마세요."

델린을 생각해서 에스텔라는 그렇게 말했다. 핀 앨븐이라는 저 청년도 무슨 죄가 있겠는가. 끝까지 입을 다물지 못한 것도 책무를 다하지 못한 것이긴 하지만, 이미 고통을 겪을 만큼 겪었음이 역력하여 더 냉정하게 대할 수가 없었다.

"그대의 뜻대로 하지."

클레오르가 에스텔라의 손등에 키스했다.

그때까지 미소를 띤 채로 의연하게 서 있던 델린이 마치 뭔가 빠져나간 사람처럼 후들거리면서 주저앉았다. 눈이 크게 둥글어지며 에스텔라를 향했다. 그녀는 델린을 가만히 바라보았다.

"아, 저기, 아?"

그러나 결국은 외면할 수밖에 없었다.

클레오르가 그녀의 머리를 감싸며 눈을 부드럽게 가렸다. "걱정 마."라는 작은 속삭임 때문에 마음이 조금 풀어졌다. 에스텔라는 그를 향해 고개를 기울였다.

"이시도르를 데려가. 오늘처럼 좋은 날에 더 얼굴을 보고 싶진 않군."

기사 넷이 이시도르를 둘러쌌다. 동조의 말을 보탠 나그랑 백작을 비롯하여 몇 사람이 함께 끌려갔다.

이시도르는 기사들의 손에 잡혀 나가면서 그 둘을 쳐다보았다. 그리고 소리를 질렀다.

"콘스탄체, 콘스탄체! 이 비겁한!"

고래고래 고함을 질렀으나 아무도 들은 척하지 않았다. 언제는 누가 진실을 몰라서 모르는 척했던가. 물밑에서 벌어지는 일이 무엇인지 모두가 알고 있다. 다만 그럴듯한 명분으로 수면 밖으로 꺼내지 않으면 눈을 감을 뿐이다.

이 모든 일이 본당의 문이 닫힌 채 벌어졌지만, 흉흉한 기색이 감도는 것을 복도와 신전 앞마당까지 가득 메운 하객들조차도 눈치를 챘다. 정상적으로 예식이 치러졌다면 문이 닫힐 리가 없으니 말이다. 창가 끝에 밀려나 있던 사람들 중에 사제들이 이용하는 쪽문을 통해 몇 사람이 끌려 나가는 것을 본 이가 있었다. 누군가가 고함지르는 소리도 들렸다.

그중에 대귀족이 있더라는 이야기가 퍼지기 전에, 클레오르가 문을 열게 했다.

"괜찮아?"

"처음부터 괜찮았어요. 왜 전하가 화를 내고 그러세요? 사람 쫄리게."

"화 안 냈어."

"안 내기는 무슨. 전하가 계획한 판이잖아요, 이거?"

"……계획까지는 아니었는데."

"잘되면 대박, 아니면 말고, 그런 거 아니었어요?"

"……수당 달라는 말은 안 해?"

"나중에 머리 뽑을 거예요."

얼굴을 가까이 한 채로 소곤소곤 나누는 말은 다정한 위로와 정담처럼 보였다.

"대머리 남편도 괜찮아?"

"안 되겠네요. 전하한테서 얼굴 빼면 남는 것도 없는데."

클레오르가 난처한 얼굴로 손을 뻗어서 사제로부터 다이아몬드 베일을 받아 다시 그녀의 머리에 씌웠다. 누군가가 부케도 가져다가 에스텔라의 손에 들려 주었다.

눈치 빠른 보좌관 중 하나가 성가대에게 송가를 계속 부르게 했다. 대기하고 있던 악단이 그에 맞춰 음악을 연주하기 시작하고, 예식의 마지막에 황궁으로 향하는 행렬을 위해 준비했던 꽃과 비단 조각을 뿌렸다.

에스텔라는 그가 무엇을 하려는지 다 알지는 못했으나, 여기서 안 간다고 버둥거리는 신부도 웃기므로 순순히 몸을 기댄 채로 안기듯이 이끌려 천천히 걸었다.

클레오르는 그녀를 이끌고 신전의 정문까지 나갔다. 무릎 꿇었던 귀족과 복도에 있던 하객들이 둘을 뒤따랐다. 기사들이 거리를 적당히 벌리게 하며 공간을 확보했다.

계단 아래에 수많은 사람들이 그들을 올려다보았다. 연습한 대로 우아하게 손을 흔들어 주어야 하나 에스텔라가 생각하고 있는데, 클레오르가 그녀의 허리를 감았던 손을 풀고 자기 쪽으로 몸을 돌리게 했다.

베일이 부드럽게 뒤로 넘겨졌다. 에스텔라는 아까 손에 반지를 낀 후 베일을 벗기 전에 델린이 나섰다는 사실을 기억해 냈다. 고로 남은 절차는 맹세의 키스뿐이었다. 굳이 필요한 절차는 아니었지만.

"잠깐, 미쳤, 여기서? 읍."

허리가 꺾이도록 세게 끌어안기면서 입술이 맞붙었다.

상식적으로 맹세의 키스라는 건 살짝 입술만 댔다 떼는 게 정상인데 클레오르는 이 인파 앞에서 아예 그녀의 입술을 맞물어 열었다.

물러나려고 버둥대는 에스텔라의 발이 허공에 떴다. 여하간에 힘 하나는 장사였다. 아직 입맞춤에 익숙하지 못한 그녀는 금세 숨이 막혀 입을 열었다. 보드라운 혀가 입술 사이를 슬쩍 핥으며 에스텔라의 입안을 더듬고, 각도를 바꾸어 더 깊이 파고들었다.

에스텔라만 눈을 꽉 감고 힘껏 주먹을 쥐었다. 그러나 내지르지는 못했다. 클레오르가 한 손으로 그녀의 주먹을 쓰다듬었다. 그리고 힘이 풀려 펼쳐진 손을 마주 잡아 깍지를 끼었다. 입맞춤은 촉촉하게 그녀의 입술을 깨물며 잠깐 멀어졌다. 에스텔라는 저도 모르게 그 입술을 따라가고 말았다.

"못됐어, 진짜."

에스텔라는 밀어내려고 그의 어깨에 얹었던 손으로 기력 없이 옷자락을 움켜잡았다가 결국 목에 팔을 감고 말았다. 클레오르가 환하게 웃으면서 그녀를 반 바퀴 안아 돌렸다. 웨딩드레스의 치맛자락이 바람에 도는 꽃잎처럼 팔락였다.

두 번째 키스는 먼저 것보다 더 뜨거웠다. 고작해야 얇은 점막을 맞붙이고 혀를 빼앗긴 것뿐인데, 이렇게까지 사로잡힌 기분이 들 수 있는 걸까.

에스텔라는 힘없이 그에게 자기를 내맡겼다. 어지럼증 때문에 군중의 환호성이 멀게 느껴졌다. 그는 할 수만 있다면 이 자리에서 그녀를 통째로 삼킬 기세였다.

마녀의 저주가 낀 로맨스의 주역 취급을 받는 황태자의 열렬한 키스에 우레와 같은 환호성이 터져 나왔다.

★

"꽤 재미있었어요."

바닥에 엎드린 하시프 후작은 몸을 바르르 떨었다. 콘스탄체가 부드럽게 다리를 꼬고 앉았다. 하시프 후작에게는 등나무 꽃이 수놓인 브로케이드 자락이 움직이는 것밖에 보이지 않았다.

"하지만 의외로군요. 후작은 새로운 알펜슈타인의 재상이 되고 싶어 하는 줄로 알았는데."

"이시도르 저하가 지배자로서의 자질은커녕 온당히 군림하실 그릇으로도 보이지 않으니까요. 아직 젊으시니 차차 달라지실 수도 있겠지만, 제국의 진정한 신하를 자처하면서 어찌 그리 위태로운 가능성에 나라를 맡길 수 있겠습니까?"

"변명하려고 애쓸 필요는 없어요. 시류를 보고 라인을 갈아타는 건 당신들이 잘하는 일이잖아요."

콘스탄체는 호, 하고 갈아 낸 손톱을 입으로 불어 냈다. 시녀가 방실방실 웃으며 녹색과 연하늘색의 매니큐어를 보여 주었다.

"하늘색으로 발라 볼까?"

"네, 콘스탄체 님."

그동안에 하시프 후작은 고개도 들지 못한 채 숨을 죽이고 있었다. 알비나의 심복이었다가 이시도르를 모시는 입장으로 넘어갔으니 본래부터도 콘스탄체와는 가깝지 못했다. 주인을 버리고 이쪽으로 붙었으니 공적이 크다 할지라도 큰 약점이 함께 생긴 셈이다.

"하시프 후작."

"예, 황녀님."

"나는 말이죠, 남자에게서 쓸모를 느낀 적이 거의 없어요. 인간이라는 것 자체가 대체로 쓸모없죠. 그나마 인간 여자는 잘 가르치면 되고, 겁에 질렸을 때에는 사랑스럽기라도 하지만, 남자란……."

"저는, 귀족입니다, 황녀님. 외무부에서 오랫동안 일해 왔습니다. 황녀님께서 그리시는 큰 그림을 알고 있습니다. 외국을 상대하시려면 반드시 저처럼 경험 풍부한 남자가 있어야 합니다. 대부분의 나라에서 아직은 여자를, 억!"

바닥에서 새싹이 올라왔다가 순식간에 자라나 하시프 후작의 몸을 감고 입을 틀어막았다.

"이러니까 콘스탄체 님이 늘 남자란 쓸모가 없다고 말씀하시는 거군요."

"그래. 기본적으로 눈치가 없지. 눈치조차 없다고 해야 하나. 높은 자리에 좀 있어 봤다는 남자는 더해."

"밑바닥에서 일했다고 해도 마찬가지예요. 목재 나르는 아저씨조차도 절 여자라고 얼마나 무시하는데요. 귓구멍도 꽉 막혔어요."

시녀가 종알거리면서 콘스탄체의 손톱 가장자리에 묻은 매니큐어를 닦아 냈다.

"손, 움직이시면 안 돼요. 또 찍혔다고 불평하시지 말고요."

"조심할게. 그리고 그 남자는 죽여 버리렴."

그리고 콘스탄체가 빙그레 미소를 지으며 그를 향해 몸을 돌려앉았다.

"후작, 정자 주머니는 어차피 한두 개만 있어도 된답니다. 후작이 나에게 얼마나 헌신할 준비가 되었는지는 알겠지만, 살려 두자니 쓸모는 없고 말도 많은데 나이까지 많아요."

"으, 읍!"

"그래서 하시프 후작부인에게 물어봤어요. 후작이 필요하냐고. 남자는 오로지 필요로 하는 여자가 있을 때에나 가치가 있으니까."

하시프 후작이 발버둥 쳤다. 콘스탄체는 입술에 손톱을 얹으며 방긋 웃었다.

"절대, 영원히, 단 한 순간도 필요 없다더군요."

"으, 아아아악!"

비명만이 아련히 땅속으로 가라앉았다.

콘스탄체가 "저런, 고통은 없었을 텐데."라고 중얼거렸다.

"입술에 묻으실 거예요."

시녀가 경고했다.

"아차."

"손 이리 주세요. 다 마를 때까지 제가 쥐고 있을 테니."

시녀에게 손을 내주면서 콘스탄체는 물었다.

"대관식은 슬슬 시작했을까?"

"네, 시간은 됐어요. 제 귀에는 함성 소리가 들리네요. 와아, 새 황제 폐하 인기가 엄청나게 좋아요."

"그 얼굴에 옷을 잘 차려입고 나가면 난리가 나겠지. 당분간은 뭘 해도 인기가 오르기만 할걸."

아름다운 용모의 힘에 대해서 그녀만큼 잘 아는 사람은 없다. 천 년 세월을 인간들 틈에서 살아온 알비나도 알고 있기는 하지만, 마법 공식처럼 알고 계산하여 이용할 뿐이지 마음으로부터 이해하지는 못했다.

"그런데 콘스탄체 님."

"응?"

"이시도르 님은 정말로 버리는 건가요?"

"쓸데가 없잖니. 하시프 후작은 그나마 혀라도 잘 굴리지."

"하지만 시황제의 현신이잖아요. 새 황제 폐하보다 피도 훨씬 짙고."

"현신은 무슨. 혈통은 계승되었을 때에 의미가 있는 거야. 그냥 그 피를 담아 놓는다고 해서 후예가 될 수 있는 건 아니란다. 그렇게 치면 알펜슈타인의 혈통들보다도 작은 피 주머니에 시황제의 피를 담아 놓는 것이 진정한 성창과 성검의 주인이라고 해야 할 판인걸."

이시도르를 낳는 데에 시황제의 피가 쓰인 것은 사실이었다.

알비나는 가장 적은 노력으로 제국과 성검을 손에 넣기 위해 정통한 후계자를 이용하고자 했다. 그러나 마녀인 그녀로서는 아들을 잉태할 수 없었다. 그래서 선황의 육혈을 받아 그것으로 그릇을 만들고, 천 년 전 시황제가 흘린 피를 머금고 있던 연못에서 신성력을 품은 순혈의 요소를 모아 그릇에 부었다.

이시도르가 좋은 황제가 되든 아니든 어미이자 창조주인 알비나는 관심이 없었다. 중요한 것은 그가 대관식을 치르고 성검을 계승받을 수 있느냐 아니냐 하는 것뿐이다.

향후 남게 될 인간의 구심점으로 만들어 인간까지 통제하고자 하는 큰 계획이 있기는 했다. 하시프 후작처럼 거기에 붙어 단물을 빨려는 인간들도 있지만, 어차피 마녀들에게는 별반 중요한 문제가 아니었다.

"클레오르가 참 고맙지 뭐니. 꼭 인사를 하고 가야지."

그녀는 즐거운 듯이 웃으며 말했다.

그가 살아 돌아온 덕분에 알비나의 계획은 모두 어그러졌다. 이시도르가 평범하게 하나뿐인 후계자로서 제위를 계승했더라면 그녀가 개입할 수 있는 일말의 여지도 없었을 것이다.

"전 솔직히 콘스탄체 님이 그렇게까지 하실 줄 몰랐거든요. 그냥 내버려 둬도 콘스탄체 님이나 '어머니'께서 뜻하는 바가 없으시면 아무것도 못하실 텐데. 대관식을 치르지 않으면 성검을 줄 수 없는 게 아니었어요?"

"성검이 완전한 상태라면 그렇겠지. 그리고 뭐든 확실한 게 좋으니까. 아무 일 없이 대관식을 마치고 계승식을 하면 어떻게 되겠니?"

"황태자 전하께서 성검을 계승받고, 아마……. 아!"

시녀가 깨달은 듯이 고개를 끄덕였다. 그러나 이내 고개를 갸웃했다.

"그렇지만 이시도르 님이 아르투르 영애를 고발하게 한 건 필요하지 않은 일이었잖아요?"

"그 정도 굴욕이라도 주지 않으면 걔가 황궁의 성소에 혼자 슬쩍 들어갈 리가 없잖니. 곧 죽어도 체면은 차려야 되는데. 게다가 이건 에스텔라를 위한 일이기도 하단다. 사교계에서는 가장 먼저 아름다운 모습으로 눈물방울을 떨어뜨릴 수 있는 사람이 이기는 법이지."

"당분간은 인정이 있는 사람이라면 누구도 새 황후 폐하를 비난할 수 없게 되겠군요. 하지만, 우리 콘스탄체 님이 그것만이 목적이셨을 리가 없죠. 이시도르 님이 그렇게 싫으셨어요?"

"그냥 가벼운 여흥이란다."

콘스탄체는 후후 웃었다.

"이제 됐어요! 움직이셔도 돼요!"

시녀가 그녀의 손톱을 톡 건드렸다. 콘스탄체는 반짝거리는 손톱을 불빛에 비춰 보며 느긋하게 말했다.

"그럼 우리도 이제 슬슬 움직이도록 하자꾸나."

"네!"

시녀가 팔짝 뛰어 일어섰다.

이시도르는 방 안에서 빙글빙글 돌았다.

끌려 나가긴 했으나 그가 바로 감옥에 투옥되거나 한 것은 아니다. 그는 일단 황태자궁의 일실에 연금되었다. 아마 처분은 사흘에 걸친 대관식의 축하연이 모두 끝난 뒤에 이루어질 것이다.

상황이 좋지 않았다. 그러지 않아도 로에반 백작의 암살 시도에 체스터 공작이 얽히면서 그에게까지 불똥이 튀고 있는 상태였다.

그의 편을 들던 귀족 대부분이 조금씩이나마 그 일에 연루되어 사병과 기사단을 해산시키고, 불법 무기를 보유하고 있거나 그런 시도를 하지 않았다는 것을 증명하기 위해 가문의 창고를 열고 장부를 모두 검사받아야 했다. 그리고 그중 일부라고 말하기 민망할 만큼 다수가 실제 죄목이 증명되어 클레오르의 살생부에 이름을 올렸다.

그렇게 가뜩이나 세력 자체가 위축되어 있는 상황에서 대혼례를 모독했다는 죄명을 쓴 것이었다. 같은 문제를 끌어냈어도 만일에 대혼례식장에서 그런 것이 아니었다면 상황이 이 지경에 이르지는 않았을 것이다.

이시도르는 분하게 생각했다. 황후를 맞이하는 중요한 일에 이런 어마어마한 의혹을 덮은 채로 넘어가도 될 리가 없지 않은가. 모든 의혹을 철저하게 규명하고 넘어가야 옳다. 티소엔 크렐리디안이 올바른 남자의 도리가 어쩌고 말했지만, 그것이야말로 옳지 않다. 에스텔라가 진짜 죄인이라면, 여신에 대한 배역 행위가 될 일을 미리 알아 남몰래 귀띔하는 것은 증거를 덮어 숨기고 핑계와 거짓을 늘어놓을 기회를 주게 될 뿐이 아닌가.

만일에 선황께서 살아 계셨다면, 똑같은 일을 했어도 죄가 되지도 않았을 것이다. 어디까지나 여신의 앞에서 치러지는 신성한 결혼에서 이루어지려는 사기를 지적하려 했을 뿐이니까. 클레오르가 군권을 틀어쥐고 숲의 팽창을 핑계 삼아 공포 분위기를 만들지만 않았어도 이렇게 되지 않았을 것이다.

억울함이 줄줄이 흘러나왔다. 에스텔라의 결백이 밝혀졌는데도 그는 억울했다. 틀림없이 하시프 후작 그 개놈이 배신한 것이다. 애당초 그 계집이 남자라는 정보를 물어 온 것 자체가 하시프 후작이었다. 바로 터뜨리려는 그를 가로막고 대혼례까지 기다려 결정적인 순간에 까발려야만 클레오르에게 치명상이 될 거라고 주장한 것도 하시프 후작이었다.

콘스탄체의 주구가 된 것이 틀림없다. 콘스탄체가 문제다. 콘스탄체는 예전부터 그랬다. 어머니로부터 인간에 대한 통치권을 넘겨받아 군림할 그를 질투했다. 어려서 아무 힘도 없을 때에는 그를 무시했고, 개화한 후 주법에 재능을 보여 어머니를 대신하는 일이 많아지면서부터는 뭘 하나 하려고 해도 시시콜콜 방해했다.

그러더니 이제는 이런 식으로 비열한 함정을 판 건가. 그래서 뭘 어쩌자는 건가. 콘스탄체가 아무리 사교계에서 인기가 많아도, 아무리 많은 여자를 끌고 다니더라도 이시도르를 대신할 수는 없다. 시황제의 피, 선황의 아들로서 그가 가진 고귀한 지위는 누구도 대체할 수 없다.

그녀는 어차피 어머니의 시중이나 들 처지이고, 그는 인간의 지배자로 간택된 몸이었다. 애초 아들과 딸이라는 비교 불가능한 대상으로 태어났다. 우수한 마녀라고 해 봐야, 결국 대마녀의 명을 듣는 부속물에 불과하다.

에스텔라라는 그 계집은 대체 왜 또 그렇게 사나워서 사람을 헷갈리게 만드는 건가. 그런 게 여자일 리 없다고 똑 믿어 버리지 않았나.

이시도르의 분노가 빙빙 돌다 최종적으로 에스텔라를 물어뜯을 대상으로 결정했을 때였다. 똑똑 문을 두드리는 소리가 들렸다.

"누구냐."

"저하의 충실한 신하입니다."

낮은 소리로 말하는 것은 남자였다. 이시도르는 긴장을 풀었다. 알비나가 대업을 앞에 두고 있는 지금, 마녀들을 이끌고 있는 것은 콘스탄체이다. 여자들 중 누가 마녀인지도 구별하기 어려웠고, 알비나를 따르는지 콘스탄체를 따르는지는 알 수 없으므로 여자는 믿을 수 없었다.

콘스탄체가 안다면 피식거리고 웃었을 것이다. 그녀의 심복들은 마녀이지만, 그녀는 인간들 사이에서도 광범위한 영향력을 가지고 있었고 특히나 남자를 우습게 조종할 수 있었다.

그러나 이시도르는 거기에까지 생각이 미치지 못했다. 평소에 그 정도까지 머리가 안 굴러가지 않았으나 지금은 초조감에 잠식되어 있었다. 그는 평생 황후궁과 시녀들에게 둘러싸여 살아왔다. 하시프 후작이나 나그랑 백작처럼 미래의 권력을 기대하며 아양을 부리던 남자들은 있었지만, 실제로 그의 주위에서 뭔가를 결정하고 행동하고 그를 보살펴 준 것은 모두 여자들이었다.

그럼에도 위기의 순간에 그는 상대가 남자라는 것에 안심했다.

문을 연 낯선 남자는 시종의 복장을 하고 있었다. 물론 이시도르는 시종의 얼굴 같은 것을 일일이 기억하지는 못했으므로 그가 누구인지 몰랐다.

"황자 저하."

시종은 공손히 눈을 내리깔았다. 이시도르는 조심스럽게 주위를 살폈다. 문과 복도를 지키고 선 기사 40여 명이 모두 바닥에 쓰러져 혼절해 있었다. 그는 놀라지 않았다. 그가 알고 있는 많은 마녀와 저주를 배운 자들이 이런 힘을 가지고 있었으니까.

"어머니가 보냈느냐?"

"곧 대관식이 시작될 겁니다. 성검에로의 길이 열리기까지 몇 십 분 남지 않았습니다."

이시도르는 고개를 끄덕였다.

꼭 대관식을 치러야지만 성검과 성창에 접근할 수 있다는 말을 그는 믿지 않았다. 선황과 그의 신성력을 견주어 보아도 이시도르의 신성력이 압도적이었다. 그의 혈관에 흐르는 피는 시황제의 것 그 자체다. 클레오르도 근래에 찾아볼 수 없을 만큼 강하게 신성력을 타고났다고 하지만, 이시도르가 숨기고 있는 힘에 비하면 반딧불과 같았다. 고작해야 몬스터를 죽이거나 마주력을 파훼하고, 사람의 기분을 조금 낮게 하는 힘에 그치지 않는가.

이시도르의 힘은 대사제의 것마저도 월등히 넘어섰다. 그는 주문 없이 사람의 병과 상처를 치유할 수 있었고, 넓은 범위에 걸친 정화도 가능했다. 그의 상처에서 피가 혈관으로 되돌아 들어가는 것은 '그 피를 그릇에서 떠나지 않고 머무르게 하라'는 알비나의 주법 때문이지만, 갈라진 피부가 붙으며 완치되는 것은 신성력의 영향이었다.

그러므로 그는 자기가 성검과 성창에 거부되리라고는 조금도 생각지 않았다. 자기야말로 시황제의 피를 고스란히 다 가진, 진정한 알펜슈타인의 후예였으니까.

육체를 구성하는 데에 주법이 쓰이긴 했다. 그러나 그 주법은 마녀의 주법이 아니라 저 멀리 타텐겔의 야만 부족들이 쓰는 주술이다. 알비나는 애초부터 그를 성검의 주인으로 만들 작정이었으므로 마녀의 힘이 묻지 않도록 신중하게 키웠다. 그는 선황의 아들이며 시황제의 피를 물려받은 완전한 인간이었다.

"제가 안내하겠습니다. 성검을 가지고 황후 폐하에게까지 가시면 됩니다."

"너 혼자냐?"

"예. 지금 사람을 많이 쓰면 남의 눈에 띌 우려가 커질뿐더러, 콘스탄체 황녀님께서 어디까지 사람을 포섭하셨는지 알 수가 없다면서 저만 혼자 조용히 보내셨습니다. 황자비님과 공주님께서는 이미 몸을 피하셨습니다."

"그렇군."

그는 그때까지 미리엄에 대해서는 잊고 있었다. 그리고 지금도 들어 넘겼다.

"상황이 좋지 않은가 보구나. 어머니께서 염려하실 정도로."

"염려까지 하시는 것은 아니십니다. 다만, 중요한 순간이니까 그때까지는 조용히 처리하고자 하시는 것이지요."

"그게 옳지."

이시도르는 고개를 끄덕였다. 어머니는 언제나 옳다.

그가 알비나에게까지 성검을 가지고 가면, 계획하던 모든 것이 이루어진다. 그녀가 움직일 수만 있게 된다면 콘스탄체 따위가 어떻게 감히 어머니에게 반항할 수 있겠는가.

이시도르는 시종을 따라 황태자궁을 벗어났다.

아직 대관식은 시작되지 않았다. 음악 소리도, 함성 소리도 어디에서도 들리지 않았고, 기대감에 가득 찬 목소리들만이 웅성거리고 불분명한 소리의 덩어리를 만들어 흘러간다.

클레오르와 에스텔라는 꽃으로 꾸며진 하얀 마차를 타고 시내를 행진하고 있을 것이다.

대혼례식장에 자리를 잡지 못한 중소 귀족들 중 많은 수가 대관식이 열릴 그레이트 홀에 미리 와 있었다. 무언가 소식이라도 전해졌는지, 환호성을 터뜨리는 자가 여럿 있어 이내 큰 울림이 되었다.

이시도르는 잠시 발걸음을 멈추고 그 소리를 들었다. 가슴속에서부터 울분이 꾸물꾸물 올라왔다. 본래대로라면 저기에서 황제의 관을 쓰고 충성의 맹세를 받아야 할 것은 그였다.

"천박한 용병 따위가."

그는 이를 으득 갈았다. 어차피 진정한 알펜슈타인의 황제는 관을 쓰는 게 아니라 성검과 성창을 얻음으로써 계승하는 자리이다. 클레오르의 즉위는 몇 시간 가지도 못할 것이다.

시종은 그를 본궁의 옆으로 들어가는 지하 비밀 통로로 안내했다.

본궁 지하에는 거대한 홀이 있었다. 푸른 물이 수로를 따라 황실의 문양을 그리고, 좌우로 홀을 감싸며 흐른다. 홀 안에 서늘한 수기가 가득하다. 등불로 밝히지 않아도 물기운이 빛을 머금어 홀 안이 온통 환했다.

이야기는 들은 적이 있었다. 이곳은 황제와 고위 사제들만이 아는 공간이다. 직계 황족이라 해도 그 존재만 알고 있을 뿐이다.

이시도르도 직접 오는 것은 처음이었다. 이런 식으로 비밀 통로가 만들어져 있다는 것조차 몰랐다. 어머니는 알고 있었구나, 하고 이시도르는 기껍게 생각했다. 시종이 비밀 통로의 문을 열어 주고 공손히 고개를 숙였다.

"저는 여기까지밖에 안내하지 못합니다."

"밖에서 기다려라."

"예."

그는 성큼성큼 홀 안으로 발을 들였다. 신성력으로 둘러쳐진 푸른 장막이 넘실대듯이 그를 가로막았다. 이시도르는 약간의 저항력을 느꼈지만, 그대로 장막을 뚫고 들어갔다. 밀도 높은 신성력 안에서 그는 편안함마저 느꼈다. 안심하며 그는 느릿한 걸음으로 홀을 가로질렀다.

성검은 삼중의 수호를 받고 있다.

첫째로는 비밀 통로의 입구를 잠근 잠금장치였다. 시종은 어렵지 않은 것처럼 그 잠금장치를 열었으나 보통은 어지간한 장인조차도 단시간에 열 수 없는 복잡한 구조로 되어 있으며, 신전의 고위 사제 두 사람과 황제만이 해제하는 방법을 알고 있었다.

둘째로는 홀 전체를 둘러싼 신성력의 결계이며, 마지막은 바로 성창이다. 성창이 놓인 단은 함부로 움직여 이동시킬 수가 없었다.

이 모든 것을 전부 다룰 수 있는 것은 오로지 황제뿐이다.

그리고 그 단은 오늘은 비어 있었다. 대관식을 위해서 성창을 이동시켰기 때문이다.

이시도르는 단을 쓱 밀었다. 신성력 결계는 그를 통과시켰다. 성검과 성창을 지키는 보호 장치들은 그의 혈관에 흐르는 것이 시황제의 피임을 인정했다. 그러니 마땅히 이 안의 모든 것이 그의 명령을 들으리라 생각했다.

사실 신성력 결계가 통과시키는 것은 일정 수준 이상의 신성력을 가진 사람이 기준이다. 단이 밀린 것은 그가 시황제의 현신이기 때문이 아니라 성창이 제자리에 놓여 있지 않아 방어 장치가 제 기능을 하지 못한 것이다. 그러나 그는 이에 대한 정보를 알지 못했으므로 그것이 자기에게 황제로서 합당한 자격이 있기 때문이라고 생각했다.

단 아래의 계단이 드러났다. 반 층 정도를 내려간 자리에 성검이 봉인된 상자가 있었다.

이시도르는 상자에 손을 댔다. 파직파직 푸른 전광이 흘렀다.

"윽."

손에 작은 화상이 생겼다. 신성력이 곧바로 그 화상을 치유했다.

이시도르는 이를 갈았다.

신성력은 모두 그를 따라야 마땅하다. 이 홀의 모든 것은 그의 소유여야 마땅하다. 그가 알펜슈타인의 황제여야 마땅하니까.

그는 손에 신성력을 모아 입는 화상보다도 빠르게 치유력을 발휘하며 상자에 뚫린 구멍에 손가락을 넣고 단숨에 당겼다.

덜커덩 상자가 열렸다. 안에 들어 있는 성검은 반 토막이다.

이시도르는 그 반 토막 난 성검을 집어 들었다. 거부반응은 일어나지 않았다. 조각난 성검은 완전한 것이 아니기 때문이다. 지금은 그저 검의 형상을 한 레나디움 덩어리에 불과하다.

그는 그것을 가지고 홀 밖으로 성큼성큼 나갔다. 시종이 그의 뒤를 따르다가 슬쩍 모습을 숨겼지만, 이시도르는 반쯤 명정 상태에 있었기 때문에 깨닫지 못했다. 그는 빠른 걸음으로 황후궁으로 향했다.

★

클레오르는 임기응변에 강했다.

사전 준비를 충실하게 하고, 처음부터 끝까지 원하는 대로 일이 진행된다면 물론 더 바랄 것이 없다. 그러나 현실적으로 그렇게 되는 일은 흔하지 않았다. 망하면 망하는 대로 문제이지만, 운이 따라 주거나 예상 이상으로 잘되더라도 또 그런대로 더 손을 쓸 만한 부분이 생기게 마련이다.

그리고 그때도 뭔가를 해야 할 때였다. 결혼식장에 들어와 있던 고위 귀족 전원을 무릎 꿇릴 기회가 언제 흔하게 오겠는가. 즉각적으로 머릿속에 떠오르는 구도가 있었고, 신전 앞에서 에스텔라에게 키스한 것도 그런 즉흥적인 퍼포먼스의 일환이었다.(하고 싶었다는 걸 부정하지는 않겠다. 특히나 티소엔의 앞에서.)

그가 심어 놓은 바람잡이들이 먼저 부케를 던지라고 외쳤다. 그건 금세 함성이 되었다. 예고받은 바가 없는 에스텔라는 당황했다. 원래는 들러리들 중 한 명에게 주기로 되어 있었지만, 도저히 그 말을 듣지 않을 수 없었다.

그녀의 당황까지도 사람들은 신부의 수줍음이라며 신나 했다.

신전의 계단 아래에서 웅성거리던 것은 대부분 준귀족 계층이었다. 황급히 사람들이 미혼의 딸과 누이들을 앞으로 보냈다. 모든 사람들이 흔쾌히 자리를 비켜 주었다.

제 나름 온갖 장식으로 어여쁘게 꾸민 소녀들이 신전 앞마당에 모였다. 에스텔라는 잠깐 머뭇거리다가 어서 던지라는 클레오르의 재촉에 부케를 휙 던졌다.

부케가 빙글빙글 허공을 날았다. 그녀는 사람들의 기대보다 힘이 너무 셌고, 부케는 출발 직전에 수선한 것이라 허술했다. 길게 늘어진 리본에 달린 다이아몬드와 흰 작약이 쏟아지듯이 소녀들의 머리 위로 떨어졌다. 둥글고 짜임 있게 만들어진 부케 본래 부분은 소녀들의 무리를 넘어가 그 뒤에 서 있는 어느 젊은 기사의 팔 안에 떨어졌다.

실망한 소리가 울리고 포기 빠른 소녀 몇은 떨어진 다이아몬드와 작약을 두 손으로 주웠다. 얼결에 부케를 받아 버린 기사는 주변의 실망 가득한 태도 때문에 얼굴이 벌게졌다.

그는 그 부케를 들어 보이며 에스텔라에게 감사 인사를 올리고 소녀들 사이에 섞여 있는 자신의 약혼녀에게 다가갔다. 그가 무릎을 꿇으며 약혼녀에게 부케를 건네자 또 한 번의 비명 섞인 환호성이 터졌다.

"쟨 바람잡이 아니야."

"당연한 소리 말아요."

던진 것은 그녀다. 어디로 던지라고 지시받은 바가 없으니 당연히 바람잡이일 수가 없었다.

"대박 예감."

클레오르는 싱글거리며 에스텔라에게 속삭이고는 큰 소리로 그 두 사람을 축복하고는 선물로 작은 다이아몬드 반지 한 쌍을 내주게 했다. 감격해하는 외침이 울렸다.

그것이 진정되는 동안에 시종들이 대관식을 위한 장속을 가져와 사람들이 보는 앞에서 입혔다. 은사와 보석으로 흐르는 물살이 아로새겨진 짙푸른 망토가 흰 웨딩드레스 위에 입혀지고, 금을 꼬아 만든 줄이 몸을 장식했다.

그대로 둘은 계단을 내려와 마차를 타고 황궁으로 향했다.

긴 행진이었다. 군악대가 나팔을 불고 북을 치며 앞장서고, 그 뒤에서 무장을 갖춘 황궁 기사단이 검을 가슴 앞에 세워 들고 말을 걷게 했다. 느릿하게 움직이는 황실의 푸른 마차 뒤를 간격을 두고 귀족들의 마차가 뒤따르고, 황궁의 정원에서나마 대관식을 보려는 준귀족과 중류 계급 사람들도 대열을 맞추어 뒤따랐다.

곧 즉위하게 될 새 황제와 황후를 보기 위해 모여든 사람들이 함성을 지르고 꽃을 던졌다. 엘첸에 사는 모든 사람이 길에 나와 있는 것 같았다. 행진이 지나가지 않는 길에서는 벌써부터 축하연을 벌이며 폭죽을 터뜨리거나 음악을 연주하고 노점상들이 좌판을 깔았다.

황실에서 지원금을 받은 광대와 악사들이 곳곳에서 공연을 시작하고, 야외에 댄스장들이 열렸다. 하늘에서는 오색의 색종이가 흔들렸다. 거리 곳곳에 세베르이나에게 발원하는 짙푸른 천이 내걸렸다. 아이들이 거기에 소원을 담은 종이 리본을 끼웠다.

모든 곳에서 흥겨운 축제 분위기가 넘실거렸다. 마주력의 팽창 이후 지속적으로 제국을 사로잡고 있었던 우울한 분위기와 경제 위축을 화려한 대관식을 치러 날려 버리겠다는 클레오르의 계획은 대성공인 듯했다.

인파는 마차를 따라 활짝 열린 황궁의 문 안까지 물밀듯이 몰려들어왔다. 계획은 들었지만, 에스텔라가 생각했던 것보다 더 대단했다.

본궁 앞에서 마차에서 내려 사람 가득한 그레이트 홀로 들어간다. 두 사람이 앞장서서 입장하고, 뒤따라온 귀족들이 바위를 만난 은어떼처럼 좌우로 흩어져 들어가며 자리를 채웠다.

둘은 손을 맞잡은 채로 천천히 푸른 융단을 밟고 들어가 제단 앞에 섰다.

대사제가 절차에 따라 기도문을 읊었다. 클레오르는 성수로 열 차례에 걸쳐 세례를 받으며 여신의 질서와 인간을 수호하는 성기사로서의 의무를 다하겠다고 서약했다. 에스텔라도 아내로서 의무를 다하겠노라 맹세의 말을 했다.

한쪽 무릎을 꿇고 황제의 관을 머리에 받고 나서, 클레오르가 천천히 왕홀과 보주를 들고 일어섰다. 신성력을 증폭시키는 힘이 있는 보주에서 푸른빛으로 이루어진 물살이 넘실거리며 흘러내려 융단을 가득 적시고 발목까지 찼다. 왕홀의 푸른 다이아몬드는 그 빛을 받아 벽과 천장으로 뿌린다. 신성력의 빛은 난반사하며 그레이트 홀을 가득 메웠다.

클레오르는 절차에 따라 보주를 에스텔라에게, 왕홀을 오필드 공작에게 넘겨주었다. 이는 황제가 여신의 성기사로서 직접 성창과 성검을 쥐고 나섰을 때에 황실의 신성한 권위를 대신하는 이가 황후이며, 제국의 통치를 대리하는 것은 오필드 공작이라는 것을 의미한다.

에스텔라는 두 손으로 보주를 받들어 올렸다. 신성력이 사그라지면서 홀 안을 가득 채웠던 푸른빛은 발목까지 찰랑거리며 수위가 낮아지다가 밖으로 흘러나가 버렸다. 그러나 에스텔라의 손안에서 보주는 미세하게 빛을 머금고 있었다. 그것이 아까의 잔여물인지, 아니면 지금도 빛을 발하고 있는 것인지는 확실하게 알 수 없었다.

그녀는 마녀의 씨앗일 터인데. 아직은 개화하지 않았기에 괜찮은 걸까.

아니면, 여신의 앞에서 황제의 반려로 인정된 황후이기 때문에 정말로 신성력이 몸에 깃들기라도 한 걸까.

반년간 치른 재계와 절차의 의미는 여전히 모르고, 지금도 그녀 자신으로서는 아무것도 느낄 수 없다.

그러다가 무심코 힐끗 알비나를 곁눈질했다. 알비나가 두 입술 끝이 찢어지도록 웃었다. 그 아름다운 얼굴이 기괴하게 보인다고 생각한 순간, 에스텔라는 깨달았다.

알비나는 대관식에 참석하지 않았을 터였다.

불참 연락도 와 있었다. 이제 겉모양새조차 갖출 필요가 없다고 생각한 듯했다. 핑계는 언제나처럼 몸이 좋지 않다는 것이었고, 사람들은 그녀가 자기 아들을 황제로 만들지 못한 것이 불만스러워 최소한의 예절조차 지키지 않았다고 생각했다.

그러니까 오지 않았어야 맞다. 반대로 왔다면, 그것이 이미 큰 사건이 되었을 것이다. 소식도 없이 들어올 수 있었을 리가 없다. 심지어 대혼례식장에서 이시도르가 그 사고를 친 직후이니, 알비나에게 움직임이 있었다면 감시자가 보고를 했을 것이다.

"레오."

그녀는 작은 소리로 클레오르를 불렀다. 대사제가 기도문을 읊는 낭랑한 소리에 묻혀 클레오르는 그 부름을 듣지 못하고 단 위로 손을 뻗었다. 그가 성창을 두 손으로 잡는 순간 확 하고 빛이 터지듯이 둥글게 부풀어 올랐다.

"와아아!"

누가 지르기 시작했는지 환호성이 울려 퍼졌다.

이런 신성력의 폭발은 선황의 대관식 이래 처음이었다. 거의 30년 만의 일이다. 그때의 대관식을 경험했던 중년층이나 노인들 중에는 분분히 무릎을 꿇거나 눈물을 흘리는 이도 있었다. 선황의 때와는 비교도 되지 않을 정도로 대규모의 신성력이었기 때문이다.

클레오르의 팔이 부르르 떨렸다. 막대한 힘을 한꺼번에 갈무리하기 쉽지 않아 그가 창을 한 차례 휘둘러 힘을 바닥에 내리꽂은 찰나였다.

끼에에엑————!

어디에선가 사람의 것이 아닌 끔찍한 비명 소리가 울렸다.

동시에 에스텔라의 앞에서 땅이 쭈우욱 늘어나며 바로 눈앞에 있던 클레오르와 대사제가 멀어졌다.

그녀는 알비나에게 신경을 집중하고 있느라 한순간 무슨 일이 생겨났는지 이해하지 못하고 눈만 깜박였다. 그러나 이미 한 번 이 현상을 겪은 적이 있었으므로 전보다 빠르게 대처할 수 있었다.

에스텔라는 보주를 움켜쥔 채로 힘껏 몸을 날렸다. 클레오르가 경악하며 힘껏 그녀의 팔을 붙잡았다. 그는 다 갈무리하지 못한 성창이 방해가 되자 바닥에 팽개치고 두 손을 다 내뻗었다. 바닥에서 솟구친 나무뿌리가 긴 드레스와 망토 자락을 꿰어 힘껏 그녀를 잡아당겼다.

"에스텔라!"

클레오르가 소리를 질렀다. 에스텔라는 그의 손을 마주 잡았다. 어깨가 찢길 듯이 아팠다.

바닥이 꺼지면서 사방이 캄캄하게 물들었다. 커다랗고 바닥없는 공동의 안쪽으로 클레오르가 몸을 깊이 내밀었다. 그의 몸 주위로 파지직거리는 푸른빛이 일어나며 공동의 확산을 막았다.

"폐하!"라는 외침이 들렸다. 기사 두 사람이 뒤에서 그의 어깨를 붙들었다. 나무뿌리가 에스텔라의 허벅지 위로 올라와 허리까지 휘감았다.

글렀다. 에스텔라는 깨달았다.

클레오르가 제아무리 힘이 세다지만 이 나무보다는 약하고, 붙잡힌 팔도 허리보다 약하다. 게다가 공간마저 늘어나고 있다. 그냥 있어도 팔이 찢길 것이다. 그녀의 팔이든, 클레오르의 팔이든.

이 뿌리가 그녀를 어디로 데려가려 하는지는 모르나 클레오르가 가도 되는 곳은 아닐 것이다. 멀리에서 연속된 폭음과 비명이 들렸다.

황제는 그곳에 있어야 한다. 여자 한 사람의 옆이 아니라. 특별한 희생정신은 아니다. 그저 어차피 해내지도 못할 손에 매달리기에는 효율이 너무 나빴기 때문이다.

그녀는 손을 뿌리쳤다. 클레오르가 뭔가를 외쳤지만 잘 들리지 않았다. 심장 속에서 뭔가가 움직여서 그 소리가 몹시 시끄러웠다. 그녀가 놓자마자 기사들이 기다렸다는 듯이 클레오르를 붙잡아 뒤로 당겼다.

신성력의 방해가 사라지자 순식간에 공간이 늘어나면서 클레오르의 모습과 멀리에서 들려오는 비명들이 사라졌다. 그리고 신성력이 발하는 빛도 시야에서 완전히 사라졌다.

거의 동시에 구멍 속으로 티소엔이 뛰어들었다. 단단한 팔이 그녀의 몸을 끌어안았지만, 제대로 인식하기 전에 에스텔라는 잠재워졌다. 뭔가 알 수 없는 것이 그녀를 그렇게 만들었다.

"에스텔라! 에스텔라!"

클레오르는 고함을 질렀다. 그러나 뚫렸던 공동은 이미 덮여 언제 그런 현상을 보였느냐는 듯이 깨끗하게 원상회복되었다. 그는 바닥을 구르는 성창을 집어 들어 그 자리에 힘껏 찔러 넣었다. 섬광이 튈 정도로 강한 신성력의 공격에도 아무런 반응이 일어나지 않았다.

"폐하, 폐하."

뒤에서 베르나디오와 오필드 공작이 그를 붙잡았다.

"지금 그게 문제가 아닙니다."

"황후 폐하가 끌려간 것이 아무 문제도 아니라고 말씀드리지는 않겠지만, 할 수 있는 일부터 하셔야 합니다."

욕설이 터지려고 해서 클레오르는 손등으로 입가를 쓸었다. 비로소 정신을 차려 둘러보자 대관식장 전체가 아비규환이다.

나무였다.

키 작은 묘목부터 천장을 뚫을 듯이 큰 나무까지 수많은 나무들이 사방에 서 있었다. 그 주변에는 나무를 부여잡고 울부짖거나 겁에 질린 채 주저앉아 비명 지르는 자들이 있었다. 누군가가 애타게 클레오르를 불렀다.

"폐하! 제발, 제발! 제 아내를 살려 주십시오!"

"여보, 아아, 여보……."

여자가 가냘픈 소리로 속삭였다. 그녀의 발밑에서 나무가 자라나 나무껍질이 허벅지를 감싸고 허리를 뒤덮으며 올라오고 있다. 그 광경은 마치 오래된 전설 속에서 사람이 나무의 정령으로 변해 가는 과정처럼 보였다.

클레오르를 불렀던 남자가 울부짖으며 아내를 부둥켜안았다. 그는 나무껍질을 틀어쥐고 그것이 더 위로 올라오지 못하게 하려고 발버둥 쳤다. 힘으로 뜯어내자 여자가 비명을 질렀다. 피부가 함께 뜯기며 피가 줄줄 흘렀다. 그러나 그 안쪽에 있는 것은 사람의 근육과 뼈가 아니라 붉게 젖은 나무의 목질부였다.

클레오르는 신성력을 발해 보았다. 순수한 신성력을 쏟아붓고, 치유 마법을 써 보고, 정화의 힘도 써 봤다. 그러나 여자가 나무껍질에 둘러싸이는 속도를 조금 둔화시켰을 뿐이었다.

여자는 금세 체념했다. 가슴까지 나무 속에 갇힌 채로 그녀가 두 팔을 내밀었다.

"여보, 키스해 줘요."

남자는 엉엉 울며 그녀를 부둥켜안고 입을 맞췄다. 그 시간도 길지 않았다. 나무껍질이 금세 코까지 올라왔고 여자가 자연스럽게 손을 뗐다. 머리끝까지 먹히고 뻗은 손톱 끝까지 나무껍질 속으로 사라지자 겉에 묻은 액체가 수액인지 눈물인지조차 분간할 수 없게 되었다.

샤라랑 소리 내고 이파리가 흔들리며 별빛을 뿌렸다. 클레오르는 다시 신성력을 나무에 주입해 보았지만, 늪에 맑은 물을 부은 듯이 신성력이 사라졌다. 마치 우다르드의 깊은 숲에 자라는 풍요한 마주력을 머금은 나무들처럼.

그는 큰 걸음으로 대관식장을 가로질러 황궁의 정문으로 나섰다. 근위 기사들이 그를 둘러쌌다.

엘첸에 흐르던 신성한 보호가 끊겼다. 본 적 없는 땅과 낮은 산들이 솟구치듯이 수도 안에 올라오며 지각변동을 일으키고 건물을 무너뜨렸다. 수령 수십 년은 되어 보이는 나무들이 사방팔방 올라온다. 숲과 도시가 한순간에 뒤섞인다.

클레오르는 어금니를 악물었다. 베르나디오의 말이 맞다. 어디로 사라졌는지도 모르는 에스텔라를 찾는 대신에 지금 당장 할 수 있는 일부터 해야 한다. 그는 이제 성창을 계승한 황제였다. 목적은 모두 이루었고, 에스텔라의 중요성은 지극히 낮아졌다.

그는 초조함을 숨기고 얼굴을 손바닥으로 한 번 쓸었다. 에스텔라는 괜찮다. 괜찮을 것이다. 그녀는 내 퀸이니까. 스스로 살아남고, 혼자서도 자기를 지킬 수 있는 사람이니까.

"상황 파악이 우선이군. 베르나디오, 신전을 중심으로 방어선을 짜야겠어. 황궁은 이미 이렇게 된 것으로 봐서 안심할 수 없군. 안전한 장소를 확보해. 닐 경에게 리델궁을 감시할 게 아니라 포위하라고 이르게. 그리고."

그때 쾌시 후작부인이 다가왔다.

"황제 폐하."

그녀가 공손히 한쪽 무릎을 꿇었다. 클레오르는 손을 내저었다. 일일이 예의 같은 것을 따질 여유가 없다.

"후작부인, 무슨 말씀을 하시려는 건지 알고 있습니다. 황후와 함께하고 있던 일도 알고 있고요."

"예, 폐하. 혼자 조용히 사제님께 상담한 사람도 있겠지만, 제게 고민을 털어놓은 사람도 여럿 있습니다. 부디 선처를 부탁드립니다."

"물론입니다. 발데마르 경, 후작부인을 따라가서 필요로 하는 모든 편의를 봐 드리게."

쾌시 후작부인이 그에게 감사의 인사를 하고 발데마르를 따라나섰다. 두려움도, 걱정도 있을 터이나 파랗게 질린 뺨에는 의연함이 감돌았다. 후작부인이 지나가자 남편이나 아버지보다는 그녀에게 도움을 요청하며 일어서는 숙녀가 수십 명이 넘었다.

발데마르는 그녀에게 본궁의 방 몇 개를 내주게 했다. 기사 이십여 명이 그 방의 복도를 지켰다. 그중에 언제 마녀로 돌변할 사람이 나올지 몰랐기 때문이다.

클레오르는 황궁 기사단과 제국 기사단을 모조리 동원했다. 우다르드 숲 일대에서 벌어진 마주력의 팽창만으로도 어마어마한 결과가 일어났는데, 엘첸 안에서 이런 사태가 생겼으니 피해 규모가 얼마나 클지 상상도 할 수 없었다.

무슨 수단으로 숲을 엘첸 안에 출현시켰는지는 알 수 없지만, 숲이 섞이고 여자가 나무로 변했다. 마녀의 지배력이 어디까지 미치는지도 파악할 수 없었다. 지각변동은 계속되고 있었고, 몬스터가 나왔다.

게다가 가용 병력의 수는 적었다. 마주력의 팽창 사태로 인하여 정병의 과반수가 몬스터를 토벌하고 도로를 정비하며 숲에 묻힌 마을과 소도시들을 구하는 데에 들어가 있다. 불법 무기 때문에 체스터 공작의 영지로도 기사단 하나를 투입했다. 신병을 뽑긴 했어도 아직 쓸 만한 부대가 아니다. 이시도르 일파의 귀족들을 감시하고 연금시키는 데에도 빠듯했다.

그나마 대관식을 위해 거의 모든 군병이 경계를 서고 있었기에, 소집하기는 쉽다는 게 다행이었다.

"폐하께서는 일단 성검을 찾으러 가시죠."

베르나디오가 권했다.

"임시방편으로 혼잡을 수습하려 해도 근본을 해결하지 않으면 사태는 확산될 뿐입니다. 폐하께서는 성검을 찾아 우다르드로 가십시오. 마주력을 봉인하셔야 합니다."

"알고 있어."

클레오르는 망토를 벗어서 아무렇게나 집어 던졌다. 목덜미를 느슨하게 풀고 밖으로 나가려는데 시종 하나가 폐가 터지도록 헐떡이며 달려왔다.

"폐하! 폐하!"

"무슨 일이냐?"

"이시도르 황자 저하가 사라졌습니다!"

"뭣? 감시하던 기사들은?"

"모두 의식불명입니다!"

베르나디오가 숨을 들이켰다.

클레오르는 굳이 황태자궁을 확인하러 가는 쓸데없는 일을 하지 않았다. 그는 베르나디오와 함께 성검과 성창이 보관되어 있던 지하의 성소로 서둘러 향했다.

비밀의 문은 열려 있었다.

클레오르는 입속으로 욕설을 뱉었다. 이시도르가 이 문의 위치도, 여는 방법도 알 리가 없다. 알비나가 알아냈나. 그러나 이 문과 신성력 결계에 대해 알았다면, 성검에 대해서도 알 것이다. 이시도르가 그것을 다루지 못하리라는 것도 당연히 알 텐데.

'대체 왜지?'

의문에 사로잡혀 있을 시간은 없었다. 그래도 확인하기 위해서 그는 계단을 달려 내려가 안으로 들어갔다. 신성력의 결계는 아직도 유효하게 작동하고 있었다.

밀려 있는 단을 보고 그는 숨을 삼켰다. 그리고 비어 있는 성검의 상자를 발견했다.

14.
마녀 전쟁

초록색의 냄새가 난다.

에스텔라는 그렇게 생각했다. 색을 코로 들이마실 수는 없지만, 만약 그럴 수 있는 사람이 있다면 분명히 초록색에서는 이 냄새가 난다고 말할 것이다. 만일에 그녀가 화가라면, 이 향기로운 냄새들을 올해 생긴 가느다란 가지에 새로 핀 새싹이 막 여물어가는, 그 순간의 이파리에서 딴 색으로 칠할 것이다.

하늘에 은색의 별들이 떠다녔다. 어디선가 살랑거리는 바람이 불고, 그때마다 디링거리고 음악 같은 소리가 울려 퍼졌다. 목소리로 이루어지는 것도, 가사가 붙어 있는 것도 아니지만 에스텔라에게는 그것이 음악이 아니라 노래처럼 느껴졌다.

노래다. 나무의 노래. 바람의 노래.

피부가 얇아져 외계와 내부를 분별하는 힘을 잃었다. 자기의 경계가 사라지니 괴로움도 사라진다.

잠이 들었는지 그렇지 않은지 에스텔라는 스스로 확실하게 구별하지 못했다. 이게 잠이라면 정말이지 기분 좋은 잠이고, 잠들지 않은 채로 이렇게 좋은 기분이라면 잠들 때까지 이렇게 있으면 좋을 것이다.

부르는 목소리가 아니었다면, 아마 그 상태로 침몰했을 것이다.

"황후 폐하."

정말이지 귀찮았다.

"에스텔라 님."

에스텔라는 그 목소리가 얼마나 끈질긴지 잘 알고 있었다. 모르는 척을 고수하기로 했다. 그러다 보면 대충 일곱 번에 두 번 정도는 포기하기도 하니까.

"에스틴 경."

그 일곱 번 중에 남은 다섯 번에 속하는 날이었나 보다.

"에스틴 경. 에스틴. 에스틴. 눈을 떠."

부르는 소리가 절박해졌다. 에스텔라는 그가 흔드는 대로 흔들려 주었다. 잠을 도로 불러오려고 애쓰면서. 모든 것이 평화롭고 완전한 순간에 끼어드는 잡음이 짜증스러웠다.

그러나 결국에는 눈을 뜨지 않을 수 없었다.

"아."

바로 눈앞에 짙은 갈색 눈동자가 있었다. 에스텔라는 두 뺨이 다 티소엔의 커다란 손안에 감싸여 있음을 알았다. 이런 각도를 몇 번이나 봤는데. 주로 보인 건 녹색 눈동자였지만.

"에스틴!"

티소엔이 기뻐하며 외쳤다. 눈에 그렁그렁 눈물이 고였다. 자

칫하면 에스텔라의 눈가에 그 눈물이 떨어질 판이었다. 에스텔라
는 떨떠름하게 말했다.

"……너무, 가깝지 않냐?"

"아……. 아! 미안!"

그가 깜짝 놀라면서 두 손을 재빨리 치웠다. 반쯤 안겨 있던 에
스텔라는 졸지에 바닥에 뒤통수를 찧었다.

"악!"

"아, 미안…….”

"아, 진짜."

에스텔라는 뒤통수에 손을 댔다. 혹이 생길 것 같았다.

티소엔이 찔끔하여 쪼그라든 채로 소심하게 에스텔라의 눈치를
보았다.

"괜찮으십…….”

"편하게 말해."

"괜찮아?"

"아파."

티소엔이 큰 한숨을 내쉬었다.

"그 부분을 물어본 게 아니야."

"남의 뒤통수를 땅바닥에 내리꽂아 놓고는."

"……미안."

에스텔라는 벌떡 몸을 일으켰다. 그리고 사방을 한 바퀴 둘러보
았다.

둘은 깊은 숲 한가운데에 앉아 있었다. 작은 샘이 퐁퐁 솟아 개
울을 만들며 흐른다. 산들바람이 불 때마다 이파리 흔들리는 소리
가 음악처럼 사위를 채웠다. 너무나 평온하고 아름다워서 뒤통수

를 습격한 통증이 아니라면 동화 속에 들어와 있는 것이라고 착각했을 것이다.

에스텔라가 잠자면서 별이라고 생각했던 것들은 떠도는 빛무리였다. 반딧불이인가 생각하여 손을 뻗어 봤지만, 내부에 아무것도 없는 반짝이었다. 손으로 잡아 보려 하자 티소엔이 그녀의 손등을 쳐서 그러지 못하게 했다.

"뭔지도 모르는 걸 만졌다가 위험에 처하면 어쩌려고."

"위험한 거라면 어차피 이렇게 떠다니는 속에 앉아 있는 거 자체가 위험하잖아."

에스텔라는 투덜거리고는 물었다.

"여기가 어디지?"

"확실하게 모르겠어. 저기 봐."

티소엔이 숲 너머를 가리켰다. 에스텔라는 숨을 삼켰다. 우거진 숲 가운데에 황후궁이 있었다.

"왜, 황후궁이 여기 있지?"

"황후궁만이 아닌 것 같아."

티소엔은 다른 방향을 가리켰다. 다른 방향에도 숲에 있을 리 없는 건물이 있었다. 두 사람이 앉은 자리에서는 나무에 가리고 안개도 짙어 확실하게 보이지 않았지만, 대략 4층 높이의 건물 같았다. 그리고 황후궁에서 그 정도 떨어진 거리에 4층 건물이 있는 것을 에스텔라는 기억하고 있었다. 궁내부에서 행정 용도로 사용하는 건물이었다.

"어떻게 된 거지? 왜 이런 곳에……?"

대관식 한중간에 바닥에 구멍이 생기며 위에서 끌어 내려진 것은 기억한다. 클레오르가 붙잡았던 팔과 찢어질 듯이 당겨졌던 어깨가 욱신거렸다.

왜 높은 곳에서 떨어졌는데 숲 한중간에 있는지는 알 수 없는 일이다.

"아픈 곳은 없고?"

"없어."

대답하다가 에스텔라는 깨달았다. 떨어졌다면 몸에 부딪친 느낌이 있어야 하는데, 하나도 남아 있지 않았다. 그리고 티소엔의 얼굴과 목에 긁힌 상처가 있었다. 에스텔라는 그것으로 대강 상황을 짐작했다.

"너."

티소엔이 지레 찔려 하며 대답했다.

"……당연히 해야 하는 일이야. 호위 기사이니까."

"너야말로 괜찮아? 우리 꽤 높은 데에서 떨어진 거 아니야?"

"나 튼튼해. 그리고 체감보다 실제 높이는 낮았던 것 같아. 겨우 한 층이나 한 층 반 정도 위에서 떨어졌어."

티소엔이 짧게 대답했다. 에스텔라는 그의 왼쪽 어깨가 평소와 달리 약간 처져 있는 것을 알았다.

"팔 들어 봐."

"에스틴."

"들어 봐."

강경하게 말하자 티소엔이 머뭇거렸다. 그리고 천천히 두 팔을 들어 올렸다. 왼팔이 어깨 위로 올라가지 않았다. 에스텔라는 손을 뻗어서 그의 왼쪽 어깨에 얹었다. 그리고 꾹 쥐었다.

"……읏!"

티소엔은 참으려고 했던 것 같지만, 거침없이 아픈 곳을 움켜쥐는 손길에 신음을 흘리고 말았다. 에스텔라는 그가 몸을 뒤틀거나 말거나 꾹꾹 손으로 눌러서 상태를 확인했다.

"다행히 빠지거나 부러진 곳은 없는 거 같네."

"으, 으으……."

"일어서 봐."

"에스틴 경."

"알고 보니 척추뼈에 금 갔다, 알고 보니 갈비뼈 골절, 알고 보니 고관절 박살, 이런 사태였다는 게 나중에 밝혀지면 카이덴 후작가에 알려서 강제로 은퇴시키고 두 번 다시 어느 동네 연무장에도 발 못 붙이게 만들 거야. 일어서."

무시무시한 협박을 받은 티소엔이 끙끙거리면서 비척거리고 일어섰다. 에스텔라를 껴안은 채로 바닥을 구른 탓에 온몸이 타박상 투성이였으나 운 좋게도 부러진 곳은 하나도 없고, 어깨를 부딪쳐 삐었을 뿐이었다.

에스텔라는 미심쩍은 듯한 얼굴로 그를 쳐다보았으나 그렇다고 벗겨서 촉진해 볼 수도 없고, 의사도 아니라서 진단을 할 수 있는 것도 아니었다. 그러나 티소엔이 큰 부상을 당하지 않았다는 것만은 확인할 수 있었다.

"진짜 강골이네."

"내 몸 튼튼하다니까."

티소엔이 볼멘소리로 말했다. 에스텔라는 그때가 되어서야 비로소 말할 수 있었다.

"고맙다."

"……아니. 당연한 일인데."

그가 시뻘게진 얼굴로 몸 둘 바를 몰랐다.

에스텔라는 한 차례 한숨을 깊게 내쉬고는 우선 어깨에 두르고 있던 망토를 끌러 냈다. 티소엔이 붉은 얼굴로 또다시 시선을 내리깔았다. 바닥에 떨어질 때에 개울물에 한 차례 뒹굴었기에 웨딩드레스가 젖어 있었기 때문이다.

티소엔이 사정을 몰라 그런 것이다. 물론 웨딩드레스의 원단은 얇았다. 산들바람에도 날아갈 듯 흰 꽃잎처럼 보이게 만드는 게 목표였기 때문이다. 그러나 실상은 둘러놓은 천이 몇 겹이며 안에 입은 속옷은 몇 개이던가. 엄청나게 덥고 두꺼웠다.

이 날씨에 통풍 나쁜 실크 슈미즈는 땀 한 방울 제대로 흡수하지 못했고, 단단히 조여 놓은 코르셋의 두께는 여름이나 겨울이나 매한가지였으며, 파니에 위에 겹쳐 입은 페티코트만 네 벌이었다. 안이 비칠 리가 없었다.

마음 같아서는 윗도리고 아랫도리고 확 다 뜯어내고 싶었다. 어차피 옆구리 재봉선도 터졌다. 피가 묻은 시점에서 이미 보관은 어렵겠다 싶었으나 이제는 완전히 회생불가 상태였다. 베일마저 더럽혀진 것을 보고 에스텔라는 한숨을 내쉬었다. 웨딩 슈즈도 망가졌다.

클레오르와의 관계가 어찌 되든 간에 결혼 자체는 계약이고 일이라고 분리해서 생각하려 했다. 그래도 이 두 가지 정도는 기념으로 가지고 있고 싶었다. 이 결혼이 결혼으로서 성공하든 실패하든, 그녀에게는 아마 한 번뿐일 결혼식일 테니까.

"그런데, 여기가 어디지?"

"모르겠어. 이제 너 일어났으니까 잠깐 주변을 정찰하는 게 좋을 것 같아. 일어날 수 있겠어? 더 쉬어야 할 것 같으면 내가 혼자 갔다 올게. 하지만 무기가 하나밖에 없으니까 걸을 수 있으면 같이 가는 게 낫겠어."

에스텔라는 고개를 저으며 티소엔의 말을 건성으로 들어 넘겼
다. 머릿속으로 뭔가가 줄줄 흘러 들어왔기 때문이다.

"여기는…… 우다르드 숲이야. 우다르드 숲과 엘첸이 뒤섞였
군."

정보였다. 마치 누군가가 그녀의 머릿속에 대고 소곤소곤 말하
고 있는 것 같은 느낌이었다.

에스텔라는 낯선 감각과 한꺼번에 흘러 들어오는 정보의 과부
하를 빠르게 처리하지 못하고 들어오는 정보를 그대로 흘려 냈다.

대마녀는 장구한 세월 동안 마녀의 부흥을 꾀해 왔다. 마녀를
낳고 성목을 기르고 몬스터를 다스리며 다시 한 번 마주력을 통제
아래 넣고 인간과 맞설 힘을 기르고자 했다.

그러나 뜻대로 되는 바가 거의 없었다. 성검의 봉인은 긴 세월
에도 좀처럼 흔들리지 않았다. 그녀는 우다르드의 마주력을 원하
는 대로 다스릴 수 없었다. 마녀를 낳을 수도 없었다. 우다르드의
마주력이 봉인되었기에 우다르드의 대마녀인 그녀는 생산력을 잃
었다.

교접 상대가 될 수 있는 종족이 우다르드 일대에 남지 않았기에
그녀는 먼 땅으로 향하여 함께 아르펜디아를 섬기는 오랜 이웃들
에게서 씨를 얻었다. 많은 종족들이 그녀를 환대했으며 기꺼이 돕
고자 했다. 그러나 그녀가 낳은 씨앗은 모두 마녀로 싹트지 못하
고 성목이 되었다.

그녀는 우다르드로 협력자를 불러오고자 시도해 보기도 했다.
하지만 생산력을 잃은 마녀의 땅으로 오려는 부락은 없었다. 오크
도, 리자드맨도, 켄타우로스도, 인어도, 그녀가 자기 부락에서 머

물러 사는 것은 기꺼이 도왔으나 그녀가 자손을 퍼뜨리고 우다르드를 되찾기 위해 알펜슈타인 제국과 맞싸우는 일에 손을 보태 주지는 않았다.

천 년의 세월은 모든 종족의 생활 방식을 바꿨다. 오크와 인어는 인간과 교역을 시작했고, 켄타우로스는 작은 씨족 단위로 분리되어 더 깊은 숲으로 숨었으며, 리자드맨과 라미아, 하피는 힘을 합쳐 인간과 비슷한 형태의 왕국을 세웠다. 더 이상 종족의 명운을 걸고 인간과 전쟁을 하려는 이들은 없었다.

그래서 대마녀는 인간 내부에서부터 시작하기로 했다. 성검을 제거하지 않는 한 결코 그녀는 우다르드를 되찾지 못할 것이기 때문이다.

몇 차례의 실패가 있고, 여러 가지 다른 시도도 있었다. 대마녀는 결국 뜻을 이뤘다. 긴 세월에 걸쳐 전통 있는 귀족 가문을 잠식하고, 신전을 약화시켰다. 인간 여인의 몸을 빌림으로써 불완전하게나마 마녀를 번식시키는 데에도 성공했다.

그리고 마침내는 황궁의 심부로 들어가 시황제의 피를 몸에 담은 황위 계승권자를 만들어 자기 수중에 넣었다. 또한 성목을 심고 지하로부터 침식시켜 황궁의 신성력 결계를 약화시키고, 6년 동안 황제가 부재함으로써 생긴 빈틈을 타 엘첸 전역에 마주력을 부어 넣기도 했다.

그럼에도 불구하고 결과적으로 신성력 결계는 뚫지 못했다.

성검이 보관된 비밀의 홀로 통하는 길과 문 여는 법을 알아낸 것은 대마녀가 아니라 콘스탄체가 한 일이다. 설령 강한 신성력을 가지고 있더라도 대관식을 치르지 않으면 성검을 다루지 못하리라는 것도 그녀가 알아냈다.

클레오르의 귀환 역시 예상하지 못한 일이었다. 세 살짜리 아이가 자라서 어머니와 같은 얼굴이 되고 미남으로 이름을 날려 이먼 곳까지 소식이 전해지리라고는 그 누구도 생각지 못했을 것이다.

그러나 성검의 봉인을 제거하기 위해 준비된 것은 이시도르만이 아니었다.

그녀는 황후궁으로 들어온 첫해에 황후궁 지하와 우다르드 숲에 두 그루의 성목을 심었다. 무사히 태어났더라면 한 쌍의 대마녀가 되었을 쌍둥이 씨앗이었다. 그리고 25년에 걸쳐 주법을 걸었다. 너희는 같은 나무다, 이곳과 저곳이 같은 곳이다, 라고.

그로 인해 우다르드와 엘첸은 하나로 연결되었고, 신성력의 보호를 피해 마주력이 엘첸으로 흘러 들어올 수 있게 되었다.

이제 갈무리된 마주력도, 늘어난 마녀의 숫자도 충분했다. 대마녀는 천 년 동안 한 번도 써 보지 못한, 숲을 지배하는 마녀의 힘을 한 차례 사용해 보았다. 이것이 퀘시 후작부인의 피크닉에서 에스텔라가 겪었던 우다르드 숲의 팽창이다.

그리고 자신감을 얻은 대마녀는 마침내 주법을 완성시켰다. 우다르드와 엘첸은 마치 붉은색과 푸른색의 찰흙을 대충 섞은 후에 절반씩 떼어 나눈 것처럼 뒤섞였다.

"본궁의 결계를 뚫지 못했으니 그나마 절반이 무사한 건가."

에스텔라는 흘러 들어오는 정보를 마음속으로 정리하느라고 쭈그려 앉은 채 흙바닥에 동그라미를 그렸다. 의미도 모르는 채로 티소엔이 그 옆에 쭈그리고 앉아 그녀가 그리는 게 무어 대단한 의미라도 있는 건가 고심하면서 이해하지 못하는 자신을 탓하고 있었다.

허벅지 안쪽이 뜨거워져서 에스텔라는 벌떡 일어섰다. 티소엔이 그녀를 따라 일어서며 고개를 갸웃했다. 그녀는 손을 내밀었다.

"칼 좀 줘."

"어."

티소엔은 두말하지 않고 허리춤에서 검을 뽑아 칼자루를 에스텔라 쪽으로 돌려 주었다. 에스텔라는 고개를 도리도리 저었다.

"그거 말고 짧은 거."

"아."

티소엔은 이번에도 말없이 반대쪽 허리춤에서 단검을 뽑아서 건넸다.

"돌아서."

이유도 모르는 채로 그는 재깍 뒤돌아섰다. 에스텔라는 조금 희한하게 생각했다. 티소엔이 언제부터 이렇게 군소리 없이 말을 잘 들었나 싶었다.

그녀는 제일 먼저 웨딩드레스의 긴 자락부터 찢어 냈다. 다리에 휘감기면 귀찮아지므로 무릎을 겨우 가리는 길이까지만 남겼다. 그다음에는 겉자락을 들춰 올리고 페티코트와 파니에를 전부 벗었다. 코르셋 끈도 조금 잘랐다. 여기저기 터진 스타킹도 내친 김에 뜯어 버렸다. 발이 미끄러지면 곤란했기 때문이다.

그리고 마지막으로 가터벨트로 허벅지에 묶어 놓았던 작은 꾸러미를 꺼냈다. 허벅지가 뜨거운 것은 그것 때문이었다.

티소엔은 고개를 숙이고 천이 찢기는 소리를 듣지 않으려고 애썼다. 그런 생각을 할 여지가 조금도 없다는 것을 알면서도 실크 찢기는 소리가 귀를 간지럽혀 저도 모르게 열이 오르고 말았다.

"이제 됐어."

에스텔라는 웨딩 슈즈를 벗고 그 하얀 천 덩어리를 걷어차 한쪽에 몰아 놓으면서 말했다.

티소엔이 얼굴을 토마토처럼 새빨갛게 물들이고 고개를 숙인 채로 돌아보다가 시야에 에스텔라의 맨발과 종아리가 들어와서 화들짝 고개를 들었다. 이번에는 눈이 마주쳤다. 티소엔이 뒷걸음질을 쳤다. 에스텔라는 어이없이 그를 쳐다보았다.

설마 발 때문에?

그녀는 발가락을 꼼지락거렸다. 그러자 티소엔이 소스라치며 고개를 돌렸다. 귀까지 시뻘겠다.

에스텔라는 그를 놀리고 싶은 마음이 들었지만 꾹 참았다. 비록 그녀가 몇 년 동안 바지를 입고 남자 행세를 한 덕으로 편안한 차림새에 익숙해서 무감각해졌지만, 원래 여자의 맨발과 다리는 오빠나 남동생에게도 함부로 보이지 않는 것이다.

그녀는 꾸러미를 풀었다. 거기에 들어 있는 것은 레나디움 나이프이다. 웨딩드레스 안에까지 그것을 가지고 있었던 것은 언제 개화할지 모른다는 불안감 때문이었다.

그리고 한 가지가 더 있다. 알비나 황후로부터 받은 월장석 목걸이였다.

「월장석 목걸이는 항상 레나디움과 함께 두세요.」

콘스탄체가 그렇게 말한 것이 마음에 걸려서, 에스텔라는 그 말을 지켰다.

클레오르에게도, 귄에게도 말하지 않았다. 왜 콘스탄체의 말을 듣느냐고 말할 것이 틀림없었기 때문이다. 에스텔라가 생각하기에도 그녀의 말을 들을 필요는 없었다.

그러나 직감이 있었다. 위험한 일일 수 있다는 것을 알면서도 콘스탄체의 말을 따라야겠다고 생각했다.

그리고 지금, 에스텔라는 그 직감의 이유를 알았다.

레나디움 나이프에서 멀어지자 월장석 목걸이가 희미한 우윳빛을 발했다. 에스텔라는 가만히 그것을 내려다보고 있다가 휙 펜던트를 손안에 쥐었다. 그리고 레나디움 나이프와 보주를 챙겼다. 보주에는 아직 신성력이 깃들어 있어서, 둘을 동시에 들자 레나디움 나이프가 파란빛을 머금었다.

머릿속에 밀려들던 정보가 끊기고 확 정신이 맑아졌다.

"이거, 받아. 저쪽 보이지?"

에스텔라는 나이프와 보주를 티소엔에게 넘기면서 숲 한쪽을 가리켰다. 티소엔이 고개를 끄덕였다.

"우다르드 숲에서 밖으로 나가는 길 찾는 법, 예전에 알려 준 거 기억하고 있지? 이걸 가지고 가."

"나 혼자?"

그녀는 조용하지만 단호하게 명령했다.

"그래. 가서 보주를 폐하에게 전달해. 마주력이 엘첸 안에서 터졌으니 그걸 수습하려면 보통 정도의 힘으로는 안 될 테니까. 그 레나디움 나이프도 네가 가지고 가. 나가는 동안에 몸을 지키는 데에 도움이 될 거야."

"너는?"

"나는 갈 곳이 있어."

이대로 있으면 마녀가 된다.

가만히 앉은 채로 당할 생각은 없었다. 그러느니 싸우는 것이 나았다.

"어딜 가겠다는 거야? 여기서 나가서 일단 폐하에게 합류해야 해, 에스틴."

"시간 낭비야."

마녀가 되면 목을 베어 달라고 했지만, 정말로 죽고 싶어서 한 말은 아니었다.

클레오르는 그녀를 구할 수 없었다. 지켜 주려고 애써 봐야 유폐시켜 놓고 마녀라는 것을 누구도 알지 못하도록 해서 살려 주는 것 정도가 한계일 것이다. 그조차도 오래가지는 못할 것이다. 황궁의 심부에 자기 같은 위험 요소를 놔둘 수 있겠는가. 에스텔라 자신이라도 그렇게 하지 않을 것이다.

에스텔라는 관자놀이를 만지작거렸다. 보주에서 손을 떼자 또다시 정보가 줄줄이 새어 들어온다. 속삭임도 함께. 그 속삭임 속에는 갈 길과, 현재 엘첸과 우다르드의 모습과, 부름이 뒤섞여 있다. 속삭임에 포함된 것은 엄밀히는 정보뿐이다. 무엇을 하라거나 무엇을 해야 한다거나 하는 명령도, 당위도 없다.

그러나 해야만 할 일이 명백해진다.

「제 목적은 당신에게 이 정보를 알리는 것으로 종료되었어요.」

콘스탄체가 했던 말이 떠올랐다.

그럴 것이다. 에스텔라는 그날 들은 정보 때문에 이 자리를 피할 수가 없게 되었다. 마녀가 되고 싶지 않다면, 맞서 싸우는 수밖에.

80

'나쁜 년.'

증오보다도 경탄을 섞어서 에스텔라는 마음속으로 욕했다.

알비나가 그녀에게 맡기려는 역할, 콘스탄체가 그녀에게 걸고 있는 기대, 검을 다룰 줄 아는 여자, 천 년 동안 퍼뜨려진 마녀의 씨앗, 아르투르, 대관식을 치른 황후, 성검의 봉인, 황후궁 지하의 성목, 배신한 마녀, 마주력의 팽창.

모든 일들이 부품처럼 맞물려 돌아가는 한가운데에 에스텔라 아르투르가 맞춤형으로 만들어진 나사처럼 들어맞는다. 콘스탄체가 그녀의 존재를 알고 나서 그렇게 계획을 짜 맞췄는지, 아니면 그녀가 아니라도 누군가가 결국 이 자리에 와 있었을지는 모르지만, 결국 여기 있는 것은 에스텔라 자신이었다.

그리고 그녀는 에스텔라가 어떤 선택을 할지 아마 짐작하고 있었을 것이다.

머리가 아파졌다.

"가서 지원군을 데려와. 나는 리쿰 공작부인에게 가야겠어."

"일단 같이 가서 지원군을 끌고 오면 되잖아."

"지금이 아니면 안 돼. 나갔다가 되돌아오면 너무 늦어."

"난 널 혼자 놔두고는 절대 안 가."

"멍청아, 나는 지금 무장도 없고 거기에 치마야! 지금으로서는 발목 잡는 것밖에 안 돼. 너 혼자 가도 목숨이 간당간당할 텐데, 같이 가다 같이 죽어 나부라져서 보주고 레나디움이고 다 땅에 파묻고 싶어?"

"나는 네 호위 기사야. 호위 기사가 주군을 두고 혼자 살아 나가는 법은 없어."

"나 네 주군 아니다."

"주군이든 호위 대상이든 뭐든, 뭐라고 하든 상관없어! 너를 버리고 가다니 그런 일은 절대 안 해!"

"누가 버리고 가는 거라고 그래? 내가 가야 할 곳이 있다고 했잖아."

"그럼 거기까지 같이 가. 황제 폐하에게 보주를 전달해야 한다는 건 어차피 핑계잖아. 위험한 일을 하러 가면서 날 떼어 놓고 혼자 갈 생각은 하지도 마! 나는 죽을 때까지 너를 지키겠다고 맹세했으니까!"

티소엔이 그녀의 팔을 틀어쥐었다. 에스텔라는 아픔 때문에 인상을 찌푸렸다. 하필이면 잡힌 자리가 아까 클레오르가 잡아서 멍든 자리였다.

"진정해. 아프니까 손 놓고."

그녀는 조곤조곤하고 단호한 모습으로 보이기 위해 애썼다. 목구멍까지 훅훅 열이 치솟았지만, 티소엔에게 화를 내서 해결될 일이 아니다. 그가 자신을 위해서 그러는 줄을 에스텔라가 모를 리가 있겠는가. 그저 상대가 소리를 치면 반사적으로 같이 욱하게 되는 성미 때문이다.

참고 부드럽게 말하는 것은 효험이 있었다. 에스텔라가 여자인 줄 몰랐을 때라면 티소엔의 기세는 한없이 치솟았을 뿐이겠지만, 이제는 그녀가 여자라는 사실을 알고 있었으니까.

티소엔이 입을 꾹 다물었다가 깜짝 놀라 에스텔라의 팔을 놓았다. 에스텔라는 멍이 두 겹으로 진 팔을 슬쩍 쓰다듬었다. 역시 아팠다.

"미안."

그가 시무룩하게 말했다.

"이건 됐어. 티소엔, 잘 들어. 제일 중요한 건 사람을 구하는 거야. 두 번째는 제국이고. 너도 기사니까 내 말 알아듣지?"

"나는 네 기사야."

"나도 기사야."

티소엔이 대답을 하지 못했다.

"네가 날 위해 주는 건 고맙다고 생각해. 그렇지만 본분을 잊지 말자."

"……."

"나는 여자고, 위조 신분으로 기사가 되었으니 그 직책은 부당하지. 조금 전에 대혼례를 치르고 대관식을 했고, 클레오르 폐하에게 검을 바친 것도 아니고 마음으로부터 서약을 세운 것도 아니니 이제 공식적으로도 기사가 될 수 없다는 것을 알아. 그래도 티소엔."

에스텔라는 진심을 다해 말했다.

"그래도 나는 기사야. 고작해야 치안대 4년 차에서 그만둬 버렸고, 아마 앞으로도 영원히 내 진짜 이름을 가지고 기사가 될 일은 없겠지만. 어쩌면 폐하의 옆에 오래도록 남아 아내로서 내조하고 황후로서 훌륭하게 처신하거나, 혹은 신하로서 돕게 되더라도 그게 내가 폐하의 기사가 될 수 있다는 뜻은 아니지만, 그래도 나는 기사야."

그녀는 주먹을 쥐었다.

남을 위해 뭔가를 희생한다거나 세상을 바꿔 보겠다고 생각한 일은 없다. 교제 관계는 없다시피 할 정도로 좁았고 불의한 일에 적극적으로 나서 본 적도 없다. 드와이트 남작 영애처럼 큰 그림을 그리고 세상이 변하는 격류 속에서 중요한 역할을 하고 싶다고 생각한 적도, 레이디 에디르네처럼 나라를 위해 충정을 다하겠다는 마음도 없다.

그래도 손이 닿는 일은 외면하지 않겠다고 생각했었다. 눈앞에서 사람이 죽는 것을 보고 넘어갈 수는 없었다. 다친 사람을 보면 부축하고, 물에 빠진 아이가 있으면 건지러 가는 것은 인간으로서 당연한 일이다.

그게 그녀의 기사도이다. 기사도 이전에 인간의 도리다. 다만 그녀는 기사이니 남보다 조금 더 강했고, 조금 더 단호하게 나설 수 있을 뿐이다.

그리고 지금 오로지 그녀의 손만이 닿을 수 있는 곳에 사람을 구할 길이 있었다.

"에스틴 경."

누군가가 알아주기를 바라긴 했었다. 여기에 그녀가 있고, 검을 쥐고 살아 있고, 싸울 줄 안다는 것을 알아주기를 바랐다.

그러나 타인의 인정이 그녀를 에스텔라 아르투르로 만드는 것은 아니다. 에스틴이라는 이름으로 기사가 되었던 것은 그녀 자신이다. 비록 아르투르라는 이름을 계승할 수조차 없는 딸로 태어났으나 그 이름은 분명히 그녀의 일부를 규정했다.

싸우면서 희열하는 것이 그녀이다. 새장에서 벗어난 듯이 팔다리를 활짝 펴 세상을 박차고 한 자루 검으로 세상을 오시하고자 하는 욕망 또한 그녀 자신의 것이다.

아무것도 하지 않겠다고 생각했었다. 노력해 봐야 아무것도 되지 못하리라고 생각했다. 아르투르는 그녀의 아버지 대에서 끝났다. 검술을 배웠어도 여자의 몸으로는 아무것도 이루어 낼 수가 없다. 세상을 가를 실력을 가졌더라도 그녀에게 허락된 것은 뒤뜰

뿐이었다. 데릴사위를 얻어 자식을 낳고 그 아이에게 가문을 물려주고 검술을 가르치더라도 그 아이는 에스텔라의 후계자가 아니라 남편의 후계자로 이름 될 것이다. 여자는 세상에 아무것도 남기지 못하니까.

그러나 이 싸움은 그녀의 것으로 예비된 것이다. 그녀만이 이 자리에서 의미를 갖는다. 어떤 훌륭한 기사가 있었더라도, 여자가 아니라면 여기에서 아무것도 하지 못했을 것이기 때문이다. 그러나 어떤 기품 있고 마음 강인한 숙녀가 있었더라도 검을 쥐어 거칠어진 손을 가진 사람이 아니라면 역시 아무것도 하지 못했으리라.

그러니까 가야 했다. 그녀가 마녀가 될 수 있는 여자니까. 여자이면서, 검을 쓸 수 있는 사람이니까.

"너만이 아니라 내게도, 명예는 오로지 나 자신에게, 내 검에 있어. 그리고 나만이 할 수 있는 일이 여기에 있고."

티소엔이 긴장으로 숨을 몰아쉬었다. 에스텔라가 무슨 말을 하는지 전부 다 이해한 것은 아니다. 하지만 그는 에스텔라가 그 어느 때보다도 진심이라는 것을 이해할 수 있었다. 지금 이 순간 에스텔라는 아주 큰 것을 걸고 있었다.

마음이 위태롭게 흔들렸다. 감정적으로는 그녀를 혼자 보낼 수가 없었다. 그러나 그녀가 진심을 다하여 무엇인가를 하고자 하는데, 방해할 수도 없었다. 그는 에스텔라를 지키고 싶다고 생각했지만, 동시에 검을 바치겠다고도 맹세했다.

기사라면 주군의 뜻을 따르는 게 온당하다.

감정과 이성과 의지가 서로 다른 방향으로 움직인다. 에스텔라가 기사로서 그리해야 한다고 말한다면, 제아무리 그의 마음이 에

스텔라를 혼자 보낼 수 없다고 외치더라도 그는 그 말을 따라야
했다. 티소엔은 에스텔라를 지키기로 결심했다고 해서 그녀를 푹
신한 쿠션이 있는 방에 모시고 나오지 못하게 할 생각은 한 번도
한 적이 없었다.

"알았어. 보주를 폐하에게 전하고 지원군을 이끌고 곧바로 올
게."

그는 무겁게 대답했다. 그리고 검집을 허리에서 끌러 내려 했
다.

에스텔라는 그것을 받지 않고 티소엔의 손을 눌렀다.

"괜찮아. 리쿰 공작부인은 날 이용하려고 불러들인 거야. 죽이
려는 게 아니라. 무기가 있으면 오히려 싸움이 돼."

"하지만……."

"나 혼자라면 우다르드 안에서 완전히 안전해. 내 말 믿어."

나는, 마녀니까.

그 말은 하지 못했다.

"가. 폐하를 모시고 황후궁으로 나를 구하러 와."

그녀는 빙긋 웃으며 티소엔의 가슴을 툭 밀쳤다. 티소엔이 애타
는 얼굴로 그녀의 손을 한 번 꽉 잡았다 놓았다.

그리고 한 번 결정한 것을 망설이지 않는 사람답게 곧바로 몸을
돌려 반대편으로 뛰기 시작했다. 조금이라도 더 빨리 가야 조금
더 빨리 돌아올 수 있으니까.

에스텔라는 그 뒷모습을 잠시 바라보다가 주먹 쥔 손을 펴 월장
석 목걸이를 쳐다보았다. 레나디움과 떨어지자 월장석에 다시 우
윳빛으로 반투명한 흰빛이 차올랐다. 그것은 정제된 마주력, 혹은
마녀들이 아르펜디아의 힘이라고도 부르는 것이다.

그녀는 목걸이를 목에 걸었다.

—어서 와.
—어서 와. 어머니가 기다리고 계셔.
—어서 와. 우리의 자매.

이파리가 울리는 맑은 음색이 말로 바뀌어 에스텔라의 머릿속으로 직접 전달되었다.

그녀는 숲 가장 깊은 곳을 향해 맨발로 천천히 걷기 시작했다. 작은 자갈이나 나뭇가지들도 그녀의 발걸음을 방해하지 않으려는 듯이 저절로 굴러가 보송보송하고 따뜻한 흙만 밟혔다. 소리가 되지 않은 음악들이 바람을 타고 온갖 곳을 가득 메운다. 있어야 할 곳으로 돌아온 듯 편안하다.

에스텔라는 심장 속까지 환한 빛이 비치는 듯한 착각을 느꼈다. 그것이 본심과 달라 그녀는 괴로워졌다.

몇 십 분에 걸쳐서 일어난 지각변동은 엘첸의 지도를 완전히 쓸모없는 것으로 만들었다.

건물과 건물 사이에 숲이 생겨나고, 멀쩡하던 거리가 갑자기 꺼지며 늪이 되어 수십 채의 집이 사라져 버렸다. 어떤 거리는 언덕 위로 솟구쳐 올라가고 어떤 거리는 사방이 나무로 둘러싸여 고립되었다.

몬스터가 나오리라는 염려는 곧바로 현실화되었다. 지각변동이 끝나고 땅울림이 사라지자마자 숲에서 몬스터가 튀어나왔다.

칼독수리가 시체를 따라다니는 까마귀 떼마냥 온통 하늘을 점거하고, 두발돼지와 송곳니사슴, 줄무늬 개가 뛰쳐나와 사람을 물어 죽였다. 숲 해파리가 바람을 따라 흘러 다니고, 분홍색의 기괴한 꽃가루가 어린아이의 콧속으로 들어가 끈적한 거품으로 변해 폐를 틀어막았다.

대관식 도중 체스터 공작을 비롯하여 이시도르 일파의 귀족들이 반역하거나 소요 사태가 일어날 것을 염려하여 엘첸 곳곳에 배치해 놓았던 기사와 군병들이 소부대 단위로 대응에 나섰으나 사태를 좀처럼 정리하지 못했다.

그리고 마녀가 나타났다.

첫 번째 마녀는 그로버 거리에서 모습을 드러냈다.

그녀는 메리 렌이라고 하는 열네 살의 소녀였다. 축제 구경을 하고 싶다고 말했다가 아버지에게 뺨을 맞은 것을 시작으로 1시간째 맞던 중이었다. 지진이 일어나면서 폭행이 중단된 틈을 타 그녀는 침대 밑으로 기어 들어갔다. 그리고 '어머니'가 부르는 소리를 들었다.

메리 렌이 음식을 먹을 필요가 없게 된 것은 벌써 2년 전의 일이다. 그녀를 돌보는 사람이 없었기에 아무도 그녀가 먹지 않는다는 사실을 알지 못했다.

지금까지 그녀는 마녀들에게 쓸모없는 위치에 있었기에 부르는 소리는 한 번도 없었다. 그러나 엘첸 전역에서 마녀가 일어서는 이 순간, 그녀 역시 부름을 받았다.

메리 렌은 '어머니'의 존재를 느꼈고 그녀가 오래전에 사라진

생모라고 확신했다. 그리고 자기가 더 이상 두려워할 필요가 없음
도.

절대적인 '어머니'가 그녀를 지켜 줄 것이다.

5분 전과 달리 그녀는 자기가 이미 위대한 존재의 일부가 되었
으며 벌레 같은 아버지를 발로 밟아서도 죽일 수 있음을 깨달았
다.

그래서 그녀는 그렇게 했다. 하늘을 맴돌던 칼독수리 수십 마리
가 그녀의 부름에 따라 그로버 거리의 작은 집으로 쏜살처럼 날아
들어갔다.

"끄아아아!"

남자의 비명 소리가 그로버 거리를 뒤흔들었다.

개화한 수많은 마녀가 자각과 동시에 복수를 시작했다. 마녀의
공유 의식은 비참한 기억들을 공유시키고 공감대를 형성했다. 인
간에 대한 근원적인 증오는 그것을 공격적으로 만들었다.

이러한 현상은 엘첸 곳곳에서 벌어졌다. 천 년에 걸쳐 뿌려진
씨앗이다. 어디에서부터 어디까지, 몇 명이나 마녀의 씨앗을 가지
고 태어났는지 아무도 알지 못했다.

어떤 여자들은 자기가 마녀임을 새로 알았고, 혹은 그 자리에서
마녀로 개화하기도 했다. 또 어떤 여자들은 영문도 모르는 채 성
목이 되었다. 별을 매단 나무들이 생각지도 못한 곳에서 불쑥불쑥
솟아났다. 길 한중간에서, 어떤 집의 지붕을 뚫고, 광장의 판석을
부수며 가지를 뻗고 뿌리를 내렸다.

성목이 생겨날 때마다 엘첸을 지배하는 마주력은 조금씩 더 강
해졌다.

이끄는 자는 없었으나 마녀들은 자발적으로 체계를 만들고 다

스릴 수 있는 몬스터를 조직화했다. 시기 어긋난 우다르드 곰이 수천 마리씩 꽃피었다.

마주력의 흐름이 천 년에 걸쳐 약화되어 온 우다르드 숲보다 수백 배로 강해지고, 성목이 엘첸의 모든 몬스터를 수호했다. 두발돼지의 털이 강철처럼 솟구치고 숲 해파리는 독성을 품어 새파란 색이 되었다. 검니 범의 이빨은 날카로워졌으며, 거대한 거미는 화살 같은 거미줄을 뿌렸다.

이 변화는 우다르드 일대에 얼마 전에 발생한 몬스터의 흉포화 현상보다 급격하고 낙차가 심했다. 2차로 숲에서 튀어나오는 것은 인간이 발붙이기 어렵다는 북부 몬스터 산맥에서나 볼 수 있는 몬스터들이었다.

마녀들은 대부분 싸워 본 경험이 없었으나 몬스터의 본능에 맡겨 무작정 공격하는 것보다 무리를 지어 기사를 상대시키는 쪽이 낫다는 것쯤은 알고 있었다. 이렇게 되면, 두발돼지나 우다르드 곰 같은 것은 혼자서도 수십 마리씩 베어 죽일 수 있는 기사들도 쉽게 나서지 못했다.

기사들은 눈앞에서 일어나는 학살을 놓아두고 황궁으로 퇴각하는 것을 선택했다. 몬스터의 수는 끝이 없고 조금 전까지 보호 대상이었던 사람들 사이에서 마녀가 나타나는 것도 비일비재했다.

물러나는 기사와 군병들은 변화가인 노브가쯤에서 황궁에서 만든 방어선과 만났다. 방어선은 조금씩 두께를 늘려 가며 주요 거리를 우선적으로 보호했다. 신전 인근은 최우선적으로 방어기지의 역할을 하게 되었다.

에스텔라와 클레오르가 우려하던 일은 성곽 밖에서부터 발생했다.

여자들 중 일부가 마녀이거나 나무로 변하고 있다는 사실을 깨달은 남자 일부가 폭동을 일으켰다. 그중 다수가 여자를 관리로 쓴다는 사실에 분노하며 시위하고 있던 남자였다.

힐라리아 치료소가 당연히 첫 번째 타깃이 되었다.

"빗장 걸고 침대를 가져다 쌓아요! 홰는 충분해요?"

잔이 고함을 질렀다. 달아날 사람은 진즉 달아나 버렸고, 남아 있는 것은 정말로 아파서 움직이지 못하거나 갈 곳조차 없거나 치료소를 집으로 여기고 굳은 마음으로 자리를 지키는 사람들뿐이었다.

"마음 약하게 먹지 말아요. 죽일 수도 있다는 생각으로 응대해요. 저 남자들은 우리를 똑같은 사람으로 여기지 않아요. 내 말 무슨 말인지 알아듣죠? 여기서 지면 끌려가서 무슨 일을 당할지 모른다는 걸 확실하게 이해하라고요!"

드와이트 남작 영애가 목창을 나눠 주며 그렇게 말했다. 아이러니하게도 이 순간 보호받지 못하는 치료소라는 취약 지점에서 가장 위험한 것은 마녀도, 몬스터도 아니라 불만을 쏟아 낼 곳이 필요한 남자들이었다. 사실 힐라리아 치료소는 이런 습격을 처음 받아 보는 것도 아니었다.

"하, 하지만 에바 님, 섣불리 자극하지 않는 게 좋지 않을까요? 그로버가에 있을 때랑은 다르잖아요. 이런 상황에서는 치안대도 와 주지 않을 거예요."

"저쪽도 그걸 알겠죠. 지금까지도 우리 사지를 찢어 죽이겠다는 말을 예사로 하던 사람들인데, 치안대가 와 주지 않을 걸 알면서 과연 가만히 있을까요?"

말을 꺼냈던 사람이 벌벌 떨면서 웅크리고 앉았다.

"마녀 계집들을 끌어내서 가랑이를 찢어 죽여라!"

밖에서 고함 소리가 들려왔다.

쾅쾅!

문이 연이어 도끼로 찍혔다.

드와이트 남작 영애는 이를 악물었다. 에스텔라에게서 경고를 받은 적이 있기에 미리 문을 쇠를 댄 무겁고 튼튼한 문으로 교체하고 빗장도 새로 달았다. 창문에도 모조리 덧문을 못으로 단단히 박았다. 무슨 일이 닥쳐올지 확실히 알지 못했으나 엘첸에 소요가 일어나면 힐라리아 치료소가 첫 번째 타깃이 되리라는 것은 알고 있었다.

그러나 이런 사태가 되리라고는 생각지도 못했다. 에스텔라로 부터 마주력의 팽창과 연관하여 2차적인 사태가 생길 수도 있다는 이야기를 들었고, 마주력에 침습된 여인들을 찾아 신전으로 보내 달라는 부탁을 들었음에도 말이다.

구원을 기대할 수 없는 이상 오래 버텨서 살아남을 수 있으리라는 생각은 들지 않는다. 그러나 최후의 순간까지 발버둥은 쳐 봐야 하지 않겠는가.

"에바."

힐라리아 부인이 그녀를 조용히 불렀다. 그녀는 평소에 치료소에 자주 걸음 하지 않았다. 그러나 오늘은 성하 난민촌뿐 아니라 치료소 자체에서도 축제를 즐길 예정이었기 때문에 와 있었다.

드와이트 남작 영애는 긴장한 얼굴로 그녀를 바라보았다.

"부인께서는 뒷문으로 빠져나가시는 게 좋을 거 같아요. 비서 복장을 하고 잭슨 선생님과 같이 나가시면 저 사람들도 공격하지 않을 거예요."

치료소의 유일한 남자 의사인 잭슨이 고개를 끄덕였다. 그도 잔뜩 겁을 먹었으나 애써 의연함을 유지하고 있었다.

"이 치료소 이름이 뭔지 알고는 있니?"

힐라리아 부인이 기막힌 듯이 물었다. 드와이트 남작 영애는 치맛자락을 잡은 채 등을 꼿꼿이 펴고 그녀를 바라보았다.

"이 치료소의 이름은 부인의 이름에서 따왔고, 어려운 여인을 두루 돕겠다는 높은 뜻 역시 부인의 마음으로부터 왔습니다. 하지만, 이렇게 저 남자들이 우리 치료소를 공격하게 된 것은 제 탓이에요. 부인께서 그 책임을 뒤집어쓰실 필요는 없습니다."

"이름을 밝히고 나가면 너 하나를 처형해서 저들이 만족할 것 같니?"

힐라리아 부인은 냉정하게 말했다.

"이제까지 너한테 자금을 대고 마음대로 조사할 수 있도록 지원한 게 누구라고 생각하니? 네가 힐라리아 치료소의 이름을 걸고 황태자 전하께 의견을 냈을 때부터, 내 이름은 네가 하려는 일과 결부되어 따로 떨어질 수 없는 게 되었고, 나는 그걸 자랑으로 여긴다."

"힐라리아 부인."

"그러니까 네가 가야 해."

잔이 고개를 끄덕였다. 대부분이 동의를 표시했다. 드와이트 남작 영애는 당황하며 주위를 둘러보았다. 힐라리아 부인이 말했다.

"애당초 난 이름을 남기려고 이 치료소를 만들었다. 그걸 확고하게 할 수 있는 건 너야. 그리고 여기에서 달아나서 안전한 곳까지 갈 수 있는 사람도 아마 너밖에 없을 거다.”

“부인 말씀이 맞아, 에바. 우리는 여기서 도망칠 수 있어도 갈 만한 곳이 없어. 하지만 너는 부모님한테 가면 되잖아.”

“드와이트 남작 부부는 안전한 곳에 계실 거야.”

“저 혼자 몸을 피할 생각은 없어요.”

“고집부릴 때가 아냐!”

결국 힐라리아 부인이 화를 냈다.

“저어, 저어…….”

조그만 목소리로 숨 막히게 부르는 사람이 있었다. 의아한 시선이 그녀를 바라보았다. 어린 딸을 보살펴 줄 사람이 필요해서 치료소에 왔다가 간호원으로 눌러앉은 리사였다.

그녀는 성실하지만 소극적이고, 그다지 친하게 지내는 사람이 없었다. 이런 순간에 나설 사람처럼 보이지 않았다. 그러나 누구도 그녀를 무시하지 않았다.

“제가, 어떻게 할 수 있을 것 같아요.”

파랗게 질린 채 몸을 덜덜 떨며 그녀가 가슴 앞에서 두 손을 모아 쥐었다.

“제가, 제가, 할 수 있어요. 모든 분을 지킬 수 있어요. ……제가, 마녀라는 걸 용서해 주신다면.”

드와이트 남작 영애는 놀라서 재빨리 리사의 입을 막으려 했지만 가까이에 있는 사람들이 이미 그녀의 말을 들어 버린 다음이었다.

힐라리아 부인이 놀란 눈초리로 리사를 바라보았다. 그녀는 목을 울리며 침을 꿀꺽 삼켰다.

쉽게 받아들여 주는 사람은 아무도 없었다. 마녀다. 비록 밖에서 문을 두드리는 자들이 마녀를 잡아 죽이라고 외치면서 공격하고 있지만, 치료소 사람들도 평범한 알펜슈타인 사람이다. 마녀에 대한 뿌리 깊은 두려움과 혐오가 있다.

리사도 말해 보기는 했지만, 이해해 주기까지 바란 것은 아니었다. 그러나 그녀는 그것이 원망스럽다고는 생각하지 않았다. 그녀 같아도 무서워했을 것이기 때문이다.

그래도 상관은 없었다. 그녀는 고향이 팽창한 숲에 파묻혔을 때에, 몸 약한 딸 하나를 들쳐 업고 겨우 이곳까지 걸어왔다.

그녀 자신은 먹지 않아도 살 수 있었지만, 딸은 그렇지 않았다. 돈이 필요했다. 빈집에 혼자 두고 일을 나갈 수는 없고, 아이를 데리고 다닐 수 있는 일터는 거의 없었다. 힐라리아 치료소에서 어린애를 돌봐 준다는 말을 들어서 왔다가 간호원 일까지 구했다. 이곳에서 경험을 쌓으면 다른 의사에게 소개를 받아 갈 수도 있을 거라고 했었다.

좋은 곳이다. 그래서 지키고 싶었다. 이곳 사람들은 아무것도 하지 않았다. 선한 마음으로 서로 도왔을 뿐이다.

그리고 할 수 있을 거라는 생각도 들었다. 지식이 아니라 수십 년간 해 온 일이라도 되는 것처럼, 마치 걷고 먹고 물건을 집는 것을 언제부터 할 줄 알았는지 기억하지 못하지만 할 수 있는 것처럼 자연스럽게 어떻게 해야 할지 알 수 있었다.

얼어붙은 분위기를 깨뜨린 것은 잔이었다.

"난 리사보다 저 남자들이 더 무서워요."

"저도요."

동의의 말이 여기저기에서 올라왔다. 힐라리아 부인이 엄격한 얼굴로 리사에게 물었다.

"부인의 진심은 알겠어요. 하지만, 내가 많이 배운 사람이 아니라도, 지금 엘첸에서 벌어지는 일이 보통의 것이 아닌 줄은 알겠는데……."

"저는, 괜찮습니다."

리사는 작은 목소리로, 그러나 굳건히 말했다.

그녀는 마주력을 느끼고 주법을 행하고 마치 숨 쉬는 것처럼 몬스터에게 자기 뜻을 전달할 수도 있게 되었다. 그러나 그녀 자신은 변한 것이 없었다. 하루 세 끼 식사를 하고 늘 배가 고팠던 때나 몇 년 동안 음식 한 번 입에 대지 않고도 아무렇지도 않은 지금이나 마음이 똑같다.

마녀의 공유 의식은 그녀에게 대마녀의 존재를 알려 주었다. 만일에 대마녀가 모든 마녀에게 함께 인간을 적대하도록 명한다면 그녀는 그게 아무리 싫더라도 따라야 할 것이다.

그러나 지금은 그렇지 않다. 마녀들 모두 자기가 바라는 대로 움직이고 있을 뿐이다. 광범위한 방향성은 있지만, 결국 공유되고 있는 것은 자기에게 해가 되는 일을 참지 말고 굴복하지 말자는 의식뿐이다. 그리고 그녀들은 그렇게 할 수 있는 힘을 부여받은 사람들이었다.

이것도 굴복하지 않는 일이다. 리사는 그로버 거리를 초토화시킨 메리와 마찬가지였다. 다만 메리와 달리 그녀의 적은 '모든 사람'이 아니라 '치료소를 공격하는 사람'이다.

화르르륵!

힐라리아 보호소를 둘러싸고 마주력의 불꽃이 확 타올랐다. 문에 도끼질을 하던 남자가 기겁하여 뒤로 주저앉으며 허둥지둥 기어서 달아났다.

"마녀다!"

리사는 마주력의 흐름을 타고 빗장이 내려진 문을 투과하여 밖으로 나섰다. 몽둥이를 든 남자 수백 명의 앞에서도 조금도 두렵지 않았다. 숲 해파리들이 그녀를 따르듯이 힐라리아 치료소를 감쌌다.

★

회의실 문이 덜커덩 열렸다. 기사 둘이 끌고 온 체스터 공작을 바닥에 내동댕이쳤다.

클레오르가 말했다.

"경의 아내는 행방불명되었더군."

체스터 공작부인과 하시프 후작부인을 비롯하여 알비나의 측근들은 처음부터 경계 대상이었다. 대관식장에서 일이 벌어졌을 때에 근위대장 레이너는 두 부인을 비롯하여 요주의 대상이었던 부인들부터 붙잡으려 했다.

그러나 어느 틈에 모두 행방불명되었다. 하시프 후작부인이나 나그랑 백작부인 같은 경우에는 대혼례 때에는 분명히 있었는데, 언제부터 없어졌는지도 알 수 없었다. 감시를 붙여 놓았는데, 감시원들도 언제 자기가 시선을 뗐는지 알지 못했다.

"경의 아들과 수하들은 모두 반역으로 처분했네."

로펜데일에서 벌어진 작은 전쟁은 마녀 대 인간, 몬스터 대 인간이 아니라 인간 대 인간의 싸움이었다.

체스터 공작가를 비롯하여 이시도르와 연관된 귀족 가문의 기사단과 사병 집단이 마녀의 발호와 거의 동시에 기치를 세웠다.

황궁 기사단의 일부가 이 가문들을 감시하고 있었으나 지각변동 때문에 포위망에 구멍이 생기고, 상황을 파악하기 위해 일부가 자리를 비운 사이에 터진 일이다.

연락할 방법도 없었을 텐데 열네 개 가문 4백여 명의 기사와 그 두 배에 가까운 사병이 동시에 일어섰다. 무기를 모두 압류했을 텐데 어디에 남겨 두었었는지 쇠촉이 달린 창을 들고 있었다.

밖으로는 몬스터, 안으로는 반역이 있었으나 진압은 순식간이었다. 로펜데일 거리에 있는 다른 귀족 가문의 기사들이 비상사태가 터지자마자 빠르게 귀환하여 자발적으로 방어선을 만들고 몬스터를 토벌했다. 황궁 기사단은 반역자만 상대하면 되었다.

덕분에 로펜데일은 가장 먼저 안정화된 지역이 되었다. 기사단의 힘이 약한 몇몇 가문은 친분이 있는 대귀족의 저택으로 피란했다.

사전에 계획된 모반 같지는 않았다. 황궁 기사단장 로이드 조지의 판단으로는 그랬다. 모반을 계획했다면 본격적으로 병사를 키우고 엘첸에도 더 많은 수의 무장 세력을 숨겼을 것이다. 먼 지방 영지에 무기고를 만들고 기사를 포섭하는 대신에 군병의 수를 늘렸으리라. 허가되지 않은 무기를 대량으로 보유하는 것 자체가 중범죄이고 반역이지만, 그 목적이 적극적으로 군란을 일으키고자 하는 것이 아니라 군권을 장악한 황태자에 대항하여 무력을 보유하려는 것에 있었다는 것은 클레오르도 알고 있었다.

그러나 계획되지 않은 일치고는 지나치게 동시에 각 저택에서 일어섰다. 저택에 여자들은 아무도 남아 있지 않았다. 체스터 공작부인, 결혼하고서도 친정에서 떠나지 않은 영애, 공작부인의 시녀들은 물론이고 하녀에 이르기까지 전원이 사라졌다.

체스터 공작가만이 아니라 하시프 후작가나 나그랑 백작가도 마찬가지였다. 모반을 계획한 남자들이 미리 여자를 피신시켰다고 볼 수는 없다. 공작부인이 알비나의 심복이며 마녀라는 것을 떠나서, 직접 창검을 들고 나선 남자들이 모두 정상 상태가 아니었던 것이다.

클레오르는 바닥을 나뒹구는 체스터 공작을 싸늘하게 내려다보았다.

"흐, 흐흐……."

체스터 공작이 웃었다. 상당한 기간 동안의 연금 상태에도 불구하고 언제나 깔끔한 모습을 유지하고 있었던 그이지만, 이제는 너덜거린다고밖에 표현할 길이 없는 몰골이었다.

"후하하하, 하하하!"

"체스터 공작, 무엄하오!"

제스틴 백작이 큰 소리로 꾸짖는데도 체스터 공작은 킬킬댔다. 클레오르는 물끄러미 그를 내려다보았다. 냉정하게 말해서 체스터 공작에게는 더 이상 쓸모가 없었다. 바로 어제까지만 해도 가문의 명예와 과거의 찬란한 공적 때문에 함부로 대할 수 없었으나, 천지가 뒤집히고 황궁 기사단에 창칼을 들이댄 오늘은 다르다.

"흐흐, 황태자 전하. 전하께서는 그 여자들이 얼마나 무시무시한 존재인지 알지 못하시오."

"그래서, 그에 맞서 싸우는 게 아니라 지배를 받아들이기로 했나?"

클레오르로서는 이해할 수 없는 일이었다.

무력한 사람을 이해하지 못하는 것이 아니다. 저항에는 물리적인 힘과 정신력이 모두 필요하다. 압도적인 위력 앞에 무릎 꿇지 않을 고결한 사람은 흔하지 않다.

그러나 체스터 공작은 결코 전자가 부족한 사람이라고 할 수는 없었다. 그리고 후자도 마찬가지였을 것이다. 공작가의 주인이다. 일평생 황제에게만 고개를 숙였다. 그럴 만한 자격이 있는 사람으로 대접받았고 평생 그렇게 살아왔으니, 이제 자신의 긍지를 증명할 차례였다.

클레오르는 가볍게 혀만 찼다. 제국 제일의 명문 귀족이라는 사람이 이런 모습을 보이니 실망스럽기 그지없었다.

자신의 혈관에 흐르는 것이 대륙에서 가장 고귀한 피임을 알기 이전에 그는 핏줄과 고결함이 도무지 상관이 없어 보인다고 생각했었다. 그리고 핏줄의 힘으로 성창을 계승하고 황제의 관을 쓴 지금도 그렇게 생각되었다.

그러나 평민보다는 귀족이 비교적 긍지를 지킬 줄 알 거라고 믿었다. 푸른 피를 가져서가 아니라, 어려서부터 자기를 귀한 사람으로 여기는 법을 배우고 승리의 경험도 여러 차례 있었을 테니까. 적어도 자존심은 세울 줄로 알았다. 그리고 클레오르가 생각하기에 자존심이란 두려움에 굴복하지 않고 자기 신념을 세우는 마음가짐이었다.

"실망스럽군. 나는 경이 냉정하고 긍지 높은 사람인 줄로 알았는데."

"냉정하기 때문에 보이는 게 있는 법이죠. 전하처럼 바닥에서만 살아 본 사람으로서는 도저히 이해할 수 없겠지만."

그가 반울음 반웃음으로 말했다.

"살아날 가망이 없지 않았습니다. 인간을 구제하고 제국을 보존할 방법이 없지 않았단 말입니다."

"마녀에게 굴복해서?"

"황후께서는 당신의 아드님을 위해 다스릴 인간을 남겨 주기로 하셨죠."

펙!

기사 하나가 체스터 공작의 얼굴을 후려쳤다. 공작이 정신 나간 사람처럼 웃었다.

클레오르는 그를 끌고 나가라고 명령했다. 그리고 베르나디오를 돌아보고 말했다.

"한 가지는 확실해졌군. 대마녀는 제국 전체를 장악할 자신은 없었던 모양이야."

"어디까지를 긍정적인 일로 봐야 할지 모르겠습니다. 성검은 사라졌고, 황후께서도……."

클레오르가 손에서 피가 날 정도로 주먹을 틀어쥐었다. 손에 아직도 에스텔라의 팔을 잡고 있었던 감촉이 생생한데, 그녀의 행방은 알 길이 없다. 수색을 한다고 해도 어디를 수색해야 좋을지 알 수 없었다. 답답한 나머지 일단 되는대로 황궁의 지하를 찾아보게 했지만, 그녀가 끌려간 곳이 지하실일 리는 없다. 아마도 지반째로 사라져 버린 황후궁과 연관이 있을 것이다.

베르나디오가 그와 다른 이유로 심각한 얼굴을 했다.

"대마녀는 곧 자유의 몸이 될 겁니다. 이시도르 저하는 성검을 다룰 수 없지만, 황후 폐하께서는 대관식을 마친 이상 온전한 성검을 쥐실 수 있을 테니까요."

대마녀가 에스텔라를 끌고 간 것은 그녀를 뜻대로 조종할 방법이 있기 때문일 것이다. 아마 그녀를 마녀로 개화시키리라. 수많은 여자들이 지금 그렇게 변하고 있는 것처럼 말이다.

클레오르는 작은 희망을 가지고 있었다. 대관식을 치른 황후가 여신의 앞에서 황제의 반려로서 그와 동등한 권리를 갖는다면, 에스텔라는 마녀가 될지도 모른다는 두려움에서 해방될 수 있는 게 아닐까 하고 말이다. 헛된 희망이었을까.

정말로 에스텔라가 마녀가 되었다면 어찌해야 하나.

목을 베는 것이 옳다. 그는 자기가 결국에는 그렇게 하리라는 것을 알았다. 에스텔라도 부디 베어 달라고 말하지 않았던가.

그러나 클레오르는 자기가 그 일에 죽을 때까지 사로잡히게 되리라는 사실도 알았다. 사람의 목숨은 살인자의 죄책감으로 상각할 수 없다. 그가 설령 일타의 용병이었던 어느 청년을 함께 죽여 버린다 하더라도 그녀의 죽음이 정당화되는 것은 아니다.

초조했다. 에스텔라를 찾아야 한다고는 생각하지만, 어딜 가서 찾을 수 있을지 짐작도 가지 않았다. 마주력을 추적하여 통째로 사라져 버린 황후궁을 찾아낼 능력이 지금의 제국에는 없었다.

"봉인이 풀리기 전에 우다르드로 가야겠어. 우선 성창으로라도 이 흐름을 끊어 놔야지."

"예. 원인을 제거하지 않고 미봉책만 계속 쓰다가는 도시 자체를 포기하고 물러나는 수밖에 없을 것 같습니다. 근위대와 황궁 기사단을 데려가십시오."

"그래야지. 로네스 공이 여기를 맡아. 엘첸의 상황이 더 나빠지는 것을 막도록 하게."

"황명을 받들겠습니다. 그리고 제국 기사단 제1기사대도 데려가시기를 청합니다."

"이쪽의 병력이 모자랄 것 같은데."

"어차피 시가지 대부분을 포기해야 합니다. 폐하께서 무사히 귀궁하실 때까지 병력 사용은 황궁과 신전을 엄중히 지키고, 보호소의 여자들을 감시하는 것으로 한정 짓겠습니다."

그건 평민을 모두 포기하자는 말이었다.

클레오르는 잠깐 머뭇거렸다. 오필드 공작의 말은 합리적이었다. 지금 상황에서 엘첸 전역을 지키는 것은 불가능하다. 그렇다면 사후 구심점이 될 수 있는 황궁과 신전을 우선 지키는 것이 옳았다.

"알았네. 그러나 문을 개방하도록 해. 피해 오는 사람이 있다면 신분을 막론하고 정원에라도 수용해서 보호하고, 생필품을 확보하여 황궁으로 운송해 두도록. 만약의 경우 정연하게 엘첸에서 퇴각할 수 있도록 만반의 준비를 갖추게. 에버니저 경, 군량을 별개로 엄중히 관리해."

"예."

"신원이 불확실한 여자를 들였다가는 내부에서 공격당할 우려도 있습니다."

"경의 우려는 이해하지만, 현재로서는 그렇게 되리라고 확신할 만한 근거가 없네. 이미 숙녀들이 황궁에도, 신전에도 있어. 내부 공격이 이미 불가능한 상황이 아닐세."

퀘시 후작부인이 대표로 보호하고 있는 숙녀들 중에도 마녀가 있었다. 공격이 없는 것은 대마녀의 지배력이 아직 전부에게 미치지 않는다는 뜻이다.

알비나와 함께 행방불명된 여자들이 아니라면 지금은 걱정하지 않아도 될 것 같다. 인간을 적대하여 공격하는 마녀가 들불처럼 일어나고 있지만, 중구난방으로 발생하는 일이다. 조직화되었거나 명령을 받았다고 보기는 힘들었다.

그것마저 경계하려면, 여자 전부를 적대해야 한다. 그러나 인간의 반을 학살하면 그 나머지 반은 과연 인간이라고 할 수 있겠는가.

"개별적으로 대처해. 한두 명이 악의를 가지고 숨어든다 해도 처리할 수 있으리라 믿네. 황궁과 신전 안에서는 함부로 힘을 쓰지도 못할 테고."

"알겠습니다."

시종이 보호구를 가져왔다. 클레오르는 예복을 벗고 어깨부터 가슴까지 가리는 흉갑을 입었다. 시종 둘이 달라붙어 정강이와 팔뚝에 보호대를 착용시키는데, 뚝뚝 문을 거칠게 두드리는 소리가 들렸다.

"폐하. 긴급한 보고가 있다고 합니다."

"앞으로도 절차는 필요 없어. 보고는 다 들여보내."

문이 열리자마자 헐떡거리며 달려 들어온 전령이 말했다.

"폐하. 황공합니다. 아르데나 황녀님이 폐하를 꼭 뵙겠다고 말씀을 전하라고 합니다."

"아르데나? 아르데나가 어디 있는데?"

아르데나의 리델궁과 알비나의 친정인 자클린데 후작 저택에는 당연히 감시가 붙어 있었다. 사건이 터진 직후에 제일 먼저 두 사람이 각각 사라졌음을 보고받았다. 황후궁의 시녀와 하녀만 데리고 있던 알비나의 저택은 그렇다 치더라도 리델궁에서 들키지 않고 사라진다는 것은 불가능에 가까웠다. 그러나 아르데나는 사라졌다.

아르데나 문제는 순위가 꽤 뒤에 있었다. 마녀라는 것도, 적이라는 것도 명확했지만, 그녀는 별로 적대적인 편이 아니었다. 자기 어머니와 언니를 두려워하고, 에스텔라에게는 나름대로 호의까지 보였다. 사라졌어도 몸을 피했으려니, 하고 생각했지, 지금 그 이름이 나올 줄 몰랐다.

"신전의, 중앙 보호소에 있습니다. 지금 신전의 사제들, 배속 기사대, 시민들과 대치 중입니다."

클레오르는 놀랐다.

"사제와 기사단이 대치 중이라니 무슨 말인가?"

"그게…… 그 보호소에 있는 여자들이 마녀라는 소문이 퍼져서 시민들이 그 여자들을 내놓으라고 항의하고 있습니다. 신전에 배속하신 기사대가 확산을 막았지만, 사제들 중에서도 일부가 여자들을 검증해야 한다고 해서 지금 상황이 아주 복잡합니다."

"그 와중에 아르데나가 나타난 건가?"

"예."

마침 장비 착용이 끝났다. 클레오르는 성창을 들고 성큼성큼 밖으로 나섰다. 그의 뒤로 근위대가 우르르 따라붙었다.

"그 이전엔 어땠지?"

"그 이전, 이라 하심은?"

"폭동이 발생하기 전에 보호소의 여자들 중에 인간을 공격한 마녀가 나왔느냔 말이다."

"아니요. 아닐 겁니다. 확인이 필요합니다."

전령이 약간 더듬거렸다. 확신하지 못하는 듯했다.

클레오르는 그럴 리가 없다고 생각했다. 만일에 마녀가 집단으로 공격했다면 대치 상태 같은 온건한 표현을 사용했을 리 없었다. 기사대도 폭동을 중지시키지 못했으리라.

"사상자는?"

"신전에서 보호소로 돌아가던 여자들과 보호소의 경비병 몇 명이 죽었습니다. 부상자는 모두 치료를 받았습니다."

"부상자 중에는 기사도 있나?"

"예."

전령이 굳이 폭도라고 말한 클레오르의 표현을 시위대라고 정정했다. 그러나 죽은 사람이 나온 것은 물론이고, 기사가 습격을 당해 부상을 입었다면 이유 불문하고 폭동이다. 이를 관대하게 용서하거나 그렇게 해서라도 전달해야만 하는 민의가 있다고 판단하는 것은 클레오르의 역할이다. 감히 전령이 결정할 문제가 아니었다.

그는 싸늘하게 물었다.

"사제가 폭도의 편에 서 있다는 건?"

"사제님들이 시위대의 말이 옳다고 판단하신 것 같습니다. 적지 않은 수의 마녀가 숨어들어서 사람을 습격하고 있지 않습니까? 보호소의 여자들이 마녀인지 아닌지도 확인해 보아야 한다는 것입니다. 사제님들 말씀에도 일리가 있다고 여겨집니다."

이것도 순화된 전달인 게 틀림없었다.

"그건 렌델 경의 판단인가?"

신중한 렌델이 남의 입을 통해 그런 판단을 전달시켰을 리 없었다. 알면서 클레오르는 날카롭게 지적했다. 전령이 눈을 끔벅거렸다.

"예?"

"내가 신전과 보호소를 책임지라고 한 것은 렌델 경이니 마땅히 판단도 렌델 경이 했을 터. 렌델 경이 자네에게 그렇게 전하라고 시켰나?"

전령의 얼굴이 창백해졌다. 그는 자기 의견을 말할 입장에 있지 않았다. 렌델도 그에게 가서 현장 상황을 전하라고 말했을 뿐이다. 클레오르가 먼저 물었을 때에 대답하는 것은 모를까, 나서서 진언하는 것은 주어진 권한을 넘어선 일이었다.

기강을 생각하면 징계해야 할 일이지만 그런 사소한 일에 신경 쓸 여력이 없었다. 나중에 렌델에게 말해 두기로 하고 클레오르는 서둘러 말에 올랐다.

렌델이 질 거라고는 생각하지 않지만, 사제들이 폭도의 편에 섰다면 사태가 심각했다. 여자들을 확인해 본다고 말로는 그러지만, 그 확인에는 상당히 폭력적인 방식이 동원될 것이다. 일단 불에 태워서 본색을 드러내는지 아닌지 봐 보자는 방식이 겨우 1백여 년 전에도 있었다.

클레오르는 노기를 느꼈다.

신심 깊은 사제라면 마녀에 대한 적대감을 느끼는 것은 당연하다. 그러나 아직 보호소에서 마녀로 확정할 수 있는 사람은 하나도 나오지 않았다. 설령 거기 있는 게 모두 진짜 마녀라 하더라도, 아직까지 겉으로는 모두 자기 몸에 일어나는 변화를 두려워해서 신전에 도움을 구하러 온 사람들이었다.

폭도는 보호소의 여자들이 마녀가 아니라 정말로 마수력에 침습되었을 뿐인 병자일지라도 울분을 풀기 위해 내놓으라고 했을 터였다. 무엇보다도, 사제라면 설령 의혹이 있더라도 그녀들을 보호하는 게 우선 아닌가.

엘첸 전체가 엉망이 되었지만, 방어의 중심인 황궁과 신전의 사이는 나름대로 정비되고 있었다. 길의 일부가 잡풀이 우거진 숲길로 변해 있긴 했지만, 한 번도 습격을 받지 않고 클레오르는 군대를 이끌고 신전까지 달릴 수 있었다.

도착하자 고함 소리가 먼저 들렸다.

"마녀를 죽여라!"

"황제는 마녀의 편을 들어 제국 시민을 모두 죽이실 작정인가!"

"계집들을 내놔라!"

몽둥이와 곡괭이를 든 무리의 수는 거의 7백 명은 되어 보였다.

두두두두!

클레오르는 속도를 내어 내달렸다. 그를 뒤따르는 기사단의 말발굽이 내는 소리가 대지를 뒤흔들었다.

폭도들은 겁을 집어먹었다. 7백 명이나 모였다는 사실도, 이미 피를 보아 흥분한 마음도, 마녀에 대한 증오도, 자기의 정당성에 대한 믿음도 수백 명의 무장한 기사들 앞에서는 아무것도 아니었다.

길이 좌르륵 갈렸다. 기사들이 지나는 길에 먼지구름이 일었다.

쿵!

멈추는 소리마저도 묵중했다.

클레오르는 말에서 내렸다. 보호소를 등지고 띠 모양으로 빙 둘러 진형을 짠 채 방어하고 있던 기사들이 자세를 지킨 채로, 책임자인 렌델 경 혼자 몸을 일으켜 클레오르에게 군례를 올렸다.

"황제 폐하."

"상황을 보고해."

맨 앞에서 기사대와 대치하고 있던 사제들 중 가장 고위의 자가 나섰다.

"제국의 첫 번째 수원을 뵙습니다."

"릴로프 사제."

사제들이 일제히 무릎을 꿇었다. 입을 모아 즉위를 축하하는 목소리에는 경외가 깃들어 있다.

클레오르가 한 손에 성창을 쥐고 있는 탓이다. 릴로프에게는 심지어 안도하는 듯한 기색마저 있었다.

"사람을 보살펴야 할 사제가 폭도와 한 무리가 되어 있는 이유가 뭔가?"

"황공합니다, 여신으로부터 인간의 수호자, 성스러운 계승자로 인을 받으신 황제 폐하시여. 보호소의 여자들이 가련하고 갈 곳 없는 희생자가 아니라 음험한 마음을 품고 숨어들어 온 마녀라고 판단되는 바, 이곳에서 여신의 뜻을 받들어 처형하고자 합니다."

그렇게 말하는 릴로프 사제의 얼굴에는 확신과 숭고함이 가득했다. 상대가 사제이므로 클레오르는 딱딱하나마 정중하게 말했다.

"설령 그렇게 판단된다 해도, 내가 기사를 시켜 이곳을 지키게 했으니, 내게 먼저 말하고 지시를 기다리는 게 온당하다고 생각지 않았나? 저기 어리석은 자들은 또 모르겠으나, 그대는 내 기사단에 무기를 겨눈다는 것이 무슨 의미인지 모르지는 않았을 터인데."

"이곳을 막고 있는 렌델 경의 뜻을 사제들이라고 어찌 이해하지 못하겠습니까? 비록 폐하께서 계승 전의 미력한 신성력으로 잘 알지 못하고 판단하신 일이라 하나 황명은 황명. 충성을 가장 큰 미덕으로 여기는 기사로서는 잘못된 명령이라 해도 듣지 않을 수 없겠지요. 그렇지만 그로 인해 후대에 마녀의 발호를 막지 못

한 것을 넘어서서 사실상 도왔다고 기록이 남는다면 또한 폐하께
는 누가 될 일이 아니겠습니까?"

클레오르는 날카롭게 그를 노려보았다.

"요컨대 그대는 내 판단이 잘못되었으니 그대의 자의적인 뜻으
로 내 기사들을 뚫고 내가 보호하라고 말한 사람들을 학살하기로
했다는 뜻인가?"

"'사람'이 아니잖습니까, 폐하?"

릴로프 사제가 그렇게 말하면서 보호소 쪽을 가리켜 보였다.

렌델이 부정하지 못하고 난처한 얼굴을 했다. 클레오르는 그를
일별하고 성큼성큼 보호소 쪽으로 다가갔다. 렌델과 릴로프가 그
의 뒤를 따랐다.

기사들의 바로 뒤로 땅을 가를 정도로 깊은 금이 그어져 있고,
그로부터 상당히 거리를 두고 보호소 입구에 아르데나가 서 있었
다. 아르데나의 주위에는 몇 명의 귀부인들이 불안한 얼굴을 하고
있다. 그중에는 사라진 테런스 백작부인과 마그델리아 백작부인
도 있었다.

"그 이상 넘어오지 말아 주세요."

아르데나가 가냘픈 목소리로 말했다.

클레오르는 금 앞에 선 채로 손을 내밀었다. 공기 중에 일렁이
는 마주력의 장벽이 있었다. 성창으로 부순다면 박살 낼 수는 있
겠지만, 파장이 엄청날 것 같았다.

"날 봐야겠다고 했다면서."

어떻게 리델궁에서 사라졌으며 언제부터 이곳에 있었느냐는 궁
금증이 있었지만, 클레오르는 굳이 묻지 않았다. 그것을 알아서
무엇하겠는가. 이 금 이전에도 이미 그들 사이에는 넘어갈 수 없

는 간격이 있었다.

아르데나와 정면으로 마주 본 것은 처음이었다. 클레오르는 이상한 기분이 되었다.

그가 처음 엘첸에 왔을 때 알비나의 세 딸 중 가장 위세가 있었던 것은 장녀 마그리아였다. 그녀는 클레오르를 대놓고 싫어했다. 클레오르가 만찬장에 들어가면 식탁에서 벌떡 일어서서 자리를 뜰 정도였다.

클레오르는 그게 싫다고 생각한 적은 없었다. 마치 그를 무도회장에서 만난 먼 지방의 대귀족이라도 대하듯이 거짓 미소와 사감 없는 적절한 공대로 무장한 콘스탄체나, 열다섯 살이면서도 권좌를 의식하고 웃는 낯으로 칼 같은 증오심을 품은 이시도르와 달리 마그리아의 태도는 가족의 평온을 깨뜨린, 존재도 몰랐던 이복 오빠에 대한 미움을 그대로 드러내고 있었으니까.

화해할 수 있을지 없을지는 몰랐지만, 적어도 마그리아와는 피를 나눈 혈육이 될 수 있을 것 같았다. 끝끝내 서로 미워하게 되더라도 말이다.

아르데나는 어땠던가.

그때에도 아르데나는 존재감이 없었다. 어리니 귀여워하고 싶다고 생각은 했지만, 목숨 구하기도 힘든 상황에 알비나 슬하에서 자라는 막내와의 관계 개선까지 할 만한 여력이 없었다. 제국으로 돌아온 초기와 달리 시간이 지날수록 적대 관계가 명확해지고, 아르데나는 콘스탄체와 달리 적극적으로 활동하지 않았으므로 이복동생으로서만이 아니라 적으로서도 관심이 없었다.

끝끝내 존재감 없이, 아무것도 하지 않을 줄 알았기에 이렇게 마주 보고 있는 기분이 이상했다.

아르데나도 그런 모양이었다. 눈동자가 흔들렸다. 핏기 없는 입술을 안쪽에서 꾹 물고 그녀가 말했다.

"와 주셔서 감사합니다, 폐하. 폐하가 아니시라면 이런 이야기를 들어 줄 사람이 없을 것 같아 굳이 모셔 달라고 부탁했습니다."

"내 마음이 불신과 불안에 사로잡혀 믿기 어렵기는 하지만, 성실하게 경청하고 진지하게 고려하겠다는 것은 약속하겠다."

"이 보호소에 있는 여자들은 모두 '어머니'에게서 벗어나고 싶은 사람들이에요."

아르데나가 말하는 '어머니'가 알비나와 대마녀를 동시에 의미하고 있다는 것은 확실했다.

"폐하도 알고 계시겠지만, 대부분의 마녀들은 그렇게 태어나고 싶어서 그런 것도 아니고, 개화하고 싶어서 개화한 것도 아니에요. 여기에 인간을 적대적으로 생각하는 사람은 아무도 없어요."

"무슨 터무니없는 소릴! 마녀는 인간을 학살하고 죽이는 몬스터이거늘!"

"당신에게 말하지 않았어요, 사제님. 전 지금 클레오르 오라버니와 이야기하고 있는 거예요."

릴로프가 움찔했다. 황제와 그 누이의 대화에 사제가 함부로 끼어든 셈이었으니까. 마녀는 모두 죽어 마땅하다는 신념에 의심은 없으나, 그럼에도 불구하고 황실의 권위 때문에 그는 움츠러들었다.

아르데나는 깊게 심호흡했다. 아무것도 하지 않았고, 잘못한 것도 없는데 눈물이 나고 분이 치솟았다. 그녀는 눈물을 참으려고 애썼다.

「그게 네 뜻이라면 굳이 말리지 않을게. 아르데나, 잊어버리지 마렴. 여자는 항상 남자보다 두 배로 냉철하고 논리적이어야 한단다. 그래야 남자가 말하는 것의 절반이라도 진지한 이야기로 받아들여지거든. 클레오르는 그렇지 않은 사람이지만, 그래도 역시 냉정하게 말하는 게 좋아. 그래야 그가 남을 설득하기 쉬워지니까. 그를 위해서 냉정해지라는 게 아니라, 그게 네 바람을 이루는 데에 보탬이 된다는 거야. 그러니까 울지 말고 꾹 참으렴. 눈물을 흘리는 순간 네 말은 어린 계집애의 말이 되어 물거품처럼 사라질 거란다.」

콘스탄체는 다정하게 그렇게 말했었다.
쉬운 일은 아니었다. 아르데나는 화가 나거나 감정이 치솟으면 눈물부터 나는 성미였다. 두서없이 말하고 있다는 두려움을 느꼈지만 그녀는 그것을 모두 꾹 눌러 참고 클레오르에게 집중하려고 애썼다.
"여기 있는 여자들은 모두 싸우고 싶지 않은 사람들이에요."
"그런 거짓말을……!"
"사제님은 믿지 않으시겠지만! 좋아서 마녀가 된 게 아니에요!"
"마녀가 사람을 죽이기를 원치 않는다니. 하. 그러면 밖에서 몬스터를 불러 인간을 죽이고 있는 건 마녀가 아니라 선한 여인이라 이 말씀이오?"
"인간은 인간을 안 죽이나요? 지금 사람을 죽이고 있는 마녀들은, 인간이었어도 힘이 있다면 다른 사람을 죽였을 사람이에요."
"그게 바로 마녀의 본성이지! 보통 여인이 이유도 없이 사람을 죽인단 말인가!"

"이유가 있겠죠! 여자라고 사람을 죽이고 싶다고 생각한 적이 없을 리 없으니까! 죽이고 싶어도 힘이 없어 참고 있었던 여자들이 하나둘일 거 같아요? 저기 있는 남자들이 기사 앞에서, 귀족 앞에서 참고 있다가 창칼과 몽둥이를 들고 우리에게 달려온 것처럼, '우리'도 똑같아요! 참고 있다가 힘이 생기면 보복하고 싶어지죠! '우리'가 마녀라서가 아니라 당신들이 '보통'이라고 말하는 여자들과 똑같이 분노하고 괴로워하고 슬퍼하니까!"

아르데나는 언성을 높였다.

진짜 마녀를 알지도 못하는 자들이!

진짜 마녀라면 이렇게 분노하고 살의를 품고 울부짖고, 혹은 웃어 가며 인간을 사냥하지 않는다. 천 년 전의 진짜 마녀들에게 인간은 바퀴벌레와 비슷한 것이었다. 혐오하고 증오하지만 빠르게 죽여야 할 대상이지, 살육을 즐길 상대가 아니다. 가능한 한 눈에 보이지 않고 어디 가서 집단으로 죽어 버렸으면 하는 마음이 더 강했다.

지금 몬스터를 불러 인간과 맞싸우고 전쟁하는 마녀가 있다면, 그녀들의 마음은 아직 인간에 머물러 있는 것이다.

아르데나가 아직까지 그런 것처럼.

"그럼에도 불구하고 어제까지 가족, 친구라고 생각했던 사람들과 서로 다른 존재가 되는 게 싫고 무서워서 참고 조용히 견디기로 한 거예요! 왜냐하면 우리가 마녀로 태어났지만 인간으로 자랐으니까!"

아르데나는 소리를 질렀다.

그러다가 꾹 입을 다물었다.

바보짓이다. 말해 봐야 이해할 리가 없으니까.

대신에 그녀는 클레오르를 바라보았다.

"저희가 원하는 건 하나뿐이에요. 싸움에 휘말리고 싶지 않아요."

"마치 넌 이 일에 관계가 없는 사람인 것처럼 말하는구나."

"저는, 저는 관련이 없다고 말할 수가 없지만, 이 보호소에 있는 여자들은 정말로 관계가 없어요. 모두 오늘 오전까지도 자기가 누구인지 전혀 몰랐던 사람들이 대부분이에요. 알게 되고 나서는 겁에 질려 있고요. 어머니를 따르고 싶다고 생각하지 않아서 오랫동안 괴로워하던 사람도 있어요."

아르데나는 숨을 할딱였다. 그리고 고개를 숙였다.

"폐하는 약한 자의 마음을 아시는 분이니, 부디 자비를 베풀어 주세요."

"네가 말하는 뜻은 알겠다. 그러나 나로서는 위험성을 생각하지 않을 수가 없어. 아무리 그러고 싶지 않다고 해도, 대마녀가 명령하면 듣지 않을 수가 없지 않으냐? 네 말을 믿어 여기 있는 여인들을 그냥 두었다가 갑자기 적으로 돌변하면 그때 입게 될 피해에 대해서도 나는 생각하지 않을 수가 없어."

"아직은 괜찮아요. 어머니는 아직 자유의 몸이 아니니까."

아직, 이라.

클레오르는 마음속으로만 생각했다. 아직 자유의 몸이 아니라는 것은 아마도 아직 성검의 봉인이 풀리지 않았다는 의미일 것이다.

"싸움은 나중에라도 할 수 있어요. 하지만 지금은 싸우지 않을 수 있어요. 어쩌면, 끝까지 하지 않을 수도 있고요."

아르데나가 결연하게 말했다.

"제가 원하는 건 그 금 너머로 사람들이 넘어오지 않는 거예요. 여기에서도 넘어가지 않을게요. 만일에 이쪽에서 바깥을 공격하러 나가는 사람이 있겠다면 제가 막겠어요. 군병을 얼마든지 동원하셔도 상관없으니 믿을 수 있을 만큼 충분한 숫자로 저희를 둘러싸세요. 이 일이 끝날 때까지, 공격하지만 말아 주세요."

"그 제안을 받아들이지 않으면 어떻게 되지?"

"우다르드 숲의 마녀 중에 세 번째로 강한 마녀와 싸우셔야 할 거예요. 저는 자매들을 지킬 거니까요."

지팡이를 든 아르데나의 팔이 덜덜 떨렸다.

"그 마녀는 아무래도 살상에 익숙하지 않을 것 같구나. 네 제안을 받아들이지."

"……이해해 주셔서 감사해요."

"폐하!"

릴로프가 고함을 질렀다. 클레오르는 아르데나에게 시선을 준 채로 릴로프를 막았다.

"네가 말하는 불가침에 밖에 있는 다른 마녀는 포함되지 않는 건가?"

"거기까지 부탁드릴 정도로 염치없지 않아요."

아르데나는 힘없이 말했다.

"그래? 난 열 살 차이 나는 여동생이라면 다소는 제멋대로인 부탁을 해도 괜찮을 거라고 생각했는데."

"그러면, 제가 부탁드리면 그녀들을 모두 구해 주실 수 있나요?"

클레오르가 엷게 미소하며 고개를 저었다.

"졸라도 되는 것과 들어줄 수 있는 건 별개의 문제이지."

"그렇게 말씀하실 줄 알았어요."

기대도 안 했다는 듯이 아르데나가 대답했다. 어쩐지 진짜 남매처럼 말한 것 같은 기분이 들어서 조금 마음이 흔들렸다.

밖에도, 자기가 뭘 하는지도 모르고 어째야 될지도 모르는 채 혼란에 빠져 있을 뿐인 불쌍한 여자들이 있을 테지만, 모두를 다 구할 수 있을 거라고 생각할 만큼 아르데나는 자신감 넘치는 사람이 아니었다.

흔들리는 마음을 다잡고 처음에 생각했던 대로 자기 힘이 미치는 영역, 곧, 이 보호소 정도에 한계를 두겠다고 굳게 결심했다. 확실하게 지킬 수 있는 것만 지킬 것이다. 아무것도 못한 채로 흔들리고 헤매다가 하나도 붙잡지 못하는 것보다는 한 명이라도 확실하게 살리는 게 나으니까. 손이 닿지 않아 방치하고 만 사람들에게 죄스럽더라도 말이다.

"이 교착 상태를 계속해서 유지할 수 없다는 것은 너도 알 거라고 생각한다. 내가 약속할 수 있는 건, 거기에서 한 발자국도 나오지 않는 이상 이쪽에서도 한 발자국도 들어가지 않겠다는 것뿐이야."

"그걸로 충분해요. 폐하의 관대하신 처분에 감사드립니다."

아르데나는 고개를 숙였다.

클레오르는 입을 잠깐 열었다가 도로 닫았다. 이제 와 대화를 한다고 해서 의미가 있으리라는 생각이 들지 않았기 때문이다.

대신에 그는 렌델에게 말했다.

"들었으니 알겠지? 안팎으로 출입하지 못하게 지켜. 지원군을 보내도록 하지."

"예."

"폐하!"

릴로프가 비통하게 외쳤다. 클레오르는 그를 노려보았다.

"혼자서 안으로 들어가 보겠다면 말리진 않겠네. 그러나 그대를 사제라고 믿고 따르는 내 백성들을 사냥개처럼 몰아 저 앞에 내던진다면……."

그렇게 말하면서 그는 작은 비도를 하나 뽑아서 선으로 던졌다.

파삭!

아르데나의 마주력으로 이루어진 결계가 출렁거리며 비도를 가루로 만들어 버렸다.

"그대가 저기에 몸으로 부딪쳐야 할 거야."

"……폐하."

"내가 누군가?"

렌델 경이 공손히 가슴에 주먹을 댄 채 고개를 숙이며 릴로프 대신 답했다.

"여신 세베르이나로부터 성창과 성검을 들고 인간을 지키라는 천명을 받으신 성스러운 인도자, 알펜슈타인의 주인이십니다."

클레오르는 흘끗 릴로프를 한 번 노려보고 다시 말에 올랐다.

호호이―――!

그때 어딘가 멀리에서부터 낯선 부름 소리 같은 것이 울려 퍼졌다.

커다랗고 어두운 그림자가 땅을 빙 돌며 검은 원을 그렸다. 무시무시한 규모의 마주력이 풍선처럼 부풀어 도시를 메웠다.

클레오르는 놀라서 하늘을 올려다보았다. 그리고 경악했다.

"쿠수마!"

릴로프가 외쳤다.

그것은 신화에 나오는 거대한 고목으로 이루어진 용의 형상을 의미한다. 이미 죽은 것처럼 보이는 굵고 거친 껍질 위에는 이끼가 뒤덮였고, 새로 피어난 연녹색 잎사귀와 분홍색 꽃잎들이 흔들렸다. 1백 미터도 넘는 길이의 날개에서는 노란 꽃가루들이 날렸다.

그 뒤를 따르는 것은 수천 마리의 와이번이다. 마치 까마귀 떼처럼 새까맣게 하늘을 뒤덮었다.

호호이ーーー!

클레오르는 그것이 와이번을 부르는 소리라는 것을 알았다.

쿠수마의 목덜미에 안장을 걸고 올라앉은 것은 나그랑 백작부인이었다. 멀리에서도 잔뜩 부풀린 황색 드레스를 알아볼 수 있었다.

"밀라페이……."

아르데나가 나그랑 백작부인의 다른 이름을 신음처럼 입에 담았다. 벌써 쿠수마까지 다스릴 수 있을 정도로 마주력이 상승한건가.

이제 7백 명의 폭도들에게서 처음의 자신감과 흉포함은 찾아볼 수도 없었다. 폭도들은 겁에 질려 숨은 여자들이 아니라 상상을 초월하는 거대한 괴물과 와이번을 이끄는 마녀를 상대로는 당당하게 서지도 못하고 후욱 분 민들레 홀씨처럼 흩어졌다.

클레오르가 서둘러 말 머리를 돌렸다. 건물 안에서 시녀 옷을 입은 여자 하나가 앞으로 튀어나오며 표독스러운 목소리로 고함을 질렀다.

"쿠수마는 아린느 광장에 내릴 겁니다! 인간의 멸절에 손을 보탤 마녀는 거기로 집결하라고 말하고 있어요, 저 미친년이!"

"진정해, 블레어!"

"자기가 뭔데 명령이야? 인간의 멸절이라니 누구 맘대로! 제까짓 게 뭔데, 공적을 세운 마녀를 잘 봐주겠다는 거야? 레슬리를 죽인 건 저년이었어! 마녀는 모두 자매라더니, 저년이 레슬리를 벌레처럼 죽였다고!"

그녀가 격렬하게 소리를 질렀다.

"'어머니'는 우리를 결코 지켜 주지 않아!"

튀쳐나오려는 그녀를 다른 여자들이 뒤에서 꽉 껴안아 붙들었다. 금을 넘으면 죽인다는 약속은 이미 유효했다. 기사들이 창을 들이대고 있었다.

클레오르는 아르데나를 쳐다보았다. 아르데나는 고개를 끄덕였다.

"네, 저에게도 들려요."

"고맙다."

그는 빠르게 말하고 말 머리를 돌리며 박차를 가했다.

미친 듯이 달렸다. 꽁무니에 예순 명의 암살자를 달고 있을 때조차도 이렇게 심장이 터지게 달려 보지 않았다.

싸우기로 작정한 마녀들이 와이번 위에 올라타 기동력과 안전을 확보해 버리면 그 뒤는 정말로 수습이 불가능하다. 인간 병사와 달리 몬스터는 마주력이 있는 한 무한에 가까운 자원이다. 마녀를 죽일 수 없다면 싸움은 백전필패다.

일단 엘첸을 버리고 무조건 퇴각하여 새로운 전선을 만들게 될 것이다. 그 과정에서 일반인은 대다수 죽고, 귀족과 군사만이 살아남을 가능성이 농후했다. 죽을힘을 다해 생존 가능한 땅을 확보하며 싸우던 천 년 전으로 돌아가 버리고 만다.

기사들이 땅을 조각낼 기세로 그의 뒤를 따랐다.

온 엘첸이 나무로 뒤덮였는데도 운이 좋게 아린느 광장은 하늘까지 뻥 뚫려 있었다. 클레오르가 도착한 것은 쿠수마가 바닥에 내려서기 전의 일이다.

광장에는 수십 명의 마녀가 있었다. 빗자루를 타고 둥실둥실 떠다니는 여자도 있고, 검니 범의 등에 올라탄 소녀도 있다. 축제를 즐기러 나왔다가 죽어 버린 인간의 시체가 널려 있고 빗물받이에는 피가 흘렀다.

파아아아!

호롱 모양으로 빛나는 벌레들이 시체 위에 앉아 있다가 말발굽 소리에 날아올랐다. 두발돼지, 칼독수리 같은 흔한 몬스터는 물론이고 줄톱나무와 우다르드 곰까지 길을 빽빽하게 메우며 마녀를 따라 광장으로 들어오고 있었다.

클레오르를 따라온 기사의 수는 합이 5백이었다. 모두 북부 몬스터 산맥에서 충분한 경험을 쌓은 출중한 용사들이었다. 그러나 마녀와 그 뒤에 선 몬스터 부대의 위용에 완전히 태연한 사람은 없었다. 하물며 머리 위에서 쿠수마가 맴돌고 있음에야.

클레오르는 이를 악물었다. 저것이 내려서면 진다. 겪어 보지 않아도 알 수 있었다. 그는 자신의 직관을 신뢰했다. 그의 기사들은 저 대규모의 몬스터 무리도, 수백 명의 마녀도 쓰러뜨릴 수 있다. 그러나 저 쿠수마만은 어떻게 하지 못할 것이다. 그것은 그의 몫이었다.

그는 말에서 내렸다. 근위대가 대경실색하여 그를 둘러싸려 했다. 나그랑 백작부인이 쿠수마의 방향을 돌려 그를 향해 몰아 온다. 적의 도착을 안 마녀들이 고개를 돌렸다.

클레오르는 기사단에게 거리를 벌리라고 신호했다.

할 수 있다. 자신의 힘은 파악하고 있다. 충분히 할 수 있다. 그는 성창을 힘껏 움켜쥐었다. 이제까지 핏속에 잠든 채 간신히 일부를 쥐어짜 내 사용하고 있던 신성력이 성창을 계승하면서 완전히 해방되었다.

충만하게 넘쳐흐른 신성력은 마치 피가 휘도는 것처럼 전신을 휘감는다. 매처럼 눈이 맑고 예리해져 나그랑 백작부인이 귀에 달고 있는 보석의 문양까지 볼 수 있다.

한계까지 끌어 올려진 신성력이 손끝에 푸르게 맺힌다. 성창이 푸른 불꽃에 휘감겼다. 클레오르는 승리하는 자신의 모습을 그렸다. 던지는 창의 궤적, 신성력의 폭발, 성창이 가진 권능, 그 모든 것이 '할 수 있다'라고 말한다.

그는 땅을 박차고 힘껏 성창을 던졌다.

쿠아아아앙———!

파공음이 허공을 찢었다. 성창은 푸른 궤적을 그리며 혜성처럼 날아가 쿠수마의 목을 정확히 꿰뚫고 나그랑 백작부인의 가슴까지 꿰었다.

"꺄아아아악!"

끔찍한 비명 소리가 하늘에 울려 퍼졌다.

크라아아아!

쿠수마의 울부짖음이 뒤이었다. 거체가 몸부림치면서 추락한다.

쿠수마의 몸에서 떨어져 나온 잎과 꽃들이 비처럼 내렸다.

쿵!

광장 중앙에 거대한 크레이터가 생겼다.

기사들이 함성을 올렸다. 마녀들은 경악하여 아무도 제대로 대응하지 못했다. 지시를 내려 줄 나그랑 백작부인이 죽고, 이 자리의 마녀들은 모두 한 번도 싸움 같은 싸움을 해 본 적이 없는 보통 여자들인 것이다.

하늘에서 파삭, 푸른빛으로 부서진 성창이 클레오르의 손안에서 다시 형성되었다. 기사들이 긴장으로 숨을 죽였다.

클레오르가 성창을 한 번 높이 들어 올렸다. 그리고 정면을 가리키며 소리 높여 명령했다.

"돌격!"

"황제 폐하 만세!"

기사들이 소리를 지르며 말을 달려 짓쳐 들어갔다.

아르데나는 하늘을 꿰뚫은 푸른 불길이 쿠수마를 떨어뜨리는 것을 보았다. 역시 성창의 위력이 대단하구나, 하고 멍하게 생각한다. 물론 젊고 싸울 줄 아는 황제의 손에 쥐어지지 않았더라면, 그런 위력은 발휘하지 못했을 것이다.

"모두들, 들어가요."

아르데나는 그렇게 말했다.

안도와 불안이 뒤범벅된 시선들이 오갔다. 불안은 클레오르가 그들을 죽일 힘이 있다는 데에서 오는 것이고, 안도는 그 힘으로 대마녀를 쓰러뜨릴 수 있다면 그녀들이 지배받지 않고 벗어날 수 있으리라는 데에서 오는 것이었다.

안으로 들어가는데, 아르데나의 뒤에서 걷고 있던 테런스 백작부인이 말했다.

"감사합니다."

그녀가 자기가 마녀임을 깨달은 것은 1년 반가량 전의 일이다.

먹을 것을 좀처럼 먹지 못해서 아주 적은 양의 과일과 채소로 연명하다시피 한 것이 벌써 17년이나 되었지만, 그 이전에는 자기에게 문제가 있다는 것조차 알지 못했다.

그녀처럼 섭식 장애가 있는 숙녀는 얼마든지 있었다. 그녀의 어머니도 평생 새 모이처럼 적은 양의 샐러드만 겨우겨우 목에 넘겨가며 살았고, 여동생도 그랬다. 그녀의 친구들 중에도 그런 사람이 몇 명이나 있었다.

그래서 문제가 있다고는 알았지만, 심각하게는 생각하지 않았다. 다이어트에 오히려 좋다고도 생각했다. 살이 찌면서도 먹을 것을 놓지 못하는 사람을 경멸하기까지 했던 것이다.

자기가 누구인지 깨달은 것은 딸 미라벨이 자기가 마녀라고 호소해 왔을 때였다. 딸은 테런스 백작이 클레오르와 나누는 이야기를 몰래 듣거나 서류를 훔쳐서 콘스탄체에 가져다주다가 들켰다.

왜 그런 짓을 했는지 백작부인은 처음에는 이해하지 못했다. 기껏해야 콘스탄체에게 매료되었으리라는 것이 그녀가 생각해 낼 수 있는 이유였다.

미라벨이 자기가 마녀이고 어머니도 그럴 터이니 클레오르는 선택지가 아니다, 알비나와 콘스탄체를 따라야만 한다고 호소했을 때에 마치 꿈에서 깨어나는 것처럼 갑자기 모든 것이 선명해졌다. 누가 알려 주지 않아도 알 수 있었다. 그녀는 마녀였고, 마녀의 씨앗인 딸을 낳았다.

하룻밤을 꼬박 열에 시달렸다. 그녀는 다음 날 이른 아침에 눈을 뜨자마자 신전으로 향했다. 자기가 정신이 이상해졌다고 생각했다. 그렇지 않고서야 어떻게 이렇게 확실하게 자기가 마녀라고 확신할 수 있단 말인가. 미라벨과 그녀가 함께 미쳐 버린 게 틀림없다. 차라리 그게 나았다. 모녀가 함께 미치광이가 되었다는 쪽이.

높다란 신전의 계단 앞에서 콘스탄체를 만났을 때에, 그녀는 자기가 깨달은 것들이 환각도, 착각도 아니라는 사실을 알았다. 백작부인은 콘스탄체가 자기를 찾아왔다고 생각했다. 그게 아니라면 신앙심이라고는 없는 그녀가 왜 아침부터 신전 앞에 서 있단 말인가.

「미라벨을 놔줘요.」

「갑자기 무슨 말씀을 하시는 건지 모르겠어요, 백작부인. 제가 영애를 감금하고 있는 것도 아닌데 놔 달라니요.」

「내 말뜻, 알고 있잖아요.」

「세간에 어떤 소문이 도는지는 모르겠지만, 레이디 미라벨은 제 시녀나 하녀가 아니고, 그냥 저희가 약간의 친분을 쌓았을 뿐이랍니다.」

「리쿰 공작부인, 아니, 라다페이 님.」

그 미들네임은 마녀의 것이다. 테런스 백작부인이 그렇게 부르자 콘스탄체는 놀라지도 않고 빙그레 미소를 지었다.

「미라벨은 멀리 로르타 왕국으로 보낼 생각입니다. 미라벨을 대

125

신해서 제가 황후 폐하와 공작부인께 헌신하겠습니다. 부디…….」

백작부인은 그렇게 말하면서 콘스탄체에게 무릎을 꿇었다.

그렇게까지 할 생각은 아니었다. 그러나 콘스탄체의 앞에서 자연스럽게 위압되어 저도 모르게 무릎 꿇게 되고 말았다. 그것은 마녀로서의 '격'이 차이 나기 때문이었다.

「좋아요. 사실 저로서도 부탁드리고 싶었던 일이었으니까요.」
「네?」
「레이디 미라벨이 품위 있고 아름다운 숙녀이긴 하지만, 겁이 많으니까요. 그녀가 나름대로 많이 노력하기는 하지만, 장차 황후가 되기에는 부족한 점이 있지요. 아아, 이걸 제가 레이디 미라벨의 자질이 떨어진다거나 그녀에게 용기가 없다고 생각한다는 의미로 받아들이지 말아 주세요. 다만 숙녀다운 용기와 제가 필요로하는 미덕 사이에는 큰 간극이 있거든요. 레이디 미라벨은 손이 떨려 기껏해야 '어머니'가 시키는 일밖에 하지 못할 테고요.」

콘스탄체는 그렇게 말했다.

테런스 백작부인은 그녀의 허락을 얻자마자 국외 추방이라는 형태로 딸을 로르타 왕국으로 보냈다. 자신이 미라벨이 하던 것처럼 서류를 빼돌리거나 남편을 배신하고 알비나 황후 편에 붙어 사교계에서 황후의 위세를 드높이게 되려나 생각했지만, 마녀들은 그녀를 거의 내버려 두었다. 체스터 공작이 하는 일을 은밀히 도우라는 요구가 이따금 있었을 뿐이다.

불안감이 그녀를 잠식했다. 그녀는 평소처럼 부채를 팔랑거리며 무도회와 티파티에 다녔지만, 마음은 항상 어둠에 사로잡혀 있었다. 그녀는 알비나 황후의 심복들과 클레오르 파벌 가문의 귀부인들 사이에서 자신이 어느 쪽에 앉아 있어야 하는가 갈등하며 오락가락했다.

비슷한 고민을 하는 귀부인들이 몇이나 더 있었다. 그녀들은 퀘시 후작부인이 보살펴 주고 상담해 주던 숙녀들을 비웃기도 하고 부러워하기도 했다. 이런 중요한 문제에 관해 아무것도 모르고 있다는 것이 어리석은 사람처럼 느껴지기도 하고, 또 마음이 얼마나 편할까 싶어 부럽기도 했다.

아르데나가 손을 내밀어 온 것은 예상치 못한 일이었다. 콘스탄체와 달리 워낙 존재감 없이 리델궁에만 파묻혀 사는 터라 테런스 백작부인도 그저 소심하고 무능력한 소녀라고만 생각하고 있었다.

「저랑 같이 가세요. 백작부인만이 아니라 많은 사람들이 부인과 같은 고민을 하고 있어요. 저도, 저도 그랬을 거예요. 제게는 고민할 기회조차 주어지지 않았지만요.」

아르데나는 아랫입술을 깨물고 굳세게 말했다.

「제가 약속할 수 있는 것은 작지만, 그래도 싸우기를 원하지 않는 자매들끼리라도 뭉쳐 봐요. '어머니'가 명령하시면 어쩔 수 없겠지만, 그 전까지만이라도 저희 같은 사람도 있다는 걸 알렸으면 좋겠어요. 같이 견디면 조금 나을 거예요.」

테런스 백작부인이 마녀가 되면서 이전의 그녀와 달라진 부분이 하나 있었다. 그녀는 이제 같은 마녀의 말은 진심인지 아닌지, 어떤 마음으로 하는 말인지 알 수 있었다.

아르데나는 백작부인의 감사를 듣고 긴 한숨을 내쉬었다.

"이제 겨우 시간을 벌었을 뿐인걸요. 아직 안심하기에는 일러요. 그리고 부인께서 제게 감사하실 일도 아니고요."

"황녀님이 손을 내밀어 주시지 않았다면, 살아남기 위해서 정말로 마녀가 되어 싸우거나 아니면 살해당했을 거예요."

보호소 건물에서 가장 넓은 공간에 모두가 모여 있었다. 본래 여기에 머무르던 여자들만이 아니라 아르데나를 따라온 리델궁의 시녀와 하녀들, 마녀로 변한 지 오래되었지만 알비나에게 쓰이지 못했거나 스스로 거리를 두고 있었던 귀부인들도 와 있어서 사람의 수가 무척 많았다.

모두가 불안하게 아르데나를 쳐다본다. 일찍부터 자기가 마녀임을 알고 있었던 사람들과 마찬가지로 이제 막 개화한 여자들도 자연스럽게 여러 가지를 깨닫고 다른 여자들과 정보를 나누기도 했지만, 그래도 자기가 마녀라는 것이나 지금의 상황이 좀처럼 쉽게 받아들여지는 이야기는 아니었다.

두려웠다.

아르데나는 그녀들을 한 바퀴 둘러보았다.

"너무 많이 걱정하지 마세요. 클레오르 오라버니는 금을 넘지 않겠다고 약속해 주셨으니까요."

"그건 너무 임시적인 조치 아닌가요? 아, 아뇨. 황녀님께서 잘못하셨다거나 그런 의미는 아니고요……. 그냥, 불안해서……."

"알비나 황후께서 뜻하시는 바를 이루어 버리면, 저희는 결국 마녀가 될 수밖에 없잖아요."

"황제 폐하께서 언제까지 약속을 지키실지 알 수 없고요."

술렁술렁한 불안이 보호소 안의 공기를 흔들었다.

"괜찮아요. 전 콘스탄체 언니를 믿어요."

한 번도 콘스탄체는 할 수 없는 일을 하겠다고 말한 적이 없다.

아르데나는 오늘을 위해 그녀가 얼마나 많은 노력을 기울여 왔는지도 알고 있었다. 그리고 실패할 가능성이 높다면 그녀는 결코 아르데나에게 기다리라고 말하지 않았을 것이다.

블레어가 가슴을 움켜쥐었다. 그녀는 평민이었다. 어느 날부터 갑자기 먹지 않게 되었고, 월경이 사라졌고, 리델궁의 시녀로 발탁되었다. 육체는 변했으나 끝까지 마음은 탈바꿈하지 않은 채 인간으로 남았다.

그녀는 아르데나의 선량함도, 결의도 믿었다. 그러나 그녀의 능력까지 믿지는 않았다.

"아르데나 황녀님 입장에서는 그러시겠지요. 하지만 콘스탄체 황녀님께서 저희를 도와주려고 하신다는 말씀이 믿어지지 않아요. 나그랑 백작부인에게 밀라페이라는 이름을 주고 중시하며 힘을 기르게 해 준 건 콘스탄체 황녀님이잖아요?"

"무엄하다, 블레어."

"뭐가 무엄해요? 그런데 마그델리아 백작부인, 왜 저한테 반말하세요?"

블레어가 따지고 들었다.

"이제 인간도 아닌데, 아직도 알펜슈타인 황실이 존엄하다고 해야 하나요? 신성력이 흐르는 피든 아니든 알 바 아니잖아요. 아르데나 황녀님한테는 신성력이라고는 한 톨도 없는데요? 아니면, 제가 백작부인에게 설설 기면서 납죽 엎드려 귀족님이라고 절이

라도 해야 해요? 우리는 다 같은 자매라면서요? 부인이 대마녀라
도 되세요?"

"이, 이 무례한⋯⋯!"

마그델리아 백작부인이 부들부들 떨면서 그녀에게 손가락질을
했다.

냉소와 조소를 머금는 사람도 있고, 이 폭거에 충격을 받아 파
랗게 질린 사람도 있었다. 그러나 대부분은 싸움이라도 날까 봐
염려하는 얼굴로 불안해했다.

아르데나가 마그델리아 백작부인의 손을 잡아 부드럽게 내렸다.

"마그델리아 백작부인, 그러지 말아요. 블레어에게 사과하세요."

"황녀님!"

"블레어, 너도 그만했으면 좋겠다. 네가 말하고 싶은 것은 알
아. 우리는 모두 자매이고 동등한데 마그델리아 백작부인이 네게
그렇게 말하는 게 잘못된 일이고 화가 난다는 것도 이해해."

아르데나는 조심스럽게 말했다.

"우리끼리 싸우면 안 돼. 조금만 참자. 네가 콘스탄체 언니를
불신하는 것도 합리적이라고 생각해. 하지만, 그래도 나는 언니를
믿어. 언니는⋯⋯ 필요하다면 누구라도 이용하고 누구라도 희생
양으로 삼을 테지만, 그래도 그렇게 해서라도 하려는 일은 반드시
해내니까. 언니의 뜻이 너무 높고 깊어서 무슨 일을 어찌하려고
하시는지 나는 도무지 알지 못하지만, 그래도 자기를 굳건히 지키
면서 기다리면 안심할 수 있는 곳까지 데려가 준다고 하셨으니 나
는 그 말을 믿어."

그녀들은 모두 공유 의식으로 연결되어 있다. 같은 의견과 같은
믿음을 갖지 않을 수도 있지만, 상대가 진심이라는 것만은 알 수

있었다. 그렇기에 모두 아르데나의 말에 귀를 기울였다.

"그러니까 모두 다, 조금만 참아요. 우리들끼리라도 서로를 보살펴요. 적어도 지금 이 순간만이라도요."

아르데나는 작은 불안감이라도 갖지 않으려고 애쓰며 말했다. 의연함이나 용감한 태도 같은 것들은 인간의 미덕이지 마녀에게는 어리석게 보여지는 것들이다. 그러나 그럼에도 그녀는 의연하고자 애썼다.

"두려울 거라는 걸 알아요. 이해해요. 저도 정말 두려웠거든요. 그렇지만 이제 괜찮아요. 저 혼자 두려워하는 게 아니라는 걸 아니까. 그리고 지금보다 더 무서운 일은 생기지 않을 거예요. 함께하면, 견딜 수 있어요."

마그리아도, 콘스탄체도 그녀를 귀여워해 주었고, 알비나도 그녀를 언젠가 쓸 수 있는 딸로 여겼다.

그러나 아르데나는 늘 두려웠다. 주위의 모든 마녀들은 당연한 것처럼 인간의 멸절과 마녀의 부활을 말했고, 인간들은 마녀에 대한 증오와 숲에 대한 두려움을 말했다.

그녀는 인간을 멸절시키고 싶지도 않았고 마녀를 재판하고 싶지도 않았다. 그러나 무언가를 해낼 정도로 강하고 용기 있는 사람이 아니라 죄책감을 느끼며 가만히 숨어만 있었다.

자매들에게 용기를 주고 싶었다. 같은 마음인 자매들이 여기 있다는 것만으로도 그녀가 지금 용기를 나눠 받고 있는 것처럼.

가장 마녀에 가까운 존재로 태어난 그녀조차도 아직 인간이었다.

15.

성목의 숲

에스텔라는 황후궁에서 시작하기로 했다.

마녀들의 계획대로 성립되었다면 불려 갔을 그 지점에서부터 말이다. 대마녀는 그녀를 황후궁의 지하로 불러들일 작정이었다. 티소엔이 끼어드는 바람에 잡음이 생겨 도중에 떨어진 것이다. 덕분에 그녀는 단숨에 홀리지 않고 마음을 다질 시간을 얻었다.

일단 황후궁까지 걷지 않으면 안 되었다. 다행히 신발이 없어도 숲이 그녀에게 친절해서 발은 아프지 않았다.

그녀는 폭신폭신한 땅을 밟으며 걸어갔다. 새싹은 그녀의 발에 밟혀도 짓눌리거나 죽지 않았다.

마녀는 숲의 주인이자 숲 그 자체이다. 그녀는 우다르드의 나무, 풀, 땅, 저 밑에 흐르는 지하수와 산들거리는 바람까지 모두 그녀를 환영해 주는 것을 느꼈다.

아버지 외의 가족이 한 번도 있었던 적이 없기에 그것은 에스텔라에게는 낯설면서도 황홀한 감각이었다. 그러나 그것을 느끼는 자신이 못내 이상했다. 인간적인 느낌은 아닐 것이다. 세상에 실제로 이런 가족이 있을 리도 없거니와 말없이 공감하고 교감하는 그 느낌은 결코 인간의 그것이 아니기 때문이다.

말하지 않고 이해하고, 의사표시를 하지 않고 같은 공간에 있는 것만으로도 마음이 흐른다. 거기에 도취되거나 홀리지 않기 위해 에스텔라는 애썼다. 이것은 우다르드에 남아 있는 아주 오래된 마녀들의 기억이고, 그녀들이 느낀 것이다. 설령 몸을 감싸는 듯한 이 감각이 아무리 편안하고 기껍다 하더라도, 그게 그녀의 것은 아니었다.

에스텔라는 자연을 싫어하지는 않았으나 그보다는 몸이 편안한 것을 더 좋아했다. 만들어 놓은 예쁜 물건도 좋아했다. 반짝거리는 색으로 나비를 그려 넣은 사기 접시, 솜을 잔뜩 채워 넣어 푹신한 쿠션, 바닐라 향이 나는 촛불. 쉽게 찢기는 섬세한 레이스, 순백의 찻잔, 따끈따끈한 도기 욕조의 감촉 같은 것들 말이다.

초콜릿은 어떤가. 입에서 사르르 녹아 버리는 생크림은. 잼을 바른 스콘과 각설탕을 넣은 홍차, 살짝 그을린 치즈 타르트, 만들다 실패해서 한 숟가락 떠내지도 못할 만큼 단단해져 버린 오렌지 젤리도 그녀를 행복하게 했다.

그러나 지금 그 모든 것을 떠올려도 에스텔라는 행복감을 느끼지 못했다. '그때 참 맛있게 먹었어.'라는 기억이 정보로 떠올라오지만 늘 그녀의 침샘을 자극하던 진짜 기억들은 하나도 재현되지 못했다. 향긋함에 취하던 후각이나 달콤해지는 혀끝 같은 것들 말이다. 심지어는 그녀가 늘 인생에서 최고로 행복한 기억으로 여기는 세 살 때 먹은 커스터드푸딩을 떠올려 봐도 그랬다.

그러니 지금의 이 행복감이 그녀의 것일 리 없었다. 마치 마녀의 힘이 진짜 행복을 거둬 가고 다른 사람의 행복을 가져다가 맛보여 주는 것 같았다. 본래의 것을 거둬 가지 않았다면 그녀는 또다른 행복을 새롭게 얻는 것이 되겠지만, 원래 사랑하던 것을 빼앗아 가고 여태 별달리 관심도 없었던 행복감을 준다고 해서 고맙지 않았다.

'커스터드푸딩에서 아무 맛도 안 날 거라고 생각되다니 말도 안돼.'

그건 내가 아니다.

에스텔라는 확신했다. 그리고 그녀는 자기 자신을 잃을 생각이 없었다.

커스터드푸딩을 그녀는 몇 번이나 다시 생각했다. 그 푸딩의 맛은 그녀가 생생하게 기억하고 있는 가장 먼 기억이었다. 그녀는 아주 어릴 때의 일을 잘 기억하지 못했기 때문에 그 뒤의 기억은 상당히 성장할 때까지 별로 없는데, 딱 그날의 일만 잘라 낸 듯이 선명하게 기억할 수 있었다. 그렇게 맛있는 걸 처음 먹어 봐서 그랬을 거라고 그녀는 생각했었다.

비슷한 맛을 내 보려고 몇 번이나 도전했지만, 그녀의 비루한 요리 솜씨는 언제나 푸딩이 아니라 설탕이 들어간 계란찜을 생산해 내곤 했다. 레오폴드의 커스터드푸딩은 엄청나게 맛있고 끝내주게 세련되었지만, 그때 같은 느낌은 나지 않았다.

그녀가 몇 번이나 푸딩에 도전하는 것을 아버지는 고뇌하는 얼굴로 쳐다보았다. 실패작은 사이좋게 반씩 배 속에 버렸다. 어디에서 사 오셨느냐, 아니면 어느 집에서 얻어 왔느냐고 추궁할 때마다 언제 적 이야기를 하는 거냐, 기억나지 않는다고 아버지는 난처하게 화제를 돌리곤 했다.

그러나 몇 살 때였는지는 모르겠지만, 조부가 왔던 날이므로 아버지가 모를 턱이 없었다.

아버지는 그녀를 무릎에 안고 있었고, 그녀는 조부에게 가겠다고 버둥거렸다. 조부는 검고 단단한 지팡이로 바닥을 두드렸다. 그는 날카로운 성미였고, 아마도 여러 차례에 걸친 사업 실패 때문에 더더욱 예민한 구석이 있었을 것이다.

그 이유를 전에는 몰랐다. 그러나 지금은 알 수 있었다. 그때에는 들어도 의미를 알지 못하던 대화가 무의식 저 깊이에 가라앉아 있다가 이제 떠올라 왔다.

「틸다는 숲으로 갔어요.」

에스텔라는 조부에 대해 별반 많은 기억을 가지고 있지는 않았다. 그녀가 아주 어릴 때에는 간간이 조부와 교류가 있었으나 언젠가부터 영 왕래가 끊어지고 말았다. 조부는 자존심이 강한 데다가 대도 잇지 못하는 계집애에게는 별반 관심이 없었다. 찾아왔다가도 몇 마디 말을 섞지 않고 가 버리기 일쑤였다.

그 왕래가 끊어진 계기가 아마 이때였던 모양이다.

「아직까지도 그런 근본 없는 계집 따월.」
「그런 말씀 마십시오! 제 아내입니다. 제 딸의 엄마입니다!」
「처음부터 내 뭐라고 했느냐? 숲에서 만난 기억도 없고 제 이름도 모르는 계집을 주워다…….」

136

그 뒤의 말은 잘 들리지 않았다. 아버지가 그녀의 귀를 두 손으로 막았기 때문이다. 에스텔라는 울다 칭얼거리다 또다시 울다가 마지막 소리만 들었다.

「틸다가 제 아내이고, 이 애가 제 딸입니다! 아시겠어요? 틸다 외의 다른 아내는 제 인생에 결코 없고, 제 아이는 틸다가 낳아 준 아이뿐입니다. 그 망할 놈의 아르투르 때문에 아버지가 원하는 여자랑 결혼하는 일은 절대 없을 겁니다!」

에스텔라는 울었다. 별달리 아버지와 조부 사이에 오간 대화를 알아들었기 때문은 아니고, 그저 아버지가 화내는 게 무서워서 그랬다. 옛날 일이므로 지금에 와서 꿈처럼 이것을 떠올렸다고 해서 울었던 기억을 울지 않았던 것으로 대체할 수는 없었다.

아버지는 조부를 거의 쫓아내다시피 했다. 조부는 벼락처럼 화를 냈지만, 젊은 아들에게 힘으로 이기지 못했다. 겨우 조용해진 집 안에서 그는 다시 에스텔라를 안고 울지 말라고 어르다가 커스터드푸딩을 주었다.

'그러고 보니 그때 울고 계셨구나.'

에스텔라는 새삼스럽게 생각했다. 맛있게 먹었던 기억밖에 없는데, 그 앞에서 아버지는 울고 있었다. 자기가 정말 무신경하고 먹을 걸 좋아하긴 했던 모양이다. 아버지가 우는데 그 앞에서 푸딩을 퍼먹고 있었다니. "아빠도 한 입?" 하고 숟가락을 내밀긴 했지만 말이다. 그때에도, 지금도, 남을 위로하는 일에는 재주가 없다.

틸다.

에스텔라는 그게 어머니의 이름이라는 것을 비로소 알았다. 아버지가 어머니 이야기를 하고 싶어 하지 않았기에 자세히 물은 적이 없다. 그녀는 심지어 어머니의 이름조차도 몰랐었다.

무덤 정도는 있어야 하지 않는가 하고 혼자 생각한 적은 있었다. 아버지의 장례를 치르면서 더 여러 번 그렇게 생각했다. 혹시 아버지 혼자 보살피고 있었던 무덤이라도 있다면, 이대로 어머니의 무덤은 연고 없는 무덤이 되어 버려지는 걸까, 하고 말이다.

무덤은 원래 없었던 모양이다. 숲으로 가 버렸다면. 그래서 기일도 없었던 모양이다.

테이블에는 하도 어루만져 닳아진 편지 한 장이 있었다. 에스텔라는 그 편지에 무어라고 적혀 있는지 알고 있었다.

『미안해요. 이 편지를 다 적어 놓고 나면 떠날 거예요.

엘라는 사라 할머니에게 맡겼어요.

날 찾을 생각은 하지 말아 줘요.

숲으로 갈 거예요.

요즘에는 먹는 것만 잊어버리는 게 아니라 뭘 하고 있었는지도 잊어버리게 되었어요.

정신을 차리면 자꾸 숲에 와 있어요. 숲에서만 숨을 제대로 쉴 수 있어요.

이런 여자가 당신 옆에 있어서는 안 돼요.

당신과 엘라, 모두에게 해가 될 거라는 게 확실해요.

당신은 아마 괜찮다고 하겠지만, 알 수 있어요. 나는 분명히 시간이 지날수록 점점 더 이상해지고, 당신과 엘라를 사랑하는 마음이 남아 있더라도 지금과 똑같은 방식으로, 당신이 받아들일 수 있는 방식으로 사랑할 수 있게 되지 않을 거예요.

138

당신과 엘라가 행복했으면 좋겠어요. 그러니까 나는 더 이상해지기 전에 숲으로 가요.

걱정은 하지 말아요. 있던 곳으로 돌아가는 것뿐이니까.

고마워요. 이런 사람을 구해 주고, 돌봐 주고, 사랑해 줘서요.

내가 사라지고 나면, 이번에야말로 아르투르 가문에 어울리는 참하고 좋은 아가씨를 만나서, 행복해지세요. 엘라를 나만큼 사랑할 수 있는 사람은 없겠지만, 그래도 당신을 위해서 엘라의 좋은 엄마가 되어 줄 수 있는 사람이 있을 거예요. 아버님과도 화해하고요.

당신도, 엘라도 행복하기를 바라고 있어요.

이 편지 받고, 당신이 분명히 제대로 저녁 챙길 생각을 안 할 것 같아서 미리 만들어서 찬장에 넣어 놨어요. 당신 좋아하는 햄치즈 샌드위치에 설탕 잔뜩 뿌린 러스크도 만들어 놨으니까 맛있게 먹어 줘요.

엘라 걸로는 커스터드푸딩 만들어 놨어요. 오늘만 특별이에요. 내일부터는 달랜다고 단 거 먹이지 말아요. 울어도 안 돼요. 당신도예요. 설탕 많이 먹지 말아요.

사랑해요.』

그것은 에스텔라가 읽어 봐서 아는 것이 아니다.

썼기 때문에 아는 것이다. 쓰는 여자의 마음이 다른 여자들의 마음을 타고 숲을 흐르다가 에스텔라의 마음까지 흘러 들어온 것이다.

이것이 마녀의 공유 의식이다. 그녀는 그것을 깨달았다.

그 속에서 그녀는 어머니를 처음으로 만났다. 숲으로 들어가 목을 매어 죽은 어느 마녀의 의식도 딸을 다시 만났다. 떠돌아다니는 기억의 파편에는 아주 약한 의식조차도 남아 있지 않아 어린 딸의 눈에 비쳤던 사랑하는 남편의 마지막 모습에 한 차례 파르르 떨었을 뿐이다.

★

티소엔은 멀리 보이는 궁내부 건물을 목표로 삼고 움직였다.

일전에 에스텔라가 가르쳐 준, 우다르드 숲에서 방위를 찾는 법에 따르면 궁내부 건물은 오히려 숲 안쪽에 있었다. 그러나 그 건물에는 말이 있을 것이다.

생물까지 함께 이동했는지 아닌지 확실히 모르겠으나, 걸어서 숲을 빠져나가기까지 얼마나 시간이 걸릴지도 알 수 없고, 빠져나가는 데 성공한다 하더라도 엘첸까지 걸어서 간다면 하루를 통으로 버리게 될 것이다. 시간을 맞출 수 없을 것이 명백했다. 낮은 확률이라도 말이 있을 확률에 걸어 보기로 했다.

그는 뒤에 미련을 남기지 않고 달렸다. 에스텔라는 의미를 숨기고 돌려서 말하는 사람이 아니었고, 티소엔도 꼬아서 받아들이지 않았다. 그녀가 지금 티소엔이 필요 없다고 말했으니 정말로 그가 할 수 있는 일이 없다는 뜻이고, 자기가 해야 할 일이 있다고 말했으니 정말로 그녀가 해야만 할 일이 있다는 뜻이다.

그러니 지금 티소엔이 할 일은 최대한 빨리 클레오르에게 지금의 상황을 보고하고 지원군을 부르는 것뿐이었다.

숲이 적대적이었다. 우다르드 곰을 잡으러 왔을 때와는 명백하게 다르고, 에스텔라를 구하겠다고 두하 숲으로 들어갔을 때와도 달랐다. 오히려 몬스터와 직접 마주치는 일은 그때보다 적었다.

숲에 있던 마녀와 몬스터는 대부분 우다르드에 섞여 든 엘첸의 거리와 건물들을 제압하러 갔기 때문이다.

그러나 공기부터 달랐다. 바람은 칼날처럼 아리게 피부를 파고들었고, 옷자락이 일부 찢어지기도 했다. 발치에 걸리는 풀 무더기조차 그의 발목을 잡으려는 듯이 방해했다.

그는 민첩하고 감각도 좋았다. 애당초 발밑에 걸리는 것이 있는 자리는 밟지 않았다. 그럼에도 그가 발을 디디는 곳마다 새로 작은 구덩이가 생기거나 덩굴이 엉켜 와 조금이라도 발걸음을 늦추려 들었다. 품에 넣고 있는 보주에서 흘러 떨어진 빛 방울이 닿을 때마다 그것들이 파삭파삭 사라졌다.

멀리에서부터 두발돼지와 줄무늬 개가 온통 궁내부 건물을 둘러싸고 있는 것이 보였다. 티소엔은 경악하며 검을 뽑았다. 궁내부에 머물러 있는 사람은 대부분 시종들이었다. 원래부터 무관이 배치될 만한 공간도 아니고, 대관식 때문에 문관이나 시종들도 평소보다 숫자가 월등히 적을 것이 틀림없었다.

쿵! 쿵! 쿵! 쿵!

컹컹컹!

두발돼지들의 발 구름 소리가 지축을 울리고, 줄무늬 개들이 하울링하는 소리가 하늘을 찢었다.

평소의 그 같으면 궁내부 건물의 사람들을 구하러 뛰어들었겠지만, 티소엔은 멈칫했다. 두발돼지나 줄무늬 개 자체는 그에게 좀처럼 위협이 되지 않았다. 그러나 지금은 지휘하는 마녀가 있을 테고, 빠르게 정리하지 못할 것이 분명했다. 게다가 우선순위는 에스텔라의 명령 쪽이었다.

진퇴양난이었다. 지금 다른 건물을 찾아갈 수도 없고, 어디로 가도 우다르드 안에서라면 비슷한 상황이리라는 것이 용이하게 짐작 갔다.

그 순간이었다. 뒤에서 기척이 느껴졌다.

티소엔은 반사적으로 검을 뽑아 베었다. 황궁 시녀의 복장을 입은 여자가 메뚜기처럼 펄쩍 뛰며 뒤로 물러났다.

티소엔은 한순간도 망설이지 않았다. 순식간에 검을 회수하여 검집에 넣으며 소매에 꽂아 두었던 레나디움 나이프를 뽑았다. 3회 연속 횡으로 베어 낸다. 보주의 신성력이 깃든 레나디움 나이프가 발톱처럼 푸른 궤적을 세 줄기 남겼다.

여자가 훌쩍 뛰어 나무 위로 올라가 버렸다. 그리고 방긋 웃으며 공손히 절했다.

"안녕하세요, 티소엔 크렐리디안 경. 저는 콘스탄체 님의 시녀인 데보라, 혹은, 그분의 왼팔인 큰 날개의 옐라페이라고 한답니다."

티소엔은 그 말을 듣지 않았다. 적의 말을 귀담아들을 귀는 애초에 갖고 있지 않았다. 그가 공격할 만반의 자세를 갖추고 투지를 불태우자 옐라페이가 난처한 듯이 손을 내저었다.

"아이고, 거친 분이군요. 여자를 좋아하지 않으신다는 이야기는 익히 들었지만."

"갈 길이 바쁘니 비켜나면 공격하지 않겠다."

"그 바쁜 용건은 황후 폐하를 위해 원군을 부르러 가는 일 말씀이지요?"

확 티소엔에게서 살기가 솟구쳤다. 옐라페이는 고개를 저었다.

"저는 크렐리디안 경과 싸우기 위해서 온 게 아니랍니다. 경이 하고자 하는 일은 정확히 제가 모시는 분이 원하는 것과 같은 것이거든요."

티소엔은 이맛살을 찌푸렸다. 옐라페이가 미소를 지으며 연극적인 손짓으로 허공에서 절을 했다.

"에스텔라 님에게 싸울 수 있는 힘을 드리는 거지요. 그것을 위해서 황제 폐하가 와 주셔야 하고요."

"옐라페이!"

그 순간에 하늘에서 날카로운 외침 소리가 들렸다. 거대한 콘도르를 탄 여자가 나타나 소리를 질렀다.

"무슨 생각이야! 인간과 협상 따윌 하려 하다니! 하물며 기사와!"

"귀찮게."

옐라페이가 작은 소리로 중얼거렸다.

사방에서 위협적으로 그르릉거리는 맹수의 울음소리가 들려왔다. 티소엔은 옐라페이를 노려본 채로 검을 뽑으며 사방을 경계했다. 나무들이 가지 스치는 소리가 끼기긱거리고 불쾌하게 울렸다.

"너 설마 배신하려는 것은 아니겠지! 물러나! 그 남자는 내가 처리할 테니까!"

"르엘페이, 가서 할 일이나 해요."

"내가 모르고 있을 거 같아? 원래부터 네가 거기 그 남자를, 컥!"

옐라페이가 손을 내뻗었다. 뾰족하고 새카만 구슬 같은 것이 쏘아졌다.

비난을 하기는 했지만, 르엘페이는 옐라페이가 자기를 공격하리라고는 생각지도 않았다. 그녀는 마녀로서의 의식이 강했고, 그런 만큼 무리 공통의 목적을 위해 행동하지 않는 옐라페이에게 분노했으나 반대로 무리의 일원인 그녀를 직접 해치려고도 생각하지 않았기 때문이다.

구슬은 순식간에 날아가 마녀의 이마에 검은 구멍을 만들었다. 한 줄기 피가 얼굴로 주르륵 흘러내렸다. 르엘페이는 콘도르에서 굴러서 저 아래 땅으로 떨어졌다. 수풀에 가려 보이지 않았지만 아마 몸이 박살 났으리라.

티소엔은 검을 더 굳게 움켜쥐며 옐라페이를 경계했다. 마녀가 마녀를 죽이다니, 들어 본 적도 없었다.

"뭐, 신경 쓰지 마세요."

"같은 편이 아니었나?"

"종족이 같아서 같은 편이 되어야 한다면 인간끼리는 다 같은 편인가요?"

그녀들은 인간과 섞이면서 군체로서의 성질을 상당 부분 잃어버렸다. 물론 마녀는 물리적인 대화 없이 공유 의식에 접속함으로써 상호 이해할 수 있다. 이해는 대체로 공감을 동반하므로 그녀들은 친자매처럼 지낼 수 있었다.

그러나 그것이 반드시 보장되지는 않았다. 세상에서 서로를 가장 잘 아는 모녀도, 친자매도, 서로를 증오할 수 있는 법이다.

그리고 그녀는 공감 따위보다 콘스탄체의 명이 소중한 사람이었다. 이것은 명백히 인간적인 특질이었다.

옐라페이가 손을 내저었다. 숲을 메우던 맹수의 울음소리가 멎었다. 기척들이 멀어지고 숲이 고요해졌다.

수풀에서 다그닥다그닥 소리를 내며 커다란 흑마 한 마리가 걸어 나왔다. 눈과 발밑에서 환영의 불꽃이 붉게 타들어 가는 유령

마였다.

"꼭 필요한 건 아니지만, 콘스탄체 님은 만반의 준비를 갖추시길 원하니까요. 대가는 없어요."

"내가 이걸 어떻게 믿지?"

"안 믿으셔도 할 수 없고요. 발이 떨어지지 않으실 테니, 궁내부 건물은 특별히 아무 일 없도록 해 드리죠."

옐라페이가 휘파람을 불었다. 멀리에서 휘파람 소리가 대답하듯이 들리더니 곧 궁내부를 둘러싸고 있던 줄무늬 개와 두발돼지들이 척척 걸음을 뒤로 물렸다.

"물론 저 건물에도 말이 있겠죠. 지금의 우다르드 숲에서 과연 인간에게 길들여진 말이 얼마나 잘 달릴 수 있을지는 모르겠지만요. 크렐리디안 경이 믿을 만한 쪽으로 하세요. 아 참, 새 황제 폐하께, 케알랄칸 나무를 죽이면 영원히 황후 폐하를 되찾으실 수 없을 거라고 전하는 걸 잊지 마세요."

그렇게 말하고는 옐라페이가 숲의 어둠 속으로 스르륵 몸을 감췄다.

티소엔은 나이프를 다시 소매에 꽂았다. 궁내부 건물을 둘러싼 몬스터들은 썰물처럼 빠져나가고 있었다.

그는 잠깐 망설였으나 유령마의 고삐를 잡고 올라탔다. 옐라페이의 말처럼 궁내부에도 말이 남아 있을지도 모르지만, 순한 보통 말이 지금의 우다르드 숲을 뚫고 달릴 수 있을 것 같지 않았다.

"이럇!"

유령마는 순순하게 그에게 몸을 맡겼다. 티소엔은 말에 박차를 가했다.

★

황후궁 앞에 도착하여 에스텔라는 신기한 눈으로 궁을 올려다보았다. 황후궁 지하의 성목과 우다르드 숲 지상의 성목을 하나로 합친 탓에, 황후궁은 아예 성목 위에 올라앉는 듯한 형상이 되어 있었다. 토대와 지반이 함께 성목과 같은 높이로 솟구쳤으므로, 마치 일부러 언덕을 쌓고 그 위에 성을 세운 듯이 보였다. 아름다운 정원의 일부까지 함께 옮겨 와, 마치 동화책 속에 그려진 환상 속의 공주님 성이 이럴까 싶었다.

에스텔라는 천천히 황후궁으로 다가갔다. 케알랄칸 나무들이 공손히 그녀에게 절했다.

1층으로 들어가려면 거의 3층 높이 가까이 되는 절벽을 기어 올라가야 하겠지만, 바람과 물의 길을 읽을 수 있는 마녀인 그녀는 지하로 통하는 길이 어디 있는지 알 수 있었다. 흙벽 한쪽을 온통 뒤덮은 등나무 덩굴을 치우자 두 사람이 지나갈 수 있을 정도의 복도가 나왔다.

그녀는 천천히 그 안으로 들어섰다. 꼬불꼬불한 복도는 돌벽이 아니라 흙벽이고, 거의 덩굴식물로 뒤덮여 있었다. 얼마 전까지 지하였으니 햇빛이 들지 않았을 텐데, 천장에서부터 보라색 꽃송이가 기다랗게 늘어져 있다. 바닥에 발등까지 잠길 정도로 시원한 물이 흐르지만 습기 찬 느낌은 조금도 없다. 숨을 쉴 때마다 싱그러운 향기들이 폐를 가득 채웠다.

꽃송이들이 희미한 빛을 내어 길을 밝혔다. 월장석 목걸이에서 우유색 빛과 함께 흘러나오는 마주력이 바닥과 벽까지 빛나게 했다. 에스텔라는 마치 동화 속의 마녀가 된 기분으로 손을 내밀어

146

보았다. 손의 움직임에 따라 변하는 빛무리가 신기했다.

그녀는 찰방찰방 소리를 내면서 복도를 걸었다. 길을 아는데도 그녀는 길게 꼬인 복도를 30분 가까이 걸어야 했다. 그리고 마침내 황후궁 중앙에 들어섰다.

무사히 개화했다면 대마녀가 될 수 있었을 씨앗을 싹틔워 자라게 한 성목은 수령 25년이라고는 생각할 수 없을 정도로 컸다. 에스텔라가 한껏 팔을 뻗어도 두 아름은 넉넉히 될 것이고, 가지는 천장에 닿았다가 더 높이 올라가지 못하자 좌우로 퍼져서 무도회를 할 수도 있을 만큼 큰 홀에 가득 드리워져 있었다. 이파리에서 별빛이 흘러 떨어져 발목까지 적시고, 가지가 흔들릴 때마다 홀을 음악으로 가득 채웠다.

햇빛을 받고 물을 마시며 자라는 것이 아니라 마주력을 양분으로 삼아 크는 것이라고 알면서도 지하에서 이런 나무가 자랐다는 것이 신기했다.

에스텔라는 천천히 성목으로 다가갔다. 그리고 그 위에 손을 올린다. 안에서 따뜻한 흐름을 느껴진다. 에스텔라는 눈을 감고 거기에 몸을 맡겼다.

위이잉!

몸이 위로 솟구치는 듯한 짧은 현기증이 잠깐 있었다.

에스텔라는 천천히 눈을 떴다. 거기는 신록으로 물든 우다르드도, 별빛으로 가득 차 있던 황후궁의 지하도 아니다.

성목의 숲이다.

모든 나무는 가지마다 한껏 별을 매달았고, 허공을 떠도는 따스한 기억들이 물들인 하늘은 연분홍색이었다. 개울물은 은하수를 품은 밤빛이다. 요정의 날개가 팔랑거리며 사방을 떠돌았다.

그리고 동시에 이곳은 무덤이었다.

에스텔라는 누군가에게 물어보지 않아도 알 수 있었다. 천 년 전에 죽은 마녀들의 시신을 쌓자 기름진 땅이 생겼다. 생산력을 잃은 불완전한 대마녀의 손에서 자란 탓에 끝끝내 마녀로 싹트지 못한 씨앗들이 나무로 자랐다.

"아…….'"

그녀는 시린 눈을 비비며 신음했다. 눈물이 솟았다. 이것은 우다르드 마녀의 슬픔이다.

진짜 딸들을 낳지 못하고 인간의 몸을 빌린 불완전한 후예를 낳게 된 대마녀의 괴로움이다.

에스텔라는 슬퍼하며 동시에 화가 났다.

가슴 저리도록 심장이 아팠고, 마음속에는 지극한 충정이 차오른다.

그녀는 그런 성품이 아니었다. 모름지기 그런 충실함이란 티소엔에게나 어울리는 것이다. 주군에게, 혹은 어떤 신념에 마음을 다하여 맹세하고, 쉬지 않고 용맹정진하는 것은 에스텔라에게는 도무지 성격에 맞지 않는 일이다. 그녀는 자신에게 인의가 없다고는 생각하지 않으나 그런 식으로 남에게 헌신하는 타입은 아니었다.

그런데 지금은 모든 것을 다 바쳐 대마녀를 따르고자 하는 마음이 생긴다. 가슴속 깊은 곳에서부터 우러나는 단심이 아픔처럼 붉다. 그러나 에스텔라는 그 충실함도, 그 아픔도 제 것이 아니라는 것을 안다. 그 때문에 화가 났다.

차라리 죽어 가는 마녀의 이야기를 그저 전해 들었거나 목격했다면 그녀는 상대의 손을 꼭 잡은 채로 함께 눈물을 머금어 줄 수도 있었을 것이다. 그러나 이렇게 강제로 동조되는 감정은 그녀의 것이 아니다.

그녀나, 그녀의 이름도 몰랐던 어머니나, 심지어는 알비나의 몸을 빌려 낳은 자기 딸들조차도, 낳은 것을 슬퍼할 정도로 형편 없는 것으로 여겨진 셈이다. 그것을 알았으니 원망을 해야 할 것 같은데, 그녀는 마녀로서 이미 대마녀에게 깊게 구속된 상태였기 때문에 그 감정은 겉으로 드러나지 못하고 뱃속 깊은 곳에 불편하게 뭉쳐 들었다.

무덤 숲 한가운데에는 시들어진 거대한 나무가 있었다. 천 년 전의 성목이다. 수많은 마녀들이 지키려고 그렇게 애썼고, 마침내는 시황제에게 공격당하여 죽어 버린 우다르드의 위대한 어머니 나무다.

아름답고 기괴한 모습의 여자가 어머니 나무를 끌어안고 있었다. 나무껍질과 덩굴 잎사귀에 둘러싸인 미라 같은 형상에 생기는 조금도 없었다. 미라보다는 나무로 깎아 만든 조각 같기도 했다. 멀리에서 보면 거대한 나무둥치의 일부를 여자의 형상으로 조각한 것처럼도 보였다.

대마녀 오르페이의 본체다.

그냥 자연스럽게 알 수 있었다.

에스텔라는 그 모습을 잠시 바라보았다. 어머니 나무와 서로 덩굴로 얽힌 그 모습은 어머니 나무에게 보호를 받고 있는 것인지, 어머니 나무를 보호하려는 것인지 불분명했다.

대마녀가 어머니 나무를 끌어안고 있는 그 사이로 옅은 마주력의 흐름이 있었다. 말라 죽어 버린 교목인데, 흙 속에 파묻힌 오르페이의 발목 사이로부터 끌어안은 가슴과 대고 있는 뺨 부분까지만 체관부가 살아 있는 듯, 미미한 생기를 띠고 있다. 그 부분만은 나뭇결이 살아 있고, 이끼도 끼어 있었다.

그 영혼은 어디에 있을까. 이미 이 안에 깃들어 있을까? 알비나 자클린데라는 이름의 인간의 육신에서는 이미 빠져나갔을 텐데. 대관식에서 본 것은 아마도 환영이었을 것이다.

에스텔라는 천천히 어머니 나무를 한 바퀴 돌았다. 그리고 오르페이의 반대편에서 잿빛으로 검게 탄 밑동에 꽂힌 검 한 자루를 발견했다.

팟! 파지직!

검신과 칼자루까지 모두 한 덩어리의 레나디움으로 이루어진 순백의 검이었다. 검 전체가 푸르스름한 빛에 휘감겨 있었고, 지금도 파드득거리고 마주력과 부딪쳐 계속해서 불꽃을 일으켰다.

시황제가 천 년 전 마주력의 근원을 봉인했을 때에 성검을 이곳에 꽂고, 다시는 뽑아내지 못하도록 일부러 부러뜨렸다. 천 년이 흐르면 마주력도 마르리라 믿었다. 그리하여 황실은 오랫동안 성검의 남은 반쪽을 엄중히 지켜 왔다.

대마녀가 살아 있지 않았다면, 시황제의 뜻은 이루어졌을 것이다. 그리고 이시도르가 그것을 찾아 여기까지 가져왔다.

부러진 면을 맞대자 성검은 자연히 서로를 끌어당겨 본래의 모습을 되찾았다. 이시도르는 성검을 뽑으려 했으나 정당한 계승자가 아니었기 때문에 완성된 성검에는 손조차 대지 못했다.

그의 역할은 거기에서 끝났다.

콘스탄체는 이시도르의 제위 계승이 불가능해졌을 때부터 그렇게 되리라고 추측했다. 그럼에도 불구하고 굳이 그가 성검을 가지고 오도록 유도한 것은 대관식을 마치기 전에 에스텔라가 혼자 지하의 결계에 접근할 가능성이 없었기 때문이다.

이시도르가 뽑을 수 있다면 좋고, 아니라도 손해 볼 것은 없다. 애초부터 뽑아내는 역할을 황후에게 맡길 작정이었기 때문이다. 이시도르가 안다면 분을 내겠지만, 체스터 공작의 일을 비롯하여 이시도르 일파가 압박당하게끔 손을 쓴 것은, 지금처럼 그가 대관식에 참석하지 않고 성검을 운반하는 역할을 맡았어야 했기 때문이다.

「걔는 말로 하면 안 들으니까. 자기 역할이 운반책이라고 하면 상황은 보지도 않고 무작정 화를 내면서 일을 망치려 들겠지. 성공한다고 해도 걔에게 이익될 것도 없고. 나 같으면 망한 제국의 부스러기를 받느니 그냥 황제의 동생을 할 텐데. 남한테 조금이라도 뒤지는 걸 못 견디는 애니까 주위 모든 것을 망하게 하든 말든 제 맘대로 하고 싶겠지만.」

콘스탄체는 시녀에게 그렇게 말한 적이 있었다.

에스텔라는 여기까지 성검의 반쪽을 가져온 것이 이시도르라는 것까지는 알지 못했다. 그저 저 성검을 뽑아야 한다는 생각에 사로잡혔다. 그것이 그녀가 불려 온 이유였으니까.

뽑으면 우다르드의 봉인이 풀린다. 그 과정과 결과까지도 선명하게 그려졌다. 홀린 듯이 검을 향해 손을 뻗게 되려는 것을 그녀는 애써 참았다. 그리고 마음속으로 필사적으로 변명했다. 맨손으로 그대로 잡으면 손이 타 버릴 것이라고 그녀는 굳게 생각하고 믿으려 했다.

에스텔라는 허리춤에서 얇은 드레스 자락 한 겹을 부욱 뜯어냈다. 그리고 그것을 붕대처럼 손에 꼼꼼하게 감았다. 단순히 검을 뽑는 것만이라면 이런 준비가 필요하지 않지만, 그래도 만전의 상태를 기해야 하니까.

변명이 통했다. 그녀는 콘스탄체가 말했던 "시간을 늦출 수 있는 정도의, 약간의 융통성"이 무엇인지 깨달았다. 식은땀이 흘렀다. 마음이 두 개인 것 같다. 분명히 자기 의사대로 움직이고 있는데, 쪼개진 또 한쪽의 의식이 서둘러 검을 뽑으라고 외친다.

그녀는 또 한 겹을 뜯어서 반대 손에도 묶었다. 원단이 얇아 영민음직스럽지 못하지만, 적어도 땀에 미끄러지는 것은 막아 줄 것이다. 두 손에 다 천을 감고 나자 드레스 치맛자락이 얼마 남지 않아 쥐가 파먹은 듯한 몰골이 되고 말았다.

"흐읍."

크게 숨을 들이쉬고 그녀는 성검의 칼자루를 잡았다.

대관식은 완료되지 않았고, 대혼례의 절차도 축약해 버렸다. 게다가 그녀는 마녀였다.

그런데도 성검은 그녀를 황후로 인정했다. 이시도르에게 일어났던 거부반응은 그녀에게 일어나지 않았다.

성검은 마치 10년을 늘 쥐어 온 검처럼 그녀의 손에 착 맞았다. 나무둥치에 거의 가드까지 힘껏 꽂혀 있었지만, 반쯤 녹은 치즈에서 포크를 빼내는 것처럼 힘을 줄 필요도 없이 사르륵 뽑아낼 수 있었다.

성검이 뽑히는 것과 동시에 어머니 나무에 피가 통하듯이 나무 껍질이 생기를 띠고, 말라붙었던 가지들이 생생해지기 시작했다.

에스텔라는 어금니를 꽉 악물고 성검을 치켜들었다. 검을 쥔 순간 손목에 감고 있던 월장석 목걸이에서 빛이 사라지고 머리도 맑아졌다. 가슴속에 차오르던 충심도, 대마녀의 것을 무작정 받아들였던 슬픔도 언제 있었느냐는 듯이 깨어져 나갔다.

대신 심장까지 서늘한 기운이 관통했다. 그 기운은 검의 예기와 닮아 있었다.

평생 검을 쥐어 본 적이 없는 사람이라면 그 기운을 감당하는 것만으로도 힘들었을 것이다.

그러나 에스텔라는 그러지 않았다. 망설이지도 않았다. 성검이 자기와 한 몸이 된 듯이 느껴졌다.

그대로 성검을 휘둘러 오르페이의 목을 벤다. 신성한 레나디움이다. 마녀는 단순한 철검 같은 것으로는 목을 베거나 심장을 찔러도 죽지 않지만, 성검의 앞에서는 다를 것이다.

"망할 년!"

그때 누군가가 뒤에서 튀어나오며 그녀에게 칼을 휘둘렀다.

에스텔라는 반사적으로 성검을 휘둘러 그 공격을 막았다. 그리고 상대를 밀쳐 내며 바닥에 내리꽂았다.

퍽!

그것이 이시도르라는 것은 그다음에야 알았다.

"이익!"

이시도르는 벼락이라도 맞은 듯 검게 탄 행색이었다. 칼날에 살짝 베인 목에서 피가 흘러내렸으나, 그것은 도로 스르륵 혈관으로 되돌아가고 상처가 아문다.

그가 짐승처럼 으르렁거리며 성검의 칼날을 맨손으로 힘껏 움켜쥐었다. 다시 칼을 휘두른다. 그가 쥔 칼은 팔뚝의 절반 길이에도 미치지 않는 짧은 것이었지만, 제 몸을 도외시하고 죽일 기세로 달려드는 통에 에스텔라는 잠깐 물러나야 했다.

딸그랑!

그녀는 탁 이시도르의 손등을 후려쳐 칼을 떨어뜨리게 하고 검을 겨눴다.

다 합쳐도 고작해야 20초 남짓한 시간이었다. 그러나 그 잠깐의 시간이 모든 것을 망쳤다.

에스텔라는 이시도르의 목 앞에 검첨을 들이댄 채로 어머니 나무가 되살아나는 광경을 보았다. 검게 탄 고목이 뿌리부터 생동감 있는 색으로 물들며 모든 가지가 힘 있게 펼쳐진다. 지상에서 올라온 별이 하늘로 흩뿌려져 은하수처럼 흐른다.

사방에서 환희의 종소리가 울리는 듯한 착각을 일으키며 에스텔라는 멍하게 그 하늘을 올려다보았다. 별이 밤을 불러와 하늘이 어두워지고, 은하수를 타고 본 적도 없는 아름다운 초승달이 흘러온다.

마주력이 깊은 곳으로부터 흘러나와 말라 있던 대지를 충만하게 적신다. 갓 되살아난 어머니 나무는 대지로부터 마주력을 힘껏 빨아들였다. 달과 별이 어머니 나무를 중심으로 회전했다. 하늘은 어두워졌다가 밝아지고, 또다시 어두워지기를 반복하며 잃어버린 세월을 되찾아 간다.

빛나는 구름이 멀리멀리 퍼져 나가며 정제된 마주력이 흩뿌려진다.

어머니 나무를 끌어안은 채 말라 있던 대마녀의 육신에 피가 통했다. 나무껍질이 벗겨지면서 연한 살빛이 드러난다. 보드라운 연녹색 덩굴과 새로 피어나는 잎사귀들이 오르페이의 몸을 옷처럼 휘감으며 올라갔다.

에스텔라는 황급하게 이시도르를 밀쳐 내고 그리 달려갔다. 그리고 온 힘을 다해 검을 휘둘렀다. 그러나 이미 늦어 있었다. 대마녀의 영혼은 마침내 진짜 육신에 깃들었다.

그녀는 에스텔라의 검 끝을 피해 힘껏 솟구쳐 올라갔다. 머리끝부터 발끝까지 달무리처럼 연한 빛에 휘감긴다. 바람도 불지 않는데 고동색 머리칼이 한 가닥 한 가닥 별개의 생물처럼 마주력의 흐름을 타고 흔들렸다.

—내 딸, 이제 그걸 내려놓으렴.

높다랗게 하늘에 올라 뜬 대마녀가 에스텔라를 내려다보며 명령했다. 그 소리는 귀가 아니라 피부로 들렸다.

발밑에서부터 샘솟아 에스텔라의 육체를 적시는 마주력과 성검의 신성력이 손바닥 안에서 충돌했다. 에스텔라는 손바닥이 타는 듯이 뜨거워지는 것을 참으며 성검을 움켜쥐었다. 그리고 난생처음 보는 진짜 마녀를 노려보았다.

'저것'이 인간 여자와 비슷하다고? 대체 어디가?

닮은 것이라고는 살빛뿐이지 않은가. 눈이 두 개, 코가 하나, 입이 하나 있고 그 배치가 인간과 닮았다고 해서 인간과 유사하다고 할 수는 없다. 두 팔과 두 다리가 있지만, 존재감이 인간과 전혀 다르다. 같은 공간에 있다는 것만으로도 온몸이 저릿하고 소름이 오싹 돋는다. 그 감각은 혐오스러운 것 같기도 하고, 황홀한 것 같기도 했다.

차라리 다리 대신 뱀의 몸이 달린 라미아나 팔 대신 날개가 달린 하피가 더 인간과 닮았다고 할 수 있으리라.

에스텔라의 뒤에서 도취한 듯한 목소리가 들렸다.

"어머니, 드디어……."

이시도르가 에스텔라를 경계하는 것도 잊고 홱 몸을 돌리며 두 팔을 내밀었다.

"어머니, 들어 주세요! 콘스탄체가!"

그 얼굴은 천진하다고 해야 좋을 정도로 순수한 믿음에 빛나고 있다. 어린애의 것 같은 얼굴이었다.

대마녀는 그에 응하지 않았다. 이시도르의 쓸모는 끝났다. 일단 일차적으로 인간을 한 번 청소한 다음에 또 쓸모 있을 때가 오긴 하겠지만, 갓 해방된 대마녀는 숙원의 성취에 감격하여 지금은 그에게 시선조차 주지 않고 에스텔라를 내려다보았다.

―내 딸아.

웃기지 마.

에스텔라는 가슴이 부풀도록 숨을 들이쉬며 그렇게 생각했다. 대마녀가 모든 마녀의 '어머니'일지는 모르지만, 인간 에스텔라의 어머니일 수는 없다. 그리고 그녀는 아직 에스텔라였다.

여기에서 내보내면 안 된다. 이것이 마지막 기회다.

대마녀는 지금 막 깨어났고, 오랫동안 잠들어 있던 몸은 부자유스러우며 몸에 두른 껍질은 갓 태어난 것처럼 연하다.

여기에서 놓치면, 그녀는 조만간 완전히 힘을 되찾을 것이다. 그러면 설령 클레오르가 성검과 성창을 모두 손에 넣는다 해도 천년 전의 상황으로 돌아가고 말 것이다. 설령 승리한다 하더라도 생존을 위한 자리를 확보하며 투쟁하고, 수많은 희생을 거친 후에야 대마녀와 맞설 가능성이 생기리라.

그리고 거기에 그녀의 자리는 없다. 그때에는 이미 완전한 마녀가 되어 있을 것이기 때문이다.

그러자고 혼자 온 게 아니었다. 이 일만은 적어도 자신이 해내야 할 일이라 여겼기 때문에 온 것이다.

오르페이가 눈을 뜬 것은 그녀가 실패한 결과다.

하다못해 해방된 마주력을 모두 수습하기 전에 죽여야 한다. 그러나 에스텔라는 클레오르와 달리 신성력을 다룰 수 없다. 손에 쥔 것이 성검이라 해도 에스텔라에게는 레나디움으로 만들어진 검 한 자루에 불과하다. 하늘에 뜬 적을 공격할 수단이 그녀에게는 없었다.

그래서 그녀는 어머니 나무를 향해 힘차게 검을 휘둘렀다.

퍽!

칼날이 들어간 자리부터 위아래가 죽으며 잿빛으로 변했다.

"미쳤나!"

이시도르가 달려들었다. 에스텔라는 몸을 반쯤 돌리며 폼멜로 그의 얼굴을 후려쳤다.

퍽!

"끄악!"

코뼈가 부서졌다. 이시도르는 버둥거리며 손을 내뻗었지만 에스텔라는 그를 한 차례 더 걷어차 날려 버렸다.

그리고 다시 한 번 어머니 나무를 내리찍었다.

빠각!

제대로 나무껍질이 부서지면서 소리 없는 절규가 숲의 공기를 뒤흔들었다. 오르페이가 소리치며 그녀를 향해 날아왔다.

─이게 무슨 짓이냐?

달래려는 듯이 두 팔을 벌려 감싸 안으려는 그녀를 향해 에스텔
라는 힘껏 검을 찔러 갔다. 오르페이는 경악하며 뒤로 휙 몸을 날
렸다. 에스텔라는 오르페이를 쫓아 달려가지 않았다. 하늘 높이
올라가 버리면 닿지 않을 것이기 때문이다.

대신 검을 두 손으로 고쳐 잡고 다시 한 번 힘껏 어머니 나무를
찍었다.

─그만둬!

그녀가 비명을 질렀다. 에스텔라는 개의치 않고 한 번 더 거세
게 어머니 나무를 내리찍었다.

휘호링!

기겁한 오르페이가 새를 불러들였다. 성목의 이파리들이 흔들
거리다가 떨어져 나와 바람을 탔다. 그리고 조그만 새로 변해 마
치 타작마당에 내려앉듯 에스텔라를 향해 일제히 날아왔다.

에스텔라는 한 발을 크게 내디디며 검을 휘둘렀다. 성검이 허공
에 푸른 그물의 궤적을 그렸다.

파앗!

수백 조각으로 토막 난 새들이 작은 잎 조각이 되어 바닥으로
흩어 떨어졌다.

그녀는 마침내 완전히 오르페이의 주의를 끄는 것에 성공했다.

에스텔라는 비처럼 쏟아지는 잎 조각과 마주력의 파편을 맞으며 그녀를 향해 달려갔다.

한 번의 도약으로 대마녀를 사로잡는다!

―아아아아!

오르페이는 노래하듯이 높은 소리로 울면서 뒤로 날아 물러났다.

그녀의 주변에서 온화하게 불던 바람이 소리를 내며 몰려들어 뭉쳤다. 톱날처럼 날카롭게 회전하며 수백 개의 바람 뭉치가 생성되었다.

쉬이익!

10여 개의 바람 뭉치가 위협하듯이 에스텔라의 주변으로 날아왔다. 아직 에스텔라를 통제할 수 있을 거라는 희망을 버리지 않았기에 일종의 경고를 한 것이다.

에스텔라는 달리는 속도를 전혀 줄이지 않고 그것을 베어 흩트리며 오르페이를 향했다. 오르페이는 미끄러지듯이 뒤로 물러났으나 마침내 에스텔라에게 따라잡혀 온 힘을 다해 하늘로 솟구쳤다.

사악!

에스텔라의 검첨이 그녀의 발밑으로 흘러내린 덩굴 몇 개를 잘랐다. 오르페이가 두 팔을 크게 휘저었다. 제자리에서 빙빙 돌며 회전하고 있던 수백 개의 바람 뭉치가 쌔애액 소리를 내며 한꺼번에 그녀를 향해 날아들었다.

에스텔라는 순간적인 판단으로 몸을 홱 돌렸다. 빈틈없는 검로가 바람을 빨아들여 소멸시킨다. 그녀는 바람 뭉치 중 하나를 끌어당겨 발로 콱직 밟아 그 안에 담긴 물리력을 확인했다.

밟힌 바람이 파스스 산들바람이 되어 흩어졌다. 바람 뭉치에 이어 노란 호롱불 요정들이 태어나 손에 작은 불의 창을 들고 지그재그로 불규칙한 궤적을 그리며 에스텔라에게 달려들었다.

그녀는 쏟아져 오는 바람 뭉치의 절반을 솎아 냈다. 눈앞이 호롱불 요정의 불빛으로 어지럽다. 성목에서 동백처럼 붉은 꽃봉오리가 맺혔다가 팡 하고 터졌다. 하늘이 순간적으로 어두워질 만큼 수없이 많은 포자가 분출해 나왔다. 독 포자가 몸에 닿을 때마다 옷과 살갗이 치이익 타들어 갔다.

그러나 에스텔라는 망설이지 않았다. 레나디움 성검을 쥐고 있는 이상 독으로 죽지는 않는다. 그녀는 포자와 호롱불 요정 속으로 뛰어들었다. 그리고 바람을 징검다리처럼 밟으며 오르페이를 향해 하늘로 달려 올라갔다.

"윽!"

허벅지에 살촉 같은 불의 창이 꽂힌다. 흰 드레스가 노랗게 타들어 가면서 살 타는 냄새가 번졌다. 에스텔라는 개의치 않았다.

명예롭게 죽느냐, 비굴하게 사느냐 중 하나를 선택하라고 한다면, 그녀는 대체로 후자를 선택할 사람이었다. 고통스럽게 살아남느냐, 편안하게 죽느냐를 선택해야 한다면 아마도 후자를 선택할 것이다. 싸워 자기 의지를 관철시키느냐, 불합리하다는 생각을 참은 채로 묻어가느냐를 선택해야 할 때에도 역시 후자를 선택해 왔다.

그러나 지금은 모두 전자를 생각한다. 고통스럽더라도 명예롭게 죽고 싶다고 생각한다. 싸워서 의지를 관철하고 싶다고 생각한다. 비굴하게, 편안함을 선택하며 아무것도 하지 않고 숨어 있었 던 것은 실은 그녀가 선택한 것이 아니었다.

여자이니 검을 쥔 채로 그저 뒤뜰에 머물렀고, 남자의 옷을 걸 치고 세상에 나서고서도 치안대에 숨어 꿀보직이라고 만족하며 평안하게 살아가기를 선택했다. 그것으로 족했다. 그러나 정말로 욕망이 없어서 거기에 머물러 있었던 것이 아니다.

오르페이는 크게 놀라 정신없이 손짓하며 뒤로 물러났다. 손끝 에서 분수처럼 빛이 뿌려지고, 그에 따라 바람 뭉치가 사방으로 흩어졌다.

에스텔라가 그저 보통의 인간이라면 신경 쓸 바가 없었다. 마녀 의 육신은 인간과 달라 단순히 육체적 데미지만으로는 죽지 않는 다. 마녀를 죽이기 위해서는 스스로 신성력을 가진 자가 아니라면 사제의 가호가 깃든 무기를 써야만 한다. 하물며 그녀는 대마녀이 다.

그러나 에스텔라가 쥔 검은 성검이었다. 치명상을 입히기에 충 분했다.

휙!

추락하기 전에 그녀는 단숨에 도약하여 오르페이의 옷에서 늘 어진 덩굴을 붙잡았다.

—헉!

오르페이는 어찌할 바를 모르고 온몸으로 요동치다가 하늘 높 이 솟구쳐 은하수 속으로 몸을 던졌다. 에스텔라는 묵직한 마주력 의 강 속으로 내동댕이쳐졌다.

날카롭게 뭉친 별 가루들이 그녀의 몸과 얼굴을 할퀴었다. 물보다 밀도 높은 강 안에서 뒤흔들리자 진짜 물속으로 팽개쳐진 것보다 몸에 더 큰 충격이 왔고, 숨도 쉬기 어려웠다. 에스텔라는 덩굴을 쥔 손에 힘을 주어 팔목에 감았다. 처음에는 땅바닥으로 끌어 내릴 수 있을 줄 알았지만, 그녀의 무게만으로는 무리인 듯했다.

뒤늦게 몰려든 하늘의 물고기들이 밑에서 살촉 같은 주둥이로 발바닥을 찔러 온다. 공격은 모조리 파악할 수 있으나 발 디딜 곳이 없는 하늘에서는 피해 낼 방법이 없었다.

물고기 일부가 덩굴을 자르려 달려들었다. 에스텔라는 어금니를 부서져라 악물고 흔들리는 몸에 진동을 더 주었다. 그리고 힘껏 몸을 던졌다.

포옹!

은하수가 그녀의 몸을 붙들어 더 깊은 곳으로 끌어들이려 했으나 그러지 못했다. 젤리를 틀에서 뽑아내는 것 같은 소리와 함께 에스텔라는 허공에 떴다.

그리고 오르페이를 향해 몸을 내던졌다.

기회는 딱 한 순간뿐이다. 붙들지 못하고 떨어지면 몸이 산산조각 날 것이다.

그러나 할 수 있었다. 수십 자루의 검, 수백 마리의 새, 수천 개의 바람조차도 개별적으로 인식할 수 있는 그녀의 감각이 대마녀처럼 거대한 존재의 위치를 놓칠 리가 없다. 검을 앞에 들고 있는 이상 그녀의 몸은 언제나 자신이 나아가야 할 바를 정확히 이해할 수 있었다.

―끼아악!

완벽하지는 못했다. 성검은 대마녀의 몸뚱이를 꿰뚫지 못했다. 에스텔라는 아슬아슬하게 그녀의 목을 끌어안고 놓치지 않도록 검을 힘껏 움켜쥐었다.

레나디움의 힘이 마주력을 절단했다. 오르페이는 그대로 에스텔라를 매단 채 추락하기 시작했다.

오르페이가 비명을 지르며 바람과 새들을 불러 모았다. 성목의 가지에 여러 차례 걸리고 바람이 반대로 그녀들을 밀어 올렸다. 몰려든 새들이 다시 잎으로 변해 바닥에 푹신하게 깔렸다.

"으윽……!"

에스텔라는 오르페이를 깔아뭉개며 떨어졌지만, 충격이 심해서 한순간 시각을 잃었다. 눈앞이 캄캄해진 채 바닥을 나뒹굴면서 그녀는 한 손으로 오르페이의 멱살을 잡고 바닥에 내리꽂았다.

성검을 쥐고 있는데도 머릿속으로 끊임없이 목소리가 간섭해 들어왔다.

어머니가 부른다. 그녀를 낳은 어미가 아니라 눈앞의 대마녀가 어머니로서 그녀를 부른다. 검을 놓는 순간 그 소리에 녹아 들어 갈 것이 분명했다.

"어머니? 웃기지 마!"

그녀는 거칠게 오르페이의 멱살을 쥔 채 다시 한 번 바닥에 상대의 뒤통수를 찍었다.

틸다는 숲으로 돌아가 목을 맸다. 행여 그리움 때문에 돌아가 사랑하는 가족에게 해가 될 것을 염려해서. 우다르드 숲에 매달린 틸다의 시체는 기생목이 되었다.

리스칸은 평생을 기다렸다. 남자라면 재혼해야 한다는 말을 들으면서도, 가문의 후계자를 만들어야 된다고 그렇게 재촉을 당하면서도, 어린 딸을 어떻게 길러야 할지 몰라서 발을 동동 구르면서도 딸에게 새어머니를 만들어 주라는 권유를 듣지 않고 아내를 기다렸다.

그게 그녀의 부모였다.

감히 그녀에게 있지도 않았던 어머니 행세를 하려 들다니. 아무것도 아닌 것이, 갑자기 나타나 단지 이용하기 위해서 인간으로 태어나 인간으로 자라 온 그녀의 역사를 지우려 하다니!

에스텔라는 분노에 사로잡혔다.

다정한 '어머니'의 부름 다음에는 환각이 쏟아져 내렸다. 언젠가 꿈으로 꾼 적 있는 머리를 내리치는 아버지의 환영이다.

에스텔라는 검을 들어 그것을 막는 흉내를 내지 않았다. 꿈속에서는 혼란에 빠져 있었지만, 잠에서 깨어난 그녀는 결코 그런 착각에 사로잡히지 않았다. 아버지가 그녀를 해친다고? 그럴 리가 없다.

퍼억!

대신에 보이지 않는 대로 우선 성검으로 오르페이의 팔을 찔러 바닥에 꽂았다. 또다시 날아오르면 어떻게도 할 수 없기 때문이다.

─아악!

숲 전체가 고통스러운 비명을 질렀다. 오르페이가 몸부림쳤다. 레나디움에 붙들려 왼팔로부터 반신이 자유를 잃었다.

누군가가 부드럽게 에스텔라의 오른 손목을 잡았다. 클레오르의 목소리가 다정하게 귓전에 울렸다.

—이제 나한테 맡겨.

에스텔라는 코웃음을 쳤다. 이게 진짜 클레오르라도 싸우는 도중에 이랬으면 사람을 뭘로 취급하는 거냐고 걷어찼을 것이다.
자기가 시작한 싸움은 자기가 끝을 낸다. 검사는 검을 쥐면 승패가 결정되기 전까지 결코 놓지 않는다.

「놓지 마라! 쥐었으면 끝날 때까지 놓아서는 안 되는 거야! 약해 빠진 계집애라도 아르투르의 검을 쥐었으면 긍지를 지키는 흉내를 내야지!」

조부는 그녀가 검을 배우는 것을 좋아하지 않았다. 그러나 뒤뜰에서 아버지가 내준 과제를 하고 있는 그녀를 보고 딱 한 번 지도한 적이 있었다.

「제아무리 검로에 대한 이해도가 높고, 훌륭한 검기를 가지고 있다고 해도 인내심 없이 중도포기하고 검을 놓아 버리다니, 아르투르 검사로서 기본적인 자격조차 없다!」

다른 것은 가르치지 않고 목검으로 손등을 30여 차례나 때렸다. 몇 번 놓쳤는지는 기억나지도 않는다. 어린 마음에도 분하고 억울했다. 그렇게 맞고도 검을 놓치지 않는다는 것은 말이 안 된다고 생각했기 때문이다. 심지어 그녀가 연습을 중단하려 했던 것은 조부에게 차를 대접하기 위해서였다.

그러나 손등이 퉁퉁 부어 닷새나 아무것도 하지 못할 정도로 맞은 덕분으로 그 기억은 아예 몸에 새겨졌다. 손가락이 한두 개쯤 부러지더라도 그녀는 칼자루를 놓치지 않을 자신이 있었다.

"윽."

그때 뭔가가 왼쪽 손등을 꽉 물었다. 살점이 떨어져 나가는 고통을 느끼면서도 에스텔라는 상대를 더 꽉 틀어쥐었다. 일단 놓쳐서 오르페이가 자유를 얻으면 다시 붙잡을 기회가 없을 것이기 때문이다.

그녀는 검을 한 차례 뽑았다. 그리고 이번에는 오르페이의 어깨에 찔러 넣었다.

퍽!

오르페이가 발광하며 오른손을 흔들었다. 주먹만 한 말벌이 떼로 생성되었다.

두 덩어리의 말벌이 에스텔라의 머리 양옆으로 쌔애액 쏘아져 갔다. 에스텔라는 그것을 황급히 등을 젖혀 피했다가 결국 옆으로 세 차례나 굴러야 했다. 그 순간에도 검을 쥐고 있었다. 땅에 꿰어 꽂아 놓은 성검이 사라지자 오르페이는 바닥 속으로 스며들듯이 사라졌다. 결국 에스텔라는 그녀를 놓치고야 말았다.

오르페이와 떨어지자 환각에서 벗어나면서 시야가 돌아왔다. 그녀는 헐떡이며 고개를 들었다. 왼팔을 움켜쥔 오르페이가 에스텔라를 노려보고 있었다. 그녀의 왼 어깨는 박살 나 있었고, 왼팔에서 피가 뚝뚝 떨어졌다. 그 피에서부터 줄톱 나무가 태어났다.

사방에 마주력으로 형성된 창날 수십 개가 떠돌았다. 수십 개는 순식간에 수백 개로, 수천 개로 늘어났다.

에스텔라는 온몸을 긴장시켰다. 저것이 사람이 든 창이라면 어떻게든 할 수 있었을지도 모른다. 사람은 다리를 치거나 팔만 찔러도 몸이 흔들리고 공격력을 잃는다. 그러나 무인의 창날과는 그렇게 싸울 수 없다.

이제 그녀는 이 모든 공격을 받아 내고 싸우기에 충분한 체력을 가지고 있지 못했다. 지금도 추락의 충격과 출혈 탓에 손발이 후들거렸다. 제아무리 그녀가 모든 공격을 파악할 수 있다고 해도 수천 개의 창을 쳐 내고 피할 수는 없다.

바닥에서 솟구친 나무뿌리가 그녀의 발목을 단단히 붙들었다. 에스텔라는 그것을 베어 버리지 못했다. 성검을 내려뜨리는 순간 창날이 한꺼번에 달려들 것이기 때문이었다.

그녀는 눈을 또렷이 뜨고 마지막 순간까지 저항할 각오를 마쳤다. 최후의 창 하나까지 베어 낸다.

—어리석은 것!

오르페이가 분노에 찬 얼굴로 울부짖었다. 마주력의 창날이 에스텔라를 중심에 두고 위협하듯 빙빙 돌았다.

'제발!'

그녀는 간절하게 생각했다.

여신이 있다면, 이 순간에 힘을 좀 빌려줘야 하는 게 아닐까.

한 번이라도 좋다. 손발에 힘이 가득 차고 원하는 대로 움직일 수 있는 힘을. 저 창날과 맞부딪쳐 파각할 수 있는 신성력을.

황제의 반려에게 성검을 쥘 수 있는 권한을 주면 뭐하나. 단순

히 잡을 수만 있는 것이라면 들고 뒤따라가거나 운반해서 가져다
주는 것밖에 하지 못하지 않는가.

여신은 황후가 검을 들고 설칠 줄 생각지 못했을지도 모르겠지
만, 이 순간에 그녀는 스스로 다스릴 수 있는 한 줌의 신성력이
간절했다.

그 순간이었다.

—에스텔라?

클레오르의 목소리가 쥐고 있는 검을 타고 들렸다. 손바닥에서
소리가 들린다고 하면 이상하겠지만, 그런 느낌이었다.

"전하."

에스텔라는 가라앉은 목소리로 가장 익숙한 호칭으로 그를 불
렀다.

두 자루의 무기와 보주를 통해 서로가 연결되었다. 성검에 짙푸
른 빛의 신성력이 넘실넘실 차올랐다. 클레오르의 몸에서부터 흘
러온 신성력이 에스텔라의 육체까지 충만하게 채웠다.

출혈이 멎고, 일시적으로 근육에도 힘이 돌아왔다. 발을 묶은
나무뿌리가 순수한 신성력과 정면으로 맞부딪치자 재가 되어 스
러졌다.

어쩐지 마음이 편안해진다. 이길 수 있다는 확신은 들지 않았지
만, 괜찮다는 생각이 든다.

설령 실패하더라도 그는 자신을 책망하지 않을 것이다. 그리고
기억해 줄 것이다.

죽더라도 생의 궤적이 남는다. 거기에 그녀가 살아서 검을 쥐고

싸웠다는 것을 알아줄 사람이 있다.

이렇게 해서 기사들이 주군에게 뼛골까지 뽑아 바치고 신세를 망치는 모양이다.

기사만이 아니라 여자로서도 신세를 망치는 것 같다. 하긴, 클레오르를 처음 봤을 때부터 그럴 줄 알았다. 남자든 여자든 저 얼굴로 인생 여럿 말아먹었을 것 같다고.

―거기 어디야!

클레오르가 외쳤다. 에스텔라는 대답하지 않았다. 그럴 여유가 없었기 때문이다.

가만히 호흡을 조절하며 집중한다. 클레오르가 머릿속에서 아우성을 쳤지만, 그것을 외면한다. 무리한 짓 하지 말라고 야단이면서도 그녀가 요구하는 것 이상의 힘이 전달되어 온다.

에스텔라는 이제껏 닿지 못한 아르투르 검의 극의를 떠올렸다. 이 힘이라면 할 수 있다.

정격 검술의 목표는 살상이 아니라 하늘과 땅을 가르는 것. 다시 말해, 천지를 이해하는 것.

아르투르 검술은 공간을 장악함으로써 그 궁극에 닿는다.

여태 에스텔라는 그 오의는 이해했으나 힘이 없어 그것을 실행한 적이 없었다. 이론은 있어도 인간의 근력과 정신력으로는 시행 불가능한 것이라고 확신했다. 내심으로 이걸 만든 조상님도 성공한 적이 한 번도 없으면서 허풍을 친 것이리라고 생각했었다.

그러나 지금은 할 수 있다. 신성력이 있으니까.

에스텔라는 검을 세워 든 채 눈을 감았다. 감지할 수 있는 반경의 모든 공간을 장악한다. 물리적으로 검을 휘두르는 대신 원하는 위치에 검의 심상을 구현한다.

성검은 신성력을 타고 공간을 격하여 허공에 칼날의 형상으로 나타났다. 그 칼날이 순식간에 에스텔라를 중심으로 불어났다. 새파란 물빛이 그녀를 휘감았다.

콰지직!

쇄도하던 마주력의 창날들이 검 끝에 막혀 산산이 부서졌다.

오르페이는 정신없이 손을 휘저었다. 창날의 뒤를 이어 다시 한번 칼날 같은 바람 뭉치가 달려들고, 톱날 나무들이 에스텔라를 둘러쌌다. 땅에서 나무뿌리가 솟구치고 뭉쳐 든 마주력이 순식간에 몬스터를 형성해 냈다. 성목에 매달려 있던 작은 사마귀와 거미들이 달려 내려오며 사람의 크기만큼 커졌다. 독을 품은 거미줄을 쏘아 보내고 날카로운 앞발로 땅을 찍으며 에스텔라에게 달려들었다.

퍼어엉!

그러나 그 모든 것이 성검의 검첨에 가로막히며 터져 나갔다. 심상으로 이루어진 칼날은 케이크라도 자르듯 거미줄을 쉽사리 끊어 내어 돌돌 말아 버리고 그대로 거미의 등껍질에 꽂혔다. 수백 마리의 거미가 검은 재가 되어 바닥에 스며들고, 몸이 토막 난 사마귀들이 바르작거렸다.

오르페이는 피를 토하며 뒤로 훌쩍 물러나 어머니 나무에 기대어 뒷걸음질로 거미처럼 달려 올라가 무성한 이파리 속에 파묻혔다.

─어떻게?!

170

의심 가득한 절규가 빈 공간에 메아리쳤다.

이곳은 성목의 숲, 마녀의 무덤이다.

대마녀가 인간 속에 숨어들기로 작정하고 나서부터 가장 신경을 썼던 것이 어머니 나무를 지키고 이곳을 숨기는 일이었다.

조금이라도 어머니 나무로 마주력이 모일 수 있도록 하고, 성검으로 흘러가는 신성력을 차단했다. 진신을 숨겨 안전을 도모하는 것이 더 중요하다는 것을 알면서도 어머니 나무를 차마 그대로 둘수 없어 몸도 거기 남겨 두었다.

죽은 자매와 딸들이 서로에게 위안이 되도록 한곳에 모았다. 그리고 행여 더러운 인간의 발길이 닿지 않도록 백 년도 넘는 세월동안 교묘하게 결계를 치고 외부 세계와 차단했다.

신성력이 닿지 않아야 정상이다. 그러나 지금 그녀가 허락하지도 않았는데 결계 일부가 열려 있었다.

─라다페이! 라다페이!

그녀는 하늘이 쩌렁쩌렁 울리도록 콘스탄체의 이명을 외쳐 불렀다. 그러나 콘스탄체로부터 대답은 없다. 이미 결계는 한쪽 구석이 열려 있었고, 맹렬하게 흘러드는 신성력의 분류를 막을 도리가 없었다.

에스텔라를 죽이기 위해 그녀는 쓸 수 있는 모든 마주력을 끌어들였다. 멀리 퍼지던 빛나는 구름들이 원을 그리며 몰려들어, 별과 달이 흐르던 연분홍색의 하늘에 새하얀 회오리가 생겼다.

열린 결계로 우다르드 숲의 모든 몬스터가 몰려들었다. 땅 깊은곳으로부터 세 마리의 토룡이 날뛰고, 은하수는 표창의 강이 되어 에스텔라의 머리 위로 쏟아졌다. 어머니 나무를 지키기 위해 끈끈한 꽃가루 구름이 밑동부터 꼭대기까지 휘어 감았다. 수백 마리의 줄무늬 개가 허공에서 태어나면서 그녀에게 달려들고, 멀리에서부터 몰려오는 검니 범의 발소리가 지축까지 울렸다.

에스텔라는 동요하지 않았다. 검을 쥔 그녀는 팔이 닿는 범위의 공간을 지배할 수 있었다. 그리고 그 공간은 지금 무한히 넓다.

—에스텔라, 기다려. 혼자 무모한 짓 하지 마. 나를 기다려.

클레오르가 간절한 소리로 불렀다. 정말이지, 말이 많고 시끄럽다.

그녀는 가만히 중얼거렸다.

"저는 할 수 없는 일을 할 수 있다고 허세 부리는 사람이 아니에요, 전하."

그리고 덧붙였다.

"이러기 위해서 저를 선택한 거잖아요. 당신 손에 지켜지는 사람이 아니라, 혼자 살아남아 싸울 수 있는 사람이 필요해서."

클레오르는 더 이상 말이 없었다.

이 순간, 이것을 해내기 위해 태어나서 살아왔다는 착각을 느낀다.

에스텔라는 완전한 자유를 느꼈다. 제아무리 훌륭한 재능을 가지고 있었어도 어쩔 수 없이 인간의 육체에 갇혀 있던 영혼이 해방되었다. 언제나 심상이 닿는 곳까지 뻗어 나가지 못하던 답답한 손발도 이제는 굳이 필요하지 않았다.

그녀는 천천히 검을 움직였다.

172

성검은 법칙을 뛰어넘어 공간을 잘랐다.

첫 번째 검격은 어머니 나무를 둘러싼 구름을 절반으로 갈랐다.

—아아아!

불안에 가득 찬 마녀들의 울음소리가 하늘로 솟구쳤다.

두 번째 검격은 무수히 많은 칼날이 되어 몸통이라는 물리적 제한을 넘어서서 세 마리의 토룡, 수백 마리의 줄무늬 개와 줄톱 나무의 마력핵을 정확히 꿰뚫었다.

빠각!

마력핵이 부서지는 작은 소리도 수천 개가 되자 물리적으로 울렸다. 고통스러운 소리조차 없이 부서진 몬스터들이 마주력의 파편이 되어 비산했다.

세 번째 검격은 달아나려는 오르페이 뒤의 공간을 베었다. 오르페이는 어머니 나무에서 떨어지면서 일곱 차례에 걸쳐서 공간 도약을 시도했으나 그때마다 에스텔라의 검이 그녀의 등 뒤와 발밑을 가로막았다.

에스텔라는 발을 크게 내디디며 성검을 휘둘렀다. 몇 차례나 찌르려 해도 오르페이의 몸 주위에서 공간 왜곡이 일어나 정확하게 심부를 파괴할 수 없었기 때문이다.

성검에서 튀어 나간 푸른 검기가 정확하게 오르페이의 앞에서 휘어져 목을 베었다.

아아아악ーーーーーー!

몸을 잃은 오르페이의 목이 울부짖음을 토해 냈다. 에스텔라는 성검을 허공에 놓았다. 그녀의 의지대로 움직이는 성검은 새파란 선을 그리며 날아가 버둥거리는 몸뚱이와 어머니 나무를 한꺼번에 관통시켰다.

펙!

오르페이의 움직임이 정지하면서 하늘에 휘몰아치던 마주력의 회오리가 멎었다.

은하수의 파편이 팔랑팔랑 꽃비처럼 쏟아지고, 마주력으로 억지로 구성된 몬스터들이 부서지면서 재가 되어 바닥에 쌓였다.

성목들은 아무것도 모르는 듯 여전히 바람에 흔들릴 때마다 은색의 별빛을 음악처럼 흘렸다.

성검에서 신성력이 샘처럼 솟구쳐 어머니 나무를 적시고 바닥까지 흘러내렸다. 오르페이의 몸에서 생기가 빠져나가 옷만이 아니라 피부와 몸까지 나무껍질처럼 되었다.

그녀는 마치 어머니 나무에서 뻗어 나온 이상한 모양의 가지처럼 들러붙었다. 그리고 마침내 성검이 꽂힌 자리에서부터 천천히 다시 검게 타들어 갔다.

신성력에 쫓기기라도 하듯이 어머니 나무에서 마주력이 빠져나간다. 에스텔라가 뽑기 전처럼 부분적으로나마 마주력이 통하여 가늘게 호흡을 유지하고 있는 고목이 아니라 뿌리부터 꼭대기까지, 그 전부가 검은 돌로 깎아 만든 거대한 나무의 조상으로 바뀌어 간다.

이 순간 우다르드의 마주력은 그 거대한 흐름을 완전히 정지했다.

'아아.'

이게 끝이다.

알 수 있었다. 성검을 놓는 순간부터 클레오르의 목소리는 더 이상 들리지 않았고, 몸에서 신성력도 썰물처럼 빠져나갔다.

성검을 놓아 버리자 마녀인 그녀에게 우다르드가 죽어 가며 지르는 비명이 들려왔다. 엘첸에서 인간과 싸우기를 선택했던 마녀들이 절망한 나머지 하나둘씩 스스로 죽음으로 몸을 던지는 것도 알 수 있었다.

쿨룩!

에스텔라는 피를 토했다. 부스러진 살점이 피에 섞여 손바닥을 적셨다.

성목의 숲에 들어설 때부터 이미 마녀였기에 신성력을 가득 몸에 담자 육체적인 데미지가 치유되기는커녕 오히려 내상을 입혔다. 거기에 대마녀가 남긴 단말마가 증오의 칼날이 되어 그녀의 폐부를 쑤셨다.

놀랍게도, 그럼에도 그녀의 마음은 아직도 인간의 것이었다.

육체가 죽어 간다. 대마녀가 그녀에게 허락했던 마녀로서의 삶을 취소했기에 발밑에서 연하게 흐르던 마주력조차 사라지고 대지가 그녀의 발을 끌어당겼다.

나무뿌리를 붙들듯이.

그러나 아직 할 일이 남아 있었다.

에스텔라는 천천히 돌아섰다.

"이, 이……!"

이시도르가 새파랗게 질린 얼굴로 그녀의 뒤에 서 있었다. 복수를 위해 칼을 내리치려 했으나 그조차 용이하게 하지 못하고 벌벌 떨며 뒷걸음질 쳤다.

에스텔라는 발을 질질 끌고 이시도르에게 다가갔다. 그때마다 발바닥에서 돋은 뿌리가 우드득거리며 땅에서 뽑혔다.

그녀는 이시도르의 손목을 탁 후려쳐 검을 빼앗았다. 이게 마지막으로 해야 할 일이다.

'어차피 죽을 거니까.'

이제껏 사람을 죽인 적이 없다.

자기 자신의 자존심을 위해서 사람을 죽일 생각은 단 한 번도 한 적 없다. 안전을 위해서도 마찬가지이다. 죽이지 않고 해결할 수 있는 일이라면 가능한 한 그렇게 하는 쪽이 옳다고 생각해 왔다.

그러나 누군가가 클레오르를 위해서 이시도르를 죽여 줘야 한다. 죽여 두는 쪽이 낫다.

새 황제의 치세를 혈육 살해로 시작하지 않게 하기 위해서.

여태 그것 때문에 여러 사람을 희생시키면서 버텨 왔는데, 이제와 그녀 때문에 죽이게 할 수는 없지 않은가.

'제위를 놓고 하는 전쟁에서 전하의 첫 번째 파트너는 나.'

어차피 죽을 거, 깔끔하게 뒤처리까지 하고 가도록 하자. 그가 괜한 일에 손을 더럽힐 필요 없도록.

"살려, 살려 줘! 잘못했어!"

주저앉은 채로 이시도르가 엉덩이를 땅에 문대며 뒤로 기었다. 솜사탕처럼 달콤한 얼굴이 겁에 질려 흉악하게 일그러진 채 눈물에 젖었다.

"잘못했어, 살려 줘! 나, 날 죽이면 혀, 형이 좋아하지 않을걸? 여, 여태까지 날 살리려고 했."

서걱!

에스텔라는 빼앗은 칼로 이시도르를 베어 버렸다. 울부짖는 얼굴 그대로 이시도르의 목이 바닥을 굴렀다.

에스텔라는 피가 묻은 검을 바닥에 던졌다. 사람을 죽였는데, 지친 탓인지 아무런 느낌도 들지 않았다. 그게 아니면, 부분적으로라도 마음이 마녀로 변했기 때문인지도 모른다.

"휴."

그녀는 바닥에 아무렇게나 털썩 주저앉았다. 눕고 싶다.

발바닥에서부터 올라오기 시작한 나무껍질이 발등을 덮었다. 에스텔라는 잠깐 고민하다가 벌렁 드러누웠다. 그리고 눈을 감았다.

머리 위에 그늘이 드리워졌다.

"어머, 호방해서 좋긴 하지만, 그렇게 대자로 누운 채 나무가 되면 나중에 클레오르가 찾아왔을 때 좀 민망하지 않겠어요?"

콘스탄체의 목소리였다.

에스텔라는 눈꺼풀만 살짝 들어 보았다. 하얗고 고운 손가락이 천천히 에스텔라의 뺨을 쓸었다. 어머니 나무를 잃고 방향성을 상실한 마주력이 천천히 콘스탄체를 중심으로 모여드는 것이 보였다.

"고생했어요. 고마워요."

콘스탄체가 상냥하게 말했다.

에스텔라는 헛웃음을 머금었다.

그녀가 새로운 우다르드의 대마녀다.

★

"에스텔라! 에스텔라!"

클레오르는 보주를 움켜쥔 채로 고함을 질렀다. 그러나 제아무리 애타게 외쳐도 이미 끊긴 연결이 되돌아오는 것은 아니다.

그녀의 목소리가 귀로 들렸던 게 아니라는 것을 알면서도, 행여 주위가 소란하여 들리지 않는 게 아닐까 하고 귀를 막아 보았다. 그래도 들리지 않았다. 몸에서 빠져나가던 신성력의 흐름도 멎었다.

그게 무엇을 의미하는지 클레오르는 생각하지 않으려고 애썼다.

세상을 뒤덮을 듯이 퍼졌던 노을색 구름이 원을 그리며 우다르드 숲 한중간으로 되돌아간다. 하늘의 밤빛도 구름을 따라 빠르게 빨려 들어가면서 먼 곳에서부터 본래의 하늘색으로 돌아간다.

클레오르는 바싹바싹 마르는 입속에서 혀를 굴렸다. 티소엔이 새카맣게 물든 안색으로 그를 바라보았다.

두 사람이 마주친 것은 엘첸과 우다르드 숲을 직선거리로 잇는 가도의 중간에서였다.

쿠수마를 죽인 뒤로 엘첸의 전황은 제국군에게 유리해졌다. 아린느 광장에 모여든 마녀들을 제거하는 것으로 인간에게 적대적인 마녀의 집단 체제 구성을 일차적으로 막을 수 있었기 때문이다.

클레오르는 거기에 데려가려던 황궁 기사단과 근위대 일부를 남겼다. 싸우려던 마녀들은 무슨 일이 벌어졌는지 확실하게 인지하지 못한 채 하나씩 둘씩 아린느 광장으로 모여들다가 제국이 자랑하는 정예병의 손에 격파되었다.

일단 처음의 충격과 혼란이 가시고 나자 제국군은 체계를 잡고 아린느 광장과 황궁을 중심으로 조금씩 안전한 영역을 늘려 갈 수 있게 되었다.

인간들로서는 알 수 없는 일이지만, 아르데나의 목소리는 모든 마녀들에게 전달되었다. 인간을 죽이려 드는 마녀만큼이나 자기 가족과 이웃을 지키려는 마녀도 있었다. 수십 명의 가족과 이웃을 보호하여 임시 수용소까지 데려다준 마녀들이 공세를 피해 신전의 중앙 보호소에 모였다.

그러나 클레오르는 결국 근위대를 거느리고 엘첸을 떴다. 그가 부재하는 사이에 쿠수마 같은 것이 또 나타난다면 대규모 피해로 이어지겠지만, 언제까지고 임시변통만 하고 있을 수는 없었다.

그리고 중간에 유령마를 타고 있는 티소엔과 마주친 것이다.

티소엔은 클레오르를 보자마자 쓰러지듯이 말에서 굴러떨어졌다. 유령마는 그가 내리자 파스스 부서져 사라졌다.

「에스텔라는!」

그나마 티소엔이 함께 간 것에 안심하고 있었는데, 혼자 돌아왔으니 클레오르는 하늘이 무너지는 듯했다. 그의 어깨를 틀어쥐며 외치는 말에 티소엔이 인사를 생략하고 황급히 말했다.

「황후궁으로 가셔야 합니다. 폐하를 모시고 오라는 명령을 받았습니다.」

클레오르가 티소엔이 내민 보주를 받아서 아무렇게나 품에 쑤셔 넣으려던 순간이었다. 보주가 뭔가에 공명하듯이 새파랗게 물들었다.

—전하?

그 목소리가 들린 것도, 같은 순간이다.

무슨 일이 벌어졌는지 그 교감만으로 다 파악할 수는 없었다. 그러나 그녀가 성검을 쥐었다는 사실만은 알 수 있었다. 힘이 필요하다는 것도.

클레오르는 그녀가 서두르지 않기를 간절히 바랐다. 피할 수 있으면 피하는 쪽이 좋다.

검을 쥔 그녀가 매우 강하다는 것은 안다.

그녀를 믿지 못하겠다는 것은 아니다. 지켜 줘야만 한다고 생각하는 것도 아니다.

그러나 적진의 한가운데가 아닌가. 위험한 순간에 손을 내밀 수가 없다. 보조하는 것도 불가능하다. 손 닿는 곳에 있었으면 한다. 아니, 그래야 한다. 그녀는 강하지만 무적이 아니다. 다치는 것을 보고 싶지 않다. 잃을 수 없다.

"크렐리디안 경에게 말을 내줘라! 안내해!"

에스텔라가 말한 "불러오라."는 명령이 시기를 놓쳤음은 분명했다. 그러나 클레오르도, 티소엔도 그 사실을 입 밖에 내지 않았다. 생각조차 하지 않았다.

근위 기사 하나가 그에게 말을 양보했다. 티소엔은 서둘러 말에 올랐다.

자기는 아무런 도움이 되지 않고, 이 순간에 에스텔라에게 의미가 있는 것이 클레오르뿐이리라는 사실에 가슴 안쪽 깊은 곳이 아렸다. 그 의미가 감정이나 관계에 대한 문제만이 아니라 신성력이라든가 성검과 성창 때문이라는 것을 알면서도 그랬다.

그는 질투심 때문에 중요한 일을 망칠 사람은 아니었다. 그러므로 아무 말 없이 서둘러 말에 박차를 가해 길을 안내했다.

★

콘스탄체가 머리맡에 앉아 에스텔라의 앞머리를 살짝 쓰다듬었다. 손가락 하나 까닥할 기력이 없었으므로 에스텔라는 그 손을 쳐 내거나 고개를 돌리려고도 하지 않고 그냥 눈을 감아 버렸다.

잘도 이용해 먹었구나 싶었다.

"고생했어요. 생각보다 일이 좀 더 커졌지만, 당신이라면 해낼 수 있을 줄 알았어요."

생각보다? 라는 말을 떠올리자마자 콘스탄체가 대답했다.

"이시도르가 그런 식으로 끼어들 줄 몰랐거든요."

몰랐긴. 에스텔라는 내심으로 빈정거렸다. 콘스탄체가 미소를 띠었다.

"그 정도로 용기가 있을 줄 몰랐거든요. 하지만 결과적으로는 잘되었으니까요. 아, 오해 말아요. 당신에게 진심으로 감사하고 있다는 것은 가감 없는 진실이랍니다. 당신만이 이 일을 해낼 수 있었을 거예요. 클레오르가 여기까지 왔더라면, 저는 살아남기 위해서 어머니를 도와 목숨을 걸고 그와 싸웠어야 했을 테니까. 지금처럼 어머니만 처리하고 끝내지는 못했겠죠."

이마에 닿은 콘스탄체의 손에서부터 시작된 따뜻한 느낌이 몸으로 흘러든다. 마주력이 몸 구석구석을 쓸고 내려가면서 통증을 경감시킨다. 그 느낌 때문에 에스텔라는 자기가 완전히 마녀가 되었다는 사실을 실감했다.

"그동안 어머니가 우다르드를 고집하셔서 얼마나 피곤했는지 몰라요. 그냥 숨어 살기를 원하는 자매가 더 많은데도 인간과는 공존할 수 없다고 하고, 그렇다고 반대로 중부지방에서 인간을 싹 쓸어 버릴 능력도 없고 말이죠. 이시도르 같은 걸 남겨 놓고 허수아비 황제를 세우려 했지만, 그게 몇 년이나 갔겠어요?"

그건 그랬다. 에스텔라는 이시도르에 대해 잘 몰랐었지만, 지금 생각해 보면 이시도르의 도량으로 황제가 되어 보아야 제국을 오래 지키지도 못했으리라. 이웃나라에 침략을 당해 나라가 무너지거나, 운이 좋다면 새로운 정통성을 가진 사람이 나타나 황실을 무너뜨리고 새로운 황제가 되었을 것이다. 알펜슈타인 황실이 가지는 정통성은 황실이 우다르드에서 마녀를 몰아냈다는 데에서 오는 것이다. 마녀와 손잡은 황실은 어느 누구도 인정하지 않았으리라.

어떻게 생각해 봐도 우다르드의 마녀들이 다시 세력을 구축할 때까지 일차적인 안전망도 되지 못했을 것이다.

"어머니는 너무 오래 살았고, 너무 오래 한 가지 목표만을 좇으신 탓에 완전히 잘못된 생각을 하고 계셨지요. 원래부터도 인간의 감각은 잘 이해하지 못하셨지만요."

에스텔라는 가만히 눈을 감고 있었다. 말할 능력을 상실했기에, 궁금한 점이 있긴 했지만 물어볼 방도가 없었다.

콘스탄체는 그것 때문에 대마녀를 배신했을까?

사실, 마녀가 되어 공유 의식에 접속하긴 했지만 에스텔라로서는 아직 이해하지 못할 부분이 많았다. 대마녀는 인간의 군주와는 다르다. 대마녀는 마녀들을 하나로 묶고 자기 뜻을 전달하며 명령을 내릴 수도 있지만, 그것을 권력이라고 여기는 마녀는 없을 것이다. 손발이 머리의 뜻대로 움직인다고 해서 머리가 손에게 우월감을 느끼거나 손이 머리에게 열등감을 느끼지는 않는 법이니까.

그러나 또 알 수 없는 일이었다. 에스텔라는 마녀로서 아주 잠깐 대마녀에게 속박되었으나 일체감보다 강제력을 더 크게 느꼈다. 그것은 에스텔라가 인간으로서의 의지를 끝까지 붙들고 있었기 때문이다.

콘스탄체도 비슷한 이유일까?

라고 생각하는데, 그녀가 대답했다.

"맞아요. 그것도 이유의 일부죠. 어머니에게 구속당하는 게 진절머리가 났으니까요."

그러고는 가볍게 웃었다.

"저는 대마녀인데도 제 무리를 만들 수가 없었어요. 어머니는 제 마녀로서의 격이 새로운 '어머니'가 되기에 충분하지 않다고 생각했으니까. 인간의 피가 섞여서 마녀로서는 혼종(混種)에 불과하다는 거지요. 제가 어머니만큼의 격을 가지고 있었다면 개의치 않고 제 뜻대로 할 수도 있었겠지만, 사실 어머니의 말씀은 틀린 것도 아니었답니다."

그녀는 혼종이었으므로 대마녀로 태어났으면서도 어머니에게 저항하지 못했다. 그러니 그저 반심을 숨기고 조금씩 일의 방향을 뒤틀며 기회를 기다렸다.

"인간적이지요? 우다르드의 대마녀로서 오롯한 존재가 되고 싶어서 어머니를 배신한 그 부분이 아니라, 그것을 군주가 되는 일로 받아들이게 되는 것이 말이에요. 만약에 우리가 천 년 전과 똑같은 우다르드의 마녀였다면, 그런 생각을 할 것조차 없이 모두 한마음이었을 텐데. 당신은 내게 의문을 갖지 않았을 테고, 나는 내가 대마녀로 태어났음을 내 오만의 증좌로 삼지 않았겠죠."

콘스탄체가 작게 탄식했다.

"어쩔 수 없어요. 근본적으로 '우리' 마음은 인간에서 벗어나지 못했으니까요. 아무리 마녀에게서 태어나 마녀로 개화했다 할지라도, 인간의 육혈을 근원으로 해서 만들어진 몸인걸요. 아버지가 있고, 어린 시절의 기억이 있고, 핫초코에 대한 기억도 있고."

에스텔라는 움찔했다. 콘스탄체가 방긋 웃었다.

"15년 전에 먹어 본 게 마지막이었지만요. 여덟 살 때군요. 부황께서 시종을 시켜 만들어 주라고 하셨었어요. 지금도 냄새는 맡을 수 있으니까 가끔 그때 생각이 나요. 입에 넣어 봐야 진흙 맛밖에 안 난다는 걸 알면서도 꼭 먹고 싶어지죠."

핫초코가 진흙 맛이라니, 참담한 인생이란 바로 그런 것일 거라고 에스텔라는 생각했다. 역시 마녀 인생은 선택할 것이 못 된다.

예쁜 옷도 못 입고, 맛있는 것도 못 먹고, 따뜻한 불가에 앉을 수도 없다. 물론 마녀의 삶에도 그 나름대로의 행복과 사랑스러운 일들이 있겠지만, 좋아하던 일을 버리고 새로운 것을 찾아가기에 에스텔라는 너무 게을렀다.

콘스탄체가 생글거렸다.

"당신처럼 굳건하게 현실의 삶을 지키고 싶다고 생각한 건 아니지만, 어머니처럼 우다르드를 천 년 전으로 되돌리고 싶다고 생각하는 마녀는 희귀하답니다."

그녀들은 과거에 존재했던 진짜 마녀들보다 훨씬 더 인간에 가까웠다. 식물과 교감을 나누지만 목재 가구를 사용하고 장작을 쓰면서도 괴롭게 생각하지 않았고, 실크를 걸치면 누에고치의 죽음을 알 수는 있지만 별다른 기분이 들지 않았다. 고기를 굽고 밀을 베어 내도 거기에서 산 것의 비명을 듣지 않았다. 인간에 대한 혐오감도 없고, 심지어는 인간을 사랑하기도 했다.

공유 의식에 접속하여 오해 없이 상호 의사소통을 할 수도 있지만, 모두가 하나의 공동체로서 한마음을 가지고 있지 않았다. 자기의 욕망, 자기의 의지, 개인의 역사와 인간으로서의 경험을 가지고 있었다.

설령 대마녀라 해도 그녀들의 마음까지 지배할 수는 없었다. 오르페이가 콘스탄체와 아르데나를 완전히 장악할 수 없었던 것처럼 말이다.

"생각해 보면 억울한 일이죠. 우리는 인간과 공존할 수 있는데, 어머니 뜻 때문에 그러지 못한 거니까. 애초에 어머니가 없으면 이런 존재로 태어나지도 않았겠지만, 어머니가 제국을 멸망시키고 싶어 하지 않더라면 우리들이 세상에 모습을 드러낼 일도 없지 않았겠어요?"

콘스탄체가 그녀의 입술에 하늘색 손톱을 얹었다. 숨결이 달콤하게 뺨을 스쳤다.

"그리고 진정한 마녀들이 나타나는 게 두렵기도 했고요."

에스텔라는 눈을 감아 버렸다.

콘스탄체가 두려워하는 것은 당연한 일이다. 대마녀 오르페이가 원하던 것이 천 년 전으로 되돌아가 완전한 마녀의 세상을 만드는 것이라면, 그 '진짜 마녀'들이 태어나고 난 뒤에 그녀들처럼 인간의 몸을 빌려 낳은 마녀들은 하위 계급이 될 수밖에 없다. 그녀들은 마녀가 가장 싫어하는 종족의 수컷과 교접하여 낳은 그 특징을 닮은 자손일 뿐만 아니라, 진짜 마녀들과 의식을 공유할 수 있다고는 해도 동일체는 될 수 없다.

뭐, 좋다. 어쨌든 에스텔라와는 상관없는 이야기였다. 나머지는 클레오르가 알아서 할 것이다. 이제 와서 뭘 할 수 있는 것도 아니고.

다만, 왜 이런 이야기를 길게 하는지는 궁금했다. 이미 서로 용납하기에는 늦지 않았는가. 만일에 마녀가 인간 사회에서 살고 싶었다면 끝까지 정체를 숨겨야 했다. 그러나 그녀들은 전면에 모습을 드러냈고, 이제 돌이킬 수 없는 강을 건넜다.

"있잖아요, 에스텔라. 왕 해 보고 싶은 마음 없어요?"

콘스탄체는 상상한 적도 없는 말을 했다.

그리고 천천히 일어섰다. 에스텔라의 몸이 콘스탄체가 뺨에 대고 있는 손가락에 붙어 가듯이 쭈욱 세워졌다.

"저를 따르는 자매들을 데리고 멀리 갈 거예요. 나라를 세우려고요. 아무리 우리가 인간과 공존할 수 있다고 해도 이 난리를 쳐 놓고 알펜슈타인과 국경을 마주 대기는 무리이니까, 북쪽으로 가 볼까 해요. 몬스터 산맥이 완충지대가 되어 주겠죠. 이 이야기 하려고 구구절절 말한 거예요."

에스텔라는 무기력증에 사로잡힌 것처럼 이미 손끝 하나 움직일 수 없는 상태였으나 지금은 확실히 어이없는 얼굴을 했을 것 같았다. 콘스탄체가 장난스레 물었다.

"지난번에 청혼했던 거, 진지하게 생각 안 해 봤나 봐요? 리쿰 공작으로 만들어 주겠다는 거. 아, 이제 제안하는 신분의 이름은 바뀌었지만요. 아직 이름 없는 나라의 왕으로. 귀여운 얼굴을 하네요. 당신에게서 모든 굴레를 벗겨 주면, 어디까지 상승해 갈 수 있을지 궁금하다는 건 농담이 아니었어요."

그녀가 다시 말했다.

186

"어때요? 진짜로 왕 안 해 볼래요? 왕이 부담스러우면 국방장관 같은 것도 좋아요. 소수이긴 하지만 남자와 인간 여자들도 데려갈 거고, 어차피 우리들은 순수하게 마녀로 사는 것은 불가능하니까, 현실적으로 나라의 형태를 만들 거예요. 인간과 공존하기 위해서는 인간이 이해할 수 있는 형태로 살아야 하니까요. 인어나 오크들이 그런 것처럼요. 해야 할 일이 아주 많을 거예요. 하지만 모두 의미 있는 일이 될 거예요. 당신이 하고자 하는 모든 것을 이룰 수 있도록 자유롭게 만들어 줄게요. 함께할래요?"

콘스탄체는 진심으로 말하는 것 같았다. 에스텔라는 고개를 저었다.

1년 전에 이 이야기를 들었더라면, 그녀는 유혹을 느꼈을지도 모른다. 그때의 그녀에게는 아무것도 없었으니까. 사랑하는 가족도 없었고, 책임져야 할 식솔도 없었고, 친구다운 친구도 없었다. 희망과 꿈조차도 없었다.

그러나 이제는 아니었다. 그녀가 사랑하는 모든 것이 여기에 있었다. 아버지의 무덤, 커스터드푸딩, 초콜릿 밀푀유와 오렌지 케이크와 다섯 색깔의 마카롱, 하늘색 리본과 꽃이 달린 모자와 새틴 구두, 파란 유리 귀걸이와 그밖에 모든 것들 말이다.

값어치 있는 것들도 여기 있었다. 아르투르 검술의 궁극을 보았다. 친구가 생겼고, 제자와 식솔을 거두었다.

그리고 곧 가족이 생길 것이다.

예식 중에 난리가 터져서 실감은 나지 않지만, 결혼을 했다. 아직, 스스로 사랑이라는 단어를 이해하고 있다고는 생각되지 않는다. 그러나 그녀는 이제 설렘을 알았고, 누군가를 깊이 생각하게도 되었다.

클레오르를 위해 사람을 죽였다. 그리고 이제 곧 그리움도 배울 수 있을 것 같았다.

마녀가 될 마음은 없었다. 그것이 설령 대마녀 오르페이에게 귀속되어 마녀라고 하는 군체의 일부가 되는 삶이 아니라 자매들의 지원과 지지를 받으며 뭔가를 이루어 내는 삶이라 해도 마찬가지이다.

떠나고 싶지 않다.

그 뜻이 전달되었는지 콘스탄체가 작게 한숨을 내쉬었다.

"알았어요. 좋아요. 아쉽지만, 어쩔 수 없죠."

그런 것치고는 별로 애석해하는 기색이 아니었다.

"그럴 줄 알았거든요. 아무 관계도 아닌 것처럼은 안 보이더라니. 하긴, 맹세의 키스 때에도 그랬고."

에스텔라의 입술에 향긋한 손가락을 얹어 놓고 콘스탄체가 미소를 지었다.

"질투 나서 조금 심술을 부리고 싶은 기분이 들지만, 참을게요. 당신에게는 진심으로 감사하고 있으니까요. 걱정 말아요. 당신의 몸에서 마녀의 씨앗은 깔끔하게 뽑아 갈 테니까."

콘스탄체가 말하는 것에 따라서 에스텔라의 발밑에서부터 두두둑 하고 나무껍질이 올라와 종아리와 허벅지를 감싸고 몸을 뒤덮었다. 그녀는 힘없이 몸을 늘어뜨렸다. 눕고 싶은데 선 채로 박제되는 걸까.

콘스탄체가 웃음 섞인 목소리로 속삭였다.

"누운 채로 맞이하는 건 좀 그렇잖아요? 클레오르는 그렇다 치더라도 기사들이 따라올 텐데. 모양새의 중요성을 잊지 말아요. 불행히도 이곳에서는 여자는 미모가 제일이니까요. 무너지더라도 분위기 있게 무너져야 돼요."

그래서 어쩌라고. 어차피 나무가 되는 거잖아.

생각이 끝나기 전에 목까지 올라온 나무껍질이 그녀의 입을 덮었다가 금세 머리까지 휘감고 어둠 속으로 가라앉혔다.

—그가 당신을 구하게 하세요. 남자는 좀 고생을 시켜 줘야 귀한 것을 알거든요.

콘스탄체의 목소리가 마지막으로 머릿속에서 울렸다. 에스텔라가 기억하는 부분은 여기까지이다.

콘스탄체는 눈앞에 있는 훌륭한 성목을 바라보았다.

대마녀는 씨앗을 싹 틔우고 보살필 수 있다. 반대로 씨앗을 싹 트게 하지 않을 수도 있다.

이미 진행되고 있는 과정을 역행시키는 것은 쉽지 않은 일이다. 그러나 에스텔라는 죽어 가고 있었다. 그렇다면 인간의 육혈과 마녀의 요소를 분리해 낼 수 있다. 나머지는 클레오르가 알아서 할 것이다. 마주력을 파괴하는 것도, 인간의 몸을 되살리는 것도 신성력이니까.

알아보기만 한다면 말이다.

"힌트라도 좀 줄까."

콘스탄체는 중얼거리면서 바닥에서 주운 월장석 목걸이를 나뭇가지에 걸었다.

머릿속으로 아르데나의 목소리가 들린 것은 그때였다. 비로소 연결이 된 듯했다.

[언니?]

189

"괜찮니, 아르데나?"

[어머니는요?]

이미 느끼고 있을 텐데도 아르데나의 목소리에는 의심과 불안이 묻어 있었다. 콘스탄체는 생글생글 웃으며 말했다.

"알고 있잖니? 그쪽은 어때? 약속은 잘들 지키고 있고?"

[네. 폐하께서 약속해 주신 덕분으로 보호소 안은 조용해요. 지금, 다들…… 좀 혼란스러워하고 있고요.]

그리고 다행스럽게 여기기도 했다.

대마녀 오르페이가 없다면 그녀들은 자유로운 몸이다. 싸우지 않아도 좋다. 인간의 마음을 버리지 않아도 된다.

안도와 불안이 함께 보호소 안에 흘렀다.

"이제 곧 떠날 거야. 넌 준비됐니?"

[저어, 언니, 마그리아 언니는, 어떻게 하실 거예요?]

"언니는 떠나고 싶어 하지 않으니까. 그냥 두렴. 어쩔 수 없잖니? 어머니가 돌아가신 걸 알면 좀 나아지겠지."

1황녀인 마그리아는 자기가 마녀라는 현실을 거부했다.

누구보다도 선황을 사랑하고, 남편을 좋아했기에 더 그랬다. 아끼던 딸의 반항에 오르페이의 분노는 이만저만이 아니었다. 그러나 그녀는 어머니의 명을 듣는 것보다 목을 매는 쪽을 선택했다. 수차례에 걸친 자살 시도는 실패했고 그녀는 방에 틀어박혔다. 실망한 대마녀가 그녀를 포기하고 잊어버릴 때까지.

아르데나는 안타깝게 대답했다.

[네……. 나아지셨으면 좋겠어요.]

"그럼, 이제 준비됐지?"

[네. 전 준비됐어요…….]

"잘할 수 있을 거야. 네 마주력은 우리들 모두를 압도하고 있잖니."

[네……. 전 할 수 있어요. 할 거예요.]

아르데나가 조심스럽게 대답했다.

콘스탄체는 이야기를 마무리 짓고 천천히 몸을 돌렸다. 바닥에 끌리는 옷자락을 다듬어 흙을 털고, 잠깐 이시도르의 목에 시선을 던졌다. 죽은 다음에도 주술은 유효해서, 목이 베인 자리에서도 피는 흐르지 않고 혈관 안에만 고여 있었다.

'바보같이.'

태생으로부터 어머니에게 속박되어 있었던 그녀들과 달리 이시도르는 자기 뜻대로 살 수 있을 기회가 몇 번이나 있었다.

하긴, 성장하지 말라고 무엇이든 들어주고 하고 싶다는 일을 대신 해 주며 어린아이처럼 키우긴 했다. 콘스탄체는 그에게 동정과 경멸이 섞인 조금 복잡한 심정을 가지고 있었다.

그러나 이내 흥미를 잃었다. 그녀는 자매들을 사랑했으나 이시도르는 한 번도 형제자매로 생각한 적이 없었다.

그녀는 어머니 나무 쪽으로 다가갔다. 그리고 시커멓게 잿더미가 된 '어머니'의 앞에서 잠시 고개를 숙여 공경을 표했다. 이것으로 작별이다. 그것은 해방의 다른 이름이기도 했다.

마지막으로 그녀는 어머니 나무에 가볍게 손을 댔다. 껍질을 문지르듯이 손바닥을 위로 문대자 손안에서 하얀 빛가루가 반짝이며 뭉쳐 갓 싹튼 새싹의 모습이 되었다. 이것이 어머니 나무의 진혈이다. 콘스탄체는 소중하게 그것을 손수건에 쌌다. 그리고 그 자리에서 사라졌다.

아르데나는 두 손으로 지팡이를 움켜쥔 채 사람들을 둘러보았다.

"상황은 다들 알고 계시지요?"

대답하는 이는 없었다. 모두가 고개만 끄덕였다.

"만약에 함께 갈 의사가 없다면, 이곳을 몰래 빠져나갈 수 있도록 도울게요. 들키지 않도록 조심해야 할 거예요. 나가실 분은 이쪽으로 오세요."

"네······."

몇 사람이 떨리는 목소리로 대답하고 한쪽에 모여 섰다.

아르데나는 이번에는 귀부인들을 향해 말했다.

"부인들께서도 남고자 하신다면 그래도 좋지만, 정말로 노력을 많이 하셔야 할 거예요. 황제 폐하께서는 이미 누가 마녀인지를 알고 계시고, 확인할 방법도 갖고 계시니까요."

평생토록 결코 그 비위를 거스르지 않고, 마녀가 남아 있다는 것을 티 내지 말고, 죽은 듯이 숨을 죽여 살아야 할 것이다. 신전을 오가는 문제도 조심해야만 한다. 평민이라면 신전에 가든 가지 않든 좀처럼 눈에 띄지 않겠지만, 귀족은 다르다. 정기적으로 신전에 가야만 하고, 그러면 들키기 쉽다. 행여 문제가 된다면 자기 혼자만이 아니라 다시 한 번 마녀 사냥이 일어날 것을 생각해야 했다.

그래도 몇 사람의 귀족 여자들이 남을 사람 쪽에 섰다. 아르데나는 고개를 끄덕였다.

"여러분을 보호소에서 밖으로 내보낼 거예요. 각자 흩어져서 서로 다른 장소에 떨어질 거예요. 어디로 가게 될지는 저도 몰라요. 엘첸 안의 어딘가가 될 거예요. 모두 각오는 하셨지요?"

그녀들이 분분히 고개를 끄덕여 긍정의 대답을 했다. 안전의 문제는 없었다. 바깥에는 아직 몬스터들이 있겠지만, 힘을 사용하지 않더라도 마녀이니 공격받지 않을 것이다.

인간의 앞에서는, 철저하게 인간의 행세를 해야 한다. 여기에 있었다는 흔적만 지우면, 그녀들을 마녀로 의심할 증거는 없다.

"모두 도우며 살아가세요. 모든 일을 한 가족처럼 할 필요는 없지만, 적어도 마녀라는 부분에 대해서만은, 서로를 지켜 주고 도와야만 할 거예요. 대마녀가 없어도 우리는 서로를 이해할 수 있잖아요."

"네……."

모녀나 자매들이 서로 떨어지지 않기 위해 손을 잡았다.

"그럼 보냅니다. 부디 아르펜디아의 그늘 아래 모두가 평안하시길."

아르데나는 축복의 말을 하며 지팡이를 크게 휘둘렀다. 그녀의 주법 실력은 콘스탄체에게 크게 미치지 못했으나 다룰 수 있는 마주력의 양만으로는 월등히 많았다.

바람이 세 줄기 서로 다른 방향으로 움직여 사람들을 감쌌다. 그것을 타고 가듯이 그녀들이 사라졌다.

아르데나는 이번에는 남은 사람들을 바라보았다.

"가면, 돌아올 수 없어요. 각오는 되었겠지요?"

"저희는 어차피 갈 수 있는 곳도 없는걸요."

블레어가 말했다.

"달리 가족도 없고, 여자의 몸으로 살기 쉬운 것도 아니니까요."

"저희도 그렇습니다. 숨기는 것도, 들킬까 봐 불안해하는 것도 진절머리가 나요. 인간과 같이 사는 것도 싫고요."

"자식이 있어 봤자 뭐한답니까? 다 키워 놨으니 이제는 됐어요. 저희들끼리 알아서 하겠죠. 남편도 알아서 살 거고. 30년간 수발해 줬으면 됐지."

누군가가 그렇게 말했다.

아르데나는 아랫입술을 굳게 깨물었다. 그녀는 떠나고 싶지 않은 쪽에 가까웠으나, 너무 많이 노출되었다. 마녀임을 숨길 도리가 없었다. 실제로 마녀가 아니라 하더라도 알비나의 딸인 이상 여기서 살아갈 수는 없으리라.

그리고 그녀의 힘이 필요한 마녀들이 많이 있었다. 그녀는 이제까지 무기력하게 살아왔지만, 앞으로는 최선을 다해서 할 수 있는 일을 해 볼 작정이었다.

클레오르와 티소엔은 말을 타고 미친 듯이 달려 우다르드 숲 깊은 곳으로 향했다.

본래 우다르드에는 말이 들어가지 못했다. 인간에게 길들여진 동물은 대부분 우다르드로 들어가면 혼란에 빠지거나 움직이지 못하게 되곤 했다.

그러나 지금은 그렇지 않았다. 숲은 더 이상 인간에게 적대적이지도, 동물을 강하게 만들지도 않았다. 본래부터 잔가지는 거의 없는 숲이라, 티소엔과 나란히 가는 기사 둘이 칼을 들고 굵은 가지를 쳐 내어 길을 만드는 것만으로도 그들은 막히지 않고 달릴 수 있었다.

194

백 기가 넘는 말발굽 소리가 울리는데도 날아오르는 새 한 마리가 없었다. 달려드는 몬스터도 없었다. 이상할 정도의 침묵 때문에 클레오르는 불길한 기분을 억누르지 못했다.

이윽고 멀리 황후궁의 지붕이 보였다. 말이 달리는 속도가 마음을 따라가지 못했다.

지반이 올라선 황후궁 앞에서 그는 말을 내렸다. 주위를 빙 둘러 케알랄칸 나무가 서 있었다.

기사들이 둘씩 흩어져 그것을 제거하려고 움직였다. 클레오르가 제지했다. 티소엔으로부터 옐라페이의 말을 전달받았기 때문이다. 마녀가 콘스탄체의 명령으로 유령마를 내주면서 전달시킨 전언이다. 이유가 있을 것이다. 그는 콘스탄체의 선의를 조금도 믿지 않았으나 그녀의 말을 경시하지 않았다.

그때 품에 넣어 놓은 보주가 공명을 일으켰다. 성창을 잡자 그것도 그랬다.

성검은 에스텔라에게 있을 것이다. 그렇다면 이 부름을 따라가면 그녀를 찾을 수 있을 것이다. 본디 성검은 그가 계승한 것이므로 어디에서 이 공명이 발생하는지 느낌만으로도 알 수 있었다.

클레오르는 말에서 내렸다. 기사들이 일제히 그를 따라 하마했다.

다시 한 번 성창을 쥐고 심호흡한다. 성창에 신성력이 휘감기며 푸른 불길이 창을 타고 올랐다.

클레오르는 한 발을 힘차게 내디디며 창을 내질렀다.

파캉!

허공에서 큰 소리를 내며 창끝이 막혔다가, 신성력이 불꽃을 일으키며 결계를 박살 냈다.

까아아앙!

결계가 부서지는 소리가 날카롭게 숲을 울렸다. 깨진 파편이 빛이 되어 공기 중에 녹아 사라지고, 세상이 좌르르 변했다.

케알랄칸 나무의 사이사이에 있던 빈 공간에 은빛 잎사귀를 가진 성목들이 빽빽하게 들어찼다. 개울물이 흐르고, 풀 냄새가 났다. 숲에 바람 지나가는 소리가 가득 찼다.

에스텔라에게는 그 모든 것이 음악과 향기처럼 느껴졌었지만, 인간인 클레오르에게는 그저 숲의 소리와 풀 냄새로밖에 느껴지지 않았다.

그는 손을 들어 기사들에게 흩어져 수색하라고 명령했다. 그리고 스스로는 성검을 찾아 돌조각처럼 보이는 커다란 검은 덩어리 앞으로 향했다.

클레오르는 시황제가 행한 성검의 봉인에 대해 알고 있었으므로, 우다르드의 어머니 나무에 대해서도 알았다. 틀림없이 이것이 그 어머니 나무다. 살아 있었더라면 그 한 그루가 작은 숲처럼 보일 것도 같은 거대한 나무였다.

그러나 지금 이 나무에는 아무런 느낌도 남아 있지 않았다. 나무 한중간에 성검에 꿰인 검게 탄 인간의 형상이 있었다.

에스텔라가 한 일이다.

칼자루를 한 번 쓰다듬고 클레오르는 그것을 뽑았다. 성검은 쑥 뽑혀 나왔다. 그렇지만 전처럼 봉인된 것이 아니라 완전히 죽어 버린 어머니 나무도, 대마녀도 움직이지 않았다. 지금 여기에는 아무것도 남아 있지 않았다.

그가 불길한 느낌에 사로잡힌 채로 주위를 돌아보았다.

"폐하!"

기사 하나가 그를 불렀다. 그의 손에 이시도르의 목이 들려 있었다.

깔끔하게 베어졌다. 아마 고통도 별로 없었을 것이다. 피 한 방울 튀지 않은 얼굴에는 경악과 눈물이 묻어 있었다.

"몸도 발견되었습니다."

"수습해서 황궁으로 데려가. 장례는 치러 줘야지."

클레오르는 그렇게 말하고 고개를 돌렸다.

에스텔라가 베었으리라.

그녀는 이제 사람을 죽일 용기를 얻었을까? 그게 아니라면, 이시도르를 죽이지 않으면 안 될 만큼 위험한 상황에 처했었을까?

대마녀가 죽어 제국의 위험이 사라지고, 이시도르가 죽음으로써 제위 계승에 관한 일말의 분란조차도 사라졌다. 그러나 클레오르는 거짓 웃음조차 지을 수 없었다.

"에스텔라!"

그는 큰 소리로 외쳤다. 부름이 절박한 메아리가 되어 돌아왔지만, 응답은 어디에서도 없었다.

그는 잃는 것에 익숙했다. 애당초 가진 것이 많지 않은 삶을 살아왔으니까.

누군가를 잃어도, 대치할 사람을 언제든 마음에 준비시키고 있었다. 오필드 공작 영애가 죽으면 아말리네 공작 영애와 약혼하고, 이나스 메이나드가 죽자 에스텔라를 찾아냈던 것처럼.

그리고 이제 그는 에스텔라가 대체 불가능한 사람이라는 것을 알았다. 그녀는 자원이 아니라 존재다. 그는 선황과 마찬가지로 에스텔라의 자리가 영원히 부재한 채로 남으리라는 것을 알았다.

그는 이미 계약 결혼으로 얻을 수 있는 모든 이득을 얻었다. 무사히 즉위했고, 이시도르 파벨은 완전히 밀려났다. 에스텔라는 그 이상의 것을 해 주었다. 대마녀를 쓰러뜨리고 알펜슈타인을 구했으며, 이시도르의 목을 베어 후환까지 없애 주었다. 그는 에스텔라에게 그만큼을 갚아야 했다.

그러나 그 빚조차도 지금 클레오르에게는 그녀를 되찾아야 할 핑계에 불과했다.

성검은 이곳에 있다. 그러니 그것을 쥐었던 이도 여기 있었을 것이다. 그를 이곳으로 불러오라고 했다. 그러니, 반드시 이곳에 있다. 그녀는 자기 말을 어길 사람이 아니다.

설령 죽었더라도, 이곳 어딘가에 있을 것이다.

가슴에 뚫린 공허 사이로 쓰리고 매운 감각이 돈다. 뱃속이 조일 듯이 아프고 목구멍에서 뜨거운 것이 솟구쳤다.

휙!

티소엔이 멍하게 선 그의 멱살을 잡았다. 클레오르는 놀라서 그를 쳐다보았다.

"지금 포기하시는 겁니까?"

"이게 무슨 무례인가."

"폐하는 저보다 그녀를 더 잘 알고 계시는 게 아니었습니까? 제가 알아보지 못했던 부분까지 전부 알아보고, 이해하고, 뒷받침해 주고자 하셨던 게 아니었습니까?"

그렇다고 믿었다.

에스텔라의 결정이 중요한 것이지, 자신의 믿음이 중요한 것이 아니라는 것은 안다. 그럼에도 그는 울분을 터뜨렸다. 그녀가 선택한 남자라면, 적어도 자신보다는 그녀를 믿어야 할 게 아닌가.

"에스틴이 패배했을 리가 없습니다. 절대."

클레오르도 그렇게 굳게 믿고 싶었다. 실제로도 현장을 보면 에스텔라가 승리했음을 알 수 있다. 그러나 그것이 반드시 살아남았다는 것과 동의어는 아니다.

기사들이 달려와 티소엔의 팔을 꺾어 잡았다. 클레오르는 내버려 두라고 말하려 했다.

그때 반짝거리는 것이 클레오르의 눈에 띄었다.

"폐하?"

그는 홀린 듯이 그쪽으로 다가갔다. 연한 빛을 내는 월장석 목걸이가 가지에 걸려 있다. 에스텔라의 것이다. 비록 스치듯이 한 번 보았을 뿐이지만 분명하다. 그는 눈썰미가 좋은 편이었다. 그때 디자인에 대해서 에스텔라와 바르톨로뮤 백작부인이 이야기했던 것도 기억났다.

"에스텔라?"

클레오르는 나무에 손을 얹으며 물었다. 심장 뛰는 박동이 나무 껍질을 타고 손바닥에 느껴졌다.

"에스텔라!"

그는 확신을 가지고 외쳤다. 빙 둘러 가며 나무껍질을 만져 보지만 어디에도 틈은 없었다. 무성한 잎사귀가 살랑살랑 흔들리며 그늘을 드리우는 그 모습은 어떻게 보아도 수령 20여 년의 나무에 불과하다.

하지만 에스텔라였다. 틀림없이 이 안에 있다.

클레오르는 초조하게 나무를 두드렸다. 힘으로 깨뜨린다고 될 일이 아니다. 그는 대관식장에서 나무로 변해 가던 여지가 어찌 되었는가를 떠올렸다. 껍질을 뜯어내자 목질부에서 피가 흘렀다. 그건 다시 말해 단순히 껍질 안에 사람이 갇힌 게 아니라 육체 자체가 나무로 변했다는 의미다.

어떻게 해야 좋은가.

"에스틴이 이 안에 있습니까?"

"안 돼!"

클레오르는 검을 들고 껍질을 부수려는 티소엔을 가로막았다.

"사제를 불러와. 아무나 가서! 가능한 한 고위를 불러와!"

아니다. 그래 봐야 소용이 없을 것이다. 이미 전부 시험해 보지 않았는가. 순수한 신성력을 쏟아부어도, 치유 마법도, 정화의 힘도, 해주법도 통하지 않았다. 설령 고위 사제라고 해서 해결할 수 있을 거라는 생각이 들지 않았다.

어떻게 해야 되는가. 어떻게 해야 에스텔라를 되찾을 수 있을까.

껍질 너머로 손에 느껴지는 고동이 약해져 갔다. 부르는 소리에 응답도 없다. 그녀가 이 안에서 죽어 가고 있음은 명백했다.

"폐하!"

티소엔이 애가 탄 목소리로 외쳤다. 아무것도 할 수 없다는 게 이렇게 무력할 수 있나.

'이대로 있어도…….'

에스텔라가 어차피 죽는다.

뭔가 할 수 있으리라. 아무것도 할 수 없다면 콘스탄체가 그를 왜 이곳까지 인도해 오게끔 도왔겠는가. 아무것도 하지 못한다는 무력감을 느끼고 절망하라고?

그럴 수도 있긴 했다. 그러나 그는 희망을 버리지 않았다. 티끌만큼이라도 가능성이 있다면 포기할 수 없었다.

클레오르는 성창을 팽개치고 성검을 잡았다. 마주력을 파괴하는 성창과 달리 성검은 흡수하는 성질을 갖는다. 긴 세월 어머니나무에 꽂혀 마주력을 봉인하는 데 쓰인 것도 그런 연유다.

성검의 파괴력이 성창만 못하다 해도 잘못하면 나무 자체가 박살 날 수도 있다. 그러나 어쩔 수 없었다. 지금 당장 해 볼 수 있는 일은 그것뿐이니까.

"후우."

그는 깊게 심호흡했다. 성목 안에서 울리는 박동이 사라지기 전에, 도박을 하기로 했다.

지이잉거리고 성검이 울면서 클레오르의 손에서 튀어 나가려고 했다. 본디 황제의 것이므로 거부반응이 있을 리 없지만, 그것은 앞에 있는 성목을 향해서 울었다.

그것이 조금이나마 희망을 주었다.

클레오르는 마음속으로 여신에게 빌었다. 그는 단 한 순간도 신의 존재를 믿은 일이 없었다. 심지어 선천적으로 타고난 신성력을 가지고 있어도 그랬다. 그는 그 힘을 여신이 황실을 축복하여 이어지게 하는 것이 아니라 일종의 타고난 재능 같은 것으로 여겼다. 실제로 사제들 중에도 어릴 때부터 수련 없이 신성력을 발휘하는 사람이 있지 않은가.

그러나 지금만은 진심으로 빌었다. 이 몸에 흐르는 피를 아끼고 사랑하여 축복한 것이라면, 단 한 번만 도와 달라고. 당신의 제단 앞에서 저 사람이 나의 반려라고 맹세했으니 부디 그 맹세가 영원히 지켜지도록 해 달라고 말이다.

'너도 좀 도와다오.'

클레오르는 성검을 향해서도 빌었다. 네가 이러는 것이 그녀를 향해 가기 위해서라면, 그녀를 구하는 것도 도와 달라고.

그의 손안에서 선명한 빛의 구체가 생겨났다. 그것은 성검의 칼자루를 타고 들어가 순백의 칼날을 새파랗게 만들었다.

그는 떨림이 점차 격렬해지는 칼자루를 세차게 움켜쥐었다. 그리고 힘껏 성목의 뿌리 쪽에 그것을 꽂아 넣었다. 나무는 땅에 뿌리 내리는 것이고, 자연 상태의 마주력 역시 땅에 기반한다. 그것을 끊을 수 있다면, 성목이 그 힘을 잃을 수도 있을 것이다.

성검이 나무의 뿌리를 절단했다. 거대한 신성력이 땅 밑을 달린다. 성검은 일순간이지만 마주력의 원류 자체를 마르게 했다.

한순간의 일이었고, 자연에 존재하는 기본적인 수준의 마주력은 다시 솟기 시작했으나 그것만으로도 충분했다.

생명의 기본을 잃어버린 성목은 순식간에 말라비틀어졌다.

화아아아!

성목의 이파리가 우수수 떨어지고, 꼭대기에서부터 가지가 뚝뚝 끊겨 나왔다. 나무껍데기가 부서진 퍼즐처럼 와르르 무너졌다.

그리고 그 안에서 에스텔라가 쏟아지듯이 떨어졌다.

"에스텔라!"

클레오르는 성검을 내던지고 두 팔을 벌렸다. 에스텔라는 그 품 안으로 떨어졌다.

"에스텔라……!"

그는 에스텔라를 부둥켜안고 정신없이 얼굴을 들여다보았다. 에스텔라의 입가에서 다 마르지 않은 선혈이 흘렀다.

"에스텔라!"

외쳐 부르자 에스텔라의 눈꺼풀이 희미하게 들렸다. 그리고 클레오르의 얼굴을 보자마자 중얼거렸다.

"인센티브……."

그리고 의식을 잃었다.

16.
에스텔라

오래 잤구나.

눈을 흐릿하게 뜨면서 에스텔라는 그렇게 생각했다. 온몸에 안 아픈 곳이 없었다. 그렇게 요동치고 바닥에 떨어지기도 하고, 크게 찔리거나 급소에 맞지는 않았지만 창날과 바람 칼날에 살갗도 여기저기 갈라졌으니까. 근육이 비명을 질렀다.

허리가 아팠다. 이건 통증 때문은 아니고, 제아무리 푹신하고 좋은 침대라도 오래 누워 있다 보면 어쩔 수 없이 생기는 그 문제였다.

일단 잠에서 깨었고, 허리 통증을 생각해 보면 경험 통계적으로 이제 더 누워 있어도 잘 수 없을 확률이 높았다. 그러나 졸려 죽을 것 같았다. 눈이 떠지지 않았다.

"이불 밖은 너무 위험해."

그렇게 중얼거리며 그녀는 돌아누웠다. 그리고 곧 생전 처음 보는 침대에 남이랑 같이 누워 있다는 사실을 깨달았다.

"히……!"

놀라서 발버둥 치려는 그녀의 팔을 클레오르가 꾹 잡았다.

"괜찮아. 쉬이. 진정해."

"저, 전하?"

목소리가 심하게 쉬어서 잘 나오지 않았다. 걸걸거리는 듯한 소리를 내면서 묻자 클레오르가 그녀의 이마에 가볍게 손을 얹었다.

신성력이 스미듯이 에스텔라의 이마로 빨려 들어갔다. 기분이 안정되고 몸도 빠르게 진정되었다. 목에 느껴지던 화끈거리던 느낌이 가시고 아프던 허리까지 시원하게 풀어졌다.

몸이 편해지자 자연히 몸도 풀렸다. 에스텔라는 털썩 몸에서 힘을 빼고 침대에 몸을 파묻었다. 클레오르가 그녀를 보듬듯이 끌어안으며 긴 한숨을 내쉬었다.

"아직 새벽이야. 더 자. 아침이 되면 깨워 줄 테니까."

"왜 전하가 여기 있어요? 아직……."

외간 남자랑 한 침대에.

아니, 결혼식을 했으니 외간 남자가 아니라 남편이긴 했다. 첫날밤도 치르지 않았지만.

에스텔라는 그걸 생각하고는 얼굴이 새빨개져서 침대 끝으로 도망가려는 듯이 몸을 굴렸다. 클레오르가 그녀를 붙잡아 품에 가뒀다. 힘들었으므로 웃음을 걸고 농담하며 얼버무릴 만한 마음의 여유가 없었다.

"그냥 있어. 아직 그대의 몸에서 무슨 일이 일어났는지 아무도 정확히 모르니까. 몸도 덜 나았고, 신성력 결계 안에 있는 게 좋다고 해서 여기 있는 거야."

에스텔라는 몸을 조금 움츠렸다. 클레오르가 다시 손으로 그녀의 머리와 뺨을 쓰다듬고 등을 끌어당겼다. 그때마다 서늘한 기운이 흘러 몸을 편안하게 했다.

"외상은 자잘한 게 대부분이었지만 내상이 심했어. 완전히 너덜너덜해져서 피를 계속 토했다고. 기억에 없어?"

에스텔라는 눈을 깜박거렸다. 콘스탄체와 이야기하던 무렵부터 기억이 흐릿했다. 그러고 보니 피를 토했던 것은 기억난다. 그리고 선 채로 나무 속에 갇혔던 것도. 서 있는 게 너무 피곤해서 어차피 이럴 거라면 누운 채 나무가 되고 싶다고 생각했었다.

거기에서부터는 꿈을 꾼 것인지, 가위에 눌린 것이었는지 기억이 어슴푸레했다.

클레오르가 가만히 그녀의 뺨을 쓰다듬었다.

"기억나지 않는다면 그편이 좋아."

그는 조용하고 부드럽게 말했다.

그녀는 정말로 죽을 뻔했다. 성목에서 막 나왔을 때부터 피를 토하기 시작해서 황궁으로 돌아올 때까지도 줄곧 선혈이 흘렀다.

클레오르는 필사적으로 치유 마법을 사용했다. 그의 치유 마법은 매우 미약했다. 압도적인 신성력을 가지고서도 찢어진 상처의 출혈을 멎게 하는 것도 쉽지 않았다.

차라리 외상 쪽은 나았다. 여기저기에 찢기고 찔린 상처가 있었지만, 그건 어느 정도의 상처인지 눈에 보였으니까. 그러나 내상은 얼마나 입었는지 알 수조차 없었다.

다급하다고 중간에 사제를 내팽개치고 달려오는 게 아니었다. 그는 에스텔라를 안고 필사적으로 달렸다. 그러나 제아무리 충격을 주지 않으려 해도 말이 달리는 흔들림은 어떻게 할 수가 없었다. 숲을 빠져나오는 동안에 계속해서 토혈을 했다. 그는 쥐어짜내다시피 할 수 있는 한 치유 마법을 썼다. 외상의 일부는 그러는 사이에 피가 멎고 아물었지만, 가슴팍에 토하는 피는 계속해서 새빨간 선혈이었다.

분명히 가도 중간에서 버리고 왔는데 돌아가는 길에 사제를 찾을 수가 없었다. 미리 사제를 불러오라고 보낸 기사들과도 길이 엇갈렸다. 결국 황궁까지 돌아와서야 그는 외칠 수 있었다.

「사제! 사제를 불러와!」
「폐하!」
「사제를 불러와! 불러들일 수 있는 사람 전부!」

베르나디오가 달려왔다. 그의 뒤를 따라 대여섯 명의 사제들이 뒤뚱거리며 뛰었다.

「모포를 가져와! 바닥에 깔아!」

상세가 너무 심각해서 침대가 있는 곳까지 갈 수도 없었다.
클레오르가 외치자 하인들이 허둥지둥 움직였다. 베르나디오가 소리쳤다.

「침실로 가시죠!」
「그런 여유 없어!」
「본궁 황제 폐하의 침실에는 치유와 정화 효과가 있는 결계가 설치되어 있습니다!」

　베르나디오가 그렇게 말했다.

「그거 기동 안 하잖아!」
「선황 폐하께서 돌아가셨을 때에는 질병이었기 때문입니다! 부상에는 효과가 있을 겁니다!」

　클레오르는 에스텔라가 흔들리지 않도록 품에 안은 채로 황급히 계단을 올랐다. 4층까지 단숨에 뛰어 올라가는 동안에도 계속해서 사용되는 치유 마법 때문에 에스텔라는 푸른빛에 둘러싸여 있었다.
　침대에 내려놓자 사제들이 일제히 달려들었다. 클레오르는 한 발 물러설 수밖에 없었다.

「왜 결계가 기동하지 않는 건가!」
「오래 잠들어 있던 것이니 신성력이 아직 채워지지 않아서 그렇습니다. 잠시만…….」

　마법진을 기동시키려고 하는 베르나디오를 밀쳐 내고 클레오르는 자기 팔을 칼로 베었다. 신성력을 품은 피가 주르륵 흘러서 결계를 형성하는 진에 고였다. 한 번 벤 정도로는 되지 않았다.

「폐하!」

베르나디오가 경악하여 그에게서 칼을 빼앗으려고 했으나 클레오르의 손에서 무기를 뺏는 것은 무리였다.

「피 좀 흘린다고 죽지 않아.」

그는 서둘러서 몇 차례 더 팔을 그었다. 피 좀 흘린다고 죽지 않는다고 말했지만, 결계가 기동되어 푸른빛을 발할 즈음에는 팔이 너덜너덜해져 있었다. 베르나디오가 즉시로 치유 마법을 썼다. 클레오르에게는 자기 팔을 고치는 신성력조차 아까웠다.

그는 그때를 생각하며 긴 한숨을 내쉬고 에스텔라를 끌어당겨 품에 안았다. 기억하지 못한다면 그편이 좋다. 큰 부상은 몸만이 아니라 마음에도 상흔을 남기게 마련이다. 그녀는 에스텔라에게 그런 일이 영원히 일어나지 않기를 바랐다.

당겨지는 대로 끌려가 클레오르의 어깨를 베게 되자 에스텔라는 몸을 굳혔다. 이렇게 넓은 침대인데 좀 떨어져 누워도 되지 않나. 이건 너무…… 한 침대에 누워 있는 게 아닌가. 그야, 결혼을 했고, 초야도 치를 각오를 했었지만, 그래도 아직 마음의 준비가 안 되었는데.

"아픈 사람 건드리는 취향은 없지만, 계속 그렇게 의식하고 있으면 기대하는 일을 해 버릴 거야."

"……끅. 힉, 끅!"

클레오르가 허리를 당겨 안으며 몸을 기울여 그녀의 위에 그림자를 드리웠다. 에스텔라는 뱀을 만난 개구리마냥 침대에 사지를 딱 붙이고 쫄았다. 딸꾹질 때문에 가슴만 오르락내리락했다.

그가 헛웃음을 머금고는 자세를 도로 바꾸어 에스텔라의 옆에 누웠다. 그리고 손가락으로 그녀의 뺨을 쓸고는 눈을 내리감았다.

"그냥 자. 아직 일러. 그럴 생각으로 내가 같이 누운 게 아니라 신성력 결계를 계속 가동시키기 위해서 그런 거야. 내가 있는 것만으로도 결계가 훨씬 원활하게 작동하니까."

"그랬, 군요."

"피곤한데, 소파로 쫓아내지는 말아 줘."

에스텔라는 얼굴을 빨갛게 붉히고 고개를 저었다. 그럴 생각은 없었다. 단지 무방비한 상태에서 남자와 이렇게까지 가까이 있어 본 적이 없었기 때문에 당황했을 뿐이다.

클레오르가 그녀를 토닥이며 달래듯이 말했다.

"일단 더 자. 그대는 사흘을 잤지만, 나는 졸려."

에스텔라는 조금 더 움츠러들었다. 클레오르의 팔이 그녀가 놀라지 않도록 천천히 어깨에 감겨 왔다.

둘은 그대로 잠시 가만히 누워 있었다. 새벽은 어둡고 빛은 은은하게 침대 주위를 두르는 푸른 신성력 결계뿐이다. 고동 소리가 하나로 합쳐지고, 숨소리도 서로의 것밖에 들리지 않았다.

에스텔라는 다시 잠들어 보려고 노력했다. 그러나 예상대로 역시 더 잠자기는 무리였다. 클레오르도 그런 것 같았다. 눈을 감은 채로 그가 손을 뻗어 에스텔라의 손을 쥐었다.

"안 자요?"

"자야지."

"……있잖아요."

"사태는 이미 끝나서 정리 정돈 중이야. 그대가 걱정할 건 없어."

클레오르가 앞질러서 말했다.

"······일 이야기를 물어보고 싶었던 건 아니에요."

"궁금하잖아? 걱정도 되고."

"걱정 안 해요. 폐하가 알아서 하셨을 거라고 믿으니까."

조심스럽게 그녀는 고개를 숙여서 클레오르의 목덜미 언저리에 얼굴을 파묻었다.

죽음을 각오했었다. 어차피 죽을 거라고 생각해서 손에 사람의 피도 묻혔다.

살아 돌아왔지만, 그녀는 역할을 이미 다 마쳤다. 나머지는 클레오르의 몫이다. 그녀는 클레오르를 믿었고, 이제 그녀가 할 일은 없을 터였다.

"한 가지만 알려 줘요. 콘스탄체는 어떻게 됐어요?"

"사라졌어."

대마녀가 죽고 나자 마녀들이 기다렸다는 듯이 사라졌다. 그가 확인하러 갔을 때에 중앙 보호소는 텅 비어 있고, 거대한 주법의 흔적이 남아 있었다. 거리 곳곳에서 싸우던 마녀들은 대부분 불나방처럼 기사단에 덤벼들었다가 죽거나 갑자기 공격을 멈추고 어디론가 사라져 버렸다.

몬스터도 그랬다. 호롱불 벌레 같은 것은 그냥 소멸해 버렸고, 신체를 가지고 물리적으로 활동하는 몬스터 중에서도 우다르드 곰이나 톱날 나무처럼 마주력의 영향을 크게 받는 식물계 몬스터들은 시들어 죽었다. 동물계 몬스터는 공격성이 줄어들고 힘이 약해져 거의 평범한 육식동물과 다를 바 없이 되었다.

엘첸—우다르드 일대에서 팽창하던 마주력 자체가 극적으로 줄어들었다. 아직 신전에서 조사 중이지만, 기록으로 확인할 수 있는 한 가장 마주력의 농도가 옅고 안정적인 상태라는 듯했다.

"지금도 토벌 중이긴 하지만, 조만간에 끝날 거야. 우다르드 숲하고 뒤섞인 건 어쩔 수 없다고 하더군."

"그건 되돌릴 수 없을 것 같았어요. 큰일이네요."

"당분간 건설업이 활황일 것 같아. 괜찮아, 그쯤은. 경제적 손실은 얼마든지 회복할 수 있으니까. ……죽은 사람은 되돌릴 수 없지만."

클레오르가 희미하게 미소를 지었다. 에스텔라는 대답하지 못하고 입술을 깨물었다. 클레오르의 손이 살짝 에스텔라의 아랫입술을 눌러 그러지 못하게 했다.

"그대가 책임감을 느끼는 건 아니지?"

"……제가 왜 책임감을 느껴요? 전하 책임인데."

"그렇지."

그가 작게 소리 내서 웃었다. 에스텔라는 가슴 안쪽이 괴로워졌다. 그게 클레오르의 웃음이 진짜로 웃음이 아니기 때문인지, 작게나마 자기도 책임감을 느끼고 있기 때문인지는 불분명했다.

복잡한 마음이 된 것을 깨달았는지 그가 에스텔라를 와락 끌어안아 그 머리를 자기 가슴에 파묻게 했다.

"꽤 많이 죽었어. 마녀라서 죽기도 하고, 마녀로 오인되어 죽기도 하고, 마녀에게 죽기도 하고……. 그런저런 것과 관계없이 그냥 혼란 중에 죽은 사람도 꽤 많지. 그래도 한 가지는 해냈어."

"뭘요?"

"나무가 된 여자들을 구하는 것."

에스텔라는 몸을 일으키려고 버둥거렸지만, 클레오르가 놓아주지 않았다. 용을 쓰면서까지 일어나려고 애쓸 이유가 있는 것도 아니라서 그녀는 곧 클레오르의 품에 푹 가라앉았다.

클레오르가 작게 한숨을 내쉬면서 그녀의 뒷목을 감싸 온몸을 껴안았다. 그러자 마음이 조금 안정되는 듯했다.

"다들 살아났어. 신전에서는 마녀의 주구가 되었을 거라며 다 신전의 관리하에 처형해야 한다고 했지만, 그러면 군대로 밀어 버리겠다고 그랬지."

"그래도 괜찮아요?"

"신전이 여태 한 게 뭐가 있다고. 정치에 몰두해서 즉위를 방해하다 이 사달이 터졌고, 정작 큰일이 터지자 해낸 일이라고는 없이 마녀로 변한 여자들을 화형해야 한다고 기사단과 대치하기나 했으니 그냥 놔둬 주는 걸로도 고마운 줄을 알아야지."

클레오르가 그렇게 대꾸했다. 물론 공적도 있었다. 일부 사제가 광적으로 마녀 사냥을 주장했으나, 반대로 사람들 사이에서 치유력과 정화력으로 안정을 도모하고 앞장서서 몬스터와 싸운 사제도 있었다. 대다수의 사제는 기사단과 군대를 따라 충실히 의무를 다했다.

그럼에도 불구하고 신전은 책임에서 벗어나지 못할 것이다. 황제가 부재하는 동안 황궁의 결계를 관리하는 것도 신전의 몫이다. 이시도르가 성검을 꺼내 가게 만든 이상 그 책임이 컸다.

"게다가 그대가 있으니까."

"네?"

"그렇게…… 성목이 되었다가 되돌아온 여자 중에 성검의 주인이자 대마녀를 죽인 영웅이 있는데 함부로 마녀라고 부를 수가 있겠어? 내가 그렇게 놔두지 않을 거야."

에스텔라는 눈을 깜박였다.

"성검의 주인이요?"

"그래. 그대의 손에 한 번 쥐여져 보고 나니까 나 같은 건 성에
안 차는 모양이던데."

그가 작게 웃고 에스텔라를 끌어당겨 이마와 이마를 맞대었다.

"고마워."

"아뇨……. 그게……."

에스텔라는 얼굴이 빨개졌다. 인센티브 콜을 해야 하는 순간인
데 머릿속이 하얘졌다.

"해야 할 일이었는데요."

"살아 있어 줘서, 고마워."

그녀는 더 이상 아무 말도 하지 못하고 그냥 그의 목을 끌어안
았다. 왈칵 눈물이 쏟아졌다. 그 눈물이 기쁨 때문인지 회한 때문
인지는 에스텔라에게도 불분명했다.

살아 있는 게 기뻤다. 언제든 어떤 식으로든, 사라져도 누구에
게도 지장이 되지 않고 아무도 알지 못할 생이라고 생각했었다.
편안하게 살다 편안하게 죽는 것이 인생의 꿈이었고, 그저 스쳐
가는 인생 자잘한 행복들을 누리며 보내면 그만이라고 생각했
다.

그러나 기뻤다. 그녀에게 살아 있어 줘서 고맙다고 말하는 사람
이 있어서. 살아 돌아왔을 때에 그녀를 안고 이제 그만 쉬어도 좋
다고 말해 주는 사람이 있어서 기뻤다.

살아 돌아와서 정말로 다행이라고 생각했다.

클레오르의 입술이 가만히 그녀의 정수리에 눌렸다. 이마에 입
맞추고, 미간에 입 맞추고, 두 눈꺼풀 위에 내리눌린다. 에스텔라
는 눈을 감았다. 마지막으로 입술이 입술에 겹쳐졌다.

★

내상이 심해서 너덜너덜한 상태로 사흘을 잠들어 있었다고 했지만, 다음 날 아침에 깨어났을 때에는 아무렇지도 않았다. 황제의 침실에 설치된 신성마법이 대단하긴 했다. 에스텔라는 푹 자고 일어나 상쾌하게 아침을 시작했다.

"몰랐는데, 저 남이랑 같이 자면 더 잘 자나 봐요."

그녀가 푹 잔 만큼 클레오르의 얼굴은 퀭했다. "그렇군."이라고 대답하는 목소리에는 영혼이 없었다.

그 상황에서 그렇게 키스하고서 깔쌈하게 등을 돌려 쿨쿨 다시 잘 줄은 몰랐다. 건강을 생각하자면 좋은 일이었지만, 클레오르의 자신감 수치는 대폭 하락했다.

먼저 문을 두드린 것은 클레오르의 시종이었다. 그는 가운을 걸쳐 입고 나서며 에스텔라의 뺨에 키스했다.

"그대와도 여러 가지 이야기해야겠지만, 일단은 급한 불부터 꺼야 하니까 다녀올게. 푹 쉬고 있어."

"네."

"그리고."

클레오르가 말을 하다 말고 머뭇거렸다. 에스텔라는 고개를 갸웃했다.

사실 클레오르로서도 이야기하고 싶지는 않았다. 그러나 숨겨봤자 숨겨질 일도 아니고, 이건 에스텔라가 마땅히 알아야 할 일이었다.

"크렐리디안 경이 그대를 많이 걱정했어."

"걘 무사하죠? 어디 가서 실력 모자라서 죽고 그럴 녀석은 아니니까……."

"내 멱살을 잡은 걸 내가 용서해 주면 무사하겠지."

에스텔라의 안색이 파랗게 변했다. 그 미친놈이 또 무슨 짓을 저지른 건가.

대신 무릎이라도 꿇어야 하나 하고 별로 해 본 적도 없는 기사의 예법을 떠올렸을 때 클레오르가 말했다.

"편들어 주지 마. 그게 더 기분 별로가 되니까. 그대가 역성들지 않아도 그것에 대해서 책임을 물을 생각은 없어. 크렐리디안 경이 그대를 크게 걱정한 나머지 그랬다는 건 알고 있고, 오히려 그 부분에 대해 내가 감사하고 있으니까."

에스텔라는 의심스러운 눈초리로 그를 쳐다보았다.

"빨리 만나 봐. 사흘간 이 앞을 지켰어."

"네."

클레오르는 너그러운 듯이 말해 놓고는 돌아서기 전에 한마디를 덧붙였다.

"옷은 다 껴입고."

에스텔라는 그제야 자기가 얇은 잠옷 한 장 차림이라는 것을 깨닫고 얼굴이 빨개졌다. 이러고 끌어안고 잤는데 의식도 못 했단 말인가.

클레오르가 작게 웃고는 다시 한 번 그녀의 뺨에 입 맞추고 밖으로 나갔다.

에스텔라는 헝클어진 머리를 벅벅 긁으며 긴 한숨을 내쉬었다. 할 일도, 생각해야 할 것도 많았지만, 일단 세수부터 하고 밥을 먹어야겠다.

어디 가야 옷이 있을까 방을 빙빙 돌고 있는데 문 두드리는 소리가 들렸다.

"엘린데아입니다, 황후 폐하."

에스텔라는 움찔했다. 그녀에게 해야 할 이야기가 갑자기 기억
났기 때문이다.

"후! 하! 후! 하!"

그녀는 몇 번이나 크게 심호흡했다. 그리고 큰 소리로 외쳤다.

"들어와!"

조금 더 마음의 준비를 할 시간이 있었으면 좋았을 텐데. 앤시
아가 먼저 와 줬으면 좋았을 것이다. 그러나 그런 일이 있었던 직
후인 데다가 황궁이니 앤시아가 혼자 먼저 오지 못한 이유도 이해
는 했다.

바르톨로뮤 백작부인이 문을 열었다. 앤시아도 함께였다.

"아."

에스텔라는 반가운 마음과 무거운 마음이 뒤섞인 채로 그녀를
바라보았다. 백작부인이 먼저 두 무릎을 다 구부리며 공손하게 절
했다.

"무사히 깨어나셔서 다행입니다, 황후 폐하."

"응. 엘린데아랑 앤시아도 무사해서 다행이야. 다른 사람들
은?"

"모두 무사합니다. 다행히도 윈첸가에서는 몬스터가 일찍 토벌
되었고, 아르투르 저택의 방어 체계도 단단했기 때문에 아무 일도
없었습니다."

그러고 나서 바르톨로뮤 백작부인이 말했다.

"황제 폐하께서, 황후 폐하의 병세를 외부에 알리지 말라고 분
부하셨습니다."

218

"그래?"

"예. 그래서 오늘은 저와 앤시아만으로 황후 폐하를 모실 겁니다. 여러 가지로 부족한 점이 있겠지만, 부디 용서해 주십시오."

"아니, 아냐. 용서라니."

에스텔라는 한숨을 내쉬고 털썩 의자에 앉았다.

"목욕물은 지금 준비시키고 있습니다. 앤시아, 소세할 물을."

앤시아가 가져온 세숫대야를 탁자에 놓고 수건을 들었다. 에스텔라는 우선 세수부터 하고, 식사를 한 후에 목욕을 하라는 권유를 받았다.

신성력이 제아무리 몸을 최상의 상태로 유지해 준다고 하지만, 역시 진짜 휴식과는 다르다. 뜨거운 물로 세수를 하고 나자 개운했다.

앤시아가 건네주는 수건으로 얼굴을 닦는 동안에 바르톨로뮤 백작부인이 건조하고 간결한 어조로 바깥 상황을 알려 주었다. 클레오르가 간밤에 알려 준 국가적인 문제 말고 좀 더 그녀의 신변에 가까운 이야기들 말이다.

아는 사람들이 대부분 무사하다는 이야기에 안심하고 나서, 에스텔라는 바르톨로뮤 백작부인을 바라보았다.

"할 이야기가 있어."

"말씀하십시오."

에스텔라는 잔뜩 긴장했다. 그리고 백작부인에게 고개를 숙였다.

"미안해."

"제게 무엇을 사과하십니까?"

"거짓말했으니까. 그…… 남자라고 속인 거. 엘린데아에게는 더 먼저 말했어야 옳았을 것 같은데……."

백작부인은 최대한 아무렇지도 않은 듯한 태도를 취하려 했지만, 작은 한숨을 내쉬고야 말았다. 그녀는 에스텔라의 앞에 한쪽 무릎을 꿇고 앉아서는 차분하게 말했다.

"황제 폐하께서는 처음부터 알고 계셨던 거지요?"

"응."

그렇다고 하더라, 라고 말해야 적절한 표현이 되겠지만, 에스텔라는 짧게 긍정만 했다.

"그렇다면 됐습니다. 황후 폐하께서 저를 속이고자 하신 것이 아니라 에스틴이라는 이름과 신분을 필요로 하셨음을 알고 있으니까요. 홀로 남은 명문의 외동딸이, 그것도 가문의 긍지와도 비견될 만한 귀한 자산을 그 한 몸에 가지고 계시니 어떤 고뇌와 어려움이 있으셨을지 이해하고도 남음이 있습니다."

그게 아니다. 아닌데, 백작부인이 너무 진지해서 아니라고 할 수가 없었다. 에스텔라는 뺨만 붉적였다. 바르톨로뮤 백작부인이 눈을 내리깔며 고백했다.

"실은 저도 알고 있었습니다. 반년 가까이 가장 가까이에서 몸 시중을 들었는데 어떻게 짐작하는 바도 없었겠습니까? 황후 폐하의 태도나 몸짓이 지나치게 활달하고, 또 말투나 교양에 다듬어지지 않은 면모가 있었으나 귀족가의 영애로서 필요한 최소한의 교육을 받으신 것이 분명했는걸요. 다만 황제 폐하의 태도가 마음에 둔 여인을 대하시는 듯하니, 아마 아시는가 보다 싶어 구태여 여쭙지 않았던 거지요."

에스텔라는 눈을 둥글게 떴다. 백작부인이 그녀와 시선을 맞추며 빙긋 웃었다.

220

"물론, 몸가짐을 좀 더 여성스럽게, 조신하게 고치셔야 한다는 생각에는 변함없습니다. 이것은 황후 폐하께서 남성이기 때문에 여자답게 보이기 위해서 그래야 한다는 게 아니라 고귀한 숙녀라면 마땅히 우아한 몸놀림을 가져야 하는 법이기 때문에 그렇습니다."

"아니, 그건 좀⋯⋯."

"이제부터는 좀 더 본격적인 교육 과정에 들어가겠습니다. 이제 대관식과 대혼례도 끝났으니, 황후로서 모양새만이 아니라 내실까지 갖추셔야 하니까요."

"아니, 그러니까 잠깐만. 그 문제는⋯⋯."

"모시게 되어 영광입니다. 황후 폐하."

에스텔라의 저항의 목소리는 미약하게 사라져 버렸다. 바르톨로뮤 백작부인은 문답무용으로 몸을 깊게 구부려, 예전 처음 만났을 때에 하지 않았던 극도의 예의를 갖추었다. 그녀는 이제 에스텔라가 5년의 계약에 의해 당분간만 황후궁에 머무를 사람이 아니라 정말로 모셔야 할 주인임을 알고 있었기 때문이다.

예르켈은 물론 그녀처럼 쉽게 받아들이지 못했다.

에스텔라의 부름을 받고 온 그는 저 멀리 세이렌의 섬에서 세월을 뛰어넘고 온 사람처럼 하얗게 탈색된 얼굴로 그녀를 보았다 천장을 보았다 땅을 보았다 하더니 다시 에스텔라를 보았다.

좋은 일이었다. 소원하던 바로 그 일이었다. 남자 황후를 모시더라도 끝까지 최선을 다하겠노라고 굳게 맹세하면서, 사실은 알고 보니 에스틴이 여자였다거나 하면 얼마나 좋겠느냐고 몇 번을 생각했었는가 말이다.

대혼례식장에서 그녀가 에스틴 아르투르라고 폭로되었을 때에 얼마나 충격을 받았던가. 어디에서 정보가 새었나, 아르투르 저택만이 아니라 에스텔라의 인생 전반에 대해서 철저하게 점검하고 일찍부터 준비해서 완벽하게 정보를 차단했어야 했는데 그러지 못한 자신의 무능함에 대해 자책으로 숨이 끊어질 뻔했다.

그리고 그녀가 사실은 여자라는 것을 알고 더더욱 충격을 받았다. 쏟아 낼 곳이 없어서 지난 며칠 동안 참은 탓에 충격은 원망으로 숙성되어 있었다.

"억울합니다."

그는 더듬거리며 그렇게 말했다. 뭐가 억울하냐고 하면 할 말이 없었다. 누가 고민을 하라고 한 것도 아니고, 에스텔라가 자기 입으로 내가 남자인데 들키지 않게 끝까지 보좌를 해 달라고 한 것도 아니지 않은가. 하지만 혼자 고민하고 혼자 제국의 미래를 생각하며 후사 문제가 생겼을 때에 함께 뒷일을 처리할 수 있는 입이 무거운 동지까지 만들고 있었는데.

그냥 모든 게 다 원망스러웠다. 에스텔라 본인은 물론이고, 오해를 풀어 주지 않은 권이나 일부러 그녀가 에스틴이라는 정보가 흘러갈 가능성이 있도록 꼼꼼하게 챙기지 않고 대충 놓아둔 클레오르까지도. 주군에게 감히 그런 생각을 해서는 안 되지만, 그래도 원망이 드는 건 어쩔 수 없었다.

마음속으로 그간 나눴던 대화들을 복기하면서 그는 더더욱 울분에 찼다. 어떻게 생각해도 오해할 만하게 말하지 않았던가?

"폐하가 남색자 아니냐고 의심하셨잖습니까?"

"의심했어."

"아가씨를 좋아하시는데도요?"

"내가 여자라는 걸 아시는 줄 몰랐지."

할 말이 없었다. 몰랐다는데 어쩔 건가.

에스텔라는 뺨을 긁적이며 시선만 허공에 보냈다. 사실 바르톨로뮤 백작부인에게 그런 것처럼 예르켈한테 막 미안하고 그러지는 않았다. 그가 나름대로 믿을 만한 사람이라는 것과 별개로, 아직 에스텔라는 초콜릿 케이크의 원한을 잊지 않고 있었다. 이렇게까지 자신이 쪼잔한 인간인 줄 몰랐다.

"뭐, 놀랐을 테니까 이야기는 한번 해야지 싶었어."

"놀랐습니다."

그러나 너무 망연자실해 있는 얼굴을 보니까 무심결에 웃음이 나오고 말았다. 에스텔라가 웃자, 예르켈이 울상인 얼굴로 말했다.

"그렇지만, 솔직히 안심도 됩니다."

"폐하가 남색자가 아니라서?"

"그것도 그거지만, 이제 들킬 걱정이 없으니까요."

에스텔라는 진짜로 미안해졌다. 속인 게 잘못이라고는 생각지 않았다. 애초에 예르켈은 그녀를 '에스텔라'로 제대로 알고 있었다. 에스틴임을 알게 된 것은 오히려 사고에 가까운 일이었으니까, 일부러 속인 것도 아니다.

그래도 아몬드 한 알만큼은 미안했다.

"미안."

"아닙니다. 제가 신뢰를 드리지 못해 죄송합니다."

예르켈의 마음은 금세 풀어졌다. 그는 일단 누구에게 마음을 주면 좀처럼 돌이키지를 못하는 성격이었다.

역시, '들키지 않도록'은 빼고 끝나는 날까지 최선을 다해 보좌할 따름이었다.

★

그날 오전 중에 에스텔라가 만난 사람은 그게 전부였다. 그밖에 권으로부터 편지로 그사이의 보고를 들었다. 의사에게 진료를 받고, 베르나디오로부터 또 별도로 검사를 받았다.

저녁까지 엄중하게 지켜지고 있는 몇 개의 방에서만 지내도록 행동이 제한되었다. 그러나 그녀는 별반 불편함을 느끼지 않았다. 정보까지 차단되었더라면 감금된 기분이 되었을지도 모르지만, 권의 편지도 무사히 당도했고 아무도 그녀에게 바깥 돌아가는 상황에 대해 숨기려 하지 않았다. 그리고 에스텔라는 하루가 아니라 한 달쯤 나오지 말라고 해도 밥만 맛있게 나오고 시간 때울 거리를 준다면 얼마든지 뒹굴거릴 수 있는 사람이었다.

티소엔이 찾아온 것은 오후 늦은 시간이었다. 에스텔라는 황제의 침실에 딸린 테라스에서 그를 맞이했다.

티소엔은 어깨에 삼각건을 걸어 팔을 고정시키고 있었다. 그사이에 씻고 먹고 잠도 조금 자고 와서 얼굴은 제법 멀끔했으나 그래도 완전히 피로를 씻지 못한 듯한 안색이었다.

"어서 와. 고생 많이 했다더니, 피곤해 보이네."

"……에스틴."

티소엔은 잠시 고민했으나 호칭을 결국 그렇게 결정했다. 도무지 황후 폐하라는 말은 나오지 않았고, 차마 에스텔라라는 이름은 입에 담을 수가 없었기 때문이다.

그가 그렇게 부르자 에스텔라가 방긋 미소를 지었다. 황후 폐하 어쩌고 하면서 무릎을 꿇으면 어떻게 듣나 고민했는데, 이름으로 부르니 훨씬 듣기 좋았다.

"앉아. 차 마실래? 차가운 것도 된다더라. 상황이 이 모양인데
도 주방 일이 제대로 돌아가나 봐."

"아니, 괜찮아."

티소엔은 그렇게 말하고, 에스텔라의 건너편 자리에 앉았다.

"몸은 어때?"

"보다시피 멀쩡해. 사실 흉이 남겠구나 싶은 상처가 꽤 생겼었
는데, 신성력 결계로 집중 치유를 받았으니까. 너야말로…… 그
팔 괜찮아? 다른 덴?"

"타박상이 좀 있긴 했는데, 여기 말곤 별로 다친 곳 없었으니
까."

"치유 마법은 안 받았어?"

"이 정도 부상에 귀한 치유 마법을 낭비할 수는 없잖아."

그렇게 말하고 티소엔이 한일자로 입을 다물었다. 에스텔라는
그를 쳐다보다가 "그래." 하고 말했다. 어깨 부상이 전부라면 경
상이다. 카이덴 후작가의 금지옥엽이 아니라 보통 기사였다면 치
유 마법을 받았느냐 어땠느냐고 묻지도 않았을 것이다.

"고맙다. 네가 많이 애썼다는 이야기는 들었어."

"내가 애쓰긴……. 아무것도 못했는데……."

"사실 좀 늦긴 했지. 난 싸울 때에 지원이 들어왔으면 했는데."

에스텔라는 하하 웃으면서 말했다. 티소엔은 한참 말이 없다가
고개를 들어 먼 산을 바라보며 목을 쓸었다.

"옆에 있었어도 아무 도움이 안 됐겠지. 알아."

"……너, 내가 별로 도움 안 되니까 폐하 모셔 오라고 한 것 때
문에 삐치고 그런 건 아니지, 설마?"

"아니. 내 능력의 부족을 통감했을 뿐이야."

"네 실력이 부족해서가 아니라 성검이나 성창을 다룰 수 있느냐 없느냐의 문제였으니까."

"에스틴, 끝을 봤지?"

티소엔이 갑자기 그렇게 말했다. 에스텔라는 잠깐 당혹하여 눈을 깜박거렸다. 그러나 티소엔이 무엇을 물었는지는 이해할 수 있었다.

검 끝 너머의 저편, 그들이 닿고자 하는 그 궁극의 지점.

에스텔라는 잠깐 망설였다. 그것이 티소엔의 호승심을 자극할까 봐 염려한 것은 아니다. 단지, 자기가 본 것이 정말로 '끝'인 건지, 그것을 말로 전달할 수 있을 것인지에 대해 생각했을 뿐이다.

그러나 그녀는 결국 천천히 고개를 끄덕였다.

긴 시간 동안 그 안에 머물러 있었던 것은 아니었다. 아마 완전히 스스로의 힘만으로 그 영역까지 닿는 것은 불가능할 것이다.

그러나 그녀는 궁극을 보았다. 검과 합일되었고 자의식이 무한으로 확장되어 세계에 닿았다. 그것이야말로 검의 끝, 타인을 찌르기 위한 쇳덩어리가 아니라 세상에 자기를 새기기 위해 닦는 예봉의 의의였다.

"그렇구나. 그랬을 거라고 생각했어."

티소엔은 긴 한숨을 내쉬었다. 에스텔라는 왜인지 찔리는 듯한 기분을 느꼈다. 일은 함께하고서 동료 몰래 자기만 성과급을 받으면 이런 기분일까.

그러나 그는 에스텔라에게 그것에 관해 더 묻지 않았다. 잠시 침묵한 채로 고개를 숙이고 있다가, 가벼움을 가장하고 말했다.

"나는 켄크 요새로 갈까 해. 네가 받아 주지는 않았어도 내 입으로 검을 바치겠느니, 서약을 하겠느니, 하고 우겨 놓고서 한 입으로 두말하는 것처럼 되어서 부끄럽다고는 생각하지만."

"응?"

에스텔라는 이번에도 놀랐다. 그리고 정색하고 물었다.

"그거 뭐야. 너 설마 전하에게 강요당하고 그런 거야, 혹시?"

"아니. 내가 자원했어."

그렇게 말하고서 티소엔이 또다시 한동안 말이 없었다. 에스텔라는 당황해서 말을 꺼내지 못했다.

티소엔이 그냥 그곳으로 가겠다고 했으면 그녀는 놀라거나 하지 않았을 것이다. 보다 많은 몬스터를 상대하고, 보다 자신의 실력을 갈고닦고자 하는 마음이 티소엔에게 있다는 것을 아닌가. 그녀도 권하지 않았던가.

그러나 지금은 시기가 좀 그랬다. 호승심을 부려 이런 상황에서 제멋대로 하겠다고 뻗댈 녀석은 아니다. 그는 고집이 세긴 해도 옳다고 생각하지 않는 방식으로는 움직이지 않는다. 더군다나 이렇게 어지러운 상황이라면 가족의 곁에 있어야 할 게 아닌가.

"너, 진짜로 나 때문에 그래? 책임감 느끼고 그래서?"

"어떤 의미에서는 그래."

"네가 실력이 모자라서 먼저 가라고 한 게 아니라니까. 애당초······."

"좋아해."

폭탄이 떨어졌다.

그 단어가 한쪽 귀로 들어갔다가 다른 한쪽으로 쭉 빠져나갔다. 그리고 다시 되돌아서 에스텔라의 귓구멍을 쑤셨다.

그녀가 눈을 깜박깜박거리고 있자 티소엔이 정색했다.

"에스틴, 지금 '친구로서', 뭐 그런 말 생각하고 있지?"

눈치가 없다고 티소엔은 사돈네 남 말처럼 생각했다.

"너를 여자로서 좋아해. 아니."

이렇게 말하면 틀리다. 그는 에스텔라가 아니라 에스틴이라고 해도 똑같은 마음으로 연모했을 것이니까.

"내가 남자로서 너를 좋아해."

"뭐? 너⋯⋯."

"네가 나한테 그런 마음이 전혀 없다는 거 나도 알아."

에스텔라가 대답하기 전에 티소엔은 빠르게 말했다.

"너에게 이 감정에 응해 달라고 조를 생각도 없고. 다만, 그렇다는 이야기야. 그러니까 네가 친구로서 해 주는 순수한 배려들이 나에게는 너무 과분해."

그는 자기가 좀 더 냉정해질 수 있는 사람인 줄 알았다.

죽는 날까지 이 마음을 숨기고, 충실한 친구이자 기사로 남을 수 있을 줄 알았다.

하지만 불가능했다. 애초부터 감정을 숨기는 데에는 서투른 편이다. 하물며 끓어오르는 연정을 어떻게 숨기겠는가.

에스텔라가 행복하기를 바랐다. 그러나 다른 남자의 곁에서 행복한 것을 두고 보며 견딜 수도 없었다. 클레오르가 그녀를 지켜 주고 행복하게 해 주기를 바랐다. 그러나 그것을 지켜보면서 행복하라고 축복할 자신이 없었다.

그는 부서진 성목에서 떨어진 에스텔라가 클레오르의 품에 안기는 것을 보면서, 이대로는 곁에 있을 수 없다는 것을 깨달았다.

사흘 동안 혼절한 그녀의 침실 문 앞을 지키면서, 자기가 아무 것도 할 수 없다는 사실을 통감했다. 클레오르가 그녀에게 신성력을 불어넣고, 안아 올려 몸을 편안하게 해 주고, 끌어안고 잠드는 동안에 그가 할 수 있는 일이라고는 그저 애타게 눈뜨기를 기다리는 것뿐이었다.

클레오르가 그저 정략결혼의 상대로만 그녀를 대하고 있다면, 티소엔은 마음을 고치려고 애쓰지 않았을 것이다. 여전히 그가 에스텔라에게, 그녀가 받아야 마땅한 대우를 해 주지 않고 있다면, 그녀를 향해 손을 내민 채로 10년이고 20년이고 기다렸을 것이다.

그러나 그의 마음이 자신의 것보다 못하다고 어떻게 말할 수 있겠는가. 티소엔은 가장 가까운 자리에서 그가 에스텔라를 되찾으려고 발버둥 치는 것을 보았다. 망설임 없이 팔을 그어 피를 흘리고, 그것에서 고통조차 느끼지 못할 만큼 절망에 빠져 있는 것도 보았다.

자기 마음이 그보다 못하다고는 생각지 않는다. 아니, 반대로 말해야 옳을 것이다. 그의 마음이 티소엔의 것만큼이나 강했다. 그리고, 에스텔라가 선택한 것은 그이다. 그녀를 행복하게 해 줄 수 있는 것도 그이다.

포근한 털이 달린 가운에 감싸인 에스텔라의 얼굴이 창백하고 여려 보였다. 그리고 아무리 손을 뻗어도 닿지 않을 사람처럼 보였다. 실제로도 영원히 닿지 않을 것이다. 그녀는 이미 황후다.

그에게 켄크 요새로든 어디로든 멀리 가기를 권한 것은 큰형인 카이덴 자작이었다.

「네 마음, 아주 이해 못 할 것도 아니다. 티스, 하지만 상대는 황후 폐하야. 미혼일 때에 어떤 분이었든, 너와 어떤 사이였든, 감히 넘봐서는 안 되고 그러려는 시도조차 해서는 안 돼.」

「삿된 마음을 품은 적이 없습니다.」

「네가 삿되다 생각하지 않아도, 남들은 그렇게 생각하지 않을 거야. 실제로 옳지 못한 일이기도 하고.」

카이덴 자작은 무겁게 말했다.

「만약에 황제 폐하께서 신전과 정면으로 싸울 작정을 하실 정도로 황후 폐하를 아끼지 않았다면, 처음 예정대로 5년 후에 이혼하리라고 생각하고 나라도 널 지지해 줬을 거야. 부모님도 어떻게든 설득할 수 있었을 거고. 하지만 이제는 안 돼. 황제 폐하는 이혼할 생각이 없으시고, 넌 지금 남의 아내에게 불측한 마음을 품은 거야.」

티소엔은 고개를 끄덕였다.

형의 말이 맞다. 삿된 마음이다. 그러나 도무지 없는 척할 수 없는 마음이었다.

그래서 그는 멀리 가기로 했다. 시간이 지나면 이 마음도 삭여질 것이다. 그러면 조금 더 참을 만해지고 숨길 수 있게도 될 것이다.

그때 가서 돌아오면 된다.

"아무렇지도 않게 옆에 있을 수 있을 만큼 이런 마음 버리고, 수련 제대로 해서 진짜로 경과 대등한 실력자가 된 다음에 돌아올 거야."

남자로서는 그러지 못했지만, 친구로서, 또 검우로서는 누구보다도 가까이에 있고 싶다. 티소엔이 결심할 수 있는 일은 그것뿐이었다. 그 마음만은 영원히 변하지 않으리라.

에스텔라는 대답하지 못했다. 티소엔의 마음에 어느 것 하나도 응할 수가 없었으니까.

티소엔이 자리에서 일어서자, 그녀도 따라 일어섰다.

"언제 가?"

"부상은 나은 다음 가야지. 이대로 켄크 요새로 가 봤자 즉시 전력도 못 되는 놈이 왔다고 걷어차이기나 할걸. 기사단이 정상화 되려면 시간도 좀 걸릴 테고, 어머니도 불안해하고. 인수인계가 있으니까 떠나기 전에 몇 번 만나게 될지도 모르겠다. 이런 식으로 편하게 말하는 건 마지막이겠지만……. 피로연에는, 참석하지 못할 것 같다. 미안해."

티소엔은 시선을 바닥에 던진 채로 말했다.

"오늘 이야기는, 잊어도 돼. 그냥 내가…… 어디에라도 변명하고 싶었어."

"변명하지 않아도 돼. 네가 내 친구라는 건 변하지 않을 테니까."

에스텔라는 그를 한 번 안아 주었다. 티소엔은 뻣뻣하게 몸을 굳혔다.

그는 용기를 내서 한 번 에스텔라의 몸을 마주 끌어안았다가 놓았다. 그 보드라운 포옹을 죽을 때까지 잊지 못하리라고 생각하면서, 한 걸음 물러났다.

그리고 이번에는 한쪽 무릎을 꿇고 가슴에 손을 얹었다.

"여신의 축복이 당신의 손과 발에 깃들어 행하시는 모든 바에 빛이 충만하기를. 그리고 그 빛의 파편이 어느 날엔가 이 몸의 꿈 자리에 잠시라도 머무르기를 소망합니다. 황후 폐하. 안녕히 계시킬."

에스텔라는 쓰게 웃었다. 마음으로부터 친구를 잃었다는 생각은 들지 않았다. 그는 한 단계도, 두 단계도 올라선 모습으로 돌아올 것이다.

그렇지만, 예전처럼 귀찮아하고 쫓아오고, 말 머리를 나란히 하고 잡담을 하며 걸을 날은 다시 오지 않으리라.

티소엔은 그녀를 늘 에스틴으로 만들었다. 그리고 이제 그는 그녀를 황후 폐하라고 부르게 되었다.

그러니 이제 에스틴은 기억으로만 남게 될 것임을 그녀는 깨달았다.

★

클레오르가 일을 마치고 돌아왔을 때까지도 에스텔라는 테라스에 앉아 있었다.

촛불 하나 밝히지 않아 어두운 너머에 달빛에 드러난 실루엣만 보였다. 클레오르는 촛대에 불을 밝히고 그것을 들고 테라스로 향했다.

본궁 앞에 있던 건물 하나가 사라진 덕택으로 4층의 테라스에서 엘첸의 전경이 훤히 보였다. 예전 같았으면 정면에 있는 중앙대로의 가로등과 로펜데일, 윈첸 거리의 저택들에서 밝히는 불빛, 유흥가의 불야성이 야경을 형성했겠지만, 지금은 군데군데 검게 얼룩진 듯 새카만 어둠과 달빛에 희미하게 비치는 지붕들만이 보일 뿐이었다. 제국의 수도다운 면모는 찾아볼 수 없었다.

"뭘 하고 있어? 이렇게 어둡게 하고 앉아서."

"그냥 이런저런 생각이요. 늦으셨네요."

"기다렸어? 먼저 자지."

"같이 자려고 기다린 건 아니에요."

에스텔라가 고개를 저었다. 클레오르가 씩 장난스레 웃었다.

"그럼 내 얼굴이 보고 싶어서?"

"폐하는 세상 살기 참 편하겠어요. 근자감이 넘쳐서."

"솔직하게 말해서 근거가 없지는 않지."

그것도 틀린 말은 아니었다. 에스텔라는 떨떠름하게 그의 잘생긴 얼굴을 쳐다보았다. 하긴, 저 얼굴인데 근거가 없진 않았다. 잘생겼다는 건 봐도 또 보고 싶은 것이라고 하지 않는가.

"뭐, 그런 이야기를 하자는 건 아니고요. 저한테 듣고 싶으신 이야기가 있을 거 같아서요."

"괜찮겠어?"

클레오르가 조심스러운 얼굴로 에스텔라를 바라보았다. 그녀는 헛웃음을 쳤다.

"새삼스럽게 왜 그러세요? 저를 보호받아야 할 위치의 사람으로 생각하시지 않았었잖아요."

"그래. 그런데…….."

"내상을 좀 입었다고는 해도 이미 다 나아 가고요. 부상 때문에 지치면 마음이 약해질 수도 있긴 하지만 저 별로 그런 타입 아니에요."

그날 성목의 숲에서 했던 생각들을 돌이켜 보면 솔직히 맨 정신으로 떠올릴 수 없는 부끄러운 부분이 많아서 민망하긴 했다. 마음이 약해진다면 그런 부분에 대한 문제이다.

"마녀가 사라진 것에 대해서는 아직 파악 안 되신 거죠?"

"그런 셈이야. 대마녀가 사망했으니 그런 건가, 하고 추측은 하고 있지만 확정할 수 있는 건 아니니까. 콘스탄체가 한 일이지?"

"네."

"너무 질서 정연하고 빠르게, 준비된 것처럼 퇴각한 것을 보니 그런 거 같더군. 그대를 되찾아 가라는 듯이 전언까지 남겼고."

클레오르는 팔짱을 끼었다. 에스텔라를 피곤하게 하거나 힘들게 하고 싶지는 않았지만, 이야기가 나온 김에 끝내는 게 나을 것이다.

"콘스탄체가 그대를 이용해서 대마녀를 제거하고 나를 나중에 불러들인 것까지는 알겠어."

만일에 그가 직접 성목의 숲으로 갔더라면 일단 혼자 갔을 리도 없지만, 오르페이를 죽인 뒤에야말로 진짜 전쟁이 시작되었을 것이다. 에스텔라는 혼자이고 게다가 마녀였기에 그녀를 통제할 수 있으리라고 여겨졌으리라.

거기까지도 알고 있다면 설명하기 쉽다. 에스텔라는 콘스탄체의 목적이 대마녀의 지배력에서 벗어나 혼종 마녀를 위한 새로운 나라를 세우려는 데에 있었음을 말했다.

"북쪽 몬스터 산맥을 넘어간다고 하더군요. 당분간 마주하게 될 일은 없겠죠. 대단한 사람이라고 생각했어요."

"……그렇군. 뜻을 같이하는 마녀들이 미리 계획을 했고, 따라가기로 한 사람들은 아르데나가 보호했고, 끝까지 알비나의 편에서 있었던 자들은 우리 손에 죽었으니 모두 콘스탄체의 뜻대로 된 것이군."

"어머니 나무가 완전히 죽어 버린 것도 콘스탄체가 한 일일 거예요. 죽었다기보다는 아마 근원을 뽑아다 옮길 셈인 거겠지요."

234

에스텔라는 작은 한숨을 내쉬었다. 지금 생각해도 나쁜 년이었다고는 생각하지만, 마녀들의 나라를 세울 목적으로 암약해 왔다니 에스텔라로서는 상상도 할 수 없는 큰 그림이었다.

"권한테 듣자니 잔류한 마녀들의 처우 문제로도 논란이 많다고 그러던데요."

"경청하고 있어."

"아마 대부분은 마녀로 사는 건 생각해 본 적도 없고, 자기 사람을 지키느라 떠날 타이밍도 놓친 사람들일 거예요. 선처해 주세요."

클레오르가 쓰게 웃었다.

"그것뿐이야?"

"지금 당장 걱정되는 건 그것뿐이에요. 더 생길지도 모르지만요."

"걱정하지 마. 신전에 권한을 주지 않기 위해서라도 모두 재판정으로 보낼 생각이었어. 마녀의 힘도 단순히 '힘'일 뿐이라는 것을 전제해서 잘잘못을 가리도록 할 거야. 웬만하면, 선처하고."

"네. 고마워요."

에스텔라는 한숨을 내쉬며 말했다. 가장 마음에 걸리는 일이 그것이었다. 하지만 클레오르가 그렇게 해 준다고 했으니 믿어도 좋으리라.

클레오르가 물었다.

"더 궁금한 건 없고?"

"지금은요. 폐하가 알아서 잘 하시겠죠. 굳이 저한테 전부 알려주려고 애쓰실 필요 없어요."

그러고 나자 대화가 끊겼다. 침묵이 돌았다.

클레오르는 가만히 손을 뻗어 에스텔라의 손을 잡았다. 그리고 끌어당겨 손바닥에 입술을 묻었다.

에스텔라의 손바닥은 부드러웠다. 얇은 천만 두른 채로 검을 쥐고 싸운 탓에 굳은살이 한 차례 벗겨졌다가 치유 마법으로 회복되면서 새살이 돋아나 무척 연해졌다. 다시 예전 같은 상태로 돌아가려면 시간이 걸릴 것이다.

검지 끝에 입 맞추자 간지러움을 느낀 에스텔라가 어색하게 그를 바라보았다.

"폐하."

"더 궁금한 게 있는 게 아니라면, 이대로 잠시만 있어."

그가 말할 때마다 숨결이 손바닥을 간질였다. 에스텔라는 손을 빼내려고 움츠렸다.

그러나 클레오르는 놓아줄 듯이 힘을 뺐다가도 이내 다시 그녀의 손을 잡았다. 에스텔라는 자기 손이 예쁘지 않은 것이 처음으로 부끄러웠다. 거친 것은 치유 마법 덕택으로 오히려 부드러워졌지만, 마디지고 굵은 모양새는 어쩔 수가 없다.

마음까지 부끄럽다. 에스텔라는 숨이 조금 가빠지는 것을 느꼈다.

이럴 때가 아니다. 중요하게 할 이야기가 있었다. 마음의 결정은 이미 끝냈는데, 말을 꺼내기가 쉽지 않았다. 그저 계속해서 이렇게 있고 싶었다. 손바닥을 뒤집어 마주 잡고 눈을 감으면, 그는 분명히 다정하게 입 맞춰 올 것이다. 거기에 그저 몸을 맡기고 싶었다.

잠시 정도는 괜찮지 않을까. 그녀는 아직 조금 아팠고, 큰일도 해냈다. 어리광을 부리고 싶었다.

그러나 옳지 못하다. 지금부터 할 이야기를 생각하면, 자기 좋을 때에만 사랑을 바라는 비겁한 일로 느껴졌다.

그래서 그녀는 마음을 다지고 간신히 첫마디를 꺼냈다.

"있잖아요."

"응."

"계약, 이제 그만 끝내요."

클레오르의 손에 힘이 들어갔다. 각오하고 있던 바가 있었음에도 마음을 다스리기 위해서는 다소의 시간이 필요했다. 그는 한 번 깊게 숨을 들이쉬었다가 길고 긴 한숨을 내쉬었다.

"알았어. 그렇게 말할지도 모른다고 생각은 했어."

그렇기에 실제 준비도 하고 있었다. 에스텔라의 상세를 밖에 알리지 않고 오늘도 이 안에서만 머무르게 하며 믿을 수 있는 극히 일부의 사람만 접촉할 수 있도록 한 것도 그 때문이었다.

그녀는 너무 큰 공적을 세웠다. 아무리 그가 욕심을 부리더라도, 더 이상 코르셋과 드레스에 갇힌 채 옆에 있어 달라고 차마 말할 수가 없었다. 진정으로 그녀를 사랑한다면, 검을 쥐고 말을 타고 세상을 오시할 수 있도록 도와야 했다.

다만 곁에 있으면 된다. 그것으로 만족할 것이다.

클레오르는 처음으로 자기가 황제라서 정말로 다행이라고 생각했다. 여태까지 제위는 그에게 욕망하는 것이라기보다는 책임져야 할 것에 더 가까웠으나, 이제는 황제라서 다행이라고 진심으로 생각했다. 그는 에스텔라의 뒷받침이 될 수 있었고, 그녀가 어디까지 뻗어 나가든 손이 닿을 것이기 때문이다.

"에스틴으로 돌아가는 데에 어려운 점은 없을 거야. 그대가 대마녀와의 격전에서 중상을 입었다고 발표했으니, 일단 사망 처리를 할게. 남몰래 데즈 남작령으로 내려갔다가 나에게 돌아와. 그대에게 적절한 자리를 준비해 놓겠어. 당분간 떨어져 있을 거라고 생각하면 힘들지만, 그편이 낫겠다면…….”

“아뇨. 전 단순한 이혼을 말하는 거예요.”

에스텔라는 딱 부러지게 말했다. 적어도 그렇게 들리게끔 하려고 애썼다.

“딱히 에스틴으로 돌아갈 마음은 없어요. 이제 그냥 아무것도 신경 쓰지 않고 자유롭게 살고 싶어요. 모처럼 친구들도 생겼고요. 5년은 다 못 채웠지만, 사실상 폐하가 절 필요로 했던 이유는 이제 없어졌으니까 그냥 이혼해요. 아니다. 초야도 못 치렀으니까 이혼도 아니고 혼인 무효로 할 수 있을 거예요.”

클레오르는 말을 잇지 못했다. 손바닥으로 얼굴을 쓰다듬었지만 표정을 숨길 수가 없었다.

“날 떠나고 싶어?”

에스텔라는 당혹하여 입을 다물었다. 그런 식으로 물을 줄 몰랐다. 클레오르라면 좀 더 타산적으로 말할 줄 알았다. 설령 헤어지고 싶지 않다 하더라도, 계약 조건을 들이밀며 기한을 채우라거나, 아니면 새로운 조건을 제시하거나 할 줄 알았다.

그러나 돌아온 말은 담백했다. 오롯이 감정만 담긴 물음에 에스텔라는 대답할 수가 없었다.

왜냐하면, 그와 헤어지고 싶으냐 아니냐의 양자택일로 묻는다면 그녀는 ‘헤어지고 싶다.’라고 말할 수는 없었기 때문이다.

에스텔라는 두 손으로 머리를 쓸어 올렸다. 가슴이 부풀도록 숨을 들이켰다. 그래도 답답했다.

“폐하가 싫어졌다거나 그런 건 아니에요. 그냥 이제는 제가 할

238

일이 다 끝나 버렸다고 느껴져요. 이제 제가 아니라도 괜찮잖아요."

"안 괜찮아."

"폐하의 파트너로서 제가 할 수 있는 일은 모두 끝났다고요. 평시의 황후로서 제가 부적격하고, 할 수 있는 일이 적다는 건 저도 알아요. 하고 싶지도 않고요. 아시잖아요."

"에스텔라."

"여태까지 그것도 즐겁게 할 수 있었던 건 그게 저만 할 수 있는 일이 있는 자리였기 때문이었어요. 춤추고, 인사 연습하고, 하하호호 티파티에 다니고, 부인들의 환심을 사고, 그런 거 자체가 목적이 아니라, 죽지 않을 약혼녀로서 소임을 다하기 위해 부수적으로 따라온 일이니까. 하지만 이제는 소임이 사라졌잖아요. 기한조차 없이 그런 일을 계속하고 싶지 않아요. 성격에 안 맞아요. 이제 좀 쉬고 싶어요."

바라던 바를 모두 이루었다.

그녀는 아르투르 검술의 끝을 보았다. 대마녀를 쓰러뜨려서 제국을 지켰고, 기사로서 주군의 권좌를 단단히 했다.

이만하면 검을 잡은 사람으로서 평생 동안 이루어야 할 업적은 모두 달성한 게 아닐까.

에스텔라는 농담처럼 말했다.

"저, 은퇴해도 될 만큼 충분히 일 많이 했어요. 까놓고 말해서 단기간이었지만 5년어치 일 다 해 드렸다고 보거든요? 이제 경치 좋은 휴양지로 내려가서 돈 팍팍 쓰면서 한가하게 살고 싶어요. 평생 무보수로 가족 경영 사업체를 계속 도와 달라는 건 아니시죠?"

239

"에스텔라."

"제발! 그렇게 좀 쳐다보지 말아요!"

그녀는 얼굴이 새빨갛게 변해서 벌떡 일어섰다.

클레오르는 가만히 그녀를 올려다보았다. 눈동자는 전에 없이 깊고 애절했다. 에스텔라는 그의 손을 뿌리치려고 애썼지만, 부드럽게 잡고 있는 것 같은데도 도무지 그 손을 뿌리칠 수가 없었다.

"제 자리가 아니에요! 폐하에게 마음이 있다는 이유로 황후가 되고 싶지는 않다고요! 좋아한다는 감정 때문에 인생을 무덤에 처박을 생각은 없다고 말했잖아요!"

"그러면 에스틴으로 있어 주면 되잖아. 나도 형태에 구애받을 생각은 없어."

"그건 지금 당신 정부가 되어서, 다른 여자하고 결혼하고 아이를 낳고 사는 걸 보라고 말하는 것과 똑같다는 걸 알고 있어요?! 내가 그렇게 호구 병신으로 보여요?!"

에스텔라는 손을 빼내려고 힘을 주었다. 이번에는 쉽게 빠져나왔다.

그녀가 돌아서려고 하자 클레오르가 따라 일어서서 팔을 뻗었다. 뒤에서부터 끌어안긴 채로 에스텔라는 움직이지 못했다. 감정적이지 않으려고 그렇게 늘 애쓰는데도, 눈물이 솟구쳤다.

"그렇게 말하지 않았어. 전에도 말했잖아. 내가 재혼하지 않고 독신을 고수하면 되는 거고."

"남자로 살고 싶어서 그런 게 아니에요. 출세할 마음도 없고요. 돈 많은 백수로 사는 건 제 오랜 꿈이었다고요. 솔직히 기사로서도, 여자로서도 해 드릴 수 있는 일은 다 해 드렸잖아요. 대혼례도 치렀고, 대관식도 했고, 성창도 계승하셨고, 대마녀도 무찔러

드렸는데 저한테 이 이상 뭘 더 해 달라고 하는 거 너무 양심 없는 거 아니에요?"

목이 부들부들 떨렸다.

지난 반년 동안 행복했다. 남자 옷이 어울리고, 남자로서 아무리 잘 살 수 있어도 그녀는 여자였다. 에스틴으로서 즐겁게 살았지만, 동시에 늘 남의 일처럼 한 걸음 떨어져서 그것을 지켜보며 머물러 있는 에스텔라가 있었다.

사교계 활동이 귀찮고, 코르셋이 싫고, 기품 있게 움직이고, 미소 지은 얼굴을 연습하며 품위 있는 말씨와 우아한 억양을 지키는 것이 힘들었지만, 그런 모든 점을 포함하여 여자인 자신이, 더 자기 자신 같았다.

친구도 생겼다. '에스텔라'를 아는 사람도 늘어났다. 이대로 살고 싶다. 금전적인 여유만 있다면 그녀는 여자로 아주 행복하게 잘 살 수 있었다. 애당초 '남자'가 되고 싶었던 게 아니고 출세도 바라지 않았다. 바라던 게 누군가가 그녀의 존재를 알아주는 것뿐이었지 않은가.

티소엔이 그녀의 검을 알고 클레오르가 그녀의 마음을 안다. 그것으로 되지 않았다.

그녀는 제국을 구했다. 기사로서 주군을 구했다.

그것으로 만족했다. 기사로서 인생에서 할 수 있는 일을 모조리 해 버렸다. 그 이상 무엇을 이루어 낼 필요가 있겠는가.

그러니 이제 기사가 아니라 에스텔라로 살고 싶었다. 에스텔라이면서 편안하게. 처음에 바랐던 것처럼 느긋하고 부유하게, 여유 있게 살고 싶었다. 그 정도 보상은 받아도 좋지 않은가.

아니다. 사실 진심은 그것이 전부가 아니다. 검을 잡은 사람으

241

로서 욕망한 게 있었던 것처럼 그녀에게는 여자로서의 욕망도 있었다.

그러나 잡아서는 안 되는 욕망에 시달리는 건 이제 그만하고 싶었다. 이제 지쳤다.

클레오르가 그녀의 손을 잡아 올렸다. 손등에 입술이 눌린다. 따뜻한 숨이 손등을 간질였다.

"그게 아니지?"

"……."

"그게 진심의 전부가 아니잖아. 정말로 내 곁에 있고 싶지 않다고 생각해? 나를 좋아하잖아. 우리 마음이 완전히 하나는 아니라도, 그래도 꽤 가깝게 있다고 나는 믿었는데."

그가 그렇게 속삭였다. 에스텔라는 눈물이 핑 돌려는 것을 참았다. 자기가 거짓말을 잘 못한다는 것은 알지만, 클레오르도 클레오르대로 너무 눈치가 빨랐다.

"후사를 낳을 수 있는 확률이 너무 낮아요."

결국 에스텔라는 클레오르에게 잡힌 손을 끌어당겨 눈을 가린 채 낮은 목소리로 말했다.

"……에스텔라."

"한번 마녀가 됐던 몸이에요. 콘스탄체가 마녀의 씨앗을 뽑아가겠다고 말하긴 했지만, 정말로 순수한 인간으로서 돌아왔는지 아닌지는 알 수 없어요."

그녀는 침착함을 지키려고 애썼다. 이런 이야기까지는 하고 싶지 않았다. 이 이야기는 너무 내밀하다. 이제 지쳤고, 놀고 싶으니 떠나겠다고 말하는 것보다 훨씬 부끄러웠다.

그렇지만 말하지 않을 수가 없었다. 왜냐하면 이쪽이 진심이니까.

그녀는 클레오르를 좋아했다.

얄밉고, 장난을 치는 건지 진지한 건지 자주 분간이 안 가게 행동하고, 은근슬쩍 무례하지만, 만날 때마다 즐겁게 해 주는 그를 좋아했다.

그는 창을 타 넘고 제멋대로 굴지만 그녀를 기쁘게 하는 법을 알았고, 괴상한 가발을 쓰고서도 자기 얼굴에 대한 자신감이 지나치게 강했지만 가슴 뛰도록 설레는 미소를 지을 줄도 알았다. 가볍고 편하게 말하지만 책임감이 있었고, 냉정하지만 심장에 맺히는 상처를 잊지 않았다.

그리고 그녀를 믿어 주었다.

그것을 생각하면 심장 안쪽이 간지러웠다. 키스하면 마음까지 뜨거워졌다. 끌어안고 있으면 세상을 보지 않아도 될 만큼 평안했다.

그를 위해서 사람을 죽였다. 그럴 만한 가치가 있는 사람이었다.

그러나 그렇다고 해서 아무렇지도 않게 손을 맞잡기에는 걸리는 것이 너무 많았다.

만일에 황제가 아닌 그를 만났으면 어땠을까를 또다시 생각해 보고 만다. 그러나 그것이 무슨 소용이 있겠는가. 그는 황태자였고, 이제 황제다. 그리고 그것을 버릴 수 없을 사람이다.

그를 사랑한다. 손을 잡고 싶었다.

설령 황후의 보관이 제게 어울리지 않는 것이라 하더라도, 맹세가 진실한 영원을 담보하지 못한다 하더라도, 그래도 쉽사리 체념해 버리는 이 성격으로도 시도 정도는 해 보고 싶을 만큼. 깨어나서 가장 먼저 염려하고 걱정했던 것이 과연 자기 몸이 온전한지에 대한 염려였을 정도로 말이다.

"그날 입은 내상도 심각해요. 앤시아 말로는 어제까지는 하혈도 계속했다고 그러더군요. 의사도 운이 나쁘면 아예 자식을 낳지 못하게 되었을 가능성이 있다고 했어요. 낳는다 해도 마녀의 씨앗밖에 낳지 못할 수도 있는데."

"씨앗이라 해도 개화하지 않으면 그만이잖아. 이미 우다르드에서는 대마녀가 떠났고, 그대는……."

"딸밖에 못 낳는다고요."

화가 치밀었다. 울분 때문에 눈물이 날 거 같아서 에스텔라는 손바닥으로 눈가를 가렸다.

"딸로는 아무것도 해결되지 않는다는 걸 알고 있잖아요! 남자애를 낳지 못하는 아내 따위는 아무짝에도 쓸모가 없어요! 하다못해 당신이 그래도 상관없는 신분인 것도 아니고……!"

클레오르가 그녀를 돌려세웠다. 억지로 손을 내리려 들어서 "하지 마요."라고 말했지만 듣지 않았다.

"내가, 지금 기쁘다고 말하면 화낼 거지."

"이미 화나 있어요."

"화날 만큼 나를 좋아하게 된 거잖아."

눈물을 삼켜 내는 데에 성공했지만, 속눈썹을 더듬는 클레오르의 손끝이 젖는 것까지는 어쩔 수 없었다.

버둥거리려는 그녀를 꽉 껴안은 채로 그가 뺨을 마주 댔다.

"아이 같은 건 상관없어. 내가 첫째는 아들이었으면 좋겠다고 말한 건 정말로 아들을 원해서가 아니라 그래야 잡음이 적을 거라고 생각해서 말했던 거야."

클레오르는 간절하게 말했다.

"황후보다도 그대가 필요해. 쉬고 싶다면 그렇게 해. 그냥 나를 떠나지만 마."

"말장난하지 말아요."

"의무 같은 건 하나도 주지 않을게. 그대가 어떻게 살아도 괜찮아. 내 옆에 있기만 한다면."

"폐하."

"그대만 옆에 있어 주면 돼. 바라는 게 그것뿐이라는데도 안돼?"

에스텔라의 몸에서 힘이 빠져나갔다. 클레오르는 그녀의 몸을 더 단단히 붙들어 안았다.

"사랑해."

"……."

"그대를 잃을 수 없어. 아니, 그대를 잃어도 살 수는 있겠지. 그렇지만 그렇게 살고 싶진 않아. 그건 사람 사는 게 아닐 테니까."

"폐하."

"내 인생에 여자는 그대뿐이야."

"거짓말하지 말아요. 황후가 되기에 적당한 신분과 능력을 가진 영애의 이름을 이 자리에서 제가 열 개도 댈 수 있는데. 제가 떠나기 무섭게 그중 하나를 골라서 결혼하고 자식 낳고 잘 살 거잖아요. 예의랍시고 날마다 꽃을 보내 가면서."

"그대는 내가 사람으로도 안 보여?"

"폐하."

"맞아. 그렇게 해야 되겠지. 의무를 팽개친 적은 한 번도 없으니까. 해내야 한다면, 어떻게든 해낼 수 있을지도 몰라. 그게 책임일 테니까."

클레오르의 목소리는 점점 낮아지다가 마침내 들리지 않을 정도로 작은 쉰 소리가 되었다.

"그렇지만 그 여자를 위해서 레오폴드로 케이크를 사러 가거나 창을 타 넘어 만나러 가는 일은 없을 거야. 이상한 가발을 쓰고 같이 거리로 나가는 일도, 하잘것없는 카드를 쓰는 일도, 비는 시간을 만들기 위해 애쓰고, 초콜릿과 젤리를 만들라고 요리장에게 말하는 일도 없을 거야."

에스텔라는 아무 말도 하지 못했다. 클레오르가 그녀의 머리에 뺨을 비볐다. 눈 안이 뜨거웠다.

"그대에게는 내가 그저 황태자이고, 황제이기만 해? 그랬었어?"

"폐하는, 황제잖아요."

"아무리 나라고 해도, 황제로만 살 수는 없어. 그대를 사랑하는 건 황제가 아니야. 여기에 있는 나이지."

그가 에스텔라의 손을 끌어다가 자기 뺨에 문댔다.

"그냥 나만 사랑해 줘. 다른 건 아무것도 생각하지 말고. 황후로 살지 않아도 괜찮아. 그냥 내 아내로만 있어."

"……나 진짜 아무것도 안 할 거야."

에스텔라는 잔뜩 갈라진 목소리로 내뱉었다.

"그래. 나머지는 내가 다 커버할게. 할 수 있어. 나 그만큼 능력 되는 남자야."

"그래도 주방은 털 거예요."

"한 달에 네 번씩 그대만을 위해서 디저트 파티를 열어 줄게."

"매월 3백만 골드 준다고 했던 것도 꼬박꼬박 챙기고요."

246

"그건 그냥 황후궁 운영비로 써. 내가 가진 걸 통째로 다 줄게."

"미쳤어요? 그거 제국이잖아요."

클레오르가 몸을 조금 떨었다.

"설마 지금 웃었어요?"

에스텔라는 미간에 힘을 주었다. 클레오르가 입을 다물고 절대 표정이 보이지 않도록 그녀를 부둥켜안았다.

"아니, 울고 있어."

"도대체. 후계자는 어쩌려고요? 키우라는 소리 안 하면 내 밑에 넣어도 된다고 했던 건 계약 결혼이라서였어요. 어차피 진짜가 아니고 책임 안 질 거니까 그런 거였다고요. 진짜로 결혼할 거라면, 딴 데서 애 만들어 오는 거 못 봐요."

"딸밖에 안 생기면, 여황제 한번 만들어 보지, 뭐."

"아예 못 낳으면요?"

"조카도 있잖아."

클레오르는 그렇게 말했다. 그리고 끌어안은 팔에 힘을 주며 빌듯이 애원했다.

"우선 5년만 해 보자. 그게 처음 약속이었잖아."

"폐하."

"5년 살아 보고, 안 되겠으면 그때 헤어져도 되니까. 5년 후에 도저히 안 되겠다면, 그때에는 놓아줄게. 해 보지도 않고 포기할 수는 없어. 이대로 그대를 보낼 수는 없어."

"……좋아요."

에스텔라는 작은 소리로 대꾸했다. 그리고 떨리는 목소리로 애써 장난처럼 대꾸했다.

"나중에 나랑 이혼하고 나서, 후계자도 못 만들고 시간 허비했다고 원망하면 안 돼요."

얼굴을 보일 수 없기는 그녀도 마찬가지였다.

"원망 같은 거 안 해. 고마워."

그녀는 팔을 뻗어서 클레오르의 등을 끌어안고 가슴에 얼굴을 파묻었다.

클레오르가 그녀의 머리칼을 움켜쥐며 입을 몇 번이나 맞추었다. 그리고 마찬가지로 목쉰 소리로 속삭였다.

"사랑해."

에스텔라는 고개를 들었다. 그리고 클레오르의 뺨을 만지며 눈을 들여다보았다. 역시나 울었다는 건 거짓말이었다. 눈이 조금 충혈되고 눈가가 붉어져 있었을 뿐이었다.

"사기꾼 같으니."

"그대를 속이려고 한 적은 없어."

"말 안 하는 부분이 있을 뿐이죠."

"그렇지만 하는 말은 모두 진실이지. 사랑해."

에스텔라는 대답하지 못했다. 부끄러웠기 때문이다. 대신에 눈을 감았다. 클레오르가 그녀의 허리를 강하게 감아 안고 입술을 겹쳤다.

그리고 그대로 그녀를 감싸 안은 채 침실로 향했다.

17.
성검의 주인

에스텔라가 황제의 침실에서 나설 수 있었던 것은 그로부터도 시일이 꽤 지난 후의 일이다. 체감으로는 충분히 나다닐 만큼 건강해진 상태였으나 클레오르는 그녀를 좀 더 침실에 잡아 두려고 주치의에게 거짓말을 시켰다.

그러나 그럴 필요는 없었다. 에스텔라는 정말 나가는 게 귀찮았다.

심신이 모두 쥐어짜이도록 지친 데다가 원래부터 게을렀다. 인간이 사회적 동물이라지만 그녀는 나흘이 아니라 4개월 정도는 너끈히 혼자 뒹굴 수 있을 것 같았다. 진짜 혼자인 것도 아니고. 어차피 클레오르와 한 침실을 쓰는 것에 익숙해지는 데에만도 적지 않은 에너지를 소모하고 있다.

사실, 그게 가장 큰 문제였다. 몸이 불편한 부분이 있긴 했다. 제아무리 그녀가 강건한 내구력의 소유자라도 단련할 수 없는 부분은 있게 마련이니까.

아니다. 오히려 단련되고 있다는 게 맞을 것이다. 원래 감각의 단련이라는 건 경험치가 쌓일수록 예민해지는 법이다.

"으, 응……."

그녀는 약한 신음을 뱉으며 클레오르의 어깨를 쥐었다.

15분 전까지만 해도 저녁잠을 자던 중이었다. 그녀는 클레오르가 돌아오는 기척에 깼다. 일어나기 싫어서 뒹굴거리면서 돌아보자 그가 가벼운 키스와 함께 저녁 인사를 건넸다.

「이제 일어나서 밥 먹으러 가야지.」

그녀는 클레오르의 목에 팔을 감으며 일으켜 달라고 말했다. 그랬는데 왜 이렇게 됐는지 알 수 없는 노릇이었다. 거의 매일의 일이었지만, 매번 언제부터 이게 시작되는지 여전히 그녀는 파악하지 못하고 있었다.

"레오, 좀, 잠깐만요."

"조금만 더."

그의 조금만은 언제나 조금이 아니었다. 말하려고 겨우 떼어 낸 입술을 쫓아온 혀가 다시 그녀의 혀를 입속에서 건져 올리고, 걷어 올린 잠옷 치마 아래로 손이 들어와 허벅지를 쓸어 올렸다. 어쩌면, 클레오르에게는 그 정도는 조금일지도 몰랐다. 에스텔라에게는 이미 포화 상태였지만.

"음……."

키스만으로도 매번 머리가 아득했는데, 그 이상으로 가니 정신을 차릴 수가 없었다.

250

초야에는 좀 나았다. 키스와 전희는 기분 좋았다. 관계하는 것도, 당혹스럽고 기분이 이상하고 정신이 하나도 없었지만, 듣던 것만큼 아프지는 않았다. 무사히 잘 치러 낸 자신에게 뿌듯한 마음도 들었다.

문제는 다음 날부터였다. 클레오르는 끈질긴 데다가 인내심이 깊고 체력이 좋았으며, 잘했다. 게다가 수시로 그녀를 원했다. 에스텔라는 고작해야 이틀 만에 쾌락을 배울 만큼 충분한 경험을 했다.

그는 에스텔라의 귓불과 목덜미에 키스하면서 긴 손가락으로 속옷을 끌어 내렸다. 일부러 스치듯이 중요한 부분을 자극하는 손길에 에스텔라는 헐떡거렸다. 애가 닳는데, 조르지도 못하고 다리가 꼬였다.

"클레오르."

"그쪽은 익숙하질 않아서 아무래도 내 이름 아닌 거 같아."

"레오."

재촉하는 대로 에스텔라는 이름을 입에 담고 그것만으로도 뺨을 붉혔다. 그녀는 늘 몸으로 배우는 것에 익숙했으므로 마음이 육체를 좀처럼 따라가지 못했다. 클레오르는 어디다 두어야 좋을지 몰라 바르작거리는 그녀의 다리를 쥐어 올려 종아리에 키스했다. 그리고 새빨개진 에스텔라의 얼굴을 내려다보며 웃었다.

"내가 그대 때문에 위험하다고 생각했던 때가 언제인지 알아?"

"언젠, 데요?"

"마장에서, 딱 달라붙는 바지를 입었을 때."

"변태도 아니고……."

"그전에도 호감은 있었지만, 구체적으로 위험해진 건 처음이었지."

그렇게 말하면서 그는 고개를 숙였다. 에스텔라는 그가 다리 사이에 고개를 파묻을까 봐 당황하면서 피하려고 했다. 며칠 사이에 그것도 여러 차례 겪었지만, 할 때마다 당황스러웠다.

하지만 페이크였다. 클레오르는 그녀가 떨 정도로 부드럽게 입술과 숨결로 허벅지 안쪽을 훑으며 올라왔으나 그곳에 입을 대지는 않았다. 숨이 아랫배에 닿아 배꼽 언저리를 따뜻하게 만들었다. 에스텔라가 안심하고 눈을 감으며 긴장을 푸는 순간 묵직한 것이 쑥 밀고 들어왔다.

"아, 아!"

그녀는 위로 쭉 밀려 올라갔다. 들어오는 것이 길어서 소리가 두 번에 걸쳐서 새었다. 클레오르가 그녀의 허리를 잡고 속삭였다.

"긴장 풀어. 힘 빼고. 이제 많이 해 봤잖아."

"그게, 마음대로 안 된다는데…… 으응."

에스텔라는 눈꼬리에 눈물을 매달고 신음했다.

"맨날 기습하고."

"예고하면 긴장하니까."

클레오르가 그녀의 엉덩이를 쥐고 허리를 더 바짝 붙였다. 에스텔라는 숨을 크게 들이켜며 긴장을 풀려고 애썼다.

처음에는 소리도 제대로 내지 못했다. 클레오르는 그녀가 충분히 젖고, 또 온몸의 긴장을 풀 수 있도록 정성을 다해 그녀를 애무했지만, 평생 제대로 손대 본 적도 없는 곳으로 남자의 중심이 관통하는 건 진짜 충격적인 체험이었다.

그녀는 처음에는 그것을 괴로움에 가까운 것으로 받아들였다.

육체적 고통에 늘 그렇게 반응했듯이, 그녀는 아랫입술을 물고 몸에 힘을 준 채 그 감각을 견뎌 냈다. 그래서 클레오르는 한 번 혼인을 완전히 성립시키고 제 욕심을 채운 다음, 그 뒤로는 에스텔라가 긴장을 완전히 풀고 자기를 받아들이는 것을 자연스럽게 느낄 수 있도록 온 힘을 다했다.

그 덕분에, 며칠 만에 그녀는 이제 소리를 낼 수 있게 되었다. 클레오르는 그녀의 입술에 가벼운 키스를 반복하며 웃었다.

"우리 이제 서로 볼 장 다 본 사이 아냐? 그냥 몸에서 힘 풀고 반응이 나오는 대로 맡겨."

"맘대로, 으응, 안 된다구요."

"잘하고 있어."

그런 말을 하는 동안에도 몸이 저절로 움직이며 결합을 자연스럽게 했다. 에스텔라는 자기 몸이 열리며 그를 깊이 받아들여 삼키는 것을 느꼈다. 간질간질한 감각이 그 부분부터 퍼져 나간다. 아직 미약한 느낌일 뿐인데, 저도 모르게 목구멍에서 소리가 샜다.

그 감각이 아랫배 깊은 곳까지 당도하는 순간을 클레오르는 잘도 알았다. 그리고 마치 그 간질거림을 그녀의 배 속에 박아 넣고 큰 파도로 만들어 온몸을 휩쓸어 버리게 하려는 듯이 움직였다.

에스텔라는 두 팔과 다리로 그를 끌어안았다. 그리고 큰 소리를 지르며 해일에 몸을 맡겼다.

★

옆에서 부스럭거리는 소리에 눈을 뜨자 아침이었다.

부은 눈꺼풀을 들려고 애쓰고 있는데, 클레오르가 눈가를 손으로 덮더니 시원한 신성력을 흘려보냈다.

"아침이에요······?"

목이 아팠다. 에스텔라는 뻐근한 몸을 움직이려고 애썼다. 티소엔이나 클레오르만은 못해도, 어지간한 보통 남자보다는 나은 내구력을 가지고 있다고 생각해 왔는데. 역시 연약한 안쪽에서부터 짓쳐 드는 공격은 이겨 낼 수 없었다. 아니면 클레오르의 말마따나 아직 몸이 완전히 회복되지 않은 탓일지도 모른다. 어깨는 뻐근하고 허리는 아프고 말로 할 수 없는 곳이 쓰렸다.

"아직 새벽인데, 나가 봐야 해. 더 자. 아침 식사 시간이 되기 전에 올 테니까."

클레오르가 그렇게 속삭이면서 두 손으로 그녀의 어깨부터 허리까지 쓰다듬었다. 그 손에 머금은 신성력이 근육통을 줄였다. 다 없어지지는 않았다. 허벅지 안쪽이 쓰라렸고, 그보다 더 깊은 곳에서는 아직도 위화감이 느껴졌다. 조금 몸을 움직이자 안쪽에서 뭔가가 흘러나왔다. 그것이 전날 클레오르가 남겨 놓은 흔적인지, 자기가 기분이 좋아서 그런 것인지 에스텔라는 정확히 분간할 수가 없었다.

"폐하의 치유력은 진짜 애매해요······."

"없는 것보다 낫잖아. 더 자. 키스는 다녀와서 할게."

입 냄새 날 텐데. 그런 생각을 하고 입을 다물고 있는 걸 알아챈 듯이 말하고 클레오르가 손으로 그녀의 아랫입술을 만지작거렸다. 전날 밤에도 늦도록 키스한 입술이 아직도 조금 부어 예민해져 있었다.

"아파요."

"그것도 치유해 줘야겠군."

물론 그런 작은 통증에 들 정도로 그의 치유력은 섬세하지 못했다. 에스텔라는 웃었다.

"다녀오세요."

키스하거나 관계를 갖는 것보다도 다녀오라고 말하고, 다녀왔다고 인사하고, 같은 방에서 잠들고, 또 아침저녁으로 함께 식사하고. 그 사실이 에스텔라에게는 정말로 이상하고도 신기한 기분이었다. 아버지도 아닌 다른 사람과 말이다. 아직은 어색했지만, 조만간에는 이것도 익숙해지리라.

클레오르도 그런 것 같았다. 그녀와 아침에 헤어질 때, 또 돌아와 인사를 나눌 때마다 얼굴이 미묘하게 보드랍게 뭉그러졌다. 뺨이 발갛게 물들었다. 그것이 보기 좋아 에스텔라는 침대에서 몸을 일으키고 그의 머리를 쓰다듬어 주었다.

그러자 클레오르가 충동적으로 그녀를 끌어당겨 안아 일으켰다. 그리고 입을 맞추었다.

"그대는 내가 지금 얼마나 이상하고 좋은 기분인지 모를 거야."

"폐하도 제 기분은 모르실 테니 서로 마찬가지죠."

"이름 불러 줘."

"레오."

그녀가 순순히 이름으로 부르자 그가 함박웃음을 지었다. 에스텔라는 그의 뒷머리를 쓰다듬으며 말했다.

"웃음 뿌리고 다니지 말아요. 이제 내 거니까."

"기쁜데."

그리고 이마와 코를 맞댄 채 인사를 나누었다.

클레오르는 더 자라고 말했지만, 애매한 시간에 깨어 버려서 에스텔라는 다시 잠들지 못하고 일어났다. 스트레칭 후에 목욕을 하고 간단히 아침을 가져오라고 말해 두고 테라스에서 차를 마시고 있는데, 귄과 예르켈이 찾아왔다.

"새벽부터 죄송합니다, 에스텔라 님."

귄이 먼저 사죄하고, 예르켈이 공손히 고개를 숙였다. 에스텔라는 고개를 갸웃했다. 그녀가 아침 일찍에는 더욱 게을러지는 것을 아는 귄은 그렇다 치더라도 예르켈은 꼭 필요한 일이 있어서 찾아오면서 왜 그렇게 죄송해하나 싶었다.

"황제 폐하께서 알리지 말라고 말씀하셨습니다만, 그래도 이대로 있어서는 안 될 것 같아 황후 폐하께서 번거로워하실 것을 무릅쓰고 실례했습니다."

"우리 사이에 뭘 또 새삼 빙빙 돌아가고 그래. 용건만 간단히 하자. 폐하가 또 뭘 저지르려고 하는데?"

"성검의 회수를 놓고 신전과 싸우고 계십니다."

예르켈은 이번에도 돌려 말했다. 에스텔라는 내용을 바로 알아듣지 못하고 의아하게 그를 쳐다보았다.

두 사람의 설명에 따르자면 사연은 다음과 같다. 클레오르는 공식적으로 이 싸움이 끝났고, 더 이상 알펜슈타인에 마녀가 남지 않았음을 선언했다. 수많은 마녀의 시체가 성목으로 남았고, 우다르드에서는 마주력이 사라졌으며, 몬스터의 사체가 재가 되었다. 마녀로 추정되었던 보호소의 여자들도 모조리 사라졌다.

사람들은 기쁨에 들떴다. 힐라리아 치료소의 사람들처럼 일부는 마녀가 남아 있다는 것을 알고 있었지만, 도움받은 이들은 그녀들을 숨겼다. 미처 달아나지 못한 마녀는 황궁으로 일단 압송되었다. 성목에서 해방된 여자들을 심판해야 한다는 주장이 일어났으나 황제는 몸소 신성력을 사용하여 그녀들이 인간임을 증명했다.

사건의 대부분이 수도에서 벌어졌으므로 치안은 빠르게 안정되었다. 황궁에서 얼마 남지 않은 마녀를 재판하여 처리하면 이 일이 완전히 끝나리라고 사람들은 믿었다.

그러나 신전은 그것을 원치 않았다. 본디 마녀 재판은 신전의 몫이다. 신전의 의의는 마녀가 존재할 때에야 극대화된다.

그들은 클레오르의 말처럼, 황위가 공석인 동안 마주력을 온전하게 통제하지 못한 책임을 져야 했다. 그러나 아직 마녀가 있다면, 사람들은 두려워하며 신전에 의지할 것이다. 그리고 황제는 신전을 억압할 수 없게 된다.

그리하여 그들은 황후가 마녀라고 주장했다. 황후가 황궁 지하의 결계를 깨고 성검을 들고 사라져, 대마녀에게 바치려고 했다는 것이다. 살아남은 마녀들을 황궁으로 압송하여 재판하겠다는 것도 황후의 뜻이다. 황제는 황후가 동정심을 발휘했다고 생각하고 있지만 사실은 황후가 마녀이기 때문이다, 라고 말이다.

물론 이런 주장이 간단히 통한 것은 아니었다. 황제가 성창을 던져 쿠수마를 떨어뜨리는 것을 엘첸의 모든 시민이 보았다. 그는 대마녀를 쓰러뜨리고 알펜슈타인을 수호한 새로운 영웅이었다. 그러므로 그들은 건드릴 수 없는 황제 대신 황후가 마녀이며, 황제는 단지 속았을 뿐이라고 말을 만들어 냈다.

이시도르가 성검을 가져간 범인임을 알면서도 황후를 타깃으로 삼은 것은 그것이 여론을 불붙이는 데에 도움이 되기 때문이었다. 이시도르는 원래부터 적이었던 데다가 남자다. 그가 성검을 훔쳐도 황실 내부의 권력 쟁투로밖에 느껴지지 않는다.

　그러나 황후는 여자였고, 가난한 귀족의 딸이 벼락출세하여 고귀한 신분이 되었으니 비난하기 딱 좋은 입장이었다. 마녀에게 속아 마음을 빼앗기고 공정하지 못하게 된 황제 대신 가장 고귀한 여자를 재판에 걸어, 마녀 재판의 주도권을 빼앗아 오고, 동시에 황제도 압박하고자 하는 수단이었다.

　고위 귀족과 중신들도 황후의 공적을 인정하지 않으려는 점에서 신전과 의견이 일치했다.

　일부 근위 기사와 황제 자신만 입을 다물면 대마녀를 쓰러뜨린 공적까지 황제에게 몰아주는 것은 어렵지 않을 것이다. 그리고 황후가 아니라 황제 자신이 영웅이어야 모양새가 좋았다. 무너지려는 제국을 다잡기에도 유리하다. 다른 어느 때보다도 황실에 대한 프로파간다가 필요한 때였으니까.

　그것이 힘겨루기의 일종이었음은 분명하다. 아마 신전도 정말로 황제와 대립각을 세우겠다는 것은 아니었을 테고, 중신들은 그 나름대로 충심을 가지고 한 일이다. 이제까지 그래 왔던 것처럼 황제가 적절한 양보와 협의로 정치적 타결을 이루리라고 믿었다.

　그러나 대관식을 마친 황제는 더 이상 신전의 개입을 용납하지 않았다. 그는 군권을 장악하고 무공을 세웠으며 몸소 마녀 전쟁의 선두에 서서 승리함으로써 정통성을 한 손에 쥐었다. 즉위하지 못하는 황태자일 때처럼 줄타기를 할 필요가 없었다.

　게다가 에스텔라가 걸린 일이었다.

　클레오르는 기사단을 몰고 가 신전을 둘러싸고, 성창을 뽑아 신전의 정문을 박살 냈다.

지금 생각해도 예르켈은 정신이 아뜩했다. 그는 클레오르가 신전의 통보를 받았을 때에 그 곁에 있었다.

「황후를 마녀 재판에 걸겠다고?」

그는 싱글거리는 얼굴로 그렇게 되물었다. 보좌관이 통보를 가져온 사제를 직접 데려오지 않고 서찰만 받아 와서 천만다행이었다고 모두가 생각했다.

클레오르는 다른 말은 묻지도 않았다. 보좌관에게 1시간을 줄테니 황궁 기사단과 수도에 주둔 중인 제국 기사단을 모두 불러들이라고 말했을 뿐이다. 보좌관들은 발을 절름거릴 정도로 뛰어다녔다. 군기 잡힌 기사단은 정말로 1시간이 지나기 전에 황궁 앞에 도열했다. 클레오르가 그 앞에서 말을 타고, "가자!"라고 외쳤다.

장관이었다. 황제가 선봉에서 질풍처럼 달리고, 그 뒤를 따라 중무장한 기사들이 지축을 울렸다. 그가 신전에 도착하자 기사단이 좌우로 날개를 펼치듯 흩어져 신전을 에워쌌다.

이때까지만 해도 예르켈을 비롯하여 모두가 그냥 무력시위라고 생각했다.

신전의 고위 사제들이 갑자기 들이닥친 황제를 마중하려고 서둘러 밖으로 나오는데, 클레오르가 말에서 내리지도 않고 손을 허공에 뻗었다. 그의 손안에서 푸른빛이 긴 막대기의 형상을 그렸다. 그러더니 벼락 치듯 빛이 우르릉거리며 떨어져 내려 성창이 되었다.

「두려워할 일이 뭐가 있는가? 그대들이 여신의 뜻을 대변하는 게 사실이라면, 성창이 그대들에게 해를 입히지 않을 텐데.」

　황제는 환히 웃는 얼굴로 그렇게 말했다. 파지직거리면서 넘쳐흐르는 신성력이 성창을 빙빙 돌며 타고 올랐다.
　그는 그대로 성창을 내질렀다. 강맹한 파괴력이 일직선으로 날아가 신전의 정문을 때렸다. 신성력으로 만들어진 정문의 보호막은 작동하지 않았다. 말 여섯 마리가 한꺼번에 통과할 수 있는 거대하고 위엄 있는 석조 대문이 폭발하듯 터져 나갔다.
　그다음에는 하늘에서 푸른 섬광이 떨어져 앞마당의 석판을 부수고 깊게 내리꽂혔다. 성검이었다.
　실로 누가 진정으로 여신의 대리인인가 하는 것을 보여 준 행사였다.
　그러고 나서 클레오르는 개운한 얼굴로 말 머리를 돌려 환궁했다. 기사단도 의문 하나 없는 얼굴로 그를 따랐다. 뒤에 남은 사제들과 보좌관들만이 망연자실했을 따름이었다.
　에스텔라는 그 이야기를 듣고 입을 벌렸다.
　"뭐?"
　미친 거 아닌가?
　이럴 수가. 결혼하고 아직 보름밖에 안 된 신혼인데, 남편이 돌다니.
　퀸이 피식 웃었다.
　"이게 다 에스텔라 님의 공적을 챙겨 주려고 그러시는 게 아닙니까?"
　"공적 챙기는 거 보통 황제가 알아주면 그걸로 끝나지 않아? 인센티브 협상이라면 그냥 나랑 물밑에서 하면 되잖아. 도대체 무슨 생각을 하시는 거야? 내가 왜 이시도르까지 죽여 놨는데."

이게 다 그가 평탄하게 치세를 시작하라는 뜻이 아니었던가 말이다. 에스텔라는 영웅이 되고 싶었던 게 아니었으므로 알아줄 사람이 알아주는 것만으로 만족했다. 정 신전에서 그녀가 마녀가 아니라는 증거를 내놓으라고 말한다면, 공개적으로 신성력을 받아들일 수 있는 걸 보여 주면 될 일이다. 설마 마녀 재판을 하자고 황후를 다짜고짜 강물이나 불구덩이에 던지기야 하겠는가.

물론 기분이 나쁘긴 하겠지만, 그 정도는 참을 수 있었다. 대혼례식장에서 여자라는 걸 증명하고자 이 이상 없는 엄청난 수치까지 겪고, 군중의 면전에서 키스까지 당한 몸이다. 새삼스럽게 이제 와 남의 앞에 나서고 싶지 않다거나 할 것도 없었다. 미안하면 나중에 돈으로 갚든가.

"사실 거기까지만이라면 괜찮았습니다만."

"또 뭐가 있는데?"

"성검이 신전의 결계를 부수고 신성력의 흐름을 뒤틀어 놓아서…… 지금 신전 앞마당부터 그 근처 일대가 완전히 농도 짙은 신성력으로 뒤덮여 버렸습니다. 그게 또 신의 축복이라면서 신자들이 몰려들었지요. 그중 일부는 근처에서 노숙까지 감행하고 있고요."

거기까지만 들어도 머리가 지끈지끈 아팠다.

"신성력이라면서. 오히려 기적이라고 신전에서 이득을 보는 거 아니야?"

"성검이 주도하고 있는 신성력의 흐름이 모든 사람을 거부하고 있습니다. 그것 때문에 사실상 신전의 출입이 폐쇄된 상태입니다.

성검을 뽑으려는 사람이 계속 나오고 있지만, 도둑이 셋 죽었고, 도전했던 기사와 귀족들도 모두 손을 다쳤습니다. 어제 오후에 고위 사제 네 명이 성검을 수습하려고 나섰다가 쓰러졌고요. 게다가 어젯밤에 신전에서 최종 결정이 내려졌습니다. 황제 폐하께서 성검을 내버리고 마녀를 선택했으니, 여신의 축복도 버린 것으로 알겠다고요. 거기에 또 중신들이 몰려갔습니다. 폐하를 설득하려는 것 같습니다. 지금이라도 성검을 회수하고 황후 폐하께서 대마녀를 쓰러뜨렸다는 주장을 파기하면 신전과의 사이에 화해를 주선하겠다고요.”

에스텔라는 관자놀이를 긁적였다.

“베르나디오 사제님은?”

“이 소식을 알려 준 것이 베르나디오 사제님입니다. 그 뒤로 소식이 없으십니다.”

“그래서 달려가셨군.”

“예.”

“그럼, 내가 어떻게 하는 게 좋겠어? 결국 폐하와 신전 사이의 싸움인 거잖아. 여기에서 내가 말려서 폐하가 물러나면, 오히려 권위에 손상이 올 수도 있을 것 같은데. 물밑에서 양보하는 것과는 다르잖아? 신전 앞에 신자들이 모여 있다며. 군중 앞에서 황제가 물러나는 모습을 보여서는 안 돼.”

에스텔라는 정직하게 물었다. 예르켈이 재색 얼굴로 그녀를 바라보았다.

“성검이 황후 폐하의 것이라는 게 사실입니까?”

“음. 폐하가 그런 말씀을 하시긴 했는데……. 솔직히 말이 안 된다고 생각해. 잠깐 잡아 보긴 했지만, 폐하가 도와준 거였고…….

나는 알펜슈타인도 아니고, 아무리 대관식을 함께 치렀다 한들, 본래 허용된 건 보조자로서의 역할뿐인데."

정작 에스텔라로서는 알 수 없는 일이었다. 성검을 쥐고 한 마지막 일은 이시도르의 목을 베는 것이었다. 손에 잘 맞는 좋은 검이었지만, 성검을 자기 검이다, 라고 말하려면 뭔가 다른 특별한 무엇이 있어야 하는 게 아닐까?

하지만 그때를 생각하자 손이 제멋대로 움직였다. 에스텔라는 갈증을 느꼈다.

"황제 폐하께서 농을 자주 하시긴 하지만, 그런 것으로 장난하실 분은 아니십니다. 그러니 신전으로 가 주십시오."

"가서, 어쩌라고?"

"성검을 뽑으십시오. 결국 황후 폐하께서 성검의 주인이라는 것만 증명하면 모든 문제가 한꺼번에 해결됩니다."

"도전자가 죽었다면서."

"죽은 건 도전자가 아니라 도둑입니다. 도전자는 손을 다쳤을 뿐입니다. 그것도 거부하는 성검을 뽑으려고 힘을 쓰다 생긴 일이고요."

"그래서 내가 만약에 뽑지 못하면? 오히려 더 곤란해지지 않겠어?"

"저는 황제 폐하를 믿습니다."

예르켈이 진지하게 말했다.

"그리고 황후 폐하께서 성검의 주인이 될 자격을 가지고 계시다는 것도 믿습니다."

예르켈은 이렇게 가끔 너무 진지해서 사람을 곤란하게 만들 때가 있다고 에스텔라는 생각했다. 의심도 많은 놈이 한 번 사람을 믿으면 그 믿음이 철석같았다. 그런 믿음 앞에서는 대체로는 누구라도 마음이 말랑해질 것이다.

그녀는 한숨을 내쉬었다. 슬쩍 쳐다보자 권이 싱글거리고 있었다.

에스텔라는 그로부터 몇 십 분 후에 10여 명의 호위 기사를 이끌고 신전 앞에 도착했다.

신전 앞 광경은 듣고 상상했던 것보다 훨씬 장관이었다. 웅장하고 위엄 있던 석조 정문은 양옆 기둥만 남기고 바윗덩이와 자갈이 되어 굴러다녔고, 신전 정문 바깥으로 수많은 평민들이 우글거렸다. 그 대다수는 무릎 꿇고 앉아 여신에게 기도를 올리고 있었고, 일부는 사태가 어떻게 되는 건가 하고 기웃거렸다. 신전 안에서 흘러나오는 신성력의 빛이 넘쳐흐른 강처럼 푸르게 넘실거리며 종아리까지 적셨다.

에스텔라는 정문 앞에서 말을 내렸다. 그리고 드레스 자락을 손으로 가볍게 정돈하고 안으로 들어섰다. 그녀를 알아본 누군가가 외쳤다.

"황후 폐하께서 오셨습니다!"

황궁 기사단이 재빨리 길을 열었다. 그 끝에 서 있던 클레오르가 돌아보고는 놀라서 그녀에게 손을 내밀었다. 에스텔라는 약간 어색한 기분으로 그에게 다가갔다. 클레오르가 함박웃음을 머금었다.

"자고 있으라니까 뭐 하러 왔어?"

"그냥 놔뒀다가는 예르켈 위장이 위산에 다 녹아 버릴 것 같아서요."

클레오르가 그녀의 머리칼을 쓰다듬었다. 싫다고 말해도 좀처럼 이 버릇이 고쳐지지 않았는데, 반대로 에스텔라 쪽이 익숙해졌다. 쓰다듬을 때마다 매번 이렇게 다정하게 눈을 맞춰 오니 기분이 몽글몽글해졌다.

"그런데……."

에스텔라는 찬찬히 신전 안을 돌아보았다. 계단 위에 서 있는 사제들은 모두 지팡이와 예장을 갖추었고, 어떤 사제들은 곤봉까지 들고 단단히 결심한 듯 서 있었다. 그에 대치되듯 선 것이 클레오르의 기사단이고, 기사단의 좌우로는 귀족들이 기웃거리고 있었다. 상황이 어찌 되어 가는지를 보려고 온 사람들일 것이다.

그리고 예르켈이 말한 것처럼 성검이 정중앙에 꽂혀 있었다. 꽂은 자리에서 마치 샘이 솟구친 것처럼 푸른빛이 솟아 나와 검을 중심으로 휘돌았다. 그냥 서 있어도 물리적 압박이 느껴질 정도의 농도였다. 심지어 검이 있는 곳을 중심으로는 고치 모양을 만들어 보석처럼 결정화하고 있었다.

신전에서 당황할 만했다. 저 엄청난 신성력이 오로지 성검 하나에서 나오는 것일 리 없었다.

성검에는 흡수하는 성질이 있다. 마주력은 정화하여 소멸시키고, 신성력은 흡수하여 비축한다. 아마도 지금은 장구한 세월 동안 신전에서 구축한 결계를 무너뜨리고 비축한 신성력을 빨아들여 자기 자신을 보호하기 위한 결계를 새로 형성하고 있는 것이리라. 성창으로 만들어졌던 황궁 지하의 성스러운 결계와 마찬가지의 것이다.

"저거, 다 끝나면 신전의 성소가 완전히 사라지는 거 아니에요?"

"그렇다고 볼 수 있지."

"어쩌려고 이랬어요?"

"성소가 세속화된 권력의 손에 넘어가는 것보다 낫잖아. 어떤 의미에서는 본래의 형태로 돌아가는 거라고."

에스텔라는 기껏 주변 사정을 생각해서 소곤거렸는데, 클레오르가 대놓고 큰 소리로 대꾸했다. 늙은 사제가 지팡이로 바닥을 내리치며 외쳤다.

"기사들이여! 충심이 있다면 그 마녀를 황제 폐하의 곁에서 떼어 놓으시오!"

"아직도 그러네."

"황제 폐하께서 다른 것도 아니라 성검을 이용하여 신전을 제거하려 하시다니, 이것이 마녀에게 홀려서 그러는 게 아니라면 대체 무엇이란 말이오!"

클레오르가 피식 웃었다. 지난주까지만 해도 신전은 이런 식으로 직설적으로 말하지 않았다. 훨씬 정치적이었다.

지난 6년 동안 마녀들이 온갖 수를 썼어도 그를 현혹하는 것은 불가능했다. 알펜슈타인의 정통 후계자에 성창의 소유자인 그가 마녀의 주법에 홀릴 리가 없다는 것을 사제들도 알고 있을 것이다. 단지 그들은 자기들이 여신의 대리인이라고 진정으로 믿고 있었으므로, 성검이 자기들을 거부한다는 것을 인정할 수가 없어서 마침내는 자기들의 주장을 진실로 여기게 되어 버린 것 같았다.

"성검이 주인을 좀 많이 따지는 것 같긴 해. 성창보다 훨씬 까탈스러워."

그렇게 말하면서 그가 에스텔라의 등을 가볍게 밀었다. 가서 뽑으라는 뜻이었다. 에스텔라는 머뭇거렸다. 그녀는 예르켈처럼 굳건히 클레오르를 믿지 않았다. 그녀는 귓속말로 소곤거렸다.

"이거 폐하가 일부러 수작 부리고 있는 거 아니에요?"

"아니라니까."

"으휴."

속아 준다, 속아 줘.

에스텔라는 그렇게 중얼거리면서 결계 안으로 들어섰다. 1차 결계선도, 2차 결계선도 아무런 지장 없이 쑥 통과할 수 있었다. 거기까지는 이상하지 않았다. 그녀는 황후였으므로 황궁의 지하에 들어갈 권한도 가지고 있었으니까.

변화는 성검을 쥐려고 손을 내민 순간에 일어났다. 고치를 열고 성검이 튀어 오르듯이 그녀의 손안에 쑥 들어왔다. 에스텔라는 반사적으로 칼자루를 꽉 쥐었다.

신성력이 바깥쪽부터 빙 돌며 그녀를 중심으로 휘돌았다. 에스텔라는 전신을 통해서 신성력이 충만하게 차오르는 것을 느꼈다. 이미 한 번 느꼈던 감각이므로 에스텔라는 그것이 무엇인지 금세 알았다. 검이 육체를 넘어서서 그녀와 합일되었다.

그녀는 놀라서 클레오르를 돌아보았다. 그가 빙긋 웃었다. 성창의 소유자로서, 이미 클레오르는 이 감각을 알고 있는 것이리라.

화아악!

마침내 에스텔라의 육체 안에 모두 신성력이 스며들고 나자 성검이 빛이 되어 손안에서 사라졌다. 그것을 본 사제 중 하나가 고래고래 고함을 질렀다.

"마녀가 성검을 강탈했다!"

"황제가 마녀에게 성검을 넘겼다!"

"마녀가 아니고서야 어떻게……!"

이 순간 에스텔라는 왜 클레오르가 신전의 정문을 부수는 극단적인 짓을 했는지 이해하고도 남았다. 저 작자들은 직접 보여 주지 않으면 영원히 알펜슈타인의 직계 남자가 아닌 존재가 성검의 인정을 받았다는 사실을 깨닫지 못할 것이었다.

그녀의 손안에 팟 하고 사라졌던 성검이 재생성되었다. 에스텔라는 온몸에 힘이 넘치는 것을 알았다. 클레오르에게서 빌리지 않고서도 그녀는 이제 신성력의 칼날을 휘두를 수 있었다. 비록 신성력 자체가 그녀의 것은 아니었으나 성검이 그녀가 원하는 모든 것을 구현할 수 있었으니까.

한 번 가 본 길을 다시 가는 것은 어렵지 않았다. 그녀는 이미 정상에 있는 사람이었고, 힘만 받쳐 준다면 언제든 그 자리로 되돌아갈 수 있었다.

위협적으로 소리를 지른 사제들의 턱 밑에 일제히 신성력의 칼끝이 겨누어졌다. 그것은 시작에 불과했다. 고함은 치지 않았어도 공격적인 태도로 지팡이를 움켜쥔 자들에게도 예외가 없었다. 반사적으로 달려들려던 어느 사제의 곤봉이 일순간에 여섯 토막 났고, 칼에 칼로 맞대응한 신심 깊은 기사의 검은 세로로 깨어져 바닥에 흩어졌다.

"저주다!"

그렇게 외친 자의 목깃이 섬세하게 잘려 나갔다. 그다음으로는 의심을 품은 자들 앞에. 그리고 마침내는 온갖 곳에 칼날이 나타났다. 에스텔라는 조금 잔인한 호기심을 가지고 여자가 설마, 라고 말한 모든 자의 크라밧을 잘랐다.

사위에 겁에 질린 침묵이 돌았다. 그러나 자기 목을 겨눈 것이 푸른 물기운을 품은 신성력으로 만들어진 칼끝임을 그 누구도 부정하지 못했다. 그녀를 마녀라 부른 사제조차도.

성검과 성창은 여신이 직접 내린 것이다. 마녀가 그것을 다룰 수 있다고 말해 버리면, 신전은 기반부터 무너져야 했다.

에스텔라가 피식 웃었다.

"이제, 무슨 일이 생겨도 죽진 않겠네요."

"최고지, 그게."

클레오르가 그렇게 말하고 옆에 있는 기사에게서 검집을 빼앗아 그녀에게 던져 주었다. 에스텔라는 납검했다. 동시에 신성력의 칼날도 스르륵 아래로 떨어져 땅에 스며들었다. 칼날이 수없이 많았기에 그 광경은 마치 사람의 키 높이에서 빛의 비가 내리는 것 같았다.

일반 사람들은 알지 못했으나 클레오르나 고위 사제들처럼 신성력에 민감한 사람은 신전의 성소가 정상으로 돌아가는 것을 느꼈다.

"굳이 전부 돌려주지 않아도 될 텐데."

"가지고 있어 봐야 찜찜한걸요. 후세에 신전 본당과 성소를 파괴한 황후로 이름이 남으면, 그야말로 마녀 황후라고 불릴 텐데요."

"하하."

"폐하만큼의 치유 마법도 못 쓰고."

"배워도 되잖아?"

"됐어요. 폐하에게 맡기죠, 뭐. 두통도 못 고치지만."

에스텔라는 태연히 그렇게 말하고, 클레오르가 벌린 두 팔 사이로 선선히 다가가 몸을 맡겼다. 그가 에스텔라를 안아 훌쩍 자기 말 위에 올려놓았다. 그리고 고삐를 잡으며 주위를 둘러보았다.

"이의는?"

성검이 스스로 그녀의 손에 가 쥐어졌고, 신전을 넘어서서 가득 넘쳐흐르던 신성력을 칼날로 바꾸어 다스리는 것을 모두가 그 눈으로 목격했다. 감히 이의를 제기하는 자가 있을 리 없었다.

"뒤처리할래요? 난 이제 돌아가면 돼요? 아니면 뭐 더 해요?"

에스텔라는 몸을 숙여 소곤소곤 물었다. 클레오르가 눈초리를 접으며 황홀하게 웃는 얼굴로 올려다보았다. 에스텔라는 얼굴이 조금 붉어졌다.

"왜 그래요?"

"방금 멋있어서 또 반했거든. 키스하려고."

"남의 앞에서."

그러지 말라고 말이 채 끝나기 전에 도로 말에서 끌려 내려갔다. 에스텔라는 팔다리도 옴짝 못 할 만큼 꽉 안긴 채로 열정적인 키스를 받을 뻔했다.

클레오르의 오산은 그녀가 검을 쥐고 있다는 것이었다.

"억!"

그의 턱 밑을 폼멜이 정확히 가격했다. 클레오르는 에스텔라를 놓고 재빨리 고개를 뒤로 젖혔으나 아슬아슬하게 스쳐 이가 부딪칠 정도의 충격을 받았다. 에스텔라가 한심스럽다는 듯이 말했다.

"피할 만큼 시간 줬잖아요."

"너무해."

클레오르가 눈물을 매달고 그녀를 쳐다보았다. 에스텔라가 보좌관이나 미운 놈을 대할 때의 그를 흉내 내어 어깨를 으쓱했다.

"그러니까 남의 앞에서 그러지 마시라고 몇 번을 말해야 돼요?"

"내가 내 아내에게 키스 좀 하겠다는데. 내가 그대를 사랑한다고 남들한테 보이게 주장하는 게 싫어?"

"······이따 침실에서 해 줄게요."

에스텔라가 작은 소리로 소곤거렸다. 클레오르가 눈을 반짝거렸다.

"세 번."

"이런 걸 다 딜을 하려고 해요?"

"정신적 위자료까지 지불해 줘."

"······그러면······ 그것, 도 해 줄게요."

에스텔라는 얼굴을 빨갛게 만들고 작은 소리로 말했다. 클레오르는 잠깐 알아듣지 못했다가 "진짜?" 하고 마찬가지로 볼을 붉히고 몹시 기뻐하며 말했다.

"목소리가 커요."

에스텔라가 허리에 감긴 그의 팔을 찰싹 때리고 휙 밀어냈다. 그리고 돌아서서 고개를 숙이고 서둘러 자기 말을 타고 돌아가 버렸다. 귀까지 새빨개져 있었다.

클레오르는 흐뭇한 얼굴로 그 뒷모습을 지켜보았다. 남은 것은 그도 마찬가지이련만, 기사와 보좌관들만 괜히 소외된 기분으로 고개를 돌리고 수군거렸다. 방금까지 황실에 반역할 결사의 각오까지 다졌던 사제들과 황후를 제거할 음모를 꾸미고 있었던 귀족들까지도, 닭 쫓던 개처럼 망연자실한 얼굴로 쳐다보고만 있었다.

★

　베르나디오를 비롯하여 클레오르파였던 소수를 제외하고 고위 사제 전원이 사퇴했다. 황제는 신전 본당에 극소수의 사제만 남게 하고, 나머지를 모두 구호 활동과 순례로 내보냈다.

　귀족들은 대혼례식장에서 그랬던 것처럼 조용히 입을 다물었다. 황후의 자격을 묻는 사람도, 과거의 계약을 언급하는 사람도 없었다. 황후는 이제 성검의 주인이었다. 수천수만의 칼날을 보았던 자들은 황제보다도 황후를 더 두려워하여 공손히 고개 숙였다.

　보지 못한 자들 중에 황후가 정말로 자기 실력으로 검의 극의에 달했는가에 대해서 의심을 갖는 자가 전혀 없었던 것은 아니다. 여자가 설마, 라고 생각하는 자도 많았다. 그러나 적어도 성검이 그녀의 수중에 있다는 것은 아무도 의심하지 않았다. 그녀가 가진 것이 실력이든, 황제의 사랑이든, 건드릴 수 없었다.

　마녀의 발호가 할퀴고 지나간 상처는 컸다. 그러나 황실이 모든 권력을 움켜쥐고 나자 사회는 빠르게 안정되었다. 그간 알펜슈타인은 제대로 된 통치자의 부재와 정치적 위태로움으로 쌓인 오래된 불안 위에 원인을 모를 숲의 팽창을 겪으면서 크게 위축되어 있었다. 그러나 기반을 불안하게 하던 것은 이제 모두 사라지고, 공통의 적을 상대한 경험은 사람들을 뭉치게 했다.

　새로 즉위한 황제의 젊음만큼 활력이 생겼다. 크게 앓았던 사람이 병을 떨치면 허약해진 몸으로도 상쾌하게 깨어나듯이, 제국은 되살아나 움직이기 시작했다.

272

그리고 석 달이 지나 비로소 뒤늦은 대혼례 피로연이 열렸다.

"굳이 해야 돼요?"

에스텔라는 그렇게 물었다. 클레오르는 아무것도 안 해도 된다는 약속을 지켰다.

"안 해도 돼."

물론 바르톨로뮤 백작부인은 그녀를 내버려 두지 않았다.

"해야 합니다. 결혼식의 마지막 단계입니다. 상황이 상황이니 어쩔 수 없었지만, 피로연을 치러 혼례에 마땅히 따라야 할 축복과 축하를 받지 않다니 있을 수 없는 일입니다."

에스텔라는 클레오르가 당당하게 황후로서의 역할을 다하지 않아도 좋다고 말한 이유가 바르톨로뮤 백작부인에게 있지 않았을까 의혹을 가져 보았다. 무도회나 티파티는 하고 싶을 때만 한다손 치더라도, 백작부인이 시녀장으로서 붙어 있는 이상 진짜로 아무것도 안 하고 살 수는 없을 것이다.

"그리고 그 난리 후에 처음으로 열리는 파티가 아닙니까? 의미가 있는 일입니다. 이왕이면, 매년 있는 건국제나 신년 연회보다 평생에 한 번뿐인 결혼식 피로연이 더 낫지 않으시겠어요?"

"뭔가 이미 끝난 일인데, 이제 와서 결혼했다고 자랑하는 거 같아서 민망하단 말이야."

에스텔라는 얼굴을 붉히고 말했다. 그 대화를 듣고 있던 귄은 "자랑하는 것 같은 기분이 될 만큼 좋으냐."라고 생각했지만, 굳이 입 밖에 내어 주인을 부끄럽게 하지는 않았다.

에스텔라가 비록 아무것도 안 한다고 말하긴 했지만, 실제로는 황후로 살 각오를 하고 있었다. 그러므로 어느 정도의 융통성이 생겼다는 것만으로도 그녀는 소박하게 만족했다. 실제로도 클레

273

오르는 많이 노력하고 있었고 말이다.

"새 드레스입니다."

리디아는 콧김을 뿜었다. 그 드레스는 색은 푸른색이었지만, 여러모로 에스텔라가 망친 웨딩드레스와 흡사한 디자인이었다. 원래 피로연용으로 준비된 드레스는 이것이 아니었을 터이다.

"망가질지도 모른다고 생각했거든요. 하지만 제 역작이었으니까요! 웨딩드레스는 아니지만 피로연 드레스로라도 꼭 황후 폐하의 드레스 룸에 넣고 싶습니다!"

"……응. ……미안해."

지은 죄가 많아 매우 할 말이 없었다.

그 피로연은 단순히 대혼례와 대관식의 피로연일 뿐만 아니라 3개월 만의 승전 축하연까지 겸하고 있었으므로 매우 규모가 컸다. 해가 지기 전부터 환히 밝혀진 샹들리에의 수정들이 빛을 반사하여 대리석 바닥을 수놓고, 남자들도 정성을 다해 성장했다. 숙녀들은 각각 세 벌의 무도회 드레스를 준비했다. 케이크와 타르트들이 파티장을 점령했고, 이때까지 본 적도 없는 커다란 초콜릿 분수 옆에 마시멜로가 산처럼 쌓였다.

에스텔라는 분노했다. 클레오르는 그녀에게 디저트의 주지육림을 만들어 줄 계획이었는지 모르겠지만, 코르셋을 힘차게 조여 쓰러지기 직전인 데다가 황후답게 그림 같은 미소만 짓고 있어야 하는 그녀에게는 그림의 떡이었다. 파티장을 떠도는 달콤한 향기만 잔뜩 맡았다.

3시간 동안 춤을 추고 드레스를 갈아입기 위해 휴게실로 들어온 에스텔라가 제일 먼저 한 것은 황후의 보관을 벗어 던지는 것이었다. 그다음에는 울분을 터뜨리며 소파에 몸을 던졌다.

"죽겠다아아!"

"아가씨! 드레스!!"

"나중에 수선해."

"치맛자락 구겨지면 수습하기 어렵단 말이에요!"

"리디아한테 내가 또 넝마로 만들었다고 그래 버려."

"아가씨이이이!"

이 멋진 드레스를 이렇게 대접하는 여자가 어디 있느냐고 라라가 울부짖었다. 에스텔라는 늘어진 채로 나 죽었소, 하고 고개를 떨궜다. 3시간 동안 검을 휘두르고 말지, 3시간 동안 이걸 입고 춤을 추는 건 고문에 가까웠다. 게다가 한 번도 앉지 못한 채 제대로 먹지도, 쉬지도 못했다. 말 그대로 죽을 판이었다.

클레오르가 문을 열었다. 하녀들은 꺄악, 히익 놀랐으나 그도 에스텔라가 옷을 갈아입기 시작하는 대신 누워 늘어져 있으리라는 것을 이미 예상하고 있었다.

"자아."

그는 손에 긴 유리잔을 들고 있었다. 차가운 음료인지 잔에 물방울이 맺혀 있었다. 에스텔라는 주르륵 뻗은 채 손만 내밀어 그것을 받았다. 클레오르는 찬 기운이 남은 손을 에스텔라의 뺨에 갖다 댔다.

화장이 망가질 테지만 그걸로 잔소리를 하는 하녀는 없었다. 결혼한 지 이제 석 달인 신혼부부다. 방해하는 하녀는 주리를 틀려야 마땅했다. 다정이 얼어 죽었나 싶은 정략결혼도 있을 테고, 도무지 친해지지 않아 몇 달이 지나도 서로 어색한 시선만 보내는 경우도 적지 않지만, 그녀들이 보기에 적어도 이 커플은 그렇지 않았다.

화장도 어차피 고치고 나가야 하지 않는가. 드레스가 구겨지다 못해 옷장 구석에 뭉쳐 놓은 천 뭉치처럼 되더라도 그녀들은 응원할 것이었다.

아가씨, 황후 폐하! 제발 우아하게! 우아하게! 입술만 적시고!

하녀들이 뒤에서 소리 없이 아우성치고 어느 타이밍에 발소리를 죽여 휴게실을 빠져나갈까 고민하는 것도 모르고 에스텔라는 몸을 일으켜 차가운 음료수를 호쾌하게 벌컥벌컥 들이켰다.

"와, 맛있네요?"

귀한 얼음을 가득 채워 시원하게 만든 달콤한 유자 주스에 가슴까지 시원해졌다.

클레오르가 웃으면서 말했다.

"좋아할 줄 알았지. 덥다고 짜증낼 것 같아서 미리 준비하라고 했어."

그는 에스텔라가 널브러졌던 소파의 팔걸이에 여유 있는 태도로 엉덩이를 걸쳤다.

"솔직히 말도 안 되는 거 같아요."

"뭐가?"

"피로연이요! 9시간 동안 춤을 추다니!"

"음. 이제 대충 다 한 바퀴 돌았지? 이따가는 의자 가져다 놓으라고 할 테니까 앉아 있어. 많이 더워? 계절에 비해 옷이 얇은 편인데……."

"옷이, 얇?"

말을 하다 말고 에스텔라는 기가 막혀서 헛웃음을 쳤다. 그야 얇아 보이긴 할 것이다. 나비 날개처럼 얇은 천을 수없이 겹친 데다가 바람에도 날아갈 수 있는 것처럼 보이기 위해서 평소보다도 엄청난 파니에를 두르고 있으니까.

아마 이것을 원단으로 말아 두었다면 덩치 큰 남자가 근육 자랑을 하며 운반해야 할 터였다. 그 많은 양의 천 안에 슈미즈와 코르셋과 파니에와 언더드레스를 입고 있다. 다리에는 속바지와 가터벨트와 스타킹을 신었다.

"얇아서 시원해 보이면 폐하가 입으실래요? 제가 그거 입을게요."

"……여장은 안 어울린다니까."

클레오르가 헛기침을 했다. 그리고 이럴 때를 대비해서 가져온 레몬 젤리를 까서 에스텔라의 입에 물렸다. 에스텔라는 도로 쭈우욱 몸을 뻗어 늘어지면서 젤리를 우물거리다가 말했다.

"폐하, 우리 계약 조건 다시 잡아요."

"폐하 말고 이름."

"황제 폐하."

클레오르가 한숨을 내쉬었다. 에스텔라는 몸을 발딱 일으키며 말했다.

"3년 하죠, 3년. 솔직히 누가 계약직을 갱신형도 아니고 비갱신형으로 5년이나 써요?"

"또 왜 그래? 일단 결혼 생활 해 보기로 우리 합의 본 거 아니었어? 피로연 때문이야?"

"아무래도 사기 결혼당한 것……."

클레오르는 최근에 나쁜 버릇이 생겼다. 할 말이 없어지면 키스부터 하고 보는 것이다.

이렇게 하녀가 다 있는 장소에서! 에스텔라는 울화를 냈지만, 그가 젤리를 에스텔라의 입술에 물릴 때 슬쩍 손끝으로 입술을 어루만지는 것을 알아챈 하녀들은 이미 자기들끼리 앞서거니 뒤서 거니 그림자처럼 물러 나갔다.

에스텔라가 돌아봤을 때에는 이미 마지막으로 나가던 라라가 "아가씨, 파이팅!" 하고 입 모양으로만 말하고 문을 닫고 있었다.

그녀는 기가 막혀서 클레오르에게 성질을 내려고 했지만, 어느 틈에 자세를 바꾼 클레오르가 그녀의 옆자리를 차지하고 등을 받 쳐 안으며 제 품으로 무너뜨렸다. 어찌나 자연스러운지 누가 보 면 결혼 생활을 석 달이 아니라 30년쯤 한 것처럼 보일 지경이었 다.

"화난 거 아니라면서?"

"아무 데서나 이러지 마시라고 그랬잖아요."

"이제 익숙해질 때도 되지 않았어? 그대가 부끄러워하니까 어 차피 다 자리 피해 주잖아. 괜찮아."

"저는 안 괜찮거든요. 뻔뻔한 폐하나, 응."

괜찮겠죠, 라고 말하려는데 입술이 덮였다. 짤막하게 아랫입술 을 빨아 말을 빼앗고는 클레오르가 웃었다. 에스텔라는 멍하게 그 얼굴을 올려다보다가 다시 키스당했다. 이번의 키스는 순식간에 깊어졌다. 에스텔라는 작게 신음하며 그의 어깨를 밀어내려고 했 다. 방금 하지 말라고 했는데 말이다.

에스텔라는 깊이 들어와 탐하는 혀를 깨물지는 못하고, 다시 그 의 어깨를 움켜쥐었다가 다리를 걸어차려 했다. 클레오르는 얻어 맞는 것을 감수하고 한 팔을 에스텔라의 겨드랑이 아래쪽으로 넣 어 자세를 완전히 자기 밑에 고정시켰다.

"이제부터 폐하라고 부를 때마다 한 번씩 키스할 거야, 내 황후 님."

278

"그다음에 걷어차이고 불평이나 하지 마시고요."

"앞으로 항상 금속으로 만든 정강이 보호대를 착용하고 다니도록 하지."

"못 말리겠어."

클레오르는 웃기만 하고 고개를 기울여 다시 입을 맞췄다. 이번에는 에스텔라도 툴툴거리면서 순순히 그 키스를 받아들였다.

클레오르의 혀에서도 레몬 맛이 났다. 기분 좋은 느낌이 들어서 에스텔라는 그의 목에 한 팔을 감아 조금 더 끌어당겼다. 입술이 맞닿고 혀가 감기는 것뿐인데 왜 이런 기분이 드는지 모를 일이다.

"젤리 먹었어요? 단 거 별로 안 좋아하잖아요?"

"나도 에너지가 필요했거든. 그리고 어차피 그대의 입술에서 항상 나는 맛인데, 좋아하게 되어 봐야지."

그렇게 말하고 클레오르가 주머니에서 종이에 싸인 새끼손톱만 한 작은 사탕 조각을 꺼내서 자기 입에 넣었다. 그리고 그대로 다시 에스텔라에게 깊게 입 맞춰 왔다.

"으응."

작은 사탕이 혀 사이에서 문질러지며 굴렀다. 코로 숨이 빠져나가면서 저도 모르게 작은 신음이 나왔다. 이제 익숙해질 때도 된 거 같은데 매번 정신이 하나도 없었다.

에스텔라가 품 안에서 꼼질거리자 클레오르가 작은 웃음소리를 내며 그녀의 입술과 뺨에 몇 번이나 자기 입술을 대었다 뗐다. 그리고 다이아몬드 목걸이를 풀며 목덜미에 입술을 묻었다.

"잠깐만요, 폐하, 음."

"벌칙."

279

"폐, 음."

"계속 벌칙 주다 입술이 부르터서 찢어지겠어."

"진짜."

그녀는 기막힘이 절반 정도 섞인 웃음을 터뜨리면서 클레오르의 귀를 잡아당겼다. 꽤 아프게 당겼는데도 클레오르는 웃기만 했다.

"레오, 으응."

역시 사기꾼이었다. 이름을 불렀는데도 내려온 키스가 깊어져 에스텔라는 그의 어깨를 잡은 채로 취하지 않기 위해 애써야만 했다. 단맛 나는 혀가 뒤엉켰다가, 살짝 그녀의 혀 위로 미끄러져 인사라도 나누듯 혀끝을 마주했다. 그리고 한 번 촉촉하게 빨아들이고 안타깝게 떨어졌다.

에스텔라는 한 번 입술을 안쪽으로 꾹 물었다가 놓았다. 그것을 본 클레오르가 다시 덤벼들려고 했다.

그녀는 말을 잇기 위해 또다시 키스하려 드는 그의 입술을 손으로 탁 막았다.

"이름으로 부르면 키스 안 한다면서요."

"그렇게는 말 안 했어. 폐하라고 부르면 키스한다고 했지."

이름으로 부르든 폐하라고 부르든 아예 안 부르든 노상 하고 있으면서 말이다.

"좋아요. 다 좋은데, 공식석상에서 이러면 안 될 텐데요?"

"여기는 공식석상이 아니고, 휴게실이잖아. 우리는 신혼인데 안 돼?"

"신혼하고 TPO를 가리는 게 무슨 상관이에요?"

"내내 그대를 껴안고 있었는데 키스 한 번 못 한 날 좀 불쌍히 여겨 줘."

그러면서 클레오르가 그녀의 입술에 짧게 자기 입술을 대었다가 뗐다.

"그건 껴안은 게 아니라 왈츠를 춘 것 같은데 말이죠."

비상식적으로 많이 추긴 했다. 형식에 따라 인사를 나누어야 할 사람들과 한 번 추고 나면 클레오르가 와서 붙잡고, 또 한 번 추고 나면 붙잡고 하다 보니 절반의 춤은 그와 춘 듯했다.

그리고 이제는 에스텔라도, 그가 그러는 것이 무슨 특별한 생각이 있어서가 아니라 정말로 순전히 다른 남자와 춤을 췄다는 이유에서 그랬다는 사실을 알고 있었다.

"나 참. 대관식 때문에 아무나 잡아서 결혼하려고 했던 주제에."

"그대가 내게 완벽한 사람이라는 데에는 이미 동의한 거 아니었어?"

"아뇨. 5년 정도 추이를 보자고 했던 거죠. 그냥 우리 3년 후에 이혼하죠? 역시 아무리 생각해 봐도 제 적성에 맞는 미래는 그냥 휴양지에서 마사지받으면서 고양이 키우는 부잣집 노파인 거 같으니까요."

에스텔라는 한숨을 내쉬고 클레오르의 뺨을 당겼다.

"웃는 거 봐. 그렇게 마음대로 될 줄 아느냐고 생각하고 있죠, 지금? 첫인상이 틀리지 않았어. 사기꾼이라니까."

"아니야. 그대는 그 실력을 가지고 왜 나랑 이혼한 뒤에 기사단장이 되겠다거나 하지 않고 꼭 은퇴할 생각만 하나 싶어서."

"은퇴해서 잘 먹고 잘 사는 게 꿈이니까 그렇죠. 사람 행복이 뭐 별거 있나요. 시원한 나무 그늘에 해먹 걸고 드러누워서 남이

만들어 주는 수박 주스 마시다가 낮잠 자는 거죠. 기사단장이라
니, 멋지긴 하지만 1년에 사흘 이상 연속 쉴 수 있는 날이 세 번도
못 되는 직종에 종사하고 싶진 않다고요."

"리스칸 경은 좀 특수한 경우였던 거고."

"어쨌든요."

클레오르가 그녀의 두 볼에 한 번씩 입을 맞추고 타협안을 제시
했다.

"좋아. 3년 단위 갱신형으로 어때? 더도 말고 덜도 말고 딱 6번
만 갱신하자."

"그거 지금 20년 후에 제가 나이 들면 갈아타겠다, 이런 뜻이에
요?"

"아니, 후계자 키워서 떠넘겨 놓고 같이 부잣집 늙은이가 되자,
이런 뜻이지. 수박 주스는 내가 만들게."

"저는 폐하 말 안 믿거든요."

또다시 키스를 당했다. 에스텔라는 그의 머리가 헝클어지든가
말든가 손가락을 집어넣어 움켜잡았다. 숨이 가빠졌다. 이제 손님
들이 방문할 것을 생각해야 하는데, 다른 생각만 들었다.

"레오."

이제 그만하라고 하려고 불렀는데 그게 클레오르에게 불을 붙
였다.

그는 정신없이 에스텔라의 입술을 삼키며 그녀를 더 가까이 안
으려 했다. 그러나 파니에와 코르셋의 철벽을 넘지 못했다. 선 자
세로 껴안을 때에도 풍성한 스커트가 방해되는데, 앉은 자세에서
는 그야말로 몸을 밀어냈다.

특별히 키스 이상의 뭔가를 더 하겠다는 것은 아니지만, 품에

꽉 끌어안는 것조차 여의치 않았다. 뒤집거나 파니에를 부러뜨렸다가는 진짜로 혼날 테니 감히 그러지 못하고 그는 손바닥으로 등만 쓸면서 애가 타서 발을 동동 굴렀다.

소파에서 벗어나 둘은 잠깐 엎치락뒤치락했다. 드레스 자락이 파득거렸다.

"안 돼요, 옷⋯⋯."

"어차피 갈아입을 거잖아."

그렇다 해도 드레스를 망쳐도 된다는 뜻은 아니다. 에스텔라는 억울해졌다. 적어도 최근 석 달 동안 리디아의 드레스를 망가뜨린 건 그녀가 아니라 클레오르였다.

뭐, 예산 대는 사람이기도 했지만.

클레오르의 손이 그녀의 팔목을 잡아 눌렀다. 입술이 몇 번이나 겹쳐졌고, 옷 위로 가슴을 어루만진다. 그가 언더드레스를 걷어 올렸다. 그러나 파니에를 뚫지 못했다. 마음 같아서는 통째로 뜯어내어 던져 버리고 싶었으나 그랬다가는 혼날 것이라, 거기까지 하지 못하고 귓불만 깨물었다. 에스텔라는 아래쪽이 축축하게 젖는 것을 느끼고 그의 머리칼을 움켜쥐었다.

"레오, 이제 그만, 숨 막⋯⋯!"

흥분하여 헐떡거리다가 에스텔라가 진짜로 숨넘어가는 소리를 냈다. 자기 뜻대로 조절하지 못하고 계속해서 클레오르에게 호흡을 빼앗긴 데다가 산소 공급이 모자라서 눈앞이 하얘졌다. 숨을 크게 들이쉬려고 하지만 평소보다 세 배의 힘으로 조여 놓은 코르셋 때문에 흉곽이 부풀지를 못했다.

혼절하기 직전에 클레오르는 황급하게 그녀를 붙잡아 입으로 숨결을 불어넣었다. 그리고 손을 뒤로 돌려 등 쪽에서 옷을 찢고 코르셋 끈을 힘으로 뜯었다.

"후아아……."

저승에서 돌아온 듯이 깊은 숨을 내쉬며 에스텔라는 널브러졌다. 눈물이 뽑혔다. 클레오르가 그녀를 다독이면서 팔베개를 해주고 진지하게 말했다.

"코르셋 화형식, 전국 규모로 하자."

"……으으."

"파니에도."

사적인 원망도 담아서 클레오르는 그렇게 말했다.

숨이 막혀서 눈물이 그렁그렁해진 에스텔라의 눈가에 입을 맞추고 있는데 문 두드리는 소리가 들렸다.

문을 삐끗 조금 열어 혼자 들어온 바르톨로뮤 백작부인이 둘이 바닥에 나란히 드러누워 있는 것을 보고는 헛기침을 했다.

"밤까지 좀 기다리시지요."

"아직 시간 있잖아."

"황후 폐하는 저녁까지 자리를 지키셔야 합니다."

그게 체력을 소모시키지 말라는 뜻임은 명백했다. 에스텔라의 얼굴이 새빨개졌다. 클레오르는 엉망이 된 머리를 벅벅 긁어 대강 넘기고 주저앉은 채로 백작부인을 올려다보았다. 그리고 한숨을 내쉬었다.

"알고 있어."

"알고 계시는 분이 이러십니까? 석 달이 늦긴 했지만, 이건 엄연히 결혼식 피로연입니다. 신부가 처녀 시절의 친구들과 보내는 시간을 빼앗으시면 안 됩니다."

거의 엉덩이를 걷어차이는 분위기였다.

클레오르는 알았다며 일어섰다. 그가 상의를 탁탁 잡아당겨 털고 얼굴을 한 번 쓰다듬었다. 그리고 아무 일 없었다는 듯이 에스텔라의 손등에 한 번 키스하고 보무당당하게 밖으로 향했다. 등과 머리에 드레스에서 떨어진 레이스와 꽃 조각이 붙어 있었다.

그걸 본 것은 에스텔라만이 아닐 것이다. 밖에서 "어머나, 꺄악!" 하고 환호성이 들렸다.

그녀는 바르톨로뮤 백작부인의 부축을 받아 일어나 소파에 앉았다. 신부 들러리를 해 주었던 영애와 가까운 숙녀들이 꺄르르 웃음소리를 내며 파도에 밀려오는 꽃처럼 함께 몰려 들어왔다.

에스텔라도 웬만해서는 영애들 앞에서는 바른 자세를 유지하려고 애쓰지만 지금은 무리였다. 배 속 깊은 곳까지 자극이 간 것처럼 울리고, 다리가 아직도 조금 후들거렸다. 안쪽 깊은 곳이 촉촉하고, 깨물렸던 피부와 입술도 아직 떨렸다.

"어머나! 언니!"

알리시아가 얼굴을 새빨갛게 붉히고 그녀의 입술을 가리켜 보였다. 에스텔라는 잠시간 그녀가 무슨 말을 하는지 몰랐다. 스콘느 남작부인이 후후 웃었다.

"폐하께서 얼마나 애가 달으셨으면."

"그래도 조금은 기다리셔야지 말이에요."

"한창 좋을 때죠."

부럽다며 아롤드 남작부인이 호호거렸다.

"게다가 오죽 황후 폐하를 좋아하셔야 말이죠."

"황후궁이 없어졌다고는 하지만, 설마하니 본궁에서, 그것도 한 침실에 머무르실 줄은 생각지도 못했어요."

"맞아요. 다들 제2황자궁이었던 르다궁을 개축하게 될 거라고 생각했으니까요."

"당분간의 일이야. 개축을 하더라도 시간이 걸리니까."

에스텔라는 공연히 변명처럼 말했다. 소피아가 놀림 조로 말했다.

"그런 것치고는, 황제 폐하께서는 르다궁을 수리시킬 생각조차 안 하고 계신다는 이야기가 저 아랫사람들한테까지 퍼져 있답니다."

"피엘라궁도 그렇고요."

"황후 폐하께서도 궁을 옮기겠노라는 말씀은 한 번도 안 하셨잖아요?"

"하긴, 굳이 옮기실 필요가 있나요? 이러나저러나 아침에 알현 한 번을 제대로 못 받으시는데."

"폐하께서 워낙 강건하고 체력도 좋으신 분이니까요."

"정말로 부러운 일이에요."

그러면서 기혼 숙녀들이 의미심장한 시선을 서로 건넸다. 영애들이 몸 둘 바를 몰라 했다.

에스텔라는 얼굴이 새빨개졌다. 아침에 알현을 못 하는 것은 밤일 때문에 체력이 부족해서가 아니라 수련 후에 잠을 다시 자기 때문이지만, 손님들이 다른 의미로 말한 것은 명백했다.

"하지만 거울은 자주 보시는 게 좋겠어요, 황후 폐하."

에스텔라가 과시하려고 그러고 있는 게 아니라 정말로 눈치를 채지 못하고 있는 것 같았기 때문에 스콘느 남작부인이 조심스럽게 말했다. 에스텔라는 잠깐 고개를 갸웃했다가, 금세 무슨 말인지 깨닫고는 라라에게 거울을 가져오라고 격렬하게 손짓했다.

라라가 붉은 낯으로 에스텔라에게 큰 거울을 비춰 보여 주었다. 입술연지는 반은 지워지고 반은 번져서 얼룩덜룩했다. 목걸이는 풀려나가 허전하고, 클레오르의 입술로 묻어난 화장품이 목덜미와 귓불 언저리까지 옮겨져 자국을 남겼다. 코르셋 때문에 등 쪽을 뜯어내서 옷도 너덜너덜했다. 가슴 위쪽에 잇자국까지 있었다.

이대로 손님을 들어오게 한 거냐 싶어 그녀는 화들짝 놀라 바르톨로뮤 백작부인을 돌아보았다. 백작부인은 새침하게 그녀를 외면했다. 대개의 경우에 이런 정숙하지 못한 모습은 남에게 보일 것이 못 되지만, 지금은 다르다. 여자의 몸가짐이 이러니저러니 하는 말을 퍼뜨리려 하는 자가 있겠지만, 신혼부부였다. 신랑이 신부에게 안달한다는 건 흐뭇한 일일 뿐이다. 제아무리 수군거려 봤자 불륜도 아니고, 할 수 있는 말이라고는 "황제가 황후를 체통을 잃을 만큼 사랑한다."뿐이지 않은가. 도무지 칭찬인지 험담인지 분간이 가지 않았다.

황제의 총애가 한 몸에 기울어졌다는 것도 널리널리 알려야 마땅했다. 밀란 백작부인이 아직도 포기하지 않고 두 딸을 화려하게 꾸며 클레오르의 앞에 밀어 넣고 있는 시점에서라면 더더욱 말이다.

바르톨로뮤 백작부인은 남몰래 주먹을 불끈 쥐었다. 어디, 백날 들이대 보라지. 클레오르는 밀란 백작 영애들에게 일말의 관심도 없었지만, 그건 그거고 이건 이거다. 바르톨로뮤 백작부인은 반드시 밀란 백작부인에게 엿을 먹이고 말겠다고 생각했다.

그런 바르톨로뮤 백작부인의 속내는 짐작지도 못하는 에스텔라는 그저 부끄러워하며 자리에서 일어섰다. 혹사당한 발이 아파 조금 비틀거렸다.

그녀가 꼼지락거리면서 몸을 구부리자 눈치 빠른 앤시아가 다가왔다.

"발을 주물러 드릴까요, 아가씨?"

"일단 옷부터 좀 벗었으면 싶은데."

그녀는 잠시 망설였지만, 부탁하듯이 그렇게 말했다. 앤시아가 에스텔라를 부축해서 일으켜 세웠다. 하녀들이 준비된 장막을 가져와 두르고 그 뒤에 의자를 가져다 놓았다.

그러는 사이에 손님들은 호호거리며 빨리 황자가 들어서야 한다는 둥, 그래도 신혼을 반년은 즐겨야 하지 않겠느냐는 둥 자기들끼리 야단이었다.

에스텔라는 그사이에 장막 뒤에서 뜨거운 물에 적신 수건으로 얼굴을 닦았다. 민망해 죽을 것 같았다. 아무리 신혼이라 해도 그렇지. 클레오르는 절제할 생각이 아예 없는 것 같았다. 처음 몸을 잇는 즐거움을 알기 시작했던 무렵에는 서로가 목숨을 걸었던 기억과 안타깝고 애절했던 마음이 뒤섞여 매달리는 듯한 면이 있었다.

그렇지만 석 달이 되어도 그는 전혀 변하지 않았다. 새벽 나절이 다 되어서야 잠들어 놓고도 아침이 되면 또 그랬다. 기운도 좋았다.

사실 기운이 좋긴 에스텔라도 마찬가지였다. 못 하게 하려고 했는데, 오히려 자기 쪽이 설득되어 길들고 있는 것 같았다.

플뢰르가 하아, 하고 긴 한숨을 내쉬었다.

"폐하께서는 정말 언니를 많이 좋아하시나 봐요. 언니를 보고 있다 보면 진짜 제 결혼이 더 불안해지기도 하고 그래요. 제 약혼자는 진짜 무슨 생각을 하는지……. 생각이 있긴 한 건지…….”

“원래 결혼 직전에는 다 그런 거야, 플뢰르. 남자 기준을 황제 폐하로 잡으면 영원히 결혼 못 한다니까.”

아롤드 남작부인이 까르르거리며 말했다.

“글렌 후작대부인께서도 흐뭇해하시더라고요. 그야 방종하다거나, 부부간의 정을 드러내는 건 수치스러운 일이라고 생각하거나, 고귀한 사람이 남들 앞에서 애정 표시 같은 걸 하는 건 옳지 않다거나, 그렇게 생각하는 사람도 있지만, 요새는 그래도 남편이 아내를 살뜰히 사랑하는 모습을 보여야 한다고 생각하는 분도 많으니까요.”

“제스틴 백작대부인께서도 제스틴 백작님에게 화를 내셨답니다. 폐하께서 모범을 보이셨으니 너도 잘 따르라고요.”

제스틴 백작에게 네 명이나 되는 젊은 정부가 있다는 것은 모르는 사람이 아무도 없는 일이었다.

“너무 부러워요. 대혼례 때도 그렇고요. 낭만적인 결혼식으로 오래 남을 거예요.”

에스텔라는 쓴웃음을 지었다.

“폐하께서 쇼맨십이 좀 있는 분이라서. 그전에 생겼던 불미한 일을 무마하기 위해서 일부러 더 그러실걸.”

잠깐 움찔하고 침묵이 흘렀다. 이시도르가 저지른 일을 떠올렸던 탓이다.

이제 시간이 좀 지난 일이지만, 쉽게 잊힐 만한 일이 아니다. 사실 그 뒤에 어마어마한 일이 발생하지 않았더라면 평생 따라다닐 멍에가 되었으리라. 스콘느 남작부인 같은 경우에는 잠깐이나마 의심을 품기도 했었기에 더더욱 말을 잇지 못했다.

알리시아가 부러 환한 목소리로 말했다.

"에이! 괜한 이야기 꺼내지 말아요! 언니가 어딜 봐서 남자 같다고 그렇게 심한 모욕을 했는지 몰라요."

결과적으로 에스텔라가 결백을 증명하기는 했으나, 잘잘못을 떠나서 자기가 여자인 것을 증명해야 했으니 그 수치와 굴욕은 이루 말로 다 할 수 없을 것이다. 그래서 할 말이 다들 많았는데도 다들 외면하고 슬쩍 모르는 척하고 있는 이야기를 알리시아가 대뜸 꺼내 버렸다.

"전 그 말 진짜 조금도 안 믿었으니까요! 언니가 물론…… 엄청 멋있긴 하지만."

그 말을 하면서 알리시아가 수줍게 볼을 붉혔다.

한 4년 전부터 1년 전까지 제법 많이 봐서 익숙해진 그 표정에 에스텔라는 뜨악했다. 지금은 그다지, 기사 제복을 입고 있는 것도 아닌데?

플뢰르와 오키아 남작 영애가 나란히 알리시아와 같은 얼굴을 했다. 아롤드 남작부인이 당혹하는 에스텔라를 보고 까르르 웃었다.

"영애들이 아직 어리긴 어리네. 우리 새 황후 폐하께서는 이렇게 귀여우신데."

"무례한 말씀입니다, 아롤드 남작부인."

바르톨로뮤 백작부인이 엄격한 목소리로 끼어들었다. 부인들의 웃음이 조금 수그러들었다. 지금 놀리고 있는 것이 더 이상 아르투르 백작 영애가 아니라 황후라는 사실을 깨달았기 때문이다.

한발 늦게 방문객이 있었다.

"가장 맑은 수원과 태양의 축복이 함께하시길. 제국의 첫 번째 샘을 뵙습니다, 황후 폐하."

시종의 안내를 받아 들어온 퀘시 후작부인이 한쪽 무릎을 구부리며 공손하게 인사했다. 에스텔라는 드레싱 가운에 슬리퍼 차림새였으나 장막 밖으로 나가 그녀를 직접 맞이했다.

"어서 오세요, 후작부인."

"손님들이 벌써 많이 와 있었군요. 저처럼 나이 든 여자가 와서 분위기를 깨지나 않았나 모르겠습니다."

"설마요. 후작부인께서는 언제나 제게 제일 중요한 손님이신데."

그녀는 퀘시 후작부인을 끌어다 의자를 권했다.

뒤이어 하녀들이 커다란 카트를 밀고 들어왔다. 카트에는 온갖 종류의 쿠키와 타르트가 산처럼 쌓여 있었다. 에스텔라가 한탄했던 커다란 초콜릿 분수 대신 초콜릿 샘이 퐁퐁 솟아나는 작은 워머가 딸려 있다.

비록 파티장에서 남에게 함부로 먹는 모습을 보이지 못하는 숙녀들이라고 할지라도, 에스텔라의 처소에서만은 항상 예외였고, 모두가 기뻐했다.

"언니를 방문하면 맛있는 게 너무 많아서 좋아요!"

"늘 살찐다고 걱정하더니."

"대신에 운동하고 있어요! 저 요새 승마 배운답니다, 언니. 다 배우고 나면 언제 같이 말을 타러 가요."

"말 좋지."

에스텔라는 피어리스를 생각하며 기분 좋게 대답했다. 클레오르가 선물로 주었던 그 멋진 군마는 몇 달 만에 드디어 그녀에게 제대로 등을 허락했다.

"레나토 호수에서 연을 날리는 건 어떨까요? 해 보셨어요?"

"아니."

"제 남동생이 연날리기를 진짜 너무너무 좋아해서, 저도 가끔 같이 간답니다. 여자다운 일은 아니지만, 그래도 재미있어요. 제 생각에는 황후 폐하께서도 좋아하실 것 같아요."

"와, 진짜 너무 좋다! 저도 어릴 때 한 번 해 봤었어요!"

스콘느 남작부인이 몹시 기뻐했다. 리 백작부인이 호두 타르트를 아삭거리며 말했다.

"전 지인짜, 올해 겨울을 너무너무 기대하고 있어요. 겨울에 황후 폐하를 위해 쓰도록 황제 폐하께서 감과 말린 무화과를 잔뜩 장만하게 하고, 또 미리 밤과 호두도 들여서 꿀절임 같은 걸 만들라고 하신 모양이에요."

"오, 그래요?"

"일부는 황궁에 저장해 놓고, 나머지는 황후 폐하의 이름으로 구호청을 통해서 나누어 주게끔 하시기로 했다더군요."

자기 남편이 그 일을 맡아서 잘 알고 있다며 그녀가 호호거렸다. 퀘시 후작부인이 소란 속에서 미소를 지었다.

"올해 엘첸에서 기호품 소비가 줄다 보니 석 달 전 사태 때에 피해를 입지 않은 농가들까지도 여러 가지로 힘들다고 들었습니다. 황후 폐하께서 좋아하는 것이기도 하고, 황제 폐하께서 마음을 많이 쓰셨군요."

"맨날 뭘 해도 항상 겸사겸사죠, 폐하는."

에스텔라는 투덜거리며 코코넛 쿠키를 입에 넣었다.

그러나 한 입 와그작 씹기도 전에 구역질이 치솟아서 뱉어 버리고 말았다. 그녀는 입을 틀어막은 채 새파랗게 질렸다. 이게 행여 무슨 징후는 아닐까.

"황후 폐하?"

퀘시 후작부인이 조금 놀란 목소리로 그녀를 불렀다.

에스텔라는 치솟는 불안감을 누르고 이번에는 초코칩 쿠키를 집어 들었다.

"우욱!"

입에 넣는 것조차 고문이었다.

퀘시 후작부인이 벌떡 일어섰다. 그녀는 저간의 사정을 모두 안다. 에스텔라와 동일한 염려를 하며 자리를 피하자고 말하려는 찰나, 주위에서 상기된 얼굴로 그녀를 바라보고 있음을 알았다.

그리고 그녀는 남들보다 한발 늦게 왜 모두가 그런 기대 가득한 표정을 했는지 깨달았다.

"아!"

"죄, 죄송해요. 부인, 제가, 지금, 사람 없는 곳에서 좀. 도와주세요."

금세 깨달음을 얻은 후작부인과 달리 에스텔라는 충격으로 정신이 하나도 없어 알아채지 못했다.

3개월의 시간이 안심할 만한 간격은 아니었다. 그사이에 변한 것은 아무것도 없다.

에스텔라는 쉬지 않고 걱정하거나 하는 예민한 성정이 아니다. 시간과 행복감은 그녀의 걱정을 다소나마 둔화시켰다. 클레오르의 당당함과 낙관성에 다소나마 전염도 되었다.

그러나 잊고 있지는 않았다. 그녀는 한 차례 완전히 마녀가 되었었고, 누구보다도 대마녀와 가까이 접촉했었다.

뭔가 시험을 해 보든 어쩌든 사람 없는 곳에 가서 쉬고 싶다고 말하려는 찰나 퀘시 후작부인이 그녀의 팔을 부축하여 의자에 앉힌 채 바르톨로뮤 백작부인에게 눈짓했다. 백작부인은 큰 소리로 외쳤다.

"주치의를 모셔 와라. 빨리!"

"네! 네!"

하녀 하나가 쏜살같이 튀어 나갔다. 에스텔라는 "부인." 하고 퀘시 후작부인의 팔을 꽉 잡았다. 이 사람 많은 곳에서 설마 그녀가 마녀라는 사실을 증명하게 만들 셈인가.

후작부인이 "괜찮으실 겁니다."라고 속삭이며 그녀의 손을 마주 잡아 주었다.

후작부인의 말이 옳았다. 생각해 보면 의사가 마녀를 찾아낸 적은 한 번도 없었다. 남들 앞에서 이상한 태도를 보이느니 손님들이 아무 이상 없다는 말을 듣게끔 만드는 게 나을 수도 있었다.

라라가 가져온 달콤한 음료조차도 에스텔라는 한 모금 마시고 도로 뱉었다. 구역질이 치솟아서 참을 수가 없었다. 머리까지 어지러웠다.

퀘시 후작부인도, 바르톨로뮤 백작부인도, 다른 손님들도, 굳게 입을 다물었다. 부정 탄다. 행여 성급히 굴었다가 나중에 아니라면 그 실망감을 어떻게 감당할 것인가.

허겁지겁 달려온 주치의가 그녀를 진찰했다.

클레오르가 다시 휴게실의 문을 연 것은 그때의 일이다. 황후의 하녀가 의사를 부르러 갔다는 이야기를 듣고 서둘러 찾아온 것이었다.

"황제 폐하!"

"가장 맑은 수원과 태양의 영광이 함께하시길."

분분히 여자들이 무릎을 꿇었다. 클레오르는 대충 손을 내저어 일어나라고 신호하고 창백해진 채 식은땀을 흘리고 있는 에스텔라의 곁으로 다가갔다.

"괜찮아? 어디가 안 좋아? 무슨 일 있어?"

"황제 폐하."

늙은 의사가 느릿한 어조로 그를 부르고는, 천천히 한쪽 무릎을 꿇었다. 클레오르는 빠르게 물었다.

"예는 됐네. 황후의 몸에 무슨 문제라도 생겼나?"

"이걸, 뭐라고 말씀드려야 할지……."

의사가 외알 안경을 벗어 닦으며 느릿하게 입을 열었다. 클레오르가 갈아 마실 듯한 시선으로 그를 노려보았다. 그러나 협박하지는 못했다. 세상에 의사를 협박하는 것처럼 멍청한 일은 없고, 이 노인은 제국에서 가장 뛰어난 의사였으니까.

클레오르가 답답함에 폭발하기 직전에야 의사가 후, 하고 웃었다.

"회임하셨습니다."

에스텔라는 눈을 깜박였다. 클레오르도 그랬다.

의사가 싱글거리며 부드럽게 말했다.

"믿으셔도 됩니다, 황제 폐하. 황공하게도 제가 제일 잘 보는 분야가 그것입니다."

에스텔라는 여전히 멍한 얼굴을 하고 있다가, 무심결에 자기 배를 내려다보았다.

진짜? 여기에 아이가 생겼다고?

"경하드립니다, 황후 폐하."

그 말이 끝나기가 무섭게 클레오르가 폭발하듯이 온몸으로 달려들며 환한 웃음을 지었다.

"고마워!"

다음 순간에 에스텔라는 허공에 떠 있었다. 얼떨떨한 채로 세 바퀴나 빙글빙글 돌려지면서 그녀는 소리를 질렀다.

"레오, 잠깐! 레오! 어지러워요!"

클레오르가 뚝 몸을 멈췄다. 그리고 뺨을 붙잡아 온 얼굴에 키스를 퍼부었다. 사람이 있든 말든 조금도 개의치 않았다.

에스텔라는 허공에 뜬 듯한 이상한 기분에 사로잡혔다.

아이라니. 그야 아침저녁으로 집중 포격을 당했으니 임신할 수 있는 몸이라면 빠른 시일 안에 생기겠구나 싶긴 했지만 말이다.

황후로서의 삶이 적성에 맞지는 않았다. 너무 많은 사람의 시선 속에서 살아야 했다. 황후의 보관을 쓰고 있는 이상, 클레오르가 약속한 것처럼 황후로서의 일은 하지 않고 그의 아내로서만 살아간다는 건 불가능한 일이다.

하물며 아이가 생긴다면 더할 것이다. 클레오르와는 5년이니 3년이니 갱신이니 하는 이야기를 했지만, 아이가 있다면 그렇게 쉽게 될 일은 아니다.

제대로 발목을 잡힌 걸까 하는 생각이 어렴풋하게 들었다. 퇴로가 끊겼다. 그런데도 그렇게 불안하거나 하지 않았다.

불만이 생기지 않았던 것은 아니지만, 가장 걱정했던 일은 해결되었다. 혹시 딸이면, 클레오르에게 남은 인생을 바쳐 여황제 즉위의 기반을 갖추라면 되는 것이고.

이만하면 선방한 인생이 아닌가. 남편은 잘생겼고 돈은 원 없이 쓸 수 있으며 새로 얻은 친구들과도 잘 지내고 있다. 이제 귀여운 아이도 생길 것이다.

여러 가지로 불만이 없지는 않지만, 원래 사람이 다 이상적인 삶을 살 수 있는 것도 아니고.

한가하고 돈 많은 백수의 삶은 아니지만.

그래도, 뭐, 어쨌거나.

그녀도 행복했으므로 문제는 없었다는 이야기였다.

외전 3.
3년 후

『친애하는 티소엔 크렐리디안 경.

카이덴 후작부인께서 네가 도무지 편지에 답장을 주지 않는다고 염려하셔서 내가 대신 쓴다.

다리가 부러져서 드러누웠다면서. 네 실력을 알고 있으니 큰 걱정은 안 하지만, 또 네 성격을 아니까 마음 쓰이는 부분도 있다. 부상은 정말로 괜찮은 거야? 어쩌다가 다쳤어? 네 실력에 어지간해서는 그 정도 부상은 당하지 않을 텐데.

후작부인께서 걱정하시니, 엘첸으로 돌아오지는 않더라도 제때제때 답장이라도 하도록 해.

에스텔라.』

『황후 폐하께, 가장 맑은 수원과 여신의 축복이 함께하시길.

저는 잘 지내고 있습니다. 다리가 부러진 것이 아니라 뼈에 금이 갔을 뿐이며 이미 완치되었습니다.

어머니는 편지를 1주에 세 번 이상 쓰십니다. 겐크 요새의 보급은 1개월에 한 번이며, 엘첸에서부터 사적인 편지가 전달되는 것은 2개월 간격입니다. 답장하지 않는 것이 아니라 전달이 늦는 것입니다만, 제 말을 좀처럼 믿지 않으십니다. 공연히 황후 폐하께 폐를 끼쳐 죄송합니다.

엊그제 배속된 신병과 준기사들이 아직 몬스터 산맥에 적응하지 못하고 있습니다. 이미 보고는 들으셨겠지만, 마녀의 땅이 몬스터 산맥과 인접하면서 몬스터의 생태가 변화하고 있습니다. 위험도가 각별히 올라간 것은 아니지만, 대처법이 다시 정리되는 데에는 시간이 걸릴 것 같습니다.

다리 부상은 토룡을 상대로 입은 것입니다. 최근 대형 몬스터를 상대로도 마력핵을 직접 파괴하는 방식으로 싸우고 있는데, 익숙지 않아 잔부상이 생깁니다. 그래도 검으로 혼자 격파하는 것에 성공했습니다.

겐크 요새에 배속된 사제는 치유 마법 실력이 매우 좋으니 조그만 염려조차 하지 않으셔도 됩니다.

황자 저하의 두 돌 축하연은 이곳에서도 했습니다. 건강한 아기님이라고 들었습니다. 부모 중 어느 쪽을 더 닮았더라도 훌륭한 재능을 가진 분으로 자랄 듯하여 기대가 큽니다.

한가하실 적에 안부 알려 주십시오.

멀리에서라도 늘 행복하시길 빌고 있습니다.

충실한 기사가.』

300

『친애하는 티소엔 크렐리디안 경.

　나와 후작부인은 거의 동시에 답장을 받았어. 후작부인에게 죄송하다는 인사와 함께 직접 구운 쿠키를 선물로 받았다. 아무것도 안 하고 이득 본 느낌이야.

　나야 뭐 항상 잘 지내고, 에단도 잘 지내고 있지. 보육시녀들 말로는 이제 두 돌 된 아기가 이렇게 아픈 곳도 없이 튼튼하기도 쉽지 않다고 해. 좀 둔한 것 같기도 하고.

　내가 낳았다니 볼 때마다 신기해. 애는 우리 아버지를 닮았어. 처음에는 잘 몰랐는데 하루하루 시간이 지날수록 점점 더 닮아 가니까 기분이 그렇더라. 핏줄이라는 게 이런 건가 싶고. 다른 건 몰라도 얼굴은 클레오르 페하를 닮아야 된다고 마음속으로 빌었는데, 애석한 일이야. 딸이 아니고 아들이니까, 그런대로 덜 아쉽긴 하지만.

　후작부인에게는 육아 문제로 늘 신세를 지고 있으니 폐를 끼치고 있는 것은 내 쪽이니까 그런 걸로 신경 쓸 필요 없어. 자주 아이도 보러 와 주시고. 솔직히 말해서 네 반만 가도 더 바랄 게 없겠다.

　아니. 여자 손목 잡아 비트는 건 안 해야겠지만. 귓구멍도 좀 열고. 고집도 좀 줄이고.

　내년쯤에는 한 번쯤 볼 수 있었으면 좋겠다. 새로 생긴 준기사 선발 대회가 제법 흥미로운데, 틀림없이 너도 좋아할 거야.

　여신의 환한 빛이 너의 발길을 비추시길. 너무 오래 헤매지 않길 빈다.

에스텔라.』

에스텔라는 잉크가 마르길 기다려 편지지를 접고, 촛불 위에 색입힌 밀랍이 담긴 숟가락을 올렸다. 근황이라고 해 봐야 마음 쓸까 염려되는 일들을 이것저것 빼고 나면 남는 말이 많지 않아 편지는 얇았다.

봉투에 넣고 밀랍을 부었다. 묵직한 인장을 누르는데 노크 소리에 이어 거실 문이 바로 열렸다.

"편지 쓰고 있었어?"

"네. 오늘도 늦었네요?"

"국가와 가족을 위해 몸이 부서져라 일해야지."

클레오르는 그렇게 말하며 에스텔라에게 곧바로 다가오며 팔을 벌려 보였다.

하던 일을 내던지고 남편의 팔에 몸을 던지는 일은 일찍이 쓰러질 때와 창문을 뛰어넘을 때를 제외하고는 없었던 에스텔라는 일어서서 그에게 안기는 대신에 여기다가 키스하라고 볼을 내밀었다.

클레오르는 서글픈 얼굴로 고개를 내밀어 그녀의 뺨에 키스했다. 그러면서 봉투에 적힌 수신인의 이름을 눈으로 훑었다. 신경이 전혀, 요만큼도 쓰이지 않는다고 할 정도는 아니었으나 역시 그것을 티 낼 수는 없었다.

밀랍이 굳을 때까지 봉투가 움직이거나 하지 않도록 문진으로 눌러 놓으며 에스텔라가 말했다.

"별 이야기 없어요. 엊그제 카이덴 후작부인이 걱정하는 것 때문에 주고받은 편지의 연장선상에서 안부 이야기를 했을 뿐이니까."

"나 아무 말도 안 했어."

"신경 쓰고 있는 거 알고 있어요."

"그 신경조차 쓰지 않는 건 불가능해. 그대가 이름으로 불러 주는 것만으로도 질투가 난단 말이야."

"예르켈에게 폐하가 질투하고 있더라고 이야기할게요."

"그대는 불쌍한 예르켈의 위장을 갈아 마실 생각이야?"

누가 누구를 불쌍하게 만든다는 건지. 예르켈에게 물어보면 부부가 쌍으로 사람 힘들게 만든다고 할 테지만, 에스텔라는 자기의 잘못은 외면한 채 그렇게 생각했다.

클레오르는 아기 요람 쪽으로 다가갔다. 에단은 두 돌 된 아기라고 생각할 수 없을 정도로 엄격 근엄 진지한 얼굴로 블록시계를 만지고 있다가 아빠의 얼굴을 보고는 심각한 표정으로 고개를 끄덕였다.

"이 녀석, 자정인데 아직도 잠을 안 자고."

"그건 또 누굴 닮았는지 모르겠어요. 난 아니에요."

최근 출산 때문에 멀리 시골로 요양 가 있는 아롤드 남작부인에게 보내는 편지를 쓰면서 에스텔라가 그렇게 말했다. 클레오르는 아이에게 두 팔을 벌려 보였다. 냉정한 아내와 달리 아들은 무뚝뚝한 얼굴로도 마주 팔을 벌려 안겨 왔다.

"어이구, 또 무거워졌구나."

"어제랑 똑같아요. 아침저녁으로 보면서."

"매일매일 봐도 신비로우니까 그렇지."

1시간 있다 봐도 신비할 게 틀림없었다.

에스텔라가 웃었다.

"아들 낳았다고 좋아서 울기까지 했으니 오죽하실까."

"아들이 좋아서 운 게 아니라니까."

"그럼 딸이었어도 울었을 거예요?"

클레오르는 대답하지 못했다.

에단이 태어났을 때에, 클레오르는 아이를 안아 보지도 않고 곧바로 산실 밖으로 나갔다. 달려 들어오던 사람들이 그가 눈물 흘리고 있는 것을 보았다고 했다.

에스텔라는 지쳐서 아기 얼굴을 보자마자 기절해 버렸기 때문에 나중에 전해 들은 이야기였다. 그는 아이를 안아 보지도 않고 거의 1시간 정도 혼자서 방구석에 틀어박혀 있었던 것 같다.

그 사실이 들통나자 클레오르는 드물게도 얼굴을 새빨갛게 만들고 민망해했다.

「애 낳느라 죽다 살아난 게 나이지, 당신이에요?」

「좋아서 울었어.」

「내가 죽다 살아났을 때보다 아들 생긴 게 더 좋았나 보죠?」

에스텔라의 툴툴거림에 그는 애처로운 얼굴로 고개를 저었다.

「아니야. 그냥…… 정말로 다 끝났다는 느낌이 들어서.」

에스텔라는 그 이상 더 묻지 않았다. 그가 말하는 게 무슨 의미인지 알고 있었기 때문이다.

클레오르는 끝까지 말하지 못하고, 그녀의 한 손을 잡아 손등에 입술을 묻었다. 에스텔라는 다른 손으로 그의 머리를 쓰다듬어 주었다.

아들이었으면 낫겠다, 했던 건 에스텔라도 마찬가지였다. 그러나 그녀는 클레오르가 더 이상의 구설수에 휘말리지 않기를 바라는 마음에서 그런 것이었다. 딸밖에 안 생기면 여황제로 만들겠노라 이야기는 했지만, 그것이 그렇게 쉬운 일일 리 없다. 또한 딸을 후계자로 삼는다면, 마녀의 씨앗을 황제의 자리에 올린 건지도 모른다는 불안감을 끝까지 지우지 못했으리라. 어느 쪽이든 그녀 자신의 몸에 대해서까지는 생각이 미치지 못했었다.

아들이 태어났다. 그것은 그녀가 마녀가 아니라는 것을 의미한다. 적어도, 개화하지 않은 씨앗이라는 뜻이다. 그리고 이제 알펜슈타인에서 씨앗이 마녀로 개화할 일은 없으니, 그녀가 일부러 마녀의 땅으로 찾아가지 않는 한 죽을 때까지 인간이리라는 의미이기도 했다.

정말로 끝났다.

아이가 아들이든 딸이든 클레오르는 정말로 관계없었다. 설령 마녀를 낳았더라도 상관없었을 것이다. 중요한 것은 아버지가 되었다는 것도, 후사를 튼튼히 했다는 것도 아니었다. 이제 에스텔라가 안전하다, 두 번 다시 그런 일에 휘말리는 일 없이 이 품에 있으리라.

그것을 에스텔라도 알았다. 그렇기 때문에 이렇게 간혹 놀리는 것이기도 했다.

"어휴. 빨리 딸도 하나 낳든가 해야지."

토실토실한 에단의 뺨을 입술로 깨물며 클레오르가 불평했다.

"부― 우―"

이제 적당히 놀아 줬다고 생각했는지, 에단이 투정 부리듯이 클레오르를 밀어내고 블록시계로 손을 뻗었다. 클레오르는 한 팔로 에단을 안은 채 요람 안에서 블록시계를 꺼내 쥐여 주었다.

"그런데 슬슬 엄마 아빠 정도는 할 때 아닌가?"

"남자애는 좀 늦기도 하대요."

"음. 하긴. 나도 집 잃어버렸을 때에 이름도 제대로 말 못 했다고 하니까. 요 녀석도 알아듣는 건 다 알아듣잖아. 그렇지?"

"부우—"

"이건 '아부지'의 부일까?"

"언제 애한테 아버지를 가르쳤다고 그런 기대를 해요? 맨날 아빠 아빠 하면서. 다른 사람들은 폐하라고 부르잖아요."

"그런가. 그러면 해 봐. 아빠."

아빠, 하고 다시 가르쳤지만 에단은 눈만 말똥말똥 뜰 뿐 입을 열 생각도 하지 않았다.

다 쓴 편지들을 바구니에 던져 놓고 에스텔라가 클레오르의 곁으로 왔다. 클레오르는 에단을 무릎에 앉혀 놓고 에스텔라를 끌어당겨 입술에 키스했다.

에스텔라는 짧게 응해 주고 말했다.

"전 그보다도 다른 게 신경 쓰여요."

"에단에게 뭐 안 좋은 점이 있어?"

클레오르가 묻자, 에스텔라가 걱정스럽게 말했다.

"동체 시력이 너무 느려요."

"동체 시력?"

"몸 가누는 게 서투른 것도 그렇지만……. 잠깐 봐 봐요."

에스텔라가 몸을 일으켜 서랍에서 펜을 가지고 왔다. 펜의 끝에는 금 구슬이 달려 있었다.

"에단, 이거 봐 봐. 옳지. 이거 보고 있어야 돼?"

에단의 눈이 금 구슬을 쳐다보았다. 에스텔라는 펜을 움직였다. 현란하지는 않지만 이치에 맞는 아르투르 검술의 기본 검로였다. 당연히 에단의 눈은 그것을 따라가지 못했다.

"이거 봐요. 지난번에 보니까 모기도 못 잡더라고요."

"모기 물렸어?"

과보호하는 아빠는 깜짝 놀라 물었다. 에스텔라가 한숨을 내쉬며 고개를 저었다.

"모기 좀 물리면 어때요. 문제는 못 잡았다는 거라고요. 처음에는 모기를 쳐다보는 것 같았지만 움직임을 반도 못 따라가더라고요."

이 걱정을 다른 기사가 들었다면 모기의 회피 기동이나 정격 검술의 기본 검로를 세상에 어느 두 돌짜리 아기가 따라잡느냐고 가슴을 쳤을 것이다.

그러나 여섯 개의 단어로 이루어진 문장을 구사하기 전에 아버지의 검로를 파해하는 것에 성공한 엄마나, 용병들에게 이렇게 저렇게 한 조각씩 얻어 배운 싸움법을 하나의 투술로 완성해서 쿠수마를 잡은 아빠나 걱정 가득한 얼굴이 되기는 마찬가지였다.

아이를 처음 키워 보는 부부는 잠시 으음, 하고 고민에 잠긴 태도를 취했다.

"유모는 뭐라고 그래?"

"별문제는 없다고 그러긴 하는데……. 오히려 너무 안 운다고 걱정을 하더라고요."

"그것도 걱정은 걱정이지."

으샤! 번쩍 들어 올려 날게 해 주자 에단이 소리 없이 웃었다.

"카이덴 후작부인 말로는 그냥 과묵한 거 같대요."

"건강하기만 하다면 너무 걱정하지 말자고. 문제가 있으면 주치의나 유모가 알려 주겠지. 꼭 그쪽에 재능이 있어야 한다는 법은 없으니까."

"하긴."

"머리는 좋아야 할 텐데. 글자는 언제부터 가르칠 거야?"

"아직 말도 못 하는데 글을 어떻게 가르쳐요?"

"탈리아는 배우고 있지 않아?"

"자기가 그림책을 직접 읽고 싶다고 하니까 그러면 배워 보라고 한 거예요. 게다가 에단보다 세 살이나 많다고요."

탈리아는 이시도르의 딸이다.

미리엄 황자비가 재혼하기로 했을 때에, 그 애를 데려오기로 결정한 것은 에스텔라였다.

미리엄은 심각한 우울증을 앓고 있는 데다가 딸을 보아도 이시도르가 떠오를 뿐인 듯했다. 그조차도 좋은 기억이라고는 거의 없는 듯, 입을 다물고 고개를 저을 뿐이라 그 무렵의 탈리아는 유모의 손에 거의 방치되어 있었다.

「먼 곳으로 재혼해서 가면 지금보다는 조금 더 상태가 나아질 수도 있겠죠. 그 애는 그냥 우리가 거둬요. 엄마 밑에 있는 게 무조건 좋은 일도 아니니까.」

「황실의 피이니 그렇게 하는 쪽이 여러 가지로 낫긴 하지. 하지만 괜찮겠어?」

「뭐가요?」

「조카를 키운다는 게 쉬운 일은 아니잖아.」

「괜찮아요. 양육비가 모자랄 것도 아니고, 실제로 키우는 건 유모잖아요. 어차피 애들 많은데, 거기에 한 명쯤 더 얹어 봤자 차이도 없어요.」

 탈리아는 그렇게 해서 피엘라궁의 아이가 되었다.
 피엘라궁에는 아이가 많았다. 이제는 열네 살이 되어 나름대로 어른스러운 얼굴을 하고 있지만, 제자인 오티스도 그때에는 열한 살이었다. 오티스의 여동생 피비는 여섯 살이었고, 루신다의 딸 오리앤은 네 살이었다.
 그 아이들을 에스텔라는 그대로 아르투르 저택에서 피엘라궁으로 데려왔다. 피비의 동생을 비롯하여 권의 손주 중 열 살 이하의 아이 몇 명이 더 피엘라궁에 머무르게 되었는데, 성장하면 에스텔라의 가신으로서 일할 수 있도록 적당한 때에 적당한 교육을 받게끔 하고자 하는 의도였다.
 덕분에 피엘라궁은 어린애로 바글바글했다. 에스텔라는 기꺼이 모든 아이를 받아들여 에단의 곁에 두었다.
 자기 아이가 생긴다면 외롭지 않게 키우고 싶다는 건 그녀의 오랜 바람이었다. 함께 자란 오누이도 없고, 친구다운 친구도 없었던 어린 시절이 작게나마 한이 되었기 때문이다.
 서른 명도 넘는 보육시녀가 시선을 떼지 않고 보살펴 주기 때문에 가능한 일이었다.
 "그래도 남들보다는 좀 빨리 시작해야 할 텐데."
 에단의 이마에 쪽쪽 뽀뽀하면서 클레오르가 말했다. 그는 조기 교육에 관심이 많았다.
 "가르칠 게 많아. 황제가 되려면 애써야지."
 "그래도 열 살까진 놀게 놔둬요. 폐하도 벼락치기였지만 잘하고 있잖아요."

"나 잘하고 있어?"

클레오르가 싱글거리면서 고개를 옆으로 기울여 에스텔라의 입술에 키스했다. 에스텔라는 그걸 밀어내면서 투덜거렸다.

"벼락치기였다는 쪽이 핵심이죠. 자기 좋은 쪽으로만 듣는다니까."

"그게 힘든 걸 아니까 에단에게는 충분히 준비를 시키고 싶은 거야."

"어차피 준비 같은 거 해도 해도 끝이 없을 텐데. 일찍 가르친다고 다가 아니죠. 좀 컸을 때 자기가 노력할지 어떨지."

"괜찮아. 에단은 성실할 거야. 지금도 착하고."

"그래야 할 텐데."

에스텔라는 그의 손에서 에단을 받아 안았다.

"이제 자야지, 우리 애기."

"부우, 멈머."

에단은 에스텔라의 무릎으로 옮겨 간 지 얼마 되지도 않아 꾸벅꾸벅 졸기 시작했다.

"이제 재워야겠어요. 폐하가 늦게 오니까, 아이도 덩달아 자꾸 늦게까지 깨어 있게 해서 좋지 않은 것 같아요."

"너무 짧아."

클레오르가 한탄했다.

"그러면 일찍 퇴근하시든가요."

"내가 늦게 오고 싶어서 그러나. 일이 많은걸."

"더 잘해 보세요. 능력 있잖아요."

"나에게 일 제일 많이 시키는 사람이 그렇게 말하니 서러울 뿐이라고."

"아마 폐하가 그 말씀을 하시면 에버니저 경이 똑같이 서러워
할 거예요."

그렇게 말하면서 둘은 복도를 천천히 걸었다.

에스텔라는 탈리아와 에단을 똑같이 길렀고, 낮 동안에 다른 아
이들과도 차이를 두게 하지 않았다. 그러니 이 시간만이 에단이
다른 아이들과 달라지는 특별한 순간이었다. 클레오르가 돌아와
잠자기 전까지 아이를 보는 시간 말이다.

대부분 아이가 스스로 식탁에 앉아 포크를 놀릴 수 있게 될 때
까지는 유모의 손에 맡기고 이따금 얼굴이나 보는 귀족들과는 큰
차이가 있었다. 그나마도 아버지들은 대화가 통하기 전에는 가끔
얼굴을 보는 일조차 없는 경우가 많으니 특이한 경우였다.

그 덕에 황제가 지나치게 격의가 없고 아들을 사랑한다고 작은
구설수가 있었다. 역시 평민들 사이에서 자라서 그렇다는 험담도
있었다.

그러나 크게 트집 잡거나 대놓고 말하지는 못했다. 태어난 아이
가 건강하게 자라기만 한다면 장래의 황태자이다. 자칫하면 훗날
황제와 황태자의 사이를 갈라놓으려 했다는 오해를 살 수도 있었
으니까.

게다가 이미 카이덴 후작이라고 하는 희대의 팔불출이 선례를
만든 적도 있었다.

아이를 어느 정도 자랄 때까지 굳이 예법이나 교육에 구속시키
지 않고 자유롭게 자라게 하는 게 좋다는 교육법은 제법 오래된
유행이기도 했다. 실천하는 사람은 좀처럼 없었지만 말이다.

에스텔라가 잠든 아이를 안고 일어서자 클레오르도 따라 일어
섰다. 아이 방은 에스텔라의 방에서 다섯 살짜리 아이 걸음으로도

오갈 수 있는 가까운 거리에 있었다.

"내가 안고 갈까?"

"이 앞인데요. 그렇게 아쉬우면 데리고 잘래요?"

"……."

클레오르는 대답하지 못했다. 그는 이미 작년에 아이를 데리고 자겠다고 호언장담하며 요람을 침대 곁에 두고 잤었다. 그러나 본래 잠귀가 밝은 데다가 아이가 신경 쓰여서 밤새 2시간씩 끊어 자다 결국 견디지 못하고 새벽에 유모를 부르고야 말았다.

다음 날은 회의실에서 지켜보는 수십 쌍의 눈앞에서 졸다 머리를 박는 추태를 보이고야 말았던 것이다.

에스텔라가 웃었다.

"다음 날 쉴 수 있게 되면 데리고 자요."

"그런 날이 언제 오기나 할지 모르겠어."

피엘라궁에서는 굳이 시종을 데리고 다니지 않기 때문에 클레오르가 손수 문을 열었다.

"아, 폐하."

뜨개질거리를 들고 앉아 졸고 있던 유모와 보육시녀들이 일어섰다.

"가장 맑은 수원과 태양의 영광이 함께하시길. 황제 폐하, 황후 폐하."

"매번 밤늦게까지 기다리느라 고생이 많아. 미안해."

에스텔라는 부드럽게 말하고 침대 쪽으로 향했다.

탈리아는 이미 세상모르고 잠들어 있었다. 그녀는 빈 침대 쪽에 에단을 눕히고, 이마에 키스했다. 클레오르가 탈리아의 침대를 들여다보고 머리를 가볍게 쓰다듬어 주었다. 아이가 잠투정하며 몸을 돌려 누웠다.

돌아오는 길에는 둘이 팔짱을 끼었다. 복도가 무척 짧다고 클레오르는 생각했다.

"딸도 좋은 것 같아."

"새삼스럽게 무슨 이야기예요?"

"그냥 탈리아를 보니까 생각났어."

"뭐가요?"

"딸 있으면 이쁘겠다고⋯⋯."

클레오르가 살짝 헛기침을 했다. 에스텔라는 피식 웃었다.

"그야 폐하 닮은 딸이면 이쁘긴 하겠죠. 엘라리사 선황후 폐하 어릴 때 초상화 보니까⋯⋯."

에스텔라는 잠깐 황홀한 한숨을 내쉬었다. 그게 내 딸? 생각하자 좋아서 소름이 돋았다. 뭐든지 어울리겠지. 레이스든 프릴이든 나풀거리는 나비 장식이든 병아리색이든.

탈리아도 솜사탕처럼 사랑스러운 소녀였지만, 역시 절세미소녀는 아니다.

"잠깐 와 봐요."

에스텔라가 클레오르를 잡아끌었다.

기분 좋게 끌려간 곳은 투왈렛 룸이었다. 밤중이라 담당 하녀들도 모두 자러 갔기 때문에 실내는 어두웠다. 에스텔라는 촛대를 가져다가 복도에 밝혀져 있는 등불에서 불을 옮겨 붙여 왔다. 클레오르가 그 불을 받아서 반대쪽 초들을 밝혔다.

거울이 많은 방이라 순식간에 실내가 환해졌다.

"뭐 하려고?"

왠지 좋은 예감을 느끼며 클레오르는 물었다. 뭔가, 있지 않은

가. 이런 분위기. 투왈렛 룸에서 여자가 등을 드러내며 코르셋 끈을 묶어 달라고 부탁하고, 가터벨트를······.

물론 그런 농염한 분위기를 에스텔라에게서 기대하는 것이 어려운 일이라는 것은 백번 잘 알고 있었다.

"앉아 봐요."

클레오르는 고분고분히 앉았다. 에스텔라가 드레스 룸을 뒤지러 갔다. 그리고 병아리색 스카프와 연분홍색 숄을 가지고 나왔다.

"뭐, 하려고?"

클레오르는 다시 묻지 않을 수 없었다. 에스텔라가 "가만히 있어 봐요."라고 말하면서 그의 목에 스카프를 둘렀다.

"······."

"와, 안 어울리네요."

"여장은 안 어울린다고 했잖아."

"머리색에 맞나 보고 싶었을 뿐이에요."

이번에는 머리에 숄이 얹어졌다.

"그렇지만 여자애한테는 분명히 어울리겠죠?"

"그대도 어릴 때는 어울렸을 거야."

"으음. 어릴 때 키워 준 할머니가 빨래하기 귀찮다고 회색 옷밖에 안 입혀 줘서요. 초상화가 있는 것도 아니고."

"지금도 충분히 잘 어울리는데."

스카프를 벗어서 에스텔라의 목을 감싸 당기며 클레오르가 속삭였다. 에스텔라가 웃어 넘겼다.

"농담 말아요. 이거 선물 받고 너무 마음에 드는데 안 어울려서 어떻게든 써먹을 방법 없을까 하고 루신다랑 한참 연구해도 답이 없었단 말이에요. 탈리아한테 줘야겠어요. 리샤한테 어울릴 것 같지만, 선물 받은 걸 함부로 남 줄 수는 없으니……."

그녀가 스카프를 빼앗으며 일어서려는데 클레오르가 양쪽 끝을 당겼다. 뒷목에 둘러진 스카프 양쪽이 당겨지자 에스텔라의 고개가 딸려 왔다. 숨결이 닿을 정도로 가까워지자 그녀가 의아한 얼굴을 했다.

"주지 말고 놔두면 안 되나? 3년 정도."

"3년 지나면 유행 지나서 어차피 못 써요. 근데 왜 3년이에요?"

"지금부터 만들면, 3년 후면 쓸 수 있지 않을까, 싶어서."

"지금부터?"

에스텔라가 눈을 깜박거리더니 이내 웃었다.

"한 번에 성공할 자신 있어요?"

"음. 사실 한 번에 성공 안 했으면 좋겠는데."

그렇게 말하면서 클레오르는 스카프 위로 그녀의 목덜미에 키스했다. 그리고 스르륵 그것을 잡아 뺐다. 실크가 스치는 보드라운 감촉에 에스텔라가 목을 조금 움츠렸다. 그렇지만 피하지는 않았다.

"세 살 터울이면, 나쁘진 않네요."

"그렇지?"

"……근데, 여기서?"

"예쁜 옷의 축복을 받아 보자고."

뒷목을 어루만지고 머리카락 사이로 손가락이 들어와 안쪽에서 머리를 묶은 장신구를 풀어냈다.

에스텔라는 눈을 감았다. 입술 위에 먼저 검지 끝이 스치고, 나비처럼 가볍게 입술이 내려앉았다.

여러 번 해도 이 처음 입 맞추는 순간은 도무지 익숙해지지 않았다. 클레오르의 입술은 마치 입술 위가 아니라 심장 위로 내려앉는 것처럼 그녀를 깜짝 놀라 굳게 만들었다.

"또 그러네."

그가 웃으면서 손으로 아랫입술을 살짝 열고 혀를 밀어 넣었다. 에스텔라는 그의 목에 팔을 감았다. 입천장을 건드린 혀끝이 그녀의 혀를 쓸고 나갔다. 턱을 쥐었던 손은 목까지 스윽 선을 그리며 내려와 느슨한 슈미즈 가운의 가슴에 매달린 리본을 풀었다. 그리고 아래쪽에서 쓸어 올리듯이 하여 가슴을 쥐었다.

"그렇게, 만지지 좀……."

가쁜 숨이 새어 나갔다. 입술이 목선을 깨물며 내려가 가슴 가운데에 묻혔다. 저도 모르게 구부려진 무릎 뒤에 클레오르가 손을 밀어 넣어 종아리까지 쓸어내렸다가 다시 쓸고 올라오며 치맛자락을 걷어 올렸다. 검지가 얇은 속옷을 살짝 걸어 끌어 내렸다.

"레오."

열이 오른 목소리로 에스텔라는 그를 불렀다. 몸이 후끈거렸다. 초조감이 가슴 안쪽에서부터 배까지 쓸고 내려가 허벅지를 오므려지게 했다.

방 안이 온통 환해서 옷을 벗는 클레오르의 몸이 선명하게 보였다. 에스텔라는 숨을 몰아쉬었다. 아랫도리가 뭉근하게 열을 품었다. 그녀는 초조를 숨기기 위해 고개를 돌리다가 눈을 내리깔아 버렸다. 거울에 자기의 흥분한 얼굴이 비쳤기 때문이다.

"새삼스럽게, 부끄러워?"

"거울이 많잖아요."

클레오르가 시선을 들었다. 그리고 입꼬리를 끌어 올렸다. 그

316

리고 고개를 숙여 그녀의 양 얼굴 옆을 짚어 주위를 가리듯이 하며 키스했다.

"나한테만 집중하면 되지."

"당신이 그렇게 만들어야……. 아."

말이 끝나기 무섭게 묵직한 것이 다리 사이로 파고들었다. 에스텔라는 눈을 꽉 감았다가 긴장을 풀며 숨을 깊게 들이쉬었다. 긴 한숨이 뜨겁게 뒤섞였다. 목덜미까지 피부가 찌르르 떨렸다. 클레오르가 작게 웃었다. 그 웃음이 그녀의 아랫배를 떨리게 만들었다.

"이대로, 있어요."

그녀는 클레오르의 등을 쓸어 올리며 그의 어깨에 얼굴을 파묻었다. 꽉 찬 충만감이 견딜 수 없이 좋았다. 완만하게 고양되어 육체 전체가 깨어나는 것 같은 기분이 든다. 그대로 둘은 하나가 된 채로 한동안 가만히 있었다. 전신의 세포가 완전히 상대에게 집중하여 더 이상 다른 아무것도 보이지 않도록.

"조금만 더. 조금만 더."

그녀가 조르듯이 중얼거렸다. 클레오르의 등에서 땀이 흘러내렸다. 더 견디지 못하게 된 에스텔라가 마침내 재촉하듯이 그의 등허리를 살짝 밀며 고개를 돌렸을 때였다. 거울과 눈이 마주쳤다.

"아."

에스텔라가 순식간에 목까지 새빨개졌다. 클레오르는 그녀가 부끄럼으로 연하게 물러지는 순간을 놓치지 않았다. 열기가 폭풍이 되어 투왈렛 룸을 휩쓸었다.

클레오르는 한 번에 성공했다.

그러나 열 달 뒤에 태어난 것은 에스텔라를 똑 닮은 아들이었다.

"정말로, 맘대로 안 되네요."

에스텔라는 미묘한 기분으로 금발에 푸른 눈을 가진 둘째 아들을 쳐다보았다. 클레오르는 울기까지 하진 않았지만 몹시 애석해하며 말했다.

"딸이었으면 좋았을 텐데."

"안 돼요, 이 얼굴로 딸이면. 누가 먼저 그 소릴 했더라?"

"아니, 아들도 좋지만……."

농담으로 했던 이야기였으나 일평생 트집을 잡힐 것 같았다.

"또 낳지, 뭐. 셋째는 예쁜 딸로. 셋째도 실패하면 넷째도 좋고."

라고 말했다가 그는 보호장구 없는 대련 신청을 받았다. 낳느라 고생하는 게 누구 쪽인 줄은 알고 그렇게 쉽게 말하느냐는 말과 더불어 대차게 두들겨졌으나 클레오르는 최종적으로 승리했다. 결국 셋째는 그를 닮은 절세미녀 딸이었던 것이다.

외전 4.
코르셋과 가죽 바지

1.

코넬리아 폰티악은 무가의 딸이었다.

코넬리아의 조부인 폰티악 백작은 깨어 있는 귀족이라기보다는 극도로 육체적인 단련을 중시하는 사람이었다. 그는 설령 귀족 영애라 해도 앉아서 손수건에 수를 놓고, 가장 격렬한 운동이라는 게 드레스를 입고 말 위에 조신하게 앉아 타박타박 걸리는 정도로만 움직이는 것을 두고 보지 못했다.

그가 아는 가장 훌륭한 운동이 검술이었던 바, 자연 폰티악가의 딸들은 어려서부터 검술을 배웠다. 이것을 가르쳐서 딸이나 손녀가 뭘 이루어 내기를 바란다거나 하는 계획은 폰티악 백작에게는 없었다. 그저 운동으로 가르쳤을 뿐이다.

코넬리아는 일곱 살 때부터 체술과 검술을 배웠으며 이제 열일곱 살이 되었다. 가전 검술을 배운 무가의 영애 대부분이 그러하듯이 그녀도 굳이 무술을 배웠다는 이야기를 밖에 나가 하지 않았다. 아마도 이야기를 밖에서 했더라면 친구 몇몇과는 공감대를 형성할 수 있었겠지만, 부끄러웠으므로 그러지 않았다. 폰티악 백작도 굳이 손녀에게 검을 가르치고 있다고 말할 사람은 아니다. 그러므로 할아버지와 아버지, 남동생만이 그녀의 수련을 지켜보는 상대였다.

코델리아가 처음으로 자기 자신에게 재능이 있는 게 아닌가, 하고 생각했던 것은 작년부터의 일이다. 연년생인 남동생은 열다섯 살이 되었고, 그녀는 열여섯 살이었다. 연령 차이가 있으나 남동생은 이미 그녀보다 힘도 더 세지고, 체구도 더 커진 상태였다. 그런데도 검을 들고 맞붙으면 항상 코델리아가 이겼다. 남동생의 움직임이 훤히 읽혔다. 아버지의 실력도 손에 닿을 듯했으며, 쳐다볼 생각도 하지 않았던 할아버지의 등도 보였다.

폰티악 백작이 코델리아와 남동생에게 가르치는 내용을 바꾼 것도 이때부터였다. 남동생에게는 폰티악 검술의 오의를, 코델리아에게는 기초를 계속해서 가르쳤다. 사내아이가 누나에게 져서는 안 된다, 이만하면 계집애 실력으로는 충분하다고 생각했기 때문이다.

코델리아가 검에 대해 진지하게 생각해 보기 시작한 것은 이때부터였다. 자신이 꽤 괜찮은 실력을 가진 게 아닐까? 로르타에는 여기사단도 있다고 하지 않나.

그러던 중에 혼인 적령기가 되었다. 열일곱 살이 되면 정식으로 결혼 시장에 나간다. 그때부터 신랑감을 찾고, 준비하여 스무 살이 되기 전에 결혼하게 될 것이다.

그녀의 경우 폰티악 백작이 이미 손녀사윗감으로 눈여겨보고 있는 사람이 있으니 한두 단계를 건너뛰게 될지도 모른다. 그러나 결국 스무 살이 되기 전에 결혼하게 되리라는 데에는 변함이 없었다.

모든 검을 배운 딸들이 듣는 충고를 그녀도 들었다.

"할아버님 뜻대로 벨트렌 경과 결혼을 하게 된다면, 벨트렌 경은 우리 집 사정을 다 아니까 지장이 되지 않겠지만, 앞일은 모르는 것이니 밖에서 네가 무술을 배웠다는 이야기는 하지 마렴. 일부러 애써 숨길 것까지는 없어도 내놓을 만한 이야기도 아니니까. 자기보다 강하거나 검을 쓰는 여자를 좋아하는 남자는 없으니까."

코델리아의 어머니는 그렇게 말했다.

"황후 폐하께서 성검의 주인이 되셨다지만, 그조차도 좋지 않게 보는 사람이 얼마든지 있잖니? 네 마음은 알지만, 아직은 여자가 검 같은 걸 배웠다고 말할 수 있는 때가 아니야."

코델리아는 고개를 끄덕였다.

그러나 수많은 무가의 영애와 마찬가지로 마음이 흔들렸다.

황후가 성검의 주인이 되었다. 아르투르라는 가문의 이름을 가지고 있는 여인이 검을 쥔 채 황후가 되었다. 그녀들처럼 단지 검을 배워 뒤뜰에서 허수아비를 치는 것뿐인 게 아니라 성검을 들고 목숨을 걸고 싸웠다. 신전조차도 그녀가 성검의 진정한 사용자임을 인정하지 않을 수 없었다.

기사들 중 적지 않은 수가 여자보다 못한 것을 수치로 여겨 내놓고 말하지 않았으나 일부가 그녀에게 도전했다가 박살 났다고 한다. 황궁 기사단은 감히 그녀의 앞에서 고개조차 들지 못했다. 명성 높은 티소엔 크렐리디안이 자기가 그녀를 검사로서 존경하며 뒤를 따르기 위해 켄크 요새로 수련하러 가겠다고 말했다.

준기사 선발 대회의 우승자는 그녀에게 도전했다가 수치를 입었다. 우승자의 검은 단 일 검에 박살 났으며 세 차례에 걸쳐 재도전했지만 한 걸음도 떼지 못했다. 비산하는 파편이 햇살을 받아 반짝반짝 빛나는 것을 코델리아도 보았다.

그날부터 그녀의 가슴은 박동을 멈추지 않았다.

대놓고 말하지는 못하지만 젊은 기사들 중에 황후를 검의 궁극에 닿은 자로 존숭하는 이도 점점 늘어나고 있었다. 폰티악 백작도 한숨을 내쉬며 어째서 여자보다 나은 사내가 이렇게 없느냐며 한탄하기도 했다.

그 말을 들을 때에도 코델리아의 가슴은 뛰었다.

그녀가 남장을 하고 기사가 되었던 일도, 이제는 비밀이 아니었다.

성검의 주인은 곧 여신의 성기사. 권위를 황실에서 빌리는 것이 아니라 스스로 가지게 된 황후를, 그때의 불측함을 이유로 비난하는 사람은 적어도 겉으로는 없었다.

코델리아는 생각했다. 이미 해낸 사람이 하나 있다. 그렇다면, 자신도 할 수 있지 않을까.

남장을 하고 기사가 되는 것까진 바라지 않는다. 할아버지와 아버지가 눈을 시퍼렇게 뜨고 있는 이상 가능할 것 같지도 않았다.

그러나 바라던 바의 인생과 아주 가까운 일은 아니지만, 그녀가 꿈꿔 본 길을 이미 걸어, 거기에서 얻을 수 있는 모든 성공을 다 거머쥔 사람이 실제로 존재한다. 그리고 나서도 결혼하여 누군가의 아내로, 아이 엄마로 살기로 결정한 사람이다.

그녀는 에스텔라를 한번 만나 보고 싶었다. 그러면 알 수 있을 것 같았다. 어떤 삶을 살아야 할지.

할아버지가 더 이상 가르쳐 주지 않는 폰티악 검술의 초급 수준에 머무른 채 결혼을 하고 아이를 낳아 기를지, 아니면 좀 더 수준 있는 검술을 배우겠다고 졸라 볼지, 모든 걸 버리고 박차고 나가 자기 길을 개척해 볼지에 대해서 말이다. 로르타 왕국까지 가는 것은 무리일지 몰라도 치안대원 정도는 될 수 있을 것 같았다.

그리하여 그녀는 황후궁의 시녀를 뽑는 시험에 응시했다.

★

마녀의 발호가 있고 나서 6년. 황후궁을 새로 짓기에는 시간이 짧았다. 대신에 에스텔라 황후는 피엘라궁을 선택해서 자기 공간으로 삼았다. 황제가 여러모로 방해 공작을 펼쳤음에도 불구하고 결국 이사를 막지 못했다.

「아침에! 옷 안 갈아입을 거야! 잘 거야!」

에스텔라는 그렇게 선포하고 짐을 쌌다. 황제의 본궁에는 오가는 관리가 워낙 많고, 귀족들도 드나들기 때문에 언제나 아침 일찍부터 몸가짐을 단정히 하고 예법에 맞는 모닝드레스로 갈아입어야 했기 때문이다. 어린아이를 기르기에도 본궁은 너무 번잡하다는 의견이 대세라 결국 클레오르가 꺾였다.

대신 이번에는 본궁이 의의를 잃었다. 클레오르는 지난 1년 동안 밤샘 수준으로 정무를 봐야 하거나 회의할 때를 제외하고는 피엘라궁에서 살았기 때문이다. 출퇴근 개념을 이용한 황제는 그가 처음일 터였다.

물론 에스텔라는 이것도 별로 좋아하지 않았다. 서류를 든 관리가 새벽같이 쳐들어오거나 귀족 회의가 열리지 않는다고 해도 보좌관과 전령이 일감을 싸 들고 불쑥 오는 일이 적지 않았기 때문이다.

에스텔라는 툴툴거렸다.

「신분도 높은데 따로 사는 게 뭐 대수라고. 사람들이 뭐라고 하는지 알잖아요.」

「천것들 사이에서 자라서 부부가 각방 안 쓰고 한 침대 쓴다고 부러워하지.」

「그거, 절대 부러워하는 게 아니거든요?」

「부러워하는 게 맞아.」

클레오르는 눈썹 하나 까딱 안 하고 그렇게 말한 후에 에스텔라에게 키스했다. 적어도 에스텔라 쪽은 부러움을 사고 있긴 했다.

그런 연유로 현재 코델리아는 피엘라궁 앞에 서 있었다. 부모님에게도 알리지 않고 서류 접수를 했다. 신분을 생각하면 특별히 안 될 이유가 없었으나 애당초 황후의 시녀를 면접 보고 뽑는다는 것 자체가 처음 있는 일이라 어른들이 좋게 여기지 않았기 때문이다.

그리고 헤맸다.

"……여기가 어디지."

그녀는 황궁에 온 것 자체가 처음이었다. 가문의 문장이 박힌 마차를 타고 왔더라면 피엘라궁까지 들어와 그 앞에서 내려 줬을 테지만, 대여 마차를 타고 왔으므로 황궁 정문이 멀리 보이는 길에서 내려야만 했다.

정문으로 들어갈 용기가 없었으므로 측문을 찾아 들어온 것이 또 패인이었다. 측문을 지키던 기사에게 황후궁의 시녀 면접을 보러 오기로 했노라고 말하자 그가 방향을 일러 주었지만, 걸어도 걸어도 숲만 나왔다.

안내인을 붙여 달라고 했어야 했는데. 코델리아는 땅을 치고 싶었다. 혼자 여기까지 왔다는 게 부끄러워서 남의 눈에 띄지 않으려고 했던 게 후회스러웠다.

"거기서 뭘 하고 있어요?"

그때 뒤에서 누군가가 말을 걸었다. 코델리아는 놀라서 뒤를 돌아보았다.

시원스럽게 잘생긴 청년이었다. 나이는 스물 후반쯤일까. 갈기가 탐스러운 붉은 말을 타고, 머리에 커다란 해가림용 밀짚모자를 쓰고 있었다. 입은 옷은 황궁 기사의 정복은 아니지만, 아마 기사단 사람이거나 고위 귀족일 듯했다.

"아, 죄송합니다. 수상한 사람은 아니에요. 황후궁으로 가려고 하다가 길을 잃었는데…….."

"아아. 길이 좀 엉망이죠. 황후궁이랑 건물 몇 개가 빠지는 바람에. 원래는 울타리를 쳐 놨었는데, 얼마 전에 강풍 때문에 날아간 데가 몇 군데 있어요."

그것을 돌아보러 나왔노라고 말하면서 청년이 손을 내밀었다. 코델리아는 고개를 갸웃했다.

"태워 줄게요. 어차피 가는 길이고."

"아. 감사, 합니다."

코델리아는 얼굴이 빨개졌다. 이름도 모르는 남자인데 같은 말에 타도 되나? 하지만 황궁 안에서 말을 타고 다닐 정도라면 신분은 보장된 것이나 다름없다. 그렇다면 괜찮지 않을까? 이렇게 해서 새로운 인연이 생길 수도 있는 거고. 따분하고 못생긴 벨트렌 경보다야 잘생긴 낯선 기사가 훨씬 설레었다.

코델리아는 청년이 내민 손을 잡았다. 말 위로 쑥 끌어 올려진다. 이런 식으로 말에 오른 적은 없지만, 그녀는 민첩하고 균형 감각이 있었으므로 어렵지 않았다.

"옆으로 앉아요. 천천히 몰 테니까."

"아, 감사합니다."

좋은 향기가 나는 사람이었다. 남자에게서 그러기가 쉽지 않은데 말이다. 어딘가 우유 냄새 같은 포근한 냄새도 났다.

"그런데 황후궁에는 무슨 일로 가세요?"

"시녀 면접 보러요."

"시녀요?"

청년이 의외라는 듯이 물었다.

"네. 친분이나 인맥으로 들어가거나 하는 게 아니라 면접을 봐야 한다고 하더라고요. 혼자 온 게 이상해 보여요?"

"아뇨. 그건 아니고……. 검술연구회에 들어가려고 왔을 거라고 생각했어요."

"검술연구회이요?"

금시초문이었다.

"몸이 날렵하고 단련된 데다가 손을 보니 검을 배운 것 같아서요. 제가 실례되는 말을 한 건 아니죠?"

"아니에요."

코델리아는 얼굴을 붉혔다. 이렇게 호감 가는 남자에게 검을 배운 여자라는 걸 들킨 게 부끄러웠다.

"그런데, 그 검술연구회라는 게 뭔가요?"

"아아, 요즘 새로 받고 있어요. 아르투르 검술을 배울 사람."

그녀는 눈을 휘둥그레 떴다.

그러는 사이에 숲이 사라지고 살구꽃이 가득한 정원이 나타났다. 길가에 서 있던 기사 몇 사람이 말없이 경례를 올렸다.

생각보다 신분이 더 높은 사람인가 보다. 코델리아가 그렇게 생각하면서 몸 둘 바를 모르고 있는데, 시종 하나가 달려 나와 말고삐를 잡았다.

"또 혼자 나가시고!"

"잠깐 갔다 온 거야. 진짜 잠깐. 달리지도 않고 걷기만 했어. 진짜라니까."

청년이 코델리아를 말에서 내려 주고 자기도 뛰어내렸다. 시종이 소리를 질렀다.

"회임 중에 말을 타시면 안 된다고 몇 번을 말씀드려야 됩니까!"

"의사가 괜찮다고 했잖아. 위험한 시기는 이미 지났고."

"황후 폐하!"

그녀가 모자를 벗었다. 머리그물이 모자에 걸려 함께 벗겨지면서 등허리까지 내려오는 탐스러운 금발이 쏟아져 내렸다.

기절할 뻔했다고 해서 코델리아를 책망할 수 있는 이는 아무도 없을 것이었다.

★

코델리아는 응접실까지 안내되었다. 정장을 차려입은 중년 남자가 정중히 그녀에게 자리를 권했다. 에스텔라 황후는 태연하게 그에게 장갑을 벗어 맡기고 활달한 태도로 물을 들이켜고는 코델리아의 건너편에 앉았다.

"얼굴이 왜 이렇게 창백해요? 놀랐어요?"

"당연히 놀라겠지요. 그러니까 수행원 하나 거느리지 않고 혼자 나가시면 안 된다고 했잖습니까?"

바르톨로뮤 백작부인이 잔소리했다. 에스텔라가 목을 움츠리고 "미안."이라고 말했지만 귀담아듣고 있지 않은 것이 명백했다.

"답답해서 잠깐 피어리스랑 같이 걷고 온 것뿐인데."

"어의가 승마도 될 수 있으면 조심하는 게 좋다고 하지 않았습니까?"

"진짜 살살 돌았어. 저쪽 예전 황후궁 터로."

"운동을 약간 하시는 것 정도는 괜찮아요. 제가 전면적으로 반대하는 것도 아니잖습니까? 만약을 대비해서 사람을 충분히 데리고 천천히 걷기만 하시라는 거지요."

"크리스 때도 아무 일 없었는데."

바르톨로뮤 백작부인이 티 세트를 받으러 간 참에 에스텔라가 셋째를 갖는 게 아니었다고 좋알대었다.

코델리아는 눈만 깜박거리다가 그 소리를 듣고 감히 황후를 똑바로 쳐다보았다. 시선이 마주쳐 깜짝 놀라자 에스텔라가 빙긋 웃었다.

코델리아는 에스텔라를 이렇게 가까이에서 본 적이 없었다. 그녀는 작년 겨울에 데뷔했고, 큰 무도회에 나간 것은 올해 신년 축하연이 처음이었다. 거기에 황제 부처가 함께 참석하여 새해의 첫 춤을 왈츠로 열긴 했지만, 먼발치에서 본 것뿐이었다.

게다가 두 사람 다 밤을 새워 가며 온갖 사람과 춤을 추는 타입이 아니었다. 오히려 클레오르 황제는 에스텔라를 독점하려 들었기 때문에, 그녀가 한 번 다른 사람과 추면 반드시 다음 차례는 자기가 잡았다. 대체로 공평하다는 황제였으나 무도회에서의 쪼잔함만은 정평이 나 있었다.

　쓸데없이 공평하게도 본인도 어린 숙녀들과 춤추는 일이 거의 없었다. 그러다 보니 그 두 사람과 발을 맞춰 본 사람이 손에 꼽을 지경이었다. 황제에게 미모의 딸을 들이밀려는 사람이나, 황후에게 눈도장을 찍으려는 사람이나 난국이긴 마찬가지였다.

　에스텔라는 사교 모임도 많이 열지 않았다. 정말로 친구들이 모이는 작은 티 파티나 디저트 파티 정도가 대부분이었고, 본인이 주최하는 것만이 아니라 참석하는 것도 가까운 친구들의 모임 위주로 움직였다. 그런 모임에 참석하려면 정말로 친한 사람을 통해 소개받는 길밖에 없다.

　알리시아가 까르르거리면서 에스텔라에게 이렇게 말한 적도 있었다.

「제가 황후가 된 것 같아요. 어딜 가도 인기 폭발이라니까요. 다 언니 오는 날에 초대해 달라는 이야기뿐이지만요.」
「큰 거 제시받으면 나한테 이야기해. 반띵.」

　에스텔라는 그렇게 대답했다. "좋아요, 청탁으로 황제 폐하에게 걸리면 책임져 주세요."라고 대답한 알리시아도 상당히 그녀에게 물들어 있었다. 실제로 뭘 받고 티 파티 초대장을 발송하지는 않았지만 말이다.

그러니 코델리아 같은 신분으로 에스텔라의 얼굴을 기억할 만큼 가까이에서 봤을 리가 없었다.

"폰티악 남작 영애는 시녀 면접을 보러 왔다고요?"

"아, 네. 그게……."

사실은 당신을 한번 직접 만나 보고 싶어서 그랬던 거라고 말할 수가 없었다. 코델리아는 얼굴을 붉히며 고개를 숙였다.

"폰티악 백작가에서는 따로 연통이 없었습니다만, 영애 혼자의 뜻입니까?"

바르톨로뮤 백작부인이 엄격한 얼굴로 물었다. 역시 계집애 혼자 이런 중대한 결정을 한다는 게 남 보기 문제되는 일일까.

황후의 시녀 자리는 명예로운 것이었으며, 보통은 이렇게 시험이니 면접이니 하는 말을 하지 않는다. 빈자리가 생기면 가문에서 힘을 쓰거나 황후궁 쪽에서 평판 좋은 소녀를 수소문하여 그 부모에게 제안하는 게 보통이었다.

코델리아는 소심하게 고개를 수그렸다.

"네, 저어……. 제가 결혼하기 전에 한 번쯤 저 스스로 하는 일을 가져 보고, 사회생활도 해 보고 싶다고 생각해서요. 황후 폐하의 시녀직이라면 명예가 함께하는 일이니 할아버지의 반대도 없을 것이고, 시험을 본다고 하여 응시해 보려고 했습니다."

가문에서 언질이 없는데 어찌 된 것이냐는 질문은 있을 줄 알았으므로 답변도 미리 준비되어 있었다.

그러나 코델리아는 말하면서 그 답이 진짜가 아니라는 것을 깨달았다. 그녀는 결혼하기 전에 일을 가져 보고 싶은 게 아니었다. 지금까지 살아온 인생길을 그대로 밟아 가도 좋을지 어떨지에 대해 생각하고 있는 것이었다.

바르톨로뮤 백작부인에게 대화를 맡겨 놓고 소파에 늘어져 있던 에스텔라가 그녀를 바라보고 물었다.

"결혼, 결정됐어요?"

"네? 아, 아뇨. 아직은……. 하지만 할아버지께서 마음에 둔 사람이 있다고 합니다."

"결혼하겠다고 본인이 결정한 건 아니란 이야기군요."

에스텔라가 그렇게 말했다. 마음을 읽힌 듯해서 코델리아는 심장이 펄떡 뛰는 것을 느꼈다. 바르톨로뮤 백작부인이 약간 미간을 좁혔다. 그녀는 자기가 무어 잘못한 거라도 있는 게 아닐까 걱정스러운 기분이 되었다.

"면접을 보겠다는 것은 시녀가 될 영애의 자질을 판단하겠다는 것도 있지만, 그보다는 영애가 과연 이 황후궁에서 잘 지낼 수 있는 사람인가, 얼마나 헌신할 수 있는 사람인가를 보려는 것입니다."

"네."

코델리아는 긴장하며 대답했다. 백작부인의 엄숙함과 대조적으로 에스텔라가 가볍게 말했다.

"사실 난 시녀는 지금 있는 사람들만으로도 충분하다고 생각하는데……."

"충분하지 않습니다. 일손이 모자라니까요. 앨리스가 코피를 쏟은 게 바로 어제 일입니다."

에스텔라가 찌그러졌다. 바르톨로뮤 백작부인이 말했다.

"황후 폐하께서는 사교 활동이 적으시고, 옛날처럼 황후의 시녀였다는 것이 혼인 시의 장점으로 작용하지 않게 되었습니다. 그점, 인지하고 있습니까?"

"네?"

코델리아는 반사적으로 반문했다. 바르톨로뮤 백작부인이 코델리아를 바라보았다.

"영애는 아직 모르고 있는 것 같군요."

"제가, 뭘……."

그때였다. 문이 벌컥 열리고 아이들이 우다다 달려 들어왔다. 가장 앞에 있는 것은 열 살 전후의 소녀들이었고, 그 뒤를 따라 다섯 살 전후의 아이들이 우르르 쏟아졌다.

"그거, 내놔아아!"

"앗, 에스텔라 님!"

"죄송합니다!"

"꺄악, 머리 잡지 마, 탈리아 님!"

"에단 님! 걔 잡아요!"

"죄송합니다아!"

죄송하다고 입으로 외치면서도 우다다 응접실을 한 바퀴 돈다. 걸음마를 막 뗀 듯한 제일 어린 금발 머리 남자아이까지 참전했다. 하녀 출신의 하급 시녀 셋이 아이가 넘어질라 어찌할 바를 모르며 뒤따르다가 휴, 안도의 한숨을 내쉬었다.

"그만!"

바르톨로뮤 백작부인이 일어서며 언성을 높였다. 궁에서 제일 무서운 사람의 꾸중에 아이들이 동작을 멈췄다.

에스텔라는 웃었다.

"그거 봐라. 뛰어다니면 엘린데아한테 혼난다니까?"

"엄마! 나 저거!"

올해 두 돌이 되는 크리스티안 알펜슈타인이 짧은 혀로 말하며

얍삽하게 에스텔라의 무릎에 매달렸다. 바르톨로뮤 백작부인이
말했다.

"방으로 들어오기 전에 어떻게 해야 한다고 했지요?"

"노크를 하고 대답을 기다려요!"

아이들은 대답만은 또랑또랑하게 잘했다. 그러나 이내 곧 탈리
아가 소리 질렀다.

"숙모님! 피비가 제 사탕을 뺏어 갔어요!"

"그게 왜 탈리아 님 거예요? 에단 님 거잖아요!"

"에단이 나 줬단 말이야!"

"에단 님은 아무 대답 안 했어!"

"나, 나 먹을 거야!"

순식간에 다시 소란스러워졌다. 에스텔라가 손을 내밀어 크리
스티안을 안아 올리며 말했다.

"크리스, 넌 안 돼. 에단, 사탕 탈리아한테 준 거 맞니?"

과묵한 황태자가 고개를 끄덕였다. 에스텔라가 피비에게 손을
내밀었다. 피비는 머뭇머뭇 쥐고 있던 것을 내밀었다. 반쯤 녹은
사과 사탕이었다.

"자아."

그녀는 사탕을 탈리아의 입에 물려 주었다. 크리스티안의 푸른
눈동자에 눈물이 조롱조롱 맺혔다.

"엄마, 나도. 나도오."

"너는 안 돼."

상황이 종료되자 아이들이 수그러들었다. 바르톨로뮤 백작부인
이 다시 한숨을 내쉬었다.

"황후 폐하."

"그냥 뭐. 오늘 살구의 날이라서 친구들이 많이 모이니까 들뜬 건데."

에스텔라는 크리스티안을 안은 채 일어나서 탈리아의 손을 잡았다.

"좋아, 다 같이 살구 타르트 먹으러 가자."

"와아!"

"요리장은 아직 안 된다고 그랬는데요?"

에스텔라가 웃었다.

"괜찮아. 내가 달라면 다 주니까."

"황후 폐하만 치사해!"

"불만 있으면 어른이 되렴."

그 말을 끝으로 우르르 아이들을 몰고 에스텔라가 빠져나갔다.

"아, 엘린데아, 잘 부탁해."

라고 말하는 것도 잊지 않았다.

바르톨로뮤 백작부인이 한숨을 내쉬며 흐트러진 머리를 쓸어 올렸다. 그리고 코델리아에게 말했다.

"봤지요?"

"네? 아, 네. 네. 아이가 많네요."

"아니, 그게 아닙니다."

백작부인이 고개를 저었다. 물론 그것도 문제이긴 했다. 에스텔라가 아이들을 자유롭게 놀게 놔둔다는 방침을 고수한 나머지 귀족 영애들로 구성된 상급 시녀 다수가 스트레스를 견디지 못하고 빠르게 일을 그만두었다. 직접 아이를 보살피는 일이 아니라도, 온갖 곳을 뛰어다니는 에너지 넘치는 어린아이가 열 명도 넘으니 당연한 일이다.

그러나 그것만이라면 굳이 면접까지 보지는 않았을 것이다.

"지금 보지 않았습니까? 정복이 바지입니다."

"네?"

코델리아는 눈을 휘둥그레 떴다. 그러고 보니 그랬다.

바지는 남자 옷이다. 에스텔라가 입고 있는 것도 놀랍기는 했지만, 그래도 그것은 상대적으로 덜 충격적이었다. 그녀가 남장하여 기사 일을 했다는 것도 알고 있고, 지난 4-5년 사이에 승마용 드레스 대신 부인용 승마복으로서 유행하기도 했다.

그러나 일상복을 바지로 입는다는 것은 완전히 다른 일이다. 승마복조차도 논란이 많았는데 말이다.

바르톨로뮤 백작부인은 반듯한 자세로 손을 허벅지 위에 모은 채 차분하게 말했다.

"황후 폐하께서 이번에 검술연구회를 개편하시면서 바지로 된 수련복을 입도록 하셨는데, 상급 시녀의 대부분이 검술연구회 소속이다 보니 다 같이 바지를 맞춰 입었습니다. 굳이 입으라고 강요하고 있는 건 아닙니다만, 그런 분위기에 적응하지 못한 사람들은 모두 시녀직을 그만두었습니다."

"그, 그렇군요."

"당연히 품행 문제로 비난을 사고 있습니다. 감당할 수 있겠습니까? 이 때문에 굳이 면접이라는 이름으로 불러서 지원자를 직접 만나 보고 있는 겁니다."

백작부인이 그렇게 말했다.

그 시각, 바로 본궁의 회의실에서 여자의 바지에 대한 품행 논쟁이 한창이었다. 승마복 유행이 이제 슬슬 일상복으로도 퍼져 나가, 대담한 여자들 중 몇몇이 승마 바지 위에 스커트를 두르지 않고 그대로 외출하게 되었던 것이다.

그리고 이제는, 여자 치안대원들에게 바지를 입도록 허락하라는 이야기가 안건으로 걸려 있었다. 물론 에스텔라의 입김이 있었다.

"말이나 됩니까! 처음 여자아이들에게 운동을 시킨답시고 바지를 입혔을 때에는, 어린아이들이니까 그래도 괜찮았던 겁니다! 하지만 다 자란 처녀들이 다리 벌어지는 게 다 보이게 옷을 입고!"

"경은 여자 다리만 봐도 음탕한 생각이 드나 보군."

"폐하!"

"팔이나 얼굴이나 가슴에는 왜 그런 생각이 안 드는지 좀 궁금한데. 바지가 펑퍼짐해서 다리선이 드러나는 것도 아니고, 부츠를 신으니 경이 그렇게까지 우려하는 발목도 안 드러나지 않는가? 바닥에 끌리도록 길어 봤자 들추기만 하면 드러나는 드레스보다 훨씬 꽁꽁 싸매고 있는 셈인데."

"폐하께서 무어라 말씀하셔도, 여자의 다리가 움직이는 걸 보이는 건 바람직하지 않습니다. 피부를 보이느냐 보이지 않느냐가 중요한 것이 아니지요."

"다리가 벌어지는 걸 연상시키지 않습니까?"

"여자의 바지는 속바지 아닙니까!!"

"게다가 밑에 속옷조차 제대로 갖춰 입지 않고!"

중년의 귀족들이 연달아 말했다. 클레오르가 한숨을 내쉬었다.

"애당초 5년 전에 내가 이미 말하지 않았나? 여자들이 뭘 입든, 뭘 안 입든, 그냥 여자들끼리 알아서 하라고 하고 내버려 둬. 중요한 예식의 예복을 고치겠다는 것도 아니고, 평상시에 일하기 편한 옷을 입겠다는 거잖나."

"그러니 피엘라궁 안에선 여자들끼리 어떻게 입고 어떻게 활동하든 간섭하지 않았습니다만, 치안대 보조원들의 문제는 다릅니다."

"여자가 그런 것을 입고 길거리에 나다니면 대체 어떻게 되겠습니까? 제국의 기풍을 좌우하는 중요한 문제입니다."

"금지 법안을 만들어야 합니다."

"여자가 바지를 입은 정도로 기풍이 망가지는 거라면, 문란한 생각이 가득한 젊은 남자들 머릿속부터 좀 어떻게 하는 게 어떨까?"

클레오르는 턱을 괴며 그렇게 중얼거렸다. 그렇게 원론적으로 말하고는 있지만, 그도 사실 심정적으로 이해가 안 가는 바는 아니었다. 에스텔라가 승마복이나 수련복으로 만든 딱 달라붙는 바지를 입을 때마다 그의 걸음이 위태로워졌다. 셋째는 마장에서 생긴 아이였다.

"게다가 일할 때 불편해서 그런다는데."

"편하다고 해서 벗고 다니는 사람은 없습니다. 기본적인 예의 문제입니다."

"지금까지도 바른 옷차림으로도 문제없이 살아오지 않았습니까?"

"그래서 말인데."

클레오르가 빙긋 웃으며 종을 울렸다.

"정말로 문제가 있는가 없는가를 그대들이 이해할 수 있도록 할 작정이네."

"그런 식으로 일단 시험해 보자고 하시고서."

가장 언성을 높여 항의하던 필리스 백작이 문득 입을 다물었다. 열린 문으로 하녀들이 한 아름씩 코르셋과 파니에를 들고 들어왔다.

"직접 입어 보면 입고 일할 만한지 아닌지 알겠지. 귀부인들은 훨씬 빡세게 입는다고 하던데, 그 정도까진 경험해 볼 필요 없을 것 같고 그냥 평민 여자들이 입는 것으로 하라고 했어."

"폐하!"

"겉옷만 벗으면 되네. 드레스 무게도 상당하다고는 하는데, 그 것까지 입어 볼 필요는 없으니까. 그런 예산도 없고."

바지 허용에 거수하지 않을 거라면 코르셋을 입으라는 양자택 일에 귀족들이 사색이 되었다.

곧 꾹꾹 조이는 하녀들의 팔심에 비명 소리가 회의실에서 터져 나왔다.

2.

치안대 보조원의 바지 착용은 황궁의 회의에서 안건으로까지 채 택될 정도로 문제시되었지만, 바지 논란 자체가 시작된 것은 이미 4년 전의 일이다. 그 시작은 준기사 선발 대회의 마지막 날 일이었 다.

이 준기사라 함은 클레오르가 신설한 직책이었다. 그 사연은 다 음과 같다.

어느 날 클레오르가 오찬 중에 말했다.

「이제 와서 기사가 검의 길을 걷는 자라거나 인간의 보호자로서 기사도를 지킨다거나 하는 말의 의미는 거의 없지 않나? 그냥 명맥을 잃은 무가의 단순 작위인 거지. 아니면 군의 중요 인물이라는 뜻이거나.」

「그 말씀은 받아들일 수 없군요. 정식으로 검술을 배우고 오래도록 수련해 온 기사의 힘은 단순한 군병과 완전히 다릅니다. 기사의 힘이 아니라면 몬스터 때문에 제국은 국가로서의 형태도 유지하지 못할 겁니다.」

황궁 기사단장 로이드 조지가 정색하고 반박했다. 제국의 유지를 들먹이는 언사는 매우 과격한 것이었으니 오찬석에 앉아 있던 대부분의 장군들이 고개를 끄덕여 동의했다. 클레오르도 굳이 그 말에 반박하지는 않았다.

「경의 말이 옳네. 군의 중요 인물이라고 말한 게 그런 뜻이었지만, 내 의사가 잘못 전달된 것 같으니 그건 사죄하지. 하지만 그 기사를 특별하게 만드는 검술이라는 게, 이제 와서는 무기술로서의 의미밖에 없지 않느냐는 거지.」

「무슨 말씀이십니까?」

「기사단 입단 시험도 그렇지만, 무가의 후예들에게 기사 작위를 내릴 때에는 정격이든 변격이든 정통 검술을 배웠다는 것이 중요하지 않은가?」

「필수이지요.」

「그런 정통 검술이 투술이나 일반적인 무기술과 다른 점은 단순히 살상에 목적이 있는 것이 아니라 철학과 목표를 가지고 있다는 부분이지?」

「그렇습니다.」

「지난 수백 년 동안 그 목표에 닿은 사람이 내 아내 말고 누가 있냐는 말일세.」

아무도 대답을 하지 못했다.

「물론 그 철학과 목표를 가지고 수련하는 기사가 많이 있는 것은 아네만, 그것이 지금 기사직을 수행하는 데에 실제로는 아무런 상관도 없지 않은가?」

「폐하께서 뜻하시는 바를 먼저 말씀해 주십시오. 좁은 소견으로는, 무슨 말씀을 하시려고 이렇게 운을 길게 떼시는지 이해하기 어렵습니다.」

「사람 좀 뽑지.」

클레오르가 기다렸다는 듯이 툭 말했다.

「아니. 기사의 숫자를 늘리자는 건 아니야. 단승작이라도 귀족을 쉽게 늘릴 수야 있나. 지금 문관 관료 시험처럼, 귀족의 작위는 주지 않되 적절한 명예를 주면 어떨까 하네.」

「쉽게 생각하실 일이 아닙니다. 결국은 평민들 사이에서 신분 계층을 가르는 일이라…….」

「폐하의 말씀도 옳습니다. 현재 기사의 숫자가 너무 적습니다.」

근위대의 발데마르가 말했다.

「맥이 끊긴 무가가 하나둘이 아닙니다. 이시도르 황자에게 연루되어 작위를 박탈당한 가문이 하나둘이 아니지 않습니까? 그중에는 무가도 있었고, 자질 있는 소년들 중 다수가 기사단 입단 시험 자격까지 잃었습니다. 마녀의 발호 때에 죽은 사람의 수도 적지 않고요.」

「제국군의 편제를 고쳐야 한다는 이야기는 이전부터 있었죠. 이기회에 문호를 열어 실력자를 널리 뽑는 것도 좋지 않을까 합니다.」

의외일 정도로 기사단의 고위직들이 긍정적이었다.

덕분에 준기사라는 직책이 만들어졌다. 이는 보병의 백부장과같은 계급이고 기사보다는 낮았으며, 지휘권이 없이 독자적인 전투 조직으로 편성될 예정이었다. 자격 기준도 기사와 비교되지 않을 만큼 낮았다. 간단한 서류를 읽고 쓸 수 있을 정도의 지식뿐으로, 출신도 따지지 않았다. 사실상 당락을 결정하는 것은 싸움 실력뿐으로, 제국군에서 지급 가능한 무기를 가지고 일정 수준 이상의 실력을 보이면 된다.

입단 시험이 아니라 선발 대회라고 불리는 이유는 이 선발을 클레오르가 일종의 구경거리처럼 만든 탓이었다.

예선을 통과하면 일단 합격이다. 그러나 최후의 한 명이 우승자로 남을 때까지 공개 토너먼트를 치른다. 이 토너먼트 시합은 완전히 공개되어 모든 시민이 무료로 관람할 수 있었다. 기사나 혹은 기사 지망생이라면 우리가 구경거리인 줄 아느냐고 다 같이 보이콧을 하고 기사단까지 파업할 사태였으나 이 준기사 선발 대회에 지원한 자들은 태반이 용병이었다.

기사들은 어차피 우리와 다른 자들이라고 생각해서 상관하지 않았고, 지원자들은 대부분 자기 실력을 보이지 못해서 안달이었다. 시민들에게는 어마어마한 유흥거리가 되었다.

외부에서 무장한 사람이 잔뜩 들어왔는데도 축제 분위기가 퍼졌다. 엘첸의 경기는 활황이 되었다. 우승자에게만 특별히 준남작위에 봉작하고, 다른 원하는 소원을 하나 더 들어준다는 조건을 내걸자 열기가 더해졌다.

첫해의 우승자는 데릭 밀라이튼이라고 하는 로르타의 몰락귀족 출신 남자였다. 어릴 때에 가전 검술을 배웠으나 미처 오의의 절반도 암기하기 전에 부모를 잃었다. 학력도, 예법도 수준 이하였으므로 출신 문제가 아니라도 알펜슈타인의 기사단 입단 시험에서 합격할 가능성은 없었다. 그는 로르타와 루슬란에서 용병으로 일했으며 실력자로 이름을 날렸다. 비록 절반짜리 밀라이튼 검술이라도 역시 용병의 투술과는 다른 훌륭한 체계를 갖추고 있었던 덕분이다.

「나라면 충분히 기사가 되고도 남지. 아버지가 일찍 돌아가시지만 않았어도 지금쯤 로르타의 근위 기사대에서도 첫손가락에 꼽히는 자가 되었을 텐데.」

그는 명성에 목말랐으며 자기가 받아야 마땅할 수준의 인정을 받지 못하고 있다고 여겼다.

그러니 그가 준기사 선발 대회의 결승전에서 멋지게 승리하고, 우승자의 이름을 연호하는 관중의 앞에서 도취된 채 검을 높이 치켜들고 황제의 얼굴을 똑바로 쳐다본 것도 당연한 일이라고 할 수 있겠다.

거기까지는 우승자의 패기라고 볼 수 있었다. 문제는 그 치켜든 검이 황제의 옆으로 움직였다는 데 있었다.

아무 생각도 없었던 에스텔라는 그 검 끝이 가리키는 것이 자기라는 사실을 알고는 놀라서 입을 벌렸다. "나?"라고 입 모양만으로 물으며 옆을 바라보자 클레오르가 불쾌한 낯으로 물었다.

「감히 그 칼끝을 누구에게 겨눈 건가.」
「로르타의 하잘것없는 용병이 감히 황후 폐하를 침노하겠습니까? 다만 소문으로 듣건대 황후 폐하께서 성검의 주인이라 하시니, 우승자로서 제게 주어진 소원을 기회로 삼아 한 수 가르침을 청합니다.」

그가 이렇게 말한 것은 물론 여자의 실력이 좋아 봤자일 것이라고 생각했기 때문이다. 성검의 주인이니 아르투르 검술을 배웠느니 해 봤자 결국 귀한 신분의 여자가 아닌가. 잘해 봐야 로르타 여기사단의 실력일 것이다. 그리고 그는 실력만으로는 제국 기사도 충분히 꺾을 수 있다는 자신이 있었다.

신분과 성별 때문에 고평가되었으리라는 착각은 데릭의 열등감을 자극하여, 마침내 앞뒤 안 가리는 도전을 하게끔 만들었던 것이다.

황궁 기사들이 그 말을 듣는 순간 모두 고개를 숙이고 외면했다.

'죽었구나, 저놈.'

'실력은 괜찮아 보이던데 아까운 일이야……'

'입이 재앙의 근원이지.'

이런 상념들이 흐르는 것이 사람의 눈에 보일 리가 없다.

설령 기사들의 태도를 눈치챈 자가 있다 하더라도 그 원인을 황후 본인에게서가 아니라 황제에게서 찾았을 것이다. 에스텔라가 성검의 주인이며 남장을 하고 기사가 되었었다는 것은 잘 알려진 사실이었으나, 그녀가 신전의 앞에서 심검을 시연했을 때에 모든 사람이 그것을 직접 지켜본 것은 아니었다.

그러므로 그녀의 진짜 실력을 모르는 이들은 데릭이 황제의 심기를 거스른 것 때문에 기사들이 안색을 창백하게 만들었으리라고 믿었다. 황제가 황후를 사랑함이 지나쳐 고귀함을 잃었다는 소문은 본래부터 그가 여자 문제에 관해서 여러 이야기를 몰고 다녔던 만큼 빠르게 퍼졌기 때문이다.

어쨌거나 에스텔라는 클레오르를 쳐다보았다.

「그래도 괜찮아요?」

「그대가 괜찮다면 상대해 줘도 상관은 없어.」

「뭐어…….」

이렇게 면전에서 도전을 받고서도 물러서면 저승에서 조부가 통곡을 할 것이었다. 에스텔라는 가볍게 자리에서 일어섰다.

「이름이, 음…….」

「데릭 밀라이튼입니다.」

344

옆에서 시녀가 소곤소곤 알려 주었다. 에스텔라는 태연하게 어깨를 으쓱했다.

「그래. 밀라이튼. 한 수 가르침을 청하든, 나에게 한 수 가르침을 내려 주고 싶든, 상대는 해 주겠지만, 좀 기다려.」
「만인의 앞에 나설 용기는 없으십니까?」
「드레스를 또 망치면 디자이너가 진짜 울 것 같거든. 그대도 잠깐 정도는 숨을 돌리는 편이 좋겠지. 30분 후에, 어때?」
「제가 어찌 황후 폐하의 명을 받들지 않을 수 있겠습니까?」

데릭은 벌써부터 이기기라도 한 것마냥 승자의 미소를 머금은 채 말했다.
그리하여 이 일이 바로 바지 논란으로 연결된 것이다.
30분 후에 나타난 에스텔라는 주로 기사들의 평상복으로 쓰이는 르댕고트 차림이었다. 재킷의 라인이 여성스럽게 재단되고, 크라바트에도 주로 드레스나 여성용 소품에 이용되는 화려한 레이스가 달려 있었으며, 가슴에 보석 브로치를 달고 있다 해도 역시 이것은 아직 남성복이다.
무엇보다도 바지였다. 그것도 상당히 달라붙는.
사실 이때까지 바지를 입는 여자가 전혀 없었던 것은 아니다. 제일 먼저 자유를 얻은 에스텔라가 승마용 드레스 대신 승마 바지를 입고 나섰고, 그녀의 친구이자 승마 취미계의 대모인 아롤드 남작부인 베아트리체는 그것을 보자마자 환희하며 리디아에게 승마 바지를 주문했다.
승마를 좋아하는 귀부인들 사이에 바지로 된 승마복은 순식간에 유행을 탔다.

그것이 곧바로 문제가 되지는 않았다. 원래부터 승마를 좋아하는 여자는 왈가닥에 말괄량이라는 인상이 있다. 어차피 그런 여자들이 좀 더 과격한 옷을 입고 논다고 해서 문제가 되지는 않았다.

그러나 친구 몇몇이 모이는 것도 아니고 공적인 자리에서, 황후가, 수만 명의 사람 앞에서 바지를 입고 나선 것이다.

이건 검을 들고 나선 것보다 더 충격적인 일이었다. 보수적인 노귀족들은 자리에서 벌떡 일어섰다. 로르타에서 온 데릭조차 당황하여 눈 둘 곳을 몰랐다.

클레오르는 두 손으로 얼굴을 감쌌다. 그는 에스텔라가 남자 옷을 입는 것 자체에 문제가 있다고는 생각지 않았다. 그러나 에스텔라의 다리 라인이 다른 남자 눈앞에 드러나는 것은 결단코 싫었다.

그러나 싫어도 싫다고 말할 수 없는 처지였다. 코르셋 형을 자진해서 당할 만큼 바보가 아니었으니까.

에스텔라는 산뜻한 태도로 대회장 안으로 들어섰다. 손에는 성검이 들려 있었다.

그때까지도 데릭은 당혹감을 숨기지 못한 채 시선을 이리저리 돌리고 있었다. 에스텔라는 검집째 성검을 어깨에 걸치고 비스듬히 서서 물었다.

「제대로 상대해 주기를 원한 거 아니었어?」

「그렇소, 그렇습니다만…….」

「에스코트하는 사람이 없으면 걷기도 쉽지 않은 옷을 입고 제대로 할 수 있을 리가 없잖아.」

제대로 못 할 때가 있기는 하느냐고 황궁 기사들이 일제히 마음속으로 고함을 질렀지만, 그 소리가 데릭에게 들릴 일은 없었다.

에스텔라가 손을 까닥거렸다.

「그러니까 제대로 하자고. 이런 기회 흔치 않다.」

짜증이 나 있구나. 클레오르는 깨달았다.

에스텔라가 짜증을 낼 요소는 차고도 넘쳤다. 지난 2년 동안 그녀는 끊임없이 시험당하고, 증명해야 했다. 성검의 주인이냐 아니냐부터 성검을 휘두를 능력이 있는가 없는가까지.

신전의 앞에서 신성력으로 이루어진 수천 개의 칼날을 만들어 보임으로써 성검의 주인이라는 사실을 증명한 뒤에도, 그녀가 성검의 주인이 된 것이 제법 검을 만질 줄 아는 황후이기 때문이라고 생각하는 이가 많았다.

방점은 황후에 찍혀 있다. 곧, 그녀의 실력이 성검을 쥐기에 합당한 것이 아니라, 남편인 클레오르가 나눠 준 권한이 그에 이르렀으리라고 여긴 것이다. 사람들은 그녀의 후광을 인정했으나 그것이 황제의 총애와 여신의 허락이라고 여겼다. 그러니 진짜 제대로 된 검사인 내가 한 수 지도하여 진정한 검술이 무엇인지 가르쳐 주겠다는 놈들에게 시달려야 했던 것이다.

에스텔라는 결혼한 여자에게 요구되는 미덕이 무엇인지 잘 알고 있었다. 어쨌든 황후이고, 애까지 가졌으니 좀 얌전하고 우아하게 살아야겠다고 생각하고 있었다. 그러나 그럴수록 가르치려는 작자가 늘어 갔다. 그녀가 수련을 할 때마다 호위인 황궁 기사단의 기사들이 미묘하게 조소와 부러움이 섞인 태도를 취하는 것을 알았다.

황후가 싸움을 한다는 평판을 감수하고 아르투르 기사단에게 했던 것처럼 대련을 핑계 삼아 몇 명을 두들겨 주고 나서야 겨우 그 시선에서 해방되었는데, 나중에는 무도회장에서 남자들에게 둘러싸인 채 기사조차 되지 못한 풋내기 귀족이 검을 논하는 것까지 듣는 신세가 되고 말았던 것이다.

에스텔라는 데릭을 그 부류에 넣었다. 만일에 그녀가 남자였다면, 의심을 받는 대신에 갓 스무 살의 청년이었어도 천재라고 칭송을 받았을 것이다. 저런 어설픈 놈이 덤비는 일 같은 것은 없으리라.

어떻게 해야 잘 두들겨 줄 수 있을까를 생각하고 있는데, 데릭이 말했다.

「먼저 공격하십시오.」
「칼이나 뽑아.」
「잘못하면 다치실 수도 있으니까요.」
「뽑아. 네가 내 몸에 그 칼을 스치기라도 하면 금괴를 주지.」

에스텔라는 덧붙였다.

「다섯 개.」

데릭은 슬쩍 황제의 눈치를 보았다. 금괴 다섯 개라면 우습게 볼 액수가 아니다. 그러나 만일 황제의 노화를 산다면 그런 것 안 받느니만 못하게 될 것이다.

클레오르는 절레절레 고개만 젓고 있었다. 어떻게 봐도 사랑하는 아내를 다치게 했다간 저놈을 갈아 마셔 버리겠다는 얼굴이 아니었다.

듣던 것만큼 부부 금실이 좋지는 않을 수도 있겠구나 생각하고 그는 검을 뽑았다. 미처 자세를 잡기도 전에 에스텔라가 쇄도했다.

파앙!

데릭이 들고 있던 검이 폭발했다. 깨진 것도 아니고 어떻게 봐도 폭발이었다.

반짝반짝 쇳조각이 비산했다. 데릭은 멍청하게 그것을 바라보았다. 너무 비현실적이어서 칼자루만 남기고 후두둑 파편이 떨어지는 순간이 길게 느껴졌다.

그는 에스텔라가 성검을 검집에 되돌리고 바닥을 탁탁 걷어찰 때까지도 멍하게 서 있었다.

「밀라이튼에게 새 검을 갖다 줘.」

한 번에 승복하지 않을 줄 알고 있었기 때문에 에스텔라는 그렇게 말했다. 데릭이 찬탄과 분노를 섞어서 외쳤다.

「성검이 대단하긴 하군요.」

「…….」

에스텔라는 침묵했고, 이미 이 같은 맥락의 대사를 뱉으면 어떻게 되는지 체험한 적이 있는 황궁 기사들이 탄식하는 소리가 대회장을 울렸다.

「검 가져와.」

그녀가 몸을 돌리며 말했다. 대회장 입구 쪽에 서 있던 황후궁 기사 레프가 날을 세우지 않은 철검을 허리춤에서 풀어내고, 망토도 벗어서 심사관의 책상에 깔았다. 에스텔라는 성검을 책상에 던져 놓고 레프의 손에서 검을 받아 들었다.

「다시.」

데릭이 히죽 웃었다.

이번에는 기꺼이 선공했다. 검이 터진 것을 성검의 위력이라고 생각하긴 했지만, 본능 쪽은 에스텔라가 위협적이라는 것을 충분히 깨닫고 있었기 때문이다.

데릭의 기세는 충분히 위험했다. 힘이 실린 투핸더가 허공을 절단 낼 기세로 떨어졌다.

분명히 정통으로 가르고 있는 거라고 믿고 데릭은 움찔 팔에 힘을 주어 멈추려 했다. 진짜 부상을 입혀서는 아무것도 안 되니까.

그러나 이미 그 자리에 에스텔라는 없었다.

퍽!

무게중심이 앞에 가 있었으므로 발목을 차는 것만으로도 그는 고꾸라졌다. 에스텔라는 휙 옆으로 몸을 돌리며 그의 옆구리를 걷

350

어찼다.

"꺽!"

데릭이 바닥을 굴러 일어나려고 시도하기도 전에 뒷목을 에스텔라의 검이 찍었다. 날이 없는 연습 검이라도 모양은 잡혀 있고, 무엇보다도 무거운 쇳덩이이다. 얻어맞은 충격에 데릭은 무거운 신음을 토했다.

고통은 충격에 비해 의외일 정도로 순식간에 가셨다. 두 번째 공격이 들어오지 않았으므로 그는 앞으로 튀어 나가며 에스텔라의 손에서 피해 나갔다.

「장하네.」

상당히 아팠을 텐데도 검을 놓지 않았기에 에스텔라는 칭찬했다. 데릭은 물론 그것을 칭찬으로 받아들이지 않았다. 그는 이를 악물고 검을 치켜들었다.

「이제 진짜로 하겠소.」

에스텔라가 어깨를 으쓱했다. 데릭은 한 손으로 칼자루를, 한 손으로 칼날의 중간을 쥐고 힘껏 땅을 박찼다. 중간을 잡은 것은 행여 실수로 에스텔라를 심하게 다치게 할까 봐서였다. 그러나 그 한 수에는 데릭이 평생 익혀 온 검술의 정수가 들어 있었다.

에스텔라는 그것을 무심하게 쳐다보았다.

그녀의 검이 네 번 휘둘러졌다. 철검은 데릭의 투핸더를 피해 각각 데릭의 양쪽 허벅지와 팔꿈치를 두들겼다. 데릭은 철퇴라도 맞은 사람처럼 바닥을 굴렀다. 극도의 고통으로 온몸이 뒤틀렸다. 에스텔라가 철검을 바닥에 세워 꽂으며 말했다.

「일어서. 근육도 제대로 안 건드렸어.」
「으, 으으……!」
「제대로 한다고 했잖아. 일어서. 나에게 한 수 가르쳐 줄 생각이 아니었어?」

오랫동안 사람을 패는 방법과는 크게 인연이 없었으나 일단 시작하면 배우는 것은 금방이었다. 과거에는 기술이 없어서가 아니라 마음이 약해서 때리지 못한 것이기 때문이다.

치안대 기사 시절에는 강도를 잡더라도 일격으로 쓰러뜨림으로써 고통을 덜어 주거나 했지만 그날은 그럴 마음이 없었다.

데릭의 고통은 이내 가셨다. 그는 망연자실하여 주저앉은 채로 에스텔라를 올려다보았다.

이대로 승복하고 패배를 인정할까?

몸은 그래야 한다고 외쳤으나 데릭은 그러지 못했다.

그가 시선을 피했다가 다시 검을 잡고 일어서자 에스텔라가 피식 웃었다. 곧 죽어도 여자한테 항복하지 못하는 인종이 있게 마련이다.

그리고 에스텔라의 사람 패는 기술은 늘어만 가는 일이었다.

그날 데릭이 힘줄이나 관절, 뼈는 전혀 상하지 않았지만, 시퍼런 색이 되어서 실려 나갔다는 것은 몇 년이 지난 지금에 와서는 아무도 관심이 없는 일이다. 심지어는 제1회 준기사 선발 대회의 우승자가 누구였는지조차 기억되지 않았다. 그는 준남작 작위를 받고 준기사 부대에서도 좋은 직책을 얻었으나 소원하던 명성은 반도 얻지 못했다.

그날 가장 화제가 되었던 것은 에스텔라였다. 검을 든 여자의 모습이 세상에 공개적으로 드러난 첫날이기도 했다.

수많은 소녀들이 그녀를 동경했다. 검을 배우겠다고 조르는 딸들 때문에 기사들은 골머리를 앓았다. 평민 아이들 중 그 광경을 직접 본 사람이 몇 명이 되지도 않을 텐데, 여자아이들이 목검을 들고 설쳤다.

검까지 배울 생각은 하지 못하는 여자들이라도 옷차림은 바꿀 수 있었다. 부드러운 가죽으로 만들어진 승마 바지와 발목을 감싼 부츠, 어깨가 딱 맞게 떨어지는 재킷이 날개 돋친 듯이 팔렸다.

리디아는 환호성을 터뜨리며 외쳤다.

「그러게 제가 뭐라고 했어요? 황후 폐하는 충분히 트렌드 세터가 되실 수 있는 분이라니까요!」

유행하라고 그런 옷을 입고 나간 것이 아니라 데릭의 실력과 정신력을 좀 과대평가해서 갈아입었던 것뿐인 에스텔라로서는 좀 난감한 반응이었다.

그러나 나쁘지는 않았다. 편한 옷이 늘어난다는 것은 좋다. 여자가 말을 잘 타지 못한다는 것도 역시 승마용 드레스 때문에 생긴 편견이었기 때문이다.

유행의 선두에 선다는 건 뿌듯하기도 했다. 클레오르의 약혼녀가 되었을 때부터 셈하면 3년 동안 내내 사교계를 주도하는 입장이었어야 하는데도 한 번도 그러지 못했다가 이번에 처음으로 그렇게 된 것이었다.

유행인 옷이 편하기까지 했기 때문에 재킷과 바지는 일파만파 퍼졌다. 해가 지나도 그 유행은 끝나지 않았다.

바지는 사교계 숙녀의 승마복에서 중산층 여성들에게로, 그리고 평민들에게로 내려갔다. 승마복 같은 것을 장만할 일이 없는 평민 여자들은 바지를 일복으로 입었다. 승마복이나 운동복으로 바지를 입는 여자들은 오가는 길에는 드레스를 입고 다니고 마장에서 갈아입었지만, 평민들은 그러지 못했다. 결국 거리에 바지를 입은 여자가 여럿 보이게 되자, 이번에는 반대로 상류층 여자들이 바지를 입고 거리에 나서게끔 되었다.

그중에 아롤드 남작부인처럼 적극적인 사람들은 승마 바지를 입고 말을 탄 채로 엘첸 시내를 활보하기도 했다. 마치 남자처럼.

그것이 보수적인 사람들에게 하늘이 무너지는 일처럼 느껴졌음은 두말할 나위도 없다.

피엘라궁에서 성검의 주인인 황후가 검술을 수련하기 위해 바지를 입는 것이나, 자기 아래의 하녀 몇 사람에게 입힌 것까지는 문제가 없다.

사실 그때에도 여러 사람이 문제로 삼긴 했었다. 그럼에도 불구하고 그때까지는, 모든 여자의 문제가 언제나 그랬던 것처럼 그것도 사적인 영역의 일로서 아버지가 딸을, 남편이 아내를 단속하는 방식으로 해결되어야 할 것으로 여겨졌다.

그러나 이제 어느 곳에서든 바지를 입은 여자를 볼 수 있게 되었다. 심지어는 공무를 보는 여자들에게 바지를 입히겠다는 제안까지 정식으로 입안되었다.

그야말로 질서를 무너뜨리는 일이다. 황궁이 나서야 할 때였다.

라고들 생각했다.

클레오르는 거기에 대고 태연하게 말했다.

"이미 다들 입고 다니는 옷을 새삼 공무에만 못 입게 한다고 해서 뭐 달라질 게 있는가? 그렇지 않아도 가용 노동력이 부족해. 여자들이 하던 일이 얼마나 많았는지 지난 6년 동안 질리게 알지 않았나?"

아무도 대답하지 못했다. 할 말이 없었기 때문이 아니라 꽉 조인 코르셋 때문에 숨 쉬기조차 여의치 않은 상태에서 청산유수로 대답까지 할 수 있는 사람이 없었기 때문이다. 연령이 높은 경우에는 더욱 적응하지 못하고 헐떡이며 흉곽을 부풀리려고 애썼다.

"잘 모르겠다면, 드와이트 남작 영애가 쓴 책을 한 권 선물해 주겠네."

그렇게 말하고 클레오르는 일어섰다.

"오전 회의는 여기에서 끝이야. 각자 휴게실에서 쉬거나 사무실로 가게. 2차 회의는 5시에 하도록 하지. 그때까지만 있어 보자고. 요즘처럼 인력난으로 힘든 시기에 좀 더 많은 능력을 발휘해 줘야 할 여자들이 과연 그걸 입고 제대로 된 노동을 할 수 있을지, 잘 먹고 건강하게 지내면서 인구 증가율을 높일 수 있을지 다시 이야기해 보도록 하자고."

"폐하께서는, 후우."

밀란 백작이 헐떡이며 말했다.

"왜, '보자고'라고, 헉, 말씀하십니까?"

그가 '너도 입어 봤느냐.'라는 말을 언외로 했다. 클레오르가 싱긋 웃었다.

"애석하게도 난 눈치가 빨라서."

"……."

"경험하지 않은 일도 짐작할 수 있다네."

그리고 자신의 괴로움을 덜기 위해서라면, 기꺼이 수백 명의 남자 동지들에게 코르셋을 입힐 각오도 되어 있었다.

그가 이 바지 문제에 불만을 가진 것은 오직 하나, 에스텔라의 승마 바지가 폭이 너무 좁아 다리선이 드러난다는 점이었다. 그리고 그는 그것을 지혜롭게도 바지를 입지 말라고 말하는 대신에 리디아에게 금화주머니를 쥐여 주고 폭 넓은 바지를 유행시키라고 부탁하는 것으로 해결했다.

"저희를, 너무, 모욕하시는 거 아닙니, 헉, 까?"

"경들의 충성심은 겨우 한나절 동안 나를 위해 다소 부끄러운 옷을 입는 것도 못 할 정도인가? 목숨을 바치라는 것도 아닌데?"

귀족들은 결국 그의 명을 어기지 못하고 파니에를 두른 채 게걸음으로 회의실 밖으로 나갔다. 그 모습을 본 하녀들이며 숙녀들이 여기저기에서 이야기하며 폭소를 터뜨렸다.

3.

코델리아는 평범한 소녀였으며, 물론 이런 바지 논란에서 절대 반대 측 입장은 아니었다. 오히려 입고 싶었다. 매우매우매우매우 입어 보고 싶었다.

친구들도 대부분 승마 바지 정도는 가지고 있었다. 부모님이 개방적이거나 맞아 죽어도 좋다는 대범함을 가지고 있는 경우에는 미친 척하고 자기 손으로 재킷과 슬랙스를 만들어 입고 피크닉에 나오기도 했다. 어머니가 최신 유행을 따르는 성격인 경우에는 모녀가 나란히 군복처럼 생긴 르댕고트를 입는 경우도 없지 않았다.

그러나 보수적인 폰티악 백작가에서는 바지의 ㅂ 자도 꺼내지 못했다. 코넬리아의 어머니도 승마 바지 정도는 입어 보고 싶어 했지만, 감히 시도도 하지 못했다. 이것은 운동으로서 검술을 배우는 것과 완전히 다른 문제였다.

코넬리아의 심장이 쿵쿵 뛰었다. 진짜로 입는 건가? 바지?

바르톨로뮤 백작부인이 대답을 기다리고 있었다.

폰티악 백작은 크게 노할 것이다. 너 같은 건 내 손녀가 아니니 집을 나가라고 고함을 지를지도 모른다. 황후의 시녀라는 명예로운 직책으로도 상쇄하기 쉽지 않을 것이다. 코넬리아는 그 모습을 용이하게 상상할 수 있었다.

그러나 오히려 결심이 섰다.

'쫓겨나지, 뭐.'

집을 나올까 하는 생각을 하고 갈팡질팡하던 참이 아닌가.

마치 그녀의 마음을 읽기라도 한 것처럼 바르톨로뮤 백작부인이 말했다.

"월급은 300골드. 기본 근무 시간은 10시간, 휴일은 5일에 한 번, 1일씩입니다. 시간 외 근무의 추가 수당은 130%. 연 4회 100%의 보너스. 피복비 등 기본적인 품위 유지 비용은 황후궁에서 지불합니다."

"월급을 줘요?!"

"일한 자는 당연히 돈을 받아야 한다는 게 황후 폐하의 방침입니다."

바르톨로뮤 백작부인이 작게 한숨을 내쉬었다.

황후의 상급 시녀란 명예직이다. 실제로 황후의 몸시중을 들거나 옷을 갈아입히고 화장을 돕는 그런 역할은 모두 하급 시녀가 맡으며, 곧 직속하녀의 다른 말이다. 이와 달리 상급 시녀는 말벗 겸 측근 같은 존재였다.

코넬리아 같은 나이라면 보좌관이나 비서에 가깝다. 곁에서 같이 이야기하며 의견을 나누고, 편지를 분류하거나 남에게 하기 힘든 말을 대신하고, 모임의 주최를 대행하며 때로는 단순한 전언만이 아니라 권위까지 함께 가지고 남을 방문하기도 한다. 당연히 명예로운 일로서 누구라도 하고 싶어 한다. 돈을 받을 일이 아니라 오히려 돈을 바치고서라도 들어오고 싶어 하는 자리였다.

에스텔라는 그런 걸 하고 싶어 하는 이유를 조금도 이해하지 못했다.

「명예와 권력이 있든 어쨌든 일이잖아. 폐하의 보좌관은 돈 받잖아?」

「그건.」

나랏일이라고 말하려다가 예르켈은 입을 꾹 다물었다. 그것은 공무이고 이 일은 사소한 시중이라면 에스텔라가 화를 낼 것이다. 그녀의 기준으로 보면 '일'이라는 점에는 차이가 없을 것이기 때문이다.

그렇게 해서 결국 월급제가 정착되었다.

바르톨로뮤 백작부인은 이게 한심한 일이라고 생각했다. 황후의 권위를 깎아 먹는 일이다. 이 때문에 진짜로 황후의 주위에 있어야 할 대귀족의 여식들이 시녀가 되려 하지 않았다. 에스텔라를 동경하는 숙녀조차도 돈을 받는다는 부분에서 신중해졌다.

그녀는 한숨을 내쉬었다.

"그 액수가, 실상 보육시녀보다 적습니다. 이 황후궁에서 보육시녀의 월급이 상주 의사 다음으로 많긴 하지만요."

일이 쉬우니까. 에스텔라는 정색하고 그렇게 결정했다. 남의 시중드는 일도 힘들긴 매한가지이겠지만, 그녀의 경우 사교 활동 자체가 적고 말벗도 별로 필요로 하지 않았기 때문에 상급 시녀들이 할 일이 그리 많지 않았다.

코델리아는 황급히 대답했다.

"아, 아뇨! 급료를 받을 수 있다면 저는 그저 감사할 따름입니다."

바르톨로뮤 백작부인이 눈을 지그시 내리깔고 말했다.

"가출이라면, 지금 이야기하세요."

코델리아의 얼굴이 새빨개졌다.

에스텔라는 쉽사리 코델리아를 받아들이기로 결정했다.

"이해해요. 보수적인 할아버지는 지긋지긋하고, 집을 나오고 싶지만 혼자서 무슨 일로 살아가야 할지 감은 안 잡히고, 재능을 살려 보고 싶지만 실제 자기 실력이 얼마만큼 되는지 모르겠고, 일단 할아버지와 아버지를 설득할 수 있을 만한 자리를 구해서 집을 나오는 것부터 해 보고 싶었던 거죠? 돌아갈 수 있을 만한 가망을 남겨 두고."

코델리아는 얼굴이 새빨개졌다. 에스텔라는 빙긋 웃었다.

"드문 일도 아니니까."

"이런 생각으로 황후 폐하를 모시려고 해서 정말 죄송합니다."

"죄송하긴요. 나는 그다지 시녀에게 충성심을 요구하지 않아요. 그게 요구한다고 생기는 것도 아니고. 내가 충성을 받을 만한 사람이라면, 함께 지내는 사이에 자연히 마음이 생기겠지요. 영애는 아직 어리고, 가진 바 재능이 집안사람들이 기대하는 것과 달라서 고민이 많았겠어요."

에스텔라가 멋쩍게 웃었다.

"있는 그대로 다 이해한다는 건 아니에요. 나는 아버지에게서 정식으로 사사했고. 가족과 부딪치는 문제 같은 건 없었거든요."

"아, 아뇨. 제 재능에 대해서 말씀하시기에요."

"아아, 그냥 느낌이 그래요."

에스텔라는 평연하게 말했다.

"팔의 근육량을 보면 영애가 한 수련량이 그렇게 많지 않을 것 같은데, 자세가 곧고 움직임에 군더더기가 없으니까요. 효율적인 몸동작을 이미 익히고 있다는 뜻이죠. 폰티악 검술은 아직 견식한 적이 없지만, 아마도 만도와 방패술을 위주로 하는 공방 일체의 무술일 것 같군요. 영애는 여자이니 아마 방패는 제외하고, 같은 검술을 짧은 레이피어로 배웠을 테고."

그 말 그대로였다. 코델리아는 조금 멍하게 그녀를 바라보았다.

"왼쪽과 오른쪽의 균형이 안 맞아요. 아마도 여자에게 가르치기 위해서 변형을 시켰겠지만, 단지 동작만 좀 바꾼다고 해서 변격 검술로 성립하는 것은 아니니까 움직임에 논리가 맞지 않고,

좌우의 사용량이 달라서 불편했겠죠."

"예."

그건 그녀가 조부에게서 수련을 받을 때마다 늘 느끼던 부분이었다. 에스텔라가 미소를 지었다.

"그럼 영애의 문제는 파악되었고, 해결이 남았군요. 각오가 되었다면, 결정해요. 사실 지금 상급 시녀로 있는 프리모 남작 영애나 케이드 후작 영애도 영애처럼 집을 나온 셈이지요."

코델리아는 깜짝 놀랐다. 그 두 사람이 황후의 시녀가 되었다는 것은 알고 있었지만, 가출했다는 이야기는 들은 적이 없었다. 보기에 나쁘지 않은 상황이니 각 가문에서 숨긴 모양이었다.

"검술연구회로 들어와요. 내가 이런 권유는 잘 안 하는 편인데, 지금까지 검술연구회에 들어온 여자들 중에 영애가 가장 빨리 가능성을 보일 것 같군요."

"아. 죄송합니다. 그 검술연구회라는 게 뭔가요?"

에스텔라가 바르톨로뮤 백작부인을 돌아보았다. 백작부인이 조용하게 말했다.

"저는 영애가 황후 폐하의 시녀에 적합한가 아닌가를 판단할 따름이지, 그런 권유는 하지 않습니다."

"하긴."

에스텔라가 일어섰다.

"지금쯤이면 수련 시간일 테니, 보러 갈까요?"

코델리아가 뒤따라 일어섰을 때였다. 그때까지 옆에서 뒹굴거리고 있던 크리스티안이 발딱 일어나 "엄마!" 하고 에스텔라의 다리에 달라붙었다.

"뭐? 너도 간다고?"

둘째 황자는 고개를 도리도리 저으며 눌어붙었다. 에스텔라는 한숨을 내쉬었다.

"애가 어리광이 많아서……. 율리아, 폰티악 영애가 입을 만한 옷이 있으면 빌려주도록 해. 그리고 오티스에게 가서 내가 30분 후에 연무장에 들를 거라고 이야기하고."

"네, 에스텔라 님."

상급 시녀로서 뒤에 시립하고 있던 율리아 빈프리트가 공손히 대답했다. 에스텔라는 크리스티안의 손을 잡고 작은 발을 자기 발 등에 올렸다.

"낮잠 자러 가야지."

"엄마랑 있을래."

"다들 낮잠 자러 갔잖아."

"엄마랑 잘래애."

"지금 자야 이따가 저녁에 안 자고 파티하지."

에스텔라가 그렇게 말하자 크리스가 움찔했다.

첫째인 에단과 둘째인 크리스는 극과 극이었다. 에단은 다섯 살이 될 때까지 좀체 입을 떼지 않아 벙어리가 아닌가 하는 염려까지 시켰다가 어느 날 갑자기 또릿한 발음으로 완성된 문장을 말하기 시작했다. 크리스는 옹알이도 엄청나게 하더니 혀가 굴러갈 나이부터 수다쟁이였다.

에단은 좀처럼 울지도 않고 떼도 쓰지 않았다. 뭔가를 조르는 법도 없고 순한 데다가 남에게 뭐든 양보해 버렸다. 크리스는 떼 쟁이였다. 원하는 게 있으면 어리광을 부리고 애교를 떨면서 끈질기게 달라붙었다. 어른에게는 빤히 보이지만, 제 나름대로 술책이며 수작을 부렸다.

얼굴은 나를 닮았지만, 성격은 당신을 닮은 것이라며 에스텔라는 클레오르에게 눈을 흘겼다. 클레오르는 둘 다 에스텔라를 닮았노라고 주장했다. 두 아이 모두 단것에는 사족을 못 썼다.

"파티에서 뭐 할 거라고 그랬지?"

"맛있는 거 먹을 거야!"

"그러려면 일찍 자야지. 파티 시간에 안 자고 먹으려면."

"우."

크리스가 불만스러운 소리를 냈다. 에스텔라는 아이 발을 발등에 얹고 손을 잡고 잇챠잇챠 구호를 붙이며 한 걸음씩 걸었다.

코델리아는 신기한 기분으로 그 모습을 바라보았다. 코델리아의 어머니도 무척 다정한 편이었지만 귀부인답게 자녀와 스킨십을 한 적은 거의 없었고, 열네 살이 된 이후로는 유모와도 그렇게 신체 접촉을 한 적이 없었다.

"재우고 갈 테니까 어서 가 봐."

그 말을 들은 율리아가 코델리아를 재촉했다. 코델리아는 정신을 차리고 그녀를 따라 밖으로 나갔다.

에스텔라는 크리스의 손을 잡고 아이 방 쪽으로 향했다. 이 시간에는 열 살 이상의 아이들은 각자 교육을 받으러 가지만, 다른 아이들은 다들 같이 낮잠을 잘 시간이었다.

문이 열리자 에단이 눈을 동그랗게 뜨고 바라보았다.

"아직 안 잤니?"

"엄마."

크리스가 손을 잡고 들어오는 것을 보고는 에단도 손을 뻗었다. 에스텔라는 크리스를 유모의 손에 넘기고는 에단을 불렀다.

"이리 오렴."

에단이 발딱 일어나 쪼르르 달려왔다.

"잠이 안 와?"

"괜찮아요."

에단은 똑바르고 의젓한 어조로 그렇게 말했다. 에스텔라는 웃으면서 그의 앞머리를 쓸어 넘겼다.

"엄마가 보고 싶으면 그러고 싶다고 떼써도 돼. 크리스도 그러잖아."

"그렇지만…… 그러면 안 되는 거잖아요. 크리스는 아직 어리니까."

의식적으로 똑같이 키우려고 애쓰는데도 어째서 이렇게 다르게 크는지 모르겠다.

보육시녀들은 물론이고 클레오르의 보좌관이며 호위 기사들이, 그러지 말라고 명령했음에도 자연히 에단을 장래의 황태자로서 특별히 대하는 기색을 드러내기는 했다. 그렇다면 오히려 원하는 것을 얻지 못하면 더 고집을 부리고 떼를 써야 할 것 같은데, 어떻게 이런 게 태어났을까.

자기가 낳아 놓고도 신기하다고 생각하며 에스텔라는 에단의 볼을 쓰다듬었다.

"너도 어려."

에단이 진지한 얼굴로 에스텔라를 올려다보았다.

"하긴, 크리스보다는 컸지. 그러면, 내일 엄마랑 같이 말 타러 갈까?"

"진짜요?"

에단이 확 밝은 얼굴을 했다.

"아빠한테는 비밀로."

어린애를 위험하게 벌써부터 말에 태운다 어쩐다 잔소리를 할 것이므로 에스텔라는 소곤소곤 말했다. 에단이 어깨를 움츠리며 웃고는 에스텔라와 손가락을 걸고 약속했다.

"남자의 약속은 중천금이에요."

"중천금이 뭔지는 알고?"

"세상에서 제일 무거운 거라고 했어요. 그러니까 꼭 지켜야 된대요."

이건 클레오르가 가르친 걸까?

에스텔라는 의구심을 느꼈다.

한편, 그 시간에 오티스는 연무장에 있다가 율리아와 코델리아의 방문을 받았다.

"에스텔라 님께서 30분 후에 오신다고 하십니다."

오티스는 바짝 얼었다. 그와 더불어 연무장에 있는 남녀 스무 명이 동시에 각을 잡았다.

"아직 시간 이르잖아요. 저녁 수련 시간까지는 3시간이나 남았는데요, 율리아 영애."

"여기 폰티악 남작 영애에게 검술연구회를 소개해 주시기로 했습니다. 오티스 경, 시간이 없어요."

에스텔라가 수련을 봐 주는 것은 보통 하루 1번에서 많을 때에는 3번, 정례로 이루어지는 것이지만, 그때마다 검술연구회 사람들은 얼굴이 새파래졌다.

"잠깐이지만, 최대한 쉬시죠."

오티스의 말이 끝나기도 전에 다들 털썩털썩 그 자리에 널브러져서 호흡을 고르거나 휴식을 취했다. 많은 수가 눈을 감고 수련

365

내용을 복기하며 중얼거렸다. 율리아도 몸을 풀기 시작했다.

코델리아는 눈을 휘둥그레 뜨고 그 광경을 바라보았다. 어디에서부터 질문해야 좋을지 알 수 없었다.

"오티스 오권입니다."

아마 이쪽으로 인계된 모양이었다.

오티스가 담백하게 자기를 소개했다. 코델리아는 그에게 손을 내밀어 악수를 청했다.

"코델리아 폰티악입니다. 만나 뵙게 되어 반갑습니다, 오권 경."

"그냥 오티스라고 불러 주십시오. 아직 기사도 아니고, 신분도 평민인데, 에스텔라 님의 제자라는 이유만으로 다들 높여 불러 주고 있는 것뿐이니까요."

코델리아는 놀라지 않았다. 에스텔라의 하나뿐인 제자가 평민으로, 가신의 손자라는 것은 제법 유명한 사실이었다.

"입단 시험을 보지 않으셨나요?"

"아직 자격 연령이 되지 않아서요. 내년에 치를 예정입니다."

"아하. 그렇다면 저랑 동갑이시네요."

어쩐지 친근감이 들어서 코델리아는 미소를 지어 보였다. 오티스의 얼굴이 조금 붉어졌다.

"검술연구회에 대한 이야기는 듣고 오셨습니까?"

"아뇨. 잘 몰라요. 있다는 것도 오늘 처음 알았거든요."

"에스텔라 님은 이런 설명을 잘 하지 않으시니, 제가 간략히 말씀드리겠습니다. 편의상 검술연구회라고 부르지만, 에스텔라 님이 지도해 주시는 기사단 입단 시험을 위한 수련 모임입니다."

코델리아는 깜짝 놀랐다. 오티스가 그녀의 시선을 약간 외면했다. 현실은 그녀가 생각하는 것만큼 좋지 않을 수도 있었기 때문이다.

"모두 기사 지망생은 아니고, 에스텔라 님께서 지도 대련을 해 주신다는 것 때문에 황궁 기사단에서도 신청이 있어서 최고 8년 차 기사까지 소속되어 있습니다. 그 외 구 아르투르 기사단원인 황후궁 기사들은 모두 소속되어 있고요. 현재 인원수는 황후궁 기사를 제외하면 38인으로, 그중 열두 명이 여자이고, 스물여섯 명의 남자 중 저를 포함해서 네 명을 제외하고는 모두 기사입니다."

"아! 열두 명이나!"

"진행은 기본적으로 자율 학습입니다. 대부분이 이미 검술을 익혔기 때문에, 각자 수련하고 주 3회 대련하면서 상호 결점을 보완합니다. 에스텔라 님이 수련하시는 시간에 나오면 지도를 받을 수 있습니다. 역시 문제점을 보완하거나 지도 대련을 받는 방식으로 하지요. 이것은 다수를 차지하고 있는 기사들의 이야기이고, 저나 몇몇은 백지 상태에서부터 아예 아르투르 검술을 사사받고 있습니다."

"황후 폐하의 제자는 오티스 씨 하나라고 들었어요."

"여자 제자의 존재가 무시되어서 그렇습니다."

오티스가 한숨을 내쉬었다.

"밖에서 뭐라고 이야기하는지는 압니다만, 사실 제가 첫 번째 제자이기는 해도 수제자라고 하기는 많이 부족합니다."

"어머. 그런가요?"

"아직 아르투르 정격 검술을 사사받고 있는 이는 없습니다. 저도 변격을 배우는 중이고, 정격은 배울 만한 재능을 가진 사람이 아직 없는 듯합니다."

오티스는 아련하게 말했다. 정격과 변격은 완성 단계에 이르러서야 깊이의 차이가 난다고 한다. 정격 검술의 극점이 변격 검술보다 아득히 높은 곳에 있다.

그러나 에스텔라는 굳이 정격 검술을 배우기 위해 애쓸 필요가 없다고 여겼다. 정점에 서 있는 그녀가 볼 때에, 거기까지 올라오지 못할 거라면 둘 사이에 실질적인 차이가 없다고 본 것이다. 배우기 쉽다는 점에서 변격이 더 우월하다.

반대로 말하자면, 오티스는 아르투르 검술을 완성할 수 없는 사람이라는 판정을 이미 받은 셈이다.

에스텔라의 제자를 고를 때에 귄은 여러 손자들을 두고 아는 고위급 기사에게 자질을 봐 달라고 부탁까지 해서 테스트를 거치고 그를 선택했다. 그런 만큼 그는 좋은 신체 조건을 가지고 있었고, 성품도 성실했다. 어려서부터 또래에 비해서 키가 크고 힘이 셌으며, 민첩하고 눈치도 빨랐다. 귄이 자식들에게 재산은 보태 주지 않아도 손자들이 공부는 할 수 있도록 학비를 댔는데, 그가 제일 똑똑하다는 소리를 들었다.

그러나 에스텔라의 앞에 서면 그는 자기가 아예 팔다리가 없는 오뚝이인 것처럼 느껴지곤 했다.

에스텔라는 매우 친절한 스승이었다. 그러나 좋은 스승은 아니었다.

그녀의 입문 과정은 다른 사람들과 퍽 달랐고, 다른 사람이 검술을 배우는 모습을 본 일도 없었다. 자연히 그녀의 교육 방식은 자신이 밟은 과정을 그대로 따라가는 방식으로 이루어졌다.

입문 초기 에스텔라가 했던 교육은 체력 단련을 제외하면 매일 저녁 세 번씩 아르투르 검술의 기본 검로를 느린 동작으로 보여 주는 것이 전부였다. 물론 오티스에게 그것은 그저 둥글게 허공에 목검을 휘두르는 걸로밖에 보이지 않았다.

충천했던 오티스의 의기는 사흘 만에 꺾였다. 가르쳐 주시는 걸 잘 배우고 훌륭하게 자라서 반드시 은혜를 갚으려고 들었는데, 은혜를 갚기는커녕 '잘 배우는 것' 자체가 불가능할 것 같은 느낌마저 들었다.

한술 밥에 배부를 수 있겠느냐, 어려울 것이다, 그게 당연하다고 생각은 하지만 대체 뭘 이해해야 하는 건지 짐작조차 가지 않으니 눈만 둥글게 뜨고 있을 수밖에 없었다.

에스텔라도 답답해하는 것이 보였다. 잘 모르는 부분을 질문하라고 하지만, 뭘 좀 알아야 질문을 하든지 말든지 할 게 아닌가. 에스텔라가 뭔가를 열심히 가르쳐 준다는 건 알겠는데, 뭘 배워야 하는 건지를 모르니 혼란 그 자체였다.

왜 이걸 모르지.

에스텔라의 얼굴에 그 문장이 박힌 것 같았다. 오티스는 눈물을 참으며 기를 써서 질문을 짜냈다.

「그래서, 그 검로는 어떻게 쓰이는 건가요?」

최종 목표를 아는 것은 중요한 일이다. 하긴, 어린아이가 매일 목검의 궤적만 쳐다보고 있었으니 지겹기도 하리라고 생각해서 에스텔라도 마음을 바꿨다. 역시 교육은 구체적으로 해야 한다.

그리하여 아르투르 기사단이 굴려졌다.

전사자들이 널브러진 연무장에 서서 에스텔라는 한숨을 내쉬었다.

오티스는 눈알만 굴렸다. 그가 "어떻게 쓰이느냐."고 물은 것은 좀 더 구체적인 수련 목표를 바란 것이지, 1대 8로 여덟 명을 두들겨 패는 것을 보고 싶다는 뜻이 아니었다.

대단하긴 했다. 멋있었다. 무슨 수를 써서라도 배워야겠다는 생각은 들었다. 단지 뭘 어떻게 했는지는 조금도 파악되지 않았다.

이 나이에 열한 살짜리 어린애의 마음속에 딸뻘의 여자에게 깨지는 모습으로 새겨져야겠느냐고 우겨서 연무장 구석에서 구경만 하던 한스가 결국 성을 내며 고함을 지르고 말았다.

「그렇게 해서 열한 살짜리가 어떻게 이해합니까!」

「아니, 검로랑 검형을 보여 줘도 원리가 이해가 안 간다니까 최종적으로는 이렇게 사용되는 거라고 응용을 보여 줬을 뿐이…….」

「그걸 보고 터득하면 오티스가 아가씨겠죠! 쟤 열한 살이라고요, 열한 살!」

에스텔라는 진지하게 자기의 열한 살 시절을 반추했다. 아버지와 즐겁게 연습 검으로 장난을 치며 놀았던 기억밖에 나지 않았다. 모르는 게 있으면 부친에게 물었다. 부친은 늘 토론하는 과정을 통해 그녀가 스스로 답을 찾아갈 수 있도록 했다.

그녀가 대답하기도 전에 표정만 보고 대강 사정을 짐작한 한스가 한숨을 내쉬었다.

그는 재능 있는 기사였다.

아니, 사실 기사가 된 사람 중에 어린 시절에 검에 재능 있다는 말을 들어 보지 않은 사람은 없다. 갓 무예를 배우기 시작하는 어린 시절에는 자기가 천재일 거라는 환상에 빠지고, 소년 시절에는 천재는 아니지만 남들보다 우수하다고 믿는다.

그 믿음은 기사가 된 직후부터 조금씩 부서지게 마련이다. 검의 엘리트라는 놈들을 모아 실전이 벌어지는 몬스터 산맥에 몰아넣으면 또다시 격차가 벌어지기 시작한다.

그때부터 각자 새로 다른 방식으로 변한다. 어떤 놈은 대련은 잘했으나 몬스터 한 마리 못 잡기도 하고, 어떤 놈은 제국 기사단에 턱걸이되는 실력이었으나 죽이기는 잘 죽였다. 실전을 겪을 때마다 실력이 확확 뛰는 경우도 있고, 반대로 못 버티고 체념하기도 한다. 주력 무기도 바뀐다.

그리고 결과적으로 자기가 스스로 소년 시절에 꿈꾸던 것 같은 이상적인 기사가 될 수 없다는 것을 안다.

한스는 비교적 착각을 오래 간직한 편이었다. 그는 검과 창을 주 무기로 쓸 만큼 그것에 재능이 있었고, 빠르게 출세하여 서른다섯이 되기 전에 간부급이 되었다.

그러나 그는 천재는 아니었다. 10년에 한 번쯤 나타나는 진짜 천재를 보면서 기사들은 자기가 그냥 보통보다 조금 나은 정도의 재능을 가졌을 뿐인 사람이라는 것을 깨닫는다.

이를테면 한스의 세대에는 리스칸 아르투르, 그다음 세대에는 카시우스 발터가 있었다. 지금은 티소엔 크렐리디안이 있다. 이런 사람들은 단순히 신체 조건이 훌륭하다거나 무기를 들고 싸움을 하는 것에 재능이 있는 것이 아니라 정격 검술을 품위 있게 다룰 줄 안다.

이들은 한스는 평생을 배웠어도 어렴풋이밖에 이해하지 못하는 검술에 담긴 철학이라는 것을 남들보다 반도 안 되는 시기부터 이해하고 펼칠 줄 안다. 놀랄 만큼의 성실성과 노력이 뒷받침되지만, 그들은 노력만으로는 해낼 수 없는 것들을 이룩해 낸다.

고, 에스텔라를 알기 전까지 한스는 생각해 왔다.

동경도 따라갈 만한 사람한테 하는 것이다. 이런 천재를 올려다보고 있어 봐야 자기 몸과 마음을 갉아먹을 뿐이다.

그는 오티스의 어깨를 두드리며 위로했다.

「아가씨는 정상이 아니야. 넌 사람이니 트롤과 자신을 비교해서는 안 돼.」

「한스 경, 그건 나를 트롤에 비교하고 있는 거야?」

한스는 입을 닫쳤다. 그러나 티소엔도 지적했다.

「보통은 세로 베기부터 시작해.」

「그렇게 해서 어느 세월에 배워?」

「보통은 적어도 3, 4년을 배워야 그럭저럭 미리 합을 맞추지 않고도 자기 의지대로 검을 부딪칠 수 있어. 가로 베기, 세로 베기, 사선 베기를 정확하고 바른 자세로 할 수 있게 된 연후에 입문하니까 오귄 군은 우선 세로 베기를 하는 게 좋겠군. 그리고 고유의 검형을 조각내서 먼저 부분부분을 바른 자세로 완벽하게 실행할 줄 알게 되고, 그다음 전체를 합쳐서 하나의 완성된 검형을 만든 후에 그것을 반복하면서 마음에 검로를 그리는 거야.」

「아니. 가로 베기, 세로 베기는 나도 했지만……. 내용을 이해하는 쪽이 검로를 이해하기 쉽잖아. 검형은 자기 식으로 변환해서 익히는 게 빠르고.」

「그건 네가 이상한 거야.」
「아가씨가 이상합니다.」

한스는 가슴을 쳤다.

「아가씨가 다시 배우세요. 남들이 어떻게 배우는지를 배우시란 말입니다.」
「끙.」

귀찮은 나머지 에스텔라는 미간을 긁적이고 긴 고민에 빠졌다. 가르치는 시간만 쓰면 될 줄 알았지, 가르치는 방법을 연구하게 될 줄은 몰랐던 것이다.

티소엔이 호위 기사라는 이름으로 잠시간 아르투르 저택에 머무르고 있었던 6년 전의 이야기이다. 기간은 짧았으나 오티스에게는 매우 중요한 시간이었다.

세상에 특별한 오성을 가진 사람은 많지 않다. 그러니 무술을 배움에 있어서 가장 중요한 것은 신체 조건이며, 그다음은 성실함이다.

스승도, 제자도 서로에게 배웠다. 에스텔라는 끝까지 친절하려고 노력하는 스승이었고, 오티스는 절망하지 않고 그럭저럭 잘해냈다.

그렇다 해도 이따금 그는 자신의 부족함에 안타까움을 느꼈다. 언젠가 진짜 재능이 있는 사람이 나타난다면 진정한 수제자가 되어 검술을 계승해 갈 테지만, 그때 가서 자기가 질투하지 않을 수 있을지 자신이 없었다.

'검술연구회를 잘 운영하고 훗날 생길 후계자를 뒷받침하는 것이 은혜를 갚는 길이다.'

그는 그렇게 마음먹었지만, 열일곱 살로서는 아직 할 수 있는 일이 없어 애가 탔다.

★

반면, 에스텔라는 아르투르 검술에 대한 특별한 생각이 없었다. 그녀는 과거에 클레오르에게 이렇게 말했다.

「에단한테 가르쳐 보긴 할 거지만, 뭐 꼭 끝까지 배우라고 할 생각은 없어요. 자기가 좋아하고 잘하는 일을 하면 되지, 가문의 전통을 지킨다고 싫은 일 꾸역꾸역하게 할 수는 없으니까.」

「어려서부터 뭘 배우는 걸 좋아하는 애가 어디 있어? 미리부터 가르쳐 놔야 스무 살 넘은 뒤에 아, 그때 엄마 아빠가 시킨 대로 해서 잘했다, 하는 거지. 재능도, 취미도 배워 봐야 아는 거고.」

「에단은 어차피 기사가 될 것도 아닌데 어려서부터 고생하면서 없는 재능에 매달릴 필요 없잖아요. 황제가 쌈박질 잘해서 뭐해요?」

「그거 나 흉보는 말이야?」

「자기 목숨은 잘 구하겠네요. 흉보는 게 아니고 그냥 순수하게 팩트를 말하고 있는 거예요.」

에스텔라는 클레오르를 빤히 쳐다보고 그렇게 말했다. 물론 클레오르도 자식을 자기 같은 처지에 빠뜨리고 싶은 마음은 없었다.

374

「에단은 그렇다 치고, 둘째도 낳을 거잖아. 걔한테도 안 가르칠 거야? 나는 그대가 아르투르 가문을 물려주고 싶어 할 줄 알았는데.」

「가문을 물려주고 싶다고 생각하는 건 아니에요.」

그녀는 조금 헛기침을 했다.

아르투르라는 이름을 물려주고 싶다는 욕망은 있었다. 그러나 그것이 오래된 가문의 대를 잇는다는 그런 의미에서 아르투르 가문을 자식에게 계승시키고 싶다는 게 아니었다. 그녀 자신의 이름을 물려주고 싶다는 의미였다.

「그래도 아르투르라는 이름을 물려준다는 건 곧 가문을 물려준다는 의미가 되는데, 정작 그 정수인 아르투르 검술은 주지 않는다면 그것도 문제지.」

「뭐 어때요? 황실의 신성력처럼 혈통을 타고 내려가는 거라면 또 모를까, 핏줄을 이어받는다고 다 똑같은 재능을 가지고 태어나는 것도 아니잖아요. 본인이 원한다면 가르쳐 줄 거지만, 못 배운다고 해서 특별히 나쁠 것도 없다고 생각해요. 아등바등 시험 쳐서 기사가 못 되면 귀족 명부에서 잘려서 인두세를 내야 되는 상황도 아닌데.」

「그래도 어릴 때부터 가르쳐야 혹시 재능이 있을 경우에 살릴 수 있지 않겠어?」

영재교육의 야망을 버리지 못하는 클레오르가 강력하게 말하지는 못하고 어중간하게 대답했다. 태어나지도 않은 둘째의 교육을 말해 봐야 소용없는 일이기는 했다.

「좀 크면 자기들이 배우고 싶은 것도 생기겠죠. 인성만 잘 가르치면 돼요. 평생 놀기야 하겠어요? 놀면 또 어때요? 밥을 굶게 될 것도 아니고. 입장을 생각하면 권력 다툼만 안 해도 중간은 갈 거 같은데요?」
「돈 많은 백수라는 꿈을 자식들에게도 물려주려고?」
「인류의 영원한 꿈 아니에요?」
「나는 인류의 영원한 꿈은 완전한 권력자라고 생각하는데.」
「그렇게 생각하면, 둘째를 아예 포기하지 그래요. 또 제위 다툼으로 나라를 반토막 내고 싶지 않으면.」

클레오르는 헛기침을 했다.

「우리가 잘하면 돼.」
「우리 말고 폐하가.」
「그래. 일은 내가 해야지.」

그는 울적하게 대답하고서는 말을 돌렸다.

「그런데 진짜로 아르투르 검술을 사장시킬 거야? 오티스가 배우고 있는 건 변격 검술이잖아.」
「사실상 아르투르는 제 대에서 끝났는걸요. 가문의 정수다 어쩐다 해도 결국은 그냥 검술인데. 아까도 이야기했지만, 애들한테 가르쳐 보고 못 배우면 그냥 말죠. 억지로 힘들게 해서까지 이어

가고 싶다고 생각하지 않아요. 행복하게 사는 게 중요하지, 대단하다는 말을 듣는 검술을 배우는 게 중요한 건 아니니까.」

그렇게 결정했었다.

그래도 사장시키는 것이 아쉽다고 말한 것은 드와이트 남작 영애였다. 에스텔라가 가문 같은 것을 무거운 짐으로 지워 주고 싶지도 않고, 그것이 아이에게 전부는 물론이고 단순히 명예가 되는 것조차도 좋지 않다고 생각한다고 말하자 그녀는 동의하면서도 이렇게 말했다.

「정격 검술이 실전된 무가가 많다는 건 그만큼 그게 어렵기 때문인 거죠?」

「많은 경우 그렇지. 전수하는 사람이 적기 때문이기도 하고. 변격 검술은 꼭 혈통을 따지지 않고 방계의 친척이나 가문의 기사들에게도 가르쳐 주니까 실전될 우려가 상대적으로 훨씬 적어. 하지만 정격은 직계에게만 가르치니까 그 직계 자손이 무능해서 깨닫지 못하거나 다 배우기 전에 가르칠 사람이 죽어 버리면 실전되는 거야.」

「그런 식으로 실전되는 게 아깝다고 생각하지는 않으세요? 제대로 된 검술은 세상을 이해하고 해석하는 방법이라고 들었어요. 그렇다면 그건 학문의 일종인 거잖아요.」

「으음.」

「꼭 혈연에게만 가르치지 않아도 괜찮지 않을까요? 황후 폐하께서 이제 가문에 가치를 두지 않으신다면요.」

「아들만 자식인 것처럼 대를 잇느니 마느니, 그런 거 우습긴 하지.」

그녀의 안에는 아버지와 어머니가 남아 있었고, 조부도 남아 있었다. 아버지의 안에는 그녀는 기억하지 못하는 조모에 대한 기억도 있었으리라.

그리고 그녀의 아들은 클레오르와 그녀를 기억하고, 그녀의 추억을 통해서 외조부와 외조모도 알게 될 것이다.

자손에게 뭔가를 남긴다는 것은 그것으로 족하지 않은가. 천 년 전엔 위대한 후작이었고, 이름을 남긴 기사가 몇 명이나 있다는 고색창연한 가문의 이름보다도.

그녀는 아르투르였다. 가문을 잇지는 못해도 아버지와 어머니의 딸로서, 그녀가 아르투르였다.

「정격 검술을 직계 혈족에게만 전수하는 것은 그게 귀한 것이기 때문에 일종의 재산으로 여기고 유출을 금지한 것이죠? 하지만 오히려 검술 자체만으로 생각해 보면 재능 있는 사람에게 널리 가르치는 쪽이 전승에도, 발전에도 좋지 않을까요? 황후 폐하에게 그럴 의무는 없지만, 만약에 검술이 아깝다고 생각한다면요.」

「그러네. 어차피 원래는 오티스에게 정격으로 가르칠 작정이었고, 더 널리 가르치지 못할 이유도 없지. 괜히 비전이니 뭐니 해서 숨겨 놓았다가 실전시키는 것보다는 널리 퍼뜨리는 쪽이 검술을 오래도록 남기는 길이겠어.」

전례가 아예 없는 일은 아니었다. 소수이기는 하지만 헤논 검술 같은 경우에는 혈연이 아니라 사승으로 이어지기도 했으니까.

378

그리고 그것보다도 더 널리 가르칠 수도 있다. 아르투르라는 성을 이어받는 자가 없어지더라도, 검술의 이름으로 남을 것이다. 그것이 조부가 바라던 장구한 명예를 남기는 일이기도 하리라.

「고마워, 에바. 당신은 항상 내가 미처 생각하지 못했던 걸 깨닫게 해 줘서 좋아.」

에스텔라는 진심으로 그렇게 말했다.

그래서 그녀는 여자를 위한 검술연구회를 만들었다. 이왕 여러 사람에게 가르칠 거라면, 그냥 놔둬도 배울 곳이 많은 소년들이 아니라 재능과 뜻이 있으면서도 배울 곳이 없었던 소녀들에게 검을 가르쳐 보자고 생각했기 때문이다.

그건 그녀가 가진 것 중에 세상을 위해 내놓을 수 있는 가장 큰 자산이었다.

「웬일이야? 귀찮지 않아?」

클레오르는 그녀의 계획을 듣자마자 즉각 반문했다. 에스텔라는 놀리지 말라고 그의 어깨를 가볍게 때렸다. 클레오르가 엄살을 부리며 소파에 쓰러졌다.

「장난치지 말아요. 이 정도로는 에단도 아프다고 안 해요.」

그렇게 말하면서 파묻고 있는 그의 얼굴을 보려고 손을 뻗어 뺨에 댔는데 홱 눈앞이 돌아갔다. 에스텔라는 눈을 둥글게 떴다. 클레오르가 그녀를 바로 위에서 내려다보며 웃었다. 나른하게 눈매를 늘어뜨린다.

　그때 둘은 결혼 3년 차였다. 클레오르는 서른이 넘었어도 여전히 넋 놓게 잘생긴 얼굴이었다. 그러나 이제 이렇게 깔려서 키스하는 정도로 얼굴을 빨갛게 만들고 몸 둘 바를 모를 정도로 에스텔라도 순진하지 않았다.

「지금 우리, 그런 분위기가 아니었던 거 같은데요? 심각한 이야기 중이었다고요.」

「이 자세로 심각한 이야기 하지, 뭐.」

「머릿속에 뭐 들어 있는지 다 보여요. 아직 저녁 식사도 안 했다고요.」

「밥이야 언제 어떻게 먹으면 어때? 그런데 제자를 늘리겠다니, 잘할 수 있겠어? 오티스 가르치는 것도 힘들었잖아.」

「오히려 그 경험 덕분에 어떻게 해야 할지 좀 알게 된 것 같아요. 그리고 오티스도 이제 기초적인 검형 정도는 후배들에게 전수할 수 있겠죠. 체력 단련이나 진짜 기초는 꼭 제가 안 해도 되는 거고.」

「장제자에게 스승 노릇을 떠넘길 생각인 거야?」

「꼭 본격적으로 아르투르 검술을 가르치는 것만 목적인 게 아니에요.」

　에스텔라는 눈살을 찌푸렸다. 이렇게 안겨 있어도 여러 자세를 취할 수 있을 텐데, 아랫배가 딱 닿아 있는 게 클레오르가 의식 없이 한 일일 리가 없었다. 말할 때마다 몸이 조금씩 움직이고 숨

쉴 때마다 배가 오르내린다. 옷 너머로 형체를 완전히 갖춘 것이 에스텔라의 다리 사이를 눌렀다. 그녀는 허리를 조금 뒤틀었다. 맞닿은 자리가 열에 젖었다.

「레오.」
「마저 이야기해. 상을 좀 앞당겨 받으려고 하는 것뿐이니까.」
「상이라뇨?」

클레오르가 웃으며 고개를 저었다. 화가 났지만, 밀어내고 싶은 마음이 들지 않았다. 그녀는 한숨을 내쉬고 뒷부분을 요약했다.

「가전 검술을 여자에게 허용되는 부분까지만 배웠다거나 전부 배우고서도 수련할 장소나 여력이 없는 여자들도 모을 거예요. 혼자가 아니라는 걸 알면 다들 더 낫겠죠. 자유롭게 수련할 장소도 생기고.」
「그리고 기사단 입단 시험을 치게 해.」

에스텔라는 눈을 깜박거렸다.
그리고 펄쩍 뛰어 일어나려는데 클레오르가 그녀를 팔 안에 가둔 채 못 움직이게 했다.

「어때? 내가 정답을 말했지? 상 줘.」
「아니, 생각은 해 봤었지만, 그게 되겠어요?」
「쉽게는 안 되겠지. 하지만 그 정도 자신 있는 여검사가 나오는 데에도 몇 년 걸리지 않겠어?」

「문제가 하나둘이 아니에요. 의무 복무 기간은 어쩌려고요? 치안대로 배속될 게 아니라면 대부분은 몬스터 산맥에 가야 한다고요. 남자밖에 없는 몬스터 산맥의 부대에 가서 몸 성히 돌아올 수 있을 리가 없죠!」

「그것까지 단시간에 해결할 수는 없어.」

클레오르가 말했다.

「스스로 자기 몸을 지킬 수 있을 정도의 실력을 기르든가, 아니면 적당한 수준에서 포기하고 그대처럼 치안대 기사에 머무르는 수밖에 없겠지.」

「치안대 기사로는 안 돼요. 하지만 황궁 기사로 한다 해도 복무기간 없이 엘첸에 머무른다면 기껏해야 검을 찬 상급 시녀 같은 대접밖에 못 받을 테니까…….」

에스텔라가 중얼거렸다. 클레오르가 동의했다.

「사실 의무 복무 기간을 채운다고 해도 여기사라는 게 제대로 받아들여질지 어떨지는 모를 일이라고 생각해. 그렇지만 일단, 길을 열어 놓는 것도 중요한 일이잖아?」

「맙소사. 단승작이라고는 하지만, 기사도 작위예요. 여자가 일가의 주인이 될 수 있다는 의미라고요.」

그녀는 뒤늦게야 깨닫고 탄식했다. 클레오르가 가볍게 긍정했다.

「맞아. 그게 핵심이지.」

「여자를 고용하는 거랑은 다르다고요. 사람들이 받아들일 리가……. 입안자가 누구예요? 당신이 생각한 건 아니죠?」

「왜 그렇게 생각해?」

「정치적인 리스크가 너무 크잖아요. 여자의 노동력을 쪽쪽 바닥까지 빨아먹자는 취지에서 시작하기에는 너무 큰일이라고요.」

클레오르가 쿡쿡 웃었다.

「호적법을 개선하는 것만으로도 호적대장의 문제 자체부터 재해 구호까지 여러 가지 문제가 해결될 거라는 견해에 동의했을 뿐이야. 구호청 여성 관리의 연명으로 올라온 보고서였는데. 그대가 나에게 줬잖아. 안 읽어 봤어?」

「대강 훑어보긴 했지만…….」

정확히는 예르켈이 요약해 주었었다. 관심 있는 분야였으나 보고서가 지나치게 상세하며 많은 통계를 담고 있었으므로 대략적으로 '그런 내용이 있구나.' 하고 클레오르에게 떠넘겼던 것이었다.

「그래도 귀족가의 문제는 평민과는 사정이 다를 텐데요. 그건 주로 호구조사의 정확성을 올리는 것과 구휼에 관한 문제였잖아요.」

「의외일 정도로 같은 방법으로 해결할 수 있는 문제가 많이 있어. 그리고 그대가 여자도 검의 궁극에 도달할 수 있다는 것을 증명한 덕에 적어도 기사 작위에 한해서는 시도할 수 있게 된 셈이 지.」

「으음.」

「여자도 검술을 배워 최고의 자리까지 올라갈 수 있다는 것이 증명되었으니, 이제 여자가 기사가 되는 것을 막을 근거가 없어졌 어. 당장 세습 귀족으로 만드는 게 아니니까 반발도 좀 피해 갈 수 있을 거야.」

「잘될까요?」

「이제부터 그대가 잘되게 해야 해. 길을 열어 놔도 누군가가 우 수한 성적으로 입단 시험에 붙어서 업적을 올려 주지 않으면 '결 국 여자는 안 된다.'라는 말을 듣게 될 테니까.」

에스텔라는 잠시 망설였다.

「일 늘어나서 그래?」

「아뇨. 하지만 인생이 걸린 일이니까, 쉽게 남에게 권할 수 없 다는 생각이 들어서요. 단순히 검을 가르치는 것만이라면 어렵지 않은 일이지만, 아무도 가지 않은 길을 가야 한다는 이야기이니 까. 잘못하면 시작하지 않느니만 못한 일일 수도 있고.」

그렇게 말하고 나서 에스텔라는 엷게 웃었다.

「그렇지만 나쁘지 않네요. 만약에 나한테 그런 기회가 있었다 면, 고민은 했겠지만 도전해 봤을지도 모르겠어요.」

「그랬더라면 계약 갱신을 걱정하지 않고 정년까지 내 밑에서 굴렸을 건데.」

에스텔라가 그의 코를 꼬집었다.

「돌아오는 갱신일에 해지하고 싶어요?」
「아냐. 아냐. 아닙니다, 마님.」

클레오르는 납죽 엎드렸다.

뺨과 뺨이 마주 닿고 숨결이 귓전을 스쳤다. 에스텔라가 작게
헐떡였다. 체온으로 달구어진 아랫배가 미세한 움직임까지 몹시
예민하게 받아들였으므로, 그녀는 잠깐 시계를 보고 저녁 식사 시
간까지 남은 시간을 셈했다.

그리고 두 팔로 클레오르의 목을 감아 안았다.

4.

입고 있는 옷이 이미 승마복이었으므로 에스텔라는 굳이 수련
복으로 갈아입는 수고를 하지 않았다. 연습 검을 가지고 밖으로
나가다가 그녀는 이제 모디스 백작부인이라고 불리는 알리시아와
아롤드 남작부인 베아트리체를 마주쳤다.

"제국의 가장 고귀한 호수를 뵙습니다, 황후 폐하."

두 사람이 무릎을 구부리며 인사를 올렸다. 에스텔라는 웃으며
손을 내저었다.

"형식상으로라도 앞에 '아름다운'이라는 서술어를 붙이면 안 되는 거야? 하긴, 리샤 앞에서 나를 그렇게 말하기 어렵겠지만."

"절 너무 부끄럽게 하지 마세요. 언니가 어디가 어때서요?"

"제국의 가장 멋진 호수라고 불러 드릴까요?"

아롤드 남작부인이 깔깔 웃었다. 그리고 에스텔라의 옷차림을 보고 눈을 빛냈다.

그러는 그녀와 알리시아도 승마복 차림이었다. 황궁까지 둘이서 말을 타고 왔기 때문이다. 이것도 승마복이 대유행을 하면서 생긴 새로운 풍속이라고 할 수 있었다.

"말 타러 가는 중이셨어요?"

"아아, 아니야. 아까 잠깐 한 바퀴 돌고 와서 안 갈아입었어. 잔소리가 많아서 당분간 안 타든가 해야지."

"안정기에는 괜찮던데. 요즘 황후 폐하께서 모임에 안 나오시니까 활력이 없어요."

"그래도 아기는 조심해야지. 먹는 것도."

단것을 너무 먹었다가는 아기가 커져서 출산할 때 힘들어질 것이라는 경고를 받은 에스텔라가 한숨을 내쉬었다. 우량아는 에단 하나로 족했다. 그때는 초산이기도 했지만, 에단의 몸집이 커서 정말로 죽을 뻔했다.

"이번엔 진짜로 예쁜 황녀님이었으면 좋겠어요. 그런데, 말 타러 가는 게 아니시면 어딜 가시는 중이에요?"

"새로 상급 시녀 면접을 보러 온 애가 있어. 폰티악 남작 영애라고 하는데……."

"아아, 폰티악 영애! 잘됐어요."

"왜, 리샤? 폰티악 영애에 대해서 잘 알고 있어?"

"폰티악 남작부인, 그러니까 영애의 어머니가 저하고 육촌 사이이거든요. 많이 친하다고 할 정도는 아니고 몇 번 어릴 때 같은 별장으로 피서 간 적이 있어요. 가주인 폰티악 백작께서 굉장히 엄격한 분이라서 힘들다고 들었어요. 돌아가신 백작부인은 결혼하고서 20년이 지난 뒤에야 친정에 겨우 가 보셨대요."

"지독하네."

"그래. 그럴 것 같더라. 그렇게 예쁜 애가 주눅이 들어 있는 걸 보니까."

"폰티악 남작 영애라면 신분을 생각해도 황후 폐하의 시녀로 손색이 없지요. 검술연구회에 받아들이실 건가 봐요?"

그녀가 연습 검을 들고 있는 것을 보고 아롤드 남작부인이 물었다. 에스텔라는 고개를 끄덕였다.

"잘할 것처럼 보여서."

"기마술은 제가 가르칠게요."

아롤드 남작부인이 팔을 걷어붙이며 말했다. 에스텔라는 웃었다.

"그러지 말고 비이가 검술을 배워 보지그래? 지금부터 시작해도 안 늦었어. 입단 시험 상한선은 38세이니까."

"싫습니다. 전 재능이 없으니까요. 지금처럼 말을 타고 활을 쏘며 황후 폐하의 방탕하고도 못된 친구 노릇을 하는 게 제일이죠."

"저도 재능 같은 거 없는 거 아시죠, 언니?"

"리샤는 요즘 운동 열심히 하니까 그 정도면 됐지."

"저보다 운동 많이 하는 사람이 어디 있다고 모디스 백작부인만 칭찬하세요?"

"비이는 운동하려고 말을 타는 게 아니잖아. 아 참, 리샤, 용건은?"

"오늘은 살구의 날이니까, 첫째를 데려왔어요. 괜찮죠, 언니?"

"물론. 어린 손님은 언제나 대환영이지. 모디스 백작은?"

"원래는 오후 정무가 끝난 후에 폐하께 여쭙고 허락을 받아서 같이 오자고 했는데⋯⋯."

"했는데?"

"폐하께서 그, 있잖아요, 오늘."

"오늘?"

"그거요."

"그거 뭐?"

에스텔라는 고개를 갸웃했다. 클레오르가 종종 정무에 관해서 의견을 묻거나 반대로 구호청의 여자 관리나 귀부인들이 그녀에게 정견을 펴곤 해서, 부부가 함께 나라 일을 의논하는 경우가 종종 있지만, 그녀는 본궁의 동향에 계속해서 귀를 기울이는 편은 아니었다.

실무 쪽 일이라면 또 모를까, 귀족들끼리 아웅다웅하며 이합집산하는 일에는 신경 쓰고 싶지 않다. 그녀가 사교 활동을 극단적으로 줄이고 있는 이유도 마찬가지였다. 에스틴과 에스텔라가 동일인임이 알려지자 칼렙 저택에서는 배신감으로 치를 떨었으나, 후계자 출산이 뒤이어지는 바람에 입을 다물 수밖에 없었다.

클레오르도 그녀에게 교제를 조절할 필요 없으니 마음에 드는 사람과 즐겁게 지내라고만 말했다. 다행히도 그녀도 딱히 정치적 야심이 있는 숙녀들과 친하게 지내려는 의욕은 없었다.

퀘시 후작부인이나 바르톨로뮤 백작부인을 비롯하여 플뢰르나 알리시아에 이르기까지 그녀와 관계가 깊은 귀부인들 대부분이 아히발트 클럽 측의 여자들이었다. 그러나 대부분 가문의 영광을 위해 헌신하는 것을 원치 않았고, 마찬가지로 칼렙 저택의 귀부인 중에도 비슷한 성향을 가진 이들과 개인적인 친분으로 연결되었기 때문에 황후는 아히발트 파벌로 여겨지지 않았다.

파벌을 불문하고, 귀족적인 싸움, 사교계의 위세나 가문의 영달을 위한 경쟁과 관계없이 자유롭게 자기 삶을 꾸리고 딸들을 위해 새로운 세상을 준비하고자 하는 여자들이 모여들었다.

드와이트 남작 영애를 통해 구호청의 여성 관리들이 황후궁에 모이면서 그런 경향은 더욱 현저해졌다. 권력을 두고 다투느냐 마느냐 하는 부분에서 알비나 때와 정반대였으나, 파벌과 관계없이 귀부인들이 황후궁을 중심으로 세 번째 세력을 형성하고 있다는 점에서 양상이 비슷했다.

에스텔라로서는 뭔가를 '해야겠다'라는 강렬한 의식은 가지고 있지 않았다. 성향 맞는 사람과 만나고, 존경하는 몇몇 숙녀들의 말에 귀를 기울였다가 클레오르에게 전달하고, 모임의 장소를 제공하고 있을 뿐이었는데도 그렇게 되었다.

'그럴 바에야 그냥 바로 레오한테 이야기하면 안 되나.'

지워서는 안 될 목소리들이라고 생각해서 전달하고는 있으나, 굳이 자기를 거칠 필요는 없는 게 아닐까 생각했다. 보고서로 정리할 정도로 큰 내용은 상대적으로 적다지만, 결국 그걸 제대로 이해하고 전달하기 위해서는 에스텔라가 배경 상황부터 온갖 내용을 숙지하고 자기 것으로 만들지 않으면 안 된다.

널브러져서 하기 싫다고 투덜거리자 퀘시 후작부인이 입가에

만족스러운 미소를 지으며 달랬다.

「진정으로 황후 역할을 하고 계신 겁니다.」

「일 안 하겠다고 약속하고 결혼한 건데 말이에요. 이쯤 되면 무도회만 안 열다 뿐이지, 할 일 다 하고 있지 않아요? 완전히? 내조 따윈 안 할 거라고 했는데……. 그리고 정식 루트를 통하는 게 낫지 않을까 싶어서요. 지금은 비공식적인 루트를 통한 청탁처럼 되고 있잖아요.」

「황후 폐하께 말씀 올리는 것이 그녀들에게도 훨씬 쉽고, 허물 없는 일이지 않겠습니까? 구호청 보조 관리라거나 누군가의 아내라는 이름만 가지고 폐하께 직언하기 위해서 얼마나 많은 단계를 거쳐야 할지를 생각해 보면요.」

에스텔라도 알고 있었다. 그렇기 때문에 투덜거리면서도 전달하고 있는 것이긴 했다. 앞으로는 달라지기를 바라는 수밖에 없다.

어쨌거나 그런고로 본궁에서 뭘 어쨌다는 건지 그녀는 몰랐다. 그런 일을 하고 있는 만큼, 더 번거로운 일에 끼어들지 않기 위해서 의식적으로 본궁 쪽으로는 시선을 두지 않고 있었기 때문이다. 특이한 일이 있다면, 오늘 클레오르가 퇴근하고 와서 이야기해 줄 것이었다.

답답하다는 듯이 아롤드 남작부인이 외쳤다.

"2시간 전에 폐하께서 정무회의에 참석한 남자들한테 코르셋과 파니에를 입혀서 내보낸 것을 정말로 모른단 말씀이세요?"

"뭐? 진짜?"

"제 남편도 희생됐어요."

알리시아가 뺨에 손을 얹고 웃었다.

에스텔라는 어이없는 얼굴로 두 사람을 번갈아 쳐다보았다.

"조금은 관심을 가지세요. 지금 본궁에서 난리가 났다고요. 그 난을 피해 간 사람은 제 남편과 카이덴 후작님 정도랍니다."

부인에게 꽉 잡혀 사는 그 두 사람은, 겪어 보지도 않고 여자의 힘겨움에 대해 논해서는 안 된다는 사상이 머리에 꽉 박혔기 때문에 발언하지도 않고 이들과 의사를 함께하지 않는다는 표시로 회의 중간에 조용히 물러 나갔던 것이다. 하물며 아롤드 남작의 경우 아내가 승마복 유행의 주도자였다.

"구경 가셔야죠."

아롤드 남작부인이 말했다.

콜을 외치려다가 에스텔라는 잠깐 멈칫했다. 코델리아를 더 기다리게 할 수 없었기 때문이다.

"언제까지 그러고 있을 거래?"

"폐하의 명으로는, 5시까지예요."

알리시아가 말했다. 그리고 생글거리며 덧붙였다.

"소피아 언니랑 플뢰르 언니도 올 거예요. 애들 데리고요. 지금 사방팔방 연락이 날아다니고 있어요. 그래서 말인데요, 본궁에서 우리 잠깐, 티파티라도 하지 않을래요? 살구 파티는 나중에 해도 되잖아요."

살구 파티는 연에 네 번, 클레오르가 에스텔라를 위해 여는 디저트 파티 중 하나였다. 두 번은 테마가 바뀌지만, 두 번은 매년 똑같다. 초여름 살구와 겨울 초콜릿.

「그 두 가지는 기념이 되니까.」

클레오르는 그렇게 말했다. 에스텔라는 그런 기념을 챙길 만한 세심한 성격이 아니었으므로 어느 부분에서 기념인지 처음에는 깨닫지 못했었다.

처음에는 둘만의 파티였으나 에단이 자라면서 점차 아이 중심이 되었다. 유모에게 맡겨 두고 둘만의 시간을 보내는 것은 불가능하지 않았으나, 아이를 데리고 보내는 시간 역시 클레오르에게는 부족했기 때문이다.

그리고 아이가 자라자 아이를 즐겁게 해 주기 위해 또래 친구들을 부르고, 그 부모들도 함께 손님이 되었다. 지금은 피엘라궁에서 황후가 귀여워하는 아이들을 모아 여는 파티에 가까웠다.

"음. 애들이 실망할 텐데."

"유모와 보육시녀들이 잘 보살펴 줄 거예요. 꼭 언니가 없어도 아이들끼리 파티를 하라고 해요. 아니면 언니, 아예 저한테 맡겨 주세요."

"너한테?"

결혼 5년 차, 이제는 백작부인이자 두 아이 엄마라고 해도 알리시아는 아직 에스텔라에게 못 미더운 구석이 있는 동생 같은 친구였다.

"네. 어차피 애들 파티인걸요. 준비는 거의 되어 있을 거고, 초대 손님도 다들 이미 피엘라궁에 있을 거잖아요. 그리고 아롤드 남작부인이 본궁에서 열릴 파티를 준비할 거예요. 아, 물론 언니가 허락하신다면요."

이렇게 갑자기 파티라니. 해도 되는가는 둘째 치고 가능한가의 문제가 있었다. 옷 갈아입는 데에만 2시간은 걸리지 않겠는가. 아무리 적게 잡아도 말이다. 초대장을 보내고 받는 시간은 또 어떤가.

아롤드 남작부인이 생글거렸다.

"깜짝 파티인데 초대장을 못 받은 사람은 못 받은 대로 냐두면 되지 않겠어요? 올 수 있는 사람만 와서 간단히 다과나 하면 되는 거죠. 드레스코드는 바지로 하면 어떨까 해요."

"웃으러 모이자는 이야기네?"

"이런 구경거리, 앞으로 50년은 없을 것 같으니까요."

그녀는 깔깔거렸다. 또 입을 때에는 세상에서 제일 세련되게 옷 잘 입는 게 아롤드 남작부인이었으나, 그간 쌓인 원한이 깊은 듯했다.

"지금 3시니까, 연락 돌려서 올 수 있는 사람만 오라고 하면 될 거예요. 황후 폐하께서는 그 옷 그대로도 괜찮지 않을까요? 지금은 폰티악 영애와 대화를 나누고 저희가 준비 끝낸 다음에 본궁으로 오세요."

"으음. 좋아. 남의 불행을 비웃는 것 같아서 마음이 좀 그렇긴 하지만, 이때까지 허리통 굵은 여자 비웃어서 코르셋 조여 놓고, 여자는 너무 쉽게 충격을 받아 쓰러진다느니 남자 도움 없이는 걸음도 못 걷는다느니 지껄인 거 참 성질나긴 했지."

바로 그 허리통이 굵어 코르셋을 조여도 조여도 사회 일반의 미적 기준을 충족시키지 못해 온 당사자인 에스텔라는 진심으로 울분을 느끼며 말했다.

"맞아요. 당해 봐야 알죠."

승마 바지 문제로 광대에게까지 조롱거리가 된 적 있는 아롤드 남작부인도 웃는 낯으로 이를 갈았다.

알리시아가 웃었다. 그녀는 원래부터 허리가 가늘고 가슴이 컸으며, 활동량이 많은 편도 아니었기 때문에 코르셋과 파니에에 그렇게 큰 스트레스를 느끼지 않았으나 이 두 사람이 왜 그러는지는 충분히 이해하고도 남았다.

"어차피 그때까지 남아 있는 사람은 가장 심하게 여자는 속옷을 제대로 갖춰 입도록 법안이라도 만들어야 한다고 주장했던 사람들이래요. 그쪽에 관련 없는 사람은 아예 회의 참석을 안 했다고 하고, 거기에 카이덴 후작님이 직접 체험해 보고 싶지 않다면 도중에 빠지라고 살짝 귀띔도 하셨는데, 제 남편이 바보 같은 거죠."

"미안하다고 생각할 것도 없었네."

에스텔라는 중얼거렸다. 그리고 두 사람을 데리고 서재로 돌아가 알리시아에게는 피엘라궁의 살구 파티 준비를, 아롤드 남작부인에게는 본궁에서 간단한 다과회를 할 수 있도록 허락하는 내용의 위임장을 써서 맡겼다.

코델리아는 오티스의 지시에 따라 가볍게 몸을 풀고, 적당한 무게의 연습 검을 골랐다.

"황후 폐하께서 무척 엄하신가 봐요."

에스텔라가 온다는 소리를 듣고는 하나같이 도주하다 널브러진 패잔병처럼 연무장 이곳저곳에 주저앉아 있는 검술연구회 회원들을 보고 그녀는 그렇게 말했다.

성검의 주인, 검의 궁극에 달한 이에게서 지도받는 것은 검을 쥔 사람으로서 놀라운 기회이고, 황후와 가까이에서 말을 나누는 것은 알펜슈타인 제국인으로서 비할 바 없는 영광을 얻는 것이다. 그런데도 다 널브러져 있는 것을 보면 에스텔라가 어지간히 혹독하게 굴리는 모양이라 코델리아는 조금 겁을 먹었다.

　"아뇨. 직접 지도 대련을 하실 때가 아니라면 가르치는 상대에게는 상냥하십니다. 단지…….”

　"단지……?”

　"이해를 못 하실 뿐이죠. 이해 못 하는 사람을.”

　비웃거나 하지는 않지만, 왜 이런 걸 모르지 하고 바보 세상에 떨어진 사람 같은 눈으로 주위를 둘러보고 있는 얼굴을 보면, 그 바보1, 바보2, 바보3들은 말로 다할 수 없는 기분에 사로잡히곤 했다. 하물며 여기 올 때까지는 대부분 놀라운 재능의 소유자로, 천재까진 아니라도 영재나 수재 소리를 듣던 사람들이라 더 그랬다.

　상대적으로 여자들 쪽은 덜 그랬다. 초보이거나 조금 배웠더라도 아예 고급 수준에 입문조차 하지 못한 경우가 대부분이었고, 지금까지 재능이 있다는 칭찬을 받거나 격려된 적이 없었기 때문이다. 코델리아처럼.

　가볍게 준비운동을 마친 율리아가 말했다.

　"기사들은 대부분 검술의 상달을 위해서 참여하고 있지만, 저처럼 수련할 만한 장소가 필요해서 시녀 겸 황후 폐하의 제자로서 있는 사람도 있고, 순수하게 궁금증 때문에 배워 보고자 하는 영애도 있어요. 하지만 열두 명 중 여덟 명이 기사단 입단 시험을 치기를 희망하고 있습니다.”

코델리아는 놀라서 입을 벌렸다가 얼른 손으로 가렸다.

"여자가 기사단 입단 시험을 칠 거라고요?"

차마 큰 소리로 말하지 못하고 소곤소곤 묻자 율리아가 고개를 끄덕였다.

"그러기 위해서 용맹정진하고 있습니다. 저도 그렇고요. 황후 폐하께서도 그것을 목표로 검술연구회를 운영하고 계십니다."

코델리아는 가슴이 부푸는 것을 억누르지 못했다. 두려운 일이었지만, 가슴 뛰는 일이기도 했다. 처음에 오티스가 기사단 입단 시험을 위한 수련 모임이라고 했을 때에는, 그와 마찬가지로 아르투르 가문의 가솔 중에 기사가 될 소년들을 주로 훈련시키는 것이리라고 생각했었다.

그럼 한번 대련해 보겠느냐고 율리아가 말했을 때, 에스텔라가 나왔다. 타박타박 걸음걸이가 경쾌하고 얼굴이 환한 것이 기분 좋아 보였다.

"늦어서 미안. 나오는 길에 손님을 만나서."

"아닙니다."

에스텔라가 번거로워했기 때문에 검술연구회 안에서는 여신의 축복을 서로 비는 의례적인 인사가 없었다.

그녀가 코델리아를 바라보고 미소를 띠었다.

"인사는 했어요?"

"네. 간단히 설명도 들었습니다."

"좋아요. 사실 수련은 어떤 방식으로, 어느 정도 하든 모두 자율이에요. 몸 상하지 않게 적당히 하라고 해도 다들 말 안 들으니까."

에스텔라가 요구하는 최소한을 맞추기 위해서 밤낮으로 노력하지 않으면 안 되었던 멤버들은 기가 막힌 얼굴로 그녀를 쳐다보았다.

"실제 실력을 좀 볼까요? 가볍게 시작하죠. 공격해 보세요."

"아, 그게."

코델리아는 얼굴이 새빨개졌다. 연습 검을 들기는 했지만, 사람을 향해, 그것도 평소 연습 상대인 아버지나 남동생이 아니라 에스텔라를 향해 휘두르는 것에 큰 거부감이 들었다.

그 심정을 아는 에스텔라가 달래듯이 말했다.

"괜찮아요. 모두들 처음에는 못 하니까. 무서워하지 말고 휘둘러 봐요. 영애의 실력으로는 지금은 어떻게 해도 내 몸에 그 칼을 닿게 할 수 없어요."

코델리아는 고개를 끄덕였다. 그리고 결연하게 검을 내질렀다. 에스텔라는 그것을 딱히 막으려고도, 피하려고도 하지 않았다.

그러나 코델리아는 진짜로 그녀의 몸에 스칠 듯한 부분까지 검을 가까이 하지도 못했다. 모처럼 기대해 주셨는데, 실망시켰을 것 같아서 눈물이 나려고 했다.

"좋아요. 다시 해 보죠. 랄프, 방패를 가져와."

에스텔라는 평연한 태도로 그렇게 말했다. 랄프라고 불린 기사가 몸을 전부 가릴 수 있을 것 같은 큰 타워실드를 들고 왔다.

그녀가 시키는 대로 랄프가 타워실드를 잡고 몸을 엄폐시켰다.

"지금 상황에서 영애의 최선은 랄프의 방패를 흔들리게 하는 정도일 거예요. 해 봐요. 가로 베기부터. 50회."

"네."

코델리아는 아랫입술을 깨물었다.

방패를 향해서라면 그나마 마음 편히 휘두를 수 있었다. 사람들

의 시선이 불편해서 쥐구멍에라도 기어 들어가고 싶었지만, 이것
은 그녀에게 주어진 첫 번째 기회였다. 그리고 아마 마지막 기회
이기도 할 터였다.

텅.

처음 방패에 칼이 부딪치는 소리는 약하고 힘이 없었다. 자기
힘으로는 에스텔라 말처럼 흔들리게 하기조차 쉽지 않다는 것을
알면서도 코델리아의 움직임은 소극적이었다.

그러나 에스텔라가 시키는 대로 50번을 휘두르는 사이에 그녀
의 동작은 점점 크고 빨라졌다.

텅! 텅! 텅!

자신감이 붙을수록 궤적이 일정해졌다. 그 움직임에 다채로움
은 없으나 완벽하게 동일한 동작을 되풀이하며 방패에 마치 한 줄
기 같은 흔적을 남겼다. 마지막 베기는 처음의 그것과는 비슷하지
도 않았다.

짝짝.

에스텔라가 손뼉을 쳤다. 코델리아는 헐떡거리며 그녀를 돌아
보았다. 그녀가 부드럽게 말했다.

"이제 나를 향해서 해 봐요."

코델리아는 힘껏 에스텔라를 향해 가로로 베어 갔다. 에스텔라
가 가볍게 검을 들어 그녀의 궤적을 막았다.

까앙!

검 부딪치는 소리가 크게 울렸다. 코델리아의 팔이 후들후들 떨
렸다. 고작해야 50번의 가로 베기를 했을 뿐이지만 그녀는 지쳤
다. 이때까지 이렇게 힘을 다 짜내 본 적이 없었다.

팔이 떨릴 정도로 수련한 적이 한 번도 없지는 않았다. 그러나

그녀의 움직임과 여자다움, 귀족 영애로서의 품위를 관리하는 시선을 하나도 받지 않고, 비록 방패로 가로막혔다고는 하지만 사람을 향해 도전한 것은 처음이었다.

에스텔라가 슬쩍 웃었다.

"그럼 이제 공격해 봐요. 기초이든 지금까지 배워 온 검술의 검형이든 상관없어요. 할 수 있는 만큼."

코델리아는 호흡 하나까지 아까웠으므로 고개만 끄덕였다. 그리고 기습적으로 에스텔라에게 달려들었다. 에스텔라는 가볍게 그것을 맞받아 주었다.

그녀는 코델리아의 긴장감을 이해하고 있었다. 남동생이나 부친과 대련했다고 해도 그녀에게 내려진 취급으로 보아 진짜 싸움이었을 리가 없다. 진심으로 사람을 향해 검을 휘두르는 것은 이것이 처음일 것이다.

에스텔라는 검술연구회를 만든 뒤로는, 제법 높은 수준까지 검술을 수련한 소녀들조차도 진짜로 검을 휘두르지 못한다는 사실을 알았다. 사람을 때리는 것은 고사하고 전력을 다해서 몸을 쓰는 것조차도 하지 못했던 것이다.

그것이 싸움법을 아무것도 배우지 않았어도 거침없이 사람을 때리려 드는 소년들과 가장 큰 차이였다.

그녀는 어째서 부친이 그녀를 사교계에서 고립시키다시피 해서 키웠는지 이제야 비로소 이해했다. 얌전하고 기품 있는 자세를 먼저 배우고, 전력을 다해 몸을 쓰는 여자는 우아하지 못하다는 편견 속에 살았더라면, 그녀가 설령 재능을 가지고 태어났어도 과연 끝까지 검의 길을 가려 했겠는가.

그렇게 고립되어 자기 실력을 과소평가하면서 자랐는데도 그녀는 자신의 싸움에서 해답을 얻기 전까지 과연 자기가 이렇게 해도 되는가에 대해서 늘 의문을 가졌었다. 남자 옷을 걸친 채로도 자기의 여자답지 못함에 대해 콤플렉스도 가지고 있었다.

코델리아만이 아니라 검술연구회의 여자 전원, 현재의 열두 명은 물론이고 그 이전, 부모의 반대이든 결혼이든 다른 이유로 검을 놓아야만 했던 이들에 이르기까지 모두 시작은 전력을 다해 몸을 쓰게 하는 것부터 해야만 했다.

이제 에스텔라에게도 그것을 위한 지도 대련이 익숙했다. 코델리아의 움직임은 서툴렀으나 그녀는 검을 가볍게 튕겨 내고 막고 끌어당기면서 그녀가 중심을 잃지 않고 계속해서 공격할 수 있도록 만들었다. 아무것도 모르는 이가 보기에는 두 맞수가 제법 유려하게 검무를 선보이는 것처럼 보였으리라.

알고 있는 폰티악 검술의 검로를 모조리 다 쏟아부은 뒤에 코델리아는 완전히 지쳐서 검을 떨어뜨렸다. 그때 처음으로 에스텔라의 검이 공격적인 궤적을 그리며 날아와 코델리아의 손등을 쳤다.

"어떤 순간에도 검을 놓아서는 안 돼요. 그게 기본입니다."

"아, 아! 죄송합니다!"

"사과할 건 없어요. 어때요? 기분 좋았죠?"

코델리아는 머리끝부터 발끝까지 땀에 젖어 있었다. 시간을 전부 합치면 고작해야 30분을 조금 넘는 정도였는데, 평생 동안 쌓아 온 힘을 밑바닥까지 긁어내서 소진한 기분이었다.

"네."

"어때요? 도전할래요?"

에스텔라가 물었다. 코델리아는 그 도전 안에 어느 정도의 것이 포함되어 있는지 셈할 수 있었다.

우선 가문에서 내쳐질 것이다. 폰티악 백작이 그녀를 용서할 리가 없었다. 실패하면 갈 곳이 없어진다. 황후궁 시녀로 있는 동안에는 에스텔라가 보호해 준다고 해도 언젠가는 세상으로 나가지 않으면 안 된다. 귀족 영애로 태어났으니 다른 일을 구하기도 쉽지는 않을 것이다.

사회적인 비난도 있으리라. 여자가 감히 부모로부터 벗어나 검을 들고 설친다는 말을 들을 것이 틀림없었다.

그러나 하고 싶었던 일을 할 수 있다.

그녀는 기사가 되고 싶었다.

그 앞에 놓인 고난은 짐작할 수도 없었다. 입단 시험을 치는 것을 허락받아 그것에 통과한다 해도, 남자들만 가득한 북부에서의 의무 복무 기간을 무사히 견뎌 낼 수 있을까? 만일에 의무 복무를 하러 갈 필요조차 없는 수준의 성적이라면, 그 비웃음을 견뎌 낼 수 있을까?

그럼에도 불구하고, 하고 싶었다. 해낼 수 있을 것 같았다. 자신이 가장 잘할 수 있는 일로, 자기 인생을 살고 싶었다.

오랫동안 마음에 쌓여 온 부당함에 대한 억울함과 분노가 몸을 움직이면서 터진 듯한 기분을 느꼈다. 코델리아는 울먹거리다가 에스텔라 앞에서 이래서는 안 된다고 생각하고 고개를 푹 숙였다. 그래도 안 되어서 손바닥으로 눈가를 눌렀다.

"네, 황후 폐하. 전 도전하고 싶어요. 실패하더라도, 해 볼래요."

어린애 같은 말이라고 생각했다.

에스텔라가 미소를 지었다. 그럴 것 같았다. 재능이란 오성이라든가 오감이라든가 민첩성 같은 육체적 조건만이 아니다.

욕망, 반드시 자기가 해낼 수 있으리라는 것을 확신하는 마음, 일종의 야망이라고 해도 좋을 그런 것들 역시도 뭔가를 성취하게 해내는 힘이라는 점에서 재능의 일종이다.

사람을 판단하는 위치에 서고 나서 몇 년 만에야, 클레오르가 첫 만남 때에 그녀에게서 무엇을 봤었는지 알 것 같았다. 그때는 참, 처음 보는 주제에 아는 척한다고 생각했었는데 말이다.

"좋아. 넌 오늘부터 내 시녀이자 제자이니, 이제 편하게 말할게. 율리아."

"네, 폐하."

"엘린데아에게 말해 둘 테니 코델리아를 안내해 줘. 교육 담당도 붙이고. 오티스."

"수련 시간표는 제가 확인해 두겠습니다. 그런데 벌써 들어가시려고요?"

"아. 진도 봐주지 못해서 미안해. 이제 곧 본궁에서 약식 파티가 있을 거거든. 내일 하자."

오티스 이하 스무 명이 안도의 한숨을 내쉬었다.

에스텔라가 뺨을 쓰다듬으며 코델리아에게 물었다.

"파티, 가 볼래?"

"아, 아, 아직 저는……."

코델리아가 당황하며 고개를 푹 숙였다. 그 약식 파티가 무슨 파티인지는 모르나, 본궁에서 열리는 것이라면 조부나 부친이 올 가능성이 있었다. 그녀는 아직 대면할 자신이 없었다.

"조금 더, 연습하고 싶어요."

"율리아는?"

"폰티악 영애를 안내해 주어야 하니 사양하겠습니다. 권해 주셔서 감사합니다."

"그래. 다음에 기회가 있겠지."

에스텔라는 어깨만 으쓱했다. 코르셋과 파니에를 두른 폰티악 백작을 보면 두려움도 한 번에 깨어져 나가지 않을까 싶었지만, 아직 소심한 소녀에게는 이를 수도 있었다.

5.

아롤드 남작부인은 활달한 모험가였으며, 언제나 혁신을 사랑했다. 에스텔라가 승마복을 바지로 만들어 입고 나타났을 때에 눈을 빛내며 그날로 리디아에게 주문을 넣은 것은 그녀가 승마를 세상에서 가장 사랑하는 사람이기 때문도 하지만, 새로운 일을 시도하는 것에 거침이 없는 사람이기 때문이기도 하다.

그렇다 해도 이건 좀 너무한 게 아닐까?

티파티는 중정에서 열리고 있었다.

천 년 세월 동안 여러 차례의 증축과 개축을 거친 본궁 사이사이에는 이런 작은 뜰이 여러 개 있었다. 그중 아롤드 남작부인이 선택한 것은 주로 연회가 열리거나 알현이 있을 때에 이용되는 중앙 건물과 유력 가문의 주인들이 휴게실로 이용할 수 있도록 여러 개의 개인실을 배치한 서쪽 건물 사이의 제법 큰 중정이다. 건물끼리는 층마다 회랑으로 연결되어 있어서, 짬을 내어 일부러 바깥 공기를 쐬려는 관료가 아니라면 평소에는 오가는 사람이 거의 없는 장소였다. 큰 연회가 좀처럼 열리지 않는 요즘에는 더 그랬다.

에스텔라가 당도했을 때에는 로비에서부터도 그 중정의 시끌벅적함이 귀에 들어왔다. 사람이 놀랄 만큼 많이 바글거렸다. 어떻게 봐도 티파티의 규모가 아니었다.

'대연회잖아, 거의?'

에스텔라가 생각했던 것은 고작해야 10여 명이 모여 앉아 옹기종기 수다를 떠는 것 정도였다. 이렇게 크게 일을 벌일 생각이 아니었던 에스텔라는 난감해졌다.

자리도, 테이블도, 티 웨어도 모자랄 텐데. 그러나 아롤드 남작부인은 쉽게 문제를 해결했다. 기다란 테이블을 여러 개 가져다 놓고, 얼음을 채운 유리잔에 따른 아이스티를 늘어놓아 손님들이 직접 가져가 마시게 한 것이다. 티푸드로는 말린 과일을 군데군데 쌓아 놓았다. 의자는 아예 없었다.

이것도 엄청난 무리가 들어가긴 했을 것이다. 그러나 준비 불가능한 정도는 아니었다. 말린 과일은 창고를 열어 조달하고, 실제로 준비할 것은 차와 얼음뿐이었다. 격식도 뭣도 없었으므로 손님들은 서성거리며 잔을 집어 들었다. 얼음은 값비싼 것이므로 그것만으로도 사실 접대에 충분하긴 했다.

"황후 폐하."

"어머나, 황후 폐하. 가장 맑은 수원과 태양의 축복이 함께하시길."

평소처럼 혼자 몸으로 가볍게 들어왔기에, 사람들이 그녀의 존재를 눈치채는 데에는 약간의 시간이 걸렸다. 인사하며 무릎 꿇는 이들이 파문처럼 퍼져 나갔다. 6년이 지나도 이것에만은 도저히 익숙해지지 않아, 에스텔라는 가볍게 손을 내저었다.

"세베르이나의 축복이 함께하시길. 모두 일어나세요. 여름이라서 시원한 음료를 준비시킨 것뿐이니까요."

중정의 상황을 눈으로 훑어 확인하고 에스텔라는 그렇게 말했다. 장소가 장소이다 보니 정식으로 초대받아 온 귀부인들만이 아니라 오가던 관리나 외부인들까지도 한 잔씩 받아 들고 축복의 말을 외쳤다.

"황후 폐하께 여신의 축복이 함께하시길!"

"여신의 빛이 함께하시길!"

큰 외침이 중정을 쩌렁쩌렁 울렸다.

적당히 여기저기 인사를 건네고 그녀는 황급히 아롤드 남작부인을 찾았다.

"비이, 비이!"

그러나 그녀와 먼저 마주친 것은 아롤드 남작부인이 아니라 퀘시 후작부인이었다.

"제국의 호수를 뵙습니다, 황후 폐하."

그녀는 슈미즈 가운처럼 흘러 떨어지는 형태의 간소한 옷을 입고 있었다. 이것은 재킷과 슬랙스가 유행하면서 코르셋을 벗은 여자들이 퍼뜨린 새로운 애프터눈 드레스였다. 예전 퀘시 후작부인이 여자들만의 과자 굽기 파티에서 유행시켰던 얇고 편안한 옷에서 옷감을 두껍고 고급스러운 것으로 바꾸고 스커트에 약간의 라인을 넣어 좀 더 외출복답게 만든 것인데, 바지를 입기는 부담스럽고, 파니에 없는 보통 드레스는 하녀나 평민의 옷 같다고 느끼는 숙녀들의 간편복으로 많이 쓰였다.

"후작부인께서도 오셨군요. 그냥 잠깐 본궁에서 차나 한 잔 마시자는 거였을 뿐인데 일이 커져서……."

"어떤 목적으로 초대장을 보내셨는지는 안답니다. 드레스코드가 바지였던 걸 보니."

그녀가 소곤소곤 말하며 웃었다.

"황후 폐하께서 본궁에서 여시는 파티는 흔하지 않으니까요. 초대장의 자격이나 조건도 까다롭지 않고. 바지가 없는 사람은 급하게 구해서라도 입고 오려고들 한다던데, 황후 폐하께서 설마 그렇게까지 엄격하게 옷차림새를 따지시지는 않을 것 같아서 그냥 왔답니다. 괜찮지요?"

"그럼요. 그냥 편안하게 모이자는 의미에서 그렇게 한 것이니까요."

"그러실 거라 생각했습니다."

그런 이야기를 하면서 에스텔라는 주위를 둘러보았다. 파티에 참석한 귀부인들은 대부분 승마복 차림이었고, 퀘시 후작부인의 말처럼 일부는 어디서 급히 찾아 입고 온 것처럼 사이즈가 맞지 않거나 어울리지 않았다. 후작부인과 비슷한 연령대의 부인들 중에는 딸들의 손에 이끌려 온 듯 내키지 않은 얼굴로 그녀처럼 간편한 옷을 입은 경우도 있었다.

"오셨어요, 황후 폐하?"

아롤드 남작부인이 나타났다. 환한 얼굴에 생글생글 웃음 짓는 표정이 몹시 즐거워 보였다.

"특이한 파티를 생각해 냈네. 처음부터 이렇게 할 계획이었어?"

"단시간에 준비해서 사람을 많이 대접하려면 어쩔 수 없었어요. 제가 특이하게 생각해 낸 건 아닙니다. 폐하의 디저트 파티를 흉내 낸 것뿐이죠. 먹을 게 아니라 마실 거지만. 괜찮지요?"

"파티 자체는 내가 보기에는 괜찮아 보이는데, 또 유난 떨면서 이상한 걸 하는 여자라는 말을 듣겠어."

"이미 들으실 만큼 들으신 데다가, 오늘 황제 폐하께서 하신 일로 이미 돌이킬 수 없을 텐데요. 이 정도쯤이야."

"아니, 그건 내가 한 일이 아닌데."

"황후 폐하의 입김이 들어가 있는 일이잖아요."

"그런 적 없어. 치안대 보조원 제복 문제를 좀 긍정적으로 생각해 보셔라, 하고 말하긴 했지만."

그러고 보니 그 화제에 미진하게 반응하는 클레오르에게 한번 입어 보면 왜 바지 제복이 필요한지 알게 될 거라고 말하긴 했었다.

"그걸 보통은 입김이라고 하지요."

"바지 제복을 만드는 문제도 아니고, 회의에 참석한 중신들에게 코르셋을 입히는 게?"

아롤드 남작부인이 "으음." 하는 소리를 냈다. 퀘시 후작부인이 웃으면서 말했다.

"청순하면서도 아름다운 드레스를 값싸게 만들어 입고 우아한 미소를 지은 채 아이 다섯을 안고 가만히 앉아 있을 게 아니라면 뭐라고들 말을 했을 테니 신경 쓰지 마세요."

"네."

대답해 놓고 에스텔라는 웃어 버렸다.

"어차피 이미 미움받고 있긴 하죠."

가죽 바지를 입은 채 성검을 들고 대중의 앞에 나가 남자를 때렸을 때부터 이미 그녀의 평판은 돌이킬 수 없었다. 하물며 드레스코드가 바지인 연회를 작은 티파티도 아니고 이렇게 큰 규모로 열어 버렸으니 말이다.

그러나 이 많은 여자가 바지를 입고 공적인 장소에 모인 것만으로도 충분히 의미는 있었다.

그때 클레오르가 로비로 나왔다.

시선을 잡아끄는 미모는 나이가 들어도 변함이 없었다. 움직이는 것만으로도 주목을 모으고 넓은 공간에 발을 들인 것만으로도 알아챌 수 있는 존재감이 있다. 용모는 만났을 때와 달라진 부분이 거의 없지만, 나이가 들수록 오히려 그 존재감 쪽은 커지는 듯도 싶었다. 그것이 위엄을 몸에 익혀 가기 때문인지, 권력이 자연히 그렇게 만드는 것인지 에스텔라로서는 알 수 없었다. 그저 확신할 수 있는 것은.

'괜찮네, 내 남편.'

공식석상에 같이 나설 때에는 옆에 서 있으니 좀처럼 보이지 않는 부분이었다.

정이 드는 게 무섭긴 무서웠다. 옛날엔 멋진 척한다고 꼴불견이라는 생각을 종종 했는데 이제는 흐뭇했다. 남자는 얼굴보다 성품이라든가 미남과 결혼해 봐야 3년이면 다 똑같다고 하는 건 다 어린 여자애들을 달래기 위한 거짓말이 틀림없다. 잘생긴 게 최고였다.

분분히 사람들이 무릎을 꿇었다. 클레오르가 그녀 쪽으로 똑바로 다가오며 온 얼굴에 환한 미소를 지었다. 에스텔라는 그 미소의 의미를 정확하게 이해했다. 칭찬해 달라는 의미였다.

'응?'

그녀는 의아하게 생각했다. 클레오르가 곁으로 다가오면서 그녀의 한 손을 잡고, 다른 팔로 허리를 감았다.

"어서 와."

"아침에 봐 놓고 뭘 또 한 50년 만에 본 사람 같은 얼굴을 하고 있어요?"

입술에 키스하려 들어서 에스텔라는 뺨을 내밀며 대답했다. 보드라운 감촉이 뺨에 아쉽게 닿았다가 쪽 하는 소리를 내고 떨어졌다.

"예상치 못한 시간에 예상치 못한 장소에서 그대를 보니까 반가운 게 당연하지."

"으음."

"본궁에서 파티를 한다기에 1시간 만에 준비할 수 있나 했더니, 이렇게 하면 불가능하지는 않군. 생각 잘했어. 괜찮은데? 이런 것도."

"욕 많이 먹고 있을 거예요."

"관리들에게는 호평이야. 욕할 만한 사람은 자기 집무실이나 휴게실에 박혀서 나오지 못하고 있을 거고."

에스텔라는 킥 웃었다.

"아롤드 남작부인에게 맡겼더니 이렇게 되었네요. 전 그냥 일고여덟 명 모여서 수다나 떨 줄 알았는데."

"그래? 그대가 좋아서 일부러 일을 크게 벌인 줄 알았더니."

"좋아서?"

"기다리고 있던 거잖아."

뭘? 하고 에스텔라는 고개를 갸웃했다. 클레오르가 반대로 고개를 갸웃했다.

"남자들이 코르셋 입은 걸 구경하러 온 게 아니었어?"

"아니. 구경하러 온 게 맞긴 하지만요. 제가 왜 그걸 기다렸다는 거예요?"

"그대가 이를 갈았었잖아. 한번 입어 보면 싹 다 입을 다물 거라고."

알아서 기었는데, 하고 클레오르가 덧붙였다.

오해입니다.

에스텔라는 마음속으로만 중얼거렸다. 생각해 보니 그렇게 말하면서 화를 냈던 것 같기도 했다. 클레오르가 처음에 쉽지 않을 거라고 영 미적지근한 반응을 보이는 게 신경질이 나서.

"설마, 내가 당신한테 입힐까 봐 딴 사람을 희생양으로 삼은 거예요?"

"아니. 그대 말대로 직접 경험해 보는 것이 제일 빠르게 필요성을 이해하는 수단이 될 거라고 생각했을 뿐이야."

그런 면이 없지 않아 있었으나 클레오르는 안면 몰수하고 정색했다. 에스텔라가 가볍게 어루만지고 있던 옆구리를 꾹 꼬집었다.

"윽."

클레오르가 낮게 신음했다.

황제 부부가 다정하게 소곤거리는 모습에 호기심 어린 시선이 이리저리 꽂혀 왔다. 꼬집히고서도 굴하지 않고 클레오르가 다른 한 팔을 마저 에스텔라의 허리에 감아 아예 껴안았다.

"다 보고 있는데 이러지 좀 마요."

"뭐 어때? 다들 보고 있는데도 이러는 게 아니라 다들 보니까 보란 듯이 이러는 거야."

"그러니까 그게 좀 그렇잖아요."

에스텔라는 그의 팔에서 벗어나려고 낑낑거렸으나 깍지 끼고 있는 클레오르의 손아귀 힘은 강철 같았다. 그렇다고 이 와중에 정강이를 걷어찰 수도 없고, 그렇게까지 거절할 이유도 사실 없긴 했다. 좀 쪽팔려서 그렇지.

이제 곧 회의 시간이었다.

페도시 백작은 5시 15분 전에 이를 악물고 자리에서 일어섰다. 감시하는 사람이 따로 있는 것도 아니니 코르셋과 파니에를 둘 다 풀어 놓고 있었다. 그러나 회의실로 가려면 그것을 도로 착용해야만 했다. 황명을 거역했다는 말을 듣지 않으려면 말이다.

황제는 권력자로서 한창 전성기였고, 정통성과 군사력을 한 손에 쥐고 신전까지 짓밟고 있었다. 냉정한 이성이 아무런 이익이 없다고 외치면서 그의 분노에 걸려 있는 고삐를 힘껏 잡아당겼다. 마음 같아서는 반역이라도 하고 싶지만, 결정적인 잘못을 저지른 것도 아닌데 모욕을 조금 당했다고 해서 덤빌 수는 없지 않은가.

결국 그는 한숨을 내쉬었고 코르셋을 입었다. 벗기는 것에는 능숙했으나 자기가 입는 것은 처음이었으므로 몇 차례 실패를 거듭한 끝에 보좌관을 불러들였다.

"이거 좀 당겨 봐."

그의 보좌관도 입히는 게 서투른 것은 마찬가지였다.

"어윽, 억!"

억눌린 비명을 질러 가며 그는 겨우겨우 코르셋을 입었다. 원래부터 살집 두툼한 몸이라 준비된 코르셋이 작았다. 끈을 최대한 길게 뽑았지만, 최소한으로 착용하려고 해도 상당히 조여야만 했다.

그때까지도 그는 중정에서 벌어지고 있는 파티에 대해서 몰랐다. 평소에 귀를 닫아 놓고 사는 사람은 아니었다. 그러나 코르셋과 파니에의 충격이 너무 커서 휴게실에 내내 혼자 처박혀 있었고, 소식을 알리러 오는 사람도 들이지 않았던 탓이다.

"백작님, 백작님."

보좌관 중 하나가 뒤따르며 불렀지만, 그는 듣기 싫다고 고개를 내저으며 귀족이라고 말할 수 없을 정도의 언사로 내뱉었다.

"다 꺼져."

보좌관에게라고 이 몰골을 보일 수 있겠는가. 그는 정말 필요 최소한인 한 명만 남기고 나머지는 물러가라고 고함을 쳐서 내쫓고 서둘러 회의실로 향했다. 가는 길에 필리스 백작과 밀란 백작을 마주쳤다. 셋은 서로 수줍은 처녀처럼 모르는 체하고 바닥만 쳐다보며 줄지어 걸었다.

평소 같으면 회랑으로 갔을 것인데, 굳이 중정으로 돌아간 것은 사람이 그쪽에 더 없으리라고 생각했기 때문이다.

그렇게 해서, 결국 파티장에 들어서고 만 것이다.

"아."

페도시 백작이 현기증을 일으켰다.

사람의 시선을 좀 받은 정도로 호흡곤란을 일으킬 새가슴은 아니었다. 그러나 극심한 충격으로 인해 숨을 제대로 쉬지 못하고 그는 결국 쓰러지고야 말았다.

쿵!

예상치 못한 일이라서 아무도 그를 붙잡아 주지 못했다. 거체가 바닥에 무너지자 소리가 요란했다.

그 소리에 사람들이 돌아보았다. 남몰래 뒤돌아서서 다시 사람 없는 길로 빠져나갈 기회도 사라지고 말았다. 집중된 시선 속에서 필리스 백작과 밀란 백작은 얼굴이 새하얗게 되어서 입만 뻐끔거렸다.

아롤드 남작부인은 이럴 때에 어떻게 말해야 더 효율적인 타격을 입힐 수 있는지 알고 있었다.

"하여간, 남자들이란 심약해서."

쯧쯧, 하고 그녀가 혀를 차는 소리를 덧붙였다. 그 뒤를 따라 소녀들이 까르르 웃는 소리가 하늘을 짜랑짜랑 울렸다.

회의는 얼렁뚱땅 취소되고, 중정의 파티는 웃음바다로 마무리되었다.

코르셋을 착용하고 쓰러진 귀족이 셋이나 되었기에 에스텔라는 약간 죄책감을 느꼈다.

"아무리 그래도 나이 지긋하신 어르신도 여럿인데 너무 심했던 게 아닐까?"

"13인치로 만든 것도 아니고, 기껏해야 1-2인치 줄였을 거 아니에요. 고작해야 그거 가지고 연약하게 쓰러질 줄 누가 상상이나 했겠나요?"

"또 모르죠. 페도시 백작님은 공공연하게 허리 17인치 이상의 여자는 여자가 아니라고 떠들고 다니셨는데, 본인의 허리는 거기까지 조이지 못한다는 사실에 충격을 받으셨을지도."

연달아 빈정거림이 여기저기에서 터졌다.

물론 불만을 가진 남자들도 적지 않았다. 아무리 그래도 연배도, 신분도 있는 일가의 주인들인데 이렇게까지 모욕을 주어도 되느냐는 것이다. 그러나 이렇게 많은 여자들 앞에서 대놓고 말하지는 못했다.

그리고 이유가 무엇이든 간에 여자처럼 혼절하여 쓰러진 것은 페도시 백작으로서도 결코 변명할 수 있는 일이 아니었다.

개중에는 오히려 코르셋을 마음에 들어 하는 사람도 있었다.

"10년 만에 처음으로 제 배가 납작해지는 것을 봤습니다."

40대 중반을 넘어선 아드리안 자작은 유쾌하게 웃으며 그렇게 말했다. 그는 밀란 백작의 인척이라 이 일에 끼어 호된 꼴을 겪은 셈이고, 그 자신은 별반 보수적인 성품이 아니었다. 그는 파니에를 벗는 것을 허락받고 나서 아무렇지도 않게 코르셋 위에 예복 재킷을 걸쳐 입은 채로 파티에 끼어들었다.

"훨씬 옷태가 살지 않습니까?"

그는 몸매에 관심이 많았기 때문에 어깨에도 적당한 수준의 보형물을 넣은 재킷을 입고 있었다. 클레오르는 쓴웃음을 지었다.

"운동을 하지 그러나?"

"그게 어디 만만한 일이어야지 말입니다. 운동을 한다고 해서 누구나 다 페하나 발터 경 같은 몸매를 가질 수 있는 것도 아니고."

그가 클레오르의 곁에 서 있는 기사를 가리키며 그렇게 말했다. 그 말이 끝나기가 무섭게 주위에서 여자들의 시선이 발터 경에게 꽂혔다.

그는 제국 기사단에서도 첫손가락에 꼽히는 실력자로, 이제 40대였으나 이런 평가하는 듯한 시선에는 얼굴을 붉히지 않을 수 없었다. 실력을 평가당할 때와 몸매 이야기는 또 다른 문제였다. 후배들로부터 몸을 잘 다스렸다고 부러움을 사기는 했으나 여자들한테 허리가 늘씬하다느니 어쩌느니 하는 소릴 듣는 건 평생 처음이었다.

414

클레오르가 손을 올려 에스텔라의 눈을 쓱 가렸다.

"보지 마."

"발터 경을 내가 처음 보는 것도 아니고요."

"의식하고 보면 안 돼. 보고 싶으면 나를 보면 되잖아."

에스텔라는 푸흡 웃었다.

"아니, 그거랑 그거랑 같아요? 원래 좋은 건 여러 가지 있어도 돼."

손가락이 쓱 입술 사이로 들어와서 막았다. 클레오르가 뒤에서부터 에스텔라의 허리를 끌어안아 들어 올려 180도 돌려서 내려 놓았다. 자기 몸으로 그녀의 시야를 차단할 수 있도록 말이다.

"나 참. 눈요기하자는 것도 아닌데."

"하려고 했잖아."

"걱정 말아요. 난 얼굴파라서."

그리고 클레오르의 표정이 풀어지기 전에 덧붙였다.

"그렇다고 눈이 즐거운 걸 사양하고 싶진 않죠."

"난 안 그래."

"폐하 의견 안 물어봤어요."

"나는 안 그러냐고 물어보려고 했잖아."

에스텔라는 픽 웃었다. 발터 경에게 이만 물러가도 좋다고 클레오르가 말했다.

"알았어요. 뭐어, 얼굴로 보나 젊음으로 보나 발터 경보다는 폐하가 월등하죠."

"진심이 안 느껴져."

그렇게 의미 없이 실랑이를 하고 있는데, 알리시아가 식은땀을 흘리는 남편의 팔짱을 끼고 다가왔다.

"가장 맑은 수원과 태양의 영광이 함께하시길, 황제 폐하."

"여신의 축복이 그대들에게 있길. 모디스 백작은 빨리 돌아갔을 거라고 생각했는데."

"저는 황후 폐하께 전해 드려야 할 말씀이 있어서요. 아이들도 아직 피엘라궁에 있고요."

"모디스 백작이 함께 아이를 데리고 가려고 남다니 별일이군."

"그러기로 했습니다."

백작이 공손하게 눈을 내리깔았다. 코르셋은 이미 풀어 줬을 텐데, 기가 죽은 모습이었다.

"언니, 이거 받으세요."

알리시아가 예쁜 꽃이 그려진 푸른색 봉투 하나를 주었다. 에스텔라는 고개를 갸웃했다.

"피엘라궁은 제가 다 정리하고, 황자님이랑 애들도 유모들한테 다 맡겨서 자기 잠자리로 보낼 테니 오늘은 이제 신경 쓰지 말고 두 분이서 파티 끝까지 남아 계세요."

"응? 아니, 괜찮아. 티파티라서 이제 끝물이고."

"이제 술이 나오고 있는데요?"

완전히 신이 난 아롤드 남작부인이 샴페인을 박스째 중정으로 내오게 하고 있었다.

"휘유. 웬일이야, 에스텔라?"

"제가 내오라고 한 거 아니에요. 허락만 해 달라고 하더군요. 아롤드 상단의 창고를 털었다고 그래요."

"하긴, 아롤드 남작가의 재력이면 샴페인 몇 병쯤이야 문제없겠지."

알리시아가 방긋 웃었다.

416

"저는 돌아가는 게 좋을 것 같아요. 남편도 기운이 없고, 아이도 데리고 가야 하니까요."

"응, 그래."

"언니랑 폐하께서는, 오늘은 황자님들 생각하지 말고 천천히 즐기다가 가세요. 언니, 그 봉투는 이따 들어갈 때 열어 보세요. 꼭 들어갈 때 열어 보셔야 해요."

"그래. 고마워. 오늘 수고했어."

뭐가 들어 있는지 궁금했지만, 에스텔라는 꾹 참고 알리시아를 전송했다.

클레오르가 그녀의 어깨를 안은 채로 테이블 쪽으로 걸음을 옮겼다. 아롤드 남작부인이 환하게 웃으며 목이 긴 술잔 두 개를 각각 클레오르와 에스텔라에게 받들어 올렸다.

"아 참, 황후 폐하는 임신 중이시니 안 되죠."

"포도 주스나 줘."

"자아, 여기. 그리고 폐하께서 한 말씀 해 주셔야지요?"

"그러지 않으면 큰일 날 분위기인데? 대강 다들 술잔 받았나?"

"예!"

파티장의 절반은 이제 남자였고 나머지 절반은 편안한 옷을 걸친 여자였다. 우렁찬 외침이 클레오르의 물음에 답했다.

"이런 분위기도 나쁘지 않군. 갑작스러운 모임이었지만, 황후가 모두 편안하게 즐길 수 있기를 바라고 연 파티이니 모두 절제를 잃지 않는 수준에서 마음껏 놀다 가길 바라네."

"예!"

마지막은 역시 이것이다. 클레오르는 잔을 에스텔라에게 맡겨 놓고 샴페인 병 하나를 집어 흔들었다.

"진짜 하는 거예요?"

"신성력은 이렇게 쓰는 거지."

그가 하늘을 향해 샴페인 병을 터뜨렸다.

수원에 기반하는 세베르이나의 신성은 물만이 아니라 술과도 궁합이 좋았다. 황금색 샴페인이 신성력의 푸른색과 뒤섞인 채 분수처럼 부풀어 올라 끝없이 솟구쳤다가 중정 전체에 비처럼 쏟아졌다.

와아아아──!

환호성이 올랐다. 신성력을 접할 기회가 잘 없는 관리나 하급 귀족들이 그것을 받아 마셨다.

에스텔라는 중얼거렸다.

"별로, 아무 효과도 없잖아요, 이거?"

"효과가 왜 없어? 분위기를 내잖아."

클레오르가 태연하게 대꾸하며 웃었다. 그리고 샴페인 방울이 떨어진 에스텔라의 입술에 자기 입술을 얹어 빨아 마셨다.

6.

파티는 평소의 무도회처럼 자정 넘어서까지 오래 이어지지 않았다. 춤과 음악도, 도박도 없고 의자도 없으니 술과 이야기만으로는 그렇게 긴 시간 서서 파티를 계속하기는 어려웠기 때문이다.

에스텔라는 대개 일찌감치 퇴장하는 편이었지만, 이날은 평소보다 늦게까지 자리를 지켰다. 옷차림이 간소해서 피곤하지 않았고, 알리시아가 아이 걱정도 하지 말라고 몇 번이나 말한 덕분이었다. 좋은 자리였으므로 그녀도 일찍 퇴장하고 싶은 기분은 들지 않았다. 그래서 둘이 퇴장한 것은 파티가 거의 끝날 무렵이었다.

달이 높이 올라와 있었다. 호위도, 시종도 없이 둘은 천천히 피엘라궁까지 팔짱을 끼고 걸었다.

"샴페인도 한 잔 할 수 있었으면 좋았을 텐데요. 그것도 맛있을 것 같던데."

"맛있었지."

"놀려요, 지금?"

에스텔라가 눈꼬리를 치켜들었다. 아예 맛도 보지 못했으면 덜 억울했을 것 같은데, 클레오르의 입술을 통해서 향긋한 냄새만 맡아서 더 아쉬웠다.

"그러지 않아도 먹고 싶은 거 못 먹어서 힘든데."

첫 아이를 제외하고 에스텔라는 입덧을 그렇게 심하게 하지는 않았다. 크리스 때에는 오히려 끝없이 먹고 싶어서 큰일이었다. 먹는 입덧이라는 것도 있다고 들었지만, 울렁거리거나 구토감이 있지는 않았다. 그저 먹고 싶었을 뿐이다. 당 섭취는 적당히 하라고 주치의와 시녀가 양옆에서 눈을 부라리고 감시했었다. 지금도 그건 마찬가지였다.

"조금만 참아."

"당신이 내 입장이어 봐요. 조금 참으라는 말이 그렇게 쉽게 나오나. 넷째는 절대 없어요."

"……또 아들이면 어쩌지?"

"어쩌긴요. 당신이 승리자 취급을 받겠죠. 넷째 낳잔 말만 하지 말아요. 얘도 각오 없이 생겨 가지고 얼마나 당황했는데."

클레오르가 염치없이 웃었다. 에스텔라가 눈을 흘겼다.

"애들은 자고 있겠지?"

"지금이라면 업어 가도 모를걸요. 잠깐 얼굴만 보고 가죠."

"좀 아쉽긴 하네. 파티도 재미는 있었지만, 애들 보는 재미도 있는데."

"앞으로 10년은 남았으니까요. 에단은 착하니까 열여섯 살이 되더라도 엄마의 파티에 기꺼이 참석해 주겠죠."

클레오르가 잠깐 말이 없었다. 에스텔라는 미리 엄하게 경고했다.

"그때까지 둥개둥개할 생각 말아요. 당신 요새 보면, 카이덴 후작님이 아이를 어떻게 키웠을지 짐작이 갈 정도니까."

"아무 말도 안 했어."

"목적이 '엄마를 슬프게 하지 마라.'든 '언제까지고 내 귀여운 자식으로 있어라.'든 난 반대니까 말이에요. 일단 전자는 거짓말이 될 거고. 이럴 거면서 계약 갱신 여섯 번 하고 은퇴하자고 그런 거예요? 열여덟 살짜리 아들을 어떻게 떼 놓고 은거하러 가시려고?"

"음. 지금 생각해 보니 열여덟 살은 좀 어린 것 같긴 해."

"에단은 잘할 거예요. 빨리 양위하라고 할 생각은 아니지만, 품 안의 자식으로 두는 건 열다섯 살까지로 족해요."

그러다 애들 비뚤어진다고 에스텔라가 웃음으로 넘겼다.

그런 이야기를 하는 사이에 피엘라궁에 도착했다.

"아."

에스텔라는 그때 알리시아가 주었던 봉투를 기억해 냈다. 잠깐 멈춰 서서 봉투를 꺼내 뜯자 클레오르가 기웃거렸다.

420

『후원으로 가세요.』

내용을 보여 주자 클레오르가 갸웃했다.

"후원에는 왜?"

"가 보면 알겠죠."

둘은 피엘라궁의 정문으로 들어가 후문 쪽으로 나갔다. 후문 앞에 하급 시녀 둘이 등불을 들고 공손히 서 있었다.

"리샤가 시켰어?"

"네, 황후 폐하. 모디스 백작부인께서 두 분이 오시면 안내하라고 말했습니다."

에스텔라는 어깨를 으쓱했다.

시녀들이 길을 안내했다. 오솔길을 따라 안쪽 깊은 곳으로 들어가자 휴식처가 나왔다.

"아."

원래 여기에 있는 작은 수반에는 더 이상 물이 나오지 않게끔 했었다. 여기까지 오는 일도 별로 없는데 낭비라고 생각했었기 때문이다. 그러나 지금은 꼭대기에서부터 쏟아지는 물이 계곡처럼 열두 개의 수반을 타고 떨어지며 졸졸졸 물소리를 냈다.

그 옆에 우아한 테이블과 의자 두 개가 놓여 있었다. 나무 여기저기에 매달린 둥근 등불이 부드러운 빛으로 공터를 밝혔다. 아직 따지 않은 살구들이 빛을 받아 하얀 구슬처럼 반질거렸다.

테이블 위에는 오늘 살구 파티에 쓰인 것과 같은 것일 온갖 디저트가 딱 한 입씩 놓여 있었다.

"당신이 시켰어요?"

"아니야. 모디스 백작부인이 당신을 위해 준비한 모양이군. 살

421

구의 날인데 한 입도 못 먹게 된 게 안되어 보였나 보지?"

클레오르가 그렇게 말하면서 테이블 쪽으로 다가갔다. 에스텔라가 받았던 것과 똑같은 봉투가 있었다.

『두 분이서 보내시는 시간이 요즘 너무 없는 것 같아서요. 제가 괜한 간섭을 했다고 생각지 마시고 하루 정도는 맛있는 거 드시고 즐겁게 보내세요.』

에스텔라는 피식 웃었다. 클레오르가 그녀의 어깨를 뒤에서 잡아 가볍게 쓰다듬으면서 웃었다.

"생각해 보니까 데이트한 지 오래되긴 했어."

새삼스러웠다.

"아침저녁으로 만날 같이 있잖아요. 새삼스럽게."

"그래도 데이트랑은 좀 다르잖아."

"다른가요?"

"다르지."

클레오르가 뒤에서부터 어깨를 잡은 채 그녀의 뺨에 입을 맞추고, 한 걸음 물러나 의자를 빼 주었다. 에스텔라는 피식 웃고 거기에 앉았다.

"어쩔 수 없죠. 7년이나 지났는걸요. 당신은 바쁘고, 애는 둘이고, 임신에 출산에 육아까지."

"미안."

괜히 클레오르가 염치없는 얼굴로 고개를 숙였다.

"아니, 당신더러 잘못했다는 이야기는 아니잖아요. 싫은데 낳은 것도 아니고. 그냥 바빴다는 거니까요. 유모가 키워 주는 거나 다름없다고는 해도, 진짜로 맡겨 놓고 방치할 수는 없으니까."

"그래도 시간을 빼려면 불가능하지 않을 텐데."

"당신은 불가능하잖아요."

그렇게 말해 놓고 에스텔라는 가볍게 덧붙였다.

"신경 쓰지 말아요. 나 어차피 게을러서 세월이 가는지 어떤지도 모르니까. 예전에도 당신이 데이트라고 하고 데려갈 때마다 좋고 나쁨을 떠나서 좀…… 민망하다고 생각할 때가 많았으니까."

"실패작이었단 말이군."

"좋고 나쁨의 이야기는 아니라니까요. 그냥 자연스럽게 있는 쪽이 좋아요. 밥도 먹고."

"간식도 먹고."

클레오르가 그녀의 잔에 음료를 따랐다. 쌉쓸한 향을 보니 약차인 듯했다.

"타르트, 당신도 반 개 먹어 볼래요?"

그리운 향기가 물씬 나는 살구 타르트를 절반으로 쪼개면서 에스텔라가 물었다. 클레오르는 미소 띤 채로 고개를 저었다.

"모처럼 먹는 건데, 내가 뺏어 먹을 수야 있나."

"몸매 유지를 하자는 것도 아닌데 의사가 만든 식단을 지켜야 하다니 무슨 난리인지 모르겠어요. 가끔 한 번씩은 이렇게 기분 전환을 해 줘야 한다니까요. 하, 내가 이거에 낚여서 당신이랑 결혼을 했는데."

에스텔라가 그렇게 말하면서 포크를 흔들었다. 그 살구 타르트는 7년 전에도 피엘라궁에 있었던 요리장이 만든 것이므로 정진정명 에스텔라가 낚였던 바로 그것과 똑같은 타르트였다.

그때보다 더 향긋했다. 요리장의 실력도 7년 사이에 늘었기 때문이다.

수반 옆에 앉아 물 흐르는 소리를 들으니 평온한 기분이 된다. 휘영청 밝은 달빛이 수반을 희게 물들이고 별빛은 쏟아질 듯했다. 나무에 묶어 놓은 등불과 정원 조경의 일부로서 관리된 살구만이 사람의 세상 같다.

고개를 젖혀 그 광경을 올려다보다가 에스텔라는 마치 그 하늘 위로 빨려 올라갈 것 같은 이상한 기분이 되었다.

클레오르가 그녀의 기분을 알아채기라도 한 듯 손끝을 톡 건드렸다가 깍지를 끼어 맞잡았다. 에스텔라는 그 손에 끌려 내려오듯이 정신을 차렸다.

"왜요?"

"그냥."

어딘가 먼 곳을 생각하는 것 같아서 그랬노라고 클레오르는 말하지 않았다.

맞닿은 손바닥 안이 따뜻해진다. 에스텔라가 손을 뒤집어 클레오르의 손이 위로 올라오게 하고는 검지로 손등을 쓱 긁었다.

"별 본 지가 언제였나를 생각하고 있었어요. 지금 생각해 보니까 원래도 별 같은 걸 의식해서 본 적이 없지만요."

"그대는 일찍 자니까."

"밤길을 다닐 일도 거의 없었고 말이죠."

그래서 그녀의 기억 속에서 가장 강렬한 인상은 성목의 숲에 흩뿌려지던 그 별들이었다.

비현실적인 풍경이라고 생각했었는데, 이렇게 보니 비현실적인 게 아니었구나 싶었다. 그저 그 모든 것이 피부에 닿을 만큼 가까웠던 것뿐이다.

대관식 날 있었던 그 모든 일들은 한순간도 남김없이 에스텔라의 기억에 새겨졌음에도, 그녀는 이따금 그 일이 꿈이 아니었나 하고 생각할 때가 있었다. 가끔은 이렇게 눈앞에 있는 클레오르조차도 현실감 없이 느껴질 때가 있다.

잠에서 깨어나 눈을 뜨면, 아버지가 물통에 물을 길어다 부으며 그녀에게 얼굴을 씻고 뒤뜰로 나오라고 말할 것 같은 착각을 한다. 세월이 가는지 어떤지도 모르겠다고 느끼면서도 그 옛날이 너무 아득하여 오히려 곁에 있는 것 같았다.

"무슨 생각 해?"

클레오르가 생살구를 하나 가져다가 얇은 껍질을 까고 나이프로 쪼갰다. 그리고 에스텔라의 입가에 가져다 댔다. 에스텔라는 호록 그것을 받아먹었다. 그리고 우물거리면서 진지한 목소리로 말했다.

"사람은 왜 이렇게 변하지 않을까, 그런 생각이요."

"그대 스스로 변하지 않았다고 생각해?"

"그냥, 그래요. 옛날에는…… 결혼하면 뭐가 바뀔 줄 알았거든요. 아니면 애가 생기면 뭐가 변하든가……. 폐하와 결혼했을 땐, 서른이 되면 인생의 절반쯤은 살았을 줄 알았어요. 이렇게 오래 같이 살 줄도 몰랐고."

"우리, 잘 지내고 있잖아."

"그냥 그때 생각에 그랬다는 이야기예요. 계약을 여섯 번이든 일곱 번이든 갱신하면 마흔이 넘으니, 그때 되면 인생을 대강 정리해서 나머지는 여생을 즐기는 시기가 될 줄 알았고."

"마흔은 이제 곧이잖아."

"전 아직 10년은 남았거든요."

에스텔라는 그에게 눈을 흘겼다.

"그래도 서른 넘으면 세상이 뒤집힐 줄 알았는데."

하지만 세상에는 변한 것이 없고, 자기 마음도 변한 데가 없다.

아이 둘을 낳고, 또 하나가 배 속에 있다. 10년이 지나면 첫째가 열여섯이었다. 클레오르는 그보다 어린 나이에 용병이 되었고, 그녀는 그보다 어릴 때부터 살림을 꾸렸다. 오티스도 한 사람 몫을 하기 시작했다.

그때가 되면 자기는 아이 엄마로서 또 달라져 있어야 할까? 그럴 것 같지가 않다.

"은퇴 후, 라고 말했었는데, 아득하네요."

18년간 후계자를 키워 놓고 은퇴하자니. 그것에 절반 가까운 시간을 달려왔어도 레일의 끝은 보이지 않고, 인생의 절반까지 왔다는 의식도 생기지 않는다. 손을 잡는 것도, 발목을 교차시키는 것도 당연해졌고, 곁에 누워 잠들고 아침저녁으로 키스로 인사하는 게 당연해질 만큼 서로에게 익숙해졌지만, 그것도 돌이켜 보면 눈 깜박할 사이였다.

"언제, 여행 갈래요?"

"언제?"

"언제든. 나야 딱히 하는 일 있는 사람도 아닌데. 폐하만 시간 내면 되죠."

"나보다 그대가 문제이지. 내가 하는 일은 정신 박힌 사람 앉혀 놓으면 누구나 할 수 있어."

"말도 안 되는 소리 하지 말아요. 그러면 아무나 그 자리 앉고 싶다고 나설걸요, 황제 폐하."

클레오르가 웃었다. 그리고 두 번째 살구 껍질을 까며 물었다.

"그런데, 어디 가고 싶은데? 그대는 여행보다 휴양 체질인 줄 알았는데."

"어디든요. 그냥 좀 새로운 곳으로 떠나고 싶더라고요. 하는 일도 많고, 세월이 간 거 같지 않은데 또 지겨운 건 지겨운 거라서. 아, 그러고 보니 일타에 가 보고 싶다고도 생각했어요. 문어 요리도 직접 먹어 보고, 산 생선도……."

"같이 가 보고 싶어?"

"혼자 가도 괜찮지만요."

클레오르가 싱글거리면서 묻는 말에 에스텔라는 흥 하고 콧방귀를 뀌며 대답했다.

"하지만 막내가 어느 정도 크기 전까지는 무리겠네요. 폐하야 앞으로도 불가능할 거고."

"아무래도 일타까지는 가기 쉽지 않지. 신분 문제야 위장이라도 하면 될 테지만. 그냥 잠깐 시간 내는 정도라면, 모나한 성은 어떨까? 단둘이 가면 열흘 정도만 시간을 내도 충분히 왕복할 수 있을 거야."

"생각해 보니, 그 성, 제 건데도 가 본 적이 없어요."

에스텔라가 미소를 지었다.

"나쁘진 않네요. 우리 둘이라면 몸 가볍게 간단히 다녀올 수 있을 거고. 보좌관들이 울부짖으며 절 원망할 것 같긴 하지만요."

"내가 있어도 울부짖고, 없어도 울부짖을 거라면 맘 편히 없는 게 낫지 않을까? 욕이라도 실컷 하라고."

"하하."

그녀가 소리 내서 웃자 클레오르가 몸을 일으켜 에스텔라에게 고개를 기울였다. 충동을 참기가 어려웠던 탓이다.

보드라운 입술에 살구잼이 묻어 있다. 그것을 가볍게 혀끝으로

핥고 아랫입술을 입술로 물어 연다. 키스는 해도 해도 질리지 않았다.

그는 에스텔라처럼 지난 세월이 없는 듯이 사라졌다고 느끼지는 않았다. 그 이전의 삶과 지금의 삶은 충만감이 전혀 달랐다. 지금을 위해서 그 이전의 28년을 살았고, 온갖 일을 겪었던 것처럼도 느꼈다.

격동을 겪었던 것으로 말하자면 예전이 훨씬 더했다. 어릴 때에는 군식구로 눈치 보며 살았고, 일찌감치 집을 나와 전쟁터에서 삶에 쫓기고, 한순간에 용병에서 황태자가 되었다. 목숨의 위협을 넘어서서 마침내 제국의 정점에 올라서서 승리를 거머쥐기까지, 음유시인이 노래로 만들어도 이상하지 않은 인생을 살았지만, 그 모든 것이 지금 이 한순간보다 생동감 있게 빛나지는 않았다.

그는 항상 욕망하는 사람이었고, 자신의 욕망을 성취해 낼 수 있으리라고 믿어 의심치 않았다. 지쳤던 적이 없었던 것은 아니지만, 그래도 언제나 그의 안에는 끓는 욕망이 있었고, 그것을 드러내고 발산하는 데에 주저한 적이 없다. 책임감이라거나 윤리의식, 인맥 안의 사람을 위하는 마음조차도 모두 결과적으로는 자기 자신을 위한 것이었다.

그리고 이제 와 생각하건대, 그 모든 욕망을 충족시킨 것은 제위라거나 영웅적인 명성이 아니라 그녀 한 사람이었다.

깊고 느릿한 키스 끝에 천천히 입술을 떼자 에스텔라가 감았던 눈을 떴다. 푸른 눈동자가 열리는 것을 그는 일종의 신비한 기분까지 느끼면서 바라보았다.

"왜 그렇게 쳐다봐요?"

"그대가 내 구원자였다는 이야기를 내가 했던가?"

"또 이런다. 느끼하니까 그러지 말아요. 뭐, 내가 제국을 구하긴 했죠."

클레오르는 웃었다.

"맞아. 그대는 제국의 구원자이지. 안 잊고 있으니 걱정 마."

"걱정 안 해요. 잊어도 별로 상관없다고요."

내 은혜를 알아라 하고 농으로는 말할 수 있지만, 정색하고 그런 말을 하는 것은 낯부끄러워서 들을 수가 없었다.

"세월이 가는지 안 가는지 모르겠다는 건, 성취감이 없어서일까?"

"글쎄요. 딱히 지루한 것도 아닌데."

"나는 그런 느낌을 받을 여력도 없거든."

아침저녁으로 모든 것이 충만하여 하루가 무의미했던 날이 하나도 없다. 쳇바퀴처럼 헛도는 회의만 하고 돌아오는 날에도 그녀를 팔에 안으면 이걸로 됐다는 마음이 들었으니까.

클레오르가 일어서서 수반에 손을 씻었다. 그러면서 평연하게 물었다.

"내년 여름은 어때?"

"내년 여름이요?"

"아까 이야기한 여행. 산달은 겨울이니까, 그때쯤에는 그대의 몸도 좀 회복되었을 것 같고."

"나는 좋아요. 당신이 시간을 낼 수 있다면."

에스텔라가 가볍게 대답했다. 그리고 클레오르가 약속한다고 말하기 전에 끼어들었다.

"약속은 됐어요. 그거 지킨다고 괜히 무리해서 사람들 고생시킬 필요 없으니까, 그냥 내년 여름 이후로 느긋하게 시간 낼 생각만 하라고요."

"그래. 알았어."

손에 묻은 물기를 털어 낸 클레오르가 제 자리로 돌아가는 대신에 에스텔라의 곁으로 왔다. 에스텔라는 의아하게 고개를 갸웃했다가 이내 괜스레 시선을 내리깔았다. 시선 속에 담겨 있는 애정도, 욕망도 농후하여 얼굴이 달아올랐다.

아이가 셋이 생겼는데도 에스텔라는 이따금 그가 어떻게 그렇게 자기를 쳐다볼 수 있는지 이해가 되지 않는다고 생각하곤 했다. 동료로서, 평생을 같이 갈 수 있는 파트너로서 자기가 그에게 적절한 사람이라는 것은 알고 있었지만, 여전히 여자로서 매혹하고 있다는 것은 잘 실감나지 않았다.

클레오르가 그녀의 옆에 한쪽 무릎을 꿇고 시선을 낮추었다. 그리고 마치 사모하는 숙녀에게 하듯이 에스텔라의 손을 끌어다가 약지에 키스했다. 그들은 둘 다 결혼반지를 끼지 않았다. 무기를 쥐는 데에 방해가 되기 때문이다. 대신에 그는 이렇게 자주 에스텔라의 약지 뿌리에 입 맞추곤 했다. 입술의 감촉이 반지 대신 남도록 말이다.

"레오, 밖인데."

그가 에스텔라의 발목을 쥐었다. 신발이 벗겨졌다. 에스텔라는 입을 막고 클레오르를 내려다보았다. 그가 에스텔라의 바지 자락 안으로 손을 넣어 검지로 비단 양말 끝을 걸었다.

"레오."

에스텔라는 그의 머리를 손으로 쓸었다. 클레오르가 스르륵 양말을 끌어 내리고 그녀의 발등에 키스했다.

그가 발목 뒤쪽의 우묵한 부분을 손가락으로 쓸었다. 에스텔라의 손가락 사이로 붉은 머리칼이 사르륵 흩어졌다. 클레오르가 그녀의 발등을 한 번 더 깨물고 고개를 들었다. 에스텔라가 두 팔을 벌렸다. 그는 기쁜 얼굴로 웃고, 일어서서 기꺼이 에스텔라를 마주 안았다. 그리고 등에서부터 엉덩이까지 훑어 내리며 가볍게 안아 올렸다.

"난 이게 정말 좋더라."

그녀는 클레오르의 목을 꺼안고 뺨을 맞대면서 웃었다. 어리광을 잘 부리지 못하는 천성에, 키가 크고 뻣뻣하고 사랑스러운 여자처럼 굴기에는 너무 강했지만, 클레오르가 이렇게 가벼운 것처럼 안아 들면 부드럽고 달콤한 여자가 된 것처럼 느껴졌다. 그리고 이럴 때에 그는 정말 자신을 그런 존재처럼 바라보았다. 믿고 자기를 맡길 수 있는 사람이 있다는 게 몹시도 행복했다.

"나야말로, 그대가 이렇게 몸을 온전히 맡겨 주는 게 얼마나 좋은지 몰라."

그가 가라앉은 목소리로 말했다. 에스텔라는 몸을 조금 떨었다. 몸이 확 달아올랐다.

그가 에스텔라의 목덜미에 입을 맞추었다. 한 번 입술이 떨어졌다가 다시 붙을 때마다 열꽃이 피었다. 에스텔라가 그의 귓불을 깨물자 걸음이 빨라졌다.

침실 주위에 대기하고 있던 시녀들이 황제에게 안긴 채로 들어오는 황후의 모습을 보고 문을 열고 소리 없이 물러났다. 클레오르는 그녀를 푹신한 침대에 내려놓으며 잡아먹을 듯이 입술을 삼켰다.

격하게 시작했지만 마무리는 부드러웠다. 황홀하도록 달콤하게 머금고 열을 나눠 주며 떨어진 입술이 다시 촉촉하게 문질러진다.

그 사이로 클레오르가 한숨처럼 중얼거렸다.

"살구향이 나."

"당신 입술에서도요."

에스텔라는 그의 아랫입술을 엄지로 문지르며 중얼거렸다. 클레오르가 입속으로 거친 말을 중얼거리며 그녀의 어깨를 밀어 쿠션 사이에 풀썩 쓰러뜨렸다.

"아기 생각해요."

"조심할게."

에스텔라는 웃었다. 그리고 그의 허리를 당겨 안았다.

외전 5.
감기

어느 날 에스텔라는 문득 새벽에 눈을 떴다. 팔다리가 무겁고 머리가 멍했다.

어제 피곤했나.

멍하게 그런 생각을 했다. 특별히 피곤한 일은 없었……. 아니, 없진 않았다. 오래간만에, 거사를 치른 날이었다. 셋째를 낳고 두 달 만이었다.

'나이가 들었나.'

달아오르기는 서로 매한가지였으니 자업자득이었다. 그래도 예전에는 겨우 이 정도로 몸이 욱신거리지는 않았던 것 같은데. 애를 셋이나 낳고 나니 역시 아무리 건강한 몸이라도 사방팔방 망가지고 있는 것 같았다.

더 회복될 때까지 참을 걸 그랬나. 그렇게 생각하다 말고 에스델라는 도리질 쳤다. 간밤의 상태를 생각하건대 그게 될 리가 없었다.

그녀는 그냥 몸을 돌려 클레오르의 품 안으로 파고들었다. 그의 어깨에 얼굴을 파묻으며 웅크리자 조금 기분이 나아지는 것 같기도 했다. 그가 눈꺼풀을 드는 대신에 에스텔라의 매끄러운 등을 어루만졌다.

"으음. 깼어?"

"응."

에스텔라는 잠투정처럼 중얼거리고 도로 눈을 감았다. 역시 머리가 무겁다. 그녀는 좀처럼 아파 본 적이 없었기 때문에, 이렇게 몸이 무겁고 머리가 아픈 증상을 한 가지밖에 몰랐다.

'생리하려나……'

그녀는 매우 규칙적으로 월경을 하는 편이었고, 출산 후에도 그 리듬이 빠르게 돌아왔다.

속옷부터 입으러 가는 게 나을지도 모르겠다. 생각은 했지만, 몸이 잘 안 움직였다. 난로가 몇 개나 피워져 있었고, 언제 갈아다 놨는지 이불 속에 뜨끈뜨끈한 탕파가 세 개나 있었지만, 역시 겨울 날씨라 그런지 몸이 오한으로 부르르 떨렸다. 아무것도 입지 않은 맨몸이었고.

"왜 이렇게 뜨거워? 부족해?"

클레오르는 둥실둥실한 듯한 좋은 기분을 느끼면서 잠결에 한 번 더? 하고 품으로 더 끌어당기다가 번쩍 눈을 떴다. 그리고 손으로 그녀의 목덜미를 더듬었다. 식은땀으로 축축했다.

"몸이 왜 이래?"

"……내 몸이, 뭘요……?"

에스텔라가 칼칼한 목소리로 대답했다. 클레오르의 손이 그녀의 이마와 뺨을 번갈아 짚었다.

"완전히 불덩이잖아."

"……불덩이요?"

목소리가 잔뜩 갈라졌다. 좀 아팠다. 고작해야 그거 소리 질렀다고 이렇게까지 목이 아픈가, 하고 에스텔라는 생각했다.

"열이 난다고. 기다려 봐."

클레오르가 일단 신성력을 끌어 올려 에스텔라의 머리끝부터 발끝까지 부었다. 푸른 치유 마법이 전신을 쓸고 지나갔다. 살짝 시원한 듯한 기분 좋은 느낌이 들었지만, 오래가지는 않았다. 에스텔라는 할딱거리면서 그의 손목을 잡았다.

"기다려. 금방 올 테니까."

클레오르는 침대에서 빠져나가 서둘러 가운을 걸쳤다. 그리고 설렁줄을 당겨서 사람을 부르고 물컵을 가져왔다.

"일으켜 줄게. 마실 수 있겠어?"

"……어지러워요……."

억지로 일으키려 하는 그의 손 아래에서 그냥 늘어지면서 에스텔라가 중얼거렸다.

클레오르가 입에 물을 머금고 그녀의 입술에 입을 맞췄다. 미지근한 물이 목으로 넘어가자 아픈 목이 조금 나아진 것 같기도 했다.

"어디가 안 좋아? 젠장, 신성력이 있으면 뭘 해. 정작 필요할 때에 잘 듣는 법이 없는데."

클레오르가 다시 한 번 그녀에게 치유 마법을 시전하면서 낮게 내뱉었다.

시종이 문을 두드렸다. 에스텔라는 죽을 것 같아서 말도 하지 못하고 그냥 고개를 돌려 늘어져 버렸다. 클레오르가 소리를 질렀다.

"의사를 불러와!"

피엘라궁이 뒤집어졌다.

"감기입니다."

다급한 부름에 행여 황후에게 무슨 일이라도 생겼는가 싶어 허겁지겁 달려온 주치의는, 진단 3분 만에 한숨 섞인 목소리로 말했다.

"감기?"

40도에 가까운 고열이라면 아무리 성인이라도 걱정해야 하지만, 하도 난리를 치며 불려 온 게 아니라 끌려오다시피 연행되어 온 입장에서는 "뭐야, 심각한 것도 아니잖아?"라는 생각이 들지 않을 수 없었다.

클레오르가 불신하는 듯한 태도로 말했다.

"이렇게 열이 높은데? 치유 마법이 전혀 통하지 않고."

"신성력의 치유 마법은 대부분 외상에 듣는 것이고, 질병에는 가시적인 효과가 없습니다. 원기를 돋우어 주는 정도밖에는 하지 못하지요. 감기처럼 작은 병에는 더욱더 차도가 보이지 않습니다."

"그런가……."

"약을 드시고 푹 주무시면 저녁쯤에는 좋아지실 겁니다. 원기 회복을 할 만한 음식을 드셔야 합니다. 과로하지 마시고요."

"으음."

"출산하신 지 이제 겨우 두 달입니다. 특별한 이상은 없어도 무리하시면 안 됩니다."

"응……."

에스텔라는 이마에 얹은 물수건에 손을 대며 대답인지 신음인
지 모를 소리를 냈다.

약을 먹고 30분쯤 지나자 의사의 말대로 열이 떨어지는지 조금
의식이 돌아왔다. 에스텔라는 잠깐 잠이 들었다가 깼다. 앤시아가
몸을 닦아 주고 있었다.

"열이 떨어지면서 땀이 많이 나셨어요."

그녀가 낮은 목소리로 조곤조곤 설명했다. 에스텔라는 흐리멍
덩한 눈을 돌렸다. 앤시아가 자리를 비켰다. 대신 옷을 갖춰 입은
클레오르가 침대 가에 앉았다.

"조회에 나가 봐야 돼. 혼자 있을 수 있겠어?"

"혼자 아니잖아요. 앤시아가 돌봐 줄 건데, 뭐."

에스텔라는 눈을 감으면서 중얼거렸다.

"하녀도 있고, 의사도 있고. 저녁에 좀 일찍 들어와서 나 대신
에단하고 크리스랑 같이 밥 먹어요. 나는 이거 옮기면 안 되니
까."

그거 조금 말했는데도 입안이 말랐다. 클레오르가 그녀의 입술
을 어루만졌다.

"알았어."

그리고 일어서는데, 에스텔라가 그의 소맷자락을 잡았다. 클레
오르는 의외롭게 그녀를 바라보았다가 이내 파안했다. 에스텔라
는 스스로도 깜짝 놀라 손을 놓았다.

"가지 말까?"

"어차피 약 먹고 잘 건데……."

"아니야. 안 가도 돼."

"가야죠. 윗사람이 잘해야 아래에서도 잘하는 법인데……. 게으름 부리지 말아요."

말은 그렇게 하는데, 목소리에 기운이 없다는 걸 스스로도 알 수 있었다.

클레오르가 제일 위에 걸치고 있던 짤막한 망토를 벗어 놓고 도로 침대 옆에 앉았다. 부드러운 손길이 에스텔라의 뺨을 어루만졌다.

"안 갈게."

"가라니까요."

"안 가도 돼. 급한 일은 없고, 봐야 되는 서류는 여기에서 보면 되니까."

"옮으면 골치 아파요. 그냥 가요."

에스텔라는 그의 손을 밀어냈다. 그러나 클레오르는 재킷까지 벗고 아예 앤시아에게서 물수건을 받아 들었다.

"옮으면 같이 누워 있으면 되겠군."

"나중에 내가 보좌관들에게 욕먹어요."

"신경 쓰지 마. 내가 알아서 할게."

알아서 하긴 뭘.

그렇게 생각은 했지만, 에스텔라는 그냥 눈을 감았다. 그리고 어렴풋이 잠에 빠져들었다.

몇 시간이 지나자 의사의 말처럼 열이 전부 내렸다. 에스텔라는 몇 차례 비몽사몽간에 눈을 떴다. 그때마다 습관처럼 옆을 보았다.

438

클레오르는 몇 차례 자리를 옮겼다. 처음에는 침대 곁에 앉아 있었으나 그다음에는 아예 옆에 누워서 그녀를 안고 있었고, 세 번째로는 침대에 쿠션을 놓고 기대어 앉아 서류를 보고 있었다. 마지막으로는 테이블을 끌어다 놓고 결국 산더미 같은 서류 사이에 파묻혀 있었다.

그래서야 옆에 있는 게 아무 의미 없지 않나, 생각하면서도 에스텔라는 희미하게 입꼬리를 끌어당겼다. 그녀가 깨어난 기척을 느낀 듯 클레오르가 시선을 돌렸다.

"좀 어때? 일어날 수 있으면 점심을 먹어야지."

"일으켜 줘요."

그가 침대 곁으로 다가와 에스텔라의 팔을 잡고 다른 한 팔을 등에 받쳐 일으켜 앉혔다.

"나보다 앤시아가 편할까?"

"아니에요."

그녀는 클레오르의 팔에 이마를 기대었다. 그것을 그는 기운이 없어서 그런 것이라고 생각했다.

에스텔라는 가만히 그를 잡아당겨서 가슴팍에 얼굴을 묻었다. 가슴 안쪽이 허한 것 같았는데, 그것이 마음 탓인지 몸이 아픈 탓인지 잘 분간이 가지 않았다.

"어쩐 일이야, 이렇게 심약하게?"

클레오르가 가만히 그녀를 두 팔로 안아 주었다. 에스텔라는 한숨을 내쉬었다.

"열감기는 처음인가 했는데, 생각해 보니까 어릴 때 한 번 걸린 적 있어요."

"응."

"아버지가 생각나서요. 아프면 부모님이 생각난다더니."

그렇게 중얼거리면서 그녀는 따뜻한 품에 이마를 비볐다. 어머니가 있었을 때에는 너무 어렸으니 그다지 기억에 남을 만한 추억도 없다. 공유 의식을 통해 건져 왔던 기억에서도 마찬가지였다. 클레오르는 별반 캐묻거나 하지 않고 그냥 등만 토닥였다. 에스텔라는 눈을 감았다.

그때에는 일부러 얻은 병이었다.

아버지가 다음 날 새벽에 북으로 출정 가야 한다고 말한 전날이었다. 혹시 그녀가 아프면 안 가지 않을까 싶어서……. 일부러 두꺼운 옷을 입고 뜨거운 물이 든 가죽 주머니를 껴안은 채 이불 속에서 땀을 내다가 창문을 활짝 열어 겨울바람을 맞았다.

바라던 바가 맞아서 다음 날에는 심하게 열이 올랐다. 아버지는 출정을 포기했다. 몇몇 기사들이 문을 두드렸던 것도 기억난다. 처음에는 자주 얼굴을 보던 종기사가, 그다음에는 부관이, 마지막에는 나이 지긋한 노기사도 찾아왔었다.

아버지는 잠깐만 기다리렴, 하고 문을 닫고 나가 이야기를 나누고 돌아왔다. 아마도 빠져서는 안 될 임무라든가, 출정지의 다급한 상황을 알려 설득하려던 것이었으리라.

그러나 아버지는 가지 않고 온종일 그녀의 곁에 있었다.

서툰 손이 밤새도록 물수건을 갈았던 것을 어렴풋이 기억한다. 아버지는 죽을 끓여 주러 온 이웃집 할머니에게 애를 이렇게 될 때까지 내버려 뒀다고 몇 시간이나 혼났다.

그녀가 낫고 나서 며칠 후에 아버지는 징계를 받았다. 열흘의 근신 처분이었다. 그녀는 그저 좋아했었다. 아버지는 쓴웃음을 지었다.

그 뒤에는 더 긴 이별이 기다리고 있었다. 아버지가 빚 때문에 어려운 일을 전부 떠맡으며 고생하고 있다는 사실을 안 것은 몇 년이나 지나 어른의 사정을 이해하게 된 뒤였다.

잊고 있었다. 일부러 감기에 걸리려고 했던 것까지는 기억했지만, 얼마나 아팠는지는 잊었다.

이렇게 또 열이 오르고 보니 그때 얼마나 괴로웠는지 기억이 났다. 그래도 그것보다 집에 혼자 있는 게 더 싫었던 거구나, 하는 깨달음도.

그래도 그때와 다른 점이 있긴 있었다. 그녀의 남편은 아버지와 달리 옆에 있어 준다고 해서 인사고과에 불이익을 당할 일은 없었다.

"있잖아요."

클레오르의 등을 끌어안은 채로 에스텔라가 중얼거렸다. "왜?"라고 되묻는 다정한 울림이 몸에 직접 울렸다.

"고마워요."

"뭐가?"

"옆에 있어 줘서."

클레오르가 조금 몸을 굳혔다. 에스텔라는 또다시 한숨을 내쉬었다. 열이 오르고 입안이 말랐다. 하지만 에스텔라는 물을 달라고 말하는 대신에 그냥 클레오르의 품에 얼굴을 묻은 채로 말을 이었다.

"나 사실 결혼할 때 걱정 많이 했거든요. 외로운 것에는 지쳤으니까. 당신은 나라에 대한 책임을 우선시할 것 같은 사람이었고."

"내가 엄청 나쁜 놈처럼 보였나 봐."

"부정할 수 없네요."

에스텔라는 웃음기도 없이 그렇게 말했다.

"누굴 기다린다거나, 그리워한다거나, 빈자리를 쳐다본다거나, 그러느니 아예 그럴 상대가 없는 쪽이 나을 수도 있다는 생각을 항상 했었거든요."

"에스텔라……."

"지금은, 괜찮아요. 훨씬 낫네요. 그런 걱정이 있었던 것도, 잊어버리고 있었어요."

클레오르의 손이 그녀의 등을 도닥여 안았다. 그리고 작은 소리로 물었다.

"나는 그대에게 의지가 되고 있나?"

"네."

에스텔라는 희미하게 웃었다. 이런 때가 아니라면 맨 정신으로는 참 말할 수 없는 이야기였다.

클레오르가 잠시 그녀를 품에서 떼어 놓고 두 손으로 볼을 감싸 들여다보았다. 그리고 눈매를 접으며 미소를 지었다.

"그럼 내 바람이 이루어진 셈이군."

"바람이요?"

"결혼하기 전에."

그가 작게 헛기침하고 말했다.

"그대가 의지해 줬으면 좋겠다고 생각했었으니까."

"……그러고 보니 그랬었네요."

에스텔라는 오래전 기억을 떠올리며 대답했다. 클레오르가 다시 그녀를 감싸 안았다. 그 바람이 이 마음의 시작점이었으니, 이렇게 그녀를 안고 있는 것만큼의 기쁨은 더 없었다.

"그러니까 의지해. 필요하면 말하고, 머무르기를 원하면 붙들고. 언제나 손 닿는 곳에 있을 거니까."

"말은 잘하죠, 진짜. 결혼 전에 어디 가서 무슨 짓을 하고 다녔
는지 한번 파 보고 싶다니까."

에스텔라가 픽 웃고 눈을 감았다. 지쳤기 때문이다.

클레오르가 그녀를 다시 눕혀 주고 키스하려고 고개를 숙였다.
에스텔라가 손을 뻗어 그의 입술을 턱 막았다.

"안 돼요, 옮기면."

"같이 누워 있으면 된다니까."

"난 간호 안 해 줄 거예요. 애들 방에 가서 잘 거니까. 가서 일
하세요."

클레오르는 절망한 얼굴을 했다. 그리고 입술 대신 그녀의 뺨에
키스하고 일어나 터덜터덜 서류의 산으로 향했다.

외전 6.
기사

북부는 추운 곳이다.

몬스터 산맥은 더욱 추웠다. 단순히 북쪽의 찬바람에 지배당하는 것이 아니라 몬스터 산맥에서 불어 내려오는 산바람이 뭐라고도 할 수 없이 스산하게 사람의 몸을 얼린다. 이곳은 인간의 생존이 가능한 북쪽 한계선이었다.

산맥은 깊고도 깊어 어느 누구도 그 크기를 다 가늠할 수 없었다. 동식물은 다른 지역보다도 모두 흉포하고 덩치가 컸으며, 사슴조차 예사로 사람을 밟아 죽였다. 몬스터는 말할 것도 없다. 다른 지역과 나타나는 종류는 비슷했으나 크기나 공격성, 포악함은 전혀 달랐다.

연에 2회, 정기적으로 몬스터의 수가 불어나 남하를 시도했다. 때문에 알펜슈타인 제국은 이곳에 여러 개의 요새를 세워 방어선을 쳤다. 이렇게 천 년 동안 세워진 북쪽 몬스터 산맥의 요새들은 기사의 수련 장소이자 군병의 전사지가 되었다.

켄크 요새는 그중에서도 가장 깊은 산속에 있다.

사시사철 춥고 어두웠다. 보급은 1개월에 한 번, 필수품 외에 개인이 원하는 물품을 구할 수 있는 것은 2개월에 한 번 정도이다. 보급에 신경을 쓰는 제국 정부 덕택으로 모자라지는 않았으나 풍요롭다고 할 수도 없었다. 원하는 것을 항상 얻을 수 있다는 보장은 요새 사령관에게도 없었다. 그러니 추운 겨울밤이면 등불 하나를 켜 놓고 카드놀이로 날을 새우는 것이 주둔군 병사들의 낙이었다.

그날도 으레 젊은 기사들은 식당에서 트럼프를 돌렸다. 요즘 도는 소문에 대한 이야기도 빠지지 않았다.

"폰티악 경이 이쪽으로 전출될 거라고 하던데."

"폰티악 경? 연세 있는 분 아닌가?"

"이번에 입단 시험에 통과한 폰티악 경에 관한 이야기야."

"아하. 백작의 손자 말이지. 입단 시험을 통과할 실력이 있었나? 실력이 없어서 아카데미를 통해서 봉작되었다고 들었는데. 여기까지 와서 버틸 수 있으려나? 골치 아픈 도련님이 하나 늘겠군."

"그게 아냐. 내가 말한 건 백작의 손녀딸이라고. 황후 폐하의 시녀였던."

이야기를 처음 꺼냈던 기사가 영 소식에 어두운 동료의 이마를 툭 쳤다.

"너 너무 무식한 거 아니냐?"

"아니, 이런 데 처박혀서 4년째 살고 있는데 황후 폐하의 시녀가 누구인지 알 게 뭐야? 그런데 시녀가 기사가 되었다고? 폰티악 영애가?"

"그래. 아르투르 검술을 사사했다고 하더군."

"그게 말이 되나."

농담으로 받아들인 사람이 더 많았다. 소문을 전달한 기사가 피식거렸다.

"그러게 말이야. 놀랍게도, 순위 시험에서 우승을 해서 황제 폐하께 명검을 직접 하사받았다고 그래."

"황후 폐하가 어지간히 아끼시는 모양이지."

소문 자체가 거짓이든가, 황제가 황후의 환심을 사기 위해 우승자로 만든 모양이라고 모두가 대수롭지 않게 생각했다.

"그래서, 우승자라서 여기로 온다고?"

"그런 셈이지."

"여기에 여자가 있을 수 있나? 자기 몸을 건사할 수 있느냐 없느냐도 문제이지만, 그건 우리가 신경 쓸 문제가 아니라 치고. 보급은 어떡할 건데? 그 여자 하나 때문에 보급마차 하나를 낭비하려나?"

"위생 문제도 있지. 그거 있잖아, 그거."

"그거야 뭐, 별문제 안 되지 않겠어? 열 달 동안 안 하게 해 주면 되는 건데."

"열 달이 세 번만 되어도 복무 기간은 다 채우겠는걸."

"그것도 나라에 공헌하는 길이지."

한두 명은 눈살을 찌푸렸으나 대부분은 웃음을 터뜨렸다.

"진지하게 걱정하는 건데, 못 견딘다고 울면서 매달리면 어쩌지?"

"그건 경들이 염려할 일이 아닐세."

티소엔 크렐리디안의 목소리가 들렸다. 젊은 기사들은 기겁하여 벌떡 일어섰다.

"단장님!"

그는 제국 기사단 제8기사단장으로서 요새 사령관 바로 아래의 지위였다.

티소엔은 엄격하고 원칙주의적인 성격이었다. 남이 볼 때에나 아닐 때에나 기사도를 지키고 명예를 소중히 여겼으며, 융통성은 오로지 자기가 옳다고 생각하는 일을 할 때에만 발휘되었다. 그러니 본 적도 없는 숙녀의 명예를 더럽히는 것을 듣고 모르는 척 넘어갈 리 없었다. 하물며 그의 뒤에는 조금 전까지 험담의 주인공이었던 코델리아 폰티악이 서 있었다.

기사들은 새파랗게 질려서 슬그머니 눈치를 보였다. 티소엔은 고저 없는 목소리로 말했다.

"수하들의 잘못에 대해서 내가 대신 사과하겠네, 폰티악 경."

"……아닙니다."

이곳에 도착하기 전에도 실컷 느꼈고, 켄크 요새에 가면 더 심해지리라는 것을 각오하고 있었음에도 코델리아가 느낀 모욕감은 이루 말로 다할 수 없을 정도였다. 그러나 그녀는 그것을 드러내지 않으려고 애썼다. 표정을 노출시켰다가 더 얕보이는 상황이 되는 것을 우려했기 때문이다.

"기사의 명예는 스스로 지키는 법. 코델리아 폰티악 경, 본래 몬스터 산맥의 요새에서 허가 없는 결투는 군법으로 엄히 다스리게 되어 있으나, 경에게는 무제한으로 진검 결투를 허용하겠네."

"감사합니다."

코델리아의 얼굴이 밝아졌다. 요새의 기사들과 싸워 무조건 이

길 수 있다고 생각하는 것은 아니지만, 적어도 자기를 보호할 수 있는 수단은 생긴 셈이다.

티소엔은 거기까지만 말하고, 식당을 가로질렀다. 그는 별다른 이유가 있어서 여기까지 온 것은 아니었다. 집무실의 양초가 떨어졌기에, 직접 식당 저쪽에 있는 창고에 가서 받아 올 작정이었을 뿐이다.

코델리아는 말없이 그의 뒤를 따랐다. 보급부대와 함께 도착한 것이 2시간 전이다. 개인실을 배정받고 옷을 갈아입은 후 전출을 보고하러 왔다가, 가장 먼저 맞닥뜨린 것이 이런 취급이었다.

티소엔은 아무 말 없이 집무실로 향했다. 싸늘한 성채 안에 싸늘한 침묵이 돌았다. 티소엔 자신은 평소처럼 과묵할 따름이지만, 뒤따르는 코델리아의 모습이 지나치게 눈에 띄어 어느 누구도 섣불리 말을 걸지 못했기 때문이었다.

끼익.

오래된 나무 문이 무거운 소리를 내며 열렸다.

벽난로가 타닥타닥 타고 있었다. 티소엔은 가져온 양초를 촛대에 꽂고 불을 옮겨 붙였다. 그리고 책상 쪽으로 돌아가 앉았다.

"폰티악 경."

"코델리아라고 불러 주십시오. 성은 바뀌지 않았으나 호적에서 이미 빠졌기 때문에 더 이상 폰티악가의 사람이 아닙니다."

"그럼 코델리아 경이라고 부르겠네. 개인실은 배정받았나?"

"예."

"기사는 모두 개인실을 배정받게 되어 있으니 특별 대우는 아니야. 어떤 경우에도 경이 별도의 대우를 받는 일은 없을 걸세. 그것이 폐하의 뜻이기도 하고."

"그 뜻, 마음속 깊이 새기고 있습니다."

코델리아는 딱딱하게 말했다. 티소엔이 희미하게 미소를 지었다.

"그렇다면 됐어. 아마도 견디기 어려운 모욕과 수많은 시비가 있을 테지만, 강인하게 헤쳐 나갈 수 있으리라고 믿네."

"예. 믿어 주셔서 감사합니다."

그녀는 고개를 숙였다. 최초로 기사단 입단 시험을 통과한 여자로서, 어느 정도로 주시받고 있는지 그녀는 아주 잘 알고 있었다. 아주 조금이라도 다른 대우를 받았다가는 무슨 공적을 세워도 무시당하고, 이후 생겨날 후배들의 앞길을 막게 될 것이다.

황후는 그녀에게 너무 무거운 책임감을 갖지 말고 할 수 있는 만큼만 하라고 했지만, 코델리아는 자기가 여기사의 대표라는 각오로 임할 작정이었다. 그러니 모욕에 반격할 기회를 얻은 것으로 충분했다.

"우선 내 부관 중 하나로 임관하여 3개월 정도 이곳의 체제가 어떻게 돌아가는지 배우게 될 걸세. 직접적으로는 부관장인 빌리어트 경의 밑으로 들어가게 될 거야. 순찰이 끝나면 오라고 했으니 곧 당도하겠지. 거기 앉아서 기다리도록 해."

코델리아는 집무실의 소파에 바른 자세로 앉아 잠시 기다렸다. 티소엔이 전출 서류를 넘겨 보다가 물었다.

"켄크 요새 배속을 자원했군. 이유가 뭔가?"

"험지인 만큼 많은 경험을 쌓을 수 있으리라고 생각했습니다."

"목표가 경험이라면 확실히 이룰 수 있을 걸세. 어쨌든 시작부터 무리하는 것은 좋지 않으니 3개월은 두루 돌아본다는 느낌으로 지내보도록 해. 어느 정도가 감당 가능한 수준의 일인지 알 수 있게 될 테니. 근무일을 제외하고도 상달을 위해 절차탁마하는 모임이 몇 가지 있으니 나중에 추천해 주지. 피엘라궁의 검술연구회에는 미치지 못하겠지만, 여기에도 나쁘지 않은 세미나가 몇 개있다네."

"감사합니다."

"질문은?"

"없습니다."

요새에서의 생활에 대해서는 개인실을 배정받으면서 생활 관리 담당관에게 들었고, 업무에 대해서라면 일을 시작한 다음에야 의문이 생길 것이다.

티소엔이 짧게 말했다.

"질문이나 상담할 일이 생기면 언제든 찾아오게. 업무적으로든, 개인적으로든. 낯선 곳에서 생활을 시작하려면 여러 가지로 어려운 점이 있겠지."

"예."

그러고 나자 또다시 침묵이 깃들었다. 사락사락 티소엔이 서류를 넘기는 소리만 들렸다.

코델리아는 머뭇거렸다. 뭔가 말해야겠다는 생각이 들었다.

"크렐리디안 단장님께서는 황후 폐하의 검술연구회에 계셨던 적이 있으십니까?"

"나는 없네. 검술연구회가 생기기 전에 이곳으로 왔으니까."

"엘첸으로 좀처럼 돌아가시지 않는다고 들었습니다."

"자주 가진 않지."

티소엔이 딱히 단답으로 대답하고 있는 것도 아닌데, 오히려 더 어색해진 기분이 들었다. 코델리아는 멋쩍게 말했다.

"한번 뵈었으면 좋겠다고 에스텔라 님께서 말씀하시곤 합니다. 단장님의 실력이 이제는 당신을 넘어섰을지도 모른다는 기대도 하고 계시고요."

티소엔의 손이 멎었다.

그는 잠시 동안 아무 말도 하지 않았다. 코델리아는 그가 말하지 않는 이유를, 목소리가 나오지 않아서가 아니라 불쾌해서일 거라고 생각했다. 두 사람이 옛 친구로, 지금도 이따금 편지 교류를 한다는 사실은 알고 있다.

그저 인사로 한 이야기이지만, 어쩌면 엄격한 크렐리디안 경은 그녀가 황후의 이름을 꺼낸 것을, 연줄을 이용하려 한 것이라고 오인했을지도 모른다. 그녀는 좀 후회했다.

티소엔은 아무 생각도 하고 있지 않았다. 그가 말을 하지 않은 것은 목소리가 떨릴 것 같았기 때문이다.

12년의 세월은 그를 유망한 청년 기사에서 기사 중의 기사로 바꾸어 놓았다. 황후와의 인연은 이미 잊혀졌고, 왜 그가 엘첸으로 돌아가 근위대장이나 황궁 기사단의 고위직으로 가지 않는지에 대한 의문만이 남았다.

그럼에도 불구하고 의식적으로 에스텔라를 피했다. 엘첸으로 아예 가지 않을 수는 없었지만, 그곳에 머무를 때에도 그녀를 피하는 것은 쉬운 일이었다. 어차피 서로가 사교 활동에는 관심이 없었고, 활동 영역도 거의 겹치지 않았다. 공식적인 자리에서는 이따금 마주하는 일이 있지만, 친밀한 대화를 나눌 기회는 없었다.

몸이 멀어지면 마음에서도 멀어진다. 시간이 모든 것을 덮으리라. 그 두 가지를 믿고 지금까지 이럭저럭 지내 왔으나, 아무래도 그는 좀처럼 잊지 못하는 성격인 듯했다.

이쯤 되면 연모가 아니라 집착이 아닌가.

이제는 어쩌면 대면해도 마음이 전과 같지 않을지도 모른다. 지난 12년 동안 에스텔라도 변했을 것이다. 그가 그런 것처럼. 어찌 변했을지도 모르는 채 옛날의 자태를 그리며 마음 떨려 하는 것도 옳은 일은 아니다.

그 청명한 검기만은 변함없으리라 생각하면서도, 역시 그러했다.

그러나 세월이 그에게 다소 낯짝의 두께를 보태 주기는 했다. 약간 시간이 필요하긴 했으나, 그는 태연한 목소리로 말할 수 있었다.

"바빴으니까. 다음에 가면, 뵐 기회가 있겠지."

화가 나신 건 아니구나. 코델리아는 안심했다.

그때였다. 누군가가 문을 쾅쾅 두드렸다.

"단장님! 49번 구역에서 C급 경고가 발생했습니다."

성실한 코델리아는 이곳에 오는 길에 각급 경고에 대해서 암기했다. C급 경고는 특정 지역에 일반 군병이나 평기사로서는 상대할 수 없는 몬스터가 발견되었다는 신호였다.

"알았다. 가지."

티소엔이 일어서서 외투를 걸치고 벽에 걸린 검을 집어 들었다. 그리고 선반에 올려져 있던 작은 보따리 하나를 들어 어깨에 메고는 코델리아에게 말했다.

"경도 따라오도록."

"아, 예!"

배속된 첫날 임무가 주어지리라고는 생각지 않았지만, 코델리아는 몸을 뺄 생각은 없었다.

티소엔은 보고자에게 물러가라고 명했다. 코델리아는 단둘이 가는 건가, 하고 당황했다. 이미 해가 떨어졌는데 저 몬스터 산맥 안으로 둘이서?

"49번 구역 안에서 발생하는 C급 경고는 케알랄칸 나무의 이상 반응이라고 생각하면 거의 틀리지 않네."

"케알랄칸 나무라면…… 마녀가 나타났다는 뜻입니까?"

코델리아는 긴장하며 물었다.

몬스터 산맥 너머에는 마녀의 나라가 있다. 그런 소문이 돌기 시작한 지 3-4년이 흘렀다. 그곳으로 갈 수만 있으면 행복해질 수 있다. 그것은 하층 계급의 여자들 사이에서 흐르는 이야기였다.

공식적으로 마녀는 사라졌다. 그러나 정말로 마녀가 뿌리 뽑혔다고 생각하는 사람은 아무도 없었다.

은밀한 소문이 끊이지 않았다. 이혼한 아내를 때려죽인 남자들이 연이어 급사한 것이 마녀의 저주라는 이야기가 있었다. 밤길에 자길 쫓던 괴한이 기이한 새 소리 같은 것과 함께 사라졌다고 말하는 여자도 있었다.

그 말을 다 믿는 사람은 없었다. 태반은 출처 없는 괴담과 비슷한 것이다. 똑똑하다는 이들은 이렇게 말했다.

「이제 우다르드 일대에 어머니 나무는 없어. 마녀는 멸종 상태야. 설령 한두 명 남은 사람이 있다 하더라도 숨어 살다 죽으면 그것으로 끝이겠지. 괴담 중 일부는 진짜로 마녀의 소행일 수도 있겠지만, 글쎄, 그것 전부가?」

마녀의 나라에 대한 이야기에는 더더욱 코웃음을 쳤다.

「지난 천 년 동안 몬스터 산맥에서 마녀가 나타난 적은 없어. 마녀의 나라에 가면 행복해진다고? 그 소문만 봐도 그게 헛소리라는 것을 알 수 있지.」

그럼에도 두려움은 공평하게 사람들을 물들였다.

마녀가 나타난 것이냐는 코델리아의 질문에 티소엔이 대답했다.

"비공식적으로는."

"그러면 공식적으로는 어떻게 됩니까?"

"보고자의 착각이거나 다른 몬스터의 움직임에 케알랄칸 나무가 반응했다고 말하게 되겠지. 켄크 요새에서 파악하고 있는 142개 구간 중 38곳의 C급 경고가 동일한 의미를 담고 있으며, 나는 경에게 이에 관해 알려 줄 작정이네."

티소엔은 그렇게 말했다.

★

코델리아가 켄크 요새에 도착했을 때만 해도 아직 한풍이 부는 정도였는데, 나올 때에는 눈보라가 쳤다.

이런 날씨에 정말 나가는 건가. 요새의 망루에서는 불을 피워 멀리에서도 볼 수 있도록 위치를 표시하고, 뎅그렁뎅그렁 멀리 퍼지는 종소리를 울렸다. 코델리아는 이미 보급부대를 따라 북부로 올라오는 길에 로펜덴 요새에서 이 소리를 들은 일이 있었다. 이것은 임무를 중단하고 돌아오라는 신호였다.

둘은 도개교 앞에서 서둘러 돌아오던 순찰대와 마주쳤다.

"크렐리디안 경, 이 날씨에 나가십니까?"

"그래."

"무리하지 말고 빨리 돌아오십시오."

순찰대 기사들은 코델리아를 흘끔거리면서도 티소엔에게 오래 말을 붙이지는 않았다.

그가 토벌은커녕 순찰조차 할 수 없을 듯한 악천후에 혼자 외출하는 것은 그리 드문 일이 아니었다. 빨리 돌아오라는 것도 습관에 따라 하는 말일 따름이다. 빨리 돌아오라고 한다고 해서 그가 하러 간 일을 적당히 도중에 중단하고 돌아오는 일은 없다. 물론 염려는 진심이었다.

순찰대와 헤어져 성큼성큼 걷는 그의 뒤를 코델리아는 방설복을 여미며 따랐다. 묻고 싶은 말이 가득했으나 까마득한 상사에게 함부로 말을 걸기 어려웠다. 의문만 머릿속에서 댕글댕글 굴렀다. 상대가 티소엔 크렐리디안이 아니었다면, 이 눈보라를 틈타 그녀를 끌어내어 저 산맥 어딘가에 죽여 묻으려고 하는 거라고 의심했을 판이었다.

"눈길에 익숙해져야 할 걸세. 눈에 쌓인 산세의 모양을 익히고, 길을 찾는 법도 배워 둬."

몇 번이나 미끄러질 뻔한 코델리아의 손을 잡아 주며 티소엔이 말했다.

"물론 정해진 일과에 따라 요새 주변을 순찰하고 집단을 이루어 움직인다면 그렇게까지 할 것 없네. 길잡이 레인저와 사제가 항상 함께 배속되니까. 그러나 그렇게 해서는 10년이 지나도 몬스터 산맥을 파악할 수 없어. 공적을 세우거나 뭔가 얻어 가고 싶다면 많이 노력해야 할 걸세."

"예."

"눈 속에서만 활동하는 몬스터는 여러 종류가 있지. 흰털 콰치, 외안 바실리스크, 눈 해파리……. 운이 좋으면 스노우 드래곤 같은 것도 볼 수 있고. 그렇지만, 가장 중요한 것은 이렇게 눈보라가 치는 날에는 대다수 몬스터의 활동성이 줄어든다는 것이지."

"예."

"때문에 단시간에 산맥 깊이까지 들어갈 수 있네. 자신의 역량을 잘 파악하지 못한다면 반대로 눈이 그친 뒤에 죽게 되겠지."

이것은 사적인 질문의 영역에 속하는 것일까, 하고 고민했으나 코델리아는 궁금한 것을 묻기로 했다.

"단장님께서는 눈 속에서 나타나는 몬스터를 상대하기 위해 이렇게 눈보라 속을 돌아다니십니까?"

"그런 목적도 있고."

"모든 종류의 몬스터를 상대해 보겠다는 목표를 세우셨다고 들었습니다."

티소엔이 잠깐 입을 다물고, 한 박자 쉰 후에 되물었다.

"그렇게 말씀하시던가?"

"예? 아, 예."

'누가'라는 부분이 빠진 질문이었으나 코델리아는 곧 알아들었다. 티소엔이 씁쓸한 웃음을 지었다.

"터무니없는 어린 시절의 목표였지. 몬스터는 정해진 종이 아니지 않나. 때와 상황에 따라 언제든지 새로운 형태가 나타나니까, 그 목표를 이루는 것은 불가능한 일이라네."

"하지만 단장님이 '거의 모든' 몬스터를 잡아 보신 건 사실이잖습니까? 단장님이 몬스터의 정보를 모으고 공략법을 표준화하지 않으셨다면, 3년 전의 몬스터 러시에서 적어도 4차 방어선까지는 깨졌을 거라고 들었습니다."

"특별히 목표를 달성하려고 했던 건 아니야."

그는 그렇게 대꾸했다.

칭송받을 일이 아니다. 그때에는 다만, 그렇게라도 뭔가 마음 쏟을 일이 필요했을 뿐이다. 몸이라도 혹사시키면 생각이 덜어졌으니까. 남들에게는 검술을 향상시키기 위해 경험을 쌓겠노라 말했고, 실제로 그런 목적도 있었다. 그러나 그 경험을 쌓는 것조차도 사실은 다른 목적이 있는 일이었다.

이제 그는 자신의 검술을 향상시키기 위해 이런 식으로 전투 경험을 쌓을 필요가 없었다. 더 높은 곳으로 가기 위해서 필요한 것은 경험이나 임기응변이 아니라 깨달음이니까. 그러나 그는 사람들이 그가 혼자 이렇게 나다니는 이유를 오해하도록 내버려 두었다.

그 뒤로도 그는 눈이 내릴 때에 만날 수 있는 대형 몬스터의 특이점이나 공격법 등에 대해서 간단히 설명해 주었다. 코델리아는 티소엔으로부터 직접 조언을 구할 수 있는 이 진귀한 기회를 놓치지 않기로 했다.

그리고 3시간 가까이 걸어 49번 구역에 도착하자마자 코델리아는 그가 왜 이 한풍 속에 나왔는지 깨달을 수 있었다

눈으로 덮여 흐릿해진 발자국이 있었다. 몇 그루의 케알랄칸 나무가 마치 덤불처럼 몸을 웅크리고 있다가 그들이 가까이 다가가자 적대적으로 가시를 세웠다. 그 모양은 마치 새끼를 품은 고슴

도치처럼 보였다.

코델리아는 검을 뽑으려 했다. 티소엔이 그녀의 손을 막고 무방비 상태로 앞으로 나섰다. 그리고 케알랄칸 나무의 공격 범위를 아슬아슬하게 벗어난 자리에서 안을 향해 말했다.

"이리 나오십시오. 그 나무가 공격으로부터 당신을 보호해 줄 수는 있겠지만, 동사하는 것을 막아 주지는 못합니다."

나무 안에서는 대답이 들려오지 않았다.

"이 눈은 적어도 내일 아침까지는 계속 내릴 겁니다. 이리 나오십시오. 당신이 살 수 있는 곳까지 데려다주겠습니다."

티소엔이 침묵했다가, 응답이 없자 한 번 더 입을 열었다.

"기사 크렐리디안의 이름으로 맹세합니다."

나무 안의 여자가 그의 이름을 풍문으로나마 들었는지 어땠는지는 알 수 없다. 말소리에 들어 있는 진심이 전달되었는지, 혹은 추위에 더 이상 견딜 수가 없어졌는지도 모른다.

여자가 조심스럽게 몸을 일으켰다. 케알랄칸 나무가 그녀의 뜻에 따라 휘었던 줄기를 세워 길을 열어 주었다.

티소엔이 메고 있던 보따리를 열어서 두툼한 털 망토와 장갑을 꺼냈다.

"일단 입으십시오."

그가 한 걸음을 앞으로 내딛자 여자가 겁에 질린 얼굴로 주춤 물러섰다. 티소엔이 망토를 코델리아에게 건네주었다. 코델리아는 그것을 받아 들고 여자를 바라보았다.

여자는 여전히 겁먹은 얼굴이었지만, 코델리아가 다가서는 것에는 물러서지 않았다. 입술이 보라색으로 보일 만큼 새파랗게 질려 떨고 있었다. 몸이 얼마나 얼었는지, 가까이 다가간 것만으로도 냉기가 느껴졌다.

"살려 주세요."

여자가 가냘프게 말했다. 남루한 여행복에 너덜거리는 손뜨개 외투, 작은 보따리 하나를 껴안은 모습은 마녀라기보다는 어떻게 봐도 여행에 지친 가난한 여자였다.

코델리아는 그녀에게 망토를 둘러 주었다. 따뜻한 물이 있다면 좋겠다고 생각했지만, 그녀의 수통은 차디찼다.

"가시죠. 오래 있어 봐야 체온만 떨어집니다."

티소엔이 빠르게 말했다.

"아, 저어, 어떻게……."

"묻지 않고, 말하지 않는 편이 낫네."

코델리아가 여자에게 말을 걸려 하자 그가 그렇게 말했다.

그로부터 2시간 동안, 세 사람은 내내 침묵한 채로 걸었다.

티소엔이 안내하는 길은 이렇게 눈이 오는데도 그럭저럭 걸을 만했다. 그는 망설임 없이 수십 번은 와 본 사람처럼 험한 산중을 가로질렀다. 그렇게 도착한 곳은 작은 호숫가였다.

"아."

갑자기 이렇게 탁 트인 공간을 만나자 저도 모르게 탄성이 나왔다.

여기가 몇 번 구역쯤일까. 코델리아는 파악해 보려고 애썼지만, 너무 빠른 걸음으로 티소엔을 따라와 버렸기 때문에 짐작할 수가 없었다. 이곳도 켄크 요새의 순찰 구역 중 하나일까. 몬스터 산맥에 크고 깊은 물이 있다면 수룡이 살고 있을 가능성이 높다고 하던데.

그런 것을 떠올리는 사이에 티소엔이 호숫가로 다가갔다. 눈에 덮여 보이지 않았지만, 나뭇가지에 돌로 만든 오카리나처럼 생긴 것이 걸려 있었다.

"단장님?"

그는 처음부터 그랬던 것처럼 속 시원하게 대답을 하는 대신 오카리나를 입에 댔다. 코델리아의 귀에는 아무 소리도 들리지 않았는데, 여자가 놀란 목소리를 냈다.

"아아!"

채 10분도 되지 않아, 하늘을 거대한 날개의 그림자가 뒤덮었다. 이때의 코델리아로서는 알지 못했지만, 그것은 '큰 날개의 옐라페이'라고 불리는 마녀가 가진 날개의 그림자였다.

★

돌아오는 길은 둘이었다. 눈발은 서서히 약해지고 있었고, 코델리아도 눈길에 익숙해졌기에 걸음은 갈 때보다 더 빨랐다.

머릿속이 복잡했다. 몬스터 산맥에 정말로 마녀가 있었다. 그리고 당대 제일의 기사라고 칭송받는 티소엔이 마녀와 내통하고 있다.

아니, 그것을 내통이라고 불러야 좋을지 코델리아는 판단할 수 없었다. 티소엔은 익숙한 태도로 마녀를 불렀고, 오래된 사이인 것처럼 그 이름을 입에 담았으나 둘 사이는 결코 친밀해 보이지 않았다. 정확히는, 옐라페이라고 불린 그 마녀 쪽이 보이는 친밀감에 아무런 반응도 하지 않았다. 그는 다만 얼어붙은 여자를 옐라페이에게 인계했을 뿐이다.

「고마워요. 또 우리 자매의 목숨을 구하셨군요. 정말로, 딱 한 번만 방문하실 생각 없어요? 티소엔 경에게 목숨을 구원받은 수많은 자매들이 온몸으로 기뻐할 텐데.」

「유난한 소리를 하며 농을 칠 생각은 마시오. 길 잃은 사람을 안내한 것뿐이니까. 내가 먼저 자리를 뜨지 않는 이유도 알고 있지 않소.」

「악랄한 마녀가 이 자리에 흉악한 수작이라도 부려 행여나 제국의 북부 방어선에 문제가 생길까 그러시는 거겠죠. 염려 마세요. '우리'는 아직 만날 시기가 아니니까. 감사하게 생각하고 있다는 건 진심이에요. 저희 왕께서도 그렇게 말씀하곤 하시죠.」

옐라페이는 그렇게 말했다. 던지는 시선, 가볍게 어깨에 대는 손, 그 모든 것이 호감을 표현하고 있었다. 그러나 티소엔은 요새의 성벽처럼 무뚝뚝하게 입을 다물었다.

요새에 도착하자 티소엔은 짧게 말했다.

"자정이 다 되었군. 돌아가 옷을 갈아입고 쉬게. 몸을 충분히 녹이는 것을 잊지 말고."

"예."

그리고 그 자리를 떠났다. 마치 아무런 일도 없었다는 듯이. 사후 처리에 대한 어떤 종류의 이야기도 없었다. 코델리아는 자기도 그냥 가야 하는가 아닌가 알 수 없어서 머뭇거렸다.

개인실로 돌아가 옷을 갈아입고 침대에 누웠지만, 코델리아는 오랫동안 잠을 이루지 못했다. 오늘 일이 비밀리에 벌어진 것이라는 사실은 그녀도 짐작할 수 있었다. 그게 아니라면 굳이 기사단장이 몸소 나서서, 이 눈 속에서 신입 평기사에 불과한 그녀 한 사람을 동행시켜 다녀왔을 리가 없다.

마녀를 숨기는 일은 반역이다. 발견되면 그 즉시 황궁에 알리게끔 되어 있었다. 오로지 황궁만이 마녀에 관한 일을 처리할 수 있었고, 이는 신전조차도 침해할 수 없는 황법이다. 하물며 마녀를 구하여 마녀의 나라로 돌려보내다니 있을 수 없는 일이다. 게다가 이런 일이 한두 번이 아니었던 듯, 접선 수단까지 가지고 있지 않던가.

누가 봐도 명백한 반역이다.

아니, 그전에, 진짜로 몬스터 산맥 너머에 마녀의 나라가 있단 말인가? 황궁은 그 사실을 알고 있나?

그녀는 에스텔라에게서 여러 가지 이야기를 들었지만, 그런 이야기는 듣지 못했다. 중대한 기밀이라 그녀 따위가 알아서는 안 될 일이었을 수도 있었다.

어쩌면 이것은 황제가 은밀히 명령한 결과일 수도 있었다. 그는 신전이 마녀라는 이름을 내걸고 사람을 공격하는 것을 대단히 경계했다. 그것은 두 번 다시 신전에게 세속의 권력을 쥘 기회를 주지 않기 위해서이기도 했으나, 어쩌면 다른 목적을 겸하여 있는지도 몰랐다.

상대는 기사 중의 기사로 이름 높은 티소엔 크렐리디안이다. 그렇게 생각하는 쪽이 여러모로 합리적으로 느껴졌다. 그가 이 임무를 오래전부터 맡아서 해 왔다면, 12년 동안이나 부임지를 바꾸지 않고 켄크 요새에 머무르고 있는 이유도 이해할 수 있었다.

그럼에도 불구하고 그녀는 석연치 않은 기분에 뒤척이다가 벌떡 자리에서 일어섰다. 그럴듯한 핑계이기는 하지만 결국 그녀가 이렇게 저렇게 머리를 굴려 생각해 본 것에 불과했다.

에스텔라는 그녀의 은인이었으며, 클레오르는 주군이었다. 공을 세워 기사로서 명예를 드높이고자 하는 것이 코넬리아의 소망이었다. 서임식에서 금장식이 달린 검과 그녀를 위해 새로 만들어진 문장이 새겨진 방패를 하사받으며 그녀는 황실에 목숨 바쳐 충성을 다하겠다고 맹세했다.

그녀는 두툼한 솜옷 위에 튜닉과 재킷을 입고, 털로 된 망토를 둘렀다. 정복으로 갈아입어야 하는가 잠깐 고민했지만, 이미 밤중이니 그렇게까지 할 필요는 없을 것이다. 석조 바닥이 부츠굽이 내는 소리를 크게 울렸다. 등불이 을씨년스러운 그림자를 드리웠다.

문을 두드리자 오래지 않아 대답이 있었다.

"누군가?"

"코넬리아 폰티악입니다."

묵중한 나무 문이 삐걱 열렸다. 티소엔도 사복 차림이었다. 스웨터 위에 두꺼운 가운을 걸치고 있었다.

"여쭙고 싶은 게 있습니다. 실례가 되지 않는다면 시간을 내주십시오."

"시간은 무방하나 지금 방에는 나 혼자야."

"상관없습니다."

남자 기사라면, 그는 그런 것을 문제 삼지 않았을 것이 틀림없다.

"들어오게."

티소엔이 한 걸음 물러서며 문을 열어 주었다.

기사단장의 개인실에는 작은 응접실이 딸려 있었다. 벽난로와 촛대에 모두 불이 붙어 있었지만, 밤을 전부 쫓아내지 못해서 응접실은 어둑어둑했다. 보다가 내려놓은 듯, 탁자에 서류 뭉치가 놓여 있었다.

코델리아는 권유받은 대로 벽난로 앞에 놓인 의자에 앉았다. 쇠로 된 주전자에서 물이 끓었다.

"차는 없고, 술은 곤란하고……. 뜨거운 물이라도 마시겠나?"

"부탁드립니다."

티소엔이 펄펄 끓는 물을 잔에 부어 코델리아에게 건네주었다. 그 잔은 두껍고 큼직해서 코델리아가 두 손으로 감싸도 남아돌았다.

"잠을 이루지 못한 모양이군. 이야기는 내일 해도 될 텐데."

"이상한 일을 겪었으니까요."

티소엔이 천천히 자기도 따뜻한 물을 한 모금 마신 후 말했다.

"나는 설명하는 재주가 없네. 묻고 싶은 것을 묻게."

코델리아가 왜 잠들지 못하고 찾아왔는지, 이미 아는 모양이었다.

"왜 마녀를 도와주셨습니까?"

"길 잃은 여자이니까."

"마녀입니다. 이건 반역이고요."

코델리아는 아랫입술을 잘근잘근 씹었다.

에스텔라는 그의 기사도를 경모한다고 말했다. 그녀가 그 정도까지 극찬하는 사람은 흔치 않았다. 따라서 코델리아는 한 번도 만나 보지 못했던 이 선배 기사를 마음속에 어떤 이상적인 형태로, 그리고 그것을 줄곧 목표로 삼아 왔다. 고작해야 동정심 때문에 주군인 황제에게 등을 돌리고 마녀와 교유하며, 기사단의 규범을 어그러뜨리는 사람이리라고는 생각지 못했다.

티소엔이 작은 한숨을 내쉬었다.

"아까 그 여자가 인류의 공적으로 보였나?"

코델리아는 그렇게 말하지는 못했다. 아까의 그 여자가 얼마나 겁에 질려 있고, 얼마나 약해져 있었는지 그녀의 눈으로 직접 보았으니까. 결국 그녀도 마녀의 몸에 털 망토를 둘러 주지 않았는가. 비록 상사의 명령이 있었다 해도, 동정심 때문에 규범을 어그러뜨린 것은 그녀도 마찬가지였다.

코델리아는 어금니를 악물었다. 이것은 사적인 감정일지도 모른다. 그러나 그녀는 참을 수 없는 분기를 느꼈다.

부지깽이로 장작을 움직여 불을 더 일어나게 하면서 티소엔이 말했다.

"북쪽 몬스터 산맥을 넘어가면 마녀의 나라가 있다, 거기 가면 살 수 있다, 그런 말에 의지해서 여기까지 오는 사람이 작은 각오나 허황된 꿈을 가지고 출발했겠나?"

"……."

"그 소문이 시작되고 나서 지난 4년 동안, 찾아오는 여자가 적지 않게 있었네. 마녀 중에는 여름에 기후가 좋을 때를 틈타 와서 무사히 넘어가는 사람도 있지만, 적지 않은 수가 계절도 뭣도 없이 여기까지 쫓기듯이 달아나 온다네. 대부분 몬스터 산맥에 혼자 있으면 3시간도 살아남지 못하는 보통 여자들이지."

목소리가 불빛의 그림자를 타고 느릿하게 흔들리는 듯했다.

"몬스터 산맥은 기사조차도 꺼리는 곳이 아닌가. 의무 복무 기간이 없다면 아마 이 요새에 있는 기사 중 3할도 남지 않을 걸세. 나는 상상력이 별로 없지만, 그런 장소에 목숨을 걸 각오를 했을 정도라면, 그 여자의 인생이 얼마나 비참했을지에 대해서는 짐작할 수 있네."

코넬리아도 그런 종류의 참혹함에 대해서는 충분히 알고 있었다.

대체 어떤 사람이 북부 몬스터 산맥을 넘어가기로 결심했을 것인가. 설령 진짜 마녀라 하더라도 목숨을 걸어야 한다는 것은 이미 그녀의 눈으로 보았다.

그냥 넘어가려는 사람이라면 티소엔의 말처럼 여름을 기다릴 것이다. 이 겨울에 여기까지 왔다는 것은 쫓기고 있다는 뜻이고, 아마도 대부분은 마녀 사냥을 빙자한 위협에서 달아났을 것이다. 혹은, 다른 이유로라도 알펜슈타인에서는 어떻게 해도 살 수 없게 되어 버렸거나.

"알겠습니다. 단장님이 왜 그런 일을 하셨는지에 대해서는 충분히 이해했습니다."

코넬리아는 적대적으로 말했다.

"그렇지만, 왜 저를 동행시키셨습니까? 저는 오늘 막 배속된 신입일 뿐입니다. 모든 신입 기사를 동행시키십니까?"

"……."

"아마 아니시겠죠. 제가 여자이니, 검에 건 서약을 무시할 만큼 동정심이 있을 거라고 생각하신 겁니까?"

가슴이 타는 듯하면서도 시렸다. 분기가 솟았다. 눈물이 날 것 같아서 그녀는 물 잔을 노려보았다. 찬 공기 때문에 물은 이미 식어 가고 있었다. 그러나 그녀의 울분을 식힐 만큼 충분히 차갑지도 않았다.

그녀는 확실히 그 여자에게 동정심을 느꼈다. 그것이 여성적인 특질이라면, 그리고 그것으로 판단될 정도라면, 그녀는 그것을 모조리 싹 제거해 버릴 작정이었다.

티소엔은 잠시간 침묵한 채 들고 있는 부지깽이만 휘저었다. 부연 설명이 필요하다고 생각했지만, 원래도 말솜씨가 있는 편이 아니었다. 12년 전에 어리석은 감정을 실컷 폭발시킨 것을 후회하고서, 이제 그는 반대로 자기의 감정을 드러내는 일을 꺼리게 되었다.

결국 그는 이렇게 물었다.

"동정심과 기사도는 배치되는가?"

"예?"

"경이 생각하는 기사도가 대체 무엇인가?"

코넬리아는 등을 쭉 폈다. 그리고 확고한 어조로 말했다.

"나라를 지키고, 주군에게 충성하고, 전투에 임하여 용맹하며, 약자를 보호하고, 근실히 수련하는 것입니다."

"나는 그걸 결국 사람답게 살자는 말의 다른 표현이라고 받아들이고 있네."

티소엔이 차분하게 말했다. 그리고 코넬리아를 바라보며 엷게 미소를 지었다.

"무용을 떨칠 것, 성실할 것, 명예로울 것, 타인을 존중할 것, 그 모든 게 다 궁극적으로 지향하는 것은 무엇인가? 인간으로서 해야 할 도리를 다하는 것 아닌가? 약자를 지키고 옳은 일을 하고 겸허하게 자기를 갈고닦는 일 말이지."

"……."

"오늘 경의 마음은 움직였는가, 움직이지 않았는가? 그게 더 중요한 일 아닌가?"

코넬리아는 주먹을 몇 번 쥐었다 폈다 했다.

"요컨대 단장님은, 같은 기사도라 하더라도 약자를 지킨다는 미덕을 황제 폐하에 대한 충성보다 중하게 여기신다는 말씀이시 로군요. 달리 도와주실 방법도 있었을 텐데요."

그래도 어쨌든, 그 정도라면 옳다고는 생각하지 않았지만, 납득은 갔다.

티소엔이 코넬리아의 잔을 흘끔 보고서는 주전자를 가져다가 뜨거운 물을 더 부어 주었다. 손이 따스해졌다.

"옳다고 생각하는 일을 했을 뿐이라고 말하는 걸세. 기사도라는 말에 구애받고 싶지는 않아. 본래부터 내 검은 내 마음 이외의 것을 위해 움직인 적이 한 번도 없네."

에스텔라에게 검을 바치겠다고 말했을 때조차도 말이다. 아마 그녀는 그것도 알고 있었으리라.

그때를 생각하면 티소엔은 지금도 부끄러움에 몸 둘 바를 몰랐다. 에스텔라는 그가 자기를 알아줘서 기쁘다고 말했다. 그러나 그것은 그녀가 자신의 한계를 알고 되지 않을 일임을 인정한 상황에서, 티소엔의 마음이 염려와 애정에서 나온 것임을 이해한다는 의미였다. 티소엔도 이제는 그것을 알고 있었다.

참 맹목적이었다. 그는 최고의 기사가 되고 싶다고 생각했었지만, 무엇이 기사도인가에 대해서는 깊이 생각한 적이 없었다. 끊임없이 자기 향상을 추구했지만, 돌이켜 생각하면 단순히 검을 익히는 것을 좋아했을 뿐이다. 정작 무엇을 위해 검을 쓸지에 대해서는 생각한 적이 없었다. 그저 지켜야 할 덕목의 목록이 길었으니 그것만 지키면 기사이기에 충분할 줄 알았고, 반대로 지키지 못하는 사람은 그릇되었다고 생각했다.

노력하면 무엇이든지 할 수 있다고 믿고, 실패하거나 노력하지 않는 사람은 모두 열의가 부족해서 그렇다고 생각했다. 덕목을 덕목으로만 보고, 사람을 개재시켜 생각해 본 적이 없었다.

에스텔라가 검을 숨긴 채로 살았던 것을 알고, 그 이유를 이해하기 전까지는 그랬다.

세상에는 검의 궁극에 닿을 재능을 가지고서도 최고의 기사가 되기를 바라지 못하고 뒤뜰에 묻혀야만 하는 사람도 있다. 세상에 그 이름을 드러내기를 바라긴커녕 자기가 잘하는 일을 하고 싶다는 바람을 품는 것조차 사치인 사람이 있다.

노력할 기회와 더불어 하는 만큼 언제나 보상을 얻을 수 있었던 것은 그가 카이덴 후작가의 아들이었기 때문이었다.

그 사실을 좀 일찍 알았더라면 뭔가가 달라졌을까.

그는 이제 노력하고 발버둥 쳐서, 그것으로도 겨우 숨만 붙어 살아가는 사람도 있다는 것을 알고 있었다. 어떻게도 벗어날 수 없는 상황에 처한 사람이 있다는 것도 알았다. 코델리아는 '달리 도와줄 방법'이라고 말했지만, 그런 사람을 앞에 두고 티소엔은 "해내라."라고 말할 자격이 없었다. 마지막 죽을힘을 짜내어 이곳까지 도망친 여자들에게.

「그것은 제국민으로서 옳지 않다. 어떻게든 해결할 방법이 있을 것이다. 도와줄 테니, 정당한 황법에 의해 심판을 받자.」

그런 말은 할 수 없었다. 그녀들의 인생을 전부 책임져 줄 수 있는 것도 아니고, 그 일이 끝날 때쯤에는 그녀들이 살아 있으리라는 보장도 없지 않은가.

470

티소엔이 할 수 있는 것은 고작해야 털 망토 한 벌을 입혀서 잠시간 길을 안내한 것뿐이다. 그는 그것으로 그녀들을 구했다고 생각하지도 않았고, 중대한 도움을 주었다고 생각하지도 않았다. 그녀들은 스스로를 구하기 위해 목숨을 걸고 여기까지 와서, 자기가 원하는 방향으로 간 것뿐이다. 어쩌면 옐라페이가 데려간 그 먼 나라에 있는 것은 행복이 아니라 이곳에서 버티는 것보다 더 끔찍한 현실이 있을지도 모르는 일이다.

"나는 그녀들을 살렸다고 생각하지 않네. 동정한 것도 아니야. 죽을 각오를 하고 걸어가는 사람에게, 그 각오가 헛되지 않도록 길을 알려 주었을 뿐이지. 그 누구라도, 살면서 그 정도의 도움은 받아야 마땅하다고 생각하니까."

티소엔이 그렇게 말하면서 다시 부지깽이로 타 버린 장작을 부숴서 옆으로 긁어냈다.

"기사는 남들보다 강한 만큼, 좀 더 망설임 없이 손을 내밀 수 있겠지. 그게 기사도의 의의라고 생각하네."

"황제 폐하께서는 이 일을 알고 계십니까?"

"폐하는 모르는 게 별로 없으시지."

코델리아가 어금니를 물고 물은 말에 티소엔은 태연하게 대답했다.

"물론, 이 일이 혹 외부에 알려져 문제가 되면, 폐하께서는 전면적으로 부정하실 걸세. 아직은 어떤 방식으로든 마녀와 대화했음을 인정할 수 있는 시기가 아니니까."

"폐하께서는 다만 묵인하실 따름이라는 의미군요. 만일에 문제가 된다면 단장님이 홀로 죄를 뒤집어쓰실 겁니다."

"해야 할 일을 하는데, 그 대가를 셈하는 것은 기사가 아니네."

그러나 티소엔은 일고도 없이 그렇게 대답했다.

코델리아는 이상한 기분으로 그의 옆얼굴을 바라보았다. 벽난로의 불빛이 붉게 그 옆선에 일렁거려, 그녀의 심장까지 울렁거렸다.

그의 말이 옳다. 기사도는 대가를 셈하지 않는다. 충정은 은총을 담보하지 않고, 옳은 일도 명예를 보장하지 않는다.

기사도를 지키는 것은 그저 기사이기 때문에 하는 일이다. 남들보다 강하기에 약자를 지키는 일에 힘을 보태고, 검을 배웠기에 용맹하게 앞으로 나서는 것이다. 그것에 보상을 바라서야 기사라고 할 수 없다.

그러나 그녀는 감히 티소엔처럼 자기 뜻대로 행할 수 없었다. 그녀는 죄인이 되는 것이 두려웠다. 제 몸에 씌워질 죄만이 아니라, 그 뒤에 올 훗날의 여기사들에게 찍힐 낙인이 염려스러웠다.

"나와 달리 경은 짊어지고 있는 것이 많지. 대가와 보상을 셈한다고 해서 질책할 생각은 없네."

마치 코델리아의 마음을 읽기라도 한 것처럼 티소엔이 쓴웃음을 지으며 덧붙였다.

"내가 보상에 초연할 수 있는 건 이미 가진 게 많기 때문이야. 출세하는 것도 마찬가지라네. 당연히 출세할 수 있는 사람이 또다시 권력을 얻는 일이 될 뿐이니 나 개인의 영광이라는 부분을 제외하고는 아무런 의미도 없지. 하지만 경이 높은 자리에 올라가면, 많은 사람에게 새로운 길을 열어 줄 수 있지 않나. 그것은 폐하조차도 해낼 수 없는 놀라운 일이니까."

티소엔은 등을 쭉 폈다가 도로 소파에 털썩 묻었다.

"오늘 경을 동행시킨 것은, 경이 동정심을 가지고 이 일을 나와

472

같이 해 주기를 바라서가 아니야. 이곳에서 벌어지고 있는 또 다른 일들을 알고, 시야를 넓게 하기를 바랐기 때문이라네."

"단장님."

"내 밑에 있는 동안에는 괜찮아. 충성과 기사도에 매이지 말고 마음을 따라가게. 경은 이제 겨우 스물셋이야."

"저는 이미 기사입니다."

"이제 막 기사가 된 햇병아리지."

티소엔은 그러다가 쓰게 웃고 고개를 저었다.

코델리아의 시선이 올곧아 기시감을 느끼기는 했으나, 그녀는 과거의 그와는 다른 사람이다. 그녀는 이미 스스로는 어찌할 수도 없는 한계 속에서 좌절을 경험하고, 그것을 극복해 낸 사람이다. 새삼 말을 보탤 필요는 없으리라. 그래서 그는 혼잣말처럼 중얼거렸다.

"경은 훌륭한 기사가 될 걸세."

또다시 침묵이 불 그림자처럼 내려앉았다.

코델리아는 가슴 안쪽이 간지러워지는 것을 느꼈다. 그 간지러움이 혈관을 문지르기라도 하는지, 피부 안쪽 깊은 곳에서 열기가 확 올라왔다.

마치 심장을 콕콕 찔려 재촉당하기라도 한 것처럼 불안정해진 채로 그녀는 저도 모르게 벌떡 일어섰다. 티소엔이 의아하게 그녀를 올려다보았다.

"코델리아 경?"

"의문은 풀렸습니다. 공연히 밤중에 방해해서 죄송했습니다. 그럼 이만."

코델리아는 빠르게 내뱉었다. 그리고 들고 있던 잔을 어째야 좋을지 몰라 조금 혼란하게 헤매다가 앉아 있던 의자에 그냥 내려놓았다.

티소엔이 소파에서 일어섰다. 코델리아는 황급히 군례를 올리고 그 자리에서 물러 나왔다. 뒤에서 티소엔이 부르는 소리가 들렸지만 무시했다.

돌아오는 길에 춥지도 않으면서 그녀는 망토를 여몄다. 심장 뛰는 소리가 복도 전체에 울리는 것 같았다.

외전 7.

Ever after

티소엔에게 13년 만에 수도로부터 소환령이 왔다.

「근위대장이 퇴직을 청했어. 병이 있다고 말하고 있지만, 거짓 말인 것이 뻔해서 그냥 황후궁으로 가라고 했네.」

신성마법의 통신 너머에서 클레오르가 그렇게 말했다.

현재의 근위대장 카시우스 발터 경은 공식적으로 제국 기사단 제일의 실력자였다. 그가 검에 기울이고 있는 마음은 결코 티소엔 의 그것보다 작지 않았다. 그러나 이제 나이 쉰. 시작된 노쇠를 기교만으로 커버할 수 없는 때가 곧 찾아올 것이다.

발터 경은 아직 건강할 때에 행정직으로 물러나고 싶다고 청했 다. 황후궁의 검술연구회가 목적이라는 건 누가 봐도 분명했다.

「발터 경이 황후궁 기사단장이 될 거야. 그러므로, 경도 일단 돌아와야겠네.」

「근위대장직이라면 고사하겠습니다. 제가 침궁을 지키면 폐하께서도 편히 주무시지 못하겠죠. 당분간 이곳에서의 일도 계속해야 합니다. 맡길 사람이 없다는 것을 알고 계시지 않습니까?」

「나도 경에게 근위대장을 맡길 생각은 없네. 하지만 대규모 인사이동이 있을 걸세. 의논할 것도 있으니 일단 와서 요즘의 수도 분위기를 익히도록 해.」

인사이동을 한다고 해서 티소엔의 직책이 바뀔 일은 없었다. 켄크 요새로의 전보를 희망하는 사람은 좀처럼 없고, 한 곳에서 13년이나 뿌리를 박은 탓에 그를 대체할 수 있는 사람도 없었다. 최전방에 있는 켄크 요새의 위태로움을 생각해 보면 아무나 보낼 수 없기도 했다.

굳이 떠나지 않고 머물 간절한 이유가 있는 것은 아니었다. 그러나 오래 머무른 만큼 티소엔에게는 요새에 대한 애착도, 지금까지 해 온 일에 대한 책임감과 자부심도 있었다. 별다른 일이 없다면 쭉 켄크 요새에 머물러, 훗날 요새 사령관과 주둔 기사단 사령관을 겸임하게 되리라고 생각하고 있었다.

그러나 황명은 황명이었다. 기사단장급이 되면 부임지를 바꾸는 것도 정치적인 일이니, 모르는 척하고 있을 수도 없었다. 그는 소수의 부하를 거느리고 수도로 향했다.

그리하여 어제 오랜만에 카이덴 후작저의 침대에 눕게 된 것이었다.

'푹신하군…….'

눈을 뜬 채로 티소엔은 멍하게 생각했다. 간밤에는 너무 따뜻하고 푹신해서 좀처럼 잠이 오지 않을 것 같더니, 일단 잠들고 나자 오히려 너무 푹 잠들어 늦잠을 자고 말았다.

두꺼운 커튼을 치고 있는데 방 안이 환했다. 일어났을 때에 해가 이렇게 높이 올라와 있는 게 얼마만의 일인지 모르겠다.

티소엔은 침대에 묻힌 채로 잠시 그 생각을 하다가 천천히 일어나 앉았다. 회중시계를 끌어당겨 뚜껑을 열어 보자 오전 11시였다. 일찍 시작하는 카이덴 후작가의 아침 식사는 이미 끝났을 시간이었다.

얼굴을 두 손바닥으로 문지르고 있는데, 노크 소리가 들렸다.

"도련님, 이제 일어나셔야 할 시각입니다."

집사가 부르는 소리였다.

"일어났어."

"도련님."

집사가 문을 열었다. 하인이 뜨거운 물이 담긴 대야와 면도칼, 거울을 가지고 뒤따라 들어왔다. 집사가 직접 미는 카트에는 홍차와 간단한 샌드위치가 올려져 있었다.

가볍게 세수를 하고 턱에 거품을 바르면서 티소엔은 한숨처럼 물었다.

"이제는 좀, 도련님 아니라 호칭 바꿀 때도 되지 않았어?"

올 때마다 늙어 가는 것이 눈에 보이는 집사는 주름진 얼굴에 빙그레 미소를 지었다.

"주인님이 주인님이신 이상 도련님은 도련님이시죠. 호칭의 변경을 바라시면 결혼을 하시면 됩니다."

"독립하는 게 더 빠를 것 같은데."

"마님께서 우실 겁니다."

"무시무시한 협박인데."

티소엔은 진심으로 말했다. 독립하고 싶은 마음은 있었지만, 거의 머무르지도 않는 엘첸에 집을 마련하는 것도 낭비이고, 그것 때문에 어머니와 싸우는 것도 내키지 않았다.

"돌아오시니 기쁩니다."

집사가 부드럽게 말했다. 이번 같은 장기간의 체류는 오래간만의 일이라 가족들이 기뻐했고, 티소엔도 그 기쁨을 기꺼이 받아들였다. 과거처럼 지나친 익애에 대한 반발은 느끼지 않았다. 이런 자식이라 죄송하구나, 하고 생각하면서도, 다른 방식으로 살지 못하는 자신에게 조금 한탄을 느꼈다.

면도와 세수를 마치고 옷을 갈아입으며 티소엔은 물었다.

"코델리아 경은?"

"도련님보다 일찍 일어나셨지요. 아침에 작은 주인님, 작은 마님과 함께 식사를 하시고, 잠시 외출하셨습니다."

"그렇군."

"이것을 도련님께 전해 달라고 맡기셨습니다."

집사가 그에게 봉투를 건네주었다. 티소엔은 그것을 열어 보고 도로 봉투에 넣어서 겉옷 주머니에 넣어 두라고 말했다.

"도련님도 외출하실 겁니까?"

"그래."

"큰 마님께서 서운해하실 겁니다."

후작부인이 찾아온 것은 그가 개인용 응접실로 나섰을 때였다. 티소엔이 일어났다는 이야기를 듣고 얼굴을 보러 왔는데, 그가 외출 준비를 하고 있는 것을 보고 놀랐다.

"어디 가니?"

"예."

"점심에 엘리스 백작부인과 기요민 백작부인을 초대했단다. 둘 다 어릴 때 널 많이 귀여워했었으니 인사라도 하면 좋겠다고 생각했는데……. 중요한 자리니?"

"황궁으로 갑니다. 오랜만에 황궁 기사단에 들러서 옛 동료들 얼굴도 보기로 했거든요. 그리고 어머니의 친구분들에게 귀여움을 받으러 가기에는 이제 제가 나이가 좀 많지요."

"엘리스 영애와 기요민 영애도 올 거란다. 둘 다 열여덟 살인데 아주 참하고…….."

"영애들과 대화를 나누기에도 제가 나이가 좀 많습니다, 어머니."

후작부인이 한숨을 내쉬었다.

"결혼은 언제 하려고 이러니, 정말. 꼭 집에서 살지 않아도 괜찮으니까 결혼만이라도 하라니까."

"생각 없다고 그것도 몇 번이나 말씀드렸잖아요."

셔츠에 커프스를 달면서 티소엔도 한숨을 내쉬었다. 이 실랑이는 만날 때마다 하는 것이라 이제는 지쳐 있었다.

"이미 혼기는 놓쳤습니다. 엘첸으로 돌아올 생각도 없고요. 이제 그냥 내버려 두세요. 결혼할 마음이 없는데 억지로 마음에 차지도 않는 어린 여자를 떠안으라는 말씀이세요?"

티소엔이 이렇게 말한 것은 자기가 혼인 적령기의 영애에게 걸맞지 않다고 말하는 것보다 마음에 들지 않는다고 말해야 후작부인이 납득하기 때문이었다. 사실 사교계에서 스무 살 차이 정도는 남자에게 재산과 작위가 있다면 큰 흠도 아니었다.

후작부인도 이쯤에서 그만두었다. 아들이 정말로 화를 내기를 바라지 않았기 때문이다. 시무룩해진 그녀에게 티소엔은 다정하게 말했다.

"내일은 어머니 원하시는 모임에 같이 갈게요."

"약속하는 거다."

"예."

그러자 후작부인은 기분이 좋아진 듯했다. 이것저것 평소에 티소엔이 쓰지도 않는 회중시계 줄이며 화려한 조끼를 꺼내 오게 해서 골라 주며 물었다.

"코델리아 영애는 어떠니?"

"영애가 아니라 경입니다, 어머니."

"어머. 그렇지. 코델리아 경. 참하고 사랑스럽더구나. 처음에는 여기사라니 좀 드센 면이 있겠구나, 하고 생각했었는데, 예의도 바르고 말씨도 상냥하고. 아버지도 마음에 드신다고 하더구나."

"그렇군요."

"올해 스물네 살이라지?"

"그럴 겁니다."

"어떻게 생각하니?"

"믿고 등을 맡기기에는 아직 실력이 부족하지만, 열심히 노력하는 친구이니 조만간에 좋은 결과를 보여 줄 겁니다. 성실하고 임무에 적극적인 데다가 현실적인 장벽에 지지 않는 강인한 심성을 가지고 있죠."

"아니, 얘. 그런 이야기를 하는 게 아니라……."

티소엔은 의아하게 후작부인을 바라보았다. 후작부인이 한심하다는 듯이 그를 쳐다보았다.

480

"네 신붓감으로 말이야. 스물네 살이면 조금 많긴 하지만, 건강하고 아기만 잘 낳을 수 있다면 나쁠 건 없지. 너도 어린 나이가 아니니까."

"어머니."

그는 기가 막힌 얼굴로 후작부인을 바라보았다.

"왜? 싫으니? 네가 여자를 집까지 데려온 걸 생각하면, 보통 마음에 드는 게 아닐 텐데."

"코델리아 경은 제 부관입니다. 폰티악 백작가와 절연을 해서 갈 곳이 없으니까 저희 집에서 며칠 묵으라고 권한 것뿐입니다. 여자보고 혼자 여관에 묵으라고 할 수는 없지 않습니까?"

"그것 보렴. 여자잖니."

티소엔은 이맛살을 찌푸렸다. 후작부인이 하나하나 꼽았다.

"널 잘 알고, 네 마음에 들고, 여자의 몸으로 기사가 되었을 정도이니 관심사도 비슷하고, 네 생활도 잘 이해해 줄 테고, 너도 그럴 수 있고, 몬스터 산맥에서의 생활을 견뎌 낼 정도라면 부임지에도 따라가 줄 수 있고, 얼마나 좋으니? 가문이 조금 처지긴 하지만, 너도 우리 집 막내이니 그 정도는 사람만 괜찮으면 충분히 용인할 수 있어. 집안과 절연했다는 것도 흠이긴 하지만, 엘첸에서 사교계 활동을 할 것도 아니고, 또 우리 집에서 좋게 봤으니 며느리로 달라고 하면 폰티악 백작가에서도 싫다고 하지 않을 거야."

"어머니."

티소엔이 냉정한 목소리로 말했다.

"어머니가 그러시면, 선배로서 배려하는 것이니 안심하고 손님으로 묵으라고 말한 제 입장이 뭐가 됩니까? 코델리아 경은 저보다 열 살 이상 어려요."

"겨우 열한 살 차이잖니? 나랑 네 아빠도 그만큼 차이 나."

"그녀는 우수한 후배이고, 신뢰할 만한 부하입니다. 그 이외의 것으로는 생각해 본 적 없습니다. 앞으로도 달라질 예정 없고요. 그리고 저 그런 식으로 억지로 결혼할 마음 없습니다. 몇 번을 말씀드리면 이해하실까요?"

"그렇지만 말이다, 얘. 너 설마 아직도 황후 폐하를……."

"계속 이런 이야기 하실 거면 오늘이라도 당장 집을 구해서 나가겠습니다. 코델리아 경의 숙소는 바르톨로뮤 백작부인에게 부탁하고요."

티소엔이 강경한 태도로 말하자 후작부인은 머뭇거리다가 결국 입을 다물어 버렸다. 그녀의 막내는 이제 품 안의 자식이 아니고, 어릴 때처럼 뜻대로 할 수가 없었다. 13년 전의 티소엔은 생각과 감정이 훤히 들여다보여, 비록 고집을 부리고 어른의 충고를 귀담아듣지 않곤 했지만, 귀엽고 사랑스러웠다.

그러나 북부로 간 뒤로 13년. 아들은 해가 갈수록 속내를 알 수 없는 남자가 되어 간다. 똑같이 과묵해도 거짓을 모르고 직정적이었던 성품은 고요하게 가라앉아 좀처럼 진심을 밖으로 드러내지 않게 변화하였다. 어른스러워진 것이겠지만, 후작부인은 티소엔이 어려워졌다.

그녀가 수그러들자 티소엔은 다시 부드러운 목소리로 말했다.

"염려하지 마십시오. 전 아무 문제 없으니까요. 오늘은 늦을 겁니다. 발터 경에게 저녁 초대를 받았거든요."

"그래……. 알았다."

"다녀올게요."

그는 후작부인의 뺨에 키스하고, 모자를 눌러쓰고 밖으로 나섰다. 어깨에서 힘이 탁 빠지면서 긴장이 풀렸다.

황궁 기사단에 얼굴을 내밀기로 했다는 말은 거짓이 아니었으나, 약속된 시간은 오후 늦게였다. 티소엔은 먼저 노브가로 향했다. 코델리아가 남긴 봉투에 이런 메모가 들어 있었기 때문이다.

『일어나시면 11시까지 노브가의 레오폴드라는 가게로 오세요. 황후 폐하께서 좋아하시는 베이커리이니, 거기 들러서 선물을 사 가려고요.』

에스텔라가 과자와 케이크를 좋아한다는 것은 티소엔도 잘 알고 있었다. 그러나 특별히 좋아하는 가게가 있다는 것은 몰랐다.

옛날부터 좋아하는 가게일까, 아니면 새로 알게 된 가게일까, 티소엔은 멍하게 그런 생각을 하며 노브가로 향했다. 그리고 레오폴드 앞에서 잠깐 발을 멈추었다.

가게는 봄 색으로 화사하게 꾸며져 있었다. 잘못 온 것 같은 기분이 들었다. 어떻게 봐도 자기가 들어갈 곳이 아니었다.

"단장님."

백스텝을 밟는데 부르는 소리가 들렸다. 티소엔은 움찔하면서 돌아보았다.

"코델리아 경."

코델리아는 실용성을 중시한 칙칙한 회색 군복 대신 군청색 르댕고트와 흰 바지, 부드러운 갈색 가죽 부츠 차림이었다. 몸이 가벼워 보여서 그런지 얼굴까지 평소보다 더 뽀얗게 보였다. 머리도 잔머리 없이 바짝 틀어 올려 묶지 않고 풀어 내린 채 꽃과 레이스로 장식한 챙 넓은 삼각모를 쓰고 있었다.

"단장님?"

예쁘다거나 보기 좋다고 칭찬하는 것은 부적절한 일일 것이다. 티소엔은 잠깐 머뭇거리다가 적절한 단어를 골라냈다.

"모자가 예쁘군. 요새에서는 본 적 없는 것 같은데."

켄크 요새에서는 구하려고 해도 구할 수 없는 물건이고, 거기에서 간편한 군장만 싸서 엘첸까지 왔으니 아마 틀리지 않았을 것이다.

코델리아가 약간 얼굴을 붉혔다.

"어머니가 사 주셨습니다. 이상한가요?"

"아니. 보기 좋아."

"기사로서의 몸가짐에 부적절한 것이 아닐까 싶어서 염려했습니다. 너무 화려하고…… 여자의 것이기도 하고요."

코델리아가 모자챙을 만지작거리면서 말했다. 티소엔은 의아하게 대답했다.

"여자의 것이면 안 되나?"

"예?"

"나는 상관없다고 생각하는데. 사복은 단정하고 청결하면 그만이 아닌가. 늘 생각하는 거지만, 경은 걱정이 너무 많아."

"예……."

코델리아의 뺨이 조금 더 붉어졌다. 당연히 할 만한 말을 한 것인데도, 티소엔은 자기가 뭔가 실수라도 저질렀나 하는 생각이 들었다.

"어머니는 어떠시던가? 걱정이 많으시지?"

"제 뜻대로 살고 있다고 하니, 기뻐해 주셨습니다."

코델리아는 아침 일찍 나서서 신전에서 폰티악 남작부인, 그러니까 어머니를 만나고 왔다. 조부인 폰티악 백작이 그녀와 절연하면서 두 번 다시 폰티악 가문에 발을 들일 생각을 하지 말라고 엄포를 놓는 바람에 조모인 백작부인도 그녀에게 집으로 돌아오라고 말하지 못했다. 공개적으로 밖에서 만나면, 이미 집을 나온 그녀 자신은 괜찮으나 어머니가 어떨지 모르기 때문에 일부러 신전에서 만났고, 그 연락도 카이덴 자작부인이 자기 이름으로 대신해 주었던 것이다.

스스로 선택한 길이고 후회는 없었다. 어머니도 잘했노라고 말해 주었다. 네가 뜻대로 살 수 있어서 기쁘다고, 그런 딸이 되어주어서 고맙다고. 그러나 이렇게 만나는 것조차 남의 눈을 피하듯 해야 한다는 걸 생각하면, 죄송한 마음을 금할 길이 없었다.

코델리아는 작은 한숨 한 번으로 털어 버렸다. 그리고 미소를 띠며 물었다.

"부임지 문제로 걱정하시는 건 저희 어머니만이 아니시고요. 후작부인께서도 걱정이 아주 크시던걸요."

"음……."

티소엔은 탄식했다. 그러다가 나오기 전에 후작부인과 나눈 대화가 생각나서 갑자기 걱정이 되었다.

"혹시 우리 어머니가 무슨 이상한 말을 하거나 무례한 언동을 보이시진 않았나?"

"아뇨. 아주 다정하게 대해 주셨습니다. 후작님께서도 자상하시고요."

"……그런가. 그러면 됐고."

혹 지나치게 친절했다면 그건 그것대로 마음에 걸리는 일이었지만, 코델리아가 낌새를 눈치채지 못한 듯해서 다행이었다. 그녀가 의아하게 물었다.

"단장님은 집이 불편하십니까?"

"약간은. 이 나이가 되도록 부모님 집에 얹혀사는 셈이니까. 그렇지만 엘첸에 자주 오지 않는데 여기에 집을 사는 것도 좀 그래. 그렇다고 숙박업소에 머무를 수도 없고."

"단란한 가족이라서 보기 좋습니다. 자작 부부께서도 단장님이 집에 머무시는 것을 좋아하시는 것 같다고 느꼈고요."

"오래 있지 않으니까 그나마 형수님에게 염치없이 굴진 않은 셈이지."

모자챙을 만지작거리며 코델리아가 살짝 웃었다.

"카이덴 후작가가 가족 간의 정이 깊은 집안이라는 평판은 늘 들어 알고 있었지만, 듣던 것보다 더 친절하고 온화한 집이라서 무척 놀랐습니다. 고용인들도 진심으로 안주인을 따르는 것이 느껴지고요. 제 얼굴에 침 뱉기이니 이렇게 말씀드리기는 그렇지만, 폰티악 저택에서라면 상상도 할 수 없는 일이죠. 다들 집을 탈출할 생각만 하니까요."

"우리 집에서 유일한 골칫거리가 나라네."

"후작님도, 자작님도, 겉으로는 그렇게 말씀하셔도 실은 자랑스러워하시던걸요."

코델리아가 그렇게 말했다. 그야 물론 험지에서 지내며 스스로를 돌보지 않으니 걱정은 걱정대로 하고 있을 것이나, 젊은 나이에 기사단장이 되어 온갖 명예로운 칭호를 듣고 있는 아들이 자랑스럽지 않을 리 없었다.

"감사합니다. 후작가에서 머무르게 해 주시지 않았다면, 저희 어머니 걱정이 더 크셨을 거예요."

황후궁에 이야기하면, 에스텔라가 기꺼이 방을 내주었을 것이다. 그러나 코델리아는 그러고 싶지 않았다. 황후의 총애로 기사가 된 게 아니라는 걸 증명해야 했고, 에스텔라로부터 독립하고 싶었다. 그녀에게 갚을 수 없는 은혜를 느끼기 때문에 더 그랬다.

티소엔은 코델리아의 성격이 결벽하고 독립적이라는 것을 알고 있었다. 남의 도움을 받지 않고 자신의 힘으로 살아가야 한다는 사실에 집착하고 있기도 했다. 그것을 지켜보다 보면, 오히려 도와주고 싶은 마음이 들었다.

그런 마음이 오히려 폐가 될 것이다. 그는 이미 한 번 자기 생각으로 남을 재단하고 제멋대로 앞서 나가 말한 적이 있었고, 이제 다시는 그러지 않겠노라 굳게 마음먹은 적이 있었다. 그래서 떠오르는 생각과 말들이 있었지만 입 밖으로 꺼내지 않고, 미간을 조금 긁적이며 레오폴드를 바라보았다.

"그런데, 여기 들어가는 건가?"

"예. 황후 폐하께서 좋아하는 가게니까요. 예전부터 선물은 여기 케이크만 접수하겠다고 하셨습니다. 저희 검술연구회 멤버들이나 시녀들이나…… 황후 폐하께 감사해서 무어라도 드리고 싶어 하는 사람이 많았지만, 월급 몇 푼 되지도 않는데 무슨 소리냐고 고개를 저으셨죠."

"그렇군."

티소엔은 이 가게를 몰랐다. 과자를 좋아하는 줄은 알았지만, 함께 어딘가로 외출하거나 한 적은 없었으니까.

「친구이니 뭐니 해도 네가 내 칼이나 쳐다봤지, 다른 거 뭘 보고 있었겠어.」

　시간은 기억을 아련하게 만들었고, 이제는 과거를 떠올려도 폐부를 찌르는 듯한 고통은 없었다. 달라질 수 있었을까 하는 괴로운 생각도 하지 않았다. 그럼에도 불구하고 그는 여전히 자신이 그녀를 제대로 보지 않고 있었다는 점에 대해 쓰린 기억과 약간의 상실감을 함께 느꼈다. 그것은 이제는 오히려 자기 자신에 대한 실망감에 가까웠다.
　"별로, 검론 외의 이야기를 한 적이 없으니까."
　티소엔은 나지막하게 그렇게 말했다. 그것은 사실이기도 하고, 남에게 말하면 좋은 일이기도 했다. 비록 지금은 다들 잊고 있지만, 한때 그와 에스텔라의 사이가 남의 입방아에 오른 것은 사실이었으니까.
　그가 무거운 기분을 느낀 것을 알아챈 듯 코델리아가 약간 어색하게 말했다.
　"저는 시녀였으니까요. 가까이에서 모셨으니, 황후 폐하의 입맛 같은 것을 잘 알고 있기도 하고요."
　"들어가지."
　티소엔은 고갯짓했다. 그리고 앞장서서 가게 문을 열고 코델리아에게 들어가라고 손짓했다. 장소가 요새도 아니고, 기사단의 용무로 나와 있는 것도 아니므로 레이디 퍼스트라고 생각했기 때문이다. 그러나 코델리아는 코델리아대로 자기가 뒤에 따르는 게 당연했기 때문에, 둘은 그 앞에서 잠깐 충돌하듯이 머뭇거렸다.
　결국 코델리아가 먼저 들어갔다. 그녀는 귀 끝까지 빨개졌으나 티소엔은 눈치채지 못했다.

★

피엘라궁에서 두 사람을 맞이한 것은 권이었다.

"어서 오십시오, 티소엔 경. 코델리아 경."

"권. 오랜만이군."

티소엔은 반갑게 그와 악수를 나누었다. 뒤이어 코델리아가 그를 포옹했다.

"잘 지내셨어요?"

"이제 제법 기사같이 보입니다, 코델리아 경도. 울보였던 게 엊그제 같은데."

"울보라뇨. 제가 언제."

코델리아가 힐끗 티소엔의 눈치를 보며 반박했다. 권이 허허 웃었다.

"검 끝이 원하는 대로 움직이지 않으신다고 서러워서 밤새 연무장에서 울다가 잠이 드셔 가지고 그걸 폐하께서……."

"권 집사님!"

그녀가 새빨개진 얼굴로 그의 입을 막으려고 달려들었다. 권이 뒷걸음질로 그녀를 피하면서 말했다.

"칭찬하는 겁니다. 그게 고작해야 몇 년 전인데 벌써 당당히 한 사람 몫을 하는 기사가 되셨으니까요. 이크. 안 부끄러워하셔도 됩니다. 티소엔 경은 그쯤은 당연하게 생각할 사람이니까요."

"노력했다는 이야기를 부끄러워할 필요는 없잖나."

그가 태연하게 대답했다. 코델리아가 고개를 푹 숙였다. 권이 그녀를 보고 싱글거렸다.

"황후 폐하께서 기뻐하실 겁니다. 티소엔 경도 이렇게 데려오고."

"제가 데려온 거 아니에요."

"어차피 한 번 오려고 했었어."

두 사람이 연달아 말했다.

"어쨌든 이렇게 건강한 모습 보여 주시니 된 거지요. 티소엔 경도 어른스러워지셨습니다."

티소엔은 쓴웃음을 지었다.

"자네도 건강해 보여서 좋군. 전혀 나이 들어 보이지 않아."

"인생 말년에 운수 대통했으니 오래 살아야지요. 오티스 놈이 티소엔 경의 소식을 자주 물어 온답니다. 그놈이 신세를 많이 지고 있다면서요."

"신세는 무슨. 선배로서 당연히 할 수 있는 조언을 몇 가지 했을 뿐인데. 오티스는 노력파이니까 보고 있는 사람도 흐뭇해진다네."

둘은 그런 이야기를 나누었다. 오티스를 보고 있노라면 티소엔도 감개무량해질 때가 있었다. 가로 베기를 가르칠 때가 엊그제 같은데 벌써 6년 차 기사가 되었고, 이만하면 충분히 한 사람 몫을 다한다고 할 수 있었다.

"부인도 잘 지내고?"

"어유, 제 마누라야말로 실세 중의 실세죠. 황후 폐하가 제국 서열 1위이고, 제 마누라가 바로 그 황후 폐하의 측근 시녀 아닙니까?"

이런 농담을 태연하게 할 수 있는 것도 황권이 높고 황제 부부의 금실이 좋기 때문이다. 귄의 벙글거리는 웃음에 티소엔도 미소로 응대했다.

응접실로 가는 길에 소녀들의 웃음소리가 바람결에 날려 오듯 들렸다. 문득 회랑 밖을 바라보자 연분홍색 꽃송이 같은 양산을 쓰고 몰려가는 것이 보였다.

귄이 말했다.

"탈리아 님의 손님들입니다. 작년에 데뷔하셨지요. 티소엔 경에게는 실감이 안 나시겠지만, 피비도 이제 곧 약혼을 한답니다."

탈리아는 옛날에 공식석상에서 먼발치에서 본 적 정도밖에 없어 실감이 나지 않았으나 대여섯 살 때의 피비를 기억하는 티소엔은 이상한 기분이 되었다.

"그렇군. 벌써 그런 나이가……."

"상대가 누구예요?"

코델리아가 끼어들어 물었다. 귄이 빙긋 웃었다.

"데니스 가문의 방계인데 모리스라고 하는 준남작 청년입니다. 작년에 문관 시험에 합격했고요."

"설마 그 말괄량이를 정략결혼으로 희생시킨 건 아니겠지?"

"제가 그랬다면 에스텔라 님이 용납하셨겠습니까? 도대체 저걸 누가 데려가나 했는데, 누굴 소개시켜 주기도 전에 제가 연애를 했다고 남자를 데려오니 기가 막히지 뭡니까?"

티소엔이 큰 웃었다. 엘첸에서의 삶을 뚝 잘라 낸 듯이 13년을 뛰어넘은 그에게 놀랍기도 하고 우습기도 한 이야기였다.

"약혼식은 언제인가? 자리가 있으면 나도 참석하고 싶은데."

"티소엔 경이 오시겠다면 없는 자리도 만들어야죠. 제 어깨가 다 으쓱하겠습니다."

"황후 폐하께서 참석하실 자리에 뭘 나 하나쯤 더한다고 달라질 게 있나."

"약혼 선물은 이 중에 하나 골라 주시면 됩니다."

권의 수첩에서 긴 목록이 나왔다. 티소엔은 목록을 볼 생각도 하지 않고 피식 웃었다.

"금화를 장식으로 단 꽃다발로 하지. 이런 거 잘 모르니."

"어휴, 그게 최고죠."

권이 엄지를 치켜들었다. 코델리아가 웃었다.

그런 이야기를 하는 사이에 응접실 앞에 도착했다. 티소엔은 긴장을 풀기 위해 깊게 숨을 들이쉬었다. 사적인 만남은 13년 만이었다. 너무 오래 끌었다. 만나지 않은 시간이 길어서 공연히 마음속에서 감정의 무게를 덜어 내지 못하고 있었는지도 모른다.

권에게는 부정했지만, 코델리아가 그를 여기까지 데려왔다는 것은 사실이었다. 이번에는 체류 기간이 기니 핑계 대지 말고 만나고 가자고 생각했음에도, 마음이 선뜻 움직이지 않았었다. 코델리아가 황후궁에 갈 거라며 그에게 같이 가자고 권유하지 않았더라면, 결국 이번에도 엘첸을 떠나는 날까지 발을 움직이지 못했을지도 몰랐다.

"에스텔라 님, 티소엔 경과 코델리아 경이 오셨습니다."

권이 노크하며 말하자마자 문이 확 열렸다.

"어서 와."

에스텔라가 웃었다. 변하지 않은 모습이었다.

아니, 변했다. 서로 나이가 들었다. 에스텔라는 긴 머리를 틀어 올리고 있었다. 환한 얼굴에는 그늘이 없었다.

티소엔이 가장 많이 기억하고 있는 그녀의 얼굴은 무료함에 질린 무표정이 아니라면 검을 잡았을 때의 달구어진 보석 같은 얼굴이었다. 그래서 낯이 설면서, 또 기뻤다. 그녀가 행복한 것 같아서.

또, 그저 순수하게 기뻐할 수 있어서.

질투의 마음은 들지 않았다. 그녀의 행복을 자기 손으로 만들어 주고 싶었다는 후회나 안타까움도, 더는 들지 않았다.

그래서 티소엔은 태연히 웃으며 대답할 수 있었다.

"오랜만이다. 가까이에서 보니까 나이 좀 들었네."

에스텔라가 웃는 얼굴 그대로 굳었다. 그리고 입꼬리를 끌어 올린 채 얼어붙은 목소리로 되물었다.

"13년 만에 얼굴 보러 와서 지금 시비 거냐?"

"아닙니다."

비슷한 발언을 했다가 큰누나에게 얻어맞았던 기억을 떠올리고 티소엔은 재빨리 정자세로 한쪽 무릎을 꿇었다. 황후를 대하는 예법이었지만, 에스텔라는 웃음을 터뜨렸다.

에스텔라는 티소엔이 팔에 부담이 된다고 생각할 만큼 묵직하게 들고 온 한 보따리의 쿠키와 케이크를 기쁘게 받아 들었다.

"고마워! 레오폴드의 레몬 프로스팅 쿠키는 정말 오래간만인 걸. 초콜릿 에클레어하고, 시나몬 구겔호프에 사과 슈트루델까지 있네! 이거 레오폴드 씨가 아니라 따님이 만드는 거라서 가끔밖에 진열 안 되는데 운이 진짜 좋았어. 티소엔에게 이런 걸 사 올 세심함이 있을 리 없고, 코델리아가 산 거야?"

"계산은 단장님이 하셨어요. 저도 기사로서 월급 받기 시작했기도 하고, 에스텔라 님에게 꼭 제가 선물을 드리고 싶었는데 말이죠."

"까마득한 후배에 부하인데 계산을 시킬 수 있겠나."

에스텔라가 미소를 지었다.

"코델리아를 거기까지 보내 놓고 솔직히 이래저래 걱정이 많이 됐는데, 네 덕분에 안심했다. 두 사람 다 잘 지내지?"

"나야 뭐, 하던 대로 할 뿐이야."

"네. 걱정하실 만한 일은 없어요. 보람도 있고요."

코델리아가 밝은 목소리로 대답했다. 티소엔은 흘끗 그녀를 쳐다보았다.

그렇게 가벼운 목소리로 말할 만한 일은 아니었다. 그가 코델리아에게 무제한적인 결투 자격을 준 첫날로부터 약 한 달 사이에, 그녀는 12회의 결투를 거쳤다. 그중 9회는 그녀가 받은 모욕 때문이었고, 3회는 그녀를 모욕하고자 하는 자가 일부러 유도한 것이었다. 그 이후로도 4개월 가까이 쉬지 않고 결투가 이어졌다. 나중에는 요새 사령관이 티소엔을 따로 불러 중재를 하라고 요청했을 정도였다.

그러나 코델리아는 모든 일을 정면 돌파하고자 했다. 티소엔은 그녀의 방식에 납득했고, 요새 사령관의 요청을 거부했다. 그리고 모든 결투에 모두 공증을 섰다. 코델리아는 훌륭하게 전승했으나, 만일에 티소엔이 공증하지 않았더라면 승복하지 않았거나 은밀한 보복이 이루어졌을 것이 틀림없다.

그녀가 자기 몸을 지킬 수 있는 한 사람 몫의 기사라는 것을 인정받는 데에 꼬박 1년이 걸렸다. 아직도 새로 부임해 오는 기사나 준기사들 중에는 그녀를 폄하고 입에 담을 수 없는 말로 조롱하는 자가 있었으나, 적어도 요새에 오래 머무른 기사와 군병들은 그녀가 맡은 임무를 수행해 낼 수 있는 사람이라는 것을 인정했다. 하지만 의지하거나 상호 협력하는 관계가 되기까지는 아직 많은 단계가 필요할 것이었다.

그 과정을 그렇게 가볍게 말해서는 안 될 것이었다. 그렇지만 코델리아가 그렇게 말하고 싶다면, 티소엔은 굳이 정정하지 않기로 했다.

"그래도 험지니까 힘들 텐데. 티소엔이 이렇게까지 오래 거기 있을 줄은 몰랐어. 카이덴 후작이 아직까지 불러들이지 않고 참을 줄도 몰랐고."

"아버지 간섭을 받을 나이는 아니잖아."

에스텔라가 부담을 느끼지 않기를 바랐기 때문에 티소엔은 신중하게 말을 골랐다.

"거기 생활이 잘 맞아. 예전부터도 그렇게 생각했었고. 간섭하는 사람도 없고, 인맥이니 평판이니 하는 것도 크게 신경 쓰지 않아도 되고, 자기 실력으로 헤쳐 나갈 수 있으니까. 언제든 싸울 수 있기도 하고. 나 외의 적임자는 없어."

"그렇기도 하겠다."

에스텔라는 평온하게 대답했다. 카이덴 후작가의 염려는 백번 이해하고도 남음이 있지만, 그녀는 가족이 아니라 친구의 입장이었으니까. 티소엔이 최전선에 나가기를 원한다는 것은 옛날부터 알고 있었다. 그가 떠난 것이 자기 탓이 아니라면, 원하는 대로 살아갈 수 있게 되었구나, 하고 축하해 주어야 할 일이었다.

"너야말로 어때?"

그건 물을 것도 없이 에스텔라의 얼굴만 보아도 알 수 있는 일이었지만, 티소엔에게는 조금 의외이기도 했다. 그녀가 사교계 생활을 많이 하지 않는다거나 검술연구회를 운영하고 있다는 건 알고 있지만, 그래도 황후인 이상 여자로서 살아야 한다. 게다가 딸들도 있는 이상 이제부터 해야 할 일이 많을 것이었다.

에스텔라는 그가 묻는 말을 정확하게 이해했다. 그녀는 방긋 웃으며 대답했다.

"의외일 정도로 즐거워."

"그래?"

"이런 거 꽤 좋아했거든. 집 꾸미고, 예쁜 물건 모으고, 옷 사고, 머리 장식하고. 쿠키 같은 거 플레이팅한다거나, 향초를 피운다거나, 꽃을 꽂거나……. 솜씨는 별로 없지만."

"몰랐는데."

"그야 몰랐겠지. 네가 아는 건 '에스틴'이었으니까."

그녀는 쓴웃음을 지었다. 아마도 이런 이야기는 13년 전에 했어야 했을 것이다.

"남자로 살긴 했지만, 딱히 여자인 내가 싫었던 건 아니고 그게 힘들었던 것도 아니야. 무도회를 싫어하는 건 인형처럼 웃으면서 모르는 사람, 싫어하는 사람과 인사를 해야 해서 그런 거지. 그건 에스틴으로 살 때에도 똑같이 싫었고. 귀찮은 것도 다 비슷하게 귀찮은 일이니까."

"그랬었군……."

"탈리아 데뷔하고 나서는 이것저것 준비하느라고 정신이 없다. 드레스 마련이다, 초대장 준비다, 뭐다 바쁘긴 한데 즐거워. 보람도 있고. 딸 키우는 맛이 최고야."

"그렇구나."

티소엔은 작은 소리로 대답했다.

"몰랐네."

"너같이 취향부터 열성적인 일까지 다 줄줄 흘리고 다니는 사람이 어디 또 있겠냐?"

에스텔라는 웃었다. 티소엔도 마주 미소를 지었다.

걱정을 했었다. 과연 만나면 어떻게 이야기를 해야 할지, 어떻게 할 수 있을지. 자연스럽게 말할 수 없다면 철저하게 예의를 갖추어 황후로 대해야겠다고 결심했는데, 그렇게 고심할 필요도 없었다.

"엘첸에는 얼마나 있다 갈 거야?"

"결정하지는 않았어. 황제 폐하께서 의논할 것이 있으시다고 하니까, 일단 알현하고 나서 무슨 일인지 듣고 일정을 잡아야지."

"그러면 꽤 오래 있겠네."

"아마 그럴 것 같아."

"코델리아도?"

"저는 휴가를 받아서 온 것이니까요. 2주 정도 머무른 후에 신규 배속되는 준기사 부대와 함께 돌아갈 겁니다."

"그래? 짧다고 할 수는 없지만, 좀 아쉽네. 피비 약혼식은 보고 가면 좋을 텐데. 탈리아도 아쉬워할 테고."

"하지만 임무가 우선이니까요."

"그렇지. 머무르라고 내가 강요할 순 없으니까."

에스텔라가 그렇게 말했다. 코델리아가 웃었다.

"이번 준기사 선발전에도 여자가 제법 많이 합격했다고 들었어요."

"응. 열세 명이야. 그중 일곱 명이 우리 연구회 소속이고. 준기사만이 아니라 기사단 입단 시험에서도 세 명 통과했어."

"잘됐어요."

코넬리아가 기쁜 듯이 말했다.

그런 이야기를 하다가 에스텔라가 일어섰다.

"잠깐 기다려 봐. 애들 데려오라고 했는데, 이 사람이 올 생각을 안 하네."

"황제 폐하 말씀이야?"

"응. 유모에게 맡기려고 했는데, 굳이 자기가 데리고 오겠다고 고집을 부려서……."

"자랑하고 싶으신 거지요. 그 마음 충분히 이해 가는 걸요."

"바쁘다면서 말이야. 막내 태어난 후로는 더해. 지난번에는 로르타의 사절단과 오찬을 먹는다면서 레나를 데리고 가서 무릎에 앉혀 놓고 있었다니까. 레나가 남들 앞에서는 얌전하니까 그나마 다행이었지."

에스텔라가 짐짓 한숨을 내쉬었으나, 본심으로는 낮 시간을 쪼개서라도 아이들을 보려는 남편이 그렇게 싫지는 않았다. 그 마음을 십분 이해하는 코넬리아는 웃기만 하고, 티소엔은 에스텔라가 왜 한숨을 쉬면서도 못하게 하지 않는지 이해하지 못하고 고개만 갸웃했다.

마치 화제에 오른 것을 알기라도 하는 양 때를 맞추어 문이 벌컥 열렸다.

"엄마! 코넬리아 누나!"

대뜸 뛰어 들어온 크리스티안이 에스텔라에게 달려가려다가 코넬리아를 보고 그쪽으로 뛰어들었다. 코넬리아는 일어서서 허리를 껴안으며 답삭 매달리는 아이를 난처하게 안아 주었다.

"누나 온대서 아침부터 기다렸는데!"

"크리스, 손님한테는 인사부터 해야지. 노크도 해야 하고."

에스텔라의 말에 크리스티안이 부루퉁한 얼굴을 했다. 그러나 어머니의 말은 언제나 절대적이었기 때문에, 코넬리아에게 달라붙어 어리광을 부리는 대신 바른 자세로 서서 티소엔에게 정중하게 고개를 숙였다.

"세베르이나의 축복이 함께하시길. 제2황자 크리스티안 델루 알펜슈타인입니다."

이제 열 살이 되는 황자인데 의젓하게 행동하자 제법 어른스러웠다. 티소엔은 저도 모르게 미소를 지었다. 나이가 들면 더 남자다운 선이 나올 테지만, 지금은 에스텔라의 얼굴을 작게 만들어 놓은 듯하여 귀엽지 않을 수 없었다.

"티소엔 크렐리디안 카이덴이라고 합니다, 황자 전하. 뵙게 되어 영광입니다."

크리스티안이 활짝 웃는 얼굴이 되었다.

"카이덴 후작부인이 맨날 이야기해서 알아요! 아저씨, 아저씨는 어른인데도 엄마를 걱정시켜요?"

티소엔이 다시 접히려는 미간을 손으로 문질러 폈다. 에스텔라가 어색하게 웃었다.

"별로 그런 이야기 많이 한 적 없는데."

티소엔이 할 말 없다고 하려는 참에 다행히도 두 번째로 문이 열렸다. 일곱 살짜리 레나리스 황녀를 안아 든 클레오르와 첫째 에단이었다.

"달려가면 안 된다고 몇 번을 말해야 되니, 크리스."

클레오르가 한숨을 내쉬듯이 말했다. 티소엔이 구부렸던 무릎을 펴고 일어섰다. 그리고 왼쪽 가슴에 주먹을 대고 정중하게 절했다. 그의 뒤를 따라 코델리아도 허리를 굽혔다. 클레오르가 손을 내저었다.

"번거로운 인사는 됐어. 이따가 알현장에서 하자고, 그런 건. 오랜만이군, 두 사람 다. 내가 있다고 뭐 불편하게 생각할 것 없어."

"황공합니다. 특별히 불편하게 생각한 적 없습니다."

클레오르의 얼굴이 살짝 찌그러졌다. 돌이켜 생각하면, 13년 전에도 티소엔은 자기가 당당할 때에는 대체로 별생각이 없어서 남을 불편하게 여기거나 하지 않았다.

에스텔라가 미소를 지었다. 클레오르가 일부러 시간을 내서 와 준 것이 고마웠다. 이제 가족은 그녀의 삶에서 가장 큰 부분을 차지하고 있는 것이므로, 가장 마음 깊은 곳으로부터 고맙고 귀하게 생각하는 친구에게 보여 주고 싶었다.

"우리 애들하고 아직 한 번도 본 적이 없지? 얘가 우리 첫째."

그녀가 에단의 어깨를 끌어다 주무르며 인사를 시켰다. 에단이 열두 살이라고는 믿을 수 없을 만큼 점잖은 태도로 말했다.

"일전에 아바마마를 따라 북방 시찰을 하러 갔을 때에 뵈었습니다. 오랜만입니다, 크렐리디안 경. 엘첸에서 꽤 오래 머무를 것이라고 들었는데, 즐거운 시간이 되었으면 좋겠군요."

행동은 예법에 맞고, 목소리도, 얼굴도 진중했다. 아무리 친구 아들이라고 해도 가볍게 대할 수 없는 분위기를 갖고 있어서 티소엔도 정중하게 답했다.

"지난번에 뵈었을 때보다 한층 성장하신 모습을 뵙게 되어 기쁩니다."

에스텔라가 약간 자랑스러운 웃음을 머금었다. 열두 살이라면

500

어린 나이이지만, 아무래도 첫 자식은 언제나 다 자란 아이처럼 듬직하게 느껴졌다. 에단처럼 걸음마를 시작할 나이부터 진지한 성격이 드러난 아이는 더 그랬다.

반면, 레나리스는 낯을 가리는 듯 클레오르의 목을 끌어안고 고개를 돌리지 않았다.

"레나. 엄마 친구한테 인사해야지."

"우웅."

"레나."

"왜 이렇게 부끄럼을 타나, 우리 황녀님이."

클레오르가 막내딸의 등을 토닥였다. 에스텔라가 받아서 내리려고 했지만, 그는 됐다고 손을 내저었다. 에스텔라는 헛웃음을 머금었다.

"입 찢어져요."

꼬옥 안겨서 안 가겠다고 투정부리는 게 귀여워 죽을 거 같은 모양이었다.

"이리 줘요. 도대체 언제까지 안고 다니려고."

"평생."

클레오르가 단호하게 말했다. 에스텔라가 엄한 목소리로 말했다.

"레나, 어리광 부리지 말고 이리 내려와."

"싫어."

"그것 봐."

클레오르가 싱글거리며 웅얼거리는 딸을 꼭 껴안았다.

"레나. 이리 와. 손 잡아 줄게."

에단이 부르자 레나리스가 슬그머니 고개를 뺐다. 그리고 내려

가겠다고 바둥거렸다. 클레오르는 큰아들에게 기꺼이 막내를 양보했다.

티소엔은 다정해 보이는 가족을 멀거니 바라보았다. 보기 좋다고 생각하면서도 어쩐지 지켜보는 것이 좀 민망하고, 서글프고, 가슴이 공허했다. 부럽기도 했다.

그러다가 레나리스의 조그만 얼굴, 파란 눈동자와 마주치고 저도 모르게 감탄사를 흘렸다. 천사라고 해야 하나, 인형이라고 해야 하나. 천사라고 하기에는 화려하고 인형이라고 하기에는 도무지 사람 손으로 빚은 것 같지 않은 오밀조밀하고 깜찍하고 예쁘고 사랑스러운 작은 생물이 거기 있었다. 연한 뺨이 장밋빛으로 물들어 있었다.

"내가 만든 최고의 마스터피스야."

에스텔라가 콧대를 세우고 자랑스럽게 말했다. 그 모든 것을 넘어서서 레나의 얼굴을 볼 때마다 에스텔라는 클레오르와 결혼하기를 잘했다고 생각했다. 역시 2세를 생각하면 남편은 잘생긴 남자를 골라야 했다. 후회 한 점 없었다.

계획 없이 셋째를 임신했을 때까지만 해도 남편의 머리채를 끌어 잡고 산실에 들어갈 작정이었는데, 낳고 나자 고맙다고 상다리가 부러져라 오찬상 만찬상을 차려 주고 싶었다. 그녀가 차리는 건 아니었지만.

"아니, 네가 만든 건 아니잖아. 폐하를 닮은 것 같은데."

"그것 봐. 티소엔 경도 내 공이 크다잖아."

"내 배 속에서 만들어졌으니 내가 만든 거지."

어른들이 별 의미도 없이 툭탁거리며 대화를 하고 있는데, 에단이 레나리스를 달래서 반듯하게 세웠다. 그리고 본을 보이듯이 같

502

이 고개를 숙여 주었다.

"우리 레나, 아저씨한테 인사. 안녕하세요."

레나리스가 에단을 따라 팔랑팔랑 치맛자락을 펼치며 무릎을 구부렸다.

"안녕하세요, 레나리스 알펜슈타인입니다. 세베르이나의 축복이 함께하시길."

"잘한다, 우리 황녀님."

클레오르가 벌쭉거리고 웃었다. 남의 앞에서 좀 대놓고 그러지 말라고 에스텔라가 그의 옆구리를 슬쩍 꼬집었다. 티소엔은 미소를 짓지 않을 수 없었다. 그는 어린 황녀의 앞에 한쪽 무릎을 꿇고 앉아 손등에 키스하며 다정하게 말했다.

"가장 맑은 수원과 태양의 영광이 함께하시길. 황녀 전하. 티소엔 크렐리디안 카이덴입니다. 황제 폐하의 명을 받아 제국 기사단 제8기사단장의 직무를 수행하고 있습니다."

벚꽃색을 물들인 도자기처럼 연한 빛이었던 레나리스의 뺨이 장밋빛으로 물들었다. 그리고 다시 부끄럼을 타며 에스텔라의 다리 뒤로 숨었다. 에스텔라는 흐뭇하게 웃었으나 클레오르는 웃는 표정 그대로 얼굴을 굳혔다. 매우 기분이 나빠졌다. 그는 레나리스를 도로 번쩍 안아 올려 고개를 돌려 자기 품에 안으면서 티소엔에게 자리를 권했다.

어른들이 다시 자리에 앉아 몇 마디 안부를 더 나누고 있는데, 낯가림이 없는 크리스가 대뜸 티소엔의 옆자리로 옮겨 가 무릎에 손을 얹고 신이 나서 물었다.

"그런데 아저씨, 아저씨가 제국 최강의 기사라는 거 진짜예요? 아저씨도 용 잡은 적 있어요? 아빠랑 엄마는 있다던데."

"수룡 정도라면요."

"엄마, 엄마, 아빠가 뻥친 거야? 아빠는 엄마랑 아빠만 할 수 있는 일이라고 그랬잖아."

크리스티안을 옆자리로 안아 올려 주면서 티소엔이 다정하게 말했다.

"폐하의 말씀이 맞습니다. 제가 잡은 수룡도 용이라고 부르기는 하지만, 실은 대형 몬스터의 일종일 뿐이니까요. 폐하께서 토벌하신 쿠수마야말로 진짜 용이라고 할 수 있지요."

"그럼 아저씨는 엄마보다 약한 거네요?"

"약합니다."

"애 앞이라고 괜히 치켜세워 주지 마. 이제는 내가 질걸. 현역하고 붙을 자신은 없어."

"엄마, 그럼 아저씨가 아빠보다도 강해? 아빠랑 엄마가 싸우면 엄마가 이기니까."

클레오르가 애써 관리하고 있던 표정을 무너뜨렸다. 에스텔라가 하하 웃었다.

"아빠도 현역한테는 안 되지."

"해보지 않고는 모르는 일이지. 당신, 나를 너무 만만하게 생각하는 거 아냐?"

"글쎄요. 당신이 마지막으로 실전을 한 게 13년 전인데요. 시찰로 북방에 몇 번 다녀왔다고는 해도 시찰은 시찰이고⋯⋯."

"아직 내가 건재하다는 걸 증명해야겠군. 생각해 보니 티소엔 경, 우리가 한 번도 제대로 붙어 본 적이 없었지 않나?"

클레오르가 곧이라도 성창을 소환할 듯한 기세로 말했다. 티소엔도 다른 건 몰라도 대련을 사양한 적은 단 한 번도 없었으므로

504

기꺼이 그 기세를 맞받았다.

"미리 말씀드립니다만, 전 무기를 들었을 때에 한 번도 최선을 다하지 않은 적이 없습니다."

"누가 할 소리를."

크리스티안이 신나서 흥미진진하게 눈을 빛냈다.

에스텔라가 손날로 둘의 기세를 자르고 코델리아가 허리춤으로 움직이려는 티소엔의 손을 가로막았다.

"유치하게 왜 그래요? 이제 슬슬 네가 세냐, 내가 세냐, 이런 걸로 싸울 나이는 지나지 않았어요?"

"무엄합니다, 단장님."

두 남자가 정지했다. 티소엔이 먼저 기세를 누그러뜨리며 사과했다.

"황공합니다."

"아니. 다음에 제대로 된 기회가 있겠지."

클레오르가 김빠진 목소리로 대꾸했다. 에스텔라가 웃으면서 말했다.

"싸울 생각 하지 말고 차라리 나중에 연구회에서 제대로 시간을 맞춰 보죠. 티소엔도 한동안 엘첸에 있을 거라면 그럴 만한 시간이 있을 테니까. 발터 경도 칼을 갈고 있던데, 셋이 붙으면 제법 볼만하겠어요."

"너는?"

"애를 셋이나 낳았더니 몸도 여기저기가 삐걱거리는 게 뼈가 삭은 것 같아. 옛날같이 못 뛰어. 난 빼 줘."

주먹으로 어깨를 톡톡 두드리면서 에스텔라가 말했다. 클레오르가 "쑤셔?"라고 물으면서 자연스럽게 그녀의 어깨를 주물러 주었다. 에스텔라는 그에게 어깨를 맡겨 놓고 말했다.

"이제 아르투르 검파의 대표는 코델리아인 것으로 하자고."

"저 같은 게 어찌 감히."

"자격은 충분하지. 정격 검술의 완성은 멀고 먼 길이라지만, 경은 쉬지 않고 갈 수 있는 사람이 아닌가."

티소엔은 그렇게 말하다가 코델리아와 눈을 마주쳤다. 그가 무심결에 미소를 짓자 코델리아가 얼굴을 붉히면서 고개를 돌렸다.

클레오르가 "오." 하고 흥미진진한 얼굴로 둘을 번갈아 쳐다보았다. 티소엔은 그 자체를 아예 알아채지 못했고, 코델리아는 고개를 숙였다. 에스텔라는 그가 그런다는 것은 알았지만, 왜 그러는지를 몰라서 고개만 갸웃했다.

두 사람은 오래 앉아 있지 않았다. 클레오르가 황후궁에 올 것으로 생각지 않았던 티소엔은 예의를 생각하고, 또 애초부터 옛날의 소문이 추문으로 변질되어 다시 생겨나지 않도록 잠깐만 방문할 작정이었다.

"어차피 또 볼 테니까. 자주 와. 이왕 오는 거 우리 아들 상대도 좀 해 주고."

에스텔라는 웃는 낯으로 그렇게 말했다. 티소엔은 제일 강한 사람에게 검을 배우겠다고 가슴을 내밀고 말하는 크리스티안의 머리를 쓰다듬어 주고 그러겠노라고 말했다. 정말로 이제는 아무렇지도 않게, 에스텔라의 친구가 아니라 가족 모두의 친구가 될 수 있을 것 같았다.

코델리아에게는 더 있으라고 권했으나 그녀도 일어섰다.

"탈리아 님을 뵈러 가는 게 좋을 것 같아서요. 단장님도 잠깐

506

인사드리고 가세요."

"나?"

티소엔은 면식 없는 사람을 보러 가자는 이야기에 약간 의아한 태도를 취했으나, 순순히 그녀를 따라나섰다. 에단과 크리스티안도 각자 공부해야 할 시간이라고 가정교사의 손에 이끌려 가고 나자 부부와 막내딸만 남았다.

에스텔라는 레나리스를 무릎에 앉히고 머리 리본을 풀어 다시 빗어 주었다. 창가에 서 있던 클레오르가 빙긋 웃었다. 정원에서 열리고 있는 탈리아의 티파티로 향하는 티소엔과 코델리아가 보였다. 무슨 이야기를 하는지 코델리아의 모자가 흔들리고, 앞서 가던 티소엔이 돌아보더니 걸음을 늦추어 어깨를 나란히 했다.

"보기 좋더라."

"네?"

"분위기가 좋더라고. 둘이서."

"네?"

에스텔라는 두 번째로 반문했다. 클레오르가 그녀 쪽으로 돌아서면서 싱글거렸다.

"못 봤어? 코델리아가 화장을 했더라고."

"오랜만에 엘첸에 왔으니까 하고 싶어졌을 수도 있죠. 그게 왜요? 설마, 화장은 남자한테 잘 보이려고 하는 거니까 코델리아가 티소엔에게 잘 보이려고 화장했다고 생각하는 거예요?"

"무조건 그렇게 생각하는 건 아니지만, 다른 사람이 아니라 코델리아라고. 그 애, 부임지로 가기 전에 여자 옷이랑 화장품 같은 거 다 버렸잖아."

"기억력도 좋아."

에스텔라는 툴툴거리듯이 말했다. 클레오르가 그녀의 옆에 한 쪽 무릎을 짚으며 고개를 기울였다.

"질투해?"

"그런 걸로 무슨 질투를 해요? 음."

가벼운 입맞춤이 내려왔다. 에스텔라는 순순히 그의 키스를 받고는 빤히 올려다보고 있는 레나리스에게도 뽀뽀해 주었다. 그 뒤를 따르듯이 클레오르가 레나리스의 뺨에 뽀뽀하고 또다시 딸을 안아 들었다.

"아무튼 내 말이 맞아. 나중에 맞는지 틀린지 보자고."

"뭐, 당신, 그런 쪽 눈치는 비상하니까……. 그래도 나이 차이 너무 많이 나지 않아요? 티소엔이 어디 빠지는 구석이 있다는 건 아니지만."

"코델리아가 좋다는 거면 상관없지."

그런 이야기를 하고 있는데 레나리스가 물었다.

"아빠, 그럼 아저씨랑 코델리아 언니랑 결혼하는 거야?"

"그럴지도 모르지? 그러면 그때는 우리 레나가 꽃 뿌려 주면 좋겠다. 그치?"

"언니 좋겠다."

레나리스가 시무룩하게 말했다. 에스텔라가 웃음 섞인 목소리로 물어보았다.

"티소엔 아저씨가 마음에 들어?"

"아저씨 잘생겼어."

레나리스가 빨개진 얼굴로 고개를 끄덕였다. 클레오르의 얼굴이 쩍 하고 얼어붙어 깨질 것처럼 되었다. 에스텔라는 잠깐 딸과 친구의 나이 차를 떠올려 보고, 자기 눈에 카이덴 후작이 얼마나

508

근사해 보였는지를 생각하고 덧붙였다.

"내 딸이 어느 부분에서 날 닮았나 했더니."

클레오르가 빠드득 이를 갈았다. 겨우 종전 협정을 맺고 평온한 사이가 된 남편과 남자사람친구가 진짜로 원수가 될 멀지 않은 미래가 눈앞에 훤히 보이는 듯하여, 그녀는 마음속으로 묵념했다.

-The end

작가 후기

안녕하세요, 한민트입니다.

후기를 쓰려고 언제 이 글을 시작했나 보니, 딱 1년 전 오늘 날짜에 시작을 했네요.

계획이라고는 천하제일검 여주, 미남황제 남주, 딱 이렇게 두 가지밖에 없이 시작한 소설이 여기까지 오다니 감개무량합니다. 친구에게는 호호탕탕 금방 끝날 거라고 호기를 부렸었는데······. 저도 결혼식 이렇게 늦게 할 줄 몰랐답니다. 황제라고 계획했는데 내내 황태자였고 말이에요.

1년이 지나자 끝나긴 하는군요.

짧지 않은 소설을 읽어 주셔서 감사합니다.

이 책을 펼치고 있는 동안, 부디 즐거우셨다면 기쁘겠습니다.

한민트 드림.